鳳宇日記

6

鳳宇 權泰勳 遺稿全集 ─ 鄭在乘 譯註

봉우 권태훈 유고전집 ─ 정재승 역주

책미래

봉우일기 6

1판 1쇄 발행 | 2024년 4월 25일

지은이 | 권태훈
주　간 | 정재승
교　정 | 홍영숙
디자인 | 디노디자인
펴낸이 | 배규호
펴낸곳 | 책미래

출판등록 | 제2010-000289호
주　소 | 서울시 마포구 공덕동 463 현대하이엘 1728호
전　화 | 02-3471-8080
팩　스 | 02-6008-1965
이메일 | liveblue@hanmail.net

ISBN 979-11-85134-71-0 03810

봉우 권태훈 선생님(1900~1994)

《봉우일기 6권》에 실린 유고 원본들

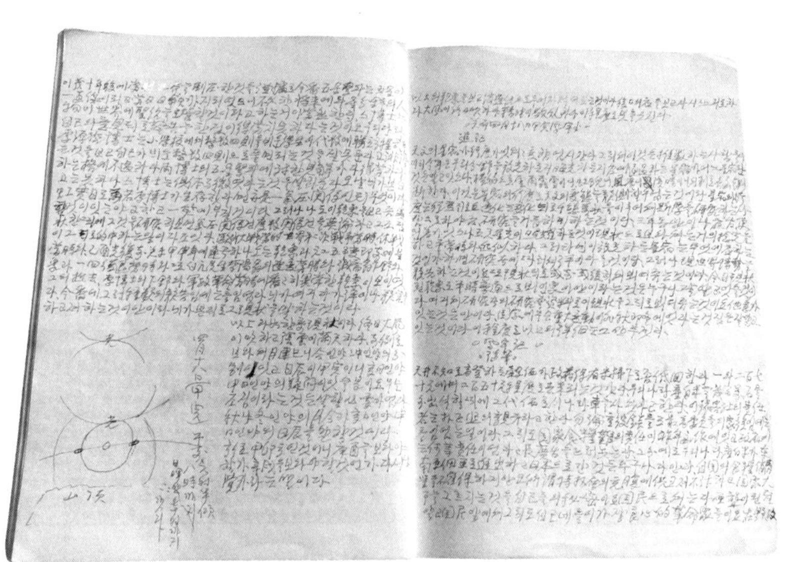

〈백홍관일(白虹貫日,1963년)〉에 실린 천문관측 그림

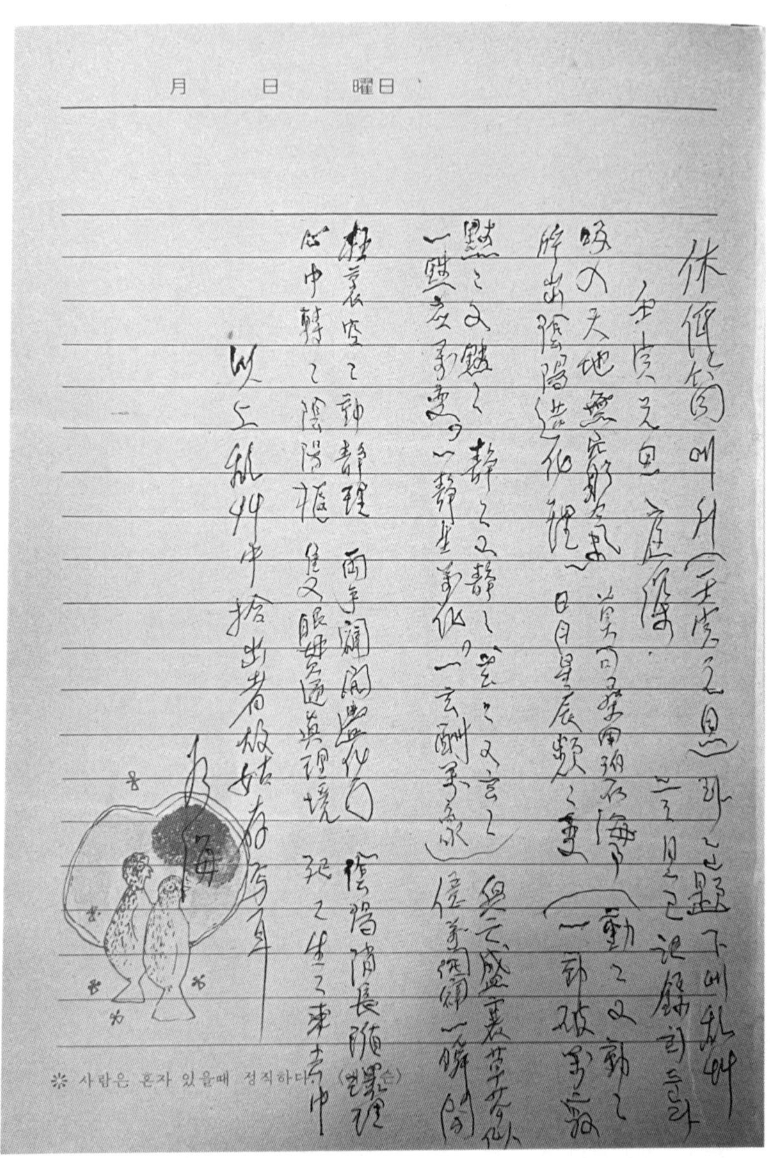

봉우일기 6-1 한시 원문(1962년)

〈우리 노소 동지들에게 올리는 글(1989년)〉 원문

일러두기

- 이 책은 '봉우 권태훈 선생 유고전집' 발간계획에 따라 1998년《봉우일기 1, 2권》, 2021년《봉우일기 3권》, 2022년《봉우일기 4권》에 이어 2023년《봉우일기 5권》, 2024년《봉우일기 6권》으로 출간되었다.
- 1962년, 1963년, 1965년, 1966년, 1967년, 1985년, 1987년, 1988년, 1989년에 쓰인 봉우 선생님의 미발표 유고가 역주되어 실려 있다.
- 유고 원문에 식별 불가능한 글자는 ○ 또는 ○○ 등으로 표시하였다.
- 원문에는 없으나 아주 가끔 글을 이해함에 필요하다 싶은 단어나 글을 편의상 괄호( )를 치고 중간에 넣었다.
  예: 너나 (없이) 근시안적이다.
- 원문이 너무 장문으로 중간에 끊어지지 않는 글은 글 뜻의 이해를 돕기 위해 몇 개의 단문으로 나누었다.
- 글의 제목에 '수필(隨筆)'이나 '무제(無題)'로 쓰인 것은 저자가 원래부터 제목을 달지 않은 것인데, 역주자가 글 내용의 이해를 돕기 위해 수필 또는 무제 옆에 새로이 제목을 달았다.

서문:《봉우일기(鳳宇日記) 6권》을 펴내며

《봉우일기(鳳宇日記)》는 봉우(鳳宇) 권태훈(權泰勳: 1900~1994) 선생님의 유고전집(遺稿全集)입니다. 작년 5월에《봉우일기 5권》을 펴낸 지 1년도 되지 않아 6권을 펴내게 되었습니다. 역주자로서는 5권으로 봉우 선생님 유고전집의 대미(大尾)를 장식하리라 생각하고 심혈을 기울인 것이 사실이었습니다만 5권을 펴낸 지 며칠 만에 우연히 선생님의 새로운 미발표 원고가 입수되었기에 다시금 역주 작업에 착수하여 이번에《봉우일기 6권》으로 정리하여 출간하게 되었습니다.

《봉우일기 6권》의 내용은 1962년, 1963년, 1965년, 1966년, 1967년, 1985년, 1987년, 1988년, 1989년에 쓰여진 일기 형식의 수필들로 이루어져 있습니다. 대부분 1963년과 1966년, 1989년도의 글들입니다. 이번 6권에도 다양한 내용의 봉우 선생님 글들이 160편 가량(假量) 수록되어 있으며, 특히 〈백홍관일(白虹貫日)〉―글6-57― 이란 제목의 천문관측 기록이 관측 그림과 함께 실려 있어 봉우 선생님께서 후세 과학계에 남겨 주신 대단히 중요한 인류학 자료가 될 것으로 보입니다.

이 밖에도 백산운화(白山運化), 홍익인간(弘益人間), 대동장춘(大同長

春) 세계, 황백(黃白) 전환의 도래에 관한 묵시적(默示的) 예언들이 많은 글로 표현되어 있고, 애제자(愛弟子)이자 동지이며 친우(親友)인 설초(雪樵)가 졸서(卒逝: 돌연 서거)함을 기록하며 정신수련문제 시범에 일대 지장이 났다며 애통해 하시는 글(6-125)도 있습니다. 개천절과 역사 개편에 대해 광복 후 44년이 지났음에도 조선일본인들(친일파 역사학자들)의 죄악으로 국민들이 진정한 역사를 배우지 못하고 있다며 역사를 모르면 조상을 모르는 것이라고 통탄하시는 글(6-135)도 있습니다.

실린 글 모두 주옥같은 글이자, 수도(修道)를 통한 깨달음과 회광반조(回光返照)의 글이자, 너무 가슴 아프고 슬픈 글이기도 하고, 천둥 번개처럼 세상을 놀라게 하는 글이기도 합니다. 이 모든 글들을 관통하는 불멸의, 불변의 한 가지 흐름이 있습니다. 그것은 봉우 선생님의 나라와 민족에 대한 굳건한 사랑이자 민족의 조상과 뿌리에 대한 무한한 존경과 사랑의 마음입니다.

21세기 혼돈의 시기에 세상을 사는 우리들에게 너무나 의미 있고 좋은 글들을 많이 남겨 주셔서 봉우 선생님께 감사드리고 감사드릴 뿐입니다. 1960년대에 쓰신 글들을 1980년대에 다시 보시고 2020년대에 보게 될 사람들을 위해 서평을 달아 놓으시고 수결(手決: 사인)까지 해 놓으셨습니다.

이 책을 발간할 수 있도록 봉우 선생님의 미발표 유고들을 찾아 역주자에게 전해 주신 봉우 선생님의 손자 권오중 님께 깊이 감사드립니다. 《봉우일기 6권》 발간에 도움을 주신 여러 연정원 동지들께도 한량

없는 감사를 드립니다. 특히 원고 정리에 도움을 주신 이기욱 동지와 책미래출판사의 배규호, 배경태 편집진님들께도 심심한 감사를 표합니다.

끝으로 봉우 선생님께서 1989년에 지으신 시를 음미하며《봉우일기 6권》서문을 마칩니다.

일경, 이경, 삼경이 지나고
사경, 오경이 점차 가까워 오는구나.
얼마 안 되어 동해의 새벽빛이 비추이면
아침해 오르는 건 잠깐 사이라.
홍익인간, 대동세계의 극락운을
지구의 여섯 대륙 사람들이 맞이해서
오만 년 평화대운(五萬年平和大運)
싹이 튼 지 오래로다.
지내온 약육강식(弱肉强食)
일장춘몽(一場春夢) 깨고 나서
곳곳이 극락세계(極樂世界)
천당(天堂)이 여기로다.

단기(檀紀) 4357년(2024년) 2월
동산하인(東山學人) 정재승(鄭在乘) 근서(謹書)

1962년(壬寅)

1963년(癸卯)

1965년(乙巳)

1966년(丙午)

1989년(己巳)

1962년(壬寅)

6-1

휴지통에서 〈임인원단(壬寅元旦)〉이라는 제하(題下)의 난초(亂草)를 보고 기록해둔다

임인(壬寅: 1962년) 원단(元旦: 설날) 야심(夜深: 밤이 깊음)

흡입천지무궁기(吸入天地無窮氣)
들이마시노니 하늘과 땅의 끝없는 기운이요,
호출음양조화리(呼出陰陽造化理)
내뱉노니 음과 양의 조화로운 이치로다.
막문상전벽해사(莫問桑田碧海事)
묻지 마소, 뽕나무밭이 푸른 바다가 되는 일을.
일월성진빈빈변(日月星辰頻頻變)
해와 달과 별들은 자주 움직이고 변하네.

동동우동동(動動又動動) 움직이고 움직이고 또 움직이고 움직이고
일동파만적(一動破萬寂) 한 번 움직임이 온갖 고요함을 깨뜨리네.
묵묵우묵묵(默默又默默) 잠잠하고 잠잠하고 또 잠잠하고 잠잠하고
일묵응만변(一默應萬變) 한 번 잠잠함이 온갖 변화에 응하네.
정정우정정(靜靜又靜靜) 고요하고 고요하고 또 고요하고 고요하고
일정생만화(一靜生萬化) 한 번 고요함이 온갖 조화를 내어 놓네.
현현우현현(玄玄又玄玄) 검고 검고 또 검고 검고

일현수만상(一玄酬萬象) 한 번 검음이 만상으로 갚아 보내네.

흥망성쇠초개사(興亡盛衰草芥似)
흥망성쇠는 한낱 지푸라기와 같고
억만개벽일순간(億萬開闢一瞬間)
수없는 우주의 열림과 탄생, 눈 깜짝할 사이네.
극리공공동정리(極裏空空動靜理)
태극 속의 텅 비고 텅 빔은 동과 정의 이치요,
심중전전음양추(心中轉轉陰陽樞)
마음속 구르고 구름은 음과 양의 중추이네.
양수벽개조화문(兩手闢開造化門)
양손으로 조화의 문을 열고
쌍안관통진리경(雙眼貫通眞理境)
두 눈으로는 진리의 경지를 꿰뚫네.
음양소장순환리(陰陽消長循環理)
음과 양이 소멸하고 생겨나는 순환의 이치,
사사생생내거중(死死生生來去中)
죽음과 삶이 오고 가는 가운데 있구나.

이상(以上) 난초중습출자고고존언이(亂草中拾出者故姑存焉耳: 난초해 놓은 글 중에서 나온 것을 습득하여 잠시 보존해 놓을 따름이다.)

여해(如海)

[이 글은 1975~1989년 일기책 맨 뒤 한 페이지에 마치 작은 메모처럼 희미하게 써놓으신 것으로 이번이 마지막 정리라 생각하며 다시 일기책을 꼼꼼히 들여보다 발견하였습니다. 내용을 보니 역주자가 이미 《천부경의 비밀과 백두산족문화》 449페이지에 봉우 선생님 시(詩)를 모아 놓은 곳에 한시(漢詩) 2수로 소개한 것이었습니다. 이번에 다시 원고 전부를 원형대로 싣고, 번역을 다시하며 틀린 곳을 수정하여 올렸습니다. 선생님께서도 1962년 설날 밤에 쓰여진 한시를 휴지통에서 발견하시고 다시 끌어올려 보존해 왔다고 말씀하신 것으로 미루어 매우 애착을 지니신 글로 생각됩니다. 선생님의 우주적인 철학과 사상이 농축되어 있는, 광대하고 섬세한 기상을 드러낸 독특한 시입니다. 1980년대에 이 일기에 옮겨 적어 놓으신 것으로 추정됩니다. -역주자]

6-2

박 정권(朴政權)에 대한 나의 사견(私見)

자유당의 10년 난정(亂政: 어지러운 정치)으로 국가와 민족은 마비될 대로 다 되었다. 이것은 이 박사 일개인의 책임이 아니라, 전(全) 자유당의 총책임인 것이다. 자유당 간부층에 국한한 문제가 아니요, 지방 책임자 전체가 동일한 죄과(罪過)를 범한 것은 재언할 필요조차 없는 일이다. 그 인물들의 주목적은 개인의 허영심을 충족코자 하는 데 최고 지상(至上)의 목표를 정하고, 이 목표 도달에는 수단과 방법을 불택(不擇: 가리지 않음)한 것이다. 자상달하(自上達下: 위에서 아래까지)로 누구 한 사람이라도 이 정권(李政權) 당시 자유당 간부 진영에서 양심적 의견을 발표한 인물이 없었다. 이것이 우리 민족의 수난기(受難期)임에는 자타가 공인하는 바이다.

당시 야당이던 민주당은 역시 자유당과 근사한 인물들이었으나, 그래도 야당이라는 데에서 이 정권의 부패를 공격하여 인민들의 감노이불감언(敢怒而不敢言: 용감히 분노하지만 말은 못함)하는 발언을 간간이 (하며) 국회에서 자유당 정치를 비난하였다. 이 당시에도 나는 그 인물들이 자유당 간부층과 유사한 정치욕자(政治慾者: 정치욕심으로 가득한 자)들이라고 항시 불평한 말을 토하였다. 그러던 중 민주당의 해공(海公: 신익희)[1]이 가고, 유석(維石: 조병옥)[2]이 간 후에는 아주 민주당도

1) 신익희(申翼熙, 1894년 6월 9일~1956년 5월 5일)는 대한민국의 독립운동가이며, 교육자, 정치인이다. 대한민국 임시정부 외무부 차장, 미군정청 남조선과도입법의원 의장

자유당에 못지않은 허영심 소유자들로 충만하고 있었다. 그러하던 중 4.19 학생의거로 자유당이 퇴진하자, 국민들은 그래도 야당 당시에 이(승만) 정권을 공격하던 민주당이라고 신뢰하고 그 인물들에게 투표를 많이 하여 주어, 정권은 민주당으로 교체되었다. 그러자 민주당은 내각책임제 정치라 최고위원 중 가장 무능한 윤보선 군(尹普善君)[3]에게 대

겸 상임위원장, 대한민국 민의원 의장 등을 지냈다. 본관은 평산(平山)이고, 자는 여구(汝耉)이며 호는 해공(海公)이다. 백색테러로 악명을 떨친 백의사와 정치공작대를 이끌었다. 그가 김일성을 죽이기 위해 보낸 백의사가 1946년 3월 1일 평양의 3.1절 기념식에서 김일성에게 수류탄을 던졌으나 옆에 있던 소련군 장교 노비첸코가 주워서 던지려다가 노비첸코의 손에서 폭발하여 한쪽 손이 잘려나가고 한쪽 눈이 실명되지만 김일성은 무사했다. 김구, 이승만 등과 함께 신탁통치 반대에 앞장섰다. 김구가 남북협상에 임하자 이에 반대하며 단독정부수립을 주장하는 이승만과 행보를 같이했다. 이 과정에서 김구와 사이가 멀어진다. 1948년 7월 초대 국회부의장에 선출되었으며 국회의장 이승만이 초대 대통령이 되자 국회의장직을 계승했다. 사사오입 개헌이 터지자 호헌동지회를 구성했고 이를 바탕으로 민주당(1955년)을 창당했다. 이후 민주당 구파의 수장으로 장면을 이기고 1956년 제3대 대통령 선거에 민주당 후보로 출마했다. 30만이 운집한 한강 백사장 연설 등에서 크게 선전하였다. 그러나 5월 5일 선거를 열흘 남기고 전주로 가기 위해 전라선 열차를 타던 중 호남선 구간인 함열역 부근에서 뇌일혈로 졸도했고, 이리역에 급히 내려 병원으로 옮겨졌지만 숨을 거두었다.

2) 조병옥(趙炳玉, 1894년 5월 21일 충청남도 천안~1960년 2월 15일 미국)은 대한민국의 독립운동가, 교육자, 경찰관, 정치가이다. 일제 강점기 초반 도미유학과 독립운동에 종사하였고, 안창호에게 감화되어 그의 흥사단과 수양동지회, 국민회 일에 적극 참여하였다. 그 뒤 태평양 전쟁 무렵 수양동우회 사건 등으로 두 차례 옥고를 치렀다. 해방 정국에서는 한민당 창당에 참여한 뒤 미군정의 경찰총수를 지냈으며, 1948년 정부수립 후에는 UN대표단, 내무부 장관 등을 거친 뒤 이승만과 결별했다. 해방 직후 미군정 치하 제2대 경찰 통수권자였고 장택상과 더불어 친일경찰들을 재등용한 사람 중 한 명이다. 한국민주당과 민주국민당에서 활동하였으며, 1954년 호헌동지회에 참여하였으며, 민주당에 입당, 신익희·윤보선·유진산 등과 함께 민주당 구파의 리더로 활동하였다. 1950년 대한민국의 제2대 정·부통령 선거에 부통령 후보자로 출마하였으나 낙선하였고, 1960년 대한민국 제4대 대통령 후보자로 출마하였으나 선거유세 중 병으로 미국 워싱턴 D.C. 월터리드 육군병원에 입원했다가 급서하였다.

3) 윤보선(尹潽善, 1897년 8월 26일~1990년 7월 18일)은 대한민국의 제4대 대통령을 역임한 정치인이다. 국회의원과 1948년 12월 15일부터 1949년 6월 5일까지 서울 시장을 지냈고, 1960년 8월 13일부터 1962년 3월 23일까지 대한민국 제4대 대통령을 역

통령 자리를 맡기고, 실권이 있는 총리 자리를 신구파(新舊派)가 대립(하는) 쟁탈전이 전개되어 당내 통솔을 못 하고 필경 분열되고 말았다. 일당(一黨)도 통솔 못 하는 인물들이 어찌 일국(一國)을 통치할 것인가?

그리고 야당으로 역경에 있던 인물들이라 정권과 이권(利權) 획득열(獲得熱)에 역시 단시일에 정치는 부패될 대로 되었다. 그 당시 판문점 회담 운운이니, 일부용공책(一部容共策: 일부 공산주의를 허용하자는 정책)이니 하는 위험 신호가 보이자, 당시 군인 중에서 박정희 일파가 궐기하여 혁명한 것만은 천재일우(千載一遇: 천년에 한 번 만남)의 호기(好期)였다. 누가 5.16 혁명을 칭찬 안 하리요? 이 5.16 혁명이란 역사적으로 빛나는 일이다. 이 인물들이 역사를 많이 본 인물들이라면 천재불후(千載不朽: 천년이 가도 썩지 않음)의 인물로 역사적 등장이 되었을 것이다. 그러나 내가 보기에는 견득사의(見得思義: 이득을 보면 의로움을 생각함)라는 행동이 그리 용이한 일이 아니다. 보통 인물들이라면 견물생심(見物生心)하는 것이 당연하다고 본다. 이것이 소양이 없는 인물들의 의례(依例)히 있는 행동이다.

우리가 바라기는 박정희 일파(一派) 인물들이 역사적, 세기적(世紀的) 영웅들로 출생하기를 학수고대(鶴首苦待: 몹시 애타게 기다림)하였던 것인데, 예상대로 별 인물이 아닌 보통 인물이었다. 견물생심(見物生

임하였다. 1962년 3월 하야 이후부터는 반독재 야당 지도자로 활동하였으며, 박정희를 군부 내 좌익 프락치라고 규정하여 화제가 되기도 했다. 제5대 대통령 선거와 제6대 대통령 선거에 출마하였으나 낙선하기도 하였다. 이후 한일회담 반대운동, 민주회복국민선언, 명동구국선언 등에 참여하였으며, 군사정권하에서 여러 번 기소와 재판에 회부되었다. 5.16 군사 정변을 방조했다는 의혹을 받아왔으나 제3공화국과 제4공화국 중 박정희의 라이벌이었으며, 3공과 유신시절 내내 민권투쟁에 앞장섰고, 각종 사회사업에도 참여하였다. 김영삼·김대중이 등장하기 전까지 야당을 이끌었다.

心)에 급급(汲汲: 분주함)하고 국가와 민주(民主: 주권이 국민에게 있음)보다는 자기 일신상의 허영(虛榮)을 충족하는 것이 우선적인 감(感)이 있는 인물들이다. 박 정권의 지낭(智囊: 지혜주머니, 지략가)으로 자처하는 김종필(金鍾泌)[4], 이주일(李周一)[5] 등은 가장 소인(小人)들이다. 각자의 동혈(同穴: 한 무덤)을 자굴(自掘: 스스로 파헤침)하는 행동이 벌써부터 시작되었다.

또 박 정권의 암(癌)이라는 것은 소위 대학교수진들의 좌정관천격(坐井觀天格: 우물 속에 앉아 하늘을 쳐다보는 격)의 정견(政見)들이 그대로 상정되어, 실정(失政: 잘못된 정치)이 첩출(疊出: 거듭 나옴)한다. 박 정권 주위 인물들이라는 것이 김(종필) 정보부장을 주로 (하고) 대학교수진과 또 구(舊)자유당의 악질 간부들이 수단을 가리지 않고 박 정권과 접근하여, 이 정권 당시의 수단을 그대로 발휘한다. 이자들이 그 심상(心傷: 마음의 상처)이 아직 세척 못 된 허영심이 만복(滿腹: 배에 가득 참)하여, 국리민복(國利民福)을 망각하고 정권과 이권을 확고히 장악하자는 수단인 것이다. 애석(哀惜)한 것은 박정희 일인(一人)이다. 일세기적(一世紀的) 위인도 될 수 있고, 역사적 영웅도 될 수 있는 자리에서 운니지차(雲泥之差: 구름과 진흙의 차이, 서로의 차이가 매우 심함을 비유)로 이박

4) 김종필(金鍾泌, 1926년 1월 7일~2018년 6월 23일)은 대한민국의 고위정치인이다. 제11·31대 국무총리로 재임하였다. 5.16 군사 정변에 참여해 초대 중앙정보부장으로 임명되는 것으로 정계에 입문하였다. 충청남도 부여 출생이다. 1951년 2월 박정희의 형 박상희의 장녀 박영옥과 결혼했으며 1963년 육군 준장으로 진급 후 예편했다. 9선 의원을 지내면서 김영삼, 김대중과 함께 3김이라 불리며 대한민국의 정치를 이끌었다.

5) 이주일(李周一, 1918년 11월 14일~2002년 1월 28일)은 일제강점기와 대한민국의 군인, 정치인이다. 박정희, 김종필, 장도영 등과 함께 5.16 군사 정변을 주동하였으며, 군사혁명위원회 위원과 국가재건최고회의 제2대 부의장 등을 역임하였고, 감사원 원장을 지냈다.

(李博: 이승만 박사)이나 장박(張博: 장면 박사)이나 오십보, 백보를 상쟁(相爭: 서로 다툼)할 밖에 다른 방도가 없다. 역사적 죄인이 될 것은 명약관화한 일이다.

여망국동사자(與亡國同事者: 망한 나라와 함께 일하는 사람)은 망(亡)이라 하였다. 보라! 여당 조직이라는 것이 거의 구자유당계 실정(失政: 정치에 실패함) 인물들과 군인들의 합동체다. 이 인물들이 일조(一朝)에 개과천선(改過遷善)하리라고 누가 단언하겠는가. 군인들이야 정치에 미련(未練: 익지 않음)한 인물들이라 미지수에 속하나, 구자유계(舊自由係)와 민족청년계들의 협동체다. 현 박 정권에서 이 인물들이 민간의 신용을 얼마나 받는가를 알지 못할 리 없을 것이라고 믿는다. 다만 이 인물들이라야 정권을 장구히 잡을 방식이 나오리라고 김종필의 지낭(智囊)에서 나온 정책인 것 같다. 이것은 자연적 부패를 초래할 예조(豫兆: 미리 나타난 조짐)가 보인다.

박 정권이 시작하며 장도영(張道暎)[6] 총리의 파면이 있었고 고리채(高利債) 정리안(整理案)이 있었고, 가장 중농(重農)정책을 운위(云謂)하며, 비료대 인상이 있었고 또 관영(官營: 국영) 요금인상이 있었고, 화폐

---

6) 장면을 장도영으로 오기하신 것으로 보임. 장면은 총리와 부통령을 지냈는데 당시 장면은 구체적 쿠데타 정보를 입수하여 참모총장 장도영을 불러 여러 차례 따졌으나 양다리를 걸치고 있던 장도영은 그럴 리가 없다고 부인하였다. 참고로 장도영(張都暎, 1923년 1월 23일~2012년 8월 3일)은 대한민국의 군인이자 정치가이다. 장면 내각의 두 번째 육군 참모총장이었고, 5.16 군사 정변 직후 초대 국가재건최고회의 의장을 지냈다. 1961년 군사정변이 성공하자 군사혁명위원회 의장, 계엄사령관, 국가재건최고회의 의장, 내각수석 장관, 국방부장관으로 추대되었다. 같은 해 6월 정변 주체세력에 의해 해임되고 8월 22일 중장으로 예편되었다. 이후 박정희의 중앙정보부에 의해 '반혁명' 혐의로 기소되었다. 이때 장도영을 체포 연행한 대위가 노태우였다. 1963년 3월 무기징역을 선고받았으나, 5월 형집행면제로 풀려났다. 1963년 미국으로 건너가 1969년 위스콘신 대학교 교수를 지냈고 1993년까지 교수로 재직하였다.

개혁이 있었고, 국민촉진회 조직이 있었고, 박정희 자신의 2계급 특진이 있었고, 가장 불합리하다는 단기(檀紀)를 폐지하고 가장 합리하다는 서기(西紀)를 사용하기로 하고, 국토건설대 조직이 있었고, 윤(보선) 대통령 퇴거(退去)가 있었고, 또 개헌안 국민투표가 있었고, 정당조직법이 있었다. 그리고 행정간소화 운운도 있었다. 국민들은 큰 눈을 뜨고 박 정권의 일거수일투족을 바라보고 있는 것은 만민(萬民)이 공지하는 바이다.

그러나 내가 열거한 박 정권의 시정(施政)이 그 효과가 얼마나 있었는가 잘 알 수 있는 일이다. 그러나 박정희 개인으로는 해공(海公)의 우남평(雩南評: 이승만 비평)과 동일하게 "감투가 머리에 맞지 않고 자루같이 길어서 족부(足部: 발에서 발목까지 부분)까지 내려가니, 보이지도 않고 들리지도 않는다"는 명언이 역시 이 사람에게도 적용되는 것이다. 설마 박정희 본인이야 이런 실정(失政)이 속출했으리라고는 생각지 못했을 것이요, 또 국민 전체가 자기를 지지하거니 할 것도 무리가 아니다. 또 구자유계와 악수하는 것이 얼마나 자기 자신의 명예에 이해(利害: 이롭거나 해로움)도 생각할 것이다.

금번 정쟁법(政爭法)이라는 것이 공산당의 철(鐵)의 장벽과 동일한 것이요, 타인의 출마를 금지하고 자기만 단독집권하자는 것이다. 정당조직법이 다 여기 핵성(核性: 핵심 성격)을 둔 것이다. 그리고 무소속출마 금지라는 것은 사이비한 악법이다. 이것은 현연(顯然: 현저히 그러함)한 단독 장구집정(長久執政)을 목표로 한 것이다. 그러나 두고 보라. 천리소소(天理昭昭: 하늘의 이치 밝고 밝음)하여 개인이나 정당의 비밀이 있을 리가 없다. 종말에는 다 발각되고 선악이 자연 판정되는 것이다. 구자유계들이 천벌을 그래도들 받아서 악적현주(惡積顯誅: 악이 쌓여 죄인으로 죽음)를 당하고자 금번 여당(與黨) 조직에 전력을 경주(傾注)하는 것이다. 계묘년(癸卯年: 1963년) 춘기(春期) 대통령선거나 5월 민의원 선거에 각종 추태가 연출될 것을 미리 생각하고 혁명인들의 명예롭지 못한 행동을 애석히 여기며, 이 붓을 그친다.

임인(壬寅: 1962년) 12월 27일 봉우서(鳳宇書: 봉우는 쓰다)

6-3

유의미취(有意未就: 뜻은 있으나 이루지 못함)

임인(壬寅: 1962년) 원단(元旦: 설날아침)부터 내가 목적하는 일 금년에는 일건(一件)이라도 발족해 볼까 하였던 것인데 의외로 일사불성(一事不成: 하나도 이루지 못함)하고 이 해는 저물었다. 제일, 산사(山舍: 산집)에서 연정(研精: 정신수련)이나 해볼까 한 것이 1년 360일을 허송하고 수차 입산했으나, 일차에 10여 일씩에 불과했고, 연정할 시간의 여유가 없었고 또 진출할 청년양성도 일건도 여의치 못했다. 물론 경제적으로 충분치 못한 연고나 그보다도 더한 이유로는 내가 정신적으로 성의가 부족했던 것이 주원인이다. 1년간을 동분서주(東奔西走)했으나, 아무 소득이 없고 남은 것은 백발삼천장(白髮三千丈: 머리카락만 하얗게 셈)뿐이로다. 사적으로는 유실녹화(有實綠化: 밤, 잣, 감, 대추 등의 유실수 심기)를 해볼까 하고, ○○이 이하 손아(孫兒: 손자아이)들의 유의(有意)로 저금했던 것을 화폐개혁 당시 소비하고, 보충을 못 하여 다시 갱기(更起)를 못 했고 금년 여름에 약간의 수입이 있었는데, 부채정리를 못하고 소비가 되었다. 금의야행(錦衣夜行)[7] 격의 일이었다.

금년은 더구나 내 신체가 아주 쇠약하여 인내할 도리가 없어서 3~4차나 와석(臥席: 병석에 누움)했었다. 이것은 내가 정신이나 신체를 무리하는 관계로 그 허약의 도(度: 정도)를 가(加)하는 것이다. 1년간 일건사

7) 비단옷 입고 밤길을 다님. 즉 애써 한 일을 아무도 알아주는 사람이 없어서 헛수고로 돌아감을 빗대는 말이다.

(一件事: 한 가지 일)도 적의(適意: 뜻대로 됨)한 일이 없고, 다만 번뇌(煩惱)가 있을 뿐이다. 여기서 안빈낙도(安貧樂道)나 안분(安分: 편안히 제분수를 지킴)이나 정도면 그래도 자족(自足)하겠으나, 이 역경과 안(安)이라기보다 쟁(爭: 투쟁)하여 승리를 거두지 못하고 패한 감이 많다. 거백옥(蘧伯玉)[8]은 오십에 지사십구년지비(知四十九年之非: 49년간의 잘못을 앎)라 했으나, 나는 해가 거의 저문 이때에 회상해도 360일 과거의 비(非)를 지(知: 앎)했다고는 못 하겠다. 비(非)했건, 시(是: 옳음)했건을 불문하고 금년은 저물어갈 뿐이다.

알았건, 알지 못했건도 관계할 필요 없이 63세는 또 지나간다. 명년(明年: 내년)도 또 이런 것이거니 해서 명년 예상을 미리 해볼 생각조차 나지 않고 그저 당하면 당하는 대로 해볼 일이요, 다만 고의로 악(惡)이거니 하면 이런 일은 하지 않으리라고 생각하나, 신(神)이 아니라 내가 나를 용서하는 것이 아니라 간혹 범(犯)할는지도 알 수 없는 일이다. 그저 많은 악행이나 없기를 바라고 금년에도 선악총평(善惡總評)하면 그래도 악(惡)한 편이 좀 약(弱)한 것은 사실이다.

앞으로 점점 그 악이라는 행(行)이 형적(形跡)을 감추었으면 하는 미미한 바람이 있을 뿐이다. 그리고 유지자사경성(有志者事竟成: 뜻을 가진 자 마침내 일은 성공함)이라고 유의미취(有意未就: 뜻은 있으나 성취 못

---

8) 위(衛)나라 대부 거백옥은 이름이 원(瑗)이다. 백옥(伯玉)은 자(字)이다. 50세가 되어 49세까지의 잘못을 고쳤다는, 군자표변(君子豹變)이라는 성어에 부합하는 인물. 《논어》 〈헌문(憲問)〉편에 거백옥이 보낸 심부름꾼의 겸손한 태도를 통해서 그의 주인인 거백옥이 얼마나 훌륭한 인물인지 칭송하는 장면이 나온다. 공자는 《논어》 〈위령공〉편에서도 다음과 같이 사어와 거백옥을 칭찬한다. "강직하도다 사어는! 나라에 도가 있으면 화살처럼 곧고 나라에 도가 없어도 화살처럼 곧으니. 군자답도다 거백옥은! 나라에 도가 있으면 벼슬살이를 하고 나라에 도가 없으면 재주를 걷어서 가슴속에 감추어 둘 수 있으니."

함)한 일을 **작지불이**(作之不已: 힘써 하고 그치지 않음)하고 **행지불이**(行之不已: 실행하고 그치지 않음)해서 그 목적까지 가보겠다고 결심을 굳게 하고 내 건강을 자축(自祝)하며 이 붓을 그친다.

임인(壬寅: 1962년) 12월 27일 봉우서(鳳宇書)

추기(追記)

내가 소년시대부터 연정(硏精)이라는 것을 생각하고 있었고, 청년시대에는 몸소 실행해 본 일이 있었다. 그 후에 비록 미미(微微)했으나, 연정의 효과가 어느 정도 있었다. 고인의 비(比: 견줌)는 못 되나, 그래도 어느 정도라고 확언(確言)을 하기는 내가 붓을 들고는 사실 곤란한 일이나, 사실대로 말하자면 하산(下山)한 지 5~6년간은 잠시 취정(聚精: 정신을 모음)만 하면 관심술(觀心術)은 충분하였고, 투시(透視)도 무난하였다. 고인들의 어느 계제(階梯: 계단과 사닥다리)에 도달한 것이었었다. 국가 대소사(大小事)나 세계 동정(動靜)이니를 거의 명찰(明察: 똑똑히 살핌)하여 자족(自足)했었다.

그러다가 안하무인격이 되어서 중국, 일본, 조선에서 여러 학인들과 상대해 보았으나, 일차도 그 인물이면 사사(師事: 스승으로 섬김)하겠다는 인물을 상봉하지 못한 것이 나의 학업이 후퇴한 원인이 된다. 비록 상대방이 약하더라도 내 후일을 위하여 연정을 계속하였다면 고인의 비(比)도 될 수 있는 것인데, 점점 소실되고 수련을 덜하는 관계도 있고 또 노쇠한 원인도 있어서 실력이 약해지게 되어, 구일(舊日: 옛날)에 소견(所見)한 바는 변할 리 없으나, 현금(現今: 이제) 졸지에 관심(觀心)이나 투시가 되지 않는다.

이것이 완전한 퇴패(退敗: 패퇴)가 아니고 무엇인가? 그래서 수삼 년 전부터 다시 입산하여 승진은 못 하더라도 옛날 좌위(座位: 자리, 위치)나 확보해 보겠다는 심산이었으나, 여의치 못하여 **호사다마**(好事多魔: 좋은 일에 방해가 많음)로 **차일피일**(此日彼日: 이날저날 하며 미루는 모양)한 것이 63년이라는 노쇠경(老衰境)에 도달한 것이다. 명년도 내 심산으로는 만춘(晩春: 늦봄)에는 입산해 보려니 했으나, 명춘(明春: 내년 봄) 일은 명춘에 보아야 알 일이지 **사불가역도**(事不可逆睹: 일은 거슬러 볼 수 없음)라고 확언을 못 하겠다. 후진양성이라도 있어서 내 이상을 얼른 승진했으면 나는 가는 길에 안심하겠는데, 아직 근사자(近似者: 가까이 같은 사람)도 없다. 그러하니 내두(來頭: 미래) 백산운(白山運)에 우리 계(係)에서 누가 그 책임을 질 것인가가 가장 불안감을 가지고 있는 것이다.

내 비록 노쇠했으나 후고(後顧: 뒤돌아봄)할 공사간(公私間) 일이 없고, 전심전력을 다한다면 1~2년이면 **완전성가**(完全成家)하여 불후(不朽: 썩지 않음)의 일좌(一座)를 가질 수 있는 것인데, 이것도 **청복**(淸福)9)

9) 다산도 청복에 대해 언급한 적이 있다. "세상에서 이른바 복이란 대체로 두 가지가 있다. 외직으로 나가서는 대장기(大將旗)를 세우고 관인(官印)을 허리에 두르고 풍악을 울리고 미녀를 끼고 놀며, 내직으로 들어와서는 초헌(軺軒: 종2품 이상이 타던 수레)을 타고 비단옷을 입고, 대궐에 출입하고 묘당(廟堂)에 앉아서 사방의 정책을 듣는 것, 이것을 두고 '열복(熱福)'이라 하고, 깊은 산중에 살면서 삼베옷을 입고 짚신을 신으며, 맑은 샘물에 가서 발을 씻고 노송(老松)에 기대어 시가(詩歌)를 읊으며, 당(堂) 위에는 이름난 거문고와 오래 묵은 석경(石磬 악기의 일종), 바둑 한 판[枰], 책 한 다락을 갖추어 두고, 당 앞에는 백학(白鶴) 한 쌍을 기르고 기이한 화초(花草)와 나무, 그리고 수명을 늘이고 기운을 돋우는 약초(藥草)들을 심으며, 때로는 산승(山僧)이나 선인(仙人)들과 서로 왕래하고 돌아다니며 즐겨서 세월이 오가는 것을 모르고 조야(朝野)의 치란(治亂)을 듣지

이라 그리 용이한 일이 아니로다.

근년에 수인(數人: 두서너 사람)의 수재(秀才)는 보았으나, 완전무결한 자질이 부족하여 일시지영재(一時之英才: 한때의 영재)는 될지언정 백산운화(白山運化)의 일견지력(一肩之力: 한쪽 어깨의 힘)이 될 만한 인물을 아직 보지 못했다. 이것이 백산운화가 좀 시기상조가 아닌가 의심난다. 현상으로는 평화 신무기(新武器)가 완전한 설계가 아직 입수되진 않는다. 겨우 그 윤곽만 알 정도고 보니, 한심한 일이다. 임인년을 허송하며 감개무량하여 이 추기를 쓰는 것이다.

12월 27일 야심(夜深) 봉우서(鳳宇書)

않는 것, 이것을 두고 '청복(淸福)'이라 한다. 사람이 이 두 가지 중에 선택하는 것은 오직 각기 성품대로 하되, 하늘이 매우 아끼고 주려 하지 않는 것은 바로 청복(淸福)인 것이다. 그러므로 열복을 얻은 이는 세상에 흔하나 청복을 얻은 이는 얼마 없는 것이다." (《다산시문집》 제13권 수록)

구봉 선생도 '족부족(足不足)'에서 청복을 누리는 지속(知足)의 삶을 예찬한 바가 있다.

6-4

임인년(壬寅年: 1962년)을 보내며

내가 제석(除夕: 섣달 그믐날밤)날 송년사(送年辭)를 쓴 것도 십여 차(十餘次)가 된다. 한 번도 내 마음이 경쾌해서 이 해는 잘 보낸다고 쓴 일이 없다. 항상 강개불평(慷慨不平: 의롭지 못한 것을 보고 의기가 복받치어 원통하고 슬픈 것을 불평함)을 그대로 그려 본 것이었다. 금년이라고 무엇이 다를 리 없다. 임인년 360일도 이렇다고 할 내게 기념이 남을 일은 한 가지도 없고, 사적으로 12월 초팔일(初八日)에 손아(孫兒)를 탄생한 것이 내게 바람이 있다고 볼 뿐이요, 다른 일은 한 가지도 없다. 게다가 무슨 일 한 가지 경영해 보지도 못하고 엉거주춤하고 있다가 1년을 전허송(全虛送: 온전히 헛되이 보냄)을 했다. 공적(公的)은 공적대로 허송이요, 사적(私的)은 사적대로 허송이라 내가 전허송이라고 평을 가해 본 것이다.

공적으로는 정부의 행정이 국리민복(國利民福)이 될 일이 있었는가 하면 자기들이야 무엇이라 하든지 우리가 보기에는 전허송이요, 또 사회상도 소호(小毫)의 진전도 보지 못했고 우리가 고대(苦待)하는 백산운화(白山運化)의 조짐이 보이지 않고 후진들 양성도 흔적이 없었고, 사적으로는 내 개인이나, 내 가족 전체가 소호의 진전이라기보다 도리어 후퇴를 상당히 했다. 정신적이나 물질적이나 공히 후퇴를 해서 허송에 그친 것이 아니었다. 공사공(公私共: 공사 모두) 전허송을 금년을 무엇이 계연(係戀: 얽매여 연연함)이 되어서 송년사를 쓰느라 붓을 아끼리요? 이렇게 무의미한 해는 하루라도 속히 보내고 신년을 미지수(未知數) 중에서 맞이하는 것이 도리어 당연하다고 생각된다. 비록 명년이 미지수(未知數)에 속하나, 그래도 미미한 희망을 가진 신년(新年: 새해)이라 명년 제석에 또 금년 제석과 동일할지라도 미지수 중에 있는 것이라 과거보다는 미래에 희망을 붙이고 지난 임인년을 보내며 명년이 금년같이 전허송이 안 되기를 고대하며 송년사를 그치노라.

임인(壬寅: 1962년) 대회일(大晦日)[10] 봉우서(鳳宇書)

추기(追記)

금년 동서 양진영에서는 일촉즉발(一觸卽發)의 위기에 직면(直面)했던 큐버 문제[11]가 있어서 세인의 이목을 놀랬고, 아직도 콩고 문제[12]가 해결되지 않고 있다. 현상도 우리나라는 유엔 가입도 못 하고 있고, 통한(統韓: 통일한국) 문제가 어느 방식으로 나올지도 미지수에 있는 것

10) 섣달그믐. 음력 12월의 마지막 날로 다음날은 설(음력 1월 1일)이다. 섣달그믐의 밤은 제야(除夜) 또는 제석(除夕)이라고 한다. 새벽녘에 닭이 울 때까지 잠을 자지 않고 새해를 맞이하는 풍습이 있다.

11) 냉전 당시 소련의 쿠바 미사일 기지 건설로 인해 미국과 소련 양국이 1962년 10월 16일부터 28일까지 군사적으로 대치한 사건. 결국 미국에 비해 실력이 열세였던 소련의 현실로 인해 흐루쇼프가 먼저 백기를 들었다. 한편 흐루쇼프도 케네디에게서 쿠바 침공 금지와 튀르키예에 배치된 핵미사일 제거를 약속받았다.

12) 벨기에의 잔혹한 식민통치로부터 벗어나 1960년 콩고민주공화국이 수립되었다. 하지만 독립하자마자 한때 콩고 독립운동의 3인방이었던 루뭄바와 카사부부, 촘베 간의 갈등이 심각해졌고 내전으로 격화되었다. 이는 각각 소련, 프랑스와 벨기에, 미국의 지원을 받는 대리전 형국이 되어 버렸다.

이요, 또 박 정권의 외교관계인가 또는 미국의 기정방침인 정책인가는 우리 같은 촌옹(村翁: 시골 늙은이)으로는 알 수 없는 일이나, 경제원조의 보조가 차관(借款)으로 변하여 국민들이야 직접 알 수 없으나, 국가적으로 막대한 손실이 아니라고 누가 확보(確保: 확실히 보증)할 것인가? 그리고 군원(軍援: 군사원조)도 우리 국방력의 자주성(自主性)으로 공격과 방어를 자신 있게 할 수 있는 정도의 군원인가는 군사 전문가가 아니라 알 수 없으나, 내 사견으로는 미국의 과거로 경험으로 보아 그 산하(傘下: 우산 아래)의 여러 나라의 군원(軍援)을 겨우 현상유지 정도에 그치고 상대방을 압도할 만한 여력을 주지 않는 것이 그 나라의 기본 방침인 것 같다. 그래서 소련과 대립해 보면 일국(一國), 이국(二國)씩 미국이 실각(失脚)하는 것이 과거 경험이라 우리나라 군원도 역시 이 방식이 아닌가 한다.

그렇다면 군경(軍經: 군사나 경제) 공히 그 원조가 병자가 완전 소생하게가 아니라 결핵병 중환자를 입원시키고, 현 생명만 유지시키는 치료 방식이 아닌가 한다. 어느 날이든지 중간에서 퇴원만 하면 그 생명은 연장 못 된다는 철칙(鐵則)인 것이었다. 우리 국가와 민족은 임인년(壬寅年: 1962년)이 가장 위기에 직면했던 해라는 것을 잊어서는 안 된다. 그런 의미에서 이 임인 제석(除夕)을 보내며 백일몽을 꾸고 있는 우리 국민 상하의 이 악몽을 하루라도 빨리 각성(覺醒: 깨달아 정신 차림)했으면 하는 내 개인의 미미한 바람이나, 그럴 리는 없겠지만 만약 군사적으로 미국에서 손을 뗐을 때 우리 군사력으로 얼마나 자신 있게 공방(攻防: 공격과 방어)할 것인가 군사 수뇌자(首腦者)들은 잘 알 것이다.

오늘날 이 자리에서 이 일을 걱정하고 있는 사람이 얼마나 되는가 가장 나로서는 한심한 일이다. 나 일신만은 안정(安靜: 편안하고 고요함)하나, 이 복잡다단한 임인년 제석을 보내며 명년인 계묘년(癸卯年: 1963년)은 또 군정(軍政)에서 민정이양(民政移讓)이라는 양두구육(羊頭狗肉)[13]격의 일체행사가 계묘년에 있을 것이라 송자지자(送者至者: 보낸 사람, 도착한 사람)가 별 다를 것이 없다는 것을 생각하고 국가의 운(運)이 아직 국리민복(國利民福)의 아(芽: 싹)가 탄(綻: 봉오리가 벌어짐)치 않는 것을 탄(歎: 탄식함)하며 대황조(大皇祖)께 하루라도 속히 백산운화(白山運化)의 조(兆: 조짐)을 뵈이시라고 심축(心祝)하고 이 붓을 그치노라.

임인(壬寅: 1962년) 제석(除夕) 봉우추기(鳳宇追記)

13) 양의 머리를 걸어 놓고 개고기를 판다는 뜻으로, 겉보기만 그럴듯하게 보이고 속은 변변하지 아니함을 이르는 말. 당시 민정이양 발표의 진의가 의심된 이유는 쿠데타 이후 초헌법적 조치들을 남발하며 용공과 반혁명사건을 만들어 내어 구 정치인들을 회복 불능의 상태로 만들어 놓고는 혁명공약이었던 '과업을 마치면 군인 본연의 임무에 복귀하겠다'던 약속을 어기고 '군복을 벗으면 우리도 민간인'이라는 논리로 말을 바꿔 민정 참여 의지를 드러냈기 때문.

6-5

계명성(啓明星)[14]은 방광(放光: 빛을 내쏨)한 지 오래다

간도(艮道)는 **성시성종**(成始成終: 시작을 이루고 끝을 이룸)이라 하였고, **간도광명**(艮道光明: 간방의 도는 밝음)이라 하였고, 간(艮)은 **중명**(重明: 다시 밝음)이라 하였다. 역(易: 역경)에서 간(艮)은 동북(東北)에 위(位: 자리)하고 있고, 또 산(山)을 의미한 것이다. 간도광명이라는 것이 우리가 거주하고 있는 **배달족**(倍達族)[15]의 근원지인 **백산**(白山)이라는 것이 광명한 산이라는 표현이다. 인류의 몽매(蒙昧: 어리석고 어두움)를 광명하게 한 곳이 간(艮)에서 시(始: 시작)하였고, 극단(極端)의 치란(治亂)이 계속되어 말세에 미치어, 도로 몽매하게 될 때에는 문명의 말단인 물질 전성시(全盛時)에는 다시 도덕문명인 광명이 간방(艮方: 동북

14) 새벽 동쪽하늘에 떠 있는 별, 금성(金星)

15) 배달의 어원에 대해서 여러 설이 있으나 몽골어 바타르(Baatar)로도 뜻을 짐작해 볼 수 있다. 이는 영웅, 으뜸, 최고 등의 뜻을 가지고 있는데 튀르키예어 Bahadır, 헝가리어 Bátor, 우르드어 Bahadur, 우즈벡과 카자흐어 Batyr, 페르시아어 Bahador, 러시아어 Bogatyr 또는 Bagatir 등도 같은 말이다. '바타ㄹ' 또는 이와 비슷한 발음을 가진 단어가 북방 유목민들에게 공유되고 있다고 볼 수 있는데 이것을 한자로 차음한 것이 배달(倍達)인 것이고 그 어원은 우리말 '밝다'와 관련이 있지 않은가 생각해 볼 수 있다. 최남선은《불함문화론》에서 우리 민족이 고대에 동에서 서로 이동하면서 '밝음'과 관련된 공통된 지명들을 남겼다고 주장했는데 이와도 상통한다. 예를 들어, 발칸 반도의 발칸도 '밝은'에서 나왔다는 것인데 밝음을 숭상하고 태양을 숭상하는 우리 민족이 이동하며 남긴 지명이라는 것이다. 여러 민족 중 우리 민족이 제일 큰형이자 으뜸 민족이기에 배달이라는 멍칭이 붙은 건 아닌가 상상해 본다. 배달족은 밝은 민족이요 한배검께서 인도하신 여러 형제들 중 맏이인 것이다.

방)에서 종조리(終條理)16)를 고하여 중명(重明)이 될 것이라는 역(易)의 예고가 있다. 근대에 인도의 타골17) 시성(詩聖)이 우리나라를 읊조린 시(詩)도 역시 이 의미인 것이다. 세계도덕문명의 재(再)발상지가 우리나라라는 묵시(默示)이다.

보라! 현 미소(美蘇) 양진영(兩陣營)의 물질문명 극치를 다툰다. 이것이 도덕문명에 대한 몽매의 극치를 의미하는 것이 아니고 무엇이겠는가? 여기서 도덕문명이 재방광(再放光: 다시 빛남)될 시기가 왔다는 예고임에 틀림없다. 이것이 계명성의 방광이 아니고 무엇일까? 세인들은 속(速: 빠름)한 장래를 대망(待望: 기다리고 바람)하고 있으나, 생양수장(生養收藏: 낳고 키우고 거둬서 보관함)하는 시기가 있는 법이라 우리가 보기에는 현세기가 과도기라고 확언하겠다. 그렇다면 하원갑(下元甲)18)이라야 그 발상임을 세인이 다 알게 될 것이요, 그 이전에는 지자지(知者知: 알 사람은 앎)하고, 부지자부지(不知者不知: 모르는 이는 모름)하는 중에서 싹이 트리라고 나는 예언(豫言)해 두는 것이다.

건상(乾象: 천문)으로는 간도광명(艮道光明)의 징조가 벌써부터 보인

---

16) 일이나 행동 따위를 끝내는데 체계를 세우는 형식상의 갈피. 조리 있게 끝맺는 것을 말함. 한편 시조리(始條理)는 조리 있게 시작하는 것을 말한다.

17) 라빈드라나트 타고르(1861년 5월 7일~1941년 8월 7일)는 인도의 시인 겸 철학자이다. 영국 런던 대학교 유니버시티 칼리지 런던(UCL, Universiy Collge London)에 유학하여, 법학과 문학을 전공하였다. 1913년 아시아에서는 처음으로 노벨 문학상을 수상했다. 1929년 일본을 방문하였을 때 〈동아일보〉 기자가 한국 방문을 요청하자 이에 응하지 못함을 미안하게 여겨 기자에게 '동방의 등불'이라는 그 유명한 시를 전해주었다. '일찍이 아시아의 황금 시기에/ 빛나던 등촉의 하나인 조선/ 그 등불 한 번 다시 켜지는 날에/ 너는 동방의 밝은 빛이 되리라'. 영어 원문은 다음과 같다. 'In the golden age of Asia/ Korea was one of its lamp-bearers,/ and that lamp is waiting/ to be lighted once again/ for the illumination in the East'

18) 시대변화의 큰 단위로 잡는 세 묶음의 육십갑자 가운데 세 번째 육십갑자의 60년, 1984년부터 60년간의 시대

다. 이것이 10년, 20년 육성되어야 비로소 그 광화(光華: 광채)가 보조(普照: 널리 비춤)되리라고 말하겠다. 현상의 금수(禽獸)세계를 한심해 할 것 없이 장춘(長春)세계의 소식이 속(速)해진다는 것을 반가이 생각하고 각자가 정심수기(正心守己: 마음을 바르게 하고 자신을 지킴)하고, 대기(待機: 때를 기다림)하는 것이 당연한 일이요, 소호라도 현 물질문명 극치에 낙망하지 말고 도덕의 신아(新芽)를 온상(溫床)에 잘 육성하라는 것이다. 내가 20년, 30년 전부터 발언하고 있는 백산운화라는 것이 내 일개인의 사견이 아니요, 우리 백산족의 재광명을 우주에 수광(垂光: 빛을 드리움)할 확정된 운을 내가 본대로 발언했을 뿐이다.

세계 사조(思潮: 사상의 흐름)나 우주 동태(動態: 변화 상태)나가 다 우리나라의 싹트고자 하는 간도(艮道) 성시성종(成始成終: 시작과 끝을 이룸)의 신아(新芽: 새싹)를 볼 수 있게 하는 것이다. 현상은 백산 이남 양강선(兩江線)까지도 양단(兩斷)되어 남북 분열로 되어 있으나, 불구(不久)해서 동북만리(東北萬里)가 우리 지역으로, 평화천국으로 장춘세계를 건립해서 만년대계(萬年大計)가 우리 민족의 손으로 수립될 것을 재삼 확언해 두는 것이요, 말로만 공염불(空念佛)을 하는 것이 아니라 두고 보면 착착 그 보조(步調)가 맞아간다는 것을 알 것이다.

이것이 계명성의 방광이 아니고 무엇이겠는가? 이 일꾼들이 화현(化現: 드러나타남)한지는 벌써 오래다. 각계각층에 산재하여 아직 각자가 그 일꾼의 일인이라는 것을 자각 못 하고 있을 뿐이다. 근래 유사종교에서 별별 기괴망칙한 언동을 다 하나, 이것이 다 계명성이 방광하는 것을 오인하고 하는 데 불과하다. 야소부활(耶蘇復活: 예수의 부활)이니, 용화출세(龍華出世: 용화미륵불께서 세상에 나오심)니, 대황조(大皇祖) 중림(重臨: 다시 나오심)이니, 대순중화(大舜重華: 순임금이 다시 나오심)니 하는 것이 다 동일한 재광명이 된다는 예언에 불외(不外: 지나지 않음) 한 것이다. 금일(今日: 오늘)이 다 같은 날이나, 어느 의미로 보아서 어느 관절의 한 절(節)임에는 재언할 필요가 없어서 내가 중언(重言)을 재삼(再三: 여러 번)하는 것이다. 노부(老父: 늙은 애비)가 후일에 망언(妄言: 망발)하지 않는 것을 알 것이다.

임인(壬寅: 1962년) 제석(除夕) 봉우서(鳳宇書)

1963년(癸卯)

6-6

머리에 쓰고자 하는 말(1)

이 지구상 인류가 탄생한 지 1만 년인지 10만 년인지 알 수 없다. 또 개벽(開闢: 세상이 처음으로 생김)을 몇 번 했는지도 알 수 없는 일이다. 그러니 우리의 과거가 그렇거니 미래도 또 1만 년이 될지, 10만 년이 될지 또 그 이전에 건곤개벽(乾坤開闢: 천지개벽)이 되어 다시 혼몽천지(渾蒙天地: 흐릿하게 덮인 천지)가 될지 알 수 없는 일이다.

과거에 전 지구의 무슨 변화가 있어서 전 인류가 거의 멸망하고 얼마 남지 않은 사람이 다시 종자가 퍼져서 얼마를 경과했는지 이곳저곳에 산재해서 그 수가 늘자, 비로소 전장(奠長: 제사장)이니, 무엇이니 하며 그 이전의 신화(神話)를 전해 오는 것이 동서양이 일반이다. 이렇게 또 얼마를 경과해서 비로소 사회가 형성되고 거기서 목자(牧者: 사람을 기르는 자, 지도자)가 나오게 되어 두뇌가 명민(明敏)한 부족이 먼저 문명(文明)되어 점차적으로 그 덕화(德化: 덕행으로 교화시킴)를 받아서, 이곳저곳이 본받아서 인목(人牧)들이 나오게 된 것은 동서양이 일반일 것이요, 여기서 인류가 번식되어 생존경쟁이 있게 된다.

그러나 고대에는 풍속이 순박해서 인목(人牧)들이 덕화로 다스렸으나, 다음부터는 그 경쟁이 노골화(露骨化)해서 족여족(族與族: 민족과 민족), 국여국(國與國: 나라와 나라)의 약육강식하는 전쟁으로 화했다. 문명이 점점 발달해가며 이 전쟁의 피해가 많은 것을 알고 전쟁이 나면 중간에 강화시키는 예가 자고(自古: 옛부터)로 있었다. 이런 것을 막기 위해서 성인(聖人)들이 인목으로 출세해서 도덕의 정당성을 인민에게 가르치시어 호상(互相) 양보하며 서로 협조해가며, 살아 나가는 것이 정당하다고 약육강식을 방지하시었다. 그러나 도심(道心)은 미약(微弱)해지고 인욕(人慾: 사람의 욕심)은 점강(漸强: 점점 강해짐)해져서 성인들의 말씀은 잊어버리고 우선 급한 욕심으로 강자들 압력이 약자에게 임하게 되니, 이것이 영웅시대다.

서로 서로 강약을 경쟁해서 국가의 연대가 불장(不長: 길지 않음)하다. 심지어 조득모실(朝得暮失: 아침에 얻고 저녁에 잃음)하는 예가 얼마든지 있었다. 나라는 나라대로, 민족은 민족대로 이 전쟁을 좋아할 리가 없다. 그러나 강자들의 압력에 약자들도 자기 역량대로는 방어코자 군비(軍備: 군사 대비)를 안 할 수가 없는 것이다. 여기 전력(專力: 오로지 한 일에만 힘을 쏟음)하느라고 어느 나라고 국민 부담은 많아가고, 문화는 점점 쇠퇴해진다. 그러는 중에 동서양의 나라가 많이 생겨서 국제공법(公法)이라는 것이 생겨서 비록 전쟁이라도 인류 전멸이 될 병기나 또 너무 잔혹한 행동은 못해지도록 공법이 정해졌다. 그러나 강자간(强者間)에는 국제공법이 불여대포일성(不如大砲一聲: 큰 대포 소리만 못 함)이라고 강자에게는 법도 없고, 폭행을 제지할 수도 없었다.

인목(人牧)으로서 가장 전쟁을 잘한 자를 영웅이니, 호걸(豪傑)이니 한다. 동서양이 거의 동일하다. 동양에도 열국(列國: 여러 나라)의 제환공(齊桓公)[19], 진문공(晉文公)[20] 등 오패(五霸)[21]가 다 약육강식에 능

19) 제 환공은 중국 춘추시대의 제나라의 제16대 임금이다. 성은 강(姜), 씨는 여(呂)·제(齊), 휘는 소백, 강태공의 12세손이며, 시호는 환공. 춘추시대 최초의 패자(霸者)이다. 고혜와 포숙아의 활약에 의해 공자 규와의 군위 계승 분쟁에서 승리해 제나라의 군주가 되었다. 관중을 재상으로 삼고 제나라를 강대한 나라로 만들었다.

20) 진 문공(晉文公)은 진나라의 제24대 공작이다. 성은 희(姬), 휘는 중이(重耳), 시호는

한 영웅들이요, 이것을 제지할 수 없어서 공부자(孔夫子)께서 춘추필주(春秋筆誅: 역사를 글로 비판함)를 하시며, 천하 후세에 난신적자(亂臣賊子: 나라를 어지럽히는 신하와 부모 뜻을 거스르는 자식)의 간담(肝膽: 간과 쓸개)을 서늘하게 하신 것이다. 그러나 진시황이 통일한 후에는 누가 말할 사람이 없어서 분서시갱유생(焚書詩坑儒生: 서책을 불사르고 유학자들을 파묻음) 같은 폭행이 있어서 2세에 망했다. 패공(沛公: 한고조 유방)이 비록 창업했으나, 역시 약육강식하는 영웅이요, 성자(聖者)는 아니다. 항우(項羽)나 패공이나 다 같은 강자(强者)요, 성자가 아니라는 말이다. 한(漢)의 삼혁명(三革命)[22]이 동일하다. 역대 제왕이 누가 왕도(王道)를 생각이나 해보았으리요? 이것이 지구상 동서양의 경과가 거의 동일한 과정을 밟고 왔다는 것이다. 이것이 점점 극도에 달해서 현 동서를 막론하고 미소(美蘇) 양대 강국의 발호(跋扈: 세력을 휘두르며 함부로 날뜀)를 면치 못하고 있는 것이다. 이것이 물질문명의 최고 단계에 임한 것이라는 말이다.

문공(文公)으로, 진 헌공의 아들이다. 헌공의 뒤를 잇지 못한 채 진나라를 떠나 19년간 전국을 유랑하였다. 기원전 636년 왕위에 올랐다. 각종 개혁정책과 군사활동으로 춘추오패의 한 사람으로 꼽힌다.

21) 중국 춘추시대의 5대 패자(霸者). 제나라의 환공, 진나라의 문공, 초나라의 장왕, 오나라의 왕 합려, 월나라의 왕 구천을 가리킨다. 또는 춘추시대의 5대 강국을 일컫기도 한다.

22) 한(漢)의 국력 향상과 사회 변화에 영향을 미친 세 가지 중요 혁명을 가리킨다. 이 세 가지는 다음과 같다. 1) 성(成)혁명: 곽거병(霍去病)의 활약으로 알려져 있으며, 서쪽 영토 안정과 국경선 형성에 큰 역할을 했다. 2) 양(陽)혁명: 도학자 왕광(王光)의 업적으로 알려져 있으며, 서쪽 영토 통일과 통치 체제 강화에 기여했다. 3) 천(天)혁명: 동탁(董卓)의 주도로 일어났지만 실패했다. 동탁은 천자(天子)의 권한을 강화하려 했지만 동탁의 독재로 인해 내란과 국가 붕괴가 발생했다. (이 각주 설명은 chatGPT의 답변으로 사실 확인이 필요함)

인목(人牧)으로 애민여적자(愛民如赤子: 백성을 사랑하길 간난아이처럼 함)한다는 사랑하는 마음과 덕화(德化)가 뇌급만방(賴及萬邦: 모든 나라에서 힘입음)에 화피초목(化被草木: 풀과 나무에까지 덕화를 입힘)이라는 성인들의 영자(影子: 그림자)를 볼 수 없고, 강국이라고 자부하는 나라는 과거 같으면 육해군의 숫자와 함포의 수가 강약을 정했는데, 현상은 항공력이 군의 역량을 좌우하며 그보다도 무시무시한 살인무기인 핵폭탄의 소유량이 그 나라의 강약을 확정하는 것이다. 강국의 주목표가 살인 잘하는 자가 왕좌(王座)를 차지하게 되고, 인류가 얼마나 천(賤: 천박함)한지 생산(출산)금지법을 국법(國法)으로 시행한다. 축산(畜産: 소, 돼지 등 가축)이 식량을 소비하는 것은 조금도 가석(可惜: 아까움)하지 않고, 인류가 증식(增殖: 더 늘림)해서 양정(糧政: 식량정책)이 소비되는 것은 가장 공비(空費: 헛되이 소비됨)같이 여겨서 인구(제한)정책이 나온다. 그런 부류 인물들이라면 핵무기를 사용 확대시켜서 세계 30억 인구를 수억으로 축소시키고자 할 방안도 있을지 알 수 없다. 이것이 물질문명의 최종기(最終期: 마지막 시기)가 아니고 무엇인가?

그러나 물극필반(物極必反)이다. 도덕문명이 흔적도 볼 수 없는 이때이나, 물질문명 첨단에서 세계의 전 인류가 부르는 소리는 현상을 구하려면 공산도 아니요, 자본주의도 아닌 도덕이 아니고서는 인류의 멸망을 건질 수 없다는 것이 공통된 이념으로 나온 것이다. 아직도 마음만 있지 자본주의나 공산주의를 물리치고 도덕이념을 실천시킬 만한 역량이 부족하다는 것이다. 아직 배태(胚胎: 새끼를 뱀) 기간이라는 단안(斷案)을 내리고, 도덕화평운동의 건전한 신아(新芽: 새싹)가 세계 각국에서 육성되어 완전 착근(着根: 뿌리내림)으로 화개(花開), 엽무(葉茂: 잎이 무성해짐), 결실(結實)의 도정(道程)을 일일(一日)이라도 속히 밟아서 현 자본, 공산 양진영의 항복(降伏)을 실현시키는 것이 장춘세계(長春世界) 발족의 급선무(急先務)가 된다.

고인들의 말에 솔인류이함우금수지역(率人類而陷于禽獸地域: 인류를 거느리다 짐승의 구역에 빠짐)이라 했는데, 현상으로 보면 도의(道義)사상이 무엇인지 모른다는 것보다 금수불여(禽獸不如: 짐승만도 못함)한 일이 얼마든지 있다. 이것을 통탄하는 인사들이 한심을 금치 못하고 도덕평화, 구국구족(救國救族: 나라와 민족을 구원함)에서 시작해서 세계평화를 제창하는 일이 동에서, 서에서 이곳저곳에서 호응한다. 아직 구체적 방안이 나오지 못하고, 또 신생(新生)이라 각국에서 통일된 이념이 서지 못한 것이 단점이라면 단점이지 유지자간(有志者間: 뜻 있는 사람 사이)에는 공명(共鳴)되고 있는 것은 사실이다. 비록 약하나 세계에서 누가 반대할 사람은 없다. 다만 미소 양진영에서 아전인수로 자기들의 정책과 상이점이 있다. 외찬내거(外贊內拒: 밖으로는 찬성하고 안으로 거절함)할는지는 알 수 없으나, 미약한 힘이나마 불휴하고 규합해야 한다고 본다. 이것이 현실이요 공상은 아니다.

그리고 우리 배달족으로는 대황조(大皇祖) 님의 홍익인간(弘益人間)의 박애(博愛: 많은 사람을 차별 없이 사랑함)주의가 곧 장춘세계(長春世界) 건설의 이상(理想)이라고 본다. 이것을 비록 말하는 방식은 다르나, 세계 각국의 종교들의 교주(教主)되시는 분들의 이념이 누구나가 도덕을 제외하고 선교(宣教)하신 이가 없다. 동서양의 교조(教祖)들은 다 성자(聖者)들이시오, 다 인류를 금수역(禽獸域: 금수 지역)에서 환언하면 인간지옥에서 구출해서 인간극락(人間極樂)이니, 천당(天堂)이니로 인자(仁慈)한 인도(引導)를 하려는 대자대비(大慈大悲)한 성심(聖心)들이시다. 모니불(牟尼佛: 석가모니불)이시나, 야소(耶蘇: 예수)나 노자, 소크

라테스나 마호밋(마호메트)나가 비록 방식에 있어서는 다를지 모르나, 귀착점은 다 동일하다는 말이다.

교도(教徒)들의 오해로 각립문호(各立門戶: 각자 문호를 세움)하나, 인류를 사랑하라, 세상 지옥고(地獄苦)에서 구출하라는 것은 누구나 다 동일할 것이다. 선한 자는 구원을 받고, 악한 자는 지옥고를 면치 못한다는 것도 거의 같고, 비록 악한 자라도 그 죄과를 개(改: 고침)하면 용서를 받는다는 것도 다 동일하다. 그렇다면 그 문호를 통과하고 세계 만방에서 종교도 아니요, 문호도 없는 세계 인류의 단결로 전 인류의 지옥문을 파쇄하고 지상극락을 건설해서 그곳으로 구출하자는 우리 대황조의 홍익인간 이념을 실현시키자는 것이다.

그러기 위해서 우리는 편언척자(片言隻字: 한 마디 말과 몇 글자)의 기록이라도 그 자본주의로 도의를 망각한 사실이거나 공산주의로 인류를 멸망시키고자 하는 것은 다 정의(正義)와 인도(人道)에 벗어나는 일이라 말할 필요도 없다. 권선증악(勸善憎惡: 선을 권하고 악을 미워함)하는 일이라면 큰 효과가 없을지라도 한 일, 두 일 거듭해서 일구세심(日久歲深: 세월이 오래 됨)토록 불휴(不休: 쉬지 않음)하고 말로 하고, 붓으로 쓰고, 몸으로 행하고, 사람에게 권한다면 한 사람, 한 사람씩 미약한 힘이라도 합해져서 다음에는 점점 합력(合力)이 되면 얼마든지 강해질 수 있다.

그 공정무사(公正無私: 공정하고 사적인 게 없음)한 힘의 강하다는 것은 약육강식하는 강이 아니라, 사랑하는 힘이 강해지고 또 허물을 고치는 힘이 강해지고, 또 악한 사람을 선한 곳으로 구출하는 힘이 강해진다. 이 힘이 강해질수록 악은 물러가고 선은 더 커진다. 이것이 홍익인간 이념이지 내가 횡설수설을 쓰는 중에도 일언반사(一言半辭: 한 마디, 반 마디)라도 명정언순(名正言順: 명분이 바르고 말이 사리에 맞음)한 것이 아니면 쓰지 않고자 한 것이다.

내가 미력하나마 수십 년을 변하지 않고 그 이념을 가지고 나온 바이다. 내가 역량이 부족해서 폭은 넓지 못하나, 안광낙지(眼光落地: 눈빛이 땅에 떨어짐)하기 전까지는 불변할 예정이다. 과거가 기십만년(幾十萬年)이거나, 미래가 기십만년이거나 그것은 내가 관계할 바 아니요, 다만 나는 내가 있는 이 세상에서나 마음만이라도 정의와 인도(人道)를 잊지 않고 실천해 보겠다는 생각에서 이런 붓을 들어보는 것이다.

자고(自古: 옛부터)로 성인들의 경전도 다 세인이 독송(讀誦)을 못 하며 존경을 못 하는데, 황호(況乎: 하물며) 우리 같은 우맹(愚氓: 우민, 어리석은 백성)의 횡설수설이 무슨 효과가 있을까마는 다만 나는 누구더러 불초한 나를 보고, 무엇을 본받아서 하라는 것도 아니요, 또 내가 쓴 것을 후인더러 보아달라는 것도 아니요, 또 이 책자를 전해달라는 것이 아니요, 다만 내 마음 가는 대로 난초했을 뿐, 아무 바라는 바가 없고 내 의사를 표시했을 뿐이다. 성현군자도 후세근전(後世僅傳: 후세에 겨우 전함)이거든 황호여오배초로인생(況乎如吾輩草露人生: 하물며 우리처럼 풀잎의 이슬 같은 인생)이리요!

입독생무료(立獨生無聊: 홀로 사니 지루함)한 시간을 보내기 위해서 내 소견법(消遣法: 지루한 시간을 보내는 방법)으로 하는 것이요, 조금도 다른 의미가 있는 것은 아니다. 고인(古人)들의 강산풍월(江山風月)을 음영(吟詠: 시를 읊음)하느니보다는 동가홍상(同價紅裳: 같은 값이면 다홍치마)이면 비록 소견법이라도 이것을 택하는 편이 유효하다고 내가 풍월을 폐하고 간서(看書: 책을 눈으로 봄)를 하다가 또 안력(眼力: 시력)이 부족해서 간서를 주간에만 하고, 야간에는 간간(間間) 이 책자를 대하게 된다.

야심인적희(夜深人跡稀)하고

(밤 깊어 사람 자취 드무니)

옹금독무매(擁衾獨無寐)한데

(이불 안고 홀로 잠이 없네)

시시대책자(時時對册子)하야

(때때로 책자를 대하니)

소견횡수설(消遣橫竪說)하면

(횡설수설로 씻어 내리면)

망상자연소(妄想自然消)하고

(어그러진 상념 절로 없어지고)

이념비상고(理念非常固)라

(잘 다스려진 생각은 뜻밖에 한결같네)

묵묵회광좌(默默回光坐)하니

(잠잠히 지혜의 빛을 돌이켜 앉았노라면)

의희본래안(依稀本來顔)이러라

(어렴풋이 본래 면목 떠오르네)

이것이 취미가 되어 승극(乘隙: 틈이 생김)만 하면 이 책자를 대하게 된다. 역시 일과(日課: 매일하는 일)가 아니요, 십일일대(十日一對: 열흘에 한 번 대함)도 하고, 일일일대(一日一對: 하루 한 번 대함)도 하고, 몇 달씩 속지고각지(束之高閣之: 묶어 다락에 놓음)하고, 혹은 며칠씩 연이어 대할 때도 있다. 자동적으로 파적차(破寂次: 고요함을 깨뜨리기 위해)로 이 책자와 상대할 때도 있으나, 피동적으로 **촉사생정**(觸事生情: 일을 접촉하여 정이 생김)하여 이 책자를 대하는 수도 있다.

이것이 내 **연연행각**(然然行脚: 그렇게, 그렇게 다니는 걸음)이다.

그러는 중에 거거거중지(去去去中知)요, **행행행리각**(行行行裏覺)이라고

허령지각(虛靈知覺: 텅 비어 있는데 신령하여 알아 깨달음)이
점숙기기(漸熟其機: 점점 더 그 기틀을 완숙하게 함)하여

삼화수광(三火垂光: 세 가닥 불이 빛을 드리움)에
암중무조(暗中無阻: 어두운 속에 막힘이 없음)라.

경폐쌍안(輕閉雙眼: 두 눈을 가벼이 닫음)의
혜광도전(慧光導前: 지혜의 빛이 앞을 이끌음)이라.

출입현로(出入玄路: 현로를 출입함)에
원신묵조(元神默朝: 원신이 가만히 조회함)라.

백우일선(白羽一扇: 하얀 깃 부채)은
휘래휘거(揮來揮去: 떨쳐 오고 떨쳐 감)하나,

사해오악(四海五嶽: 온 세상천지)은
상의물론(尙矣勿論: 외려 말할 것 없이 그대로이고)이요,

북극남두(北極南斗: 북극성과 남두성은)가

나열안전(羅列眼前: 눈앞에 벌려 있네)이라.

전공재어탄토(全功在於呑吐: 모든 공적은 호흡에 달렸고)요,

기변재어사생(奇變在於死生: 기이한 변화는 죽음과 삶에 달렸네)이라.

후인막소옹광(後人莫笑翁狂: 뒤에 오는 사람들은 늙은이가 미쳤다고 비웃지 마시라)하라.

광옹자지광태(狂翁自知狂態: 미친 늙은이는 스스로 미친 모습을 알고 있으니)로다.

이것이 청수록(請睡錄)을 쓴 본래안면(本來顔面: 원래 얼굴)이라는 것을 말해 두는 것이다.

계묘(癸卯: 1963년) 추기(追記) 여해서(如海書)

신미년(辛未年: 1991년) 양력 5월 4일 오후에 독좌무료(獨坐無聊: 홀로 앉아 지루하고 심심함)하여 서실(書室)에서 이 책자, 저 책자를 찾아보다가 이 책자가 내 손에 들어왔다. 무엇인가 하고 난초(亂草)한 것을 일람(一覽: 한번 읽어 봄)하니, 별 것이 아니요 내가 자소지로(自少至老: 젊을 때부터 늙은이 때까지)토록 항시 버릇처럼 하는 것을 수십 년 전에 공책에 난초했던 것이다. 내 나이 지금 92세다. 이 책자에 난초했던 것은 벌써 29년 전이다. 그러니 세사(世事)는 소호(小毫: 터럭만큼)도 변함이 없고, 내가 말하고자 하는 것도 역시 변함이 없이 동일하다. 그러하니

일호반점(一毫半點: 한 개의 터럭과 한 점의 절반)이라도 마음먹은 것을 말로만 하지 말고, 실행에 옮길 것을 이 몸이 가기 전에 자경(自警)하고 이 붓을 그친다.

신미년(辛未年: 1991년) 양력 5월 4일 여해서(如海書: 여해는 쓰다)

[2023년 5월에 《봉우일기 5권》을 출간하였는데 출간 며칠 전에 선생님의 유고(遺稿)가 또 발견되었습니다. 역주자로서는 《봉우일기 5권》이 유고 거의 전부를 수록한 마지막 책이 되려니 생각했는데, 새로 발견된 유고들을 살펴보니 《봉우일기 6권》이 나올 수도 있겠다 싶었습니다. 봉우 선생님의 뜻 깊은 배려하심에 새삼 놀라게 됩니다. 바쁘신 중에도 이 미욱한 제자의 선부른 단정(斷定)을 깨우쳐 주시느라 여러 유고 자료들을 보내주시다니요. 오늘 공개하는 글은 두 권의 예전 대학노트에 빼곡히 쓰여진 유고들 중 첫째 번 글입니다. 장문(長文)의 우주사(宇宙史)적 홍익인간 평화론인데 선생님만의 독특한 청수록(請睡錄)을 시문(詩文)으로 풀어 내신 것이 압권(壓卷)입니다. -역주자]

6-7
계묘(癸卯: 1963년) 원단(元旦: 설날아침)을 맞이하며

해마다, 해마다 원단이 있고, 이날이 그해, 그해의 새 출발점이 되는 것이다. 인간의 100년을 1기(一紀)로 한다면 100년, 3만 6,000일이다. 동일한 지구 1자전(一自轉)임에 불외(不外)하나, 우리가 이를 구분해서 우주사(宇宙史)가 있은 후로 또 그 이전까지 소급(遡及)해서 원회운세(元會運世)를 논하고, 상중하원(上中下元)의 60갑자(甲子)니, 1년을 4서(四序: 사시)로 나누고, 1서(一序)를 90일로 나눠서, 역시 60갑자로 부호(符號)를 붙여서 일진(日辰)이 되고, 이 일진을 12로 나누어 60갑자시(時)가 되고, 1시(一時)를 8각(刻)으로 나누어 15분(分)으로 나누어 역시 60갑자로 나누고, 1분(一分)을 60초로 나눈 것이 역시 갑자계해(甲子癸亥)를 의미한 것 같다.

수리(數理)로 보아서는 초(秒) 이하에서 기십(幾十), 기백(幾百)으로도 소수(小數)가 될 수 있으나, 현실로 사용되는 것은 초(秒)가 최말단이다. 그러나 나누면 얼마든지 나눌 수 있고, 통이론지(統以論之: 크게 논함)하면 우주의 호흡이나 인간 생사(生死)나가 다 일반인 것이라. 우리가 거주하는 이 지구의 전전(前前: 오래전)일이야 알 수 없는 일이요, 이번 개벽후(開闢後) 인문사(人文史)가 있은 후로 계속 부단(不斷: 끊이지 않음)하는 우주사(宇宙史)의 한 토막을 동서양 고금을 통해서 장식하느라고 천년, 만년 지내는 것에 불과하다.

이 역군들로 태어나온 우리들이 우리의 책임을 수명(壽命)대로 하고 가면 그만이나, 그래도 우리들의 하는 일을 독려(督勵: 감독하며 격려함)하기 위해서 동가홍상(同價紅裳)이라고 동일한 일이라도 광채가 나게 해볼까 해서 우주에 간간이 특출한 인물들이 작지군(作之君: 임금이 됨), 작지사(作之師: 스승이 됨)하여 그 일을 감독하는 데 불과하다. 그래서 나라는 인물도 역시 그 우주사를 장식하는 데 현 인구 30억 정도라면 30억 분지일(分之一: 분의 일)되는 역군임에는 자타가 공인하는 관계로 고인들이 이 역군들 감독에 편하게 하기 위해서 정해 놓은 60갑자년(六十甲子年), 60갑자월(月), 60갑자일(日)하는 궤도를 다 같이 걸어야 하는 것이다. 우리 일생인 100년의 거래도 우주사에서 기십억분지(幾十億分之) 한 올밖에 안 되는 것인데, 그 3만 6,000일의 한 날인 오늘을 계묘년 원단이라고 부호(符號)를 붙여서 다른 사람들과 같이 맞이하며, 그 소감을 쓰자니 일편 우스움을 불금(不禁: 막지 못함)하겠고, 일편으로는 강개무량(慷慨無量)도 하다.

세상 원리라면 만물부동(萬物不同)이요, 만물불변(萬物不變)이요, 만물개제(萬物皆齊: 만물일체)라고 한다. 그러고 보면 무엇을 우리가 운위(云謂)할 바 있으리요? 되어가는 대로 두고 보는 것이 당연하다고 생각된다. 그러나 이왕 그러한 바에는 그 길지 못한 일생이라도 우주사에 광채 있는 장식을 하는 인물이라고 별다른 인물은 아니다. 우리라고 노력만 하면 내 의무 이상의 업적이 있을 수 있는 것이다. 이왕 동일하다면 악(惡)보다는 선(善)편이 나을 것이요, 암흑보다는 광명이 나을 것이다. 그러하며 빈부(貧富), 귀천(貴賤), 현우(賢愚: 어짊과 어리석음)가 다 그러한 것이다. 남의 지도를 받아서 과(過)가 없이 가는 것보다 내가 타인을 지도해서 선(善)편으로 인도하는 것이 낭연한 일이다. 이러하자면 내 자신의 정심수신(正心修身: 마음을 바로잡는 수양)을 해서 책임을 완수하는 것이 자기분수를 잘 지키는 것으로 생각된다.

타인들이야 원단(元旦)의 신년축(新年祝: 새해 축원)을 무엇이라 하든지 나만은 64세에 노쇠한 몸이라 제일 건강하기를 주의해야 할 것이요, 다음 과(過: 잘못)를 알거든 반드시 재범(再犯)하지 말고, 비록 역량이 약할지라도 내 역량껏은 노력하여 일건(一件), 일건씩이라도 정(正)과 중(中)의 행(行)을 힘쓰고, 내가 알며 과오를 범하지 말 것을 자경(自警)하며, 내가 소년시대부터 목적하고 나오는 것을 '유지자사경성(有志者事竟成: 뜻이 있는 사람은 일을 끝내 이룸)'이라고 이사위한(以死爲限: 죽음으로 끝을 둠)하고 불휴하고 나갈 결심을 굳게 할 뿐이다.

금년에 군정(軍政)이 민정(民政)으로 이양(移讓: 남에게 넘겨줌)이 되거나, 여당, 야당의 조직이 어떻게 되거나는 우리 전국의 공통된 일이요, 내 일인의 좌우되는 일이 아니라 국민으로서 벽상관초전(壁上觀楚戰)[23]으로 알아서는 안 될 일이나, 대체로 관심이 적고 잘 통과되기만 바라고 내 일신의 사적인 이해득실(利害得失)은 명년 원단을 맞이하기 전까지 자연에 부치고, 내 몸소 금년 할 일이나 내가 양껏 할 생각이요, 끝으로 국리민복(國利民福: 국가에 이롭고 백성은 행복함)이 많이 돌아오기 바라고 이 붓을 그치노라.

계묘(癸卯: 1963년) 원단(元旦) 무진일(戊辰日) 봉우서(鳳宇書)

23) 《사기(史記)》 〈항우본기(項羽本紀)〉에서 항우의 군대가 거록(鉅鹿)에서 진(秦)나라 군대를 공격할 때, 다른 제후의 장수들이 성벽 위에서 관망만 하고 있었던 고사(故事)에서 나온 말, 무심한 체하는 모양을 표현한 것이다.

추기(追記)

이 붓을 들고 있는 중에 세배인(歲拜人)들이 연락부절(連絡不絶)해서 기십차(幾十次)를 절필(絶筆: 쓰는 것을 중단함)했는지 알 수 없다. 정착된 자리에서 안정한 마음으로 쓰는 것과는 천양(天壤: 천지)의 차가 있을 것이라고 생각된다. 내가 추기를 쓰고자 함은 정신없이 쓰는 중에 내 마음대로 못한 것을 보충하고자 함이로다. 임인년(壬寅年: 1962년) 1년을 아주 무의미하게 허송하고 보니, 광음(光陰: 시간)이야 노소가 없으나 소년시대 같으면 그래도 내두가 얼마든지 있으나, 노년의 광음이야 하루, 하루가 서산(西山)으로 내려가는 우산낙조(牛山落照)다. 이런 한계가 있는 광음은 허송하지 말자는 것이 제일 요건이다. 두서(頭緖: 일의 차례나 갈피)없이 생각나는 대로 보충사(補充辭)를 써보자.

금년은 여야 양당 조직이 있을 것인데 주로 나는 이 당 조직을 불문하고 불참을 신조로 하고 나갈 것이요, 생활상에는 일체를 자식에게 맡기고 나는 직접 경제 문제에는 관계하지 않을 것이요, 정신수련에 대한 시간을 얻을 수 있는 한 입산해 볼 일이요, 또 그 경제에 대해서는 노력해 보아야겠다. 그다음 금년은 복약(服藥)으로 쇠약을 좀 보충해 볼까 한다. 제약을 처분 말고 자복(自服: 자신이 만들어 복용함)해 보자. 또 춘간(春間)에는 유산(遊山: 산을 다님)을 좀 해볼까 한다. 그리고 가족보건도 될 수 있는 한 노력해 보겠다. 그리고 내가 가진 부채 문제는 내가 청산해야겠다. 금하(今夏: 올여름)부터는 소견법으로 독서나 수기(手記)는 쓸지언정 위기(圍碁: 바둑 두는 일)는 중지하기로 하자. 금년에 국한해서다. 동지규합은 될 수 있는 대로 해보겠다. 교육영재는 만나기만 하면 전력을 해야 한다. 지과필개(知過必改: 잘못을 알면 반드시 고침)

를 신조로 재범하지 않기를 맹세한다. 이것이 내 금년 원단의 바라는 바이다.

계묘(癸卯: 1963년) 원단(元旦: 설날 아침)

6-8
축사(祝辭)

유세차(維歲次: 축문의 첫머리에 관용적으로 쓰는 말)

단군기원(檀君紀元) 사천이백구십육년(四千二百九十六年: 서기 1963년)
계묘(癸卯) 정월(正月) 무진삭(戊辰朔) 이일(二日) 기사(己巳)

하계(下界: 천상계에 대해 사람이 사는 이 세상) 여해(如海)
감소고우천신지지우주무량수성진영철(敢昭告于天神地祇宇宙無量數聖眞靈哲: 감히 천지신명과 우주의 무수한 성인, 진인, 신령한 밝은이들께 밝혀 고합니다.)

백산운화(白山運化: 백산운화는)
묵시이구(默示已久: 은연중에 뜻을 보인 지 이미 오래되었고)
삼육성중(三六聖衆: 36성중은)
이강태신(已降胎身: 이미 보통사람의 몸으로 세상에 나왔습니다.)
불능명명(不能明明: 훤하게 밝혀지지 않고)
상호조격(相互阻隔: 서로 막혀 통하지 않으니)
규합성중(糾合聖衆: 성스러운 무리를 규합함은)
묘연무기(杳然無期: 기한 없이 아득합니다.)

복원(伏願: 엎드려 기원합니다.)

열위성진(列位聖眞: 여러 계신 성인과 진인들이시여!)
감응정사(感應情私: 친족 사이의 사사로운 정을 느껴 응해 주시옵고)
혜광보조(慧光普照: 지혜의 빛을 널리 비춰 주시오며)
속현본성(速顯本性: 속히 본래의 성품을 드러내 주시어)
장춘홍운(長春洪運: 긴 평화세계의 대운이)
배아자장(胚芽滋長: 배태되고 싹트임이 무럭무럭 자라나기를 비옵니다.)
영서일점(靈犀一點: 신령스런 무소의 외뿔처럼 뿌리에서 끝까지 통하고)
명명상조(明明相照: 본래 밝은 것을 다시 밝히고 서로 비추어 주옵소서.)
차년차월(此年此月: 이해, 이달)
심향발원(心香發願: 진심으로 향을 사르며 소원을 비옵나이다.)
(이상 원문)

내가 계묘년(癸卯年: 1963년) 정월 초이일(初二日)에 가권(家眷: 가족)을 인솔하고 척설(尺雪: 많이 쌓인 눈)을 답파(踏破)하며 계룡산 연정원(硏精院)까지 가서 치성(致誠: 신이나 부처에게 지성으로 빎)을 올리고 귀가하였다. 세상에서는 때가 거의 왔다고 무엇인지 기다리고 있다. 이것은 우리나라 사람들뿐만 아니라 세계가 거의 다 그런 것 같다.

인류야 무엇이든지, 종교야 무엇이든지를 불문하고 우주 30억 인종은 무엇인지 공포 속에 지내며, 불안감에 정신이 예민해질 대로 예민해졌다. 외양으로는 평온무사(平穩無事)한 것 같으나, 이 공포 속에 불안감을 가진 사람은 이 세계 인구의 80% 이상이 될 것이다. 그렇다면 이 세계 전 인종에 공통된 염원은 무엇인가? 오직 전쟁 없는 세계에,

곤란 없는 생활이 아닌가 한다. 즉 평화와 안락(安樂)이다. 이것이 지상천국(地上天國)이다.

그러니 현 세계의 양대 조류(자본주의와 공산주의)는 이 평화와 안락을 전 인종들에게서 박탈하고, 자기들의 주의와 주장만을 성공하려고 전 세계 파멸의 위기일발 즉촉(卽觸: 즉각촉발)의 현상이다. 이것을 누가 바라리요만은 양자 간의 이해득실로 전 세계 인류의 평화와 안락을 파멸코자 하는 죄악을 범하고 있는 것은 누구든지 다 알고 있으나, 어찌하지 못하고 있다.

이 위험물을 제거하고 평화와 안락의 극락세계나 장춘세계로 인도할 책임을 가지고 있는 족속은 여러 가지 확고한 증거로 보아서 백산(白山)민족에게 조물주(造物主)가 부여한 천직(天職)이다. 이 운화(運化)가 역시 오래지 않아서 배태(胚胎)가 우리 족속에게서 발현된다는 것을 나는 믿으며, 또 속히 이날이 오기를 심향(心香)으로 발원(發願)하는 것이다. 이날도 이 축문(祝文)을 재삼 고하며 내 심정이 무엇으로 형용할 수 없이 자족(自足: 스스로 만족해 함)해진다.

계묘(癸卯: 1963년) 정월 초이일 봉우서(鳳宇書: 봉우는 쓰다)

6-9

김진홍(金振洪) 군의 내방(來訪: 찾아옴)을 받고

김 군은 김구암(金龜巖)24) 선생의 영포(令抱: 손자)이며, 진여심(眞如心) 김도경(金道卿)25) 동지의 장남이다. 우리와는 세의(世誼: 대대로 사귀어 온 정의情誼)가 있는 사이이다. 구암 선생이 만득(晩得: 늙어서 얻음)으로 8남을 두었다. 도경 군이 제3남이요, 본부인의 장남이다. 구암 선

24) 김연국(金演局, 1857~1944)은 강원도 인제군 출신으로 자는 치구(致九), 호는 구암(龜菴)이다. 의암(義菴) 손병희, 송암(松菴) 손천민과 더불어 삼암(三菴) 중 한 사람이다. 동학, 천도교, 시천교 지도자로 활약하다가 상제교를 창건했다. 동학 지도자로서 동학운동에 참여하였다가 체포되어 종신형을 받았으나 풀려나 천도교와 시천교 최고 지도자로 활약하였다. 나중에 상제교를 창건하여 계룡산 신도안에 본거지를 두고 활동하였다. 봉우 선생님의 부친이신 취음공과도 교류가 있다. 고종황제에게 진언해 총살 위기에 처한 40만 동학교도 살려낸 취음공이 진도 군수로 있을 때 김연국을 진도로 초청한바 있다. 최제우-최시형-김연국으로 이어지는 동학 3대 지도자 김연국의 초청은 어쩌면 당시 관리로서는 파격적 행보였다. 죄를 짓고 사면된 동학 거물을 초청한 것은 취음공의 또 다른 소신을 보여 주는 장면이라 할 것이다.

25) 김도경(金道卿)은 일본의 우에노미술학교를 나와 이마동(李馬銅), 길진섭(吉晋燮) 등과 같은 무렵 활동한 화가이기도 하다. 그러나 학교 졸업 후 입산수도로 평생을 보냈기에 화단(畵壇) 활동은 하지 않았다. 수도하는 짬짬이 붓을 들고 더러 그림을 그렸는데 이는 수도의 한 방편이었다. 이동훈 화백이 산중의 수도장까지 찾아가며 가끔 왕래를 했다고 하는데 그의 그림을 보고 "진여심의 그림이 교향악(交響樂)이라면 내 그림은 경음악(輕音樂)이야"라는 평을 남기기도 했다.
봉우 선생님께선 그에 대해 다음과 같은 평을 남기셨다. "김도경(金道卿) 동지는 장어독명(長於獨明: 홀로 밝힘에는 능함)하고 졸어모사(拙於謀事: 일을 도모함에 서투름)하나 관후장사(寬厚長者: 관대하고 점잖은 사람)의 기풍이 있어 동지 일석(一席)에는 고참(高參) 대우를 주는 것이 당연하다. '설송(雪松)'이라 평한다. 번화상(繁華狀)은 없으니, 개결(介潔: 아주 깨끗함)은 하리라." (〈봉우일기〉 4-84 (1) '다시 연정원 동지들 약평(略評)이나 해보자. 유일(遺逸)도 같이 해보자.' 중에서)

생이 서거 후 상제교주(上帝教主) 후계(後繼) 문제로 김덕경 동지와 형제간의 분쟁으로 10여 년간을 상지(相持: 서로 자기 의견을 고집함)하다가 그 형인 김덕경에게 참패를 당하고 동분서주(東奔西走)하나, 갱기(更起: 재기)를 못 하고 있었다. 나는 제3자 입장에서 공정하게 평하자면 일언이폐지(一言以蔽之: 한마디로 말하면) 구암 선생의 노래(老來: 늘그막) 실수라고 본다. 교주의 상속권은 당연히 장실(丈室: 주지가 거처하는 방, 원로) 교인 중에서 가장 유망한 분을 택하여 전발(傳鉢: 의발을 전함)하는 것이 정당한 일인데, 자기 아들 형제에게 도호(道號)를 '진여심(眞如心)', '진여해(眞如海)'라고 주어서 분쟁을 시작하게 하고, 구암 선생 생존 시까지 교주권○을 하던 제2자에게 은연중 자격이 제3자만 못하다는 의미의 '진여해'라고 명명(命名)하고 제3자에게 종통(宗統)을 가질 만하다는 '진여심'이라고 명명한 것은 구암 선생의 노망(老妄: 늙어서 망령을 부림)이라고밖에 못 보겠다.

장실도인(丈室道人) 중에서 후계 인물을 불택(不擇: 택하지 않음)한 것부터 실책(失策)인데, 교인들의 심리를 선찰(善察: 잘 살핌)하지 못하고 아들 형제간의 분쟁을 또 일으키게 한 실책을 또 했다. 그러나 그 교중(教中: 교단 안)에 인물이 없다는 것을 여실히 증명한다. 구암 선생 서거 후 종통 문제를 교중 장실도인들이 교대회(教大會)로 정하든지 그렇지 않으면 구암 선생의 어물어물한 노망일지라도 그 형제들 두고 일언하(一言下)에 분쟁이 없게 해결하고, 그 후 형제간의 대립이 없게 해야 옳은 일임에 불구하고 교인 중에서 형의 당(黨)과 제(弟)의 당이 분립해서 아주 노상인(路上人: 길가 사람)같이 지내니, 교인 전체가 구암 선생을 배반한 것이라고 본다. 우리가 친소(親疏: 친하고 친하지 않음) 관계를 떠나서 그 형제를 평한다면 김덕경 동지는 소청년시(少靑年時)에 사회

풍조에 맛을 많이 본 사람이요, 또 그 파란(波瀾)이 안정된 후에 교중백무(教中百務: 교단의 여러 일들)를 그 부친을 대리해서 수십 년을 집행했던 관계로 그의 실력이나 교중지반에 있어서 교인 중 그 누구보다도 권위자인 것이요, 또 통솔력도 별 이렇다는 자격은 보이지 않으나, 누구보다도 나은 것은 사실이다. 그렇다면 그 제군(弟君: 동생)인 도경 동지도 당연히 양보하는 것이 옳은 도리임에 불구하고 그 부친의 명명으로 교주를 차지하고자 한다는 것은 그 교라는 것이 그 부친의 유산이 아니라는 것을 생각 못 한 것이다.

비록 도경 동지가 구암 선생의 본부인의 장자(長子)이나, 교주라는 공기(公器)와는 아무 관계가 없고 비록 양심적으로는 별 결점이 없으나, 사무적으로는 덕경 동지에게 **탈족불급**(脫足不及: 발을 벗어도 즉 맨발로 뛰어도 미치지 못함)한다는 것을 자각 못 한 것이다. 이것이 도경 동지가 실패를 자취(自取: 자초)한 것이다. 의외에도 도경 동지와 동복(同腹: 한 어머니에게서 난) 형제인 ○경, ○경, ○경 3인이 다 폐병으로 조요(早夭: 일찍 죽음)하고 도경 동지도 신체 극약(極弱)한 중 근년에는 각혈까지 한다. 이런 가정풍파에서 생장한 그 장자인 진홍 군은 연소(年少)시대부터 보고 당한 것이 불평불만이요, **비상간고**(備嘗艱苦: 온갖 고생을 두루 겪음)를 한 사람이라 선천적으로 명철한 두뇌를 가지고 복수심도 있고, 또 분발력도 있고 **백련금**(百鍊金: 백 번 단련한 쇠)의 몸을 자신하고 상제교인(上帝教人)으로 야소교, 불교도 무슨 교, 무슨 교 하며 각 종교에 침투해서 상당한 교리습득을 하여 바로 권위자 대우를 받는 것 같다. 이것이 그 부친의 역경이 빚어내 준 것이다. 만약 그 부친이 순경(順境: 순조로운 환경)으로 있었다면 진홍 군도 역시 일개 평범한 청년일 것이다. 김 군이 일견(一見)에 변재(辯才: 말재주)가 능란(能爛)하고 비평도 잘한다. 그러나 지낭(智囊: 책략가)으로는 족할지 모르나, 통솔력이나 영도력만은 좀 부족치 않을까 한다. 체중(體重: 몸이 무거움)한 맛이 좀 부족하고, 겸손한 맛이 역시 부족하다. 이 점만 주의하면 장래 유망한 사람이다. 후일 우리 동지규합에 그 가치는 그 부친인 도경 동지보다는 우수한 것 같다. 후일의 김 군의 단점이 개선되기를 바라며 그 목적하고 나가는 일도 속한 시일 안으로 성공되기를 빌고 이만 그친다.

계묘(癸卯: 1963년) 정월(正月: 1월) 초사일(初四日) 봉우서(鳳宇書)

추기(追記)

김 군의 중숙부(仲叔父: 가운데 작은아버지)인 ○○동지와 ○○동지와 ○○동지는 비록 서거했으나, 내가 추억이 새롭다. ○○군은 장자풍(長者風: 덕망 있는 기풍)이 있고 관용성(寬容性)이 있는 학자였다. 민족적으로 그 손실을 추억하는 인물이다. 그리고 ○○군은 학부(學部: 대학) 출신으로 명석한 두뇌의 소유자로 판단력도 있는 수재였다. 의외에도 병마(病魔)로 조요(早夭: 요절)함은 그 가족적 뿐만 아니라 우리 동지들 중의 큰 손실이다. 그리고 ○○군은 근실(勤實: 부지런하고 성실함)한 청년으로 지방지도에 향촌적(鄕村的)으로는 유망했던 인물이었다. 그가 있었다면 가족적 생활 문제는 안정되었을 것이었으리라고 믿는다. 이 3형제의 조요(早夭)가 도경 동지를 실패의 함정으로 빠지게 한 것이다. 그 3형제가 다 생존했다면 현상 도경 군의 입장까지는 안 갔을 것이라고 보고, 또 그 3형제분이 생존했다면 진홍 군의 금일은 못 될 것이라고 본다. 그 어느 것이 김 군 가정으로 보아서 유리했을지 알 수 없다. 만사분이정(萬事分已定: 모든 일이 나뉘어 이미 정해짐)인데 부생(浮生: 덧없는 인생)이 공자망(空自忙: 괜시리 절로 바쁨)이라고 본다. 이것이 김 군의 일생을 통한 연금야(鍊金冶: 쇠를 단련하는 대장장이)가 될 것이라고 나는 생각하기에 이 추기를 쓰는 것이다.

계묘(癸卯) 정월 5일 봉우추기(鳳宇追記)

6-10

금년 내 내 사생활에 대한 계획

공적이나 사적으로나 각자의 목적하고 있는 일을 성공하기 위하여 그 뒷받침하는 것이 그 설계에 대한 계획이다. 그러나 내가 본 바에 의해서 기록코자 하는 것은 자고급금(自古及今: 예부터 지금까지)하도록 각자가 목적하는 희망을 가지고 성공한 사람이 백불이삼(百不二三: 백에 둘, 셋)이다. 그 원인을 검토해 보면 대체로 각자의 추진력의 부족으로 실패한 것이 다대수(多大數)요, 각자의 추진력이 그리 부족하지 않았으나 주위 사정으로 성공점까지 미달한 분도 있고, 또 자기의 최안최적(最安最適: 가장 안락하고 가장 적당한)한 목적을 택하지 않고 허영(虛榮)과 과대망상(誇大妄想)인 목적을 택해서 실패한 사람도 역시 불소(不少: 적지 않음)하다. 공적으로 보아도 어느 나라고 국리민복(國利民福: 국가의 이익과 백성의 행복)을 주목적 안 하는 국가가 있을 리 없으나, 국태민안(國泰民安: 나라는 평화롭고 백성은 안락함)한 나라가 전 세계를 두고 보아도 그리 많지 않고 개인도 역시 이러하다. 그러나 각자가 자기의 실력을 검토해서 자기 역량이 적절한 목적을 정하고 그 목적을 성공할 뒷받침으로 완전무결한 계획을 가지고 비상력을 내어서 추진한다면 이런 부류의 국가나 개인을 물론하고 상당한 효과를 거두는 것은 역사가 증명하는 것이라. 여경조물(如鏡照物: 거울처럼 사물을 비춤)하는 것과 동일하다.

그러나 현 우리나라 실정으로 보아서 국민 전체에서 목적이니, 설계니, 계획이니를 다 생각조차 하지 않고 되어가는 대로 해가는 사람이 무려(無慮) 80~90%는 될 것이라고 본다. 국가나 개인을 물론하고 그 %가 반비례로 80~90%가 된다면 그 나라, 그 민족은 수준이 자연 향상해서 비록 완전무결한 성공은 못 할지라도 정신적이나 물질적 공히 안정될 것은 누구도 아니라고 못 할 것이다. 나도 내가 목적하는 일이 공적으로도 있고, 물적으로도 있다. 다만 추진력이 약미(弱味: 약한 맛)라 전진하는 자취를 못 볼 뿐이다. 물론 내 자신의 성력(誠力: 성실한 노력)이 부족해서도 있고, 또 내가 계획을 충분히 하지 못해서 실행에 옮기지 못하는 일도 있다. 금번에 쓰고자 하는 것은 내게 대한 공적 계획이 아니라 사적(私的) 계획에 대해서 금년 1년에 국한한 계획을 쓰자는 것이다. 그래서 금년만은 될 수 있는 한 명실부합(名實符合)되기를 자맹(自盟: 스스로 맹세)하고, 이 계획을 시작해 보기로 한다. 해마다 유실녹화(有實綠化: 유실수 심기)를 생각하고 있으나, 실천에 옮기지 못하고 있었다. 금년에는 단연 실행하기로 한다. 종류로 기술을 요하는 것은 내가 자신이 없는 관계로 내가 사는 이곳에 적지(適地: 알맞은 곳)인 시목(柿木: 감나무)과 호도(胡桃)의 2종을 택해서 고염종자를 금춘(今春: 올봄)에 종묘판을 시작하고, 호도도 동일판에 시작하겠다. 금년은 공염불이 안 되게 하겠다. 그다음 내가 노쇠가 극해지므로 건강 유지에 전력을 경주하기로 하자. 10여 년 전부터 제약(製藥)은 했다가 복용하지 않고 처분한 일이 수십차였다. 물론 그 처분도 부득이한 사정이 있기는 하나, 그 약을 처분해서의 수익과 자복(自服: 자기 복용)해서의 이익을 논해 본다면 운니지차(雲泥之差: 구름과 진흙의 차이로 서로 매우 심한 차이)가 된다는 것은 재언을 불요(不要)한다. 금년도 비록 특제품은 아니나, 제조한 보약이 있으니 금춘(今春)부터 그 용호단(龍虎丹)과 운영산(雲英散)을 겸복(兼服: 같이 복용)하여 내 건강에 도움이 될 것을 확정하고, 또 내 건강에 불리한 점을 될 수 있는 대로 피할 예정이다.

이것이 내 금년 제2건 예정사(豫定事)요, 그다음 내가 작년에도 허도광음(虛度光陰: 시간을 헛되이 보냄)을 많이 했다. 금년은 시간만 있으면 정신수양(精神修養)과 독서(讀書)로 한(限: 한정) 있는 광음(光陰)을 가치 있게 보내자는 것이 제3건이요, 그다음 내가 위기(圍碁)를 소견법(消遣法: 시간 보내는 법)에 지나게 해서 정신과 건강의 쇠약을 초래하는 것을 금년에는 삼춘(三春: 봄 석 달)에 국한해서 자서(自恕: 스스로 용서함)를 인정하고, 하추동(夏秋冬: 여름, 가을, 겨울)에는 아주 주의할 것을 자맹(自盟: 자기맹세)할 것이 제4건이요, 건강에 완보당거(緩步當車)[26]라고 했다. 그와 동일한 금언(金言)이 있다. 내가 지금도 간간 범하는 일이 있다. 이일도 지과재범(知過再犯: 허물임을 알며 다시 범함)을 말 것이다. 이것이 제5건이요, 그다음 경제면에 있어서 아주 등한(等閑: 무관심하거나 소홀함)하다. 그래 혹 수입이 있을 때에도 낭비로 유효하게 쓰지 못한다. 그래서 혹 여행코자 할 때 거마비에도 곤란할 때가 많다. (돈이) 입수되거든 저축으로 불시지우(不時之虞: 불시의 걱정)를 면하라는 것이 제6건이요, 그다음에는 내가 선천적으로 사교성이 좀 있는데 내 근년에 식교절유(息交絕遊: 교류를 쉬고 다님을 끊음)하는 감이 있어서 규합동지의 열(熱)이 식어진다. 금년은 될 수 있는 한 교제 면에도 소홀히 하지 않을 것이 제7건사(第七件事)요, 그다음 선사(先事)는 될 수 있는 한 해결해야 하겠다. 내가 금년에 7건의 목표에서 50%의 성공만 해도 자족(自足)하다. 이것이 금년의 내 사적 계획의 대요(大要)다.

---

26) 느린 걸음이 수레보다 낫다, 안보당거(安步當車: 걸어도 수레를 탄 듯 편안하게 여기다), 청렴한 생활을 한다는 뜻의 고사성어로 《전국책(戰國策)》 〈제책(齊策)〉에 나옴.

상세는 후일로 미루고 붓을 그친다.

계묘(癸卯: 1963년) 정월 초십일(初十日) 봉우서(鳳宇書)

6-11
금란계(金蘭契) 창설(創設)을 보고

내게 출입하던 인사들 중에서 작년에 **송사**(松士: 오치옥吳致玉)가 후손들의 상망(相忘: 서로 잊음)을 방지하며, 여생(餘生)일지라도 더욱 우호(友好)하며, 동문출입(同門出入)이라던 정(情)을 돈독(敦篤: 도탑게 함)히 하자는 의미로 **수계**(修契: 계를 만듦)하자는 발의를 하였던 것인데, 그 후에 우선 **설초**(雪樵: 김용기), **송사**(松士), **고지**(固志: 최종은), **소졸**(小拙), **도명**(道明: 김학수), **박하성**(朴河聖), **박은직**(朴殷稙), **이헌규**(李憲珪) 동지와 **성주영**(成周榮)이 회합하였고, 성○호 동지는 비록 불참하였으나, 찬의(贊意: 찬성의 뜻)를 표하여 입계(入契: 계에 들어옴)했던 것이다. 작년 11월 20일에 정기 계일(契日)에 계원사정 관계로 불참자가 많았다. 그래서 다시 임시 회합을 금년 정월 20일로 정하여 창설식을 거행했다. **합원참집**(合員參集: 회원이 모여 참가함)하였고 **이송하**(李松夏) 동지가 마침 와서 그 자사(子舍: 자제)인 은창 군을 입계하도록 하였다. 설초와 박은직 동지와 고지(固志)의 각각 서문(序文: 머리말)이 있었고, 도명(道明)의 계규(契規: 계의 규약)가 있어서 토의한 결과 약간의 수정으로 통과했다.

대체로 **융사친우**(隆師親友: 스승을 높이고 벗들과 친목함)라는 의미였다. 이 수계(修契)를 보고 계원 상호간의 친목은 좋으나, 나로서는 융사(隆師) 두 자에 마음이 미안하다. **사도**(師道)라는 것은 **이선각**(以先覺: 먼저 깨달음으로)으로 **개래학**(開來學: 다가오는 후학의 길을 열어줌)하여 사지각(使之覺: 깨닫게 함)하는 것인데, 나는 내 신분이 아직 무엇을 각(覺)했다고 할 만한 자인(自認: 스스로 인정함)이 없고, 겨우 일득지견(一得之見: 하나 얻은 견해) 정도밖에 안 되는데, 종유인사(從遊人士: 좇아다니는 인사)들이 융사(隆師)를 의미하는 수계(修契)를 보고 자괴(自愧: 스스로 부끄러움)함을 불금(不禁: 금치 못함)하겠다. 더욱이나 나는 방랑생활로 소절목(小節目: 소소한 예절)에는 소호(小毫: 조금)도 관심이 없는 사람이라 사람의 사표(師表: 남의 모범이 될 만한 사람)로는 부적(不適)한 사람이다. 다만 내 일생을 통하여 억강부약(抑强扶弱: 강자를 억누르고 약자를 도움)하고 비의불행(非義不行: 의로움이 아니면 행하지 않음)하려는 심지(心志)만은 있으나, 역시 심여사위(心與事違: 마음과 실제 일은 어긋남)되는 일이 십상팔구(十常八九: 열에 여덟, 아홉)였다. 고지협의류(古之俠義流: 옛적 의협류)의 일인으로는 손색이 별로 없으나, 사도(師道)에는 천부당(千不當: 전혀 마땅하지 않음)하다고 본다. 불구소절(不拘小節)의 흠(欠: 모자람)이 있는 관계다. 내 감상(感想)을 그대로 쓴 것이다.

계묘(癸卯: 1963년) 정월(正月) 20일 봉우서(鳳宇書)

6-12

호리유차(毫釐有差: 털끝만큼 차이가 있음)에 천양(天壤: 천지)이 이처(易處: 곳이 바뀜)

내가 이 권수(卷首: 책의 처음)에 박 정권에 대한 사견을 쓴 일이 있었고, 그 사견 중에 박 정권의 정치 집권욕에 급급하여 세기의 위인이나 세계의 영웅으로 출세할 호기회를 일탈(逸脫)시키는 것과 혁명인물로서 명예롭지 못한 것을 애석(哀惜)해 한다는 주의미(主意味: 주된 뜻)를 기록했었다. 김종필 군이 공화당 창당위원장으로 제반 준비를 착착 진행하고, 일부의 사전비밀 당원인 촉진회원들을 결속하고 정치 정화(淨化)로 민간 정치인물들을 구속해 놓고 조속(早速) 선거로 타당 인물들의 준비 기간을 불허하고 있던 중에 누구의 충고가 (박정희에게) 있었다고 전한다. 박정희 장군의 중대성명(聲明)27)으로 한국 정계에 대파

27) 1963년 2월 16일 민정 불참 선언 등 정국 수습 9개 방안을 발표하였다. 박정희는 이날 본인이 직접 발표한 '중대 성명'에서 정치인들과 국민에게 5.16 혁명이념의 평화적 계승과 평화로운 민정의 탄생을 위한 방안으로서 1) 군의 정치적 중립 견지 2) 4.19 및 5.16 혁명정신의 계승 3) 5.16 혁명 주체세력은 개인 의사에 따라 군에 복귀하거나 민정에 참여할 것 4) 민정이양 후 일체의 정치 보복의 금지 5) 혁명 기간에 기용된 공무원들의 신분 보장 6) 유능한 예비역 군인의 기용 7) 모든 정당들은 정쟁을 지양하고 조속히 정책을 국민 앞에 내세울 것 8) 새 헌법의 권위를 보장할 것 9) 한일회담은 초당적 입장에서 협조할 것 등을 호소하였다. 그러면서 박정희는 그가 제시한 시국수습 9개 방안이 그대로 수락된다면 "본인은 민정에 불참하겠다"고 언명하였다. 이 성명으로 혼란하던 분위기가 수습되고 야당 대표였던 윤보선도 군인다운 결단이라고 칭송하였다. 목숨을 걸고 권력을 잡은 입장에서 다시 권력을 내려놓겠다는 발표를 하기는 쉽지 않다. 동서고금을 살펴봐도 이런 예는 드물 것이다. 물론 단서로 걸었던 조항들이 수락되지 않고 혼란상이 이어진다는 이유로 8월에 선언을 번복하고 10월 대통령 선거

문(大波紋: 큰 물결)을 던진 것이다. 하필 우리나라 정계에 국한한 것이 아니라, 세계적으로 우리나라 편(便)들은 그 파문을 받는 것이다. 이 성명이 우리나라 민족에는 피운견월(披雲見月: 구름을 헤치고 달을 봄)하는 것이요, 박 장군으로서는 운니지차(雲泥之差: 서로간의 심한 차이)에 명예를 거둔 것이다.

이박(李博: 이승만)이나 윤보선 군이나 장면 군과 50보, 100보를 다투던 박정희가 일약 역사적으로 완전한 혁명인물로 그 명예를 영구불멸하게 되니, 비록 이 성명이 만시지탄(晩時之歎: 시기를 놓친 한탄)은 있다 하여도, 대한(大旱: 큰 가뭄)에 급시우(及時雨: 때맞춰 내리는 비)임에는 틀림없다. 이 성명은 제일로 우리나라 역사에 다행한 일이요, 제이(第二)로 우리나라 현상에 다행한 일이요, 제삼(第三)으로 박정희 본인의 명예로운 일이요, 천하 후세의 혁명인들로 야욕(野慾)을 채우려는 자들에게 귀감(龜鑑)이 될 것이다. 현상 우리나라는 박 정권의 실정(失政)으로 민생고의 애로를 봉착하고 있으나, 이것은 일시적 불행이요 박

에 출마하여 윤보선 후보를 이기고 대통령이 되긴 했지만 박정희의 혁명에 대한 진심이 드러나는 성명이라고 민심은 평가했기에 당선도 가능했을 것이다. 박정희 스스로 표본을 보이고 군의 정치적 중립 견지를 강조한 것은 박정희 사후 이어진 군사정권에서도 무형의 압력으로 작용하여 6.29 선언과 전두환 5년 단임 그리고 민주정부 수립의 단초를 제공했던 것이다. '호리유차에 천양이 이처'라는 제목이 이를 두고 하신 말씀이 아닌가 생각한다. 봉우 선생님의 일기를 보면 박정희를 강하게 비판하시면서도 그가 국정 운영을 잘하길 바라시는 모습을 볼 수 있다. 이 글에서는 칠층부도의 누구인가가 박정희에게 조언을 했을 것이라는 암시를 해놓으셨는데 그가 누구인지는 독자들의 상상에 맡긴다. 참고로 박정희는 윤보선을 15만 차이로 가까스로 이기고 당선되었는데 이때 장이석은 대선에 출마하여 19만 8,000표를 획득하였다. 봉우 선생님께서 준거물로 평가하시며 용맹은 있으나 미지수인 동지라고 평하셨던 장이석은 신흥당의 총재를 역임하던 중 어느 날 꿈에서 계룡산 산신의 계시를 받았다며 대선에 출마하였던 것이다. 장이석이 대선에 출마하지 않았더라면 박정희 당선은 불가능했을지도 모른다. 성인의 역사하심이 이렇지 않을까. 호리유차(毫釐有差)에 천양(天壤)이 이처(易處)인 것이다.

정희의 성명으로 춘설(春雪: 봄눈)같이 그 노여움이 녹을 것이다. 박 군의 청간여류(聽諫如流: 쓴소리 듣기를 물 흐르듯 잘함)하고 지과필개(知過必改: 잘못을 알면 반드시 고침)하는 것은 고인들과 차별이 없다고 본다. 여기서 박 정권의 실정이 그 좌우인(左右人: 좌우에서 보좌하는 사람)들의 책임이 있고 비록 원수(元首: 국가원수)였으나, 박정희 본인의 본의가 아니었다는 것도 여실히 증명된다. 여기서 내가 말하는 "계명성의 방광(放光: 빛을 내쏨)은 이미 오래다"라는 의미가 착착 실현되는 것이다. 박정희 일인의 개과(改過)로 우리나라 정국의 혼란을 십분 방지한 것이요, 계묘년에 백산운화(白山運化)의 배태(胚胎)가 자장(滋長: 잘 자람)되어 세인의 안목에 보이게 되는 것도 박정희 일인(一人)의 개과로 비로솟(비로소 생김)이라 하겠다.

고어(古語: 옛말)에 "일가(一家: 한 집안)이 인즉(仁則: 어질면) 일국(一國)이 흥인(興仁: 어짐으로 일어남)이라"[28] 하였다. 박정희 일인의 중대 성명이 백산운화에 큰 도움이 된다는 것을 재언해 두고 이다음 민정(民政)에서 순진한 애국애족자들의 등장을 바라고 신문지상에 윤보선이니, 허정이니 하는 주출망량(晝出魍魎: 대낮에 나온 도깨비)들의 발언을 보며 "박씨지자(朴氏之子: 박씨의 자식) 기유후호(其有後乎: 그 뒤가 있음이여)인져!"를 가(加: 덧붙임)하고 박(朴: 박정희)의 배후충고자(背後忠告者)가 누구였건 능구일인명자(能救一人命者: 능히 한 사람의 생명을 구한 것)도 기음덕(其蔭德: 뒤에서 쌓은 선행)이 칠층부도(七層浮屠: 도가 매우 높은 도인) 같은데, 원수일인(元首一人)의 번연개오(幡然改悟: 갑자기 잘못을 뉘우쳐 깨달음)케 한 그 공로도 만세불망(萬世不忘: 영원히 잊지 못

28) 《대학(大學)》〈전구장(傳九章)〉 출전.

함)될 것이다. 나는 공적(公的)으로 그저 반가운 마음을 금치 못하여 이 붓을 든 것이다.

계묘(癸卯: 1963년) 정월 28일 봉우서(鳳宇書)

추기(追記)

박정희 장군이 각 정당에 대한 9개 조항이라는 것은 세인이 공지(共知)하는 고로, 세분해서 왈가왈부(曰可曰否: 옳다 그르다 말함)할 필요 없고 대체로 전비(前非: 과거의 잘못)를 개(改: 고침)하고 민정이양 전이라도 행정개혁을 목표로 한다는 것은 사실이라 이를 찬양하는 것이다. 그러나 현 정당 인물 중에 아직도 부패한 정신을 그대로 가지고 정치지도인물로 자처하고 있는 자들이 얼마든지 있다. 내가 매거(枚擧: 낱낱이 들어 말함)하지 않더라도 세인들은 비록 발표는 안 하나, 심중에 통찰하고 있는 일이라 재론하지 않는다. 그저 다음 선거에 진정한 애국애족자로 정치 역량을 완비한 인물이 선출되기만 바랄 뿐이다.

계묘 정월 28일 봉우 추기

6-13

금영훈(琴榮薰) 동지의 서신(書信)을 받고

정(情)의 친소(親疏: 친함과 친하지 않음)를 불문(不問)하고 영구히 불망(不忘: 잊지 않음)한다는 것은 그리 용이한 일이 아니다. 더구나 항상 분주불가(奔走不暇: 바쁘고 한가롭지 않음)하여 시간이 없는 사람으로는 여간 주의하지 않으면 친지간의 일을 기억조차 못할 것이 사실이요, 인정의 상리(常理: 당연한 이치)다. 그럼에 불구하고 구복지계(口腹之計: 생계)로 매일 10여 시간의 중노동을 하며 침식(寢食: 먹고 자는 일)도 할 시간이 없는 사람으로 간간이 안부를 묻는 서신이 있고 그 정신이 산란한 중에도 자기를 반성해 보는 의사 표시도 있었다. 금번에는 엽서(葉書)에 홀홀(忽忽: 문득) 수자(數字)로 내 생조(生朝: 생일)를 기억하고 원외(遠外: 멀리 밖)에 있는 몸으로의 감상(感想)을 표시했다. 이것이 그 사람의 신(信: 믿음)이라는 것이다. 그리 용이한 일이 아니다. 금영훈 군의 장래를 축(祝)하며, 서로의 영구불변(永久不變)하기를 바라고 간단히 두어 자 적어 보는 것이다.

계묘(癸卯: 1963년) 정월(正月) 28일 봉우서(鳳宇書)

6-14

하동인 군의 서신을 보고

하동인 군이 선자내방시(先者來訪時: 먼젓번 찾아왔을 때) 건상론(乾象論: 천문을 논함)을 하다가, 기상대(氣象臺: 기상청)를 가서 보니, 어떤 인간이 천문에 투철(透徹: 통달함)해서 권위자가 있는 것이 아니라 그저 분류된 기계 인간으로 그들이 앉은 그 자의 일(업무) 외에는 한 건도 방통(旁通: 자세하고 분명하게 앎)을 못 하고 있는 것을 보고, 과학적으로는 이런 것이 당연할지 모르나 인간적으로는 가치를 평가할 수 없더라고 말하며, 근일(近日: 요사이)에 성수(星宿: 별들)가 방광(放光)을 좀 더 하는 것이 보이는 관계로 그것을 좀 물어 보려 갔던 것인데, 아주 허행(虛行: 소득 없는 여행)했다고 한다. 그리고 개천도(盖天圖: 천문도)를 구해도 못 구했다고 한다.

그래서 내가 창경원 안에 성수도(星宿圖)[29] 석판(石板)이 2부가 있다

29) 천상열차분야지도(天象列次分野之圖). 조선 건국 직후인 1395년(태조 4)에 석판에 새긴 천문도이다. 우선 그 명칭을 보면, '천상(天象)'은 천문 현상으로 해·달·별의 변화를 나타낸다. '열차(列次)'는 동양의 별자리인 12차(次)를 벌여 놓았다는 뜻인데, 12차는 목성의 운행을 기준으로 설정한 적도 부근의 12구역을 이른다. 분야(分野)는 하늘의 별자리를 지상의 해당 지역과 대응시킨 것이다. 태조 때 〈천상열차분야지도〉의 제작 배경은 석각본 하단에 새겨진 권근(權近)의 발문에 서술되어 있다. 앞부분 일부를 옮겨 오면, 다음과 같다. "이 천문도의 석본(石本)은 옛날 평양성에 있었으나 병란으로 강에 빠져 분실된 지 이미 오래되었고 그 인본(印本)조차 남아 있는 것이 없었다. 그러다가 태조가 즉위한 지 얼마 지나지 않아 인본 하나를 받치는 자가 있어 이를 귀하게 여겨 서운관으로 하여금 이를 돌에 다시 새기도록 명하였다." 이는 평양성에 있던 천분노가 〈천상열차분야지도〉의 모본이 되었음을 설명하고 있다. 이에 연구자들은 천문도 안의

고 한 일이 있었다. 금번 하 군의 내신(來信: 온 편지)을 보건대 창경원에 가 그 천문석각을 보고 인출(印出: 인쇄하여 펴냄)해 볼까 하고 박물관장에게 그 사유를 말하니, 자기로서는 승낙할 수 없고 구황실재산관리국장의 허가를 얻어야 한다고 대답해서 허행(虛行)했다고 말했다. 또 그 원본이 평양 대동강에 있었는데 전재(戰災: 전쟁재해)로 없어지고 그 후 양촌(陽村: 권근權近, 1352~1409) 선생이 홍무(洪武) 28년(1395년, 태조 4년)에 서운관(書雲觀: 국립천문대)30)에 재각(再刻: 다시 새김)했다는

도설(圖說), 별자리 그림인 성도(星圖) 등을 통해 모본의 제작 시기, 성도의 관측 시기 등에 대해 분석해 왔다. '평양성'이라는 지명에 주목하여 모본 제작 시기를 고구려 말기로 보고 있다. 근대에 들어 〈천상열차분야지도〉의 진가를 맨 처음 알아본 사람은 미국인이었다. 1910~1930년대 평양 숭실학교와 연희전문학교 수물과에서 근무했던 W. C. 루퍼스가 1936년 출간한 《한국 천문학》이란 책에서 "동양의 천문관이 집약된 섬세하고도 정확한 천문도"라 격찬했다. 이 석각본은 일제강점기와 6.25 전쟁을 거치면서 제대로 보전되지 못했고 그러다가 1960년 창경궁의 명경전 뜰에서 발견되었는데, 당시 '창경원'에 놀러왔던 사람들이 밟고 다니던 널판으로 사용되고 있었다. 한국 천문학 최고의 자랑거리인 문화재로, 현재까지 발견된 것들 중 세계에서 두 번째(첫 번째는 1983년 발굴된 7세기 기토라 고분에서 나온 것으로 무덤 양식이 전형적인 고구려 양식이고 관측 위치도 고구려 평양성으로 밝혀졌다)로 만들어진 전천(全天) 천문도이자 세계 최초로 고경도 석판 위에 새겨진 전천 천문도다. 현재 석각본, 모사본(석각본 탁본), 필사본이 모두 무사히 존재하며, 태조 때 만들어진 원본은 1985년 국보 제228호로 지정됐다. 〈천상열차분야지도〉는 경이로울 정도의 정밀도를 자랑하며 만들어졌던 당시는 물론이고 그 이후 300년간 만들어진 전천 천문도를 통틀어도 독보적인 수준을 자랑한다.

30) 고려시대부터 존재하였던 기구로, 천문학, 지리학·역수·측후·각루 등의 업무를 맡아보던 관청이다. 조선시대에도 고려의 제도를 계승하여 1392년 다시 설치한 것으로 천문·재상·역일·추택의 일을 맡았다. 고려시대의 서운관은 천문대로서 개성에 첨성대를 가지고 일식과 월식, 5행성의 운행, 혜성과 유성의 출현 등을 관찰하였다고 《고려사》 〈천문지(天文志)〉에 기록되어 있다. 서운관에서는 일식과 월식을 예보하고, 태양 흑점과 1264년(원종 5년)과 1374년에는 2개의 보기 드문 큰 혜성을 관측하였다. 조선 건국 후 서운관의 기능은 그대로 계승되어 1395년(태조 4년) 권근(權近) 등이 돌에 새긴 천문도인 〈천상열차분야지도(天象列次分野之圖)〉를 제작하였다. 1466년(세조 12년)에 관상감으로 개칭되었다.

기사(記事)를 보았는데, 현 창경원에 있는 천문도 석판이 어느 것인가를 부지(不知: 모름)라는 의사요, 투명한 종이를 가지고 복사를 할 수 있다면 일부(一部)를 보내겠다고 하였다. 하 군은 금번뿐만 아니라 이런 연구에 취미를 가지고 있는 사람이다. 그전에도 《무예도보(武藝圖譜)》31)의 일부를 사진으로 인화하여 보낸 일도 있고 그 외에도 여러 가지를 박람박채(博覽博採: 널리 읽고 널리 모음)하려고 한다. 주밀(周密: 두루 세밀함)하고 근신(謹愼: 삼가고 조심함)하며 정직겸손(正直謙遜)한 사람이다.

그러나 그의 생활은 역경(逆境)을 면치 못하고 가정환경도 아주 애로봉착중(隘路逢着中)이다. 여기서 도리어 하 군이 정금미옥(精金美玉: 진짜 금과 아름다운 옥)이 되지 않나 한다. 꾸준히 분투노력하여 시종여일(始終如一)한 금성옥진(金聲玉振: 지혜와 덕성을 갖춘 상태)되기를 바란다. 이것이 하 군 개인에 국한된 문제뿐만이 아니라 우리 민족에서 그리 용이하게 구할 자질이 아니요, 또 그 인격도 청렴개결(淸廉介潔: 성품이 굳고 깨끗함)하여 어느 부문에는 확실히 방명(芳名: 꽃다운 이름)을 전할 수 있는 사람으로 민족적 가치가 있다고 본다. 그의 후일을 촉망(囑望: 잘되기를 바람)하고 내 개인의 친소(親疏)로 그 사람을 평하거나

31) 《무예도보통지(武藝圖譜通志)》. 조선후기 학자 이덕무·박제가·백동수 등이 왕명에 따라 군사의 무예훈련을 위하여 편찬한 군서이자 무예서. 4권 4책 목판본으로 1790년(정조 14년)에 완간되었다. 《무예통지》·《무예도보》·《무예보》라고도 한다. 임진왜란 후 군사의 무예훈련을 위한 필요성에 따라 1598년(선조 31년) 한교(韓嶠)의 《무예제보(武藝諸譜)》, 1759년(영조 35년) 《무예신보(武藝新譜)》가 간행되었는데, 이 책은 《무예제보》와 《무예신보》를 집대성하고 보완한 것이다. 체재는 첫머리에 정조의 서(序)를 비롯하여 범례, 병기총서(兵技總敍), 척모사실(戚茅事實), 기예질의(技藝質疑), 인용서목(引用書目) 등이 있으며, 본문에는 24종의 병기(兵技)를 수록하였고, 책 끝에는 관복도설(冠服圖說)과 고이표(考異表)가 부록으로 포함되어 있다.

희망을 가지고 있는 것은 아니다. 하 군의 후신(後信: 앞으로의 편지)을 기대하며 이 붓을 그친다.

계묘(癸卯: 1963년) 정월(正月: 1월) 28일 봉우서(鳳宇書)

6-15

수필: 민정이양 선언 이후의 국내 정치 상황

방송을 듣다가 각 정당대표 인물들의 박정희 장군과 회견 운운하는 구절을 들었다. 그런데 무슨 정당이 그리 많은지 10번 이상을 수(數: 셈)하는 것 같다. 박정희 군의 정당 수습 9개 방안이라는 것이 무엇인지 나는 보지 못했다. 그런데 이 수(數)많은 정당에서 이 방안을 전면적으로 거부한 정당이 두 곳이었고, 조건부로 승낙한 정당이 3~4개를 수(數)하겠고, 전면적 승낙한 정당도 몇 곳이 있고, 왈가왈부를 말하지 않는 곳도 있는 것 같다. 그런데 박정희 군은 5일까지 무조건하고 가부를 통지하라고 독촉하였다. 내가 그 9개 방안이라는 원문을 못 보아서 비평을 할 수는 없다. 그러나 각 정당 지도인물이라고 자처하고 나온 인물들을 보건대, 그 인물들이 무엇을 승낙하고 거부하고 할 만한 자격이 거의 없는 인물들이다. 비록 군정에서 민정이양(民政移讓)이라고 하나, 혁명 후 각 정당으로도 당연히 자숙(自肅)해야 옳은 일인데 자기 자신의 역량을 생각하지 않고, 민정이양이라니 어두귀면지졸(魚頭鬼面之卒: 어중이떠중이 지지리 못난 사람)이 우후죽순격(雨後竹筍格)으로 총출동해서 나도 너도 대통령 생각을 하는 것 같으니, 한심하기 비할 데 없다.

더구나 4.19 학생의거 후에 과도기 정권을 담당하던 허정(許政) 같은 인물들이 바로 민간 지도 인물의 중진인 양 자처하고 나오고, 또 악질적인 낭산(朗山: 김준연)[32] 같은 인물과, 비록 양심적이라 하나 별 실력이 없는 곽상훈(郭尙勳)[33]이나, 재야 중진으로 자처하는 김병로(金炳魯)[34] 군(君)은 역시 별 역량이 없는 인물이요, 백두진 같은 인물은 내가 상대해 본 인물인데 정치가라기보다 회사 중역급이면 적당한 인물

32) 김준연(1895년 3월 14일~1971년 12월 31일)은 일제 강점기의 언론인이자 독립운동가였고, 대한민국의 정치가이다. 또한 조선공산당의 한 분파인 엠엘(ML)파의 중요 인사였다. 독일 베를린 대학을 우등으로 졸업하고 귀국 후에는 조선공산당 결성 운동에 참여했다. 1925년부터는 조선일보에 입사하여 2년간 조선일보의 기자와 주러시아 특파원 등으로 활동했다. 1928년 동아일보로 옮겼다. 해방 후 우익으로 전향하여 1945년 9월 한민당 창당에 가담했으며, 1948년의 대한민국 단독 정부 수립에 지지를 보냈다. 민주국민당과 1954년 호헌동지회에 참여하였으며 민주당에 참여하였으나, 친여 인물로 분류되어 비판을 받던 중 탈당하여 자유민주당을 창당 조직하기도 했다. 1961년 5월과 1963년 제5대 대통령 선거 당시 박정희의 사상 경력에 의혹을 제기하여 논란을 일으키기도 했다. 봉우 선생님께서는 '봉우사상을 찾아서(193) - 김준연 군(金俊淵君)의 강연을 듣고 내 소감'에서 이 사람의 됨됨이를 매섭게 비판하신 적이 있다.

33) 곽상훈(郭尙勳, 1896년 10월 21일~1980년 1월 19일)은 대한민국의 독립운동가이자 1~5대 국회의원을 지낸 대한민국의 고위 정치인이다. 1949년 반민특위 위원으로 특위 검찰차장에 임명되어 활약하였으며 1955년 민주당 창당에 참여하여 민주당 신파의 지도자로 활동한다. 5선 국회의원을 지내고 4~5대 국회에서는 국회의장을 역임하였다. 5.16 직후 군사 정권과 협력을 거절하고 야인으로 생활하였으나 이후 1972년 유신 체제에 참여하여 육영재단 이사장, 통일주체국민회의 운영위원장 등을 역임하여 동료들의 비판을 받기도 했다.

34) 김병로(金炳魯, 1887년 12월 15일~1964년 1월 13일)는 대한민국의 독립운동가·통일운동가·법조인·정치가이며 시인이다. 일제 강점기 신간회 활동에 참여하였고, 독립운동가들을 무료로 변호하는 인권 변호사로 활약하며 이인, 허헌과 함께 3대 민족 인권 변호사로서 명망을 날렸다. 광복 후 1945년 9월 한국민주당 창당에 참여하였으나 한국민주당의 정책 관련 노선에 반발하여 1946년 10월에 탈당하고, 이후 좌우합작위원회와 남북 연석회의에 참여하였다. 후에 분단의 현실을 느껴 노선을 선회하여 대한민국 정부 수립에 참여, 1948년 반민족행위특별조사위원회 특별재판부 재판부장과, 초대(初代) 대법원장을 지냈다. 대법원장 시절 사법부의 독립을 지키고 국가보안법 폐지를 주장하는 등 이승만 정권의 노선에 반발하여 대립하였고, 대법원장 퇴임 후 이승만, 박성희 정부의 야당 인사로 활동하였다. 대한민국 정부로부터 1962년 문화훈장, 1963년 건국훈장 독립장을 수여받았다.

이요, 창랑(滄浪: 장택상)[35] 같은 인물은 비록 영남에 약간의 근거는 있으나, 지도인물 아래에서 보조인물에 불과한 인물이요, 그 후에 누구누구하는 인물들이 아무리보아도 타국의 정당 당수(黨首)에 비하여 노제지간(老弟之間: 늙은이와 젊은이 사이)이 아니라, 노주지간(奴主之間: 종과 상전 사이)의 차(差)로밖에 보이지 않는다. 혹 미지수의 인물에서 신인물이 잠재한지 알 수 없으나, 기성 인물들은 다 3류 이하 인물들이라 한심하기 짝이 없는 일이다.

한독당(韓獨黨)에서 조각산(趙覺山)이 대표로 나왔었다. 조각산이라면 당원들 중에서도 백범선생의 제기류(第幾流: 제 몇 번째) 라는 것을 잘 알 일이다. 한독당뿐 아니라 다 그런 감이 있다. 그 여러 정당대표 인물 속에 낙도군(洛圖君: 장이석)도 셥쓸리어(휩쓸리어?) 호명(呼名)된다. 비록 나와 친교는 있으나, 강무실이용장(羌無實而容長)[36] 한 분이다. 정치역량으로 보아서 어느 지방의원 격에도 충분하지 못한 분이다. 내가 여러 사람을 단평(短評: 짧은 비평)하고자 해서 그러는 것이 아니

---

35) 장택상(張澤相, 1893년 10월 22일~1969년 8월 1일)은 초대 대한민국 외무부 장관·대한민국 제3대 국무총리·4선 국회의원 등을 지낸 대한민국의 정치인이자 작가이다. 미군정기 수도경찰청장을 역임했고, 정부 수립 이후 3대 국무총리를 역임했다. 1945년 8.15 광복 직후 친일파들이 대거 포함된 한국민주당 결성에 참여하였다. 광복 직후 경기도 경찰청 경찰부장, 제1관구 경찰청장, 수도경찰청장 등으로 활동하였고, 조선공산당원과 남로당 진압을 주도하였으며, 해방정국에서 10차례나 테러를 당하였다. 1948년 대한민국 수립 직후 제1대 외무장관을 역임하였고 제5~6차 UN총회의 대표단으로 파견되기도 했다. 1952년 5~7월 무렵 피난지인 부산에서 이범석 등과 함께 부산정치파동에 주동적 역할을 수행하고, 1952년 5월 6일부터 1952년 10월 5일까지 대한민국의 제3대 국무총리를 역임하였다.

36) 옛 초(楚)나라 때 시인(詩人) 굴원(屈原: 기원전343~기원전278년 추정)의 《초사(楚辭)》〈이소경(離騷經)〉13에 나오는 시 구절. 원문: 여위난위하시혜(余以蘭爲何恃兮: 믿을 수 있는 건 난초라 여겼더니), 강무실이용장(羌無實而容長: 아! 속은 비고 겉치레만 남았네.)

라 우리나라 실정이 걱정되어서 이런 말을 하게 된다. 그 영도(領導)인물이라는 것을 맡지 못하면 토막을 갖다 놓고서라도 민의원들이나 양심적 인물을 선출해서 행정부와 손을 잡고 국가와 민족에 큰 허물이나 없는 정치가 이루어지기를 바라고 이 붓을 그치노라.

계묘(癸卯: 1963년) 2월 초삼일(初三日) 봉우서(鳳宇書)

추기(追記)

박정희 군이 제출한 9개 방안이라는 것을 방송을 통하여 서울서 각 정당대표들이 그 방안을 인락(認諾: 허락)하며, 각자의 선서문 낭독이 있어서 전문(全文)은 기억하지 못하나, 대체로 보아서 혁명정권이 신정당(新政黨)에 불참하는 것과 군과 관공리가 선거에 중립한다는 것과 자기네들이 5개년 계획정책을 하던 것을 존속시키라는 것과 자기네들이 임명한 관공리(官公吏)를 박대 말라는 것과 군인으로도 예편된 사람들의 정치활동이 자유라는 등등인 것 같다. 그럴 수도 있는 것이다. 이것이 대국적 견지로 보아서는 좀 세조목(細條目)인 감이 있으나, 인간으로 그런 말을 할 수도 있는 것이다. 그리고 이 안을 인락(認諾)한 정당이 12개요, 그 외에도 불참한 정당이 또 있는 것 같다. 9개 방안이 별로 큰 지장을 가져올 조건이 없다. 그렇다면 불참할 필요는 없다고 생각된다. 그러나 먼저도 말한 바와 같이 십수 개(十數個: 열몇 개) 정당에 지명되는 인물명단을 보건대, 일인도 그 사람이면 마음이 놓인다고 할 만한 인물이 보이지 않는다. 불참한 정당인물들도 역시 그러한 인물이 아닌가 한다. 한심한 일이다. 각 정당의 대표인물들의 포부를 국민 앞에 피력(披瀝: 속마음을 털어놓고 말함)해야 비로소 알 일이나, 기성인물 중에는 아무리 보아도 별인물이 없다고 본다. 출마 후 정견(政見: 정치상 식견)을 듣기로 하고 이만 그친다.

계묘(癸卯) 2월 초오일(初五日) 봉우서(鳳宇書)

6-16

수필: 이윤직 형의 '도덕평화론'과 나의 '백산운화, 장춘세계론'

소박(小樸) 이윤직(李允稙)[37] 형이 생전에 사생활이라는 것을 아지 못하고 지냈다. 일생을 여전히 빈궁(貧窮) 속에서 지내며, 그래도 그의 포부는 자기 일신(一身), 일가(一家)에 대한 일이 아니요, 현 세계 물질 문명의 극치가 초래한 것이 정신문명을 매장하고 약육강식하는 무도덕한 금수(禽獸: 짐승)세계로 화하는 외에 타도(他道)가 무(無)한 것이니, 이를 구출하려면 도덕으로 선도(善導)하여 일촉즉발(一觸卽發: 조금만 건드려도 폭발함)의 세계인종 전멸의 위기를 자연인화(自然人和)로 평화 시키는 외에는 타도가 무하다고 이윤직 동지 환원(還元: 죽음) 전 5~6년간을 전심전력을 경주하여 도덕평화운동을 전개하다가 규합된 동지 기인(幾人: 몇 사람)들의 찬성은 있었으나, 별 성과를 거두지 못하고 환원하였다.

그러나 그 후에 그의 규합되었던 동지들이 그 유지를 계승할 인물이 있는지 없는지도 나는 알지 못하고 있었고, 또 그 당시에 내가 주장하

---

37) 봉우 선생님 영동소학교 시절부터 인연을 맺어온 친구다. 소년 시절 그와 함께 항일민족운동에 투신할 것을 맹세하기도 했다. '봉우사상을 찾아서(354)'에서 그에 대해 다음과 같은 평을 남기셨다. "이윤직 군은 나와 교정(交情: 사귀어온 정)이 제일 친밀하던 친우인데 사상이 상이(相異)해서 교정은 우정(友情)이요, 사상은 사상이니 우리 사이에는 사상만은 서로 (얘기) 말자고 약속하고 일생을 친절했다." 장안파 공산주의자였다고 한다.

는 것은 물대물(物對物)이 되고 정신대정신(精神對精神)이 되어 확실히 물질문명이 비록 그 극치에 가서라도 정신문명을 당하지 못하겠다는 확신이 나오도록 되어야 도덕평화의 성과를 거두는 것이지 구두(口頭: 입으로 하는 말)로만 도덕평화를 운위하면 그 이론을 비(非)라는 것이 아니라, 강자(强者)의 욕심이 그 정당한 이론보다 앞서서 세계제압을 목표로 나오는 것이니, 이를 약자로서 도덕평화론만 주장하면 강자에게 애걸하는 데 불과하다. 그러나 우리로서도 저 강자들이 가진 물질문명의 극치점보다 우수성 있는 발명을 가지고 동서양강(東西兩强)을 제압할 수 있는 자신을 가지고도 강자로 자처하지 않고, 세계 인류의 도덕평화를 주장한다면 누가 감히 반대할 것인가 하고 나는 여전히 그 사람들이 보면 백일몽(白日夢: 대낮에 꾸는 실현 불가능한 헛된 꿈) 같은 말을 하며, 일변(一邊: 어느 한편) 연구를 계속하던 것이었으나 아직 완벽(完璧: 흠이 없는 구슬)이 못 되고 있다.

소박(小樸)도 자기 여생을 도덕평화운동으로 마치었다. 나도 역시 내 일생을 백산운화(白山運化)에 헌신할 각오를 가지고 있는 것이다. 성불성(成不成)은 운에 맡기고 유지자사경성(有志者事竟成: 뜻이 있으면 일은 마침내 성공함)이라고 불휴(不休)의 노력이 있을 뿐이다. 다만 점점 노쇠해지고 후진인물이 아직 없는 것만 걱정이다. 지금이라도 경제적으로 지속할 만하다면 유위인물(有爲人物: 능력 있는 인물)이 아주 없다고는 못 하겠다. 그리고 내가 열성(熱誠)이 부족한 탓이라고 자책(自責)하며 내 생전에 기초라도 보았으면 사무여감(死無餘憾: 죽더라도 서운한 마음이 없음)이라고 생각된다. 내 일신(一身), 일가(一家)의 사적으로의 경제빈부(貧富)는 조금도 관심되는 바가 아니요, 다만 연구지속성의 족부족(足不足)이 관심될 뿐이다.

자고(自古)로 **언고행**(言顧行: 말은 행동을 돌아봄)하고 **행고언**(行顧言: 행동은 말을 돌아봄)[38]해야 되는 것인데, **언행상부**(言行相符: 언행이 서로 부합됨)하면 성공하는 것이요, **언과기실**(言過其實: 말이 그 실제보다 과함)하면 실패되는 것이다. 나는 내 생전에 불휴(不休)하고 **맹구집목격**(盲龜執木格: 눈 먼 거북이 나무를 잡고 있는 격)[39]으로 **불변초지**(不變初志)할 생각이다. 여기서 백산운화도 있고, 장춘세계(長春世界) 건설도 있다고 본다.

미소양강(美蘇兩强: 미국과 소련 두 강대국)의 **호시탐탐**(虎視眈眈: 호랑이가 눈을 부릅뜨고 먹이를 노려봄)하는 것은 **자굴기묘혈**(自掘其墓穴: 스스로 그 묘혈을 파헤침)이라고 보고 **양성**(兩成: 양쪽의 성공)이 아니라 **양패**(兩敗: 양쪽의 패배)로 자멸(自滅)할 것이요, 그다음 **장춘세계**(長春世界)에 **만년태평**(萬年太平: 영원한 큰 평화)이 올 것을 예축(豫祝: 미리 축원

---

38) 출전《중용(中庸)》

39) 눈 먼 거북이 바다에서 나무판자를 만나 쉴 수 있는 확률은 희박하다. 만약 그러할 수 있다면 그것은 어려운 처지에서 마주하는 뜻밖의 행운일 것이다.
《잡아함》 15권 406경 〈맹구경(盲龜經)〉에 다음과 같은 내용이 나온다. "어느 날 제자들과 함께 주변을 산책하던 부처님께서 문득 아난다에게 물었다. '아난다야, 바다에 눈먼 거북이 한 마리가 살고 있다. 이 거북이는 백 년에 한 번씩 물 위로 머리를 내놓았는데 그때 바다 한가운데 떠다니는 구멍 뚫린 나무판자를 만나면 잠시 거기에 목을 넣고 쉰다. 그러나 판자를 만나지 못하면 그냥 물속으로 들어가야 한다. 그런데 이때 눈먼 거북이가 과연 나무판자를 만날 수 있겠느냐?' 아난다는 '그럴 수 없다'고 대답했다. 눈까지 먼 거북이가 백년 만에 머리를 내밀 때 넓은 바다에 떠다니는 구멍 뚫린 나무판자를 만난다는 것은 확률적으로 도저히 불가능한 것이기 때문이었다. 이에 부처님께서는 다시 이렇게 말씀했다. '그래도 눈먼 거북이는 넓은 바다를 떠다니다 보면 서로 어긋나더라도 혹시 구멍 뚫린 나무판자를 만날 수 있을지도 모른다. 그러나 어리석은 중생이 육도윤회의 과정에서 사람으로 태어나기란 저 거북이가 나무판자를 만나기보다 더 어렵다. 중생들은 선(善)을 행하지 않고 서로 죽이거나 해치며, 강한 자는 약한 자를 해쳐서 한량없는 악업을 짓기 때문이니라. 그러므로 비구들이여, 너희들은 사람으로 태어났을 때 내가 가르친 네 가지 진리(四聖諦 - 고집멸도 苦集滅道)를 부지런히 닦으라. 만약 아직 알지 못하였다면 불꽃 같은 치열함으로 배우기를 힘써야 한다.'"

함)하며 이 붓을 그친다.

계묘(癸卯: 1963년) 2월 초육일(初六日) 봉우서(鳳宇書)

6-17

사불가역도(事不可逆睹: 일은 미리 알 수 없음)

공명(孔明: 제갈량)이 〈출사표(出師表)〉[40]에 **사불가역도**(事不可逆睹)라고 한 일이 있었다. 진정(眞正: 진실로 올바름)한 말이다. 어찌 사불가역도리요? 매양 **출기불의**(出其不意: 뜻하지 않게 나감)하는 일이 많다. 금번에도 공화당에서 박정희 군 출마(出馬)는 불가피한 입장으로 되어 있었는데, 만난(萬難: 모든 어려움)을 제거하고 박 군의 번의(翻意: 본디 생각을 뒤바꿈)로 '2.18**성명**(聲明)'[41]이 어찌 세인으로 역도(逆睹: 앞날을

---

40) 촉한의 재상 제갈량이 위나라를 정벌하고자 황제 유선에게 올린 표문. 출사표라는 말 자체는 '출병할 때에 그 뜻을 적어서 임금에게 올리던 글'을 뜻하는 일반명사이지만, 제갈량의 출사표가 너무 유명하기 때문에 일반적으로 문맥 없이 '출사표'라고만 하면 제갈량의 출사표를 일컫는다. 전출사표, 후출사표 두 편으로 이루어져 있으며 전편은 227년, 후편은 228년에 작성된 것으로 알려져 있다. 《삼국지(三國志)》의 〈제갈량전(諸葛亮傳)〉, 《문선(文選)》 등에 수록되어 있다. 훗날 지어진 《삼국지연의》에도 원문이 그대로 수록되어 있다.

41) 1963년 2월 18일, 대통령권한대행 박정희가 대한민국 정치권에 박정희 민정에 불참을 조건부로 시국수습 9개방안을 발표한 사건. 1) 군의 정치적 중립 견지 2) 4.19 및 5.16 혁명 정신 계승 확약 3) 5.16 혁명 주체세력은 개인의사에 따라 민정에 참여 가능 4) 민정이양 후 일절의 정치보복 금지 5) 혁명기간에 기용된 공무원 신변 보장 6) 유능한 예비역 군인 기용 7) 모든 정당들은 정쟁을 지양하고 조속히 정책을 국민 앞에 제시 8) 새 헌법의 권위를 보장 9) 한일회담은 초당적 입장에서 협조 – 가) 본인은 민정에 참여치 아니한다. 나) 몇 예외를 빼고선 정치정화법에 의한 정치활동 금지를 전면 해제한다. 다) 선거를 5월 이후로 연기한다. 이러한 시국수습 9개방안을 각 정당이 승낙할 경우 선거를 5월 후로 미루되 박정희 자신이 민정에 불참하고 정치활동정화법을 전면 해제해 주겠다는 선언이다. 민주공화당(정구영)과 민정당(김병로)는 물론이고, 민왕당, 자유당, 삼일당, 기독교사회민주당, 신흥당, 자유민주당, 이주당, 조선민주당, 자유국민당, 통리당, 사월혁명총연맹, 청년한국연맹 등 각종 정당 및 단체와 전 대통령

미리 내다봄, 선견先見, 예견豫見)하였으리요? 이것이 세사(世事)라는 것이다. 그렇다면 12정당에서 추천하는 인물들 중에서 어떤 인물이 선출될 것인가도 역시 사불가역도(事不可逆睹)다. 그러나 기성 정치인들로는 아무리 보아도 그 사람이면 안심하겠다고 생각되는 인물이 없다. 또 신(新)인물도 역시 추천되어 보아야 다시 평(評)을 가하고자 한다.

현 인물 중에 김병로, 곽상훈, 변영태 3인이 비록 악성이 아닌 양심자들이라고 하나, 김병로 군은 정치역량이 부족하고, 포용성이 부족하다고 보고, 곽상훈은 비록 양심적이나 영도력이 없고, 역시 평재상(平宰相: 평범한 재상)으로는 족하나 권위 있는 재상도 어려운데 하물며 대통령일까 보냐? 이분이 당선된다면 역시 정치는 뒤죽박죽이 될 우려가 있고, 변영태 군 역시 양심적이나 전 국무총리 경과로 보아서 무능무위(無能無爲: 능력도, 한 일도 없음)의 인물이요, 그 외 이인(李仁)[42] 군은 이것저것으로 부족점이 많고 그 자리에는 어불성설(語不成說: 말이 안 됨)이요, 창랑(滄浪: 장택상)은 재불승덕(才不勝德: 재주가 덕을 못 이김)이어늘 약간의 교재(巧才: 교묘한 재주)는 있으나, 경박(輕薄)한 편이라 중임(重任)은 말이 안 되는 인물이요, 낭산(朗山: 김준연)은 음험기교(陰險奇巧: 음험하고 기이한 교묘함)한 악질로 반복무상(反覆無常: 언행이 이랬다저랬다 함)한 자이다. (현 정계인물 중) 가장 증오스러운 자요, 철기(鐵

윤보선, 전 국무총리, 장택상, 백두진, 이범석 이외 허정, 송요찬, 곽상훈, 이영준, 김도연, 백남훈, 이을규 등 대부분의 정치인들이 전면 승낙을 하였다.

42) 이인(李仁, 1896년 10월 26일~1979년 4월 5일)은 일제강점기 의열단사건, 광주학생사건, 안창호사건 등을 맡은 법조인. 변호사, 정치인이다. 김병로, 허헌과 함께 독립운동가 및 애국자, 사회저명인사들을 상대로 무료변호를 하여 3대 민족 인권 변호사로서 명망을 날렸다. 해방 후 우익 정치인으로 활동하다가 이승만의 단독정부 수립론에 가담하였다. 1948년 5월 제헌국회의원 선거에 출마하여 당선되었고, 정부수립 이후 국회의원과 법무부장관을 역임하였다.

驥: 이범석)도 음모가요, 통치가(統治家)가 못 된다. 양심적이라고 못 보겠다.

그 외에도 모모(某某)하는 인물들이 있다. 신임할 만한 인물이 극귀(極貴)하다. 그렇다면 어떤 인물이 당선될 것인가? 극히 의문된다. 기성(인물들)으로 보아서 지반(地盤)이 있다는 것은 민주, 민정, 족청, 자유, 공화 5개당이 가장 유력한 것 같다. 그러나 국민 전체의 염원은 이 당원을 많이 가진 인물에게 한해서만 있는 것은 아니나, 금력(金力: 돈의 힘)과 선전력이 약한 인물은 아무리 적당한 인물이라도 당선까지는 극히 곤란한 것이다. 복잡다난(複雜多難)한 영도자 선출에 나는 열중하지 않고 되어가는 것만 바라보고 있을 뿐이다. 그리고 양심적이고 정치역량이 있는 인물의 당선을 바라고 이만 그친다.

계묘(癸卯: 1963년) 2월 초육일(初六日)

봉우서(鳳宇書) 야심후(夜深後)

추기(追記)

고성(古聖) 말씀에 **생지**(生知: 생이지지生而知之, 나면서 앎), **학지**(學知: 학이지지學而知之: 배우며 앎), **곤지**(困知: 곤이지지困而知之: 힘들게 앎) **급기지지**(及其知之: 그 앎에 이르러서는)하여는 **일야**(一也: 하나이다)라고 하시었다. 물론 천자(天資: 타고난 자질, 천품)가 영민(英敏)한 분으로 선천적 정치두뇌가 있고, 가장 양심적인 인물이 나왔으면 하나, 어찌 적구지병(適口之餠: 입에 맞는 떡)이 있을 것인가? 다만 우리가 바라는 바는 양심 있는 인물로 후천적으로 지과필개(知過必改: 허물을 알면 바로 고침)해 가서 이 나라, 이 민족을 위할 인물이면 생지(生知)가 아니라도 학지, 곤지라도 무방하다고 본다. 이것이 어느 개인의 운명이 아니요, 우리나라 전 민족의 운명이요 또 세계만방의 동화되어 가는 큰 운명의 좌우되는 일이라 그저 국민들의 선택도 있으려니와, 천명(天命)에 순종하는 외에 타도(他道)가 없다고 본다.

금년 하간(夏間: 여름 동안)이면 좌우(左右)를 결정할 것이다. 계묘년이 장래의 순역(順逆)을 결정하는 해이므로, 가장 중대한 해라고 본다. 두고 본다면 모를 리 없건마는 예지(豫知)하고자 하니, 가장 어려움을 누구나 자각하리라. 이것이 사불가역도(事不可逆睹: 일은 미리 알 수 없음)라는 것이다. 그러나 세인은 그의 두뇌가 공명(孔明: 제갈량)의 만분지일도 따르지 못하면서도 가장 만사를 예지하는 것같이 자처하는 사람도 없다고는 못한다. 그러니 근신(謹愼: 삼가고 조심함)하는 사람들은 명실상부(名實相符)코자 일거수일투족(一擧手一投足)을 주의해야 한다. 내두사(來頭事: 미래사)를 예지 못하나, 섭세(涉世: 세상을 건넘)하는 행동이 여답호미(如踏虎尾: 호랑이 꼬리를 밟는 것처럼)하며 여리춘빙(如履春氷: 봄 얼음 밟듯이)하며 열성을 다하여 소기(所企: 바라는 바)의 목표까지 전진함을 우리의 신조로 하고 불휴의 노력을 다하자는 것이 내가 항상 후진 청년들에게 말하는 것이다.

계묘(癸卯: 1963년) 2월 초칠일(初七日) 봉우서(鳳宇書)

6-18

수필: 5.16 혁명 이후 우리나라의 발전 가능성 예측

누구나 다 각자의 책임과 의무를 이행한다면 국가나 민족은 자연적으로 부유해지고, 수준도 부지중(不知中) 향상되는 것이나, 어느 나라고 어느 민족이고 언행합치(言行合致)가 못 되는 관계로 현 세계 6대주(大洲: 대륙)의 무수한 국가와 민족들이 강대국가로 자처하는 나라가 우리의 안목으로는 극소수인 십수(十數: 열몇 개) 내외(內外: 안팎)요, 그 다음 2류에 속하는 나라도 몇이 못 되고, 우리나라는 자타가 공인하는 약소국가로 6.25 사변을 계기로 여러 나라의 원호(援護: 돕고 보호해 줌)가 아니면 거의 자립을 못 하는 지경에 이르렀다. 더구나 이승만 정권의 10년 부패로 말미암아 국가와 민족은 위기에 봉착하고 있었다. 그러던 중 4.19 의거로 이 정권은 몰락하였으나, 허정의 과도정권이라는 것이 4.19 의거를 안중(眼中)에 두지 않고 유명무실(有名無實: 이름만 있고 실속은 없음)하게 구악(舊惡: 이전의 악업)을 재범(再犯)하였고, 그 후 장면 정권이 역시 이 정권과 오십보백보(五十步百步: 별 차이 없음)에 불과했다.

5.16 혁명으로 일대(一大) 외과수술은 한 양(樣: 모양)이나, 내부는 여전히 유변(有變)하는 위증(危症: 위중한 병의 증세) 환자인 것은 누구나 다 알고 있는 것이다. 박 정권에서도 계속되는 실정(失政: 정치적 실책)으로 민생고(民生苦)는 여전했었는데, 금번 민정이양(民政移讓)을 앞두고 비록 늦은 감이 있으나, 박정희 성명(聲明: 2.18 민정이양 성명)으로

전도(前道)가 조난당한 선척(船隻: 배)이 등대(燈臺)를 맞는 감이 있다. 그러나 정당조직 인물들의 명단을 신문지상으로 보아서는 한심하기 짝이 없다. 이 인물들 중에서 신정권이 나온다면 이포역포(以暴易暴: 사나움으로 사나움을 바꿈)가 아닌가 한다. 혹 미지의 인물이 있다면 알 수 없는 일이다. 우리나라는 명철한 지도인물만 등장한다면 지리적 조건이나 역사적으로나 민족적으로나 다른 약소민족들의 비(比)가 아니다. 물산도 풍부하고 해륙(海陸: 바다와 육지)으로 발전성이 얼마든지 있다.

이것을 잘 이용한다면 다른 강국의 수준을 추급(追及: 쫓아가 따라붙음)한다느니보다 압도시킬 수 있는 것은 명약관화(明若觀火: 불 보듯 환함)한 일이다. 다만 우리나라에서는 주류(紬類: 명주明紬, 비단, 실크silk) 한 가지만 생산이 되지 않고 백사개비(百事皆備: 모든 것을 다 갖춤)한 나라다. 10년 건설 내지 30년의 장기계획으로 우리나라의 해륙산업을 개발한다면 어느 나라보다 천혜(天惠: 하늘의 혜택)가 있는 곳이다. 다만 바라는 것은 이다음 나오는 인물의 양심적이고 지능이 구비한 지도자가 나오기를 바랄 뿐이다. 해륙으로 발전할 수 있는 방안이야 얼마든지 있는 것이라 말할 필요가 없고 현하 우리나라 산촌(山村)만 하더라도 잘 이용해서 60년차(30년차?) 계획을 수립해서 실행한다면 현상 수입의 100배는 무난하리라고 본다. 그 외에도 전부가 다 그런 것이라고 본다. 상세한 말은 중지하고 이만 그친다.

계묘(癸卯: 1963년) 2월 14일 봉우서(鳳宇書)

6-19
(박정희의) 3.16 성명(聲明)[43]을 보고

박정희 본인의 의사인가, 공화당 전체의 뜻인가는 물을 필요 없이 박정희가 성명한 것이니 박정희가 책임져야 정당한 것이다. 민정이양을 계기로 헌법을 국민투표로 결정한 금일(今日) 또 군정을 4년 연장한다는 찬부(贊否)의 국민투표를 성명했다. 가위(可謂: 가히 이르자면) 반복무쌍(反復無雙)한 소인(小人)의 행사다. 우리가 보기에 군대데모[44]라는

43) 1963년 3월 16일, 민정이양을 선언하였던 박정희가 돌연 민정이양을 연기하려 했던 사건. 박정희는 2월 18일 민정 불참을 선언했는데 이에 내부 진영의 반발이 거세게 일어났다. 특히 강성한 김종필계의 목소리가 컸고 결국 박정희는 4년의 군정 연장안을 제시하고 이 가부를 국민투표에 부쳐 정할 것을 골자로 한 3.16 성명을 발표했다. 그러자 공화당을 포함한 정치권의 격렬한 반발과 미국까지 반대성명을 발표하고 추가원조의 중단 및 군사지원 감축을 경고했다. 수세에 몰린 군정은 위신에 타격을 입지 않고 전략적으로 3.16 성명을 철회할 방법을 고심하게 되었는데 이 과정에서 국민투표 보류안이 박정희의 4.8 성명으로 발표되었다. 최고권력자의 민정불참 -> 군정연장 -> 취소로 정국이 요동치는 와중에 박 의장은 민간인으로 대선 출마를 기정사실화했다. 이후 박정희는 8월 30일 육군 대장으로 전역하며 "다시는 이 나라에 본인과 같은 불운한 군인이 없도록 합시다"라는 유명한 연설을 했다. 이날 박정희는 "군사혁명을 일으킨 책임자로서 중대한 시기에 혁명의 결말을 맺어야 할 역사적 책임을 통감하면서 혁명의 악순환이 없는 조국 재건을 위하여 민정에 참여할 것"을 선언한다. 이날 오후 공화당에 입당하고 이튿날 공화당 전당대회에서 대통령 후보 지명을 수락한다. 10월 15일 대선에서 윤보선을 15만 표 차이(득표율 1.55% 차이. 20대 대통령 선거에선 윤석열 후보가 이재명 후보를 0.73% 차이로 꺾으며 박빙 최고 기록을 경신했다)로 가까스로 이겨 제5대 대한민국 대통령이 된다.

44) 3월 15일 현역 군인들이 집단으로 최고회의 청사 앞에서 군정 연장을 요구하며 벌인 시위. 당시 신문 보도를 보면 "최고회의 소속 헌병이나 경호원들은 아무도 이를 제지하려 하지 않았다"고 돼 있다. 이 시위의 배후가 박정희 의장의 경호 책임자이던 박종규라는 주장도 있다. 이 데모를 한 장교들은 박정희가 4.8 성명을 낸 후 모두 풀려났다.

것은 고의로 날조한 것임에 불외(不外: 지나지 않음)하다. 소위 국가원수의 자격으로 조령모개(朝令暮改: 아침에 명령했다 저녁에 바꿈)한다는 것, 참으로 소인의 행사요, 소호라도 양심이 있는 인물이라면 이런 행사는 못 하리라고 본다. 3.15 부정선거가 이 박사의 분묘(墳墓: 무덤)를 자굴(自掘: 스스로 파헤침)한 것과 같이 3.16 성명이 박정희 자신이 자굴자묘(自掘自墓: 자신의 무덤을 자신이 파헤침)하는 행동임에 불외하다. 그러니 국민으로는 이보다 더 불행한 일은 없다. 국여국(國與國)이나, 족여족간(族與族間)에 우리들의 위신(威信)이 낙지(洛地: 땅에 떨어짐)하는 것임에 어찌할 것인가?

우리가 억측(臆測: 근거 없는 추측)하건대, 박정희의 고문격(顧問格)인 대학교수진의 과오가 아닌가 의심난다. 2.18 성명으로 '끈 떨어진 망

이 사건 며칠 전인 3월 11일에는 혁명주체들이 연루된 쿠데타 음모 사건이 발생했다. 알래스카 토벌작전이라는 이름이 붙은 이 사건은 1963년 3월 11일 국가재건최고회의 의장 박정희가 군부 내 반대세력을 제거하기 위해 일으킨 반혁명 사건 중 하나이다. 알래스카는 함경도를 의미한다. 1962년은 민정이양을 앞두고 쿠데타 주도세력 내부에 경상도파와 함경도파, 민정참여파와 불참파, 김종필계와 반김종필계 등으로 나뉘어 치열한 내부갈등과 권력투쟁이 고조되던 시기였다. 특히 군 내부는 장도영 중심의 평안도 세력이 제거된 후 박임항, 박창암, 김동하 등의 함경도 출신 인사들의 영향력이 막강한 상황이었다. 이에 박정희 중심의 주류세력은 이들을 제거할 필요성을 느끼고 세칭 '알래스카 토벌작전'을 추진했다. 1963년 3월 11일에 군 일부 반혁명 음모 사건으로 발표되면서 세상에 알려진 이 사건으로 박임항을 필두로 김동하, 박창암, 이규광 등 총 21명이 쿠데타를 음모했다는 혐의로 군사재판에 회부되었다. 박임항은 군사재판에서 사형을 구형받았으나, 유죄 판결을 받고 복역하던 중 3년 뒤에 형집행정지로 풀려났다. 나머지 인사들도 대부분 짧은 수감 기간을 거쳐 석방되었고 이후 박정희에 의해 이런저런 공직에 자리를 잡기도 했다. '알래스카 토벌작전'은 박정희 의장이 다시 정국의 주도권을 잡고 군정을 연장하는 결정적인 계기로 활용되었다. 이 사건으로 군 내부의 반 김종필 세력이 대거 축출당하면서 김종필을 비롯한 육사 8기생들의 입지가 커지자 박정희는 이들을 견제하기 위해 육사 11기생들을 중심으로 하는 하나회에 힘을 실어 준다.

석(妄釋)중이'[45] 되어서 최후의 발악으로 자기들의 입장을 타개하기 위하여 박정희로 하여금 이런 대과(大過: 큰 잘못)를 범하게 한 것이 아닌가 한다. 아무렇든 박정희가 과오를 범한 것은 가리지 못할 일이요, 그 범한 바의 경중(輕重)이 정인(正人: 마음씨가 올바른 사람)에 속할 수 있던 박정희가 무지몰각(無知沒覺)한 소인(小人)으로 유취후세(遺臭後世: 나쁜 냄새를 후세에 남김)할 자격을 갖게 된 것이다. 아주 근시안(近視眼)이요, 세인이나 후세의 논평을 알지 못하는 관계라고 본다.

아무리보아도 금번 3.16 성명은 내가 본 박정희 관(觀)이 불이초견(不異初見: 처음 봄과 다르지 않음)이라는 말이다. 박정희는 박정희대로 중죄(重罪: 무거운 죄)를 범했고, 국민들은 국민대로 낙망(落望: 희망을 잃음)을 하게 되었도다. 이것이 계묘년(1963년)에 일대불행(一大不幸)인 국민들의 운명이라고 본다. "죄(罪)는 진 대로 가고, 복(福)은 닦은 대로 간다"고 박정희가 만약 국민투표를 부정하게 한다면 그 대가로 일시 집권(執權)은 연장될지 모르나, 박정희의 개인적 운명도 가패신망(家敗身亡: 패가망신)을 면치 못할 것이요, 이 일파(一派)들의 심판을 자연적으로 동시에 내릴 것이라고 나는 평(評)하겠다.

계묘(癸卯: 1963년) 2월 22일 봉우서(鳳宇書)

45) 망석중이는 나무로 만들어 만든 인형으로 팔다리에 줄을 매달아 그 줄을 당겨 춤을 추게 하는 '망석중이놀이'에 나오는 인형이다. '끈 떨어진 망석중이'란 말은 물건이 못쓰게 되었거나, 일이 그만 허사로 돌아가게 되었을 때를 이르는 말이다.

추기(追記)

집권이야 박정희가 하든지 다른 정당에서 민정이양으로 하든지 과오가 없으라는 법은 아니나, 금번 박정희의 성명이라는 것은 아주 어불성설(語不成說: 말이 안 됨)이라는 말이다. '일국대운(一國大運: 한 나라의 큰 운)'이라 어찌 우리 마음대로 되리요마는 가여위선(可與爲善: 선행을 할 수도 있음)이며 가여위악(可與爲惡: 악행을 할 수도 있음)인 자리에서 하필 악(惡)을 택해서 행하느냐 말이다. 박정희를 위하여 가석(可惜)한 일이다. 대체적으로 역사를 살펴보지 못하는 관계로 이런 실수를 하는 것이라밖에 (생각) 못 하겠다.

동일추기(同日追記)

6-20

진여심(眞如心) 옹(翁)을 만나고

옹(翁)이 산사(山舍: 산집)에 정양(靜養)한 지는 벌써 3~4삭(朔: 달) 되었다. 그러나 일차도 심방(尋訪: 찾아봄)치 못한 것은 내가 항상 신체불건(身體不健: 불건강)했고, 또 무사분주(無事奔走: 하는 일 없이 바쁨)했던 관계다. 금번에도 삼산행(三山行)[46] 왕복 10여 일 만에 귀가하여 노비(路憊: 노독路毒)가 좀 심하나, 그 익일(翌日: 이튿날)에 옹을 심방했다. 수하(手下)에 수행(修行)하는 여성 일인(一人)과 옹과 2인뿐이다. 그 자사(子舍: 자제)에게 전문(傳聞: 전해 들음)한 바와 같이 옹은 중병(重病)을 경과하고 아주 쇠약한 것 같다. 그래도 신심(信心)은 여전해서 내두(來頭)에 동학통합(東學統合)할 자신을 가지고 있고, 묘연(杳然: 아득히 멂)한 희망이나마 종교개혁의 책임도 자부하고 있다. 옹의 경력이야 그 선장(先丈: 부친)이 하세(下世: 돌아가심)하신 후로는 거의 지우금일(至于今日: 지금)까지 역경(逆境)으로 지내 와서 단련(鍛鍊)은 되었으리라고 보나, 어디로 보든지 옹은 유약한 학자풍(學者風)이 있고, 조금도 모사주밀(謀事周密: 일을 꾸미는 데 치밀함)한 감이 보이지 않는다. 그리고 영도성(領導性: 리더십)도 부족한 것 같다.

좋은 견해로 말하면 덕(德)은 있으나, 지력(智力: 슬기의 힘)이 다 부족하다고 평하겠다. 비록 약하나, 불휴노력(不休勞力: 쉬지 않고 노력함)

46) 삼산(三山)은 삼신산의 준말이다. 삼신산(三神山)은 한국에서 금강산, 지리산, 한라산을 부르는 말이다.

이라는 것만은 찬양하고 싶다. 옹도 근일에는《신약전서(新約全書: 신약성경)》를 수불석권(手不釋卷: 손에서 책을 떼지 않음)하는 것 같다. 수운(水雲) 선사(先師: 돌아가신 스승) 말씀과 야소(耶蘇: 예수) 말씀의 합치점을 찾는 것이 아닌가 한다. 이것은 진홍군(振洪君: 진여심의 장남)이 선수(先手: 먼저 손댐)한 것이요, 옹은 다음에 한 것 같다. 아직도 그의 건강이 아주 회복되지 않았다. 옹과는 세의(世誼)가 있는 처지라 그의 형제를 보기를 내 친형제 보듯 한다. 그런 관계로 내가 평(評)을 피하고 서실(敍實: 사실을 서술함)에 그친다. 시간만 있으면 간간 심방할까 하고 이만 붓을 그친다.

계묘(癸卯: 1963년) 2월 25일 봉우서(鳳宇書)

6-21

방송을 듣고

방송을 듣다가 박정희가 160여 부대장 회의에서 발언하고 결의했다는 말을 들었다. 3.16 자기성명을 완수하기 위해서 전국 군대와 군대 전원의 가족에 호소한다는 명목으로 구(舊)정치인을 제거하고, 군정 4년 연장을 찬성해 달라는 의사에 불과하다. 내 의사로는 하필 민정이양을 과오가 심한 구정치인들에게 하라는 것인가? 재야 정치인으로도 양심적이고 유능한 분으로 택해서 국가지상(至上: 최상), 민족지상의 정치를 한다면 얼마나 좋은 일인가? 회고컨대 군정에서도 비록 단시일이나, 실정(失政)이 불소(不少: 적지 않음)하다는 것을 각오하지 않고 자기들은 가장 양심적이었고 유능하다고 자처하는 것, 가장 가증(可憎)한 일이라. 자기들의 시책은 국리민복이 될 것으로 자신하고 구정치인들은 모두 범죄상습자 연(然: 그럴)하는 언동(言動: 말과 행동), 가장 박정희의 부족한 점이다.

자기들 생각으로는 군대 전원을 동원하고 그 가족들까지 동원한다면 물론 국민투표에 승리하려니 할 것이나, 백성이 가장 우매하나 그래도 자기들이 당하고 있는 행정부의 시책을 누구보다도 비평할 줄 아는 것이다. 군정 이래로 일부 특권층을 제하는 민생고는 여전히 일부일(日復日: 날마다) 심해 가는 현상이요, 외교는 날로 실패해 가는 것이 사실이다. 이 현상으로 나가면 국가와 민족의 위기가 즉면(即面: 곧 닥침)한다는 것을 누구나 다 알고 우려 중에 있다. 그러나 최고위원 전원만이 너나 (없이) 근시안적이다. 듣지도 못하고 보지도 못하는 것이다. 자기들에게 **아유부용**(阿諛附庸: 아첨하며 붙어먹음)하는 자들의 이용을 당하고 있는 것을 세인들은 다 잘 알고 있다.

그러나 국민투표를 부정(不正)하게 한다면 얼마든지 자기들이 승리를 일시적이나마 거둘 것은 사실이나, 이런 행동이 또 있다면 4.19 의거나 5.16 혁명과는 정반대임에 틀림없는 일이다. 물론 부정하다고 국민들에게 지적(指摘: 손가락질해 가리킴)이 되는 구정치인들은 자진하여 자숙하는 것이 당연하고 박정희도 정권에 욕심이 나서 역사를 더럽히지 말기를 충심으로 비는 바이다. 박정희의 좌우에 충만한 인물들이 일인도 정당성을 가진 자가 없어서 그런 과오를 범하는 것이 아닌가 생각된다. 그러고 보면 박정희라는 사람이 택인(擇人: 사람을 고름)을 못하는 것은 가리지 못할 사실이다.

헌법 개정을 국민투표로 결정한 것이 며칠이 못 되어 또 군정연장을 국민투표로 한다는 것은 **국민주권**(國民主權)을 너무나 무시하는 행동이요, 강압적이라고밖에 못 하겠다. 국민투표에서 찬(贊)이냐, 부(否)냐가 결정될 것이라고 하나, 내 생각에는 그 행하고자 하는 국민투표의 본건이 부당성을 포함하고 있다고 본다. 대체로 **소장**(蘇張: 소진과 장의)[47]의 변재(辯才: 말재주)가 있어도 박정희가 군정을 연장코자 하는 야심이 아니라고 변호 못 할 것이다. 한심한 것은 우리 영도(領導)인물들의 자질이 부족하다는 것뿐이다. 국민투표의 장래를 말하는 것이 아니라 투표를 하고자 하는 박정희의 심리를 부당하다고 평하며 이 붓을 그치노라.

---

47) 중국 전국 시대의 세객(說客)인 소진(蘇秦)과 장의(張儀)를 아울러 이르는 말. 소진(蘇秦)과 장의(張儀)는 매우 구변이 좋았다.

계묘(癸卯: 1963년) 2월 28일 봉우서(鳳宇書)

추기(追記)

이 글을 쓰고 그 익일(翌日) 신문을 보니, 송요찬(宋堯贊)[48] 장군이 담화(談話)한 바 있었다. 군지휘관 회담에서 국민투표의 찬성을 호소했다는 것은 군통수권 남용이라고 발표하고 무조건하고 3.16 성명을 철회하고 1월 1일 선(線)으로 돌아가라고 발표했고, 윤보선, 허정, 장면 등 구정치인들은 극한 반항하겠다고 발표하고, 정부에서 600 무장경관을 데모방비준비를 하고 있다고 하며, 국민촉진회 최고회의에서는 구정치인들의 데모를 반성 못 하는 행동이라고 했다. 우리 국민으로 보건대 구정치인 중에서 모모(某某)하는 낙인이 박힌 사람들이나 현 정부 요인들이나의 차이가 근소하다는 것을 서로 자각 못 하고 책인즉명(責人則明: 남 잘못을 비난함에는 아주 밝음)이라고 구정치인의 행동만 책(責: 꾸짖음)하는 것, 가소(可笑)로운 일이다.

군정(軍政)에서의 실정(失政)도 이장(李張: 이승만, 장면) 정권 당시 집

48) 송요찬(宋堯讚, 1918년 2월 13일~1980년 10월 18일)은 대한민국의 군인 겸 정치가이다. 그는 대한민국 제13대 국방부 장관·제8대 외무부 장관 등을 지냈으며, 예비역 대한민국 육군 중장 출신이다. 한국전쟁 당시 대한민국 국군 주요 지휘관의 한 사람이었던 그는 지난날 일제강점기 후반 하사관으로 복무하다가 해방 후 국군 창설에 참여했다. 1948년 4.3 사태의 진압군 지휘관 중 한 사람으로 참여하였고, 1960년 4.19 혁명 당시 계엄사령관으로 임명되어 토벌에 나섰으나, 동료 장군 최경록의 민류로 발포를 중단하였다. 5.16 군시 정변을 시지하고 이후 내각에 입각했다. 1963년 박정희에 반대하여 제5대 대통령 선거에 자유민주당 후보로 출마했으나 야당 단일화를 위해 중도 사퇴했다.

권자들보다 그다지 못지않다는 것을 각오 못 하고, 여전히 자기들은 양심적이요, 구정치인들은 악질적이라고 간주하는 것 같다. 자과부지(自過不知: 자기의 잘못을 모름)의 철면피(鐵面皮)들이다. 다 동등(同等) 인물이지 별로 우수성이 보이지 않는다. 3월 27일에 각 정당대표와 각 사회단체대표와 기개(幾個: 몇몇의) 정치인들을 초청해서 시국 해결책을 강구한다 하니, 하회(下回: 일의 결과)를 볼 뿐이나 국가와 민족을 위하여 한심(寒心)을 금(禁)치 않을 수 없다.

계묘(癸卯: 1963년) 3월 초일일(初一日) 봉우서(鳳宇書)

6-22

수필: 5.16 군사정권의 부패상

군정이나 민정이나 사무를 보는 사람들은 거의 일반이다. 군정이 시작되자, 관기(官紀: 관리의 기강) 숙청(肅淸)을 하는 바람에 아마 정치가 좀 되어 가나 하고, 반가이 생각했었다. 그러던 것이 일월(一月), 이월(二月)을 지내며 임시 은적(隱迹: 종적을 감춤)하였던 구악(舊惡)이 여전히 거두(擧頭: 머리를 들음)한다. 소호도 불변한 것이다. 아무리 보아도 **구미삼년**(狗尾三年)[49] 격인데 그래도 군정 지도인물들은 **자가예찬**(自家禮讚)에 귀가 아플 지경이다. 정치가 무던히 되어 가거니 하고 또 위정자들도 명령을 준수하거니 하고, 자기들의 정책은 가장 양심적이거니 한다. 가소로운 일이다.

예를 들어 보자. 일류부랑자(一流浮浪者)들을 모아서 국토개발을 해 보았다. 의사만은 좋으나, 그 효과가 어떠한가 하면 지출이 100이면 수입이 20 내지 30은 되었다. 그러면 결손 70은 어디로 간 것인가? 이 일을 감독하는 사람도 사람이라 국가 결손으로 각 개인들의 수입을 삼은 것은 가리지 못할 일이요, 수지(收支: 수입과 지출)를 맞추지 못하는 경제는 성공인가, 실패인가도 자연 증명되는 것이요, 국민의 소비로 국가 수입을 증가시키고자 관영요금을 인상한다는 것, 무엇보다도 우롱책이요 백성이 빈(貧: 가난함)하고 국가가 부(富: 부유함)하는 법이 어디 있

49) 구미삼년 불위황모(狗尾三年 不爲黃毛), 즉 개꼬리 삼년 묵어도 황모(黃毛) 안 된다는 말. 황모는 족제비 꼬리털을 말한다. 일반적으로 황모로 만든 붓을 상급으로 쳐준다.

는가 의심할 여지조차 없는 일이다.

고인들은 녹족이대기경(祿足以代其耕)[50]이라 하였다. 근대인들은 걸핏하면 구시대 정치를 비방(誹謗)한다. 군정이 되며 공관리(公官吏)들의 대우가 좋아졌다고 한다. 그러나 상후하박(上厚下薄: 윗사람에게는 후하고 아랫사람에게는 박함)의 비례이다. 군부에서도 영관(領官: 소령, 중령, 대령급) 이상으로 장군들은 녹족이대기경(祿足以代其耕)이 아니라 몇 년간의 봉급이면 기가(幾家: 몇 집안)의 대기경(代其耕: 농사를 대신함)할 만한 소유를 가질 수 있게 되고, 관리들도 사무관 이상부터 장관급이라면 역시 어마어마한 봉급으로 호화생활을 할 수 있게 되고, 최고위원들은 장관보다도 우수하다. 우리나라 현상이 백성들은 빈궁상(貧窮狀)을 면치 못하고, 공관리는 다 호화급이다.

그리고 군정이 시작한 후로 물가가 일부일(日復日: 날마다) 폭등했다. 이 원인이 어디 있는가도 연구할 필요가 있다. 화폐개혁 후 화폐가치는 점점 저하되는 관계다. 또 삼림정책도 이승만 정권, 장면 정권 시대와 소호(小毫: 작은 터럭)도 다를 것이 없다. 벌채 허가를 얻자면 물론 입목(立木: 땅 위에 서 있는 산 나무) 성적에 있으나, 좀 나은 곳은 기십(幾十: 몇 십), 기백(幾百: 몇 백)만 원의 주선비(周旋費: 뇌물)가 필요하게 된다. 지도층들도 아는지 모르는지 자연 생산비가 많이 드니, 물가도 비쌀 수밖에 없다. 비료도 생산비보다 배액(倍額: 두 배의 값) 이상을 정부에서 농민에게 지워서 받으니, 농촌은 자연적으로 피폐(疲弊: 지치고 쇠약해짐)해진다.

도시 후가(後街: 뒷거리)의 윤락(淪落)여성들도 말은 선도(善導: 올바른

---

50) 봉록은 그가 농사짓는 것을 대신하기에 충분하다는 뜻으로, 《맹자(孟子)》〈만장장구(萬章章句)〉 하(下) 2장에 나옴.

길로 이끎)했다고 하나, 현상은 군정 전보다 하처(何處: 어느 곳)를 물론하고 배증(倍增: 갑절로 늚)한 감이 있고, 이들을 단속하는 경관들은 이 여성들에게서 금전을 착취해 먹는다. 별별 괴상망칙(怪常罔測)한 일이 다 많다. 그리고 사방사업(砂防事業)이라는 것은 부역인부 100인의 능률이 다른 일 하는 데 비해서 10인 이내의 역량이 발휘되니, 90인의 역량은 국가적으로 손실이다. 그리고 사방식목(砂防植木)에 사용하는 비료가 100포(包)면 실지로 식목에 사용되는 것은 10포도 못 된다. 그러면 역시 90포는 국가적 손실이 아닌가? 무슨 일이든지 다 이런 비례다.

그러고도 군정 지도자들은 구정치인에게 '부패한 정객들'이라고 한다. 자기들의 행정하고 있는 금일(今日: 오늘)은 얼마나 생선같이 신신(新新)한가 생각해 보라! 부취(腐臭: 썩은 냄새)는 이권장권(李權張權: 이승만 정권, 장면 정권) 때나 군권(軍權: 군사정권)이나 다 일반이다. 그래도 박정희 3.16 성명서 말미(末尾)에는 국민에게 호소하기를 "악(惡)의 노예가 되겠는가, 선(善)의 구사(驅使: 몰아쳐 부림)가 되겠는가" 하고 군정을 선정(善政)으로 자처했다. 철면피가 아니면 정신병자임에 불외(不外)하다. 민생고는 이 정권, 장 정권 시대보다 소호도 군정 시대가 낫지 않다는 것을 누구나 잘 아는 바이다. 군정연장의 국민투표를 이승만 정권이 사용하는 사전투표를 하면 모르되, 공정하게 한다면 부결될 것은 자연한 일이라고 믿으며, 국사일비(國事日非: 국가의 사업이 날로 어그러짐)함을 한탄(恨歎)하고 박정희의 3.27 회담에서 반성하기를 바라고 이 붓을 그치노라.

계묘(癸卯: 1963년) 3월 초이일(初二日) 봉우서(鳳宇書)

6-23

정국수습회담[51] 후보(後報: 뒷소식)

방송으로 청취한 바라 상세는 알 수 없으나, 들은 대로 내 의사를 표시한다. 주최 측인 김현철[52] 수반(首班)이 개회사를 하고 그다음 최고위원회 위원이 주최 측 주장과 거국적으로 특채해달라는 말을 강조했고, 그다음 재건국민촉진회 대표와 농협대표와 수산업자대표들이 다 박정희 주장을 예찬하고 중앙대학장은 약간의 공격이 있었고, 구정치인들의 은퇴를 다들 주장했다. 그리고 3.16 성명을 취소하라는 의사를 말하였고, 예술인동맹대표 윤봉태 군은 주로 국민이 군정이 민정으로

51) 1963년 3.16 성명 후 정국의 혼란이 격화되자 최고회의 측은 재야 지도자들과 정국수습을 위한 긴급회의를 중앙청 회의실에서 열었다. 김현철 내각수반 주재로 각 정당, 사회단체 대표, 최고회의 분과위원장, 정부 각료, 군 대표 등이 참석했다. 김현철 내각수반은 시국의 안정과 번영을 위한 민주국가 확립을 위해서 안건을 내줄 것을 호소했고, 조시형 무임소 장관, 박정희 의장이 3.16 성명에서 제시한 5개 수습방안의 내용에 대해 일방적으로 설명하는 자리였다.

52) 김현철(金顯哲, 1901년 11월 13일~1989년 1월 27일)은 대한민국의 정치가, 독립운동가, 관료이다. 경성고등공업학교를 나온 그는 이후 미국으로 유학을 떠나 린치버그대학교, 컬럼비아 대학교와 아메리칸 대학교에서 학위를 받았다. 1933년 대한민국임시정부 구미외교위원부 위원이 되었다. 이후 구미외교위원부 위원으로 재직하고 있다가 귀국, 1953년 기획처 차장, 1955년 농림부 차관, 재무부장관, 1956년 부흥부장관, 1957년 재무부 장관 등을 지냈다. 5.16 군사정변 이후 다시 요직에 등용되어 1962년 경제기획원장관을 지냈다. 그해 7월 10일부터는 5개월간 내각수반을 역임하기도 했다. 1964년 1월에는 박정희 대통령의 특사로 40개국 친선 방문에 나섰다. 1964년 대통령 고문, 행정개혁위원회 위원장을 지내고 그해 주미한국 대사로 부임하였다. 1969년 5.16 장학회 이사장, 1973~1979년 헌법위원회 위원, 1980년 국정자문위원회위원에 위촉되었고, 1981년 다시 전두환 정권에 의해 다시 국정자문위원에 위촉되어 1989년까지 국정자문위원 등을 지내고 공직에서 물러났다.

이양되기를 바라니 3.16 성명을 철회하라고 간단한 말을 하고 자기는 정치인이 아니라 정치의 득실을 알지 못하나, 군정이 오래 연장되는 것은 찬성 못 한다는 주장이었다. 그리고 일부 정당에서 이 회담에 불참한 것 같다. 그들의 주장은 이 회담은 주어용(主御用) 회담에 불과한 일이요, 회담을 주최하는 본의(本義: 진정한 뜻)가 확실치 못하다고 극한투쟁을 계속할 모양이다. 그래서 이 회담에서 아무 소득이 없다고 주장하고 원한다면 재개하겠다고 했다.

미국 대사가 박정희를 보고 민정이양의 속(速)하기를 권한 것 같다. 그러나 박정희는 군정연장의 필요성을 강조해서 대사도 별 반대가 없었다는 후문(後聞)이 있을 뿐이다. 대체로 보아서 이 회담에 보인 인사들은 각계각층의 대표임에는 틀림없으나, 이 인사들을 국민 전체라고는 말할 수 없는 일이요, 일부에서 말하는 것과 같이 박정희의 어용 회담이라고도 할 만한 회담으로 인정받을 만하다. 다음 볼 일은 국민투표인데 부정(不正)사건만 없다면 국민 의사(意思)가 반영되리라고 본다. 찬부(贊否)를 불문(不問)하고 이번 투표라는 것부터가 부정하다는 말이다. 그러나 국민들의 각성(覺醒)을 있기를 바라고 이 붓을 그친다.

계묘(癸卯: 1963년) 3월 초사일(初四日) 봉우서(鳳宇書)

6-24
미 국무성에서 성명 발표를 했다

미국 국무성 대변인 '링컨 화이트' 씨는 "한국에서의 군정연장은 안정되고 능률적인 정부 수립에 위협이 될 것으로 믿는다"고 말했다. 화이트 씨가 케네디 대통령에게 승인을 얻어 성명한 것이다. 그 성명의 전문(全文)은 다음과 같다.

"군정을 다시 4년간 연장하려는 한국 군사정부의 방침은 한국 내에 어려운 사태를 빚어 내었다. 우리는 군정연장이 안정되고 효과적인 정부수립에 위협을 가하는 것으로 믿으며, 따라서 한국 군사정부와 주요 정당들이 전 국민에게 수락될 수 있는 민정이양 절차를 마련할 수 있기를 희망한다."

이상이 그 전문이다. 그런데 최고위원회 대변인인 이후락[53] 실장은 이 성명을 극히 원칙적인 내용이라고 논평(論評)하고 아전인수적(我田引水的)으로 우리나라 현실을 누구보다도 우리 국민이 잘 알고 있는 바라 국민투표로 해결할 것이라고 말하였다. 미 국무성의 성명은 군정연장의 국민투표부터 불찬성한 것으로 밖에 보이지 않는다. 재야 정치인들은 이 성명을 타당한 의견으로 환영한다고 했다. 국민으로는 군정연

53) 이후락(李厚洛, 1924년 2월 23일~2009년 10월 31일)은 대통령 비서실 실장, 중앙정보부 부장 등의 식책을 수행했던 대한민국의 군인, 외교관, 정치인이다. 이승만 정부와 박정희 정부시절 주로 정보기관에서 활동했으며, 1972년 북한에서 김일성과 회담을 가진 이후 7.4 남북공동성명을 발표했다.

장이나 구(舊) 부패정치인들의 재등장을 다 바라지 않고 다만 유위유능(有爲有能: 쓸모 있음)한 청신(淸新: 맑고 새로움)한 정치지도 인물이 나오기를 바라고 박정희 일파의 이 이상 더 고집이 없기를 비는 바이다.

우리 국내정치를 외국이 간섭할 필요는 없으나, 현 계단에 있어서 미국과 다른 민주주의 진영국가로는 우리나라 정치에 아주 관심이 없을 수는 없는 것이다. 박정희 군의 **일도양단**(一刀兩斷: 한 칼로 두 쪽을 냄)적 **개오**(改悟: 잘못을 깨닫고 뉘우침) 있기를 바라고, 그 주위에 **무능무위**(無能無爲: 쓸모가 없음)의 도배(徒輩: 떨거지)들의 **개과**(改過: 잘못을 고침)를 빌며, 이 붓을 그친다.

계묘(癸卯: 1963년) 3월 초사일(初四日) 봉우서(鳳宇書)

추기(追記)

미국 외교라는 것이 대체로 강국(强國: 강대국)과는 완화책(緩和策)을 주장하고 약국(弱國: 약소국)과는 우물쭈물하며 자기에 유리한 입장만 타개(打開)하려는 미봉책(彌縫策)에 장(長: 능함)하고, 약소국을 적극적으로 후원하여 완전한 자립이 되도록은 하지 않는 국책이라 금번에도 한국 군정연장이 국민의 의사가 아닌 줄로 알 것이나, 또 박 정권에서 극한 대미(對美)운동을 한다면 또 우물쭈물이 나오지 않을까 염려다.[54] 자유로운 국가로 정치를 마음대로 할 수 있다면 모르되, 현상으

54) 한국 외무부가 1996년 1월 공개한 케네디 대통령 친서에 당시 미국의 입장이 나와 있다. 박정희 최고회의 의장은 1963년 3월 군정연장 계획을 발표한 후 미국의 강력한 반

로는 **명실상부**(名實相符: 겉과 속이 딱 맞음) 되지 못한 민주주의 국가라, 어느 한계까지는 미국의 의사를 배반 못 하는 점도 없다고는 못 한다. 아무리 보아도 한심한 일이다. 하회(下回)를 기다리며 추기를 그치노라.

3월 초오일(初五日) 봉우서(鳳宇書)

대에 직면하자 케네디 대통령에게 친서를 보내 이해를 구한 것으로 밝혀졌는데 케네디 대통령은 이에 대한 답신에서 당초 민정이양을 강력하게 촉구한 입장과는 달리 정치 지도자 간 협의를 통해 문제 해결이 발견돼야 하며 이 같은 노력이 계속되기를 희망한다고 밝혀 군정연장을 사실상 방관한 것으로 드러났다. 당시 주미 한국대사관은 미국 내에도 군정연장에 대해 견해차가 있음을 간파하고 미국 측이 군정연장을 경제원조와 결부시키지는 않을 것이라고 현지 분위기를 보고하기도 했다. 케네디 행정부의 이 같은 태도 변화는 당시 군정연장을 둘러싸고 혼미를 거듭하던 상황에서 결과적으로 군사 정부에게 유리하게 작용했다. 그러면서도 미국의 '우물쭈물'한 압력을 의식한 박정희는 군정연장 국민투표를 유예한 후 결국 7월 27일에 민정이양 절차를 발표하였다. 이러한 민정이양 절차에 따라 치러진 10월 15일의 대통령 선거에서 박정희는 세5대 대통령으로 당선되었다.

6-25

낙엽송(落葉松)을 심고

5~6년 전에 동중(洞中: 동네)에서 내 산정(山頂: 산꼭대기)에다 천여본(千餘本: 1,000여 그루)의 낙엽송을 심은 일이 있었다. 그러나 그 후 조사해 보니 일주(一株: 한 그루)도 산 것이 없고 다 고사(枯死: 말라죽음)했다. 이것은 불문가지(不問可知: 묻지 않아도 알 수 있음)의 일이다. 동인(洞人: 동네사람)들이 그 나무가 살기를 목표로 한 것이 아니라 일일부역(一日負役: 하루 공적 노역)이라는 불쾌(不快)에서 식목의 생사를 불관(不關: 관여하지 않음)한 관계로 동산(洞山: 동네 산)에 식목한 6만 본과 동일(同一: 서로 똑같이) 고사한 것이다. 이것이 우리나라 국민들의 경제적 자립을 못 하는 원인이다. 금번에는 동중으로 나온 낙엽송을 500본을 내 산판(山坂: 나무를 찍어내는 일판)에도 내 인부로 심어 본 것이다.

그 성적이 어찌 되나 보고자 시험해 본 것이다. 반부(半部)만 산다면 250본은 장양(長養: 오래 자람)될 것이다. 20년만 경과하면 현가(現價: 현재의 값) 계산만 하더라도 일주(一株) 300원, 평균해서 7만 5,000원의 물건이다. "십년지계(十年之計: 10년을 내다보고 세우는 계획)는 막여종수(莫如種樹: 나무 심는 것 만한 게 없음)"라고 수인사(修人事: 사람으로 할 수 있는 일을 다 함)해보는 것이다. 고염묘판(苗板: 못자리)도 시작했고 명춘에는 조목(棗木: 대추나무)도 좀 식목해 볼까 한다. 이것이 거향자미(居鄕滋味: 시골에 사는 재미)라고 하는 것이다. 사람이 심어서 사람이 수확한다는 본의(本意)다. 하필 위자손계(爲子孫計: 자손을 위하는 계책)로만 그러는 것은 아니다. 총총(悤悤) 수자(數字: 몇 자) 기록해 본다.

계묘(癸卯: 1963년) 3월 초일일(初一日) 봉우서(鳳宇書)

6-26

미통(米統: 미국 대통령)이 박정희에게 보낸 서한(書翰: 편지)

케네디가 박정희에게 보낸 서한의 전문은 보지 못했으나, 역시 속한 시일 내에 민주정치가 되었으면 하는 의사의 서한임에는 틀림없다. 열국(列國: 여러 나라, 열방列邦)의 의사는 거의 그러한 것 같다. 그럼에도 불구하고 박정희는 여전히 국민투표를 고집한다. 그리고 윤허박(尹許朴: 윤보선, 허정, 박정희) 삼자(三者)회담이 여전히 무성과리(無成果裏: 성과 없는 속)에 경과하고, 금일도 또 회담이 있다고 전한다. 이 인간들이 자신의 역량을 전전부지(全全不知: 전혀 모름)하는 인간들이다. 국민들이 그 인물들을 얼마나 신뢰하는가를 알지 못하고 자기들의 의사면 전 국민들의 의사나 일반이리라고 맹신하고, 박정희와 회담하는 것이다. 백성들은 윤이나, 허나, 박이나 거의 동일 궤도의 인물이라고 염증이 날 만큼 난 인물들이다. 그래서 그들의 회담을 그다지 주의시(注意視)하지 않는다.

그러나 현 정국에 있어서 박정희와 곡직(曲直: 일의 옳고 그름)을 불계(不計: 따지지 않음)하고 타합(打合: 타협)이라도 해보는 인물들이 별로 없어서 윤보선, 허정이 그나마 민간인으로 구 정치인으로 대표를 안 할 수도 없는 형편이다. 그러나 박정희 배후에 3.16 성명을 조종한 모모 인물들이 여전히 극한 투쟁을 주장하는 것이 사실이다. 그자들 중 모 대학교수도 끼어 있는 것이다. 이 박사 시절에는 비서망국(祕書亡

國: 비서가 나라를 망침)이요, 장면 정권 시절에는 소장파(少壯派: 젊고 기운찬 파벌) 망국이요, 박 정권 시절에는 대학교수들이 망국하는 것이다. 고어(古語: 옛말)에 일인(一人)이 인(仁)이면 일국(一國)이 개인(皆仁: 모두 어짊)이라고 했다. 그와 반비례로 일인이 암(暗)하면 거국(擧國: 온 나라)이 개암(皆暗: 모두 어두워짐)해지는 것이다. 박이 무엇보다도 정치가 무엇인지를 알지 못하는 관계로 암자평(暗字評)을 가하는 외에 타도가 없다. 차마 악(惡)이라고야 못 하겠고, 그저 암(暗)이라고 우평(優評: 좋게 평함)하는 것이다.

곡사무직우(曲士無直友: 굽은 선비는 곧은 벗이 없음)라고 한다. 박정희 본인부터 아마 그 직(直)이니 정(正)이니 하는 근방에도 못 갔다고 보는 것이 옳은 것이다. 내가 악(惡)이라고 직서(直書: 곧바로 씀) 못 하는 것은 2.18 성명이 있었고, 5.16 혁명이 있었으니 가여위선(可與爲善: 선행도 할 수 있음)이며, 가여위악(可與爲惡: 악행도 할 수 있음)의 중간인물은 되나, 대체로 두뇌가 명철하지 못해서 소인들의 감언이설(甘言利說: 달콤한 말과 이로운 이야기)에 고소한(시원하고 재미있어 함) 감(感)이 보인다. 2.18 성명도 박정희 궁행지사(躬行之事: 몸소 행한 일)가 아니요, 모씨의 권고를 받았다고 하고, 3.16 성명도 역시 모모 수인(數人: 두서너 사람)들의 충고를 받았다고 한다. 박정희 자신이 글을 좀 덜 읽은 것 같다. 빈 독이 아닌가 한다. 그래서 고서(古書)에 청간여류(聽諫如流: 비판을 듣기를 물 흐르듯 함)라는 글을 박정희가 보고 이 사람이 와서 선(善)으로 권하면 종풍이미(從風而靡: 바람을 따라 쓰러짐, 대세에 따라 복종함)하고 악(惡)으로 권해도 역시 종풍이미한다.

그렇다면 박이라는 위인은 자동(自動: 자발적으로 움직임)이 못 되고, 피동적인, 만지면 동(動)하는 물건이다. 그래서 아주 악질(惡質)이라고

도 평을 못 하고 또 어느 사람이 긴절(緊切: 간절함)하게 선(善)으로 권해 보았으면 혹 또 무슨 성명이 그 타지(墮地: 땅에 떨어짐)하려는 것을 회생시킬는지 알 수 없어서 동정(動靜)도 유인(由人: 사람으로 말미암음)하는 것을 보아 그의 처사(處事: 일을 처리함)의 선악도 역시 유인(由人)할 것이다. 그러고 보면 기사회생(起死回生)을 살릴 인물이 그 좌우에 없어서 능사능생(能死能生: 죽일 수도, 살릴 수도 있음)을 못 하고, 한번 자살행위를 하고는 다시 개오(改悟)를 못 하니 아직도 우리나라에 액운(厄運)이 남아 있는 연고가 아닌가 한다. 국민들은 박정희의 심원의마(心猿意馬: 마음과 뜻)의 귀추(歸趨: 귀착하는 곳)를 살피고 있는 이때, 어물어물하는 것이 박정희의 본성이냐, 배후간구(背後奸狗: 배후의 간사한 개)들이 박정희 정신까지 미혼대(迷魂袋: 정신을 혼미케 하는 자루)에 담아가지고 있는 관계이냐 국민의 한 사람으로 어찌 걱정이 안 되겠는가?

비록 화룡운(火龍運)이 오마(五馬: 기마대 이름)를 타고 적토(赤兔: 붉은 토끼)를 잡아서 오손혈사(五巽穴蛇?)에 만화방창(萬化方暢: 봄날에 온갖 생물이 나서 흐드러짐)할 줄이야 누가 모르겠는가마는 그래도 지금부터라도 양심적 인물이 나와서 선정(善政)하기를 백성으로는 누구나 다 바라는 것이라 나도 이 붓을 들어 보는 것이다. 아무가 흥야(興也)라 부야(賦也)라 한다고 따라서 흥이부야(興而賦也)이며 비이흥(比而興)이라고[55] 거들 것은 없고, 다만 거세개취(擧世皆醉: 온 세상이 모두 취함)어든

55) 《시경(詩經)》의 여섯 가지 체(體) 이름인 '풍(風), 아(雅), 송(頌), 부(賦), 비(比), 흥(興)'을 육의(六義)라 하는데 그 내용에 따라 '풍(風), 아(雅), 송(頌)', 표현 기법에 따라 '부(賦), 비(比), 흥(興)'으로 분류한다. 부비흥(賦比興)은 《시경》 창작의 세 가지 표현 수법이라 할 수 있다. '賦'는 직서법(直敍法), '比'는 비유법(比喩法), '興'은 상징법(象徵法)을 뜻한다. 부(賦)는 직접 그 일을 진술하는 것이고, 비(比)는 다른 사물을 인

아역취(我亦醉: 나 역시 취함)하고, 거세개탁(擧世皆濁: 온 세상이 탁함)이어든 아역탁(我亦濁: 나 또한 탁함)하게 연연도세(然然渡世: 그렇게 그렇게 세상을 건넘)하며, 내 본심(本心)에 유지자사경성(有志者事竟成)이라고 불변초지(不變初志)하고, 물물자수(勿勿自守: 포기하지 않고 스스로 분수를 지킴)하면 금일 윤보선, 허정, 박정희의 회담이나 미통(米統: 미국 대통령)의 서한(書翰: 편지)이 아불관언(我不關焉: 나는 관여하지 않음)한 것이다. 그러나 여세추이(與世推移: 세상과 함께 변해감)하자는 심산으로 이 붓을 든 것이다. 그래도 박정희의 개과(改過: 잘못을 뉘우침)하기를 심축하며 이 붓을 그친다.

계묘(癸卯: 1963년) 3월 11일 봉우서(鳳宇書)

용하여 비유, 비교하여 설명하는 것이며, 흥(興)은 다른 사물에 의탁하여 생각을 끌어내는 것이다. 본래 어느 한 가지를 말하려다가 따로 다른 두 구절을 끌어내어 접속하여 나간다. 부(賦), 비(比), 흥(興)은 통합해서 뜻을 취해야지, 이것은 부이고 이것은 비이며 이것은 흥이라고 확연하게 말할 수 있는 것은 아니다. 이런 이유로 후대엔 '부이면서 흥이고 또한 비이다'라고 하거나 '부이면서 비이고 또한 흥이다'라고 하여 본래 의미를 상실하기도 했다. 본문의 흥야(興也)라 부야(賦也)라는 표현은 이렇게도 말하고 저렇게도 말한다는 뜻이다.

6-27

박정희 장군의 4.8 성명을 듣고

박정희 장군의 3.16 성명으로 그의 정치야욕의 **반복무상**(反覆無常: 이랬다저랬다 일정하지 않음)을 여실히 표현함을 볼 수 있었다. 그후 재야 정치인들의 극한 투쟁과 미(米) 정권의 반대의사 표시로 윤, 허, 박 삼자회담이 속속 진행되고 있었으나, 여전히 박의 일편적(一便的) 의사로 진전을 보지 못하던 차에 미 정부에서 아세아 국장의 한국 정국 조사차 내한(來韓) 결정을 보고, 또 박정희 장군의 4.8 성명이 있었다. 9월까지 국민투표를 보류한다는 것과 10년이고 20년이고 범국민운동으로 명실상부하는 민정이양을 하겠다는 의사인 듯하다.

각계 대표들은 그 성명을 반복무상하는 행동이라 신용할 수 없고, 각 정당운동을 약화시켜서 군정연장을 목표로 하는 야망이라고 대체적으로 반대하고, 장택상 일인만 찬의(贊意: 찬성의 뜻)를 표했다. 장이라는 위인도 역시 박정희 못지않게 반복무상한 인물이라 그 저의를 알 수 없다. 박의 **좌우지인**(左右之人)이 거의 소인(小人)임에 틀림없다. 그럼에도 불구하고 **책인즉명**(責人則明: 남 탓함에는 매우 밝음)하고 **서기즉혼**(恕己則昏: 자기 잘못에는 어두움)이라고 재야 정치인들의 부패를 박정희 자신이 책(責: 꾸짖음)하며, 박 자신의 그 부류가 재야 정치인들 못지않게 부패되어 있다는 것을 자각 못하고 있으니, 가위 **당국자미**(當局者迷)[56]라고 할까 그렇지 않으면 알면서도 철면피라고 할까 의심이다.

박정희가 구 정치인들의 7조목으로 부패를 논평하는 것이 물론 구

정치인들에게도 해당하리라고 보나, 그보다도 박 자신의 자화자찬(自畵自讚)임에는 조금도 다른 것이 없다. 명예를 모르고 사대(事大)사상으로 자립을 못 한다는 것, 가장 박정희의 정평(正評)이다. 더구나 민족과 국가를 도외시하고 각 개인의 성패만 일삼는다고 방송한다. 그 누구보다 박정희 자신의 정평일 것이다. 우리도 국민의 일인(一人)이라 박정희에게 악평만 하려는 것이 아니다. 일일(一日)이라도 속히 개과천선(改過遷善)하고 지도자로서 사람다운 일을 했으면 하는 바람이다. 누구보다도 더하는 바이다.

박정희 일인(一人)의 과오로 전 국가민족의 국제적 대우저하와 민생문제 애로와 역사적 오점(汚點)을 가지게 되는 것, 참으로 통탄(痛歎)을 불금(不禁: 금치 못함)할 일이다. 박의 좌우지인에 일인(一人)이라도 현능자(賢能者: 어질고 유능한 사람)가 있다면 금일 현상이 되지 않으리라고 생각된다. 국가대세라 할 수 없는 일이나, 참으로 한심한 일이다. 4.8(음력 3.15) 성명을 보고 박의 구미삼년(狗尾三年)[57] 이라는 평을 가하며 이 붓을 그친다.

계묘(癸卯: 1963년) 3월 15일 봉우서(鳳宇書)

---

56) 출전《통속편(通俗編)》. 방관자심당국자미(旁關者審當局者米)라 해서 옆에서 보는 사람의 판단은 공평하고, 직접 일을 담당하는 사람은 도리어 판단을 잘 못한다는 말이다.

57) 구미삼년(狗尾三年) 불위황모(不爲黃毛)라는 속담으로, 개꼬리는 3년을 묵어도 족제비 꼬리털은 못 된다는 말이다.

6-28

한의석(韓義錫) 옹(翁)을 방문하고

옹의 초청이 있어서 그의 정양(靜養: 심신을 안정시킴)하는 정사(精舍)를 방문하였다. 내외사(內外舍)가 다 삼칸(三間) 정도로 정쇄(精灑: 아주 맑고 깨끗함)한 신건옥사(新建屋舍: 새로 지은 집)다. 산세(山勢)는 좌포우공(左抱右拱: 좌우로 두 손을 맞잡듯 껴안음)하고, 옥사(屋舍: 집, 건물) 주변에는 각색화훼(各色花卉: 여러 색의 화초)와 지소(池沼: 못과 늪)가 있고, 청룡백호(青龍白虎: 좌우의 산맥)안에 양전(良田: 좋은 밭)이 1,000여 평이 있고, 그 외에 수전(水田: 논)이 10여 두락이 있다. 이것이 옹의 소유요, 자작(自作)인 것이다.

옹의 소술(所述: 말하는바)을 들으면 6.25 사변 후로 남부여대(男負女戴: 남자는 등에, 여자는 머리 위에 짐을 짐)로 사성리(沙城里)에 와서 별별 신고(辛苦: 몹시 고생함)를 비상(備嘗: 대비해 맛봄)해 가며 하천공지(河川空地: 물가의 빈 땅)에다 향부자(香附子)[58]를 재배하기 시작하여 약간의 소득이 있어서 점진적으로 다른 약초를 재배하여 몇 년을 계속하여 비로소 경제적으로 자립하기 시작하여 현금 주택을 신건(新建)하여 동리(洞里: 마을)와 격리한 것이라 한다. 그 후로 원예로 부업을 삼아서 구전

58) 사초과에 속하는 다년생 초본식물. 약성은 평(平)하고 고신(苦辛)하며, 통경·건위·진통·진경·행기(行氣)의 효능이 있다. 가을에서 이듬해 봄 사이에 채취, 털뿌리와 비늘 모양의 잎을 불로 태워서 제거하거나 돌메 등으로 제거한 뒤, 햇볕에 말려 월경불순·월경통·붕루(崩漏: 자궁출혈)·대하·위복통·옹창(癰瘡: 악성종기) 등의 증상에 쓴다.

성명어차세(苟全性命於此世: 이 세상에서 구차하게 성명을 보존함)한다고 말한다.

그 원예(園藝) 부업이라는 것을 들으니, 소유전(所有田: 지닌 밭) 일부를 야채 재배를 하고 일부를 약초 재배를 하고, 지소(池沼: 연못)에는 양어(養魚)를 하고 수전(水田: 논)으로는 식량 문제를 해결하고, 전작(田作: 밭갈이)으로 가정생활 일용비용을 염출(捻出: 필요경비를 만들어냄)하는데, 1년 평균 현화(現貨) 30여 만 원의 수입이 있다고 한다. 옹의 주밀(周密: 주도면밀周到綿密)한 계획하에, 성실한 실행력에 성공하고 있고, 진세(塵世: 티끌세상) 중(中)에 있으며 물외한인(物外閒人: 세상 밖의 한가한 사람)으로 자격이 충분하다. 몇 권 선서(仙書)에 향연(香煙: 향내)이 미소(未消: 남아 있음)하고, 일배삼차(一杯蔘茶: 한잔의 인삼차)가 진미청신(眞味淸新: 진미가 맑고 새로움)하다. 그 생애가 중장통(仲長統)[59]에

59) 중국 후한의 유학자(179~220). 자는 공리(公理). 전통적인 유학 사상을 바탕으로 고금의 치란을 비판하고 시세(時世)의 퇴폐를 논하여《창언(昌言)》을 저술하였다. 중장통은 세상일에 신경을 쓰지 않는 성격이었으며, 직언을 서슴지 않았고 옳지 못한 일을 보고도 모르는 척 하기도 하고 나서기도 하였기 때문에 그를 '미친 선비(狂生)'라고 부르는 사람도 있었다. 순욱이 그의 재능을 높이 평가하여 천거하였으며 참승상군사(參丞相軍事)가 되어 조조를 섬겼다. 낙지론(樂志論 뜻대로 삶을 즐김)이라는 명문으로도 유명하다. 자연 속에서의 여유롭고 편안한 삶을 찬미하는 도가 사상이 드러난다. 낙지론(樂志論) 원문은 아래와 같다.
使居有 (거처하는 곳에)
良田廣宅 (좋은 밭이 딸린 넓은 집이 있고)
背山臨流 (산을 등지고 시내가 곁에 흐르며)
溝池環匝 (도랑과 못이 집 주위에 빙 둘러 있고)
竹木周布 (대나무와 나무들이 죽 벌려 서 있으며)
場圃築前 (앞에는 타작마당과 채마밭이 있고)
果園樹後 (뒤에는 과수원이 있다)
舟車足以代步涉之難 (수레와 배가 걷고 물을 건너는 어려움을 대신하고)
使令足以息四體之役 (심부름하는 이가 육체의 노역에서 쉬게 해준다)
養親有兼珍之膳 (갖가지 진미로 부모를 봉양하고)

비견(比肩)하겠다.

그러나 우국우민지정(憂國憂民之情: 나라와 민족을 걱정하는 마음)은

妻孥無苦身之勞 (아내와 자식들은 몸을 괴롭히는 일 없이 편안하다)
良朋萃止 (좋은 벗들이 모여 머무르면)
則陳酒肴以娛之 (술과 안주를 벌여 놓고 즐거워하고)
嘉時吉日 (기쁠 때나 좋은 날에는)
則烹羔豚以奉之 (새끼 양과 돼지를 삶아 제사를 받든다)
躕躇畦苑 (밭이랑과 동산을 홀로 거닐기도 하고)
遊戲平林 (숲속에서 놀기도 하며)
濯清水 (맑은 물에 나아가 씻기도 하고)
追涼風 (서늘한 바람을 따라가기도 하며)
釣游鯉 (물에 노는 잉어를 낚고)
弋高鴻 (높이 나는 기러기를 쏘기도 하며)
諷於舞雩之下 (기우제를 지내는 제단 아래서 바람을 쐬고)
詠歸高堂之上 (시를 읊으며 높은 집으로 돌아오기도 한다)
安神閨房 (깊숙한 방에 앉아 정신을 편안하게 하고)
思老氏之玄虛 (노자의 현묘하고 텅 빈 도를 생각하며)
呼吸精和 (천지의 정화를 들이마시고 내뱉어)
求至人之彷彿 (至人을 닮고자 애쓴다)
*至人: 극히 높은 덕을 갖춘 사람
與達者數子 (도에 통달한 사람 몇 명과 더불어)
論道講書 (도를 논하고 경서를 강론하고)
俯仰二儀 (하늘과 땅을 올려보고 내려보며)
錯綜人物 (고금의 여러 인물을 한데 모아 평가하기도 한다)
彈南風之雅操 (남풍의 고아한 가락을 타기도 하고)
*南風: 중국 남방의 음악 또는 순(舜)임금이 지어 부른 남풍가?
發清商之妙曲 (청상의 미묘한 곡조를 연주하여)
*清商: 한족의 민간음악 또는 가을에 속하는 상성(商聲)의 맑고도 슬픈 노래
逍遙一世之上 (어려운 세상을 초월하여 유유히 노닐고)
睥睨天地之間 (하늘과 땅 사이를 곁눈질하여)
不受當時之責 (당시의 책임을 맡지 않고)
永保性命之期 (기약된 운명을 길이 보전한다)
如是 (이와 같이 하면)
則可以凌霄漢 (은하수를 넘어서)
出宇宙之外矣 (우주의 밖으로 나아갈 수 있으니)
豈羨夫入帝王之門哉 (어찌 제왕의 문에 드는 것을 부러워하리오?)

누구에게 못지않다. 고인(古人) 말씀과 같이 득기이동(得機而動: 기회를 얻어 움직임)하자는 은사(隱士: 숨어사는 선비)임에는 누가 부정할 수 있겠는가? 우리가 옹을 연정원(研精院) 고참급(高參級)으로 추대한 것이 무리가 아니다. 비록 거물급으로는 어디인가 좀 그런 점이 있으나, 고참으로는 아주 족족(足足)한 분이다.

두뇌명철(頭腦明哲)하고 지진지퇴(知進知退: 나가고 물러남을 앎)하며, 요사여신(料事如神: 일처리 함에 귀신같음)하며, 청심과욕(淸心寡慾: 마음이 맑고 욕심이 적음)한 인격의 소유자다. 우리들의 장래 발족을 위하여 규합동지에 게을리하지 말고, 은거포도지사(隱居抱道之士: 숨어 살며 도를 지닌 선비)를 상종(相從: 서로 따름)하는 것이 우리의 책임으로 알아야 하겠다. 옹도 역시 동일의사(同一意思: 같은 뜻)를 가지고 원원상종(源源相從: 끊임없이 서로 친함)하는 중이다. 내가 근년에 무사분주(無事奔走: 하는 일 없이 공연히 바쁨)한 중 규합동지에 좀 나태성이 생(生)한 감이 있어서 금번에 백망(百忙: 몹시 바쁨)을 불계(不計)하고 옹을 방문했던 것이다.

근간주밀(勤幹周密: 아주 부지런하고 주도면밀함)한 성격에 자립경제로 촌거(村居: 시골에서 삶)에도 타인에게 수범(垂範: 본보기가 됨)하는 것, 동지로서 감사하다는 것이다. 현 박 정권에 대해서도 동일 비평을 하고 있고, 구 정치인에게도 역시 동일 비평을 가지고 있다. 다만 성격이 강직해서 좀 포용성이 소흠(小欠: 작은 欠缺)이 있지 않은가 한다. 그래서 거물급으로서는 흠점(欠點)이 있다고 본다. 천성(天性)이라 얼른 개선할 수는 없지 않은가 한다. 그리고 실행력과 추진력에는 장(長)하나, 장삭력과 영도력에는 일일지단(一日之短)이 있지 않은가 한다. 옹도 자인(自認)하리라고 믿는다. 옹을 방문하고 내 근일 소감을 대강 기록해 보는 것이다.

계묘(癸卯: 1963년) 3월 16일 봉우서(鳳宇書)

6-29

당국자미(當局者迷)

내가 노쇠지년(老衰之年: 노쇠한 나이)에 백사무미(百事無味: 모든 일에 흥미가 없음)하여 위기(圍碁: 바둑 두는 일)하면 기일(幾日: 며칠)씩 계속할 때가 많다. 그러나 내 기재(棋才: 바둑재능)가 아주 저열(低劣: 아주 낮음)하여 소위 촌사랑(村舍廊: 시골 사랑방) 행세 바둑도 못 된다. 그래도 이 정도의 바둑으로 고급자들과 상대하기를 좋아한다. 그런 연고로 실패는 내 편이 항상 많다. 그렇다고 내가 위기(圍碁)에 전심전력을 다하는 것이 아니라 되어 가는 대로 별 용심(用心: 정성스레 마음을 씀)을 하지 않고 다만 소견법(消遣法: 시간 보내는 법)으로 하는 것이다. 승부에 관심이나 기도(碁道: 바둑의 도) 연구나에 주력(注力: 온힘을 기울임)을 하는 것이 아니라, 그저 소견(消遣: 소일消日)을 위주로 한다.

그런데 마음이 아무 생각이 없고 몸이 편한 날에 대국(對局)해 보면 실수가 별로 없고 승산(勝算: 이길 가망성)이 많으나, 심중번뇌(心中煩惱: 마음속 괴로움)가 있고 몸이 불편한 날은 반드시 다패(多敗)한다. 그리고 타인들이 위기(圍碁)하는 것을 보건대, 단(段)이나 1~2급의 상대에도 실수하는 것이나 또 최적점을 발견할 수 있는데, 당국자(當局者: 바둑을 두는 사람)들은 망연부지(茫然不知: 전혀 모름)하고 있다. 이것이 고어(古語)에 당국자미(當局者迷: 바둑 두는 이는 미혹에 빠짐)[60]라는 말이

---

60) 바둑을 두는 사람은 미혹에 빠지나 곁에서 보는 사람은 맑은 정신으로 대세를 읽는다. 요즘 유행하는 단어인 '메타인지'와도 관련이 있다. 메타인지는 자신의 생각에 대해 판

정중(正中: 한가운데)한 것이다. 그러니 당국자로서 **방관자**(傍觀者: 밖에서 바둑을 참관하는 사람)의 볼 수 있는 점을 다 본다면 자기 실력 그대로 발휘할 수 있는 것이다.

포석(布石), 정석(定石), **사활**(死活) 묘법(妙法) 등 서책(書冊)으로는 다 아는 사람들도 **대마사활**(大馬死活)에 실수 없는 기객(碁客: 바둑꾼)들을 보지 못했다. 소위 **횡견팔목**(橫見八目: 팔목, 수투전數鬪牋을 곁눈질함)이라는 말이 무리(無理)가 아닌데 이 실수가 없다면 충분한 시간연구도 해보고, **전국면**(全局面)을 **심찰**(審察: 자세히 살핌)한 후에 **하기**(下碁: 바둑을 끝냄)한다면 당국자미(當局者迷)라는 **기**(譏: 나무람)를 면할 듯하다. 바둑에 한해서가 아니라 만사가 다 그러한 것 같다. **주밀상찰**(周密詳察: 주도면밀하고 상세히 살핌)하고 **침착하수**(沈着下手: 침착하게 바둑을 둠)한다면 하필 바둑에 그칠 것이 아니라 일생을 지내도 큰 실수는 안 하리라고 믿는다.

현 정국 인물들도 바둑 당국자들과 소호(小毫)도 다르지 않다. 방관자로서는 그 인물들 행사를 선(善)인가 악(惡)인가 곧 판정할 수 있는데, 그 당사자들은 자기들의 행사가 선인지 악인지의 구분부터 못하고 **아전인수**(我田引水)만 하려는 것을 보고 도리어 바둑만도 못하다고 본다. 그래도 고급자 기객(碁客)들은 종국(終局: 끝판)하면 자기의 실수점(失手點)이 어느 곳에서 했다는 것쯤은 다 아는데, 정객(政客: 정치인)들은 자기네의 실수를 전연 부지하고 그래도 타인들의 실수는 책(責)할 줄

단하는 능력이다. 내가 인지하는 것을 제3자처럼 객관적으로 모니터링하는 능력으로 자신의 인지 과정에 대해 한 차원 높은 시각에서 관찰·발견·통제·판단하는 정신 작용이다. 공자의 '아는 것을 안다고 하고 모르는 것을 모른다고 하는 것, 그것이 곧 앎이다'라는 말씀과도 통하는 부분이 있다.

안다. 이 정객들을 바둑을 좀 가르쳐 주고 타인들의 위기를 방관해 보라면 자기들도 얼마나 방관자들이 평을 가하는가를 잘 알 일이다.

내가 위기(圍碁)를 좋아하는 관계로 '당국자미'라는 제목으로 몇 자를 기록해 보며, 위정자들의 당국자미를 못내 가석(可惜)해 하는 것이다. **당국**(當局: 바둑을 둠)해서 **심사숙려**(沈思熟慮: 생각을 깊이 함)하고 소홀한 행동이 없었으면 **민목**(民牧: 백성의 지도자)으로의 악평을 듣지 않았을 것이다. 우리 같은 **산야촌부**(山野村夫: 시골 촌사람)들이야 무관하나, 정객들의 일거수일투족이 전 국민에게 미치는 영향이 불소(不少: 적지 않음)하여 내 이 붓을 드는 것이다.

계묘(癸卯: 1963년) 3월 22일 봉우서(鳳宇書)

6-30

근(勤: 부지런함)

사람이 무슨 일을 하든지 각자의 역량에 알맞은 일을 택하여 충분한 준비를 해가지고 완전한 계책하(計策下)에 그 일에 게을리하지 않고 불휴(不休)의 노력을 주입(注入)한다면 천재시변(天災時變: 가뭄, 홍수 같은 하늘의 재앙이나 시세의 변화)이 아니고는 그 사람의 일은 반드시 성공하는 것이다. 자기 역량껏 전력을 경주해서 쉼 없이 그 일에 전력하는 것이 '근(勤)'이라고 한다. 그러나 각자의 역량에 불합(不合)한 일이나, 또 완전한 계책이 없이 남이 그 일을 하다가 성공했다고 나도 해보겠다는 정도로서는 아무리 노력을 하더라도 혹성혹패(或成或敗: 혹은 성공하고 혹은 실패함)해서 만전(萬全: 아주 완전함)하다고는 못 한다. 그래서 이런 일에는 비록 상당한 장구한 시일과 노력을 하여 공로(空勞: 헛된 노력)될 때가 많으니, 근(勤)이라는 것은 아무 일에나 근(勤)하라는 것이 아니라 내게 최안최적(最安最適: 가장 적합함)한 업을 택해서 가장 완전한 설계를 해가지고 거기 맛갓는(맛갓다: 마음이나 입맛에 꼭 맞다) 시간을 가지고 비로소 그 일에 근(勤)하라는 것이다.

그래서 고인(古人)들의 일근천하무난사(一勤天下無難事: 한결같이 부지런하면 세상에 어려운 일은 없음)[61]라고 한 말씀을 부연(敷衍)하는 것

61) 一勤天下無難事(일근천하무난사)는 주자의 시에 나오는 한 구절이다. 흔히 百忍堂中有泰和(백인당중유태화: 백 번 참으면 집안에 큰 화평이 있다)와 짝을 지어 사용한다. 百忍堂中有泰和는 당나라의 장공예 고사에 나온다. 《구당서(舊唐書)》에 실려 있다. '一勤

이다. 천하지사(天下之事)에 난사(難事: 어려운 일)가 없다고 한 것은 내게 최안최적(最安最適: 가장 편안하고 적당함)한 천하사(天下事)를 말씀한 것이요, 광범(廣範)하게 천하사를 말한 것이 아니라는 것을 잘 각오(覺悟: 깨달음)하라는 말이다. 아무리 자기에게 안전하고 적합한 일이라도 자기가 미온적(微溫的)이면 그 사업에 성공할 수 없고 아무리 완전충분한 설계를 가지고도 자기가 그 사업에 취미가 없는 사업이라면 역시 성공할 수 없는 것이요, 다 맞지 않는 일에 근(勤)한다고 성공할 수 없는 것이다.

그러고 보면 근(勤)이라는 글자도 어느 구비 조건이 완비한 후에야 비로소 발동하는 것이다. 일근천하무난사(一勤天下無難事)라는 범칭만 가지고 '근(勤)' 한 글자로 만능한 줄로 오신(誤信: 그릇 믿음)해서는 안 된다. 그리고 또 무슨 일이든지 불근(不勤)하라는 것이 아니라, 될 수 있으면 각자의 최안최적한 목적을 택해서 비상력으로 일로매진(一路邁進)하면 이것이 근(勤)이 되고, 성공할 수 있다는 것을 부언(附言)하는 것이다.

세인들이 일생을 통하여 정당한 목적이 없이 풍타낭타(風打浪打: 이리저리 휩쓸림)하다가 일사무성(一事無成: 한 가지 일도 이룬 게 없음)하고 공로(空勞)하는 일이 얼마든지 있다. 이것을 고인들이 말하기를 초목동부(草木同腐: 초목과 함께 썩어 없어짐)라는 말이다. 비록 사람의 수한(壽限: 타고난 수명)이 정해졌으나, 무한한 세월까지 유방(遺芳: 후세에 빛나는 명예를 남김)할 수 있는 일을 택해서 성공한다면 이것은 사이불사(死而不死: 죽어도 죽지 않음)요, 수사(雖死: 비록 죽었음)나 유영(猶榮: 영화를

天下無難事 百忍堂中有泰和'는 안중근 의사가 여순 감옥에 있을 때 쓴 글씨로도 유명하다.

누림과 같음)이라는 말이다.

삼립(三立)62)에 일립(一立)이라도 완성하자면 이 근(勤)이라는 글자를 잊어서는 안 된다는 것을 각오하라는 말이다. 목적을 택해서 소근(小勤: 적게 부지런함)이면 소성(小成)이요, 대근(大勤: 크게 부지런함)이면 대성(大成: 크게 성공함)하리니, 이 근(勤)자가 성공의 원인이 된다고 환언하여도 무방하다고 본다. 여기서 성(誠: 정성)도 나오고 경(敬: 공경함)도 나고, 신(信: 믿음)도 나온다. 횡설수설로 근(勤)이라는 제하(題下: 제목 아래)에 쓴다.

계묘(癸卯: 1963년) 3월 24일 봉우서(鳳宇書)

---

62) 삼립은 '세 가지 세워야 할' 목표다. 공명을 세우는 '입공(立功)', 자신의 철학을 글로 나타내는 '입언(立言)', 최고 단계인 덕을 세우는 '입덕(立德)'을 말한다. 《춘추좌전》(양공 24년조)에 나온다. "穆叔 曰, 太上有立德 , 其次有立功 , 其次有立言: 목숙이 말했다. 최상은 덕을 세움에 있고, 그다음은 공을 세움에 있고, 그다음은 말을 세움에 있다." 사마천(司馬遷)이 지준(摯峻)이라는 친구에게 보낸 편지에도 같은 내용이 실려 있다. 사마천은 인간으로서 이 셋 중 적어도 하나 이상은 수립해야 한다고 보았다. *연관어: 삼불후(三不朽)

6-31
역(力)

만물(萬物)이 부동(不同: 같지 않음)이라 역역부동(力亦不同: 힘 또한 같지 않음)이나, 이장자제물론논지(以莊子齊物論論之: 《장자》〈제물론〉[63]으로 논함)하면 만물개제(萬物皆齊: 만물은 모두 같음)요, 역역개제(力亦皆齊: 힘 또한 모두 같음)라 할 수 있다.

그러나 현실을 보건대 만물이 부동(不同)하고 역역부동(力亦不同)하다.

천하만물(天下萬物)이 개유자력(皆有自力: 모두 자신의 힘을 가짐)하여 수왈만수(雖日萬殊: 비록 여러 가지로 다르다 함)나 실즉개제(實則皆齊: 실은 모두 같음)라. 무한대(無限大)인 우주인력(宇宙引力)이나 무한소(無限小)한 미균(黴菌: 세균)의 생력(生力: 생명력)이나가 비록 그 한계는 있으나, 각기 자신을 지탱(支撐)하려는 역(力)임에 불외(不外: 지나지 않음)하다.

63) 《장자(莊子)》의 내편(內篇) 7편 중의 제2편. 인간의 상대적이고 유한한 인식에 대해 다양한 방식으로 의문을 제기하는 한편 절대적인 도의 관점에서 만물을 인식할 것을 주장하였다. 《장자(莊子)》는 내편(內篇) 7편, 외편(外篇) 15편, 잡편(雜篇) 11편 등 총 33편으로 구성되어 있다. 내편은 장자가 직접 쓴 글로 보아지는데 그래서 장자 사상의 본류를 정확히 이해하기 위해선 내편 7편 〈소요유(逍遙遊)〉, 〈제물론(齊物論)〉, 〈양생주(養生主)〉, 〈인간세(人間世)〉, 〈덕충부(德充符)〉, 〈대종사(大宗師)〉, 〈응제왕(應帝王)〉을 반드시 읽어야 한다. 이 중에서도 〈제물론〉이 가장 중요하다. 장자서 전체의 이론적 틀을 담당하는 장이기 때문이다. (출처: 두산백과 두피디아, 김정탁 '장자 제물론')

천차만별(千差萬別)의 차이가 있는 이 역(力)이라는 것도 종말에는 동귀일철(同歸一轍: 한 바퀴 자국으로 같이 돌아감)하고 만다.

그것이 원리인가 보다. 그런데 이것은 통이론지(統而論之: 합쳐서 논함)하는 것이요, 분이논지(分而論之: 나눠서 논함)하면 이 역(力)의 우수한 자가 강하고 저열한 자가 약한 것은 말할 필요조차 없는 것이다.

그 역(力)이라는 것이 만물에 (따라) 차이가 있으나, 아주 확정되어 있는 것은 아니요, 그 물(物)에 수반(隨伴)하여 배양(培養)하면 그 역(力)이 강해지고, 배양하지 않으면 그 역(力)이 약해지는 것은 재언(再言)할 필요가 없는 것이다.

여기서 내가 말하고자 하는 것은 그 역(力)이 확정 불변된다면 재언할 필요가 없으나, 배양하면 강해지고 배양하지 않으면 저열해져서 약화된다 하니, 비록 우리도 생로병사(生老病死)에는 그 궤도를 벗어나지 못하나, 될 수 있으면 자기의 역량을 배양하여 최고지상의 한도에까지 강화하는 것이 우리의 책임이며 의무라고 믿는다.

이 역(力)이라는 것이 강할수록 자기의 수준이 향상되고 약할수록 수준이 저하되는 것은 명약관화(明若觀火: 불 보듯 환함)하다.

우리가 보는 우주(宇宙)의 유사 이래(有史以來)의 제반사(諸般事: 모든 일)를 참조하건대, 이 역(力)이 강한 자가 공(功)을 성(成)했고, 약한 자가 공을 패(敗)한 것은 누구나 다 아는 일이다.

성공한 사람이나 실패한 사람이나 생로병사에는 일반이나, 그러나 자기의 명자(名字: 이름자)를 후세에 전하느냐 못하느냐에 있어서는 그 역량의 강약으로 즉결(卽決: 즉시 해결)할 수 있는 것이라.

동가홍상(同價紅裳)이라고 일생을 지내기는 동일하나 그래도 유방백세(流芳百世: 영원히 세상에 좋은 이름을 남김)하고 그 명자가 영생했으면 하는 희망이야 세인의 금고(今古: 오늘과 옛날)를 물론하고 누가 이 마음이 없을 리 없다.

그렇다면 이 역(力)을 배양하자면 무슨 방법이 있어야 되겠는가 하면 각자의 성경신(誠敬信) 삼자(三字)의 열성(熱誠)과 작지불이(作之不已: 쉼 없이 노력함)를 겸하면 공(功)이 잘 배양되고 또 그 배양의 한정이 그 자력으로 자정(自定)되어서 자력으로 자량(自量)을 자정(自定)할 수 있는 것이라. 자포자기(自暴自棄)함이 없이 하시(何時)라도 자력갱생(自力更生)을 하여 그 배양의 길을 택하라는 말이다.

여기서 공(功)을 성(成)하여 그 답안이 우주사(宇宙史)에 빛이 날 인물도 될 수 있고, 세기의 위인도 될 수 있고, 성현군자(聖賢君子), 영웅호걸도 될 수 있고, 그 외에 천차만별의 종종 인격자가 다 될 수 있는 것이 일호반점(一毫半點)도 타력(他力)에서 오는 것이 아니라 자력(自力)을 자력으로 배양하는 데에서 오는 것이라는 말이다.

물론 그 역(力)을 배양하는 데 백난(百難)이 개재(介在: 사이에 끼어 있음)할 것도 각오하고 백절불굴(百折不屈)의 의사를 가지고 목적달성까지 매진하라는 것이 내 부탁이요, 배양해서 안 되는 일이 없다고 말을 하며 그 되는 일의 한계는 없으나, 자기의 백난을 타개하는 대가로 그 공(功)의 성(成)하는 대소(大小)가 자정(自定)되는 것이다.

성패이둔(成敗利鈍)에 추호라도 누구를 원망할 필요가 없이 자력자판(自力自判: 자력으로 판단함)하게 되는 것이라 행(幸)도 없고 불행도 없다.

다 자기가 자초하는 것이다.

이 역(力)이라는 글자를 제목으로 하고 내가 수필을 기록해 보는데, 동서고금을 물론하고 다 이 궤도를 벗어난 사람은 일인(一人)도 없는 것 같다.

그러고 보면 만물부동(萬物不同)이라는 것도 있을 수 있고, 만물개제(萬物皆齊)라는 말도 있을 수 있다. 부동이니 개제니 하는 것이 천양지차(天壤之差: 하늘과 땅 차이)가 있는 것 같으나, 다시 살펴보면 동일한 논법이다.

역(力)도 비록 부동하나 배양으로 동(同)할 수 있고, 또 동일한 역(力)도 또 배양으로 차가 난다. 이것이 부동도 될 수 있고 개제도 될 수 있다. 그러나 천연적으로 부동한 것은 할 수 없고 사람의 역(力)이라는 것만은 자력을 각자가 좌우할 수 있는 것이라 무한대도 될 수 있고, 무한소도 될 수 있다.

다른 물질을 동일 논법으로 말하는 것은 아니다. 이 역(力)이라는 것은 정신력이나 물질력이나를 다 통론(通論)한 것이다. 계속하자면 얼마든지 있으나 이 정도로 붓을 그친다.

계묘(癸卯: 1963년) 3월 25일 봉우서(鳳宇書)

6-32
족(足)과 분(分)

고인들이 말하기를 **지족안분**(知足安分: 만족함을 알고 분수를 지킴)하면 **만사개길**(萬事皆吉: 모든 일이 다 길함)이라 하였다. 그러면 세인은 누구나 다 길(吉)을 좋아하고 흉(凶)을 싫어하는 것이 **상정**(常情: 보통의 인정)인데, 하고(何故: 무슨 까닭)로 그 길(吉)이 오는 지족과 안분을 못하고 그 반대로 **부지족탐분외**(不知足貪分外: 만족함을 알지 못하고 분수 밖을 탐냄)하다가 자기 일신(一身), 일가(一家)의 패망을 초래하는 흉(凶)을 **자감**(自甘: 스스로 감수함)하는가? 말로는 가장 용이(容易)한 일이다.

지족과 안분이라는 글자가 그리 어려운 글자도 아니요, 또 해석하기도 그리 어려운 말이 아니다. 그러나 **자고급금**(自古及今: 옛부터 오늘까지)토록 지족안분 하는 사람이 몇 사람이나 되는가? 그러고 보면 그 실행은 참으로 어려운 일인가 보다. 세인이 누구나 이만하면 족하다고 할 것을 모르지 않고 내 분(分: 분수)에 편안하다는 것을 모르지도 않는다. 그러면 하고로 지족안분을 못하는가? 가장 의문이다. 여기서 비로소 **인심도심**(人心道心)의 차(差)가 나오는 것이다.

사람이 자기비판을 해보아서 자기의 수준이 자기의 소행의 대가에 적합한가, 혹 과한가, 혹 부족한가를 잘 판단해 보면 **망구**(妄求: 망령되이 구함)가 나오지 못할 것이다. 지기의 수준을 향상시키고자 한다. 현상 이상의 노력을 하면 일보라도 전진할 수 있고, 그 반대로 그 노력이 부족하면 그 대가도 역시 부족할 것은 자연의 일이다. 그러하니 현상의 받는 대가가 실행 이상이라면 과한 대가요, 부족하다면 좀 저렴한 대가요, 적당하다면 정당한 대가라는 것을 자지(自知)하면 망구가 자연 없어지고 자기분수에 편안할 것이라 여기서 지피지기(知彼知己: 남을 알고 나를 앎)하고 안분지족(安分知足)할 수 있는 것이다.

그렇다고 안분지족이라고 무조건하고 후퇴해서 아무 영위(營爲: 일을 꾸려 나감)를 말라는 것이 아니라 각자의 노력 대가에 해당한 현실에 자족하고 안분하며, 일보(一步: 한 걸음), 일보씩 목적도달에 전력하라는 것이다. 그런데 세인들은 지족안분을 말하면 아무 일도 없이 현상에 편안히 그치라는 줄 오해하고 이런 글자는 소극적이며, 퇴보적이라고 말한다. 지족안분함으로써 비로소 자기의 노력부족하다는 것을 알고 열을 내어서 자기의 목적도달에 전력을 경주하고 외타(外他: 그 밖의 다른 것)에 망구(妄求)를 일체 중지시키므로 자기의 목적도달이 미(迷: 혼미해짐)해지고 목적 외 허영을 폐리(弊履: 헌신짝)같이 생각도 하지 않아서 세인들이 보기에는 물욕(物慾)이 없는 은자인줄 알지 이 사람이 자기 목적성공에 백열(白熱: 온도가 몹시 뜨거운 열)을 내는 것을 부지(不知: 모름)한다.

이것이 족(足)과 분(分)을 잘 아는 사람들의 실행이요, 그 반대로 자기분(自己分)에 안(安)치 못하고 또 족(足)을 아지 못하는 사람들은 제일 자기의 역량을 아지 못하고 자기역량 이상의 대가를 탐구(貪求: 탐내어 가지려 함)함으로써 비로소 탈선행위가 나오고, 실패를 거듭한다. 불행히도 자기 대가(代價) 이상의 향수(享受: 받아 누림)가 있을 때는 그 종말이 부정과 부패가 나올 것은 당연한 일이다. 그러나 세인들은 만사의 시(始)에서부터야 누가 부정한 줄 알고 할 사람이 없으나, 일하다가 일보, 일보로 점입가경(漸入佳境)하면 허욕(虛慾: 헛된 욕심)과 망구(妄求)가 나서 여기서 부정이냐, 부패냐를 생각하는 이보다 자기욕구를 충족시키기 위하여 수단을 불택(不擇: 가리지 않음)하고 또 무소불위(無所不爲: 하지 않는 것이 없음)하는 난행(亂行)이 나오게 된다.

이런 사람들도 냉정히 생각하면 자기의 소행을 모르지 않을 것이나, 자기네의 탐욕이 충만해서 전후좌우를 생각할 여가가 없는 것이다. 점입심갱(漸入深坑: 점점 깊은 구덩이로 들어감)하면 반발이 나와서 자가변호(自家辯護)를 한다. 그래서 이곡위직(以曲爲直: 굽힌 것으로 곧게 함)하고 이사위정(以邪爲正: 삿된 것으로 바르게 함)한다. 그러나 사필(史筆: 사관의 붓)은 그것을 용인하지 않는다. 그래서 혹 이런 부류의 인물의 일시적 성공은 있을지라도 만대(萬代)의 처량(凄涼)을 면치 못하는 것이다. 세인의 사소사(些少事: 사소한 일)에 부지족안분(不知足安分)하는 것도 다 이런 종류에 속하는 것이다.

내가 이 족이니, 분이니라는 제(題)를 쓰는 것은 세인들이 지족안분(知足安分)이라는 것을 소극적의 퇴보로 오해하는 사람이 많아서 도리어 지족안분이 진보적이고 성공에 도달하는 가장 첩로(捷路: 빠른 길)라는 것을 밝히기 위하여 몇 자로 횡설수설하는 것이다.

계묘(癸卯: 1963년) 3월 26일 봉우서(鳳宇書)

6-33

수필: 내 일생약력(一生略歷)

내 나이 64세라 내가 지난 일을 기억할 만한 때가 2세 때는 어느 일은 아직도 기억이 남아 있고, 어떤 일은 아주 생각조차 안 난다. 그리고 4세도 역시 일반이고 5세부터는 거의 다 기억되고 또 내 마음으로 판단도 약간 있었다. 6세, 7세에는 수학(受學: 학문을 배움)한 관계로 8세까지의 수학하던 《맹자(孟子)》, 《대학(大學)》은 지우금일(至于今日: 오늘까지) 잘 기억되고, 그 후는 서울 와서 지낸 일이 혹 기억되고, 혹 잊어진다. 그러다가 15세부터 18세까지가 내 일생을 좌우하는 노정이 생각이 잘 난다.

진(進)할 수 있고 퇴(退)할 수 있는 때에 내가 용단력(勇斷力: 용기를 가지고 결정하는 힘)이 부족하고 또 선친께서 장래를 생각하신 것을 내가 철이 없어 나는 탈선(脫線)되었던 것이요, 내가 18세 때 선비상(先妣喪: 어머니 돌아가심)을 당하고 아주 탈선이 되어 우왕마왕(牛往馬往: 이리저리 종잡지 못함, 우왕좌왕右往左往)하였고 또 경거망동(輕擧妄動: 가볍고 망령되이 움직임)으로 별별 사고를 다 내어 경향(京鄕: 서울과 시골)을 왕래하며, 경제적으로 탕패(蕩敗: 탕진蕩盡)를 하고 그래도 경천동지적(驚天動地的: 세상을 몹시 놀라게 하는) 사업이라도 해볼까 하는 망상이 있어서 아무 계획도 없이 갈팡질팡하는 중에 무엇인지 그러는 중에 '좀 얻음'이 있었고, 비상간고(備嘗艱苦: 온갖 고생을 두루 겪음)를 하는 것이 경험이 되어서 나는 나대로 자신이 있던 것이다.

그러다가 만주(滿洲)로 가서 의외(意外) 충동(衝動)을 받고, 거기서 어느 기간을 **협의**(俠義: 의로운 협객지사, 독립군 활동)[64]로 자처하다가 이것도 **중도개로**(中途改路: 도중에 길을 바꿈)하고 도로 귀국한 후부터 규합동지도 해보고 애족애국도 해보았다. 가정생활은 **치지도외**(置之度外: 내버려두고 문제 삼지 않음)하고 내 일신(一身)만 **부운**(浮雲: 뜬구름)같이 왕래하였다. 그러다가 **선친상**(先親喪: 아버지 돌아가심)을 당하고 비로소 가정생활이라는 것이 어떻다는 것을 조금씩 맛보게 되었다. 내가 정규로 학부 출신이 못 되는 관계로 자습(自習)해서 보통 학자들에게 체계 있는 이론은 못하나, 상식적으로는 그리 머리를 숙이지 않게 되고 또 정신학(精神學)적으로는 **자성일가**(自成一家: 스스로 일가를 이룸)하여 누구에게 굴종을 하고자 않을 정도다.

그러다가 일시적 과오로 구일(舊日: 옛날) 만주 왕래하던 일이 탄로되어서 왜정하(倭政下) 영어(囹圄: 감옥)생활을 얼마 동안 하였고, 그러는 동안에 **규합동지**(糾合同志)도 되고, **영재교양**(英材敎養)도 되고, 후진장학(後進獎學)도 해보았다. 어언간 **쌍빈이모**(雙鬢二毛)[65]가 되었다.

점점 낙후되어 가는 내 생애를 자인하며 비록 **서산낙일**(西山落日: 서산에 지는 해)일지라도 **여광상존**(餘光尙存: 남은 빛은 여전히 남아 있음)하다고 무엇이고 해볼까 하고 경향으로 분주하던 차에 을유(乙酉: 1945

64) 《선도공부》 689~697쪽에 당시 만주에서 전문 총잡이 생활을 하시다가 독립군에 몸을 담으신 상황이 나와 있으니 참고. 혹은 봉우사상연구소 유튜브 영상 중 '[선도공부] 14-2_봉우내력(鳳宇來歷)과 송강삼계(松江三階), 점혈법, 만주 독립군 생활' 영상 참고

65) 귀밑털이 희어지는 나이. 쌍빈(雙鬢)은 양쪽의 귀밑털이다. 빈(鬢)은 관자놀이와 귀 사이에 난 머리털인 '살쩍'을 뜻한다. 이모(二毛)는 검고 흰 두 종류의 털을 말하는데, 즉 머리카락이 반백이 된 것을 말한다. 이모지년(二毛之年)은 흰 머리털이 나기 시작하는 나이라는 뜻으로 32세를 말한다.

년) 광복이 있었고, 그다음 국가 위정자들의 난립과 그 무자격한 지도자들에 염증이 나서 불관세사(不關世事: 세상일에 관여치 않음)하고 은거(隱居)생활을 계속했으나, 내가 일생의 적축(積蓄: 쌓음)한 노력이 부족한 관계로 그 대가(代價)가 역시 희박(稀薄: 적고 엷음)할 것은 정당한 일이다.

그러나 내가 항상 심두(心頭: 마음 머리)에 존재한 목적은 그 도달점이 아직 묘연하고 내 나이 벌써 64세라. 내두(來頭: 장래)가 100세를 생존한다 하여도 30여 년에 불과하고, 청장년시대에 못한 일을 노쇠기에 성공할 것인가가 가장 의문시된다. 그렇다고 만사휴의(萬事休矣: 모든 일이 허사로 돌아감)라고 내가 목적하고 나가려던 의지를 중도개로(中途改路)할 수는 없다.

석양(夕陽)은 재를 넘고
귀객(歸客: 돌아가는 손)의 가는 걸음
더욱이 망망(茫茫: 아득함)하다.
갈 곳이 비록 머나, 아니 가든 못하리라.
석양은 지나마나 나 가는 길 변할 손가?
이것이 내가 내 여년(餘年: 남은 생애)을
자서(自敍: 자신이 서술함)하고 두어 자 적어 본다.
내가 비록 간 연후(然後)라도
백산운화(白山運化) 곧 성공하면
감지 못한 내 눈동자 안심하고 영면(永眠)하리.

우주의 장춘운(長春運)이 우리 백산운화로 배태(胚胎)된다.

때마침 64세라가 올 날이 얼마인가?

조물(造物: 조물주)께 비옵는 것

적토운(赤兎運: 1987년의 운) 보고지고.

계묘(癸卯: 1963년) 3월 26일 봉우서(鳳宇書)

6-34

검(儉: 검소함)

고인유언왈(古人有言曰: 옛사람이 말하기를) 일인지검일가부(一人知儉一家富: 가장 되는 이가 검약할 줄 알면 그집안이 부유해짐, 〈담자화서(譚子化書)〉 출전)하고,

왕자지검즉일국(王者知儉則一國: 왕이 검소한 즉 한 나라)이 부(富: 부유해짐)라 하니,

검자(儉者: 검소함)는 위빈위부지추야(爲貧爲富之樞也: 가난과 부유함의 핵심 요소)라.

사람이 이 세상에서 생활하자면 의식주(衣食住) 삼건(三件)이 면부득(免不得: 아무리 애를 써도 면할 수 없음) 구비해야 하는 것이다.

그러니 의자지검(衣者知儉: 의복이 검소하면)하면 포백(布帛: 베와 비단)도 유족(猶足: 오히려 족족함)이요,

식자지검(食者知儉: 음식이 검소하면)하면 도량채소(稻粱菜蔬: 벼와 기장, 채소)도 유포(猶飽: 외려 배부름)요,

주자지검(住者知儉: 거주함에 검소하면)하면 초려모옥(草廬茅屋: 초가집이나 이엉집)도 유안(猶安: 외려 편안함)하리니,

연즉(然則: 그런즉) 이차지검지심(以此知儉之心: 이런 검소한 마음으로) 임향당주려즉무처불검(臨鄕黨州閭則無處不儉: 고향 마을이나 고을에 임한즉, 검소하지 않은 곳이 없음)이며,

무사불검(無事不儉: 검소하지 않은 일이 없음)이라.

이신선행(以身先行: 몸소 먼저 행함)하면 인개효칙(人皆效則: 사람들이 모두 본받아 법으로 삼음)하야 사풍일소(奢風一掃: 사치 풍조를 없앰)하고 검속내행(儉俗乃行: 검소한 풍속을 곧 실행함)하여 족의족식(足衣足食: 입고 먹는 데 족함)하면 가급인족이일국(家給人足而一國: 집집마다 생활이 풍족하고 한 나라가)이 자연부강(自然富强)하리니,

개내고인치가치국지도(皆乃古人治家治國之道: 이 모두가 옛사람의 집안과 나라를 다스리는 방법)라.

여시이일가흥(如是而一家興: 이와 같으면 한 집안이 일어남)하고 여시이일국(如是而一國: 이같이 하면 한 나라가)이 흥(興)하리니, 현세오인소견(現世吾人所見: 현세의 우리 생각)에 인인호사(人人好奢: 사람마다 사치를 좋아함)하여 의지식지거지(衣之食之居之: 입고 먹고 거함)가 수하천역(雖下賤役: 비록 천한 일을 하지만)이라도 비어고대부귀층(比於古代富貴層: 고대의 부귀 층에 견줌)이로다.

우리나라가 현상 자립을 못하고 외국 원조를 받고 있는 형편에 관민(官民: 공직자와 민간인)의 의식주가 다 말할 수 없이 호화롭다. 가위(可謂: 가히 이르지면) 벌거벗고 은장도(銀粧刀) 찬 격이라고 하겠다. 독일 학자를 대학에서 교수로 초빙해서 그 여관까지 자동차로 모시고 왕복

하였더니 독일 학자 말씀이 조선에서 유류(油類: 기름 종류)가 생산되지 않는 나라에서 외국에서 온 우리 교통에까지 택시를 사용한다면 그 비용을 무엇으로 충당하겠는가 하고, 그 다음날부터 보행(步行)으로 출근하더라는 말을 대학장에게 내가 직접 들었다. 그 얼마나 수범(垂範: 본보기가 됨)이 되는 것인가? 독일은 국민성이 다 지검(知儉: 검소함을 앎), 행검(行儉: 검소함을 행함)하는 고로, 그 나라가 패전국이나 경제적으로 현상의 복구라느니보다 일층 우수해졌고, 정말(丁抹: 덴마크)제국도 물론 생산도 많이 되거니와 역시 검소해서 가급인족(家給人足: 가족이 모두 풍족해짐)해서 경제적으로 확립을 하고 있으니, 우리들도 사풍(奢風: 사치풍조)을 일소(一掃)하면 불구해서 경제적으로는 안정되리라고 믿는다.

비록 물가지수는 다르나, 내가 유소청년 시대에 비해서 농산어촌(農山漁村) 1년 생활비가 천 배, 만 배로 폭등하고 그중에는 몇 십만 배로 앙등(仰騰)한 것도 있고, 농산어촌의 생활비 비례로 보면 구시(舊時: 옛날, 구시대)보다 말할 수 없이 호화롭다. 만사가 다 이러하다. 예를 들면 구일(舊日: 옛날) 같으면 서울 재상가에서 혼인할 때에 패물(佩物)이라고 혹 금속이 있었으나, 집집이 그런 것이 아니요, 재상 중에서도 부유한 재상가가 아니면 금속이 없었던 것은 사실이다. 그런데 현상은 어떠한가 하면 비록 남의 집 고용인이라도 혼인 때 금지환(金指環: 금반지)을 못하면 큰 수치로 알 지경이다. 그 비례로 백 가지가 다 그러하다. 그러면 경제적으로 구시대보다 그만큼 부유해서인가 하면 그것이 아니라 호화로운 풍속이 되어서 인인개사(人人皆奢: 사람마다 모두 사치함)하는 고로, 못하는 사람이 병신(病身)이라고 생각하는 관계로 이렇게 된다. 생산은 별 증가함이 없고 소비는 증가하면 그 말로(末路: 끝길)가 적자생(赤字生) 이외에는 타도(他道)가 없다.

교통이 편리한 것은 좋으나, 현 우리나라 형편으로 자동차로 소비되는 유류가 1년 총액이 얼마나 되는지 아는가? 도시나 농촌이나가 다 같이 호화판이다. 실상이 호화(豪華)할 만하고 호화했으면 누가 사치한다 하리요? 국민의 분수에 넘치는 호화를 감행하고 종말에 나올 것이 무엇이라는 것이 명약관화(明若觀火)한 일 아닌가? 일하는 사람이 이 나라에서는 얼마 되지 않고 유사(遊士: 노는 사람)는 기배(幾倍: 몇 배)가 되니, 생산부족을 면할 수 없고 각 개인적으로의 경제가 적자가 된다면 일국(一國)으로 경제가 흑자 될 리가 없다.

그러하면 현 정치인들이 무엇으로 이것을 구할 생각인가 제일 '검(儉)'이라는 글자를 국민에게 계몽, 수범(垂範)해 주고 실직자가 없이 각안기업(各安其業: 각자 그 직업에 충실함)하면 족식족용(足食足用: 충분히 먹고 씀)할 것이다. 위정자들이 그 자리를 자기들의 호강하는 자리로만 알고 목민(牧民: 백성을 다스림)하는 천직(天職: 타고난 직분)임을 알지 못하니, 한심한 일이다. 소위 정부 요인들이나 또 재야 정치인들이나가 다 궁사극치(窮奢極侈: 사치가 극에 달함)하고 지내며, 백성들에게만 잘 하라고 하면 백성들이 곧이 들을 것인가 생각해 보라.

이 검(儉)자를 잘 실행함으로써 만족이 있고, 이 사(奢)자를 좋아함으로 만부족(萬不足)이 있어서 흥왕(興旺: 일어나 번성함)의 기로(岐路: 갈림길)가 이 검사(儉奢: 검소함과 사치함) 이자(二字)에 있다고 본다. 예를 들자면 얼마든지 있으나 이만 그치고 자상달하(自上達下: 위에서 아래까지)로 검(儉)자를 실행하시라고 빌며 이 붓을 그치노라.

계묘(癸卯: 1963년) 3월 26일 봉우서(鳳宇書)

서실(叙實: 사실대로 쓰다)

6-35

수필: 표군(表君)이 신병(身病)을 완치(完治)하고 귀가(歸家)함

내자불거(來者不拒: 오는 사람 막지 않음)하고 거자막류(去者莫留: 가는 사람 붙잡지 않음)하는 내 상시지심(常時持心: 항시 지닌 마음)이다. 논산 상월면(上月面) 지경리(地境里) 거주(居住) 표영호(表永浩)가 20세 청년으로 신병(身病)이 있어서 내게 와서 약 1년 유여(有餘: 여유가 있음)를 치료하다가 병이 완치되어 금일(今日: 오늘) 귀가했다.

초대면시(初對面時: 처음 보았을 때) 위인(爲人: 사람의 됨됨이)이 상세(詳細)한 편이요, 건실(健實: 건전하고 착실함)하다고는 못 하겠다. 수월(數月: 몇달)을 두고 보니 가간(家間: 집안)의 잔심부름은 잘한다. 그래서 몇 달 후부터는 약대(藥代: 약값)나 식대(食代)를 받지 않고 그 반대급부(反對給付)로 가간사(家間事)에 조수격(助手格)으로 있다가 간성(杆城) 홍해창 군이 표 군과 동일 사정으로 2인이 있자 서로 불편한 듯하여, 표 군이 고귀(告歸: 작별하고 돌아감)하는 것이다. 표 군을 보내며 1년 유여를 동정식(同鼎食: 한솥밥을 먹음)하는 정(情)으로 창연(悵然: 슬퍼함)해서 단기(短記: 짧은 글)를 쓴다.

계묘(癸卯: 1963년) 3월 26일 봉우서(鳳宇書)

6-36

수필: 우리 민족의 역사를 살펴보며 박 정권을 비판한다

인간의 역사를 살피건대 고금(古今)의 차이가 있고, 동서(東西)의 별(別: 다름)이 있는 것은 가리지 못할 일이라 고금과 동서를 통론(統論)할 수 없다. 다만 내가 듣고 본 우리 민족들의 근대사로부터 금일에 이르는 사이에 우리 민족들의 동태를 보고자 한다. 우리나라 민족성은 누가 보든지 약하고 정적(靜的)이며, 동적(動的)이 못 된다. 그리고 퇴수적(退守的: 후퇴하여 지키는)이요, 진공적(進攻的: 진격하는)도 못 된다는 것이 자타가 공인하는 바이다. 이조 말엽에 와서는 여러 가지로 자멸행위(自滅行爲)를 행한 일이 기번(幾番: 몇 번)이고 있었다. 한청(韓淸: 대한제국과 청나라) 관계와 한일(韓日) 관계와 한아(韓俄: 대한제국과 러시아) 관계에 우리나라가 조상(俎上: 도마 위)의 분육(分肉: 고기를 나눔)격으로 되어서 삼자(三者)가 각축(角逐)하는 중간에서 정부나 국민들은 전연 무지(無知)하고 있었다.

우리나라의 계급타파(階級打破) 혁명자(革命者)인 최수운(崔水雲)의 고제(高弟: 高足弟子, 수제자) 해월(海月)[66]이 전봉준(全奉準)[67]의 거병

66) 최시형(崔時亨): 1827~1898, 본관은 경주(慶州). 초명은 경상(慶翔), 자는 경오(敬悟), 호는 해월(海月). 경주 출신. 동학의 제2대 교주. 철종 2년에 동학에 입문하여 최제우에 이어 제2세 교주가 되었다. 조정에 교조의 신원, 포덕의 자유, 탐관오리 숙청을 요구했다. 1894년 전봉준이 주도한 동학농민운동에 호응하여 10만 여 병력을 일으켰으나 잇따른 패배로 1898년 원주에서 체포되어 처형당했다. 초기에는 전봉준의 남접

(擧兵: 군사를 일으킴)을 성토(聲討: 잘못을 비판하고 규탄함)한다는 명목으로 의병(義兵)을 거(擧)한 것이 내용에 있어서 정부혁명을 계책(計策: 꾀나 방법을 생각해 냄)한 것이었다. 당시 정부의 관병(官兵: 관군)으로 토평(討平: 평정)을 못하고, 우리나라를 호시탐탐(虎視眈眈)하는 일청(日淸: 일본과 청나라)에 내란평정을 목표로 청병(請兵)한 것이 도화선이 되어 일청전쟁으로 화하고, 또 일청전쟁에 승리한 일본이 우리나라 내정을 간섭하는 고로 일부 친아파(親俄派: 친러시아파)의 발동으로 의아거일(依俄拒日: 러시아에 의존하고 일본에 항거함)코자 하다가 또 일아(日俄)전쟁으로 화하여 일본이 승리하자, 세계 5강에 일본이 참례하고 우리나라는 일본의 보호국으로 되었다. 이때에 우리나라는 이미 일본의 조상분육(俎上分肉: 도마 위의 고기 나눔)이 된 것이다.

그래도 정부나 국민들은 아직도 생명이 붙어 있는 줄 맹신(盲信: 덮어놓고 믿음)하고 있었다. 그 당시에도 지사(志士: 국가, 사회를 위해 큰 뜻을 품은 사람)들이야 국난(國難)을 타개(打開)하려고 별별 노력을 다했으나, 패망은 다만 시간문제였다. 그래서 경술병합(庚戌倂合: 1910년 일본

농민군의 무장봉기에 반대하고 적극적으로 막았다. 아직 운이 열리지 않았고 때가 오지 않았다는 이유였다. 그는 동학 조직이 더 견고하게 기반을 잡으면 폭력을 사용하지 않고도 대세를 장악하여 동학의 이상사회를 만들 수 있다고 보았다. 전라도 일대를 제외한 대부분의 동학 조직은 최시형의 이러한 가르침에 순응하였다. 그러나 점점 일본의 침략 야욕이 구체화되고 동학 조직에서도 변화가 생기는 등 격동의 시기를 맞아 거병을 하였던 것이다.

67) 전봉준(全琫準, 1855년 1월 10일~1895년 4월 24일)은 조선의 농민 운동가이자 동학의 고부 접주였다. 35세경 동학에 입교해 접주가 되었다. 고부 군수 조병갑의 탐학이 극심해 1894년 동학농민군을 이끌고 봉기했고, 인근 접주들에게 사발통문을 보내 봉기를 호소하여 동학농민전쟁으로 확대되었다. 폐정개혁안이 성사되어 시정개혁에 전념하다가 청일전쟁이 일어나자 구국의 기치 아래 다시 봉기했다. 남도접주로서 12만 농민군을 지휘하며 싸우다가 일본군과 정부군에 진압되었고, 피신 중 체포되어 교수형에 처해졌다.

에 나라를 빼앗김)이 되고 아주 망국(亡國)이 된 후에서야 비로소 나라 없는 설움을 알게 되었다. 그러다가 고종황제 인산(因山: 장례) 당시에 국민들의 전왕(前王: 고종황제) **불망지성**(不忘之誠: 잊지 못하는 정성)도 보이고, 또 손의암(孫義菴: 손병희)[68] 이하 33인의 독립선언으로 거국일치(擧國一致: 온 국민이 모여 하나가 됨)적으로 방방곡곡(坊坊曲曲: 모든 곳)이 만세운동이 일어나서 세계이목을 경동(驚動: 놀래 움직임)시킨 것이요, 그 후로 남(南)은 상해를 중심으로 임시정부가 수립되어 정치와 외교적으로 투쟁하고, 북(北)은 만주를 중심으로 독립군을 조직하여 군사행동으로 투쟁한 것이 우리 같은 약소민족으로 아무 지반이 없는 사람들도 꾸준히 이래(以來) 27년간을 지속하며 오고 있다.

국내에서도 이에 호응하여 각계각층에서 대일(對日)투쟁이 양적, 음적으로 부절(不絶: 끊이지 않음)하고 나와서 희생자가 얼마인지 아주 계산 못 할 정도다. 이것이 우리 민족성의 **약중유강**(弱中有强: 약한 가운데 강함이 있음)이다. 진공적(進攻的)은 못 되나 퇴수적(退守的)임에는 자신(自信)이 있다. 고려시대에 원(元)의 입구(入寇: 적이 쳐들어옴)나, 삼국시대에 수당(隋唐)의 입구(入寇)나, 이조(李朝)시대에 왜(倭)의 침범이나가 다 토평(討平: 무력으로 쳐서 정복당함)을 당했다.

---

68) 손병희(孫秉熙, 1861년 4월 8일~1922년 5월 19일)는 천도교(동학) 지도자이자 독립운동가이다. 동학농민운동 때 이를 탄압하는 관군과 일본군에 맞서 싸웠으며 최시형의 뒤를 이어 제3대 교주가 되었다. 동학에 대한 탄압이 거세지자 중국으로 망명하였으나 손병희를 받아들이지 말라는 조선정부의 압력으로 다시 일본으로 망명하였다. 천도교를 극심히 탄압하던 대한제국이 외세에 의해 기울어져 탄압을 멈추자 귀국하여 인재양성을 위해 교육사업과 출판사업을 하였다. 1919년 민족대표 33인중 한 명으로 3.1 운동을 주도했다. 기미독립선언서 낭독 후 일제에 체포되었다. 병보석으로 출옥 후 별세하였다. '봉우사상을 찾아서(305) – 선고기신(先考忌辰: 선친기일)을 경과하고 내 소감 〈봉우일기〉4-131'편에 봉우 선생님의 부친이신 취음공께서 우연히 눈 속에서 얼어 죽어 가던 손병희를 구한 인연이 나온다.

정묘(丁卯), 병자(丙子) 양란(兩亂)69)은 우리나라에 치욕적일 것이나, 당시도 우리나라가 박엽(朴燁)70) 같은 분을 사사(賜死: 사약을 내려 죽임) 안 했다면 청(淸)이 감히 일보(一步)도 침범 못했을 것도 사실이다. 이는 인조반정 공신들의 과실(過失: 잘못이나 허물)로 국가가 당한 치욕이요, 국중(國中)에 인물이 없어서가 아니었다. 그러나 망국(亡國)된 우리나라를 우리의 손으로 복국(復國: 나라를 회복함)을 못 하고 외국의 힘으로 을유해방(乙酉解放: 1945년 8.15)을 당하니 감개무량하다.

그리고 미소(米蘇: 미국과 소련)의 내장화심(內藏禍心: 내부에 감추고 있는 남을 해치려는 마음)한 삼팔선(三八線) 문제로 우리나라는 남북양단(南北兩斷)되고, 사조(思潮)는 아주 철벽(鐵壁)이 중립(中立)해서 있는 중에 남한 정치인들의 무지몰각(無知沒覺)한 행동으로 이래(以來) 19년간에 자립하지 못하고, 이 박사 집권 10년에 실정(失政)이 극에 달하여

---

69) 정묘호란은 인조와 서인정권의 친명배금정책과 이괄의 난으로 인해 사회가 혼란했고 당시 후금이 세력을 키워 명나라를 공격하기 전에 조선을 경계할 필요성이 있어 발생되었다. 이렇게 시작된 정묘호란은 의병인 정봉수, 이립의 활약과 명나라와 후금의 치열한 전투 끝에 화의를 맺고 돌아갔다. 병자호란은 국호를 청나라로 바꾼 후금이 조선에 군신관계를 요구하였으나 거절하면서 발생되었고, 인조가 남한산성에서 항전하였으나 삼전도에서 굴욕적인 강화를 맺게 되었고, 우리나라는 서북 지방의 큰 피해와 많은 사람들이 청에 인질로 끌려가게 되었다.

70) 박엽은(1570~1623) 조선 광해군 때의 문신이다. 반남 박씨로 자는 숙야(叔夜), 호는 국창(菊窓). 조선 중기의 문신, 도인으로 문무에 모두 뛰어난 능력을 겸비하여, 광해군 때 함경도 병마절도사, 평안도관찰사 등을 지내며 10만 강병을 양성하며, 광해군과 함께 북벌을 꾀하였으나 서인들의 사대주의적 인조반정으로, 학정의 누명을 쓰고 처형당했다. 《응천일록(凝川日錄)》이나 《속잡록(續雜錄)》 등에 그 누명의 흔적이 보인다. 그러나 그의 영웅적 풍모를 흠모하는 민중들에 의해 야사에서의 그는 영웅적 모습으로 재탄생한다. 봉우 선생님께서도 송구봉 제자 중에 제일 억울하게 죽은 이가 박엽이라고 말씀하신 적이 있다.
봉우사상을 찾아서(119) http: //www.bongwoo.org/xe/11472
봉우사상을 찾아서(14) http: //www.bongwoo.org/xe/3954 (12분 7초)

4.19 학생의거[71]가 이 박사의 하야(下野)로 일단락(一段落)이 되었으나, 허정 과도정부[72]가 여전히 실정하여 정치는 야당이던 민주당에게로 넘어갔다. 민주당은 자유당이나 대동소이한 정치 야욕이 충만한 부류 인사들의 보금자리라 집권한 지 1년이 못 되어서 실정이 속출해서 군부에서 5.16 혁명으로 군사정부가 수립되었다.

혁명의 의사만은 찬성한다. 그러나 연출(連出: 잇따라 나옴)하는 실정(失政: 정치를 잘못함)을 박정희는 알지 못하고, 그래도 자가자찬(自歌自讚: 스스로 노래하고 칭찬함)하는 그 행동 참으로 가석(可惜)하다. 박의 주변 인물들이라는 자들이 거의 이 박사 주변에서 이 박사 10년 실정을 조장(助長: 일을 부추김)시키던 인물들의 삼류(三流), 사류(四流) 이하 인물이다. 제 아무리 뇌(腦)를 짜내보아야 나올 것은 저열한 정견(政見) 이외에는 나올 것이 없는 인물들임에 어찌할 것인가? 그래서 박정희의 종신집권이라도 해야 자기들의 정치적인 지위나 이권(利權)이 돌아오려니 하고 기괴망칙한 군정연장이니, 또 무엇이니 하며 재야 정치인들의 단처(短處: 결점)와 실정을 책(責: 꾸짖음)하고 있다.

---

71) 4.19 혁명(四一九革命) 또는 4월 혁명(四月革命)은 1960년 4월 19일 대한민국의 학생과 시민들이 이승만 정부의 부정부패에 대항하여 일으킨 민주 항쟁을 말한다. 3월 15일에 실시된 대통령과 부통령 선거에서 자유당 정권이 이기붕을 부통령으로 당선시키기 위한 개표조작을 하자, 이에 반발해 부정선거 무효와 재선거를 주장하는 학생들의 시위에 대규모의 시민들이 참여하며 전국적으로 확대된 반독재 투쟁이자 혁명이었다.

72) 4.19 혁명 이후 국회는 1960년 6월 15일 내각제 개헌안을 통과시켰다. 이 개헌안이 통과된 직후 제2공화국 헌법에 따른 민의원, 참의원 선거를 통해 새로운 정부를 구성할 때까지 임시 국무총리에는 4월 27일 이후 내각수반을 맡았던 허정이 선출되었고, 허정은 8월 12일 대통령이 선출될 때까지 대통령 권한대행을 계속 겸임하였다. 1960년 8월 12일, 국회 양원합동회의 대통령 선거에서 민주당의 윤보선이 당선되었다. 이렇게 출범한 대한민국 제2공화국(大韓民國第二共和國)은 1960년 6월 15일부터 1961년 5월 16일까지 불과 11개월간 존속했다.

하고(何故: 무슨 까닭)로 박정희 자신의 실정은 어느 정도 했으며, 정부는 어느 정도 부패한 것을 살피지 못하는가? 이런 것을 알지 못한다면 박정희가 우열(愚劣: 어리석고 못남)한 인물이요, 또 알고도 집권할 욕심으로 철면피를 쓰고 그런다면 이는 누구보다도 악질이다. 박의 좌우지인(左右之人: 좌우에 보좌하는 사람)이 폐안엄이(蔽眼掩耳: 눈을 가리고 귀를 막음)를 시켜서 그렇다면 박정희는 가장 자심(自審: 스스로 살핌) 못하는 하우(下愚: 아주 어리석은 사람)라고 밖에 말 못 하겠다. 내가 선자(先者: 먼젓번) 박정희 평을 쓴 일이 있는 관계로 이 정도 해둔다.

박정희가 자기의 체면에도 불구하고, 역사에 무엇이라 기재될 것도 불관(不關: 관심 없음)하고, 일시적 정권야욕관계로 백 가지 호조건을 취소하고 가장 하책(下策)인 군정연장을 하고자 하는 그 사람의 불쌍함과 그 좌우지인들의 일인(一人)도 정인(正人: 올바른 사람)이 없고, 오합지중(烏合之衆: 까마귀가 모인 듯한 무리)에 소지소인(小之小人: 아주 소인배)들 밖에 없다고 보며, 우리나라 정치인이라는 명목으로 타국 언론인들이 무엇이라고 평을 가할 것인가? 참으로 창피막심(猖披莫甚)한 일이다.

우리나라의 전통적인 민족성을 잘 살피어 보라. 이 박사 당년(當年: 바로 그해) 자유당의 독재에도 4.19 학생의거가 있었는데, 더구나 현하(現下: 현재의 형편 아래)에 심해지면 무슨 일이 있겠는가? 자성자개(自省自改: 스스로 반성하고 스스로 뉘우치라)하라!

계묘(癸卯: 1963년) 3월 27일 봉우서(鳳宇書)

6-37
서울대학생들의 침묵데모를 보고

신문지상에 보도한 바를 보건대 4.19 세 돐 기념날 서울대학생 대표 약 200인이 서울 시가행진을 하고, 플래카드를 선두로 침묵을 지키고 국민회당 전에서 5분 동안 묵념을 하고, 최고의회 전에서 3분 동안 연좌(連坐)데모를 행했다 한다. 플래카드에는 군정연장(軍政延長)을 반대한다, 또 구정치인들은 자숙(自肅: 언행을 스스로 조심함)하라, 외세(外勢)의 간섭을 반대한다, 학원자유를 보장하라는 등의 문구였다고 한다. 비록 침묵데모였으나 우리나라에서 최고학부요, 또 이 사람들의 행동이 전국 학원(學園: 학교, 교육기관의 총칭)의 반영이라고 할 수 있다. 말하자면 지식층의 핵심체라고 해도 과언이 아니다. 이 사람들의 행동이 거의 전 국민의 의사(意思)의 반영(反影)이라고 해도 큰 실수는 아니리라고 본다. 이날 데모의 표어(標語)가 군정연장반대가 주로 되어 있다. 여기 따라서 구정치인들은 자숙하라는 것도 당연한 일이다. 또 학원의 자유를 보장하라는 것은 우리 국민으로는 그 내용을 잘 모르는 일이나, 전자(前者: 지난 번)에 성균관대학 이사진의 성명서와 호소문을 보건대 현 정부에서 각 대학 후원재단에 독재적 근성을 행사하는 것 같다. 그래서 서울대학생들도 그것을 반대하는 것이 아닌가 한다. 문교부의 전횡(專橫: 권세를 믿고 제 마음대로 함)이 말썽을 내는 것 같다. 이것도 실수의 일부임에 틀림없는 일이다.

하필 대학뿐만 그러할 리가 없고 학원 전체에 이러하리라고 믿는다.

그다음 외세의 내정(內政) 간섭을 반대한다는 문구도 당연하다. 그러나 민주우방(民主友邦)에서 민주육성이 잘못되는 것을 보고, 묵과(默過)시킬 수는 없는 일이라, 혹은 권고도 있고 혹은 강력한 반대도 있을 것이다. 그 우방에서의 이해득실이 있는 관계자라면 더구나 좌시할 수 없는 일이다. 우방의 내정간섭이 있도록 하는 것은 위정자들이 자초하는 창피라고 본다. 내가 그 표어를 써보라면 '완전한 자유민주 육성(育成)으로 외세에 의존마라!'라고 쓰고 싶다. 일동일정(一動一靜)을 외세에 의존하는 고로 우방에서도 의례(依例)히 내정에 왈가왈부의 간섭을 하게 되어 자주성을 상실하는 것이다. 아무렇든 한심한 일이다. 그러나 현 정부 공보실장 운운하는 인물의 방송을 들으면 현 정부의 민정이양은 결정적인데 정치인들이 무단히 구실(口實: 변명거리)을 만들어서 3.16, 4.8 성명을 반대한다고 소호(小毫: 작은 터럭)도 반성들이 없다. 여전히 욕심이 내포되어 있는 것이다.

박정희는 농아맹(聾啞盲: 듣지도, 말하지도, 보지도 못함)을 겸한 것 같다. 그렇지 않으면 거의 목조불상이나 인상(人像)이어서 자동, 피동의 아무런 반동이 없는 사물체(死物體)거나 그렇지 않으면 철면피적 강력한 야수성을 가진 자가 아닌가 한다. 박도 사람인 이상 어찌 재야인물들의 호소나, 언론들의 평론의 골자가 무엇인가 반성해 보지 못하는 전부가 경거망동으로만 생각되는가? 서울대학생들의 데모도 일부 몰지각자(沒知覺者: 지각이 없는 사람)들의 행동으로 구정치인들에게 지도를 받아서 하는 행동이라고 변호할 것인가? 서울대학생들의 데모를 보고 현행 정부에 반성 있기를 바라고 이 붓을 그치노라.

계묘(癸卯: 1963년) 3월 회일(晦日: 그믐날)

6-38

모 신문 사설(社說)을 보다가

"4.19 포상(褒賞) 거부는 어디로, 민정이양만이 유일한 포상이다"[73]

라고 제(題)한 아래에 4월혁명총연맹[74], 4월혁명단체[75]에서는 18일 군사정부가 수여하는 "4,19 포상을 거부한다"는 성명을 발표하였다고 전문(傳聞: 전해 들음)된다. 4월혁명총연맹에서 발표한 성명은

"4.19민주혁명은 일인독재에 항거한 무상(無償: 보상이 없음)의 혁명이며, 포상에 앞서 자유와 민정이양만이 유일한 포상이 되니 박의장은 즉시 3.16, 4.8성명을 철회하라"

는 요지이고, 한편 4월혁명단체에서는

---

73) 〈동아일보〉 4월 18일자 같은 제목의 '4월혁명총연맹과 4월혁명단 등은 18일 군사정부가 수여하는 4.19 포상을 거부한다고 성명을 발표하였다'로 시작하는 내용의 기사와 이와 관련된 사설로 보인다.

74) 대학생들로 이루어진 4월혁명총연맹은 이미 3월18일에도 종로 화신백화점 옥상에서 군정연장을 반대하는 '삐라'를 살포하다가 경찰에 연행되기도 했다. 이 사건으로 임만재(24)외 1명이 임시조치법 제3조 위반으로 구속되고 서형석(25) 외 1명이 조사를 받았다.

75) 4월혁명단. 4.19 혁명이 발발한 직후인 1960년 6월에 4월혁명동지회, 4월혁명부상동지회, 4월학생상이동지회 등 여러 단체가 서울과 지방에서 발족되었다. 그리고 이해 9월에 4월혁명 단체 통합추진위원회가 발족하여 이들 단체를 통합하기 위한 절차에 착수한다. 1961년 3월에 관련 단체가 통합하여 4월혁명단이 발족한다. 하지만 5.16 쿠데타로 이 단체가 강제 해산된다. 이후 1963년에 다시 발기대회를 통해 활동을 재개하여 박정희 정권의 쿠데타에 반대하는 등 저항활동을 했다. 그 후 1993년에 4월혁명동지회로 개칭하였고, 2002년에 다시 4.19민주혁명회로 명칭을 고쳐 활동하고 있다. 종로구 평동의 4.19기념회관 내에 사무실을 두고 있다.

"국민의 주권을 박탈하고 민주주의를 역행하였을 뿐 아니라, 3.16 성명을 발표하여 2.27 선서를 백지화하고 군정연장을 시도하는 비민주적 군사정권이 4.19 포상을 할 자격이 있으며, 받을 수 있겠는가?"

라는 요지의 반문(反問)을 하고 있는 것이다. 4.19의 역사적 기념일을 맞이하여 정부 당국이 4.19 정신을 찬양하고 계속 발양(發揚: 떨쳐 일으킴)시키기 위한 취지에서 특히 독재정치에 항거한 상이자(傷痍者: 부상자) 및 지도자 250명에게 포상을 하겠다는 데 대하여 이 영광스러운 포상 대상자이며 주인공인 4월혁명총연맹 및 4월혁명단체 등에서는 포상을 거부한다 하니, 정부 당국으로서는 난처한 입장에 있다고 생각된다. 아무리 영광스러운 포상이라 하더라도 수상자가 이를 거부한다면 부득이 포상하지 않으면 그만이 아니냐고 체념할지도 모를 일이지만 수상거부의 이유로서 민정이양(民政移讓)만이 유일한 포상이라고 지적하고 있는 점이나, 또 2.27 선서를 백지화하고 군정연장(軍政延長)을 시도하는 비민주적 군사정권이 4.19 포상을 할 자격이 있느냐고 반문한 데 대하여는 국내외에 미치는 영향이 실로 중대하다고 지적하지 않을 수 없다.

생각건대 이번 4.19 포상을 거부한 4월혁명총연맹이나, 4월혁명단체 등에서 포상거부의 성명까지 발표하게 된 원인이나 동기를 따져 본다면 "민정이양을 하루바삐 원한다"는 것으로 집약되는 상 싶다. 그러므로 4.19가 무상(無償)의 혁명이며, 유일한 포상이야말로 민정이양이라고 지적한 데 이르러 우리는 전 국민이 무엇을 원하고 있는가를 똑똑히 알 수 있다고 할 수 있을 것이다. 따라서 정부 당국으로서는 포상에 앞서 그들의 요구나 주장에 허심탄회(虛心坦懷: 아무 거리낌 없이 솔직함) 경청(傾聽)하는 아량이 있어야만 할 것을 통감(痛感)하는 바이다.

당국으로서는 이에 대한 적절한 조처가 있겠지만 지나친 신경과민은 역시 역효과를 초래할 우려가 없지 않다. 그러므로 당국자는 언제나 예지(叡智: 사물의 본질을 꿰뚫어 보는 뛰어난 지혜)와 현명(賢明)을 발휘하여 민심의 향배(向背: 좇음과 등짐)를 간파(看破: 보고 속내를 알아차림)하고 이에 대한 적절한 대책을 수립, 실천해야만 한다. 따라서 4.8 성명이 3.16 성명의 연장에 불과하다고(하는) 야측(野側)의 주장에 대하여 빨리 만족할 만한 해명 또는 진의(眞意)를 속 시원하게 발표해 주었어야만 할 일이었다고 믿는다. 왜냐하면 알기 쉽게 해명하지 않는 한, 진의를 곡해(曲解)하고 오해(誤解)하기 쉽기 때문이다. 이번 4월혁명총연맹 등에서 4.19 포상을 거부한 데 대하여는 사태수습 여하로 중대한 결과를 유치할지도 모르는 만큼 적절한 조처를 취할 것을 당국에 요청하는 동시에 그들의 요구나 주장에 대하여 진지한 반성이 있길 요망하여 마지않는 바이다.

이상이 사설(社說) 전문(全文)이다.

내가 이 사설을 보고 시인의사일반동(時人意思一般同: 같은 시대의 사람들 의사는 똑같음)이라고 4월혁명총연맹이나 4월혁명단체 등에서 그 포상을 거부함으로써 4.19에 산화(散華: 죽음)된 영령(英靈: 영혼)들이나, 4.19에 의거(義擧: 의롭게 일어남)하였던 정신이 아주 타지(墮地: 땅에 떨어짐) 안 되었다고 지하에서는 안심할 것이요, 생존자들도 일루(一縷: 한 가닥)의 정의감이 사회에 충만한 야욕(野慾)을 배제하며 우리나라 국민성의 서광을 밝혀 주는 것이라고 본다. 물론 현 정부에서 신문사설과 같이 사태 수습에 반성할 것 같지 않고 집정(執政: 정권을 잡음)을 그리 용이하게 민간인에게 이양코자 안하는 것이 현저하게 보이는 이때에 아무리 충언(忠言: 충고의 말)이 있어도 소용이 없다고 본다.

집권 야욕에 맹아농(盲啞聾: 장님, 귀먹어리, 벙어리)의 폐인(廢人)이 된 현 지도자 자처하는 인물들에게 무슨 기대가 있을 것인가? 정신을 차리지 못하다가 무슨 충동을 받아야 비로소 본정신으로 환원될 것이나, 그들의 환원되는 시기에 조만(早晩: 이름과 늦음)으로 그들의 저지른 죄과(罪過)의 벌(罰)의 대소(大小)가 결정될 것이라고 본다. 다만 내가 바라는 바는 서울대학생들의 침묵데모가 있고, 또 4월혁명총연맹과 4월혁명단체들의 취한 태도가 우리 민족의 암실등광(暗室燈光: 어두운 방의 등불)이라고 보고, 점점 동천서광(東天曙光: 동쪽 하늘의 동트는 빛)이 가까워지는 것을 반기며, 이 붓을 그치노라.

계묘(癸卯: 1963년) 4월 초일일(初一日) 봉우서(鳳宇書)

6-39

곡가폭등(穀價暴騰: 곡물 가격이 갑자기 치솟음)을 보고

곡가의 등락(騰落: 오르고 떨어짐)은 여러 가지 원인이 있으나, 주로 농작(農作)의 풍흉(豐凶: 풍년과 흉년)과 수요(需要)의 과부족(過不足: 넘치거나 모자람)이 곡가를 좌우하는 것은 사실이다. 그런데 우리나라는 작년에 의외의 풍수해(風水害)로 말 못 할 흉작이 되었음에도 불구하고 정부에서는 하급관리들의 보고에 의해서 평년작 이상으로 알고 외국으로 미곡(米穀: 쌀과 여러 곡식)을 적지 않게 방출하고, 그 기회를 타서 민간 무역상들도 역시 암취인(暗取引: 보이지 않게 끌어당김)으로 상당한 미곡을 소비했다.

이로 인하여 곡가는 점점 앙등(昂騰: 몹시 오름)하고 있던 것은 정부에서 압력을 가하여 소두(小斗: 닷되들이 말)에 백미가(白米價) 200원(元) 이내(以內)로 왕래하던 것인데, 맥령(麥嶺: 보릿고개)이 점점 가까워지며 시장(市場)에서 미곡(米穀)이 출회(出廻: 물품이 시장에 나와 돎)를 않는다. 세궁민(細窮民: 매우 가난한 사람)이나 도시인들의 식량난이란 말할 수 없다.

정부에서도 보유방출(保有放出)이니 무엇이니 하나, 이 수량으로는 일배수(一杯水: 한 잔의 물)가 일거신(一車薪: 한 수레 땔나무)의 화(火)를 못 구하는 것과 동일하다. 부득이 시상행매(市上行賣: 저잣거리에 다니며 팔음)를 금치 못하는 것인가 보다. 일약(一躍: 단번에 높이 뛰어오름) 미소두(米小斗: 쌀 닷되들이 말)에 250원(元)으로 폭등했다. 그러니 미곡

(米穀)은 여전히 출회(出廻)하지 않는다. 세궁민(細窮民)들의 곤란이야 말할 수 없다. 이것이 정부 시책의 불비(不備: 대비하지 못함)한 점이다. 매량(買糧: 식량을 삼)하는 사람들이 수입이 증가할 이유는 없고 물가는 앙등하면 생활유지가 어찌 될 것인가 불문가지(不問可知: 묻지 않아도 알 수 있음)라.

정부에서는 지금 와서는 작년이 흉작이었다고 한다. 작년 추수기에는 정부 발표로 보아서 평년작 이상이라고 했다. 실지 농가에서 보는 바에 의한다면 각지(各地) 실정(實情)의 차(差)가 있을 것이나, 이 지방으로 보아서는 5~6할의 흉작이었다. 나는 전작(田作: 밭농사)뿐이라 별 영향을 받지 않으나, 매량난(買糧難: 식량을 매입하는 어려움)으로 막심한 곤란을 겪는 중이다.

농가에서 별 저축이나 부업이 없이 지내다가 졸지에 이런 흉년을 당하면 부채를 지는 수밖에 없고, 이 부채가 다년간 생활에 지장이 된다. 여기서 농민들도 자성하고, 평시 비상저축이 있어야 할 것이요, 또 부업으로 흉작을 충당시킬 만한 것이 있어야 하겠다. 나는 흉년 소손(所損: 손해 본 것)보다 사업 손실로 근년에 처음 당하는 곤란을 맛보고 있는 중이라, 노거익신(老去益辛: 늙어갈수록 더욱 고생됨)의 탄(歎: 탄식함)을 하며 금년의 곤란을 감(鑑: 거울삼음)해서 명년부터라도 부업이나 다른 생산을 좀 해서 비상시 대책을 수립해야겠다는 결심이다. 내 소조(所遭: 치욕이나 고난을 당함)는 흉중흉작(凶中凶作)으로 사면초가(四面楚歌)라는 말이다.

가사를 자식에게 맡기고 나는 산중수련(山中修鍊)이나 했으면 지상선(地上仙)을 자처(自處)할 것인데, 사소한 잔무(殘務: 남은 일)가 있어서 차일피일(此日彼日: 이날저날)하는 것이 또 금년도 얼른 입산을 할 예정이 나서지 않는다. 만사분이정(萬事分已定: 모든 일이 나눠져 이미 정해짐)인데 부생(浮生: 덧없는 인생)이 공자망(空自忙: 괜스레 절로 바쁨)이로다를 부르며, 내 졸렬(拙劣)함을 자소(自笑: 스스로 비웃음)하고 이 붓을 그친다.

계묘(癸卯: 1963년) 4월 초이일(初二日) 봉우서(鳳宇書)

6-40

심여사위(心與事違: 마음과 일이 어긋남)

금년 조춘(早春: 이른 봄)에 내가 할 사적(私的: 개인적) 계획의 일부를 쓴 일이 있었다. 심여사위(心與事違)인지 사여심위(事與心違)인지 간(間)에 실행이 못 된 것이 있다. 춘간답산탐승(春間踏山探勝: 봄철에 묫자리를 구하러 산을 다니며 경치 좋은 곳을 찾아봄)하겠다는 것은 실천에 옮기었으나, 십년지계(十年之計: 10년을 내다보고 세우는 계획)는 막여종수(莫如種樹: 나무 심는 것 만한 게 없음)라고 감과 호도 2종의 묘판(苗板: 못자리)을 해볼 예정이었는데, 의외로 적기시(適其時: 그때를 만남)하여 내가 수중(手中)이 공허(空虛: 돈이 없음)하여 묘판은 했으나, 호도는 못했고 낙엽송은 500~600본(本: 그루)을 식목했다.

마음대로 되지 않는다고 할까, 마음이 하고 싶은 일하고 실행하지 않는다고 할까는 알 수 없으나 좌우간에 계획대로 되지 않은 것은 사실이다. 이 일이 있기 전에 경제적으로 그만한 준비를 못 해서가 아니라 그 준비되었던 물질을 예기(豫期: 예상)하지 않은 일에 소용(消用: 소비)하고 계획했던 일을 못 하게 된 것이다. 그러고 보면 심여사위(心與事違)라고 할 외에 타도가 없다.

가장 용이한 일에도 마음대로 실행이 되지 않는 것은 내 마음의 결단력이 부족해서라고밖에 말할 수 없다. 사여심위(事與心違)라면 내가 최선의 노력을 다해서도 일이 잘 되지 않는 것을 의미하는 것이나, 금년 내 경위(經緯: 일이 진행되어 온 과정)로 보면 그만한 것은 실행코자 했다면 좀 시기를 앞에 두고 준비했다면 얼마든지 했을 것인데, 임사(臨事: 일에 착수함)해서는 아무 생각이 나지 않는 관계로 다른 일 관계로 계획했던 일을 실행 못 한 것이다.

환언하면 다른 일이라도 계획했던 일보다 나은 일이라면 말할 필요조차 없다. 그러나 아무 소득이 없는 허사(虛事)라는 말이다. 일을 지내고 냉정히 생각해 보면 무슨 일이든지 거의 그렇다고 해도 과언이 아니다. 그러하나 임사해서 마땅히 내가 제3자가 되어서 냉정히 그 일을 판단해 본 후에 진행한다면 큰 실수가 적으리라고 믿는 당국자미(當局者迷: 당사자는 일을 정확히 못 봄)라는 말이다.

그리고 그 마음의 훈련을 게을리 말고 증자(曾子) 말씀과 같이 일삼성오신(日三省吾身: 하루 세 번 나 자신을 반성)[76]하라는 말이다. 생각할 여가도 없이, 별 준비 없이 수기응변(隨機應變: 기회를 따라 변화에 대처함)한다는 것이 그리 용이한 일이 아니요, 성공률이 절대 적은 법이라고 나는 확신한다. 선천적으로 영민(英敏: 영리함)한 사람이라면 임사해서 임시처변(任時處變: 때에 맡겨 변화에 대처함)해도 다른 사람들의 심사숙려(深思熟慮: 곰곰이 잘 생각함)한 것보다도 효능적이나, 어찌 사람마다 선천적으로 영민하라는 법이 어디 있겠는가?

그리하나 주밀상찰(周密詳察: 두루 치밀하게 상세히 살핌)하고 신지우신(愼之又愼: 삼가고 또 삼감)하는 것이 일에 실패가 자연 적은 것이다. 혹 천재시변으로 불의지사(不意之事: 뜻밖의 일)가 있기도 하나, 이것은 의외의 일이라 제(除)하고는 심여사위도 될 수 없고, 사여심위도 될 리

76) '나는 날마다 세 번 나 자신을 반성한다. 다른 사람을 위해 도모하는 데 진심을 다하지 않았는가? 벗들과 사귀면서 믿음이 없었는가? 전수받은 것을 익히지 않았는가?(吾日三省吾身 爲人謀而不忠乎 與朋友交而不信乎 傳不習乎)' (《논어》〈학이學而〉)

없고 언행일치(言行一致)가 될 것이라고 나는 믿는다. 사람이 언행일치만 되어도 보통에는 지나는 사람이라고 본다. 심여사위라는 제목을 쓰다가 횡설수설이 되었다.

계묘(癸卯: 1963년) 4월 초삼일(初三日) 봉우서(鳳宇書)

6-41

기자폭행(記者暴行) 사건

연일(連日) 신문에서 기재된 4.19 기자폭행 사건[77]의 진모(眞貌: 참 얼굴)가 무엇인지 알지 못했다. 금일 모 신문 사설로 대강의 전모(全貌)가 밝혀졌다. 그 사설 전문을 부전(附箋: 서류에 간단한 의견을 써서 덧붙이는 쪽지)해 두기로 하고, 4.19 기념식장인 서울에서 박 의장 임석하(臨席下: 자리에 참석한 가운데)에서 감행해진 폭행이다. 이 폭력행위를 방관하고 있던 경찰관은 도리어 피해자를 경찰서까지 연행하면서, 가해자는 일언반사(一言半辭: 말 한 마디, 반쪽 글) 없었다고 한다. 그뿐 아니라 치안국장은 당일 책임을 기자에게 전가시키려 하고, 공보부장관은 신문이 감정적으로 대서특필하여 언론이 공정하지 못했다고 발표했다. 이것이 점점 도화선이 되어 언론인들은 4.19 기념일 폭행사건규명 투쟁위원회를 조직하고 정부에 이 사건을 철저히 규명할 것을 조건부로 요구했다.

---

77) 4.19 기념식장에서 박정희 의장이 포상 대상자들에게 훈장을 달아 줄 때 뒤편에 앉아 있던 포상 대상자 김긴태가 뛰쳐나와 군부독재에 항의하는 구호를 외치고 사이다병을 깨뜨려 할복을 기도한 사건이 발생했다. 이때 장내 경비를 맡은 경호완장을 찬 청년 10여 명이 달려들어 제지하였고 이를 각 신문사의 사진기자들이 몰려와 사진을 찍었는데 이 청년 무리들이 기자들의 취재를 못하게 막으면서 몸싸움이 벌어졌다. 이중 조선일보 김종옥 기자와 코리언리퍼블릭 최종수 기자가 카메라를 뺏기지 않으려 저항하다가 심하게 구타를 당하였다. 폭행범들은 계속 카메라를 내놓지 않으려는 두 기자를 야구장 화장실까지 끌고 가서 폭행하였는데 사건 현장의 보도 사진에 정복을 입은 경찰관들이 이 현장을 방관하는 모습이 공개되면서 더욱 문제가 일파만파로 확대되었다.

경호원의 임명 경위와 신분을 밝히라.

정체불명의 경호원폭력배를 즉시 색출하여 공개 처단하라.

현장을 구경하고 있던 경관을 즉시 의법(依法) 처단하라.

폭력배 일소(一掃: 모조리 쓸어버림)를 주장했던 박정희 의장은 왜 성스러운 식전에서 목전의 집단폭행을 묵과했는가 그 저의를 밝히라.

정복경관이 폭행을 목격하면서도 방관할 수밖에 없었던 배후의 흑막을 공개하라.

국제적 수치사건을 오히려 기자에게 책임을 돌린 이소동 치안국장과 신문이 감정적으로 대서특필했다는 임성희 공보장관은 즉시 사과하고 공직에서 물러나라.

한편 이 성명은 모든 증거를 공개하여 과감히 투쟁할 것을 선언했다. 그런데 동위원회 구성정당과 단체는 다음과 같다. 민정당, 신정당, 민주당, 4.19학생의거대책위, 4월혁명총연맹, 전학련(全學聯, 전국학생연맹) 대표 이상(以上)이다. 그런데 가해자들은 학생이었다고 4.19 기념식전 경비를 담당했던 시내 5개 대학 한양대, 성균관대, 건국대, 경희대, 중앙대의 학생총위원장 7명이 서울시 경찰국장을 방문하고, 사진기자 폭행사건에 대한 해명을 한 후에 기자들과 만났다. 이들은 이 자리에서 기자를 구타한 가해자는 전부가 학생이었다고 밝히고, 그 행동은 자율적인 애국행동에서 일어났던 것이며, 기자를 난동분자로 오인(誤認)하고 취해진 (행동)인 것이라고 밝혔다.

이어 그들은 그날 기념식전 경비를 학생들이 책임진 관계는 모든 불상사를 사전에 방지하기 위해 난동분자가 발생할 시에는 여하한 수단을 써서라도 이를 제지하라고 학생회장단에서 지시한 것이므로 직접 가해한 학생들에게만 책임이 있는 것이 아니고, 회장단에게 그 책임이 있다고 강조했다고 기재되었다. 대표라고 나온 학생들이 어느 사람들인지는 알 수 없으나, 사진기자를 난동분자로 간주한다는 것은 어불성설이요, 내 생각 같아서는 이 사람들이 현 정부와 사전타협이 되어 자신 있게 강조하는 것 같다. 그리고 이 현행범들의 정체가 무엇인지는 알 수 없다고 본다. 그리고 현정(現政: 현 정권)에서 공보장관이나 치안국장이 현 자기네 지위만 생각하고 사건을 진정하게 비판 못 하는 것이 항례(恒例: 상례)다. 박정희는 목전에서 일어나는 광경을 보고 그의 심경이 어떠했던가 의문이다.

이 일, 저 일을 다 생각하고 편견을 내버리고 공정하게 처사하라.

아전인수만 일삼지 말고 좀 사람다운 일을 해서 후세에 정평이 올 것을 기다리라.

목전의 부귀영화에 눈이 어두워서 만악(萬惡: 모든 악행)을 다 범하면 비록 근대인들은 유생론(維生論: 오직 현실의 삶만을 논함)을 주장하는 우매인(愚昧人)들이 많으나, 근(近: 가까움)하면 그 보(報: 갚음)가 자기 생전에 있을 것이요, 원(遠: 멂)하면 그 사후(死后)에 올 것은 분명한 일이 아닌가?

인생의 수명이 백년이라 해도 그들의 생전이 얼마나 되는가? 쪼르고 쪼른(짧고 짧은) 수명에서의 허영(虛榮)을 위하여 장구원대(長久遠大)한 장래를 욕되게 하는 것은 가장 하우(下愚: 바보)들이 자취(自取: 자초自招, 스스로 취함)하는 일이다. 현 정부 요인들 중에 일인(一人)도 장래를 생각하는 사람이 있는 것 같지 않다. 이것이 저류(低流)에 속하는 인물들이라는 말이다. 이 사건이 공정히 해결되기는 도저히 곤란할 것이요, 가설(假設: 가짜로 만들어진) 책임자를 내서 어물어물 오리무중(五里霧中)으로 해결하고 말 것이다. 이것이 집권자들의 책임회피책의 하나다.

그렇다고 임 공보장관이나 이 치안국장이 하야(下野: 물러남)할 리도 없으리라고 나는 믿는다. 이 인물들이 정의를 안다면야 자기의 과오를 청산하기 위해서 취할 방도가 당연하나, 야욕(野慾)이 이환궁(泥丸宮)[78]까지 충만한 사람들이 어찌 개과천선(改過遷善)하기를 바라리요? 그저 사필귀정(事必歸正)하기를 바라고 이만 붓을 그친다.

계묘(癸卯: 1963년) 4월 초삼일(初三日) 봉우서(鳳宇書)

78) 도가에서는 머리에 9개의 궁(宮)이 있어서 9개의 천(天)과 상응한다고 하는데 그중 뇌의 중앙에 위치한 1개를 이환궁(泥丸宮)이라고 한다. 황정경에 따르면 9궁은 쌍단궁(雙丹宮), 명당궁(明堂宮), 니환궁(泥丸宮), 유주궁(流珠宮), 대제궁(大帝宮), 천정궁(天庭宮), 극진궁(極眞宮), 현단궁(玄丹宮), 태황궁(太皇宮)이 있다. 현대의학으로 보면 송과체(松果體)가 자리한 위치다.

6-42

수필: 미국에서 태평양 방위권을 일본에게 이양(移讓)할 조짐이 보인다

방송을 중간에서 청취해서 그 시종(始終)은 알 수 없으나, 미국에서 태평양 방위권을 일본에게 이양(移讓: 남에게 넘겨줌)할 조짐이 현저하게 보인다. 말하자면 현 미군이 방위할 수 있는 지역을 일본군이 대치(代置: 바꿔 놓음)하게 된다면 그 영향은 일본으로 하여금 아세아 군소국가에 군림하게 할 기회를 주는 것이다. 군사, 경제를 다 일본으로 대행하게 할 심산인 것 같다. 미국으로서는 아세아 제국(諸國: 여러 나라)에서 일본만큼 자립에 족한 나라가 없다고 본 것도 무리는 아니다. 그래서 일본의 육해공군의 강화를 허락한다느니 보다 특수원조를 하고, 그 외 여러 나라의 군사, 경제 원조를 삭감하는 것이 미국 정책으로는 현명하다 할지 모르나, 그 해(害)를 입는 나라는 약소제국(弱小諸國)일 것이다.

우리나라도 물론 그 권내(圈內)에 있는 나라다. 우리나라에 5개 사단 감축설이 미국으로부터 있다. 북한의 침공이 있을 때는 미군을 대신해서 일본군이 한국에 나올 예정인 것 같다. 외양(外樣: 겉모양)으로 보면 일본을 대단히 두호(斗護: 두둔하여 보호함)하는 것 같으나, 그 실상은 일본으로 하여금 장족진보(長足進步: 크게 나아감)를 못 하게 하고 아세아 약소제국도 호상(互相: 상호) 분쟁 속에 현상유지를 못 하게 하는 미국의 극동정책인 것 같다.

일본의 야심을 모를 리 없건마는 장계취계(將計就計)[79]로 방휼상지(蚌鷸相持)[80]하다가 좌수어인지공(坐受漁人之功)[81]코자 하는 미국의 음험(陰險)한 국책(國策)이다. 해방 직전에 38선을 미소(美蘇)가 두어서 한국뿐만 아니라 소위 미소균형을 보게 한다는 명목하에 6.25 사변을 발발시킨 것이요, 독일도 동서로 분립시켜서 다시 갱기(更起: 다시 일어남) 못 하도록 하라는 음험간독(陰險奸毒: 음흉하고 험악하며, 간사하고 악독함)한 정책들이다. 그러나 조물(造物: 조물주)은 그들의 행위를 허락하실 리 없다. 이 동서독이나 남북한이나 중공과 자유중국 등의 문제로 미소의 도화선은 반드시 폭발하여 미소가 공멸(共滅)하는 현상을 세계인류가 다 보게 될 것이다.

심계원려(深計遠慮: 깊은 생각)를 못 하고 목전의 책모(策謀: 책략)가 장(長: 능함)한 미소(美蘇)들이다. 비록 시기의 조만(早晩: 이름과 늦음)은 있으나, 내 말이 실현 안 될 리는 절대로 없다고 단언하노라. 그리고 우리나라 소위 정객(政客: 정치인)들이 부중지어(釜中之魚: 솥 안의 물고기)가 아직 신화(薪火: 섶불)가 미온(微溫: 미지근함)하다고 각자 쟁권(爭權: 권세를 다툼)하는 것을 정시(正視: 똑바로 봄)할 수 없다.

대량지연(大梁之燕: 대들보의 제비)인 줄을 자각 못하고 이 사람이나 저 사람이나 집권만 하면 사리사욕에 타념이 없으니, 국가와 민족을 위하여 애석한 일이로다. 독일이나 일본 같은 나라는 비록 전패국(戰敗

79) 상대방의 계략을 미리 알아채고 그것을 역이용하는 계책

80) 조개와 도요새가 서로 안 먹히려고 싸우며 버틴다는 뜻으로 서로 지지 않으려고 싸우며 버티다가 결국 제3자에게 이익을 주게 됨을 풍자함

81) 가만히 앉아서 고기밥이의 공(功)을 거둔다. 즉 가만히 남들이 싸우는 틈을 타서 슬쩍 그 공을 가로챔을 이르는 말

國: 패전국)의 지도자들이나 국민들이 분발해서 전패의 흔적이 보이지 않고 완전 중흥하고 있는데, 우리나라에서 을유(乙酉: 1945년) 광복 후 근 20년에 소호(小毫)도 진전을 보지 못하는 것은 오로지 지도층 인물들의 죄과(罪過: 죄가 될 만한 허물)라고 만도 못 한다. 국민 각자가 국가와 민족의 장래를 만일이라도 생각했다면 현금(現今)의 난마상(亂麻相)이 될 리 없고 건설적이며, 진보적일 것이다.

민족정신을 고취해서 국민운동을 할 필요가 있다고 본다. 정치인들만 믿지 말고 민간 지도층들이 희생적으로 진두(陣頭)에서 계몽함으로 일일(一日)이라도 속히 자유를 찾을 수 있고 자립할 수도 있다고 본다. 초미지화(焦眉之火: 눈썹에 붙은 불)를 알지 못하고 민족과 국가를 안외시(眼外視: 눈 밖으로 봄)하고 사리사욕(私利私慾)에 혈안(血眼: 충혈된 눈)이 된 자들을 질시(疾視: 밉게 봄)하며 이 붓을 그친다.

계묘(癸卯: 1963년) 4월 초사일(初四日) 봉우서(鳳宇書)

6-43

차○○ 청년을 초대면한 내 소감

계묘(癸卯: 1963년) 초하(初夏: 초여름)에 연일(連日) 우천(雨天: 비오는 날씨)임을 불구하고 붕중백감(弸中百感: 마음속 온갖 생각)을 해민(解悶: 번민을 풀다)하기 위해서 산사(山舍: 산집)로 진여심(眞如心)을 방문하였다. 적기시(適其時: 바로 그때) 4월 초오일(初五日)이라 교인들의 수운사(水雲師: 최제우 스승) 득도(得道) 기념 행사가 있었다.

비록 인수(人數: 사람 숫자)는 부다(不多: 많지 않음)하나, 정성을 표하는 것이었다. 기념식이 필(畢: 마침)한 후에 진여심 옹의 자사(子舍: 자제)가 청년 수인(數人: 두서너 사람)을 소개한다. 그중 일인(一人)이 차○○이라고 한 광주 차○○ 옹의 손자라고 한다. 현 고려대학 재학 중 휴가를 얻어서 산사를 온 것이라고 한다. 그런데 일견(一見)에 웅규규(雄赳赳: 헌걸차게 용감함)한 일표건아(一表健兒: 단박에 건강한 청년임이 드러남)요, 음성도 홍량(洪亮: 크고 밝음)하고 의지도 강한 것 같다. 이 사람들의 목표가 수양(修養)에 있다고 한다.

그래서 내가 수양이라는 것은 통할적(統轄的: 모두 거느려서 다스리는)으로 중인(衆人: 뭇사람)이 무조건하고 동일하게 할 수 없고, 각자가 우선 자기의 목적하는 일을 택해서 이 목적을 달성할 수 있는데 동일한 노력으로 좀 더 유효한 성과를 거두고자 수양을 하는 것이라, 각자의 입지부터 검토해야 수양의 필요성을 말할 수 있다고 하고, 차 군이 건장한 체구에 또 공수(空手: 공수도 空手道)에 선수권을 가진 사람이라는 말을 듣고 내가 현대무예와 재래무예의 비교를 해본 일이 있었는가 하고 물었다. 고대(재래)무예에는 상식이 아주 없다고 한다.

그래서 우리나라 재래식 무예에 대해서 내 의견대로 약간 언급하고 현대무예가 거의 재래식과 흡사하나, 통합된 것은 재래식이 장(長: 뛰어남)하고 또 부분적으로 연구된 것은 현대식이 장점이 있는데, 의외에도 그 윤곽만은 현대식이 진보적인 것 같으나, 정일(精一)한 점에는 재래식에 동일의 비(比)가 못 된다는 점을 말하고, 무술에 가장 불가결할 지속법(遲速法), 원근법(遠近法), 확대법(擴大法), 격타법(隔打法: 사이를 띄고 때리는 법)의 4법은 전연 현대무예에서는 볼 수가 없다고 내가 말하였다.

현대식에는 공수(攻守: 공격과 수비) 이법(二法)에만 전력(專力)하는 것 같다. 그러나 공법(攻法: 공격법)에 전 역량을 주입하고 수법(守法)이 부족한 점이 많아서, 도장의 각종 시합에 보면 쌍방에서 서로 공격법을 주로 하는 관계로 호상(互傷: 서로 부상당함)되고 인내력이 강한 사람이 좀 더 득점하여 승산을 보인다. 물론 이것이 무예에 불가결할 일이라고 보나, 선수자(善守者)는 비록 대수(對手: 적수)의 맹공이 있어도 불가침의 형세가 되어 백공불락(百攻不落)한다. 일차라도 대수(對手)가 수세에 약한 틈을 타면 일공즉승(一攻則勝: 한 번 공격에 승리함)하는 것이 각무(各武)들의 행사(行事)다.

또 고래각무자(古來各武者: 옛부터 전해 온 각 무술자)들의 수세(守勢)에는 만군(萬軍: 많은 군사) 중에 비입(飛入)하여도 일점(一點)의 가공점(可攻點)을 대수들이 발견 못 하고 자기는 자유자재로 대수를 공격하는 것이 상례로 되어 있다. 이것이 고래식과 현대식의 차점(差點: 차이점)이다. 지속(遲速), 원근, 확대, 격타의 4법의 능자(能者)들이라면 백

인포(百人捕: 100명을 잡음) 정도는 문제가 아니다. 차 군이 견고한 의지에 건장한 체구를 가지고 신구식의 무예를 다 습득한다면 차 군 일인(一人)의 행(幸)이 아니라 우리 청년들의 실지 지도자로서의 행(幸)이라고 나는 본다. 향촌에서 생장한 청년들은 재래식 무예가 역시 현대식 무예나 동일하거니 하고 별 신기감이 없다. 현대무예에 고단자일수록 고래식의 고귀한 점을 잘 알게 된다. 다만 문헌으로 전하는 것이 아니라 좀 체계적으로 편집하기의 노력이 들 것 같다고 차 군에게 말해보았다.

재래식은 주로 급소비전(急所祕傳)에 집력한 감이 있고, 또 전수심법(傳授心法: 심법을 전해줌)이라 해서 일자고제(一子高弟)를 제하고는 그 비전을 받은 사람이 없었고, 그 사람이 식중간(式中間)에서 불행하면 그 법은 아주 없어져 버린다. 이것이 재래식의 단점이다. 현대는 보편적이라 비록 명인이 없더라도 자습으로도 그 자리에 갈 수 있다는 것이 장점이다. 그리고 재래식의 기본형을 확정해서 후인들의 실습에 편리를 도모하며, 고유 체술 발표의 기회가 속히 오기를 바라는 관계로 차 군 같은 건아(健兒)를 초대면하고 내 기대가 적지 않다는 것을 솔직히 고백하는 것이다.

천리마(千里馬: 봉우 선생님 제자 한강현韓康鉉) 간 지 오래요, 치응(穉鷹: 어린 매, 6.25 때 희생된 제자 주형식)이 역시 비거(飛去: 날라감)했다. 그 사람을 만나지 못해서 재래식 무예의 타지(墮地: 땅에 떨어짐)를 염려하던 때 의외에 가수(可修: 수련할 만한)할 만한 자격자를 만나서 내 심중으로 기쁨을 금치 못하노라. 비록 실천할 시일 문제만은 남아 있으나, 이것은 차기로 미루고, 인물이 있다는 것만으로도 일조(一助: 얼마간의 도움)는 된다. 차 군을 만나고 천리마와 치응(穉鷹), 유룡(幼龍: 역시 6.25 때 희생된 제자 권오훈)의 추억이 백 배 새롭도다. 하회(下回: 다음 차례)를 기대하고 이만 그친다.

계묘(癸卯: 1963년) 4월 초오일(初五日) 봉우서(鳳宇書)

추기(追記)

현 무예도장 사범들도 우리 한국 내에서는 재래식이 무엇인가 있지 않은가 하고 탐구해 보려는 인사들도 아주 없지는 않으나, 아주 흔적도 보지 못한 것이 사실인 것 같다. 우리 청년시대만 하여도 현 무예인들의 안목에도 자기들의 의사(意思) 부도처(不到處: 이르지 못한 곳)가 간간 발로된 적이 있었으나, 이 인물들이 나와서 현대 무술인들과 악수할 기회가 없었고 현금(現今: 바로 지금)은 잔성(殘星: 새벽에 보이는 별) 수점(數點: 몇 개)이라 희미한 자취를 찾을 곳이 없고, 또 찾으려고 하는 인사들도 없는 것이 현금 실정이다. 우리 청년시대만 해도 고래 무예 잔재가 그래도 명인격(名人格)이 10여 인이 있었고, 고단자가 역시 10여 인이 있었다. 거의 40여 년을 경과하고 보니, 잔성 수점이 존몰(存沒: 존망)하고 있을 뿐이다. 한심을 금치 못하겠다. 다시 중흥되기를 바라고 이 붓을 그친다.

계묘(癸卯: 1963년) 4월 초오일(初五日) 봉우서(鳳宇書)

재주(再追: 재추기)

내가 본 인물들 중 박학래(朴鶴來), 산주(汕住: 朴養來), 조전충(趙全忠), 주회인(朱懷仁), 주기악(朱基岳), 박두산(朴斗山), 강경도(姜景道), 김오운(金烏雲), 한선주(韓仙住), 남칠정(南七精), 김익수(金益洙)[82], 신대진(申大鎭), 이홍몽(李洪濛), 연기우(延基羽), 권연(權燕: 권제비), 권총각(權總角: 김익수건金益洙件), 유치성(柳致誠), 이갑룡(李甲龍), 김일창(金一滄), 이화암(李華庵), 신돌석(申乭石)[83], 문수암(文殊庵), 김좌진(金佐鎭: 북성北城 김장사金壯士)[84], 이우석(李友石), 김봉규(金鳳奎), 장진우(蔣鎭宇), 박삼가(朴三嘉) 이상 제인(諸人: 여러 사람들)과 그 명자

---

82) 소백산 좌도(左道) 128장사(壯士) 중 1명으로 128명 장사 중에서도 만근 이상 장사는 대구의 김익수, 김백련 등 몇 명 안 되었다고 한다. 차력에 능했고 을척 공부도 했다고 한다. 을척이란 피동수련을 통해 행사할 수 있는 각종 신술들을 모두 갖추고 있는 일종의 도깨비 방망이 같은 것이다.
"경상도 대구에 김익수라 하면 다 알어. 자동차 오는 걸 이래 붙들고, 자동차 내미는 거 전력해서 놓는 거(전속력으로 달려오는 거) 딱 붙들면 못 가. 그냥 들여미는 거 이놈으로 들이면 궁둥이가 덜럭 덜럭 덜럭해도(차 뒤가 들려도) 못 갔단 말이여" – 봉우 선생님 증언

83) 개항기 을미사변 후 19세의 나이로 경상북도 영해에서 모병한 평민 출신의 의병장. 본관은 평산(平山). 본명은 신태호(申泰浩), 자는 순경(舜卿), 이명은 신돌석(申乭錫)·신태홍(申泰洪)·신태을(申泰乙)·신대호(申大浩). '태백산의 호랑이'라는 별명으로 널리 불렸다. 경상북도 영해(지금의 경상북도 영덕군 영해면) 출신.

84) 김좌진(金佐鎭, 1889년 음력 11월 24일~1930년 1월 24일). 청산리 전투의 지휘관으로 유명한 조선 말기~일제강점기의 교육자, 군인, 독립유공자. 호는 백야(白冶)이다. 대한제국 육군무관학교(現 육군사관학교)를 졸업했다. 김동삼, 오동진 등과 3대 맹장(猛將)으로 불리기도 하였다. 나이 17세(1906년)에 그는 집안의 가노를 해방 및 땅을 분배하였고 민족적 자립을 위한 무장 독립 운동의 선봉에도 서는 동시에 국가의 미래를 위한 교육사업도 활발히 펼쳐 노블레스 오블리주를 실천한 인물이기도 하다. 일본군의 기밀 자료에 의하면 "김좌진의 키는 약 185cm, 얼굴은 타원형이고 눈빛이 형형하고 사람이 똑바로 쳐다볼 수 없을 정도의 인상이며 총명함이 출중하고 좌담에 능하며 특히 해학은 타의 추종을 불허한다"라는 상세한 내용이 남아 있다.

(名字)를 기록 못 하고 있는 인사들도 얼마든지 있다. 강원도에서 보았던 인사도 역시 고단명인이었고, 김찬옥(金贊玉)[85]도 고단자임에는 틀림없었다.

이 외에 무예 아닌 역사(力士: 장사壯士, 뛰어나게 힘이 센 사람)들도 얼마든지 보았다. 다 기록은 못 하나, 이 사람들이 내가 목도한 인물들이다. 이 사람이 고대소설 중 인물들에 비해서 어떠한가 하면 그들 중에는 위인급(偉人級)도 있고, 명장급(名將級)도 있고, 상장급(上將級)도 있고, 부장급(副將級)도 있고, 또 협객자류(俠客者流)도 있고, 보통무사들도 있었다. 이 인물들이 다 무성무취(無聲無臭: 소리도 냄새도 없음)하게 환원(還元)한 것은 가장 우리나라에 불행한 일이었다. 내가 수십년래(수십 년 동안) 명산승지(名山勝地: 명승지)를 탐방 못 한 관계로 현대의 생존인물 중에 어떤 고래(古來)무예 고단자가 있는지 탐지 못 하고 있는 것이 가장 유감스런 일이다.

이상 기록한 제위(諸位: 여러분)에게 그 전수를 받은 인물들이 있는지, 없는지도 내가 조사 못 한 것이 내 부주의한 죄과다. 내가 이 무예에 대한 발전을 보고자하며, 관록이 있는 선배들의 고제(高弟: 수제자)들을 알지 못하니, 어찌 죄(罪)되지 않으리요? 차○○ 군의 초대면 인상기(印象記)를 쓰다가 자연 길어짐을 알지 못하였도다.

동일(同日) 재추기(再追記) 봉우(鳳宇)

85) 봉우 선생님께서 20대 초 만주에서 만났던 남장한 여자 장시. 힘경북도 성평(定平) 출신. 〈선도공부〉 등 각종 녹취록에 나옴.

6-44

수필: 공소비(空消費)가 많은 문화 행사들

음력 4월 초팔일(初八日)은 석존탄일(釋尊誕日: 부처님 탄생일)이라고 '욕불절(浴佛節: 부처를 목욕시키는 날)'이라고 칭한다. 우리나라에서는 연중명절(年中名節)에 한아로(하나로) 대상적(大象的)으로 보급되는 풍속이었다. 물론 불제자들이야 말할 필요조차 없는 일이다. 평양에서는 '욕불절(浴佛節)'보다 단양절(端陽節: 단오절)을 연중 최대 명절로 한다. 그러나 중부 남방에서 이 욕불일이 북방 단양절보다 우중(尤重: 더욱 중요함)하다. 차일(此日: 이날)은 대소 사찰에서는 관등(觀燈)놀이가 있고, 사가(私家: 사삿집)에서도 관등을 한다.

그런데 근년(近年: 지나간 몇 해 사이)에 와서는 경제적으로, 시간적으로 공히 여가가 없어서 명절을 만나야 별 신신한 맛이 나지 않는다. 금년에는 더구나 식량 문제로 곤란을 받아서 이날을 당해서 예년에 비하여, 아주 한산하다. 그러니 각 사찰에는 대성황을 이루고 있고 금년에는 남원에서 이날을 택하여 '춘향제(春香祭)'를 성대히 거행한다고 해서 관람인 약 15만 명이 일인(一人)당 남원에서 소비되는 것이 200원씩이라도 충합(充合)하면 3,000만 원은 무난히 될 것이라고 본다. 이것이 공소(空消: 헛된 소비)라는 말이다.

하필 춘향제에 국한한 문제가 아니라 무슨 일이든지 다 (그렇다. 같은) 시(時)에 예산(禮山)에서도 윤봉길 의사의 기념일로 '예산의 날'로 정했다고 한다. 이날에는 모의(慕義: 의거를 추모함)하는 마음으로 당연히 성대히 거행되어야 할 일인데 도리어 그리 성황을 이루지 못한 것 같다. 있어도 그만이고 없어도 그만인 행사는 도리어 성황이라는 것이 우리나라 실정이다. 또 4월 8일 관등회라는 것이야 풍속화된 것이니 말할 필요도 없으나, 사찰에 가서 보면 이날을 승도(僧徒: 중들)의 돈벌이 날로 오인하는 승려도 없다고는 못한다. 연등(燃燈) 불공(佛供)이 신도들의 성심(誠心)에서 하기보다 승려들의 선전에서 대중들은 등(燈)을 승려들에게 매입하고, 불공비를 지출하는 현상이다. 사판(事判)중들로야 할 수 없는 일이나, 석존탄신(釋尊誕辰)을 모독하는 감이 많아서 내가 이런 붓을 드는 것이다.

선의(善意)로 해석한다면 아무렇든지 대중들이 석존탄신을 기념하는데 성의(誠意)의 결정이라고 본다면 더 말할 것이 없다. 그러나 승려들의 불순한 데서 내가 이런 말을 하는 것이다. 그리고 이 경제궁곤(經濟窮困) 시절을 당해서 글자 그대로 내핍(耐乏: 궁핍을 참고 견딤)생활로 극복한다면 얼마나 좋은 일이겠는가? 그런데 춘향제에 15만 명의 관람자가 원근에서 막대한 소비를 하고 집합한다는 것 또 유명 사찰에 욕불절에 연등회라는 명목으로 막대한 소비를 한다는 것 그다지 찬성할 수 없는 일이다. 춘향제에도 춘향의 열녀라는 것을 참으로 추모하는 마음으로 남원까지 간 사람이 그들 중에 백분지일(百分之一)이나 될 것인가가 가장 의문이요, 또 4월 8일 연등회에 석존의 성덕(聖德)을 진정한 성심으로 추모하는 인사들이 그만큼 다수하다면 나도 찬의(贊意)를 충심(衷心: 마음에서 우러나오는 참된 마음)으로 표하겠다. 그러나 이날 진실한 추모자는 백의 일인도 못된다. 그렇다면 이런 행사는 공소비라고 나는 보는 관계로 수필을 쓰는 것이다.

계묘(癸卯: 1963년) 4월 초팔일(初八日) 봉우서(鳳宇書)

6-45

수필: 현실에 안 맞는 품삯을 달라는 사람들

내가 유년 시대에 필사(筆師: 붓 스승) 일인(一人)을 청하였더니 타처(他處: 딴 데)에서 1개월 교수료(教授料: 가르쳐 주는 요금)가 당시 15원이라고 그 이상을 주어야 오겠다고 해서 내가 본래 서도(書道)에 아주 영점(零點)이라 내 선친께서 불석소비(不惜消費: 돈 씀을 아끼지 않음)하시는 생각으로 20원을 주마 하셨는데, 또 그곳에서도 20원을 준다니 그 이상이라야 가겠다고 해서 35원의 결(決: 터짐)까지 갔었는데, 또 차두피두(此頭彼頭: 이것저것)하는 고로 내가 서도도 좋으나, 이런 모리배(牟利輩: 잇속을 탐하는 무리)에게 서도를 학습하기 싫다고 반대해서 그 필사를 파의(罷意: 무엇을 하려고 하던 생각을 버림)했다.

그다음 그 필사가 타처에 말하기를 1개월에 보수 35원까지 준다는데도 가지 않았다고 1년 반 이상을 허송하고 그다음에 또 10원, 15원 정도의 보수료로 왕래하는 것을 보았다. 나로 말한다면 35원이건 40원이건 간에 왕복을 불관(不關: 관여치 않음)하고, 그 위인의 정부정(正不正)을 불관하고 서도를 이루는 것이 나로서는 당연한 일이었는데, 일시적 감정으로 배우지 않은 것은 과오가 내게 있는 것이요, 무엇이든지 부족한 자가 족하고자 하면 중간에 개재한 애로를 타개하는 것이 진취하는 도이다.

그러나 그 필사도 역시 정당하지 못했고 자기 자신에게도 수판(數板)이 설은(설익은) 사람이었다. 세상에서 보이는 현실이 얼마든지 있다. 현 우리가 살고 있는 마을에서도 일고(日雇: 날품)생활을 하는 사람들이 보통 고가(雇價: 품삯) 60원이다. 거기다가 식대를 병(倂: 아우름)해서 100원이면 상당한 것인데, 무허가로 임목(林木) 벌채를 하면 일일(一日) 250원에서 350원 정도까지 한다. 이것은 발각되면 처벌당하는 일이다. 그러나 이 일고(日雇) 생활하는 사람들은 인부대(人夫代)를 250원은 주어야 한다고 한다. 노동에도 체면이 있는 것이다. 이 사람들은 자기들의 취하는 태도가 당연하다고 생각한다. 이것이 촌사람들의 상례다. 무슨 일을 중간에서 부탁받고 시켜 보면 중간사람이 양심이 부끄러워서 말 못 할 지경이다. 그러나 고인(雇人: 고용인)들도 암(暗)벌채 같은 것은 일시적이요, 항시 하는 것은 아니다. 평시에 수입이 수십원도 못 되었다고 해서 일고가(日雇價: 날품값)를 보통 이내로 청구할 리는 없다.

이런 위인들을 상대해서 무슨 일을 경영한다면 성공하기 곤란하다는 말이다. 내가 왜 이 붓을 들었나 하면 모씨가 운영산(雲英散)을 제조하고자 해서 내게 부탁한 바 있어서 일고(日雇)생활하는 사람더러 문의도 하지 않고 일일고가(一日雇價)를 100원 정도로 말하고 타산해 본 것인데, 인부에게 말해 보니 일일 250원 이상을 주어야 자기들 수지가 맞겠다고 한다. 대체로 무리한 일이다. 일일 100원이면 도처(到處: 여러 곳)가 일반인데 이곳만 250원 이상이라면 중간사람이 입을 열 수가 없는 일이다. 이뿐만 아니라 산역(山役: 무덤을 만드는 일)에도 반일(半日) 고가(雇價) 100원씩을 지불했는데 부족하다고 한다. 직접 본인과 본인간에 대면해서 결정하게 하는 것이 당연하다고 생각되어 붓을 드는 것이다.

계묘(癸卯: 1963년) 4월 초십일(初十日) 봉우서(鳳宇書)

6-46

박정희 대통령 출마를 결정하다

집권하기 위하여는 수단을 불택(不擇: 가리지 않음)하는 것이 고금사(古今史: 고금의 역사)를 통하여 간간이 보는 일이다. 고대 군주시대에는 **성즉군왕**(成則君王: 성공하면 곧 군왕)이요, **패즉역적**(敗則逆敵: 실패하면 곧 역적)이라고 일신(一身), 일가(一家)의 흥망을 걸어 놓고 거사하는 사람들이 많았다. 성탕(成湯)[86]이나 주무(周武)[87]와 같이 천하를 구하고자 하는 본의에서 나온 일이라도 공자께서는 **진선진미**(盡善盡美: 착함을 다하고 아름다움을 다함, 《논어》〈팔일편(八佾篇)〉 출전)는 아니라고 하셨거든 하물며 그렇지 않은 원인에서라면 더 말할 것이 없다.

상고(上古)에 **요순**(堯舜) **상전**(相傳: 서로 전함)시대에도 소부(巢父), 허유(許由)[88] 같은 은자(隱者)들이 있어 사상(史上)에 빛이 나고 있다.

---

86) 탕(湯, 기원전 1600년경)은 상나라(商=은나라)의 건국자로, 이름은 리(履)이다. 천을(天乙), 대을(大乙), 태을(太乙), 성탕(成湯), 성당(成唐)이라고도 한다. 하(夏)나라의 걸왕을 내쫓고 천자의 자리에 올랐으며 13년간 재위했다.

87) 주 무왕(周 武王, ?~기원전 1043년)은 주나라의 제1대 천자이다. 성은 희(姬), 이름은 발(發)이다. 주 문왕(周 文王)의 차남으로 왕위에 오른 후 아버지 유언을 달성하기 위해 노력하였는데 그것은 상나라(商)를 격파하는 것이었다. 무왕은 현명한 관료를 등용하였고, 특히 재상으로 강태공을 기용하였다. 결국 상나라와의 전쟁에서 승리하여 중원을 통일했다.

88) 소부와 허유는 요 임금 시기의 은자(隱者) 도인이다. 하루는 요 임금이 허유를 찾아와 왕의 자리를 맡아 주길 부탁했는데 이 말을 들은 허유는 영천(穎川)이란 개울로 가 귀를 씻고 기산(箕山)에 들어 숨어 살았다. 이때 소부(巢父)가 마침 소를 끌고 영천으로 가 소에게 물을 먹이려다 이 소식을 듣고 더러운 물을 소에게 먹일 수 없다고 영천 상류로 가서 물을 먹였다. 요 임금은 어질기로 천하에 따를 자가 없었고 당대에 태평성대

그럼에 불구하고 후대 소위 배출하는 영웅, 호걸들은 정권야욕에서 무소불위(無所不爲: 하지 못하는 일이 없음)의 행동이 다 많다. 좀 심한 자들은 사상에서 난신적자(亂臣賊子: 나라를 어지럽히는 신하와 부모에 대적하는 자식)의 평을 받는 것이다.

여기서 현대 민주주의 국가에서 선출되는 대통령도 그 출마자들이 내가 아니면 이 나라, 이 민족을 다 살릴 사람이 없다고 자타가 공인할 만한 인물이라도 추현양능(推賢讓能: 현인을 추대하고 인재에게 양보함)하는 미덕이 있어야 할 것이요, 겸손한 태도가 있어야 할 것인데 근대의 실정을 보건대, 동서의 몇 개 평화국을 제하고는 그 출마하는 인물들이 거의 집권욕에 사로 잡혀서 자기 자신의 적격 여부와 정책의 왜곡이냐, 정상이냐를 불문하고 다만 자기의 세력이 타 세력을 압도할 수 있나, 없나를 계교(計較: 서로 견주어 살펴봄)할 뿐이다.

그래서 우리나라에서도 이 풍조에 휩쓸려서 무자(戊子: 1948년) 건국 이후로 이승만 집정(執政: 정권을 잡음) 10년에 사상 초유의 불명예로운 일이 백출(百出: 쏟아져 나옴)했고, 경자(庚子: 1960년) 4.19 의거로 이(李) 정권이 실각(失脚)했다. 당시 야당으로 의회에서 이 정권의 비행을 폭로하던 민주당이 집권하자 이포역포(以暴易暴: 사나움으로 사나움을 바꿈)로 집권한 지 불과 1년에 부패가 이 정권에 못지않게 되어서 이것을 좌시할 수 없어서 5.16 혁명이 정권을 대체한 것이다. 그 정신만은 좋은 것이다. 우리도 그 혁명은 찬성한다.

그런데 이 혁명정권이 2년간 시정(施政: 정치를 시행함)하는 것을 보건대, 백사구흥(百邪俱興: 모든 사악함이 함께 일어남)으로 실정(失政: 잘

를 구가했음에도 그런 반응을 보였던 것이다. 정치란 그런 것이다.

못된 정치)에 실정을 거듭하면서 집권야욕에 눈이 어두워서 자화자찬(自畵自讚)에 다른 겨를이 없다. 그들의 실정이 이승만이나 장면에 못지않아서 민생고는 경자(庚子: 1960년) 이후 처음 당하는 것이었다. 그리고 외교, 행정, 경제, 군사에 한 가지도 마음 놓을 수 없을 만큼 허전한 것이다. 이러함에 불구하고 집정자인 박정희나 그 각료들이나, 최고의회에서나 5년계획이 착착 성공하는 줄로 선전하며, 민정이양을 해도 집권을 당연히 박정희가 해야 한다고 주장들을 하더니, 2.27 박정희 성명으로 아마 박 개인으로서는 그래도 어느 구석에 양심이 좀 있는 인물인가보다라고 했었다. 불구(不久: 오래지 않아)해서 3.16 성명이 있었고, 4.8 성명이 있었다. 이야말로 사상에 보기 드문 우롱(愚弄)이다.

이매설(二枚舌: 2개의 혀)도 분수가 있지 어찌 조령모개(朝令暮改)를 하는 것인가? 이런 행동은 모리배들의 시장에서도 볼 수 없는 반복소인(反覆小人: 언행을 이랬다저랬다 하여 그 마음을 알 수 없는 옹졸한 사람)들의 할 일이다. 그래서 재야 정치인의 반대나 학생들의 데모에도 불구하고 김현철 내각수반이라는 위인의 담화발표나 이후락 공보관장의 담화발표하는 것은 아주 인면수심(人面獸心)의 철면피(鐵面皮)들로 민심 소재가 무엇인지를 모를 리가 없건마는 집권을 연장하고자 하는 야욕 외에 백사불관(百事不關: 모든 일에 상관 안 함)하는 것 같다.

그래서 일전에 5.16 혁명 동지 규합이라는 것이 있더니 여기서 박정희 대통령 출마 결정을 보게 한 것 같다. 그리고 구(舊) 이승만 당시에 갖은 부패정치를 감행하던 자유당들과 악수하고 차기집권을 꾀하는 것 같다. 대통령은 박정희가 해야 하고, 군의 지지자라야 할 수 있다고 공공연하게 발표했다. 군부는 국방에 주력할 것이요, 정치에는 중립해야 하는 것은 말할 필요조차 없는 일인데 자기들이 군인이라고 해서 군부를 의세(倚勢: 세력을 믿고 재거나 억지를 씀)하고 다른 출마자를 협박하는 데 불과하다. 이 자들의 점점 노골화하는 행동은 후일 역사상에 무슨 정평(正評)이 나올 것은 명약관화(明若觀火)의 일이다. 이 자들은 국가와 민족의 복리보다 그 자들의 이욕(利慾)만 충족한다면 만사 해결이라는 부류의 인물들의 집합체인 것이다.

현 정부가 실행하고 있는 것으로 보아서 내두에 올 선거도 3.15 선거보다 가일층 추잡하지 말라고 누가 보증하겠는가? 여석(礪石: 숫돌)이 비록 닳아가는 것은 알지 못하나, 필경은 쓰지 못하게 될 날이 있다. 비록 춘원치아(春園穉芽: 봄 동산의 어린 싹)나 장성(長成)할 날도 있다는 것을 알지어다. 이승만 당시 집정 시에 '비서 망국론' '양부인 매국론'이 병행했었다. 장면 집정시대에는 '소장파 망국론'이 있었다. 박정희 집정에는 대학교수진들과 무식한 장군들의 망국론이 대두하고 있다. 현 재야 정치인들에서도 윤보선, 이범석, 장택상, 김준연, 김병로, 이인, 김도연 등은 다 이승만 정부 시대에 자기의 기능을 시험해 본 사람들이라 금후에 거두(擧頭: 머리를 듦)말고 은퇴하는 것이 도리어 자기네의 후일을 위해서 유리하리라고 믿는다.

비록 미지수이나 신인물(新人物)들에게 추현양능하라는 말이다. 그리고 박정희 일파의 철면피적 야욕배들은 만약 집권했다가는 가패신몰(家敗身沒: 패가망신)을 면치 못할 것이라는 말이다. 가장 가석(可惜)한 바는 박정희를 보좌하는 인물들 중에서 박정희로 하여금 혁명 후 정당한 성명을 발표하고 국리민복을 위해서 군으로 복귀하며 민정이양을 한 후에 또 집권자들의 왜곡이 있다면 5.16을 상기할 것이라고 부언해두면 박정희 일인(一人)뿐만 아니라 그 일당(一黨) 혁명인물들이 사상최귀(史上最貴)의 영광을 차지할 것인데, 그 고문격인 인물들이 아주 하우불리(下愚不移: 바보천치)들만 있어서 박정희 일파 인물들을 야심적인 난신적자의 평을 면치 못하게 하니, 어찌 가석통탄(可惜痛嘆)치 않으리요?

부재기위(不在其位: 그 자리에 없음)하얀 불모기정(不謀其政: 그 정사를 꾀하지 않음)이라고 내가 일개 궁촌노초(窮村老樵: 가난한 마을의 늙은 나무꾼)로 무슨 정치인물을 평할 수 있겠는가? 그러나 우국우민(憂國憂民: 나라와 백성을 걱정함)의 심곡(心曲: 간절하고 애틋한 마음)이야 재위, 부재위가 하관(何關: 무슨 상관)인가? 그래서 국사일비(國事日非: 국사가 날로 어그러짐)함을 보고 내 이 붓을 드는 것이다.

박정희 군이여, 내두(來頭: 장래)를 삼갈지어다. 신목여전(神目如電: 신의 눈은 번개와 같음)하시니, 그대가 하고자 하는 일이 국리민복(國利民福)이 안 된다면 그 심판받을 날이 머지않다는 것을 각오할지어다. 그리고 그대의 좌우에 아부하는 무리가 그대를 지옥으로 끌고 간다는 것을 하루속히 꿈을 깨어 군(君)의 자신도 생각하고 이 나라, 이 민족의 장래를 생각하라.

계묘(癸卯: 1963년) 4월 12일 봉우서(鳳宇書)

6-47

행주비각(幸州碑閣) 건립의 보(報)를 듣고

내 11대조 충장공(忠莊公: 권율 장군)께서 임진왜란에 선무원훈(宣武元勳: 국방으로 큰 공훈을 세운 일등공신)으로 제1차 출전이 소사(素沙)전투[89]에서 충청, 전라, 경상 삼도백(三道伯: 삼도의 책임자)이 삼도병(三道兵)을 합세하여 상경코자 하는 도중에서 11대조는 광주목사로 중군장(中軍將)이 되어 소사에서 소수의 왜병과 전쟁코자 하는 삼도백의 전략의 불가를 간(諫)하다가, 불청(不聽)하므로 부득이 종군하여 삼도병이 소수 왜병에게 패하자, 본부병을 거느리시고 다시 광주에 오셔서 훈병(訓兵: 병사를 훈련시킴)을 하였다.

제1차에 금산서 조중봉 선생의 진군을 (하지) 말라고 권하다가 조중봉 선생이 불청(不聽: 듣지않음)하고 왜적의 예봉(銳鋒)과 상쟁하다가 전멸하여 칠백의사(七百義士)의 방명(芳名: 향기로운 이름)은 유전(遺傳: 전해 내려옴)하나, 군사적으로는 실패였다. 여기서 충장공께서 금산 이

---

89) 용인전투를 소사전투로 오기 하신 것으로 보인다. 당시 상황은 봉우 선생님의 설명대로 5만~8만의 삼도근왕병이 와키자가 야스하루(脇坂安治)의 겨우 1,600명 병력에 패배하여 밀려났다. 이 전투의 결과로 직접적인 병력 손실은 크지 않았다할지라도 육군이 와해되고 사기가 떨어져 도성을 수복할 계획은 물거품이 된다. 한양이 탈환된 것은 1년 뒤인 1593년 5월의 일로, 일본군은 그동안의 피해와 권율이 이끈 행주대첩 등으로 1593년 4월 한양에서 물러났다.

*소사(素沙)전투: 1597년(선조 30) 9월 직산(稷山) 소사평(素沙坪) 등지에서 명군(明軍)과 구로다(黑田長政)의 일본군과 벌인 전투. 임진왜란에서 정유재란에 이르는 과정 중 본격적인 육지 전투의 마지막 전투였으며 이 전투에서 일본군이 패배함에 따라 결국 전쟁이 종결되는 과정에 들어가게 됐다.

치(梨峙)[90]에서 승승장구(乘勝長驅)하는 왜적의 예기(銳氣: 날카로운 기운)를 일전(一戰)으로 좌절시켜서 전라도를 감히 엿보지 못하게 하는 대첩(大捷: 대승)을 하시고, 임진난 중 군량을 확보하게 되었다.

그다음 오산(烏山)대첩[91]에서 기지(奇智: 기발한 지혜)로 적병을 패주

---

90) 이치 전투(梨峙戰鬪)는 1592년 8월 전라도 진산군과 고산현 경계의 이치에서 전라도 절제사 권율이 이끄는 조선군과 일본 6군 고바야카와 다카카게(小早川隆景)의 군이 맞붙은 전투로 이 전투에서 패배한 일본군은 전라도 공략에 실패하게 된다. 다음해 이어진 행주대첩의 명성에 가려진 면이 있지만 만일 이치가 뚫렸다면 그대로 조선군의 곡창지대인 전라도가 점령되는 상황이었고, 그렇게 되면 전라좌우수영의 안위도 장담하지 못하는 상황이었으므로 임진왜란 그 어느 대첩 못지않게 그 의의는 실로 크다. 실제로 권율 자신도 3천으로 3만의 왜군을 깨뜨린 행주대첩보다 이치전투의 전략적 승리를 더 높게 평가했다.

91) 오산에 위치한 독성산성(독산성)에서 벌어진 전투. 임진왜란 초기에 벌어진 용인 전투에서 남도근왕군이 패주한 후 용인 전투 참전 장수 중 유일하게 피해를 입지 않았던 권율은 이치전투에서 승리한 후 휘하 장수 선거이, 소모사 변이중, 조방장 조경, 의병장 임희진과 변사정, 승병장 처영과 1만 명의 군사들을 이끌고 북상하여 대담하게도 주요 거점 중의 하나인 오산의 독성산성으로 들어가 진지를 구축하였다. 당시 한양에는 6만 명의 일본군이 주둔하고 있었는데 한양 주둔 일본군 총사령관이자 제8진 우키타 히데이에(宇喜多秀家)는 권율이 독성산성에 있다는 정보를 입수하고는 후방과의 연락 및 보급선이 차단될 것을 우려하여 도성에 주둔한 일본군을 독산성으로 급파하였다. 일본군은 독산성 주위 3곳에 진을 치고 고립시킨 다음 공격하여 왔지만, 권율은 매복과 기습전을 펼치며 성문을 닫고 지켜 나갔다. 지형적인 조건을 자세하게 살핀 적장은 성 안에는 물이 별로 없을 것이라 여기게 되었고, 부하에게 물 한 지게를 지어 산 위에 있는 권율에게 갖다 주게 하였다. 사실 독산성엔 물이 부족하여 극심한 식수난을 겪고 있었다. 권율은 즉시 성 아래의 적군이 잘 볼 수 있는 높은 곳에 올라가 흰 쌀을 말 위로 쏟아 붓게 하였다. 멀리서 그 광경을 본 적장의 눈에는 물이 넘치는 것으로 보였다. 이렇게 독산성에서 전의를 상실하고 있던 차에, 남부 지방에서 모여든 의병들이 왜군의 후방에서 포위망을 좁혀 오자 조급해진 왜병들은 마침내 포위망을 풀고 한양으로 퇴각하기에 이른다. 일본군은 5일간 독산성을 공격하다 실패하자 과천을 거쳐 한양으로 퇴각하는데, 이때를 놓치지 않고 적의 퇴로를 기습하여 수많은 적병을 살상하였는데 봉담면의 삼천병마골전투는 이때의 전승지인 것이다. 권율은 1593년 1월 중순까지 독산성에 머물다 행주산성으로 이동했다. 그 후 권율은 1593년(선조 26년) 2월 12일 행주대첩을 이뤄내 서울을 나시 칮는 계기를 마련하였다. 이 독산성 전투가 밑받침이 되어 행주산성에서 일본군을 섬멸하게 된 것이다.

시키시고, 대소 30여 전투에 미상일패(未嘗一敗: 한 번의 패배도 맛보지 아니함)하신 명장으로 경성탈환전의 전초전으로 당시 적군의 주세력이 경성에 집중해 있음을 기회로 행주에 진군코자 하나, 당시 도체찰사(都體察使)92)인 정송강(鄭松江: 정철)93)의 불허94)로 일자가 걸리다가 충장공의 군령(軍令)다짐으로 겨우 진군하게 되었다. 왜적들은 수십 차의 패전에 감(鑑: 비추어 봄)하여 일격설욕(一擊雪辱)하려고 대거 침공하였다. 그러나 충장공께서 장졸(將卒: 장수와 병졸)이 합심(合心)하시어 고군분전(孤軍奮戰)하신 끝에 전사상(戰史上) 왜란 당시에 삼대첩(三大捷)

---

92) 조선시대 의정(議政)이 맡은 임시관직. 왕의 명을 받아서 할당된 지역의 군정과 민정을 총괄하여 다스렸다. 보통 1개 이상의 도(道)를 관할하였고, 종사관이 휘하에 있었다.

93) 정철(鄭澈, 1536년 12월 18일(음력 12월 6일)~1594년 2월 7일(1593년 음력 12월 18일))은 조선 중기의 시인이자 문신이자 정치인이며 학자, 작가이다. 본관은 연일(延日, 또는 迎日), 자는 계함(季涵)이고, 호는 송강(松江)·칩암거사(蟄菴居士)이며 시호는 문청(文淸)이다. 1562년 문과에 급제하여 관직은 의정부좌의정에 이르렀으며, 인성부원군에 봉군되었다. 정여립의 난과 기축옥사 당시 국문을 주관하던 형관으로 사건 추국을 담당하였으며, 기축옥사 수사 지휘의 공로로 추충분의협책평난공신(推忠奮義協策平難功臣) 2등관에 책록되었다. 훗날 심문 과정에서 동인에 대한 그의 처결이 지나치게 가혹하여 '동인백정'이라는 별명을 얻었으며, 동인들로부터 원한을 많이 샀다. 또한 서인의 정권 재장악을 위해 '정여립의 모반사건'을 조작했다는 의혹을 받고 있다. 세자 건저문제(1591)를 계기로 귀양에 위리안치되었고, 임진왜란 직후 복귀하였다. 전란 초기에 양호체찰사 직을 수행하였으나, 술병으로 업무를 소홀히 하다가, 명나라에 사은사로 가서는 일본군이 철수했다는 가짜 정보를 올린 일로 파직당하고 강화도에 우거하던 중 몇 달 만에 사망하였다. 비록 낙향했어도 고위관리였던 신분이기에 주변에서 그를 챙겼어야 하나 이미 크게 인심을 잃은 터라 아무도 돌보지 않아 굶어 죽었다거나 술병으로 죽었다는 설이 있다. 당색으로는 서인의 지도자였고, 이이, 성혼 등과 교유하였다. 학문적으로는 송순·김인후·기대승(奇大升)·임억령·양응정(梁應鼎)의 문인이다. 《관동별곡(關東別曲)》 등 가사와 한시를 지었으며, 당대 시조문학 가사문학의 대가로서 시조의 윤선도와 함께 한국 시가사상 쌍벽으로 일컬어진다.

94) 당시 도체찰사 정철이 군량 문제를 이유로 진군을 불허하여 지체되던 중 행재소(임금의 임시 처소)에서 북상하라는 전갈을 받고 계속 북진했다. 이때 선조는 권율에게 검을 보내며 말하기를 "명령에 불복하는 이가 있으면 이 칼로 베어라"고 하였다.

의 하나로 영광의 승리를 거두게 되어 이것이(행주대첩) 원인이 되어 (왜적의) 경성퇴거가 된 것이다. 그래서 그 후 대첩비가 수립되고 기공사(紀功祠: 전공을 기념하는 사당)가 건축되어 그 후 서원(書院)으로 승격했었다. 경술(庚戌: 1910년) 병합 후에는 거의 무성무문(無聲無聞: 소리 소문도 없음)하게 되다가 사람들의 중수(重修)로 겨우 유지하더니, 6.25 사변에 원우(院宇: 담과 집)가 파괴되어 중수의 길이 없었는데 연전에 비각만은 고양 교육구 주최로 재건하였고, 원우 중수에까지 여력이 미급(未及)하던 것을 금번 경기도와 고양군의 합심과 여러 인사들의 찬조로 금월(今月: 이달)에 시공해서 8월 15일에 낙성한다는 방송을 듣고 반가운 마음으로 완성되기를 축(祝)하는 바이다.

총경비 300만여 원이라니 완성되면 면모일신(面貌一新) 할 것 같다. 오산전투도 보승구(保勝區: 승전을 보전하는 구역)가 되었고, 금산·이치 기념비각은 사림들의 부진으로 야소교당으로 변했다고 하고, 광주모현동의계(光州慕賢同誼契)에서는 사림(士林: 유림儒林) 중에 횡령자가 나와서 현금은 유지를 못 하는 현상이다. 사소한 흔적만 있어도 불망(不忘: 잊지 않음)코자 하는 이때에 이 실적을 소개해서 사림(士林: 유림)이나 군부(軍部)의 꿈을 깨어 주었으면 전인(前人)들의 자취를 다시 보게 할 수 있다. 충장공께서는 임진란의 육전(陸戰: 육지전투)의 성장(聖將: 성스러운 장군)이시고, 충무공께서는 해전(海戰)의 성장이시다. 수륙쌍벽(水陸雙壁)의 성장으로 임진중흥(壬辰中興)을 하신 것은 사실이다. 일일(一日)이라도 속히 사실 소개를 해주기 바라는 바이다. 나는 공의 후손으로서 일언(一言: 한 마디 말)을 하는 것이요, 또 국민 책임감으로도 말을 안 할 수 없어서 이 붓을 드는 것이다.

계묘(癸卯: 1963년) 4월 12일 봉우서(鳳宇書)

추기(追記)

임진 당시 중흥명장들이 얼마든지 있었다. 진주성 전투의 김시민[95] 장군이나 상주전투의 정기룡[96] 장군이나, 의병장 곽재우[97] 장군이나

95) 김시민(金時敏, 1554년~1592년)은 조선 중기의 무신이다. 임진왜란 당시 진주판관이던 김시민은 인근 지역의 군사와 의병과 연합하여 여러 차례 적을 크게 무찔렀다. 이 공으로 진주목사로 승진하고 다시 경상우도병마절도사에 임명되었다. 왜적이 3만의 대군을 편성하여 전라도로 가는 요충지 진주성을 포위하고 본격적으로 공격해오자 3,800여 명에 불과한 병력으로 7일간의 공방전을 벌여 물리쳤다(진주대첩). 그는 이 전투가 끝날 즈음 탄환에 맞아 사망했다. 김시민에게 패배를 당한 일본군은 전투에서 지휘관급 300명, 병사 1만 명이 전사하는 대 손실을 입었으며 이로 인해 수군과 협력하여 전라도로 진출하기로 한 작전이 좌절되었다. 진주대첩으로 전라도방어선을 유지시킨 덕분에 이순신은 해전에 집중할 수 있게 되었고, 왜군들은 보급에 직격타를 맞아 전세가 기울게 되었다. 사후 그의 충정과 공로를 기려 이순신과 동일하게 '충무공'이란 시호가 내려졌다.

96) 정기룡(鄭起龍): 1562 ~1622. 임진왜란 시 60전60승 불패신화를 쓴 장군이다. 곤양정씨(昆陽鄭氏)의 시조. 자는 경운(景雲), 호는 매헌(梅軒), 시호는 충의(忠毅), 아명은 무수(茂壽)로 불렸다. 1592년 임진왜란이 일어나자 별장으로 승진하여 거창싸움에서 왜군 500여 명을 격파하고 김산전투에서 포로가 된 경상우도방어사 조경을 단신으로 적진에 뛰어들어 구출하였다. 이어 상주목사 김해(金澥)의 요청으로 상주판관이 되어 상주성을 탈환하였다. 정유재란이 발발하자 정기룡은 경상도 28개 지역의 군대를 모두 통솔해 왜군을 저지하라는 명을 받아 고령에서 1만 2,000의 왜군을 격파하고, 왜장을 생포하는 대승을 거뒀다. 이어 성주·합천·초계·의령 등 여러 성을 탈환하고 경주·울산을 수복하는 데 공을 세웠다. 1598년에는 명나라 군대의 총병(摠兵)직을 대행하여 경상도 방면에 있는 왜군의 잔적을 소탕하였으며, 왜란이 끝난 후에도 왜군의 재침을 우려하여 해안 방어에 힘쓰다 진중에서 생을 마쳤다.

97) 곽재우(郭再祐, 1552년 음력 8월 28일~1617년)는 조선 중기의 무신, 정치인, 군인으로 임진왜란 당시 진주성 전투, 화왕산성 전투에 크게 활약한 의병장이다. 34세 때 문과 대과에 급제하였으나, 선조를 비판한 답안지로 선조의 명에 의해 합격이 취소되고, 이후 벼슬에 뜻을 버리고, 40세가 되도록 고향에서 학문과 낚시로 세월을 보내고 있었

의 행적이 전하기는 하나, 다 어느 정도의 불만감이 없다고 못 한다. 김덕령 장군[98] 같은 분은 비록 실전에서 큰 수확은 없었으나, 왜적이 그 명가(名價: 세상에 알려진 명예)에 외축(畏縮: 두려워서 몸을 움추림)했던 것은 사실이다.

그 외에 유명무명의 명장의 전적(戰績)이 얼마든지 있으나, 역사상에 기재(記載)가 없어서 민멸(泯滅: 자취나 흔적이 아주 없어짐)된 감이 없지 않다. 통탄할 일이다. 하시든지 이런 실례가 없다고는 못 한다. 후인들이 그들의 실적을 잊지 않고 밝히는 것이 후인된 책임이며, 의무라고 본다. 그런 일을 가히 할 만한 자리에서 묵묵불언(默默不言)하고 있는

다. 1592년(선조 25년) 4월 임진왜란이 일어나고 관군이 패주하자, 고향인 경남 의령에서 의병을 조직, 붉은 비단으로 된 갑옷을 입고 활동하여 천강홍의장군(天降紅衣將軍)이라는 별명을 얻었으며 그의 용맹성에 놀란 왜병들은 곽재우의 이름만 들어도 두려워했다고 한다. 여러 번 승리한 공로로 찰방, 조방장 등을 지낸 뒤 병마절도사를 역임했다. 그러나 김덕령 등의 의병장이 무고로 희생되는 것과 영창대군의 죽음을 보고, 벼슬을 사퇴하였다. 당색으로는 북인이었으나 광해군 집권기에도 여러 번 관직을 사퇴하거나 사양하였다. 인목대비 폐모론에 이어 1613년(광해군 5년) 영창대군에 대한 유배형 여론이 나타나자 영창대군을 변호하는 상소를 올리고 낙향, 이후 창녕에 은거하였다. 본관은 현풍(현 대구광역시 달성군 현풍읍)으로, 자는 계수(季綬), 호는 망우당(忘憂堂), 시호는 충익(忠翼)이다.

98) 김덕령(金德齡, 1568년 12월 29일~1596년 8월 21일)은 임진왜란 시기의 의병장이자 성리학자이다. 본관은 광산, 자는 경수(景樹), 시호는 충장(忠壯)이다. 별칭은 신장(神將), 초승장(超乘將), 익호장군(翼虎將軍), 충용장(忠勇將) 등이며, 일본군은 석저장군(石底將軍)이라 부르기도 했다. 문무겸전의 인물로, 성리학을 공부하던 중 임진왜란이 일어나자 담양 지방에서 그동안 모은 의병 3,000여 명을 이끌고 출정하였다. 1593년(선조 26년) 이에 당시 전주에 내려와 있던 광해군으로부터 익호장의 군호를, 권율로부터 초승장의 군호를 받았고, 이듬해 1월 선조로부터 충용장(忠勇將)의 군호를 받는다. 1594년(선조 27년) 4월에 28세(만26세)에 팔도 의병 총사령관이 되었다. 1596년 7월 이몽학의 반란을 토벌하려 출병하였으나, 충청도 체찰사 종사관 등의 반란내통 무고로 투옥되어 옥사하였다. 1661년(현종 2년) 김덕령의 억울함이 신원되어 관직이 복구되었다. 1788년(정조 12년) 장군의 충효를 기리고자 사당을 건립하여 배향하는 한편 충장(忠壯)의 시호를 내렸다.

것은 고인에게 죄인됨을 면치 못할 것이다. 내 총총(悤悤)해서 상세는 못하나, 몇 자로 약초(略草: 대략 기록함)하노라.

계묘(癸卯), 4월 12일 봉우서(鳳宇書)

6-48
백성은 무엇을 바라는가

양(洋의) 동서(東西)나 시(時)의 고금(古今: 옛날과 지금)을 물론하고 백성들의 바라는 바는 거의 동일하리라고 믿는다. 국가태평(國家太平)해야 백성이 평안한 고로 선결 문제로 국가의 태평하기를 바랄 것이요, 그다음 백성들은 가급인족(家給人足: 집집마다 생활이 풍족함)하여 경제적으로 풍유(豐裕: 풍요)한 것을 바라는 것이요, 그다음 신체적으로 건강을 바라고 정신적으로 화평(和平)을 바란다. 그런고로 고인(古人)들 말씀이 의식족이지예절(衣食足而知禮節: 입고 먹는 게 족족해야 예절을 앎)이라고 하셨다. 여기서 의식주 문제만 해결하고 일거이무교(逸居而無敎: 숨어 살며 가르침이 없으면)면 즉근어금수(則近於禽獸: 곧 짐승에 가까움)라 하셨다. 그래서 교화(敎化) 문제가 나오는 것이다.

그 교화라는 것에서 사회백상(社會百狀: 사회의 모든 현상)이 다 나온다. 이 교화에서 2대 조류가 있어서 물질문명과 도덕문명, 즉 정신문명의 분기(分岐)가 있다. 그러나 백성들이 교화문제가 나오기 전인 의식주 해결까지는 다 동일한 바람이었으나, 교화에 있어서는 백성들의 바람이 혹은 물질에 그치고, 혹은 정신에 그치고, 혹은 물질, 정신이 병행하는 부류도 있다. 그래서 백성들 본연한 자질에는 하등의 차이가 있을 리 없으나, 다만 그 교화의 차이로 비로소 각자의 차이가 난다.

이것은 후천적인 인위(人爲)로 생기는 일이요, 선천적으로는 혹 자질청탁(資質淸濁)의 차는 있을지언정 만물의 영장(靈長)될 사격은 누구나가 다 구비하고 있는 것이다. 그래서 본연(本然) 천성(天性)에 엄폐되었던 후천적인 인욕(人慾)이라는 것만 소마(消磨: 갈아 없앰)된다면 다 천강(天降)하신 본연성(本然性)으로 돌아올 수 있다. 그러나 백성들이 여기까지 바라는 바는 아니다. 다만 국태민안(國泰民安)하기만 바라고 있을 뿐이다. 여기서 선각자들은 진정한 국태민안이 되자면 물질문명만으로 될 수 없는 일이다. 도덕문명을 병행해야 비로소 영구평화(永久平和)하리라고 백성들의 목표를 정해 주시고 또 선각(先覺)한 백성들은 그것이 보화(普化: 널리 퍼져 구현됨)되기를 바라는 것이다.

선각자들의 책임은 천하 백성된 자로 이 도덕문명이 온 천하에 보급되기를 우리가 의식주 풍족하기 바라듯 하게 인도한다면 이것이 선각자 된 의무를 이행한 것이라고 본다. 백성이 다 이것을 바랄 뿐만 아니라 물질, 도덕이 누구나 자연적으로 보급되게 된다면 이것이 성화(聖化)라고 본다. 그러나 전쟁이 평화를 파괴하고 백성들의 의식주를 오유(烏有: 어찌 있겠느냐는 뜻으로, 있던 사물이 없게 되는 것을 이르는 말)로 만든다.

이 전쟁을 준비하고 세계인류를 멸망시키고자 하는 나라는 어느 나라인가? 백성들도 비록 우매하나 너무나 잘 알고 있다. 물질문명이 극도로 발달한 나라일수록 살인기(殺人器: 살인기계)를 많이 갖고 세계를 멸망시키고자 한다. 그러나 백성들도 당국자미(當局者迷)라고 그 어느 나라가 인류의 평화를 말살시키고자 하는 것을 알면서도 이 나라에게 추종들 하는 것은 알 수 없는 일이다.

그러니 백성들의 진정한 바람이 무엇인가?
내가 묻고자 하는 바이다.

생(生)을 구하는가? 사(死)를 원하는가를 부지(不知: 모름)하겠다.

세계가 양대 조류(兩大潮流: 자본주의와 공산주의)에 폭풍경보를 받고 있고, 또 그 조류에 추종하는 나라도 얼마든지 있으나, 현 세계의 화평천국(和平天國)이라는 정말제국(丁抹諸國: 덴마크)을 원하는 나라가 적은 것은 실로 기현상(奇現象: 기이한 현상)이라고 아니할 수 없다.

물론 약육강식하는 현 세계에서 무슨 태평이 있을 것인가 할 것이나, 정말제국의 현상으로 보아서는 비록 정신문명의 고도에는 못 갔다 하더라도 완전한 평화천국임에는 자타가 공인할 일이다.

그런데 미국을 천국으로 아는 나라와 민족들과 소련을 천국으로 알고 축종(逐從: 따름)하는 나라들의 진의가 어디 있는가?

이 나라들은 세계의 평화를 파괴하고 우주사(宇宙史)를 아주 말살시킬 준비를 착착 실행하고 있는 것은 세인이 공지하는 사실이다.

왜 이 위험천만한 나라와 악수하지 않으면 안 되겠는가?

생(生)을 구하고자 해서인가? 사(死)를 원해서인가?

아무리 생각하여도 백성들의 바라는 바가 무엇인지 나는 알 수 없다고 본다.

진정한 선각자가 있다면 백성들로 하여금 진정한 화평(和平)한 바람을 목표로 정하게 할 것이라고 나는 생각하노라.

우리나라는 현 남북양단이 되어 미소(美蘇) 양흉물(兩凶物)의 조상육(俎上肉: 도마 위의 고기)이 되어 있어 자유로 무엇을 바랄 수도 없고, 무엇을 반대할 수도 없다.

조상(俎上: 도마 위)에서 현 생명을 연장하고 있는 신세라 어느 놈의 칼이 먼저 오겠는가가 시간문제라.

자활(自活)의 도(道)가 아직 묘연(杳然: 아득히 멂)한 중에 소위 정객(政客)들의 두뇌라는 것은 다만 남(南)은 미국에 아부를 가장 잘하는 놈이 집권하고, 북(北)은 소련에게 가장 아부 잘하는 놈이 집권하고 있는 현상이다.

국가와 민족의 백년대계라는 것은 심두(心頭)에 생각하는 자가 있는가, 없는가 의문이다.

무자(戊子: 1948년) 건국 이후 남한 실정은 말할 필요 없고 현 우리 민족의 장래가 어찌 될 것이라는 것을 판정할 수 있을까?

기성 장치인들 같으면 또 왜정 36년 재판(再版)을 면치 못할 것 같다.

신생 정치인의 등장을 보아야 내두(來頭)를 평할 수 있을 것 같다.

가장 우리 백성으로 바라는 바는 현 기성 정치인들의 총퇴장이고 그 다음 바라는 바는 신(新)지도인물이 나와서 현하 우리 민생고를 면하게 하고, 세계무대에서 자유자립(自由自立)할 수 있는 외교와 국태민안의 내수(內修)가 족한 인물로 국방력도 의존이 없는 자립으로 부전승(不戰勝: 싸우지 않고 이김)할 만한 역량이 족한 정치력이 나오기를 바라는 것이리라고 나는 백성을 대신해서 기록해 보는 것이다.

어찌 바라는 대로 소원성취하라는 법은 없으나, 또 반드시 되지 말라는 법도 없으니, 미미한 희망을 주고 이런 지도자 나오기를 바라며, 백성 자신들도 자각해서 미소(美蘇) 양조류에 너무 접근 말기를 바라고 이 붓을 그치는 것이다.

계묘(癸卯: 1963년) 4월 12일 봉우서(鳳宇書)

추기(追記)

내가 "백성은 무엇을 바라는가?"의 제목을 쓰다가 좀 탈선한 감도 있으나, 종착역까지는 별 사고 없이 온 것 같다. 내가 쓰고자 한 것은 이상(以上)이었다. 미소(美蘇)의 살인기(殺人器: 살인병기)라기보다 우주 파괴와 인류멸망을 내포(內包)한 그 흉심(凶心)이 신(神)의 용서를 받을 것이라고 생각하시는가? 나는 이 두 흉물(凶物)을 다 질시(疾視: 밉게 봄)하는 사람에 속하는 고(故)로, 원론(原論)인 도덕평화를 백성은 바란다를 약(略: 대략)해서 기록한 것에 불과하다.

계묘(癸卯), 4월 12일 봉우서(鳳宇書)

6-49

실천할 수 있는 이상(理想)

세상 사람들은 누구나 소년시대부터 노쇠하기 전까지 자기가 할 수 있는 일만 생각하고 있는 것이 아니라, 자기 힘으로는 생각하고 있는 일의 만일(萬一)에도 불급(不及)하는 생각을 다하고, 또 생각만으로 그치지 않고 자기의 역량과 지혜와 덕을 헤아려 보지도 않고 일을 시작하다가 실패하는 일이 얼마든지 있다. 이런 일을 **삼대망상**(三大妄想)이라고 한다. 삼대(三大)라는 것은 과거와 현재와 미래의 무진수(無盡數: 끝없는 수)인 것을 말하여 삼대망상이라고 한다. 이 삼대망상이 누구나의 일생을 허송(虛送)시키는 최대원인이 되는 것이다.

사람이란 장수자(長壽者: 오래 사는 것) 100세 이하로 3만 6,000일에 불과하다. 그러나 인생백년이 그리 용이한 것이 아니다. 60만 살아도 보통은 된다. 그러니 한정이 있는 수명을 무한하게 오상(誤想: 그릇된 생각)하고, 자기의 역량을 생각지 못하고 한 망상을 실현시키고자 하는 것은 성공 못 할 것이 당연한 일이요, 실패한다면 그 일로 허송한 시일은 역시 자기 수한(壽限)에서 감축된 세음(歲陰: 세월)이다. 그러니 고성(古聖) 말씀에도 **광음시석**(光陰是惜: 시간을 아껴 씀)이라 하셨다. 그 석(惜)이라는 말씀이 유위(有爲)한 일로 가치 있게 광음을 보낼 것이요, 망상으로 무위하게 보내지 말라는 말씀이다.

고대 사람들의 한 일을 보면 소년시대에 청장년에 일할 준비를 하였다가 시기를 당하면 착착 실행하여 성공한 분이 많다. 소년, 청년시대에 별 준비를 못한 사람들은 준비 있는 사람들의 일하는 것만 보고 여기서 자기 역량껏 생각을 못하고 망상이 나서 아무 일이고 착수하다가, 실패하면 이 사람은 광음을 허송하는 것이다. 이 광음을 허송하지 않고 자신의 성공을 도모코자 할진대, 제일 조건이 자기 역량에 **최안최적**(最安最適: 가장 적합)한 목적을 택해서 비상력을 내어서 **작지불이**(作之不已)한다면 그런 이상(理想)은 누구든지 실천에 옮길 수 있고 인내와 노력으로 성공할 수 있다. 그러면 이런 사람은 한(限)이 있는 광음을 유효적절(有效適切)하게 사용해서 자기의 수명을 가치 있게 지내는 것이다. 고인(古人)들의 **성공요결**(成功要訣)이 이상(理想)을 실현할 수 있게 준비하라는 데 있다. 환언하면 자력으로 갈 수 있는 데까지 목적을 정하고 가면 못 갈 리가 없다는 말이다.

자력(自力)의 양(量)을 알지 못하고 망상을 하는 고로 실패를 봉착하는 것이다. 그래서 **지피지기**(知彼知己: 상대를 알고 나를 앎)하면 **백전백승**(百戰百勝)이라 했다. 이 말은 비록 병서(兵書)에 나온 말이나, 지피(知彼: 상대방을 앎)라는 것을 내가 이상(理想)하고 있는 일의 양으로 알고, 지기(知己)라는 말은 내 역량과 지혜와 덕육(德育)으로 알아서 내 힘으로 그 일을 해나갈 수 있다는 자신이 있는 이상(理想)은 백 번해도 실현 가능하다는 말이요, 광음을 허송하지 않아서 **촌음시석**(寸陰是惜: 짧은 시간도 아껴 씀)했다는 말이다. 이런 것이 실패를 성공으로 바꾸는 제일 요결이라고 본다. 내가 64년간 과거 경험으로 고인들의 말씀이 너무나 소소(昭昭: 밝고 밝음)하다. 만사를 성공코자 하거든 제일 먼저 실천할 수 있는 이상을 세우고 비상력을 내어 인내와 열성으로 그치지 않고 목적달성까지 나가면 성공 못 할 사람이 없다는 것을 재강조하는 것이다.

계묘(癸卯: 1963년) 4월 13일 봉우서(鳳宇書)

추기(追記)

사람들은 무슨 일이든지 시작해 나가다가 실패하면 흔히 말하기를 운이 나쁘다고 하는 일이 많다. 그러나 내가 보건대 그 운이라고 말할 수 있는 일은 성패사간(成敗事間)에 만 가지 중에 한두 건에 불과하고, 다 자기 역량 범위를 초과한 이상(理想)이 실패의 고배를 상(嘗: 맛봄)하는 것 같다. 혹 의외에 자기역량의 비례가 안 되는 성공자도 있으나, 이런 일은 공식 외 일이라 이런 공식 일을 주로 해서 운을 말할 수는 없는 것이라고 나는 말하고 싶다. 운이야 길흉 간에 자기실력 범위 내에서 이상을 수립하고 나가면 성공 못 할 리가 없다고 나는 확언해 두는 것이다. 이것이 내 60년간 목도한 경험이기에 자신 있게 말하는 것이다.

계묘(癸卯), 4월 13일 봉우추기(鳳宇追記)

6-50

농촌생활 실정(實情)의 대체(大體)

우리나라 현 농촌생활 실정을 관찰해 보면 약간의 차이는 있으나, 거의 일반인 감이 있다. 그 지역의 **평야부**(平野部)와 **도시부근부**(都市附近部)와 **산협부**(山峽部)와 **해안부**(海岸部)의 별(別: 나눔)은 있으나, 그들의 생활상을 보면 평야부의 **대농가**(大農家)에서는 연수입 기십만 원대가 되어 좀 부유한 감이 있으나, 이 부류는 어느 평야고 극소수요, **중농가**(中農家)는 식량 문제는 해결하나 일체 지출이 전부 곡물에서 나오고 별 수입이 없는 관계로, 자손들의 중고등이나 대학 진학에 좀 애로가 있는 것 같고, 평야부 **세농가**(細農家: 아주 가난한 농가)라면 자손들의 진학은 별 문제로 하고 자기들의 생활도 발전성이 보이지 않는 **만년**(萬年) **세농층**(細農層)에 속한다. 이 부류가 어느 평야부든지 삼분지이(三分之二) 이상 인구를 점하고 있다.

환언하면 평야 대농은 극소수나 부유층이요, 중농부는 자급자족한 층이나 그중에서는 진학가능, 불가능의 분(分)이 있고, 세농가들은 겨우 지내는 현상이었고 도시부근부 농가들은 어느 곳이나 거의 일반이어서 농가 부업이 없는 곳이 없어서 비록 대농가가 아니라도 농산물 증산이나 원예 등으로 부수입이 있어서 평야부의 중농부 정도의 토지를 가졌다면 생활은 평야부 대농가만 못지않고 자손의 진학도 별 애로를 느끼지 않고 세농가도 농상(農商) 부업으로 자급해 나가는 것 같다. 물론 이 농가들의 생활 수준이 좀 향상된 감은 있으나, 애로가 없으라는 법이야 어디 있는가?

평야부와 비교해서 도시부근부가 좀 생활이 유족하다는 것일 뿐이다. 그리고 자손 진학률도 좀 나은 것 같다. 그다음 산협부(山峽部)에서는 어느 곳을 가든지 경지 면적이 부족한 감이 있으나, 임산물 부업으로 보충해서 생활을 유지하나 평야부나 도시부근부만큼 자손 진학이 못 되고, 생활 수준도 좀 부족한 감이 있다. 해안부 농촌에서 농업이 본업인지 어업이 본업인지에 분(分: 구별)이 확립되지 않는 항구 부근 농가나 도서(島嶼: 섬들) 부근 농가는 물론 농업이 부업화되어 있으나, 별 해산물이 풍족하지 못한 해안 농가에서들은 승(僧: 중)도 아니요, 속(俗)도 아닌 생활이라 어디보다도 생활이 저류(低流: 하류)에 속한다. 도리어 어촌이라면 연수입이 농가에 비해서 우수하다.

이것이 그들의 생활 수준이라, 그들의 바라는 바가 무엇인가 하면 [지식층에 속하고 혹 우국우족(憂國憂族)의 지사(志士)나 청년을 제하고는] 거의 동일하다고 말해도 무리가 아니다. 세농층(細農層)은 자손의 진학은 생각할 뺀도 못하고 바라는 바가 어찌했으면 돈이나 농업을 잘해서 중농층(中農層)이 되어 볼까 하고, 중농가들은 극소수인 대농가(大農家)를 목표로 노력하는 것이다. 만념(萬念: 만 가지 생각)이 구회(俱灰: 함께 재가 됨)하고 도시(都是: 아무리 애써도 전혀) 경제적 윤택을 바라는 마음에 그친다. 물론 이것은 다대수가 생각하는 목표라는 말이다. 그중에도 지도급에 있는 인사들이나 지도급으로 자처하지 않더라도 지식층이나, 유지(有志)인물들이야 농촌에 있건 도시에 있건 무슨 다를 것이 없으나, 순농민으로는 우국우족이니, 정치가 어떻게 되느니, 세계사조가 어찌 되느니가 그들의 관심사가 아니요, 다만 농업의 생산이 잘되고 돈이나 수입이나 있으면 하는 경제관념 이외에는 다른 생각이 있어 보이지 않는다. 이것이 전 인구의 6할 내지 7할의 공통된 사조(思潮)라면 민족 수준이 향상하기가 곤란하다.

민족의 진정한 지도인물이 나와서 이 경제 이외에 타념이 없는 민족을 잘 지도해서 세계 수준으로 인상시키고 그 경제 이념도 좀 세계 수준 돌파의 목표로 나갈 진실한 계획으로 나간다면 여기서 애국애족 이념이 자연적으로 부수될 것이다. 현 농촌 수준의 저열함을 보고 내 일침(一針)을 가하는 것이다. 농촌 출신의 청장년들은 서로서로 규합해서 날로 패망해 가는 우리나라 농업층 인물들의 정신을 경성(警省: 경계하고 반성함)시켜 줄 것을 굳게 맹세하라.

현 농가인물들로서는 세계 수준 도달의 가망성이 보이지 않는 경천동지(驚天動地)의 영웅이 나와야 이들의 꿈을 깨쳐 주는 것이 아니라 농촌에서 생장(生長)한 그들의 자손인 청장년들이 규합해서 농촌운동을 전개하면 불구(不久)해서 그들의 근시안적인 극소 범위의 경제 관념을 고치고 세계 수준 돌파를 목표로 애국애족적인 사상하(思想下)에 농촌 경제 재건이 될 것이요, 그들의 생활도 개선될 것이라고 나를 믿는 신념으로 농촌 청장년들에게 말하고자 하는 바이다.

계묘(癸卯: 1963년) 4월 13일 봉우서(鳳宇書)

추기(追記)

평야부 농업의 개선으로 인력 소비가 덜되고도 기계화하여 증산할 수 있게 하면 현 수입의 배(倍) 내지 3~4배를 바랄 것이요, 산협부(山

峽部) 농촌에서 삼림계획을 수립하고 산간(山間: 산골)을 이용하여 특수 약초나 작물을 재배한다면 10년, 20년 계획으로 현 생활의 몇 배의 수입이 있을 것이요, 도시부근부에서도 완전 원예화(園藝化)한다면 역시 현상의 몇 배를 달성할 것이요, 어촌부(漁村部)는 얼마든지 왕성할 수 있다. 이것이 명약관화(明若觀火)한 일이다.

그러나 농산어촌(農山漁村) 중견인물들이 단결해서 민족의 재건할 신발족을 해야, 비로소 서광이 비치는 것이다. 그렇게 한다면 우리나라는 천혜(天惠: 자연의 혜택)가 정말(丁抹: 덴마크)이나 화란(和蘭: 네덜란드)이나의 류(類)가 아니라 무엇으로든지 몇 배에 해당한다. 그러자면 현 영미(英美) 제강국(諸强國)에게 소호도 뒤지지 않고 전진할 것은 우리의 눈으로 볼 수 있다. 다만 농산어촌 중견인물들의 속한 단결로 발족할 것과 이를 총지휘할 인물의 등장을 빌고 이만 그친다.

계묘(癸卯), 4월 13일 봉우추기(鳳宇追記)

[이 글을 읽으면 몇 년 후 1970년부터 박정희 대통령의 총지휘로 전개된 '새마을 운동'이 자연스레 연상됩니다. 봉우 선생님은 농산어촌(農山漁村)에 대한 관심과 애정이 많으셨고, 틈만 나시면 농산어촌의 발전에 대한 구상을 여러 형태의 글로 피력하셨습니다. -역주자]

재추기(再追記)

우리나라의 농촌생활 수준이 최고라고 할 만한 계급이 연수입(특수작물 경영자를 제하고)이 도(稻: 벼) 200叺(입, 가마니), 맥류(麥類: 보리 종류, 호밀, 귀리 등) 100입(叺) 내외요, 도(稻) 100입(叺), 맥류 50입(叺)만 수입해도 중농(中農)은 확실하고 중농에도 하급(下級)이라면 도(稻) 30입(叺), 맥류 20입(叺)만 해도 세농(細農: 소규모 농사)이라고는 않는다. 그 이하가 세농에 속한다. 그러나 지출면을 보면 대농가도 전 수입의 6~7할의 지출이 있고, 중농도 역시 5~6할에서 7~8할의 지출이 있어서 약간의 흑자가 있을 정도요, 세농(細農)이라면 수지 균형에서 혹은 적자가 날 정도라고 본다. 그리고 보면 우리 농촌 다대수가 적자생활임에는 부정 못한다. 이것이 우리 농촌의 피폐상(疲弊狀: 지치고 쇠약해진 모습)이다. 할 수 없는 일이다.

농촌계몽이 조금만 잘되면 적자생활은 해소될 것이요, 거기서 일보전진(一步前進)한다면 가급인족(家給人足: 집집마다 생활이 풍족해짐) 할 수 있다. 여기서 국태민안(國泰民安)이 배태(胚胎)되는 것이다. 비로소 수준이 향상하고 생활이 완전히 개선될 것이다. 의식족이지예절(衣食足而知禮節: 의식이 풍족해야 예절을 앎)이라고 교화(敎化)도 민족 전체가 다 균등하게 받을 것이요, 동일한 교육이 되었다면 정치에도 동일한 균등(均等)이 될 것이요, 경제력도 자연히 차가 심하지 않은 경균(經均: 경제적 균형)이 될 것이다.

여기서 평화가 오고 지상천국(地上天國)이 건설될 수 있는 것이다. 시일을 너무 속히 생각하지 말고 제1단(第一段) 계획 5년[99], 제2단

99) 1950년대 초부터 계획만 무성했고 실행으로 옮겨지지는 못했던 국가 주도의 경제개발계획은 박정희 정부부터 본격적으로 실시되었다. 박정희 정부는 1961년 5월 12일, 제1차 경제개발계획을 발표했다. 그 시작인 제1차 경제개발 5개년계획(1962년~1966년)의 주요 골자는 전력·식단의 에너지원과 기간산업을 확충하고, 사회간접자본을 충실히 하여 경제개발의 토대를 형성하는 것이었으며 우리나라의 많은 노동력을 이용하

계획 5년[100], 제3단 계획 5년[101], 제4단 계획 5년[102]으로 20년을 두고 지도층에서 시행한다면[103] 우리나라도 세계 어느 나라에 후진성

여 경공업 중심으로 발전시켰다. 그밖에 농업생산력을 확대하여 농업소득을 증대시키며, 수출을 증대하여 국제수지를 균형화하고 기술을 진흥하는 일 등이었다. 또한, 월남전 파병, 한독근로자채용협정에 의한 '파독광부'와 '파독 간호사'로 외화를 벌 수 있게 되었다. 이 시기의 경제성장률은 7.8%로 목표를 상회하였으며, 1인당 국민총생산(GNP)는 $83에서 $126로 증가되었다.

100) 제2차 경제개발 5개년계획(1967년~1971년)은 식량 자급화와 산림녹화, 화학·철강·기계공업 등 중공업 중심의 산업 고도화, 10억 달러의 수출 달성(1970), 고용확대, 국민소득의 비약적 증대, 과학기술의 진흥, 기술수준과 생산성의 향상에 그 목표를 두었다. 이 목표를 달성하기 위한 소요자금 9,800억 원 중 국내자금이 6,029억 원, 외자가 14억 2100만 달러였다. 또한 이 시기에 경부고속도로가 지어졌다.

101) 제3차 경제개발 5개년계획(1972년~1976년)의 목표는 중화학공업화를 추진하여 안정적 균형을 이룩하는 데 두었다. 이 기간에는 착수 직전인 1971년 8월의 '닉슨 쇼크'에 의한 국제경제 질서의 혼란, 1973년 10월의 석유파동 등으로 어려운 고비에 처하게 되었으나, 외자도입의 급증, 수출 드라이브 정책, 중동 건설경기 등으로 난국을 극복하여 연평균 9.7%의 성장률을 유지하였다.

102) 제4차 경제개발 5개년계획(1977년~1981년)은 성장·형평, 능률의 기조 하에 자력성장 구조를 확립하고 사회개발을 통하여 형평을 증진시키며, 기술을 혁신하고 능률을 향상시킬 것을 목표로 하였다. 1977년 100억 달러 수출 달성, 1인당 국민총생산(GNP) 1,000달러가 되었지만, 1978년에는 물가고와 부동산 투기, 생활필수품 부족, 각종 생산애로 등의 누적된 문제점이 나타났다. 1979년 제2차 석유파동이 가세하여 한국경제를 더욱 어려운 고비로 몰아넣었고, 1980년에는 광주에서 발생한 5.18 민주화운동 등의 정국혼란과 사회적 불안, 흉작이 겹쳐 마이너스 성장을 겪었으나 다행히 1981년에는 경제가 다시 회복세를 보였다.

103) 박정희 이후에도 국가주도의 경재개발 계획은 경제사회발전 계획으로 이름을 바꾸며 계속 이어졌다. 제5차 경제사회발전 5개년계획(1982년~1986년)은 이때까지 계획의 기조로 삼았던 '성장'을 빼고 안정, 능률, 균형을 기조로 하여 물가안정·개방화, 시장 경쟁의 활성화, 지방 및 소외 부문의 개발을 주요정책 대상으로 하였다. 이 계획의 가장 큰 성과는 한국 경제의 고질적 문제였던 물가를 획기적으로 안정시킨 것이며, 이를 바탕으로 1986년부터 3저 현상의 유리한 국제환경 변화를 맞아 경상수지의 흑자전환, 투자재원의 자립화로 경제의 질적 구조를 튼튼하게 하였다.

제6차 경제사회발전 5개년계획(1987년~1991년)은 '능률과 형평을 토대로 한 경제선진화와 국민복지의 증진'을 기본목표루 설전하고, 21세기에 선진사회에 진입하기 위한 제1단계 실천계획으로 수립되었다. 특히 흑자기조로의 전환에 따라 선진국의

이 없이 대등(對等)할 수 있고, 일보 전진한다면 그 수준을 돌파할 수 있는 것이다. 두고 보라! 하시(何時)든지 이 이상(理想)이 실현될 날이 머지않아서 올 것을 확언(確言)하노라.

계묘(癸卯: 1963년) 4월 13일 봉우재추기(鳳宇再追記)

보호주의 압력과 대내적인 소외부문의 소득보상 욕구가 더욱 커지게 되어, 이에 대응하기 위한 전략으로 자율·경쟁 ·개방에 입각한 시장경제 질서의 확립, 소득분배 개선과 사회개발의 확대, 그리고 고기술부문을 중심으로 한 산업구조의 개편을 중점과제로 삼게 되었다. 그 결과 경제성장률은 목표 7.5%를 상회하여 10%를 달성하였으며, 실업률은 2.4%로 고용안정을 가져왔고, 저축증대에 노력한 결과 국내저축률은 당초 예상보다 높은 36.1%에 이른다. 제7차 경제사회발전 5개년계획(1992년~1996년)은 자율과 경쟁에 바탕을 두어 경영혁신·근로정신·시민윤리 확립을 통해 21세기 경제사회의 선진화와 민족통일을 지향한다는 기본목표 아래 기업의 경쟁력 강화, 사회적 형평 제고와 균형 발전, 개방·국제화의 추진과 통일기반 조성 등을 3대 전략으로 삼았다. 이 기간 동안 연평균 7.5%의 실질경제성장률을 달성하기 위해서는 기업의 소유 집중을 분산하고, 산업구조 조정을 원활하게 하며, 기술개발·정보화를 도모하고, 사회간접자본에 대한 투자를 확충시켜 나갔다. 경제개발계획 마지막 연도인 1997년에 국가부도 사태가 일어나고 1998년 정부는 IMF의 지시로 민간 경제활동 자유 보장과 시장경제질서 편입 재정 안정화를 근거로 경제개발계획을 폐기하였고 재정정책, 공공재 관리 등 꼭 필요한 것만 담당하였다.

이렇게 박정희가 본격적으로 시작한 경제개발계획은 미국이 제2공화국 정책과 비교하면서 군사정권이 밀어붙이는 공산주의적 경제정책이라며 반대했지만 이후 1인당 국민소득이 기하급수적으로 올라가며 눈부신 경제성장과 국민복지증진 등 대한민국의 성장을 이루어 내었다. (출처: 위키백과)

6-51

박창화(朴昌和: 1889~1962) 옹(翁)을 추억함

옹의 생사존몰(生死存沒)을 나는 막연부지(漠然不知: 뚜렷하지 못하여 알지 못함)하고 있다. 옹과 서로 작별한 것이 병진년(丙辰年: 1916년)인가 보다. 48년이라는 길고 긴 세월이다. 그러나 옹의 안부를 간간이라도 듣던 것은 경신년(庚申年: 1920년)까지였고, 그 후에는 아주 소식이 적조(積阻: 오래 떨어져 소식이 막힘)했었고, 다만 동경(東京: 일본) 도서관에 있었다는 소식을 들은 것은 옹의 처남인 이백하 옹에게 임술년(壬戌年: 1922년)에 들은 후로 어찌 지내는지 조차 알 길이 없었다.[104)]

104) 박창화(朴昌和.1889~1962)는《화랑세기》필사본을 남긴 재야 사학자다. 호는 남당(南堂). 충청도 청주 출신으로 1900년 초 관립한성사범학교(지금의 서울대 사범대학)를 졸업하여 일제강점기 시기에 교사로 활동하였다. 봉우 선생님 소학교(小學校: 충북 영동보통학교) 시절 지도하던 선생님. 박창화 선생과 영동에 있는 천마산 삼봉에 등반하여 나눈 대화가《봉우일기 1권》에 '연정원의 연혁'이란 제목으로 실려 있다. 1927년에 일본의 역사잡지《중앙사단(中央史壇)》에 세 차례 역사 관련 논문을 발표하기도 했다. 일본 궁내청 서릉부(書陵部: 일명 황실도서관)에서 1933년부터 12년 동안 조선전고(朝鮮典故) 조사사무 촉탁으로 근무하면서 이곳에서 일제가 한국에서 약탈해간 수많은 단군 관련 사서와 고대사 관련 사서들을 보고 연구하였다. 나중에 청주사범학교 교장이었던 최기철(崔基哲, 1910년 대전生~2002년) 서울대 명예교수에게도 이를 증언했다.《화랑세기》도 이곳에서 보고 필사했을 가능성이 있다. 황실도서관에 들어간 계기는 최기철 박사 증언에 의하면 "(남당이 나라가 어려워지자 학교에서 아이들만 가르칠 수 없다는 생각에) 독립운동이라도 해보려고 중국을 갔는데 국경 넘어서 안동이라는 곳에 갔대요. 그런데 일본 관헌한테 붙잡혔대요. 독립운동을 한다면 치고받고 야단났는데 정중히 모시더래요. (일본 관원이 남당에게) 선생님은 소원이 뭡니까, 이러니까 역사공부라고 그래서 (일본 관헌이) 이젠 그러면 좋은 수가 있습니다. 우리가 역사공부를 실컷 할 수 있도록 그런 장소로 안내를 할 테니까, 안심하십시오 해서 간 곳이 황실도서관이래요."《화랑세기》를 부정하는 학계는 남당의 황

그러다가 병신년(丙申年: 1956년)에 성득환 옹에게서 을유년(乙酉年: 1945년)에 성 옹의 가정교사 격으로 반년이나 있다가 아녀배(兒女輩: 어린 여자애들)와 불합(不合)해서 귀가했다는 말만 들었지 그 외에는 아무 소식을 알지 못한다. 참으로 인생은 무상(無常)하다.

옹과 내가 초대면한 것은 신해년(辛亥年: 1911년) 영동 보통학교원으로 왔을 때요, 그 당시에 학생들은 비록 소학생들이나 연령으로 최고가 35세에 중간이 25~26세들이요 소년들도 있으나, 두대(頭大)한 학생들이라 교원들은 일본인 교장이 40대요, 조선인 한문교사가 40대요, 그다음 선생들은 정낙현이 22세요, 허균이 23세요, 박창규가 26세요, 이택재가 30세요, 장기해가 27세요, 박창화가 21세였다. 박 선생이 옥천(沃川)학교에서 영동(永同: 충청북도)으로 전임(轉任: 옮겨 부임) 초 인사하자, 학생들은 그 인상(人相: 사람의 얼굴 생김새와 골격)을 보다가 황면(黃面: 누른 얼굴)에 혈색이 없고, 선의(鮮衣: 고운 옷)에 본목흑주의(本木黑周衣: 무명 검은색 두루마기)를 입고, 목리(木履: 나무신)를 신고, 일본어를 하는 것이 아주 서툰 것 같다. 그래서 학생들이 좀 깐본 것 같았었다. 아침에 오면 큰 학생들이나 소년들이나 할 것 없이 직립자세로 두부(頭部: 머리 부분)만 좀 경사(傾斜)라고 할까 하는 정도로 인사를 했다. 그런데 의외에도 박 선생은 우리들의 인사를 기착(氣着: 기운이 붙음) 자세로 최경례(最敬禮: 최고의 경례)로 받는다.

하루 이틀이 지나 학생들도 서로 상의하고 박 선생의 인사에는 우리들도 좀 경의를 표하자는 데 동의했으나, 그래도 우리가 아침인사를 아주 공손히 했거니 하고 머리를 들어 보면 박 선생은 여전히 최경례

실문고 근무 자체를 부정했지만 〈KBS 역사스페셜〉에서는 일본국립국회도서관에서 남당이 궁내성 도서료에 근무한 자료를 확인했다. 역사 관련 저술을 많이 남겼다.

라 우리보다 얼마 후에야 본 자세로 환원한다. 이렇게 여일(如一)하게 반년이 지내니, 영동학교 학생들의 경례는 아주 습성이 되어서 누구에게나 공손히 하게 되었다. 그리고 당시 도지사나 학무국장이 종종 영동에 오게 된다. 그들의 훈시가 있을 때면 반드시 박 선생이 통역을 하는데, 누구보다도 잘했다. 또 체조(體操)를 맡아 교수하는데 물론 교정에서 많이 했으나, 야외로 간간이 나가서 역사 얘기를 학생들에게 잘 해주고 당시 금물이던 우리들의 민족사상을 은연중 고취하며, 비록 왜정에서 주사(注射)교육이라고 하나 우리들이 배우지 않으면 후일에 입신(立身)할 수 없고 사람마다 입신할 수 있다면 우리 민족도 자립할 수 있다.

그러니 **불입호혈**(不入虎穴: 호랑이 굴에 들어가지 않으면)이면 **언득호자**(焉得虎子: 어찌 호랑이 새끼를 얻겠는가?)라고 우리도 교육을 잘 받아야 그들의 단처(短處)도 알고 장처(長處: 장점)도 알 것이 아닌가 하는 힌트를 눈치 알 만한 학생에게는 **정신교수**(精神敎授: 정신적 가르침을 줌)를 해주었다. 비록 소학교원이었으나, 그 의지는 누구에게 지지 않을 것 같다. 그래서 장래 희망이 있음직한 학생들은 직접 **구전심수**(口傳心授: 입으로 전하고 마음으로 줌)를 한다.

월전(月前: 달포 전)에 **환원**(還元: 죽음)한 **염상섭**(廉想涉)[105] 옹이나

105) 염상섭(廉想涉, 1897년 8월 30일~1963년 3월 14일. 예비역 해군 중령)은 일제강점기 시기 《표본실의 청개구리》, 《삼대》, 《해바라기》 등을 저술한 대한민국의 소설가이다. 본관은 서원(瑞原). 호는 제월(霽月) 또는 횡보(橫步). 서울 출생이다. 대한제국 중추원 참의 염인식(廉仁湜)의 손자이며, 가평 군수 염규환(廉圭桓)의 8남매 중 셋째 아들이다. 게이오대학 재학 중 자신이 쓴 〈조선독립선언문〉과 격문을 살포하고 시위를 주동하다 일경에게 체포되어 금고형을 받고 학교를 중퇴한 채 《동아일보》 창간과 더불어 정치부 기자가 되어 1920년 귀국하였다. 이후 소실과 평론에 전념하다가 일제강점기 말기 10여 년(1936~1945)은 만주 장춘에 살면서 《만선일보》 편집국장·

김팔봉(金八峰)106)이나, 이소박 옹이나 송우헌, 안병춘(安秉春) 등이 다 옹의 친수(親授: 가깝게 가르침을 줌)를 받은 사람들이다. 그 후 배재고등보통학교 교수로 있으며, 왜인(倭人)의 경중(京中: 서울 안) 대배재(對培材) 분쟁과 야구시합 시 문제107)로 책임을 지고 진취일신교(晉吹日新校)에 가서 있다가 일본으로 가서 수십 년을 무엇을 연구했는지 전연

회사홍보담당관 노릇을 하면서 절필하였고, 광복 후 귀국하여 다시 《경향신문》 초대 편집국장을 지냈고 6.25 중에는 해군 소령으로 입대하여 정훈장교로 종군하였다. 1963년 3월 직장암으로 작고할 때까지 완성된 본격 장편 20여 편, 단편 150편, 평론 100여 편 이외에 기타 수필 등 잡문 200여 편의 글을 남기었다. 그 삶과 문학의 특징은 민족적이었고 전통적이었으며 야인적이었다. 식민지 사회를 투철히 인식하면서 당대 사회의 진실을 묘사하였다. 또 전통적인 사실적 문체인 내간체를 계승, 발전시켜 자신의 문학의 골격으로 삼았고 서구 근대 물질문명을 점진적으로 수용하면서 보수적인 자세를 보였다.

106) 김기진(金基鎭, 1903년 음력 6월 29일~1985년 5월 8일)은 대한민국의 문학평론가이며, 시인이자 소설가이다. 호가 팔봉(八峰)이라 김팔봉(金八峰)으로도 불리었던 그는 조각가 김복진(金復鎭)의 아우이다. 카프의 이론가 겸 소설가로 초창기 계급문학을 주도하였다. 일제강점기 말기에는 친일 행적을 보였다. 1940년부터 1945년까지 《매일신보》, 《조광》, 《신시대》를 통해 친일 저작물을 연달아 발표했다. 6.25 때 인민군에게 체포되어 사형판결을 받았으나 기적적으로 살아남은 뒤 반공주의 문인으로 활동하였다. 1936년 《청년 김옥균》을 발표한 이래 역사소설에 관심을 보였는데, 광복 후 《통일천하》(1954~1955), 《군웅》(1955~1956), 《초한지》(1984) 등 역사소설을 많이 발표했다. 1978년 대한민국예술원 회원이 되었고, 사망 후 1989년 문학과지성사에서 전7권의 《김팔봉문학전집》이 발간되었다.

107) 1921년 2월 전국 18개팀이 참가한 제1회 전조선축구대회에서 배재와 숭실의 준결승전에서 오프사이드 판전 시비가 불거져 양 응원단이 서로 주먹다짐을 한 사건과 4개월 후 제1회 전조선야구대회 결승전에서 배재가 성서에 패한 후 배재 응원단에서 성서의 선수 자격 시비를 걸어 양 응원단이 또다시 충돌한 사건. 배재응원단 400여 명이 경기장에 난입해 모조리 때리고 부수는 난동이 벌어졌는데 심지어 배재학교의 교장인 아펜젤러까지 참가해 상대방 관중의 뺨을 후려쳤다고. 이날 배재학생들에게 매를 맞은 사람은 헤아릴 수 없을 정도였고 조선체육회에서 심판으로 파견 온 현홍훈, 박천병도 매를 맞아 부상을 입었다. 이 결과로 배재는 출장정지 징계를 받았으나 이후에도 배재응원단은 몇 차례나 더 폭력사태를 일으켰다. 배재는 일제강점기 동안 야구, 정구, 축구, 육상, 농구, 유도, 수영 등 18개 종목을 육성하면서 각 종목 모두에서 우승을 다툴 정도였는데 그만큼 응원단의 열성도 지나치게 대단했다.

알지 못하고 있었다. 일방 운남(雲南)사관학교에 문생(門生: 문하생)들을 보내고 민족운동의 배후운동을 많이 했다. 그 문하생들이 누구인지는 나로서는 알 수 없다. 그러나 성득환 옹의 자사(子舍: 자제)나 영애(令愛: 딸) 말을 들으면 현시대에는 아주 완고하다고 말한다.

옹이 70노옹(老翁)이라 현대 청년남녀의 비위를 맞출 수 없는 것은 사실이나, 내가 생전에 상봉할지 못할지 현금 그의 생사존몰조차 아지 못하고 이 붓을 드는 내 심정 무엇이라 하리요? 옹도 청장년시대에는 충천(沖天: 하늘 높이 솟음)의 기개(氣槪: 기상과 절개)를 가지고 동유(東遊)했을 것이었으나, 무엇을 얻었는지, 못 얻었는지는 알 수 없지만 70노옹으로 서산낙일(西山落日: 서산에 해짐)의 경상(景狀: 좋지 못한 몰골) 어찌 가릴 수 있으리요? 그의 고제(高弟: 고족제자高足弟子)는 누구며, 그의 후진들은 누구인가? 천애남북(天涯南北: 하늘 끝 남북)에 상봉할 길 조차 없고 주소도 알지 못하여 다만 나 혼자서 옹을 추억하는 마음 무어라 형용하리요? 내 자신도 감개무량(感慨無量)하도다.

계묘(癸卯: 1963년) 4월 13일 봉우서(鳳宇書)

〈선생은 내 소년시절에 나를 지도하시던 선생님이요, 나뿐 아니라 여러 동지가 동일한 가르침을 받은 사람으로 사은(師恩: 스승의 은혜) 만일(萬一: 만에 하나도)도 못 갚고……〉

〈박 선생 추억이란 제하(題下)에 내가 횡설수설했으나, 일에서 백까지 내가 선배에게 성의가 부족했던 것은 사실이다. 마음에 걸리면 얼마든지 조사해 볼 수 있는 것인데, 내가 힘을 쓰지 않고 절로 그 소식을 알고자 한 것이 내 성의(誠意) 부족관계다. 내가 나를 자책하고 있을 뿐

이다. 마음에 항시 미안하다. 소박옹(小樸翁)에게도 동일감이 있다. 봉우(鳳宇) 미안함을 표현한다.〉

〈내 친지(親知) 몇 분의 사별(死別) 후 그 자손이나 가족에게 비록 관심은 있었으나, 그 친구들의 생시(生時: 살아 있을 적)같이 그 가족들에게 상대는 못 하는 것은 내가 성의가 부족한 연고다. 마음만은 그 친구 생시나 소호도 변함이 없다고 자신을 가지고 있다. 내 친구들도 내게 역시 그럴 것이라고 생각된다. 한심한 일이다. 시간만 있으면 (먼저) 간 친지 평론(評論)을 쓸까 한다.〉

[위의 세 글은 일기 원문의 여백에 각기 따로 덧붙여져 있는데, 1980년대 후반에 이 글을 다시 읽으시고 감상을 써놓으신 듯합니다. -역주자]

추기(追記)

내가 소학(小學: 소학교)시대에 박 선생과 송우헌, 송철헌과 나와 4인이 결의(結義)를 하였고, 그 결의는 4인이 형제를 맺은 것이 아니라 박 선생과만 3인이 다 형봉(兄奉: 형으로 받듦)한 것이요, 우리들은 여전히 친우(親友)로 지낸 것이다. 나에게도 박 선생께서 **담력양성법**(膽力養成法)과 **심력**(心力)**단련법**을 말씀하여 주셨다. 그래서 나뿐만 아니라 영동청년들이 많이 그의 심법(心法)을 배워서 3.1 운동 때나 그 후 때에도 왜정 때에 고등계 요시찰 인물들이 충북에서 어디보다도 영동에 많았었다. 이것이 다 박 선생의 여택(餘澤: 남긴 은택)이었다. 옹을 추억하며 이 붓을 그친다.

재추기(再追記)

내가 유년시대에는 별로 심겁증(心怯症)이 없었는데, 내가 12세 때에 후문(後門: 뒷문)이 열린 곳을 보다가 흉악한 시체가 알몸으로 있는 것을 보고 야간에 그곳을 통행하자면 어느 때나 그 시체가 동작하는 것 같다. 그래서 그곳을 오기 전부터 마음이 조마조마해져서 급주통과(急走通過: 빨리 달려 통과함)코자 한다. 그러면 의외에 그 시체의 환영(幻影)이 더 자세하게 현상이 되어 곧 뒤에서 따라오는 것 같다. 이래서 그 다음은 그 장소가 아닌 다른 곳에서도 야행(夜行)에는 무수한 그 종류 환영이 보이는 것 같아서 야간통행을 될 수 있는 대로 피했다.

그러던 중 13세에 실인(室人: 아내)의 시체를 생전신고(生前呻苦: 살아 신음하며 고통스러움)하는 것부터 임종시(臨終時: 죽을 때)까지 다 보았다. 그다음은 야간독행(獨行: 홀로 다님)하면 내 신변에는 의례히 이런 환영이 따르는 것 같고, 좀 심한 때에는 아주 확실하게 현형(現形: 형체를 드러냄)하여 무엇이라 하는 것 같다. 주행(走行)하면 주행할수록 환영은 앞으로 온다. 이것이 내게 가장 말 못할 심정이었다. 그러나 누구에게도 이 말을 한 일은 없다. 가족에게도 발언한 일은 일차도 없었다.

그런데 내가 수학공부차로 석간(夕間: 저녁 사이)을 이용해서 박 선생에게 야학(夜學)을 하였다. 그 통로가 바로 그 시체를 본 곳이요, 또 통로 중에 학교 주변 지소(池沼: 못과 늪)가 동학난(東學亂)의 동학교도 수백 인을 총살한 장소로 전설이 있는 흉음지(凶陰地)였다. 그러니 그곳을 통과하지 않는다면 역시 당시 경찰서 앞에서 군청 앞으로, 학교 뒤로 통행해야 하는데 그곳도 그리 평탄한 곳이 아니요, 별별 전설이 있는 흉지였다. 그래서 그 두 곳을 통과 안 할 수 없는 일이다. 그러나 수학공부에 마음이 쏠려서 참고, 참고 할 수 없이 다닌다. 그러나 박 선생이 내가 야행(夜行)에 심겁증이 있다는 것을 추지(推知: 미루어 생각해 앎)한 것 같다. 그래서 수학공부를 하다가 가장 난문제를 봉착할 때에 선생 말씀이 교수를 중지하고, 너희들 각자가 심지를 뽑아서 그 뽑은 대로 암흑한 중에 그곳을 다녀와야 수업하겠다고 한다.

내가 제일 첫 번에 당시 학교인 객사(客舍: 숙소)였다. 물론 그 흉지인 연못을 지나서 아주 전설의 흉지인 그 학교 북립암(北立岩) 교실에 독자(獨自: 자기 혼자)로 칠판에 표(標)를 하고 와야 하는 것이었다. 결심하고 무서움을 참고 다녀왔다. 제2차가 당만리(唐萬里) 고개 밑 금성(金成)재였다. 여기가 구일(舊日: 옛날) 공동묘지인 북망산(北邙山)이었다. 역시 통과했다. 제3차가 목적리(目赤里) 상여고(喪輿庫)였다. 내가 고내(庫內)에 가서 표(標)를 하려 할 때에 고내에 있는 물건이 자동(自動: 절로 움직임)하고 무슨 소리가 난다. 그러건 말건 간에 무사히 다녀왔다.

제4차가 당만리 고개 너머 덕대에다 표를 하고 오라는 것이다. 덕대라는 것은 소아(小兒) 시체를 매장하지 않고 나무에다 얹어 두는 것이었다. 내가 이곳까지 가서 제일 밑에 있는 덕대에 표를 하려는 때에, 덕대가 내 가슴으로 안긴다. 내가 두 손으로 떠밀고 그 덕대에다 불을 질렀다. 그러니 그 덕대 밑에서 무슨 흑영(黑影: 검은 그림자)이 빠르게 나간다. 내가 투석해서 그 흑영이 두어 번 맞는 것을 보고 비로소 박 선생에게 돌아왔다.

그 후부터는 그전에 보이던 환영이 보이지 않고 아무리 흑암야간(黑暗夜間)이라도 조금도 심겁증이 나지 않는다. 백주나 야간이나가 다 그곳인데 무슨 의구(疑懼: 의심하고 두려워함)가 있겠는가 하고 각오(覺悟: 깨달음)한 바 있었다. 이것이 선생이 담력양성법을 실지로 교수(教授: 가르쳐 주심)하신 것이요, 심신단련도 역시 이와 유사하게 정신일치(精神一致)를 시키도록 말씀하여 내가 수학연구나 다른 공부에 실용을 해 보았다. 그리고 선생이 학교에서 교수시간에 항상 정신유도(精神誘導: 정신을 이끎)를 해서 정신이 일치될 때에 단시간 교수로 충분히 습득하게 한다. 다른 선생들과는 아주 판이한 교수법이었다.

옹은 이길당(李桔堂) 산림(山林: 학식 높은 시골 선비학자)의 손서(孫壻: 손녀사위)로 한학(漢學)을 배우다가 소학교도 졸업 않고 서울로 가서 고학(苦學)을 하다가, 교원속성과 6개월을 습득하고 나온 수재(秀才)로 부교원이 되었다. 불구(不久)해서 정교원시험을 통과하고 또 학무국의 각 교장에게 논문을 제송(製送: 지어 보냄)하라 하는 것을 박 선생도 논문의 논문이라는 60여 매의 논문을 조송(造送: 지어 보냄)해서 학무국장상을 받고 승급(昇級)을 했다. 당시 본과졸업 정교원들이 월급 20원 내외였다. 교원 초봉 6원이었는데, 박 선생은 승급으로 30원을 받았다. 선생은 자습으로 중학교원이 되었고 보전(普專: 보성전문학교) 강사가 되었다.

현재 생사존몰(生死存沒)은 알지 못하나, 입지전(立志傳) 중의 일인임에는 틀림없다. 이것이 내가 항상 심두(心頭)에 잊혀지지 않는 소이(所以: 까닭)이다. 소학교 교원이라두 반수만 이 정도의 교양이 있다면 그 나라 국민 수준은 얼마가지 않아서 향상될 것이라고 나는 믿는 바이다. 현 초등학교 교원들의 질적 저하를 보고, 더욱이 박 선생님의 당시 자격을 감탄하며 또 문교행정부에서 교육대학이나 사범학교의 학력을 좀 증진해 주었으면 하는 바람을 국민의 한 사람으로 누구보다도 더 바라는 바이다. 할 말은 아직도 남으나 이만 그친다.

계묘(癸卯: 1963년) 4월 14일 봉우서(鳳宇書)

6-52

친교(親交: 친밀한 사귐)

고성(古聖: 옛 성인) 말씀에 **익자삼우**(益者三友)**요, 손자삼우**(損者三友)[108] 라고 하시었다. **교도**(交道: 친구와 사귀는 도리)라는 것은 익자(益者: 유익함)도 있고, 손자(損者: 손해를 봄)도 있으며, **무익무손**(無益無損: 유익도 손해도 없음)한 붕우(朋友: 벗)도 있다. 그러나 **친교**(親交)라고 하면 자기에게 유익한 붕우를 말하는 것이다.

내가 극소년시대(極少年時代: 아주 어렸을 때)에 **이우경**(李又慶(錫柱)과 **죽마지교**(竹馬之交)로 친했었으나, 경술년(庚戌年: 1910년) 후로는 상봉도 못했다. 서로 잊고 있는 중이요 그다음 **남주희, 남충현, 김구경**과 친교였으나, **남주희**[109] 는 사회를 활보(闊步)하는 사업가였고, 나는 향촌 은퇴자라 상종이 없어졌고 **남충현**은 소년시대에 작별하고 다시 상봉을 못했다. 그리고 김구경은 남주희와 상종하고 일본 가서 대학출신으로 동양문학을 연구했는데, 중간에 아주 소식이 없다가 무진년(戊辰年: 1948년)에 몇 차 상봉 후 북경에서 수차 서신으로 또 소식부지(不知)다.

---

108) 《논어(論語)》〈계씨(季氏)〉에 나옴. 원문해석: 공자께서 말씀하시길, 유익한 벗이 셋이요, 손해 보는 벗이 셋이다. 곧은 이와 벗하고, 믿음직한 이와 벗하고, 박학한 이와 벗하면 유익하다. 편벽스런 이와 벗하고, 능글능글한 이와 벗하고, 재잘거리는 이와 벗하면 손해 본다. (원문: 益者三友, 損者三友. 友直, 友諒, 友多聞, 益矣. 友便辟, 友善柔, 友便佞, 損矣.)

109) '봉우사상을 찾아서(515) – 남주희(南胄熙) 군을 추억하며' 참고

그다음 영동에 와서 송우헌, 송철헌, 심영섭, 이백하[110] 와 교도(交道)가 친밀했으나, 서로 잊지 않을 정도요 이윤직과 이홍구와는 소시(少時)부터 민족운동이니, 독립운동을 해야 하느니 하며 동지적 입장으로 친교였다. 중간까지는 3인이 불변하다가 이홍구는 염증이 나며 개로(改路: 길을 바꿈)했으나, 친교는 여전했고 이윤직은 시종일관한 동지로 친교 중 서거했고, 그다음 정원기, 송재일을 친교로 지낼 뿐이요, 무슨 사상에는 언급한 일이 없었고 이용재와는 역시 친교로 상대했다. 그러나 중년부터 무소식한 분이다.

그다음 박산주(朴汕住), 윤신거(尹莘居), 정수당(丁隨堂), 김오운(金烏雲)은 지식이 사도(師道)에 거(居: 있음)할 만한 친교요, 내가 심중(心中)에 불망(不忘)하는 분들이요, 주회인(朱懷仁), 이화암(李華庵), 이석당(李石堂), 강경도(姜景道), 박두산(朴斗山), 주기악(朱基岳), 박동암(朴東庵), 박학래(朴鶴來), 강태을(姜太乙) 제위(諸位: 여러분)는 도교(道交: 도의 사귐)로 친교였었고, 손광순(孫光淳), 이연오(李然吾)는 동지교(同志交: 동지로 서귐)였고, 차종환, 조명희(趙明熙), 한상록, 최순익(崔淳益), 윤창수(尹昌洙), 제위는 동사동지교(同事同志交)였고, 정규명(丁奎明)은 도교(道交)요, 친교(親交)였고, 정희준(鄭熙準), 김익표(金益杓), 김규익(金圭益), 김은균(金殷均), 백락도(白樂濤)는 친교였고 문수암(文殊庵)은 동지교(同志交)였다. 그리고 한의석(韓義錫)은 도교(道交)로 친교요, 서영희(徐英熙)는 문교(文交: 글로 사귐)였고, 신훈(申塤)은 동지교요, 이

110) 이백하(李伯夏, 1899~1985)는 충청남도 천안 출신이다. 1919년 아우내 장터 만세운동에 참여하였는데 〈독립선언서〉가 한자로 되어 난해하고 길어 지루하므로 이것을 326자의 쉬운 한글로 바꿔 배포했다. 해방 후에는 충북과 서울에서 중등학교 교사로 제자 양성에 진력했다. 1949~1961년까지 12년간 청주고에 재직하며 교가를 작사했고 6.25 전쟁 중에는 피난도 가지 않고 홀로 학교를 지켰다.

송하(李松夏)는 동지교였다. 그리고 그 외에 친교라기보다 우도(友道)에 평상(平常)한 분은 얼마든지 있다.

민계호(閔啓鎬)와는 결의(結義)를 했고, 김홍철(金洪喆), 박도의(朴道義), 안상호(安相浩)와는 도교(道交)였다. 그 외에 내 문하에 종유(從遊: 사람을 좇아 함께 지냄)하는 친교로는 설초(雪樵: 金鎔基), 송사(松士: 吳致玉), 박하성(朴何聖), 김학수, 임지수, 한강현, 권오훈, 최승천, 최○학, 최고지(崔固志: 최종은), 최소졸(崔小拙), 이헌규, 한인구, 성주영(成周榮), 이광민, 금영서, 주형식, 이칠성, 김덕규, 박은직, 성이호, 노병직 제위(諸位) 외에도 상당수가 있다. 이외에 서계원, 서기원, 유덕영, 이용옥, 이용규, 정인철, 이병찬, 성태경, 김평중, 구성래, 여운삼, 하영락, 진기섭, 배주호, 김영선, 유시종, 송태용, 이용순, 송덕삼 등 제위도 다 친교였다.

그러나 64년 동안 교도(交道: 친구와 사귀는 도리)가 여기에 그치는 것은 아니요, 얼마든지 (더 많이) 있었다. 이외에도 신보균, 신가균, 이인직, 이섭, 권중환, 권중혁, 서직순, 서만순, 김재하, 김재선 등도 친교임에는 피차 공인하는 것이다. 그리고 만교(晩交: 늙은 뒤에 사귐)로 아는 분도 얼마든지 있으나, 아직 기록을 안 했고 이상에도 누락이 얼마든지 있다. 그 친교의 정도는 알 수 없다. 내게 호의로 상대하는 심종섭, 성득환 양옹(兩翁)도 있으나, 교도(交道)로는 좀 간격이 있고 친교였다. 이 정도로 평을 하지 않고 쓰기만 해보는 것이다. (존칭은 전폐全廢하였다.)

계묘(癸卯: 1963년) 4월 14일 봉우서(鳳宇書)

추기(追記)

친교라면 보통 교도(交道)보다 이상 친하다는 의사였다. 이상에 기록한 외에도 그 이상 더 친밀한 교우(交友: 벗을 사귐)도 얼마든지 있으나, 다 제외하고 다만 무슨 사건, 혹은 무슨 일을 해보려고 규합했던 동지 또는 익우(益友: 유익한 벗)로 내가 인정한 분들에 대해서는 비록 친교가 덜하다 하여도 기입했다. 그리고 혹 정의(情誼: 친해진 정)가 있던 붕우들은 비록 동지적 입장으로 보아서 좀 부족할지 모르나, 그래도 친교임에는 피차 공인하는 일이라 기입한 것이다. 동지였다고 해서 그 사생활 전체까지 친하라는 것은 아니요, 동지적으로만 친교였다는 것이다. 그러고 보니 교도(交道)도 순진(純眞)하기가 가장 어렵다고 아니할 수 없다. 내가 인천, 군산, 대구, 부산으로 기미(期米: 미두를 기약함) 행각을 할 때에도 역시 동일하다. 수많은 투사(鬪士)와 신기묘책(神機妙策: 신묘한 방책)을 안출(案出: 생각해 냄)하는 모사(謀士)들과 접촉하고 상교(相交: 서로 사귐)도 했었고, 그러는 중에 친해진 분도 많다. 그러나 그 자리는 떠나자 환상으로 변하고 다시는 그 모습을 볼 수조차 없었다.

또 일본을 왕래하며 이 일, 저 일을 해보겠다고 하고 사방을 순유(巡遊: 돌아다님)할 때에도 상봉하여 서로 교도(交道)를 말한 사람도 많으나, 을유(乙酉: 1945년) 이후로는 서로 왕래 서신조차 없다. 상망(相忘: 서로 잊음)한 것은 사실이다. 또 타시(他時)에 그런 때가 있다면 수시로 환몰(幻沒: 환멸)하는 포영(泡影: 물거품과 그림자, 사물의 덧없음) 중 교도(交道)가 아니었던가 한다. 사상의 좌우와 빈부의 차이와 귀천의 지위와 식무식(識無識)의 별(別: 나눔)을 불계하고 변하지 않는 교도라는 것이 그리 용이하지 않다. 진정한 친교라면 **수경이변**(隨境而變: 상황을 따라 변함)할 리가 없을 것이다. 내 친교 중에도 고인의 **차립지맹**(車笠之盟: 돈독한 우의)[111]이나, **관포지교**(管鮑之交)[112]가 없다고는 못 한다. 내가 친교라는 제목을 쓰며 길지 않은 내 64년간의 동서남북의 지역에서 별별 이상한 교도(交道)가 다 있었고, 또 고인에 못지않은 여흔(餘痕: 남은 흔적)도 다 있었다. 그러나 수많은 친교 중에 **지사불변**(至死不變: 죽을 때까지 변치 않음)하는 붕우(朋友)가 몇몇 분에 지나지 않는다. 그러고 보니 그 교도라는 것이 그리 용이한 것이 못 된다.

취우(取友: 벗을 사귐)를 **필단인**(必端人: 반드시 마음이 바른 사람을 택함)[113]이라고 고인(古人)들은 말하셨다. **무우불여기자**(毋友不如己者: 자기만 못한 자를 벗하지 말라)[114]라고 하셨다. 또 선악(善惡)이 **개오사**(皆吾師: 모두 나의 스승)[115]라고 하시었다. **담수교정**(淡水交情: 물처럼 담백하게 사귀어온 정. 군자 간의 교제를 뜻함)이라고도 하시었다. 보건대 그 불변하는 것을 말하심이리라고 믿는다.

내가 이 붓을 들다가 감개무량함을 진실하게 느꼈도다. 우도(友道)는 오륜(五倫)의 하나라고 가장 중요한 것이다. 소홀해서는 안 될 일이다.

---

111) 수레를 탄 높은 신분의 친구와 보잘 것 없는 대나무 모자를 쓴 친구와의 우정. 부귀와 귀천에 얽매이지 않는 우정을 뜻하는 관용어.

112) 옛날 중국(中國)의 관중(管仲)과 포숙(鮑叔)처럼 친구(親舊) 사이가 다정(多情)하고 돈독(敦篤)함을 이르는 말.

113) 《동몽선습(童蒙先習)》 출전. 取友(취우)를 必端人(필단인)하며 擇友(택우)를 必勝己(필승기)라. 친구 사귀기로 반드시 마음이 바른 사람으로 하며, 친구 택하기를 반드시 자기보다 나은 사람으로 하여야 한다.

114) 《논어(論語)》〈안연(顔淵)〉 출전. 원전풀이: 공지께서 말씀하셨다. 충성과 신의를 주로 하고 자기만 못한 자를 벗하지 말며, 과오가 생기면 서슴없이 고쳐라.(子曰, 主忠信, 毋友不如己者, 過則勿憚改.)

115) 《논어(論語)》 출전.

성훈(聖訓: 聖者의 교훈)이 불허(不虛: 허망하지 않음)함을 각오(覺悟: 깨달음)하고 이 붓을 그친다.

계묘(癸卯), 4월14일 봉우추기(鳳宇追記)

6-53

자과부지(自過不知: 자신의 잘못을 모름)

근일(近日) 신문지상으로 보면 김(金) 내각수반(內閣首班)116)의 담화가 기재되는데, 선자(先者: 먼젓번) 5.16동지회에서는 다만 친목을 목표로 회합(會合)한다고 하더니 그 회합에서 박정희 대통령 출마건의가 있었다. 사전발표에서는 정치적 회합이 아니라고 기자회견에 담화(談話)한 것과는 아주 각도가 다르다, 그러나 국민들은 물론 저 사람들의 회합이 또 무슨 부정(不正)을 조출(造出: 만들어 냄)할 것이라고 예측하고 있었던 것은 사실이다. 그래서 현 내각 전원도 거의 5.16 동지들이라 이에 동의하고 부첨(附添: 첨부)해서 이다음 대통령으로 출마할 인물은 누구고 군(軍)의 지지가 없고서는 출마할 수 없다는 것을 말했다. 이것은 민정이 아니라 확실한 군정연장이다. 그리고 재야 정치인들의

116) 김현철(金顯哲, 1901년 11월 13일~1989년 1월 27일)은 대한민국의 정치가, 독립운동가, 관료이다. 경성고등공업학교를 나온 그는 이후 미국으로 유학을 떠나 린치버그 대학교, 컬럼비아 대학교와 아메리칸 대학교에서 학위를 받았다. 1933년 대한민국임시정부 구미외교위원부 위원이 되었다. 이후 구미외교위원부 위원으로 재직하고 있다가 귀국, 1953년 기획처 차장, 1955년 농림부 차관, 재무부장관, 1956년 부흥부장관, 1957년 재무부 장관 등을 지냈다. 5.16 군사정변 이후 다시 요직에 등용되어 1962년 경제기획원장관을 지냈다. 그해 7월 10일부터는 5개월간 내각수반을 역임하기도 했다. 1964년 1월에는 박정희 대통령의 특사로 40개국 친선 방문에 나섰다. 1964년 대통령 고문, 행정개혁위원회 위원장을 지내고 그해 주미한국 대사로 부임하였다. 1969년 5.16장학회 이사장, 1973~1979년 헌법위원회 위원, 1980년 국정자문위원회위원에 위촉되었고, 1981년 다시 전두환 정권에 의해 다시 국정자문위원에 위촉되어 1989년까지 국정자문위원 등을 지내고 공직에서 물러났다.

박정희 대통령 출마취소의 발언이 있다, 김 수반은 이것은 민주주의상 가장 불합리한 사실이라고 비판했다.

자기네가 주장하는 것은 가장 민주주의의 합리된 것으로 자인하고, 타인의 발언은 불합리하다고 하는 것인가? 이 김 수반 이외 내각 전원과 최고의회 전원들은 안중(眼中)에 한국이라는 나라와 배달족이라는 민족이 있는 것이 아니라, 다만 박정희라는 자연인과 또 자기들의 각 개인의 영화를 목표로 하는데 그치고 자기들의 신변에 소호라도 불리한 일이 있다면 **백사불계**(百事不計: 모든 일을 따지지 않음)하고 반대하는 것이다.

개인의 영화(榮華)를 목표로 하는 부류에 단결체라 **유유상종**(類類相從: 같은 부류끼리 서로 따름)이라고 이승만 당시에 이승만 정부에 아부하여 각 개인의 영예(榮譽: 명예)만 시사(是事)하던 자들이 박정희 정부에 합류하여 당시 집정(執政: 정권을 잡음)하던 그 방식을 그대로 악용하는 것 같다. 박정희가 헌법을 개정하고 국민투표를 해서 비록 정당하다고는 못하나, 그래도 다대수의 찬성으로 통과했다. 이 헌법의 요지가 군정을 민정으로 이양한다는 전제조건으로 한 것임에 불구하고 또 군정연장을 국민투표로 정하겠다는 것은 전자의 국민투표는 무슨 의미로 했다는 말인가? 그리고 2.27 성명은 박정희가 정신이 분열되어서 한 행동인가, 자기 정신이 완전해서 한 행동인가 국민으로서는 알 수가 없다. 그다음 이어서 3.16, 4.8 성명이 있다. 만약 2.27 성명이 박정희의 완전한 본정신에서 나왔다면 3.16, 4.8 성명은 반드시 정신분열증에서 나온 것이다. 그와 반대로 3.16, 4.8 성명이 자기의 완전한 정신에서 나온 것이라면 2.27 성명이 역시 정신분열 시에 나온 것이다.

어느 것으로 보든지 박정희 개인의 국한한 것이 아니라 군정 전체가 정신분열병자의 상례인 것 같다. 그러니 자과(自過)를 어찌 각오(覺悟: 깨달음)할 수 있을 것인가? 다만 정신분열병 중에서는 자기 본정신 있을 때 일을 기억할 수 없을 것이요, 자기 본정신이 돌아온 때는 정신분열병 발작 시의 소행을 역시 기억 못할 것도 자연지리(自然之理)라 현 정부 전원들의 공과를 논하는 이보다 자과부지(自過不知: 자기 허물을 모름)가 아니라, 자병부지(自病不知)로 정신분열증을 각오 못 하고 도리어 그들의 분열증 당시 소행을 책(責: 꾸짖음)하는 사람들을 이상하게 보는 것이 아닌가 국민들은 의심이 난다.

어찌 자기들이 2년간이나 시정(施政: 정책을 폄)한 것이 국리민복이 되었는지, 안 되었는지를 그다지도 알지 못할 리가 있느냐 말이다. 알고도 건망증 있는 양(樣: 모양)하고 자기들의 자화자찬(自畵自讚)만 한다면 이는 국가와 민족의 죄인이 아니고 무엇이겠는가. 그래서 나는 이 사람들 전원을 중대한 죄인으로 취급하기보다, 현정(現政: 현 정부)에 아부하는 일체의 무리와 또 집정집권(執政執權)한 전원을 정신분열병의 중태자(重態者: 위중상태의 환자)로 취급하는 것이 도리어 당연하지 않은가 한다. 병리학으로 보아서 이 정신분열증 환자는 큰 충동을 받으면 본연의 정신으로 환원할 수 있다고 한다. 비록 현상으로 보아서는 말 못 할 중환자들이나, 이 사람들도 우리 동일한 국가의 또 동일한 민족이라 그 중태인 증세가 치료되어야 완전 건강한 국민으로 환원되기를 빌고, 개과천선(改過遷善)하여 국가만년대계(國家萬年大計)에 같은 일꾼으로 나오기를 빌며, 그들의 현 정신분열 중태증으로 고생하는 것을 가석(可惜)히 여기며 이 붓을 그치노라.

계묘(癸卯: 1963년) 4월 15일 봉우서(鳳宇書)

추기(追記)

이 글을 쓰며 현정(現政) 전원에게만 그 책임을 물었으나, 내가 보건대 재야 정치인으로 자처하는 인사들 중에도 동일한 정신분열병자가 얼마든지 있다. 현정과 정권을 교체해 보라. 모모 정당도 거의 오십보 백보의 차에 불과하다. 자유당은 이승만 정권 당시 실정(失政)을 상기시킬 것이요, 민주당은 5.16 혁명이 하고(何故: 무슨 까닭)로 났나 상기해 볼 것이다. 그럼에도 불구하고 현재 야당으로 자처하는 신민, 민주, 자유, 구자유계 인사들과 공화당에 가입하는 구자유파와 범국민정당의 수습위원들이라는 구자유파들도 자과부지(自過不知)하고, 민족과 국가를 기만하고 정당인연(政黨人然)하고 나오는 인물들은 다 정신분열병원에 입원을 요하는 자들이다.

음풍노호(陰風怒號: 흐린 날씨에 음산한 바람이 소리 내어 마구 불음)하니, 망량(魍魎: 도깨비)이 주출(晝出: 대낮에 나옴)하는도다. 우수운권(雨收雲捲: 비가 그치고 구름이 걷힘)하면 동천조욱(東天朝旭: 동쪽하늘의 아침해)이 만국(萬國: 만방萬邦, 모든 나라)을 명랑(明朗)하게 광휘(光輝: 빛이 아름답게 빛남)를 발(發)하는 날이 머지않을 것이다. 여야 운운하는 정당들의 거의가 동일병(同一病)임에 한심(寒心)을 난금(難禁: 금하기 어려움)이요, 다만 바라는 바는 청일상봉통국쾌(晴日上峰通國快: 개인 해가 상봉을 비추니 나라가 통쾌함)하기를 바랄 뿐이다.

계묘(癸卯), 4월 15일 봉우추기(鳳宇追記)

6-54

수필: 마음에 없는 경제론(經濟論)을 써보다

내가 청년시대인 21세 시(時)에 중병으로 4~5삭(朔: 개월) 와병(臥病)하는 중에 당시의 경제공황의 침공을 받아서 동서(東西)의 허장성세(虛張聲勢: 허세만 떠벌림)로 벌려 놓았던 것의 처리를 못하고 병중에 사거활래(死去活來: 죽었다 살아옴)하기를 10여 차 하고 나서 보니, 생명만은 구했으나 신기루(蜃氣樓)같이 벌려 놓았던 것은 다 허사가 되고, 부채만 적여구산(積如邱山: 언덕 산처럼 쌓임)이라. 세사(世事: 세상일)는 창해(滄海: 넓고 큰 바다)가 상전(桑田: 뽕나무 밭)으로 변했다. 그 후에 풍운변태(風雲變態)의 별별 일이 많았으나 적수공권(赤手空拳: 빈털터리)이 된 것은 계해년(癸亥年: 1923년) 그 후부터도 경제재건에만 노력했다면 기회가 여러 번 있었다. 그러나 경제적으로는 실패했으나 그래도 웅심(雄心)은 사라지지 않아서 내대로 별별 이상(理想)을 다 세워 보았다.

당시 경제적으로도 기십만 원(幾十萬元) 정도는 수중에 출입하기를 수십 차였고, 또 다른 일로도 의식주는 해결할 가능성이 얼마든지 있었음에도 불구하고 가위(可謂) 일한여차(一寒如此)[117]의 탄(歎: 탄식)을 금치 못하고 극빈생활을 하고 지냈다. 그러던 중에 병자년(丙子年: 1936년) 선친 상사(喪事: 돌아가심)를 당하고 적수공권으로 말 못할 지

117) 이처럼 한결같이 춥다. 가난을 개탄하는 말. 《사기(史記)》 〈범저채택열전(范雎蔡澤列傳)〉에 나옴.

경이었다. 그러다가 내가 기묘년(己卯年: 1939년)에 일본 여행을 한 후부터 식생활은 별 문제없이 지내고, 약간의 토지도 소유하고 있었다.

그러다가 임오년(壬午年: 1942년)에 왜경(倭警: 일본 경찰)에게 영어(囹圄: 감옥)생활을 7삭(朔: 개월)이나 하고 일본 왕래도 중지하고 있었다. 그러나 의식주는 비록 호화판은 아니나 농촌 중산계급으로는 충분하였다. 농곡(農穀: 농사 지은 곡식) 30~40석(石: 1석은 2가마)이요 현금 출납이 가용(家用)에는 족했다. 그러다가 을유(乙酉: 1945년) 8.15를 맞이해서 정당운동으로, 동지규합으로 소유토지와 현금은 전부 비산(飛產: 날아가는 재산)이 되고 말았고, 일빈여세(一貧如洗: 씻은 듯이 가난함, 땡전 한 푼 없음)하였다. 그러나 권도(權道: 임기응변의 방편) 살림으로 외실내허(外實內虛)했었다. 이런 경로에서 백발(白髮)은 삼천장(三千丈)[118] 이요, 녹수(綠水)는 인풍추면(因風皺面)[119] 이라고 노쇠할 대로 노쇠했다.

가아(家兒)가 군문(軍門)에서 10여 년을 복무하고 제대했다. 손아(孫兒: 손자아이들) 4남매가 벌써 안전(眼前: 눈앞)에 있다. 경제는 여전히 곤란하다. 지금부터라도 경제관념을 세워 보면 현상보다는 나으리라고 믿는다. 그러나 연로청자(年老聽子: 늙으면 자식의 말을 들음)라고 자식에게 맡기고 나는 휴양이나 하고 있는 신세다. 그러나 간간이 경제

118) 흰머리가 매우 길게 자랐다는 뜻으로 몸이 늙고 근심 걱정이 날로 쌓여 감을 비유적으로 이르는 말. 이백(李白)의 추포가(秋浦歌)에 나옴.

119) 綠水因風皺面(록수인풍추면) 靑山爲雪白頭(청산위설백두): 푸른 물은 바람 때문에 주름이 생기고 푸른 산은 눈 때문에 머리가 희어진다. 제갈량이 지은 것으로 알려진 남양결(南陽訣)의 다섯 번째 괘. 남양결은 제갈량이 천지의 움직임과 사람의 시간에 역의 괘효를 보아 길흉화복을 미루어 볼 수 있게 만든 것이라고 하는데 《제갈무후교련수(諸葛武侯巧連數)》라는 책으로도 알려져 있다.

핍박(乏迫: 모자라고 궁색함)을 당할 때는 내가 좀 경제 대책을 수립해 볼 것을 그랬구나 하는 감이 든다.

지금 이래도 10년, 20년을 두고 계획할 경제대책 수립에는 자신이 만만하다. 청년배들은 경험이 부족해서 염출(捻出: 비틀어 짜냄)해 보려야 별 기책(奇策: 기묘한 계책)이 나오지 못한다. 아직도 마음만 먹으면 임시경제 해결 같은 것은 자신이 있으나, 노물(老物: 늙은이)이 은거생활을 하고 있다가 또 사회에 출입하며 청년들과 경제적으로 지혜를 상쟁(相爭: 서로 다툼)한다는 것이 좀 창피해서 은인자중(隱忍自重: 마음속으로 참고 견디며, 스스로 조심함)하고 있는 것이다.

그러나 현상이라도 임시활로(臨時活路) 개척은 그만두고 장기계획으로 장래를 기다릴 사업 같은 것은 하는 것이 당연하다 생각된다. 비록 면적은 얼마 되지 않으나 농작물을 특수작물로 고치고 임야에는 과목(果木: 과실나무)이나 적당한 입목(立木)을 양성시키고 한다면 현 연수입(年收入)보다는 4~5배 더 할 수 있고, 종수(種樹: 나무를 심고 가꿈)는 10년이면 충분히 성공할 수 있다고 본다. 자연에 맡기고 보니 차년피년(此年彼年: 이해, 저해) 하는 것이 벌써 10여 년이다. 금추(今秋)부터서라도 계획을 수립해 볼까 한다.

내 비록 노쇠했으나 그래도 내두(來頭: 장래) 10년이나 20년은 자신 있다고 본다. 큰 이상이 내 몸에 오기 전에는 현상으로 보아 그 정도는 충분할 것 같다. 현 내 소유라는 것이 전성시대 소유에 비하면 기천분지일(幾千分之一: 몇 천분의 일)도 못된다. 그러나 그것도 없는 사람보다는 나은 것이다. 산판(山坂: 멧갓, 벌목장)이 10여 정보(町步: 1정보 약 3,000평)요, 전(田)이 2,000여 평이요, 답(畓: 논)이 1,000여 평이요, 대지가 600여 평이다. 이것만으로도 계획을 수립하고 20년 후라면 가족

생활에는 충분하리라고 본다. 이 외에 별 수입은 말할 것 없고 이것만으로 이상을 실현시킨다면 안전한 것이다. 내가 마음에 없는 경제론을 써보는 것이다. 하도 마음이 산란(散亂)해서 안정시키느라고 이런 소견법(消遣法)도 취해 보는 것이니, 후인들은 웃지 말지어다.

계묘(癸卯: 1963년) 4월 15일 봉우서(鳳宇書)

추기(追記)

내가 백사불계(百事不計)하고 경제해결로만 진출하려면 자화자찬하라는 것이 아니라 사회에 나가서 무슨 일을 모사하든지 주사력(做事力: 일을 꾸려 나가는 힘)이 아직도 있다. 그리고 세인들의 정신을 유도시킬만한 자신도 없는 것은 아니다. 거상부호(巨商富豪)들이나 부동(浮動)될 인물들이나를 상대로 나간다면 누구에게 지지 않고 악수하고 모사할 수 있다. 그러면 그러는 중에 경제력의 융통도 될 수 있고, 또 내 수입도 될 수 있다. 수단을 불택(不擇: 가리지 않음)해야 하는 것이다. 그러나 내가 타인이야 무엇이라 하든지 내 자신으로는 양심적으로 은퇴생활을 하다가 경제라는 권내(圈內)에 인입(引入: 끌어 들임)한다면 양심이 허락하지 않는 일이다. 비록 굴신(屈身: 몸을 앞으로 굽힘)하고 나아가서 몇 억의 거재(巨財: 큰 재산)가 입수한대야 그 대가로 내 은둔하려는 양심에는 결함이 생기는 것은 명약관화하다.

그래서 자중하는 것인데 극(極)곤경에서 인내하려니 좀 힘이 들어서 간간이 왕척직심(枉尺直尋: 한 자를 구부려 여덟 자를 폄. 작은 욕심에 얽매이지 않고 큰일을 이룸)이면 되지 않나 하는 생각이 나다가도 왕심직척(枉尋直尺: 여덟 자를 구부려 한자를 폄, 작은 욕심에 집착하여 큰일을 하지 않음)이 되기 용이하다는 맹부자(孟夫子: 맹자) 말씀을 생각하고 자소(自笑)하고 마는 것이다. 자식을 시켜서 내 소유로 있는 것이나 생산계획을 수립시켜서 실천시켜 볼까 한다. 이런 붓을 드는 것은 내 본의에는 어긋나는 일인 줄 안다. 그러나 마음에 떠오르는 생각을 시원히 발로시키는 것이 도리어 해결책인 것 같아서 이 붓을 들어보는 것이다.

계묘(癸卯), 4월 15일 봉우서(鳳宇書)

6-55

진퇴유곡(進退維谷)

저양촉번(羝羊觸藩: 숫양이 울타리에 부딪힘)이 **진퇴유곡**(進退維谷: 나아가지도 물러나지도 못함)이라는 고어(古語)가 있다.[120] 내가 청년시대의 생각으로는 내가 가고자 하면 갈 수 있고, 내가 하고자 하면 할 수 있는 것이지 무엇이 진퇴유곡이겠는가 하고 의심한 때가 한 번, 두 번이 아니었다. 마음먹는 일을 실현할 수 있으리라고 자신했던 것이다. 사실은 내가 마음으로 결정한 일이라면 백난(百難)을 배제하고 그 목적하고 나가는 곳까지 **전력도달**(全力到達)하자면 기다(幾多: 매우 많음)한 난관(難關: 어려운 고비)이 있을지라도 못 가지는 않는 것이 역시 천지간 과거 경험이요, 상리(常理)일 것이다. 그러나 자고로 자기 마음에 목적하는 일을 달성한 사람이 그리 많다고는 못 한다. 그래서 그 용단력(勇斷力)이 부족한 사람들이 자기 목적지를 가는 도중에 난관을 봉착하면 그 난관을 개척하지 못해서 중도에 **준순**(蹲循: 뒷걸음질 치는 모양)하는 것을 진퇴유곡이라고 하는 것 같다.

아주 중도개로(中途改路: 중간에 길을 바꿈)한 사람은 그 난관에 굴복해서 자기가 목적하던 일을 포기하고 다른 일로 나가는 것이라 진퇴유곡이 아니요, 또 비록 난관을 봉착했더라도 백절불굴하고 용진하는 사람에게도 이 진퇴유곡이라는 말이 해당하지 않는다. 또 아무 목적이

120) 진퇴양난(進退兩難). 《역경(易經)》〈대장괘(大壯卦)〉 출전.

없이 풍타낭타(風打浪打: 바람 부는 대로, 물결치는 대로)로 지내는 사람도 무슨 진(進)이니, 퇴(退)니가 있을 것이 아니라 그 사람에게도 해당한 소리가 아니요, 무슨 확실한 직업이 있는 사람에게도 역시 부당한 어귀요, 다만 무슨 목적을 가지고 나가는 도중이나, 추진력은 부족하고 그렇다고 또 다른 목적을 할 수도 없는 사람이 자처하기를 진퇴유곡에 비하는 것이다. 내가 이 진퇴유곡이라는 글 제(題: 제목)를 쓰는 이유는 내 근일 경과를 자서(自敍)하는 데 불과하다. 내가 목적하고 나가는 일이 그다지 용이하지 않은 일이라는 것은 자타가 공인하는 일이요, 내가 소청장년(少靑壯年: 소년, 청년, 장년)을 통한 내 일생을 거의 그 목적 달성에 헌신하고 있다고 해도 그리 과언은 아니다.

그러나 노쇠기를 당해서 여러 가지가 다 장년기와 판이해서 추진력은 백분지일(百分之一)도 못되고, 그렇다고 내가 내 평생을 해오던 일을 지금 와서 변절할 수 없는 것이요, 장래도 어느 정도 추측이 되고 있는 이때에 마음대로 용이하게 나가지지를 않는다. 그래서 진부득퇴부득(進不得退不得: 앞으로 나아가지도, 뒤로 물러나지도 못함)이다. 마음이 나가기를 싫어서 하는 것이 아니라 힘이 밀어 주지를 못한다는 것이다. 그 힘을 미약하나마 전력을 다 합해서 나가면 그래도 나가는 노정이 보일 것이나, 내 청장년 시대의 추진력에 비해서 부족하다는 것을 자인하는 관계로 용단력이 나오지를 않아서 글자 그대로 진퇴유곡의 감이 있다. 이것이 내 태성(怠性: 게으른 성격)을 그대로 말하는 것이다. 가정경제야 청장년시대에는 내가 언제 그 경제를 다 정리해 놓고 목적달성 추진을 한 것은 아니다. 청장년시대의 경제가 도리어 현 가정생활만 못 했을지도 모른다. 그럼에도 불구하고 그 당시에는 백사불계(百事不計)하고 내 목적을 위해서 추진을 해본 것인데, 내 몸이 노쇠함으로부터는 뒤가 주의되어 맹진(猛進: 용맹하게 나아감)하려는 용맹이 나오지 않고 완전한 경제력과 일없는 시간을 필요로 소위 추진상 준비가 잘 되지 않으면서도 시일을 연기시키는 것이다. 이런 과오를 잘 알고 있으면서도 개과(改過: 잘못을 뉘우침)하지 않고 진퇴유곡지탄(進退維谷之歎: 진퇴유곡이라 한탄)을 하는 것이 내가 노쇠한 탓이라고 자탄(自歎: 스스로 탄식)하며 속히 전비(前非: 과거의 허물)를 개(改)하기를 자경(自警)하고 이 붓을 그친다.

계묘(癸卯: 1963년) 4월 17일 봉우서(鳳宇書)

추기(追記)

5년 전부터 내가 정신수련을 좀 해보려는 마음을 가지고 산사(山舍)를 재건한 후에 일방 양정(糧政: 식량정책) 문제를 해결코자 수인(數人)의 기개년분(幾個年分: 몇 년치)을 준비했었다. 이것이 중간에 기인(幾人: 몇 사람)의 수련자가 있어서 소비하고 그다음에도 기차(幾次: 몇 차)의 경제적으로 준비가 되었을 때, 3~4차의 우연한 유용(流用: 원래 목적 외의 다른 일에 돌려씀)으로 단연 결정을 못 했다. 현상으로는 경제의 유족(裕足: 넉넉함)이라기보다 아주 핍박(乏迫: 가난하고 궁색함)해서 적수공권(赤手空拳: 빈털터리)이라 임시 입산(入山)할 여력조차 나오지 않는다. 그것은 조물주가 내 마음을 시련(試鍊: 단련으로 시험함)해 보시는 도중(道中)이시라고 나는 믿는다.

경제력이 풍유(豐裕: 풍요)하면 풍유할수록 태성(怠性: 게으른 성질)이 더 나는 것이 경험으로 보아서 사실이다. 극빈극곤(極貧極困: 극도의 빈곤)에서 비로소 성심성력(誠心誠力)이 더 나오는 것이다. 금하간(今夏間: 이번 여름 동안)에 연내(年內) 초유(初有: 처음 있는)의 경제난관을 봉착했으니, 맥(麥: 보리) 수확 후에 불고(不顧: 돌아보지 않음)하고 수련을 시작해 볼 쾌(快)한 결심이다. 그래 이 진퇴유곡의 환영(幻影)을 타개하고 광명한 활로(活路)로, 대답보(大踏步: 큰 걸음)로 행진해 볼 예정이다. 언실상부(言實相符: 말과 실제가 서로 부합함)해야 비로소 성공을 목표로 나갈 수 있다는 것이다. 총총 이만 그친다.

계묘(癸卯), 4월 17일 봉우서(鳳宇書)

6-56

수필: 단합이 안 되어 발전이 없는 상신(上莘) 마을

내가 살고 있는 이 마을은 백 호(百戶)가 넘는 **산중거촌**(山中巨村: 산속 큰 마을)이요, 비록 경작지는 아주 다른 동리에 비해서 적으나, 생활상태는 우리가 사는 이 면(面)에서도 어느 동리에게도 빠지지 않을 정도, 그러나 산중이라 진학률이 좀 손색이 있다. 이것은 할 수 없는 일이다. 그러나 각 개인의 상식 수준이라든지 생활 수준은 평균점에 도달하고도 남음이 있다. 대체로 문맹자 수가 전동(全洞: 전 동리)에서 기인(幾人)이 안 되고, 세농가(細農家: 아주 가난한 농가)일망정 4월, 7월 고지에 **절량농가**(絕糧農家: 식량이 떨어진 농가)는 거의 없다. 그렇다고 부유하다는 것이 아니라 **내핍**(耐乏: 궁핍을 참고 견딤)생활로 거의 안정된 것 같다. 백여 호(百餘戶)가 한 동리에 거주하자면 여러 방면으로 수준의 차이가 많을 것이나, 거의 그 비례가 폭이 좁다는 말이다. 청년들도 어느 곳을 가든지 중간층은 되는 분이 많고 이곳에서 지도급이나, 또는 불치의 **우맹**(愚氓: 어리석은 백성)들도 없다. 그래서 **구왈여성**(俱曰余聖: 모두 다 저마다 성인이라 함)[121] 되어서 무슨 일이든지 해나가기가 대단히 곤란하다.

각자가 각자의 자유를 주장해서 무슨 단결이 되어서 할 일이라면 곤

121) 《시경(詩經)》(소아편小雅篇) "正月"이란 시(詩)의 다섯 번째 구절 말미에 "구왈여성(俱曰余聖: 저마다 성인이라 하니), 수지오지자웅(誰知烏之雌雄: 누가 까마귀의 암수를 알랴?)라고 나옴.

란이 타동(他洞)에 비해서 백배나 되는 것 같다. 그리고 세력 분포가 문제가 되어서 항상 대립하는 현상이라 그리 좋다고는 못하겠다. 이것이 이 동리의 최대 결점이다. 그러나 초등학교가 있어서 통학에는 편리하다. 상급학교에 진학하는 이가 보통 많다. 그러니 상급학교 진학률이 부족하다는 말이다. 학부(學部: 대학교) 출신이 수인 외에는 다른 사람들은 고등학교 정도요 그 이상까지는 생각도 못하고 있다. 물론 전국적으로 생활 수준이 향상된 감이 있으나, 우리 동리도 구일(舊日: 옛날)에 비해서 아주 나아졌다. 그리고 부녀들도 보통은 된다. 다만 이 마을에서 타 동리와 같이 단합이 잘 되지 않아서 공동사업으로는 아주 영점이다. 그래서 장래를 위해서 무슨 설계를 해보고자 하나, 각자 위지대장(謂之大將: 내가 대장이라 함)이라 사적(私的) 수준은 향상되었으나 공적으로는 역시 영점이다. 이 풍습을 이 동리에서 개선해야 비로소 모범동리가 될 수 있는 것이라고 생각된다.

이 동리가 단합만 되어서 무슨 일을 한다면 10년, 20년만 계속한다면 가급인족(家給人足: 집안 형편이 풍족해짐)할 수 있을 동리다. 오백 정보(町步: 150만 평)의 동산(洞山: 동네 산)이 있어서 이 산을 공동으로 산림양성을 한다면 20년 후면 최소한으로 일가당(一家當) 10두락(斗落: 약 2,000평) 이상의 토지는 소유할 수 있을 것이 틀림없는 일이다. 그전이라도 특수작물인 약초를 산판에 재배한다면 일방으로 목재도 육성되고, 일방으로 약재도 생산되고, 또 일방으로 목축도 할 수 있다. 이렇게 단합만 한다면 최고의 경우를 말할 필요 없고, 최악의 경우라도 공동으로 장학금도 되어 아동들의 진학도 될 수 있고, 또 거주 개선도 될 수 있고, 생활향상도 자연일이다. 이것이 단결되느냐, 안 되느냐의 기로에서 답안이 내려오는 것이다. 내 사석으로 좀 생활이 안정된다면 곧 이 계획을 수립해 볼까 한다. 현금(現今: 바로 지금)은 내가 내 자신의 준비가 부족해서 이상에 그치고 실천에 옮기지를 못하는 것이다. 상세는 다음으로 미루고 이만 그친다.

계묘(癸卯: 1963년) 4월 17일 봉우서(鳳宇書)

추기(追記)

현 우리 동리에서는 기개인(幾個人: 몇 사람)의 불량(不良) 청장년이 있어서 단합에 방해하고 있다. 그러나 이들을 퇴치할 만한 자격이 없고, 또 중견(中堅)인양 하는 자들도 각자의 이욕(利慾)으로 희생적으로 나오지 못한다. 이것이 약점이다. 내가 청장년시대에 이 동리가 패동(敗洞: 망한 동네)이 되어갈 때에 상신상애단(上莘相愛團)을 조직해서 패동을 구해 보았다. 그러다 내가 내 신상에 이상이 있어서 이 공동사업을 중지한 후에 또 여전히 이 동리는 말할 수 없이 되었다. 이유야 많다. 그러나 지도인물이 없어서 그런 것이다. 지금도 구왈여성(俱曰余聖)하는 이 인물들 쯤이야 자승자박(自繩自縛)시킬 동규(洞規: 동리 규약)를 세워 놓고, 기개인(幾個人: 몇몇 사람들)과 단합해서 나가면 물론 애로(隘路)야 있을 것이나, 진행하지 못할 리 없다고 자신 있게 말하는 것이다.

계묘(癸卯), 4월 17일 봉우서(鳳宇書)

6-57

백홍관일(白虹貫日: 흰 무지개가 해를 꿰뚫다)[122)]

연일(連日: 어제에 이어 오늘) 풍세(風勢: 바람의 강약)가 심하더니 작야(昨夜: 어젯밤)는 종야(終夜: 밤새) 풍성(風聲: 바람소리)이 대작(大作: 크게 불어)하여, 맥농(麥農: 보리농사)에 풍해(風害: 바람으로 인한 재해)가 있을까 염려하고 조기(早起)하여 전무간(田畝間: 밭이랑 사이)을 순찰(巡察)하니, 외현(外現: 겉으로 나타남)되는 해(害)는 아직 보이지 않는다. 그러다가 조일(朝日: 아침 해)이 상승하는데 무의식하고 왕래하다가, 건상(乾象: 하늘의 현상)을 보니 살기만천(殺氣滿天: 살기가 하늘에 가득 참)하고 백홍(白虹)이 관일(貫日: 해를 꿰뚫음)하였다.

현대 천문학상으로는 이것이 기압(氣壓)관계라고 하나, 기실(其實)에 있어서 기압은 기압대로요, 천문응험(天文應驗: 천문의 징조)은 응험대로 있는 것이다. 누가 이를 부정하리요? 이것이 정신문명과 물질문명의 차이다. 형이하(形而下)의 변화가 형이상(形而上)에 응하는 무엇이 있다는 것을 물질문명으로는 변증(辨證: 논리적으로 분석해서 증명함)을 못하는 관계로 이 부류의 사람들이 정신문명에 대한 신심(信心)이 없

122) 백홍관일(白虹貫日)은 흰 무지개가 태양을 관통하듯 걸리거나 태양의 양쪽으로 흰 운기가 나타나 마치 태양을 꿴 듯이 보이는 현상을 말한다. 고대인들은 흰 무지개가 태양을 꿰뚫는 현상을 변혁이 발생하기 전에 하늘이 내보이는 길흉의 징조로 해석하였다. 흰 무지개는 지극한 정성을 뜻해 하늘이 감응했다는 뜻도 있지만 왕의 입장에서는 임금의 신상에 해로움이 닥칠 전조의 의미로 보았다. 흰 무지개는 태평한 시기에는 불길한 징조이고, 어지러운 시기에는 세상이 바뀌도록 희망하는 상징으로 여긴 것이다.

어서 이를 부정하는 것이다. 작년 정월 초에 오성취두(五星聚斗: 오성이 두성 분야에 모임)[123]하고 당일 일식(日蝕)까지 한 것을 인도 성숙학(星

123) 오성(五星, 金, 木, 水, 火, 土星). 두성(斗星)은 28수(二十八宿) 분야 중 하나로서 지구상 위치로 우리나라에 해당.《봉우선인의 정신세계》, 115~126쪽에 나오는 내용으로 설명을 대신한다. - 오성취두론(五星聚斗論)은《백산운화론》이나《황백전환론》등을 뒷받침하는 천문현상을 의미하며, 봉우 선생은 1962년(壬寅年) 처음으로 오성이 우리나라가 속한 두성(斗星) 분야에 모두 모인 오성취두 현상을 40여 년 전인 1919년에 이미 추수법(推數法)으로 박산주와 함께 계산해 놓았다. 이 오성취두의 천문은 대길조의 현상으로서 우리나라가 세계 중심국으로 부상하는 제일 첫째 조짐이라는 것이다. 지난 세계사 천 년 동안의 가장 위대한 인물로 선정된 칭기스칸 또한 당시 오성이 취규(聚奎: 규성 분야 - 몽골에 해당 - 에 모임)하고난 뒤 출생하였다는 전례가 있으며, 우리나라 또한 앞으로 세계평화운에 적합한 대도인이 출생하여 세계의 정신적 지도자가 될 것이라 한다. 이《오성취두론》이야말로 전통선도를 계승한 봉우선인의 독특한 미래예측 사례라 하겠다. 선생은 여기에서 고대 성인들이 예언한 간도광명(艮道光明), 간도중광(艮道重光), 성시성종(成始成終)의 실체를 확인하였다.
봉우 선생님께서는 '봉우사상을 찾아서(603) - 수필: 후진들이여, 참고하시라!'편에서 오성취두에 대해 다음과 같이 직접적으로 말씀하시었다. "임인(壬寅: 1962년) 정월(正月: 음력 1월)에 오성(五星: 금.목.수.화.토성의 다섯 별)이 취두(聚斗: 두성(斗星) 분야로 모임)하여, 성진(星辰: 별)학자들이 별별 논의가 다 있었다. 이 일은 내가 지금(1982년)부터 63년 전에 추수(推數)를 산주옹(汕住翁: 박양래 선생)과 산(算)하다가 이 연도를 산출해 놓고 백산운화(白山運化)의 희소식(喜消息: 기쁜 소식)을 상하(相賀: 서로 축하)했으니, 산주옹은 그후 환원(還元)하고 나 자신만 임인(壬寅: 1962년)을 당하여 학자들의 논쟁이 구구(區區)한 것을 들었고, 이 조짐이 길조(吉兆)인 것을 동지들에게 공개했다. 그러나 동지들 중에도 반신반의(半信半疑)하는 사람들이 많았고 더구나 청마대운(靑馬大運: 2014년)에 백산운화시입길조(白山運化始入吉兆: 백산운화가 비로소 길조에 들어섬)라는 것도 동지 중에서 자기들이 알지 못하니 불신하는 것도 당연한 일이다. 그러나 길운(吉運)은 점점 근(近: 가까워짐)하여 임술년(壬戌年: 1982년) 3월에 오성방광(五星放光)이 지구와 최근(最近)거리에서 육안(肉眼)으로 완전히 볼 수 있게 되고 비록 일직선은 아니나, 궤도거리가 (오성 위치) 역시 최근(最近) 하였다. 이것은 천년래초유사(千年來初有事: 1,000년 사이 처음 있는 일)라고 한다. 금번의 성광(星光: 별빛)은 임인년(壬寅年: 1962년) 오성취두(五星聚斗)의 길조를 뒷받침하는 천상(天象)이 간도중광(艮道重光)하여 장춘세계(長春世界)의 대동홍익운(大同弘益運)을 예고하는 것이다. 말하자면 장야(長夜: 긴 밤)는 장진(將盡: 장차 걷힘)하고 잔성(殘星: 새벽에 보이는 별) 수점(數點: 몇 점)만 명멸(明滅)하며 불구에 계명성(啟明星)이 방광할 조짐을 예고하는 것이니, 선지자(先知者)들은 영가무도(詠歌舞蹈: 노래를 부르고 춤을 춤)하고 기여(其餘: 그 나머지)는 아직도

宿學: 별자리학) 박사는 세계에 경고하였고, 우리나라 이원철(李源哲) 박사[124]는 일소(一笑)에 부쳤다.

그러나 양(兩) 박사가 다 그 의(宜: 마땅함)를 실(失: 잃음)하였다고 나는 말한다. 인도 박사는 그 경고를 할 때에 일보전진해서 5,000년 전 사바하라 전쟁을 연상하는 데 그치지 말고 그다음 송(宋)나라의 오성취규(五星聚奎: 오성이 규성 분야에 모임)가 일직선이 못 되었어도 원(元)나라의 대흥(大興: 크게 번성하여 일어남)이 기십 년 후에 당시 세계를 제압한 것을 증거로 금번 오성취두(五星聚斗)는 오성이 일직선이 되고 당일 일식(日蝕)까지 되었으니, 불구한 장래에 두성(斗星) 분야의 인물이 세계에 성치(聖治: 성인의 다스림)를 주관할 것이라고 하는 것이 당연하다.

날 새는 줄 모르고 잠깰 줄 모르도다. 과연 시호시호불재래지시호(時乎時乎不再來之時乎: 때로다, 때로다. 다시 오지 못할 때로구나)로다. 간도광명(艮道光明) 5,000년 만에 중광(重光)의 소식, 내 몸, 내 눈으로 듣고 보게 되니, 참으로 감사함을 조물주에게 드립니다."

124) 이원철(李源喆, 1896년 8월 19일~1963년 3월 14일)은 일제강점기와 대한민국의 천문학자, 기상학자, 교육자, 관리 겸 대학 교수이다. 국내 최초의 이학박사이다. 1919년 연희전문학교 수물과(數物科)를 졸업하고 전임강사로 활동하다 1922년 미국으로 유학, 1926년 미국 미시간대학(University of Michigan)에서 천문학 박사 학위를 받았다. 박사 학위를 받자마자 귀국, 모교로 돌아와 1938년까지 12년간 연희전문 수학물리과 교수 및 학과장으로 근무하면서 여러 제자들을 길러 냈다. 대표적인 반일인사이기도 했던 그는 백낙준, 최현배 교수와 함께 수양동우회 사건, 흥업구락부 사건, 조선어학회 사건에 연루되어 교수직을 두 번이나 박탈당했다. 1940년에는 창씨개명령이 내려졌으나 역시 거절하였다. 광복 후 미군정청 문교부 기상국장 겸 중앙관상대장과 연희전문학교 교수와 한국천문학회장을 역임했고, 정부수립 후 초대 중앙관상대장에 임명됐으며, 인하공과대학 학장, 연세대학교 재단 이사장 등을 역임했다. 독수리자리 에타 별이 세페이드 변광성임을 밝히는 등 한국 천문학계 발전에 큰 공헌을 하였다.

스 박사[125]는 자기의 의견대로 경고를 한 것이 득당(得當: 이치에 맞아 아주 마땅하다)치 못하다는 것이요, 우리나라 이원철 박사는 소학교에서 정수사칙(整數四則)을 배운 학생이 대수(代數)의 연립방정식 푸는 것을 보고 자기가 배운 정수사칙으로 풀면 되는 것을 잘못 푼다고 비방(誹謗: 남을 헐뜯어 말함)하는 격에 불과하다. 양 박사의 오성취두(五星聚斗)에 대한 견해가 다 득당(得當)하다고는 못하나 스 박사는 구체이미(具體而微: 형체는 갖추었으나 미미하고 불완전함)였다는 것을 말해 둔다. 오늘 내가 본 백홍관일(白虹貫日: 흰 무지개가 해를 꿰)도 만약 이 박사가 생존했다면 역시 하나의 기압관계인데 무엇이 다를 것이 있느냐고 하고, 일소(一笑)에 부칠 것이다. 그러나 나도 이 건상(乾象: 천문현상)을 보고 좀 이상한 때에 그것을 연구해 보면 기압관계건, 도수관계건을 막론하고 그 조짐이 그대로 적중하는 일이 자주 있다.

구주대전(歐洲大戰: 유럽대전) 당시, 세계 제2차 전쟁 당시 휴전 당시와 을유광복 전(前) 계미(癸未: 1943년), 갑신년(甲申: 1944년)에 연(連)곡하? 나오는 건상(乾象: 천문 현상)과 6.25 사변 직전의 건상과 1.4후퇴 당시와, 또 백범 선생과 몽양옹(夢陽翁: 여운형)의 조변(遭變: 흉변을 만남, 암살당함) 당시와, 성재옹(省齋翁: 이시영 부통령) 하야(下野)와 그의 서거(逝去), 이승만 박사의 하야와 군정혁명(5.16 혁명) 당시에 번번이 이상한 건상이 보이였다. 금번에 백홍관일(白虹貫日)도 그런 종류의 예고임에는 틀림없다. 내가 여기다가 평(評)이나 예언을 하고자 하는 것이 아니라 내가 본 대로 그 현상을 말하는 것이다.

---

125) 당시 경향신문(1962.2.4) 기사에 의하면 인도의 교수이자 점성가이던 수브라마이언. 인도인으로 수브라마니안(1910년생)이라는 노벨상을 받은 동명의 천문학자도 있다.

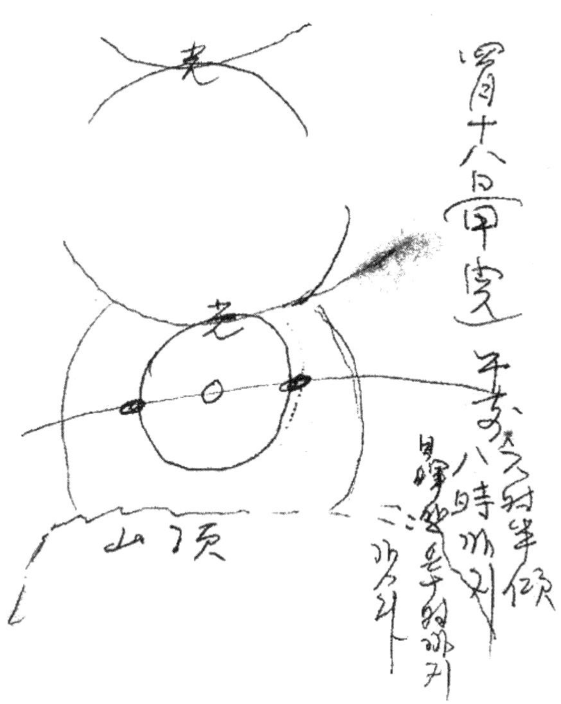

4월 18일(甲寅日) 오전 6시반경(半傾) 8시까지. 일훈(日暈: 해무리)만은 오전 10시까지 갔다.

이상과 여(如: 같음)한 기현상(奇現象: 기이한 현상)이다. 종일 대풍이 취(吹: 불음)하고 음풍(陰風: 음산하게 부는 바람)이 만천(滿天)하다. 전례로 보어서 월건사(月建巳: 달의 간지가 사巳)이니 합(合)이냐, 충(沖)이냐의 분별이 있고 일진(日辰)이 갑인(甲寅)이니, 해일(亥日)이냐 갑일(甲日)이냐의 의문이 있을 뿐이요, 무슨 조짐이라는 것은 말할 필요가 없다. 추(秋)냐, 동(冬)이냐의 월령(月令)과 해일(亥日)이냐, 갑일(甲日)이냐의 일진(日辰)을 말한 것이다. 방위는 갑묘방(甲卯方)인 것이니, 경유(庚酉)를 보아야 할까, 신술(辛戌)을 보아야 할 것인가 다시 생각하라는 말이다.

이상의 건상을 보고 소견법(消遣法)으로 두어 자 적어 보는 것이다. 후일의 응(應: 응함)을 보고 다시 쓰기로 하자. 대풍(大風)이 종일 취(吹)하여 정신이 산란하다. 이 정도로 붓을 그친다.

계묘(癸卯: 1963년) 4월 18일 갑인일(甲寅日) 봉우서(鳳宇書)

추기(追記)

천문(天文)의 성수(星宿)가 행도(行度: 운행 법도)가 있어서 변함없이 간다. 그래서 이것은 추수(推數)하는 사람들이 미리 금년은 우리 분야를 방광(放光: 빛을 내쏨)하든지, 회광(晦光: 빛을 어둡게 함)하든지 간에 통과하는 성수(星宿)가 어느 성수라는 것은 알고 있으나, 횡적(橫的)으로 운우상설(雲雨霜雪)이니, 홍예(虹蜺: 무지개)니, 풍도(風度: 바람의 정도)니, 음청(陰晴: 흐린 날과 갠 날)이니의 구별로 길흉을 판단한다. 이것은 성수(星宿)의 행도(行度)로 천문의 변태(變態: 변화 상태)를 예측할 수 없는 것이라 성수(星宿)의 행도는 행도대로요, 변화는 변화대로 천태만상(千態萬象)을 이루어서 사학(斯學: 이 학문, 천문학, 기상학)을 연구하는 사람으로 하여금 연구를 거듭하게 하는 것이다.

3년 동안이나 야간경(夜間更?)의 차가 있으나, 5~6 성광(星光)이 조요(照耀: 밝게 비쳐서 빛남)하던 것이 현상으로 보아서는 거의 염광(撿光: 빛을 비틀음)을 하고, 평상시와 근사(近似)하다. 그렇다면 이 방광하던 성수(星宿)는 무엇에 응(應)하는 것인가 하면 연구자에 따라서 평이 다를 것이다. 그러나 현 세계 정세를 예고하는 것이요, 또 현상대로 혹전(或前), 혹후(或後)해서 보여 주는 것이다. 금일 현상된 건상(乾象)도 평시 보통으로 보인 상(象)이 아니라는 것은 누구나 잘 알고 있을 것이다. 여기서 연구자의 연구할 자료로 이 현상을 그대로 보여 주는 것이요, 타의가 있는 것은 아니다. 국가에 무슨 중대 변동이 비추즉동(非秋則冬: 가을이 아니고 겨울에)에 있다는 것쯤은 잘 알고 있는 것이다. 이 정도로 이상(以上)의 상세(詳細)는 그만 두겠다.

봉우추기(鳳宇追記)

6-58

수필: 지도자 자처하는 인물들의 한심한 정치 수준

천정부지(天井不知)[126]로 고등(高騰: 높이 오름)하던 곡가(穀價: 곡식 가격)가 정부보유미 불하(拂下: 국가 재산을 민간에 파는 것)로 좀 저회(低回: 낮게 돔)한다. 일두(一斗: 한 말) 270원에서 250원 정도로 거래되는 것 같다. 우리나라산(産) 백미(白米)를 기백만석(石)을 외출시킬 때에 그 대가로 새나라차[127]를 사왔다고 한다. 이 여객사의 책임자는 박정희의 친제(親弟: 친아우)라고 한다. 물론 중역진들도 최고위원들의 가족임에는 틀림없는 일이다. 그래도 국가 식량난의 책임이 작년 흉작에 있고 정부에는 하등(何等: 아무런) 책임이 없다고 장광설(長廣舌: 길고 세차게 잘하는 말솜씨)을 늘어놓는다. 그 외에도 우리나라산 백미가 동남아세아로 진출하고 일본으로 간 것은 누구나 다 안다.

자국의 식량 소비량을 확보하지 않고 소위 특권층의 충복(充腹: 배를 채움)에 제공코자 불계(不計: 따지지 않음)하고 국가대사를 그르치는 것을 자기들의 비밀이요, 국민으로서는 다 아농(啞聾: 벙어리, 귀머거리)이

126) 천장을 모름. 원래 천장天障을 모를 정도로 물가가 뛰는 것을 비유한 말.

127) 재일동포 박노정이 1962년 경기도 부평(현 인천 부평)에 세운 새나라자동차가 일본 닛산의 1200cc 블루버드 승용차 400대분의 중간부품을 들여와 조립 판매한 자동차. '새나라'는 당시 '시발'을 만들며 점점 기술력을 길러가던 국제차량제작소를 망하게 한 원인으로 지목된다. 새나라자동차는 인허가 과정에서 부정행위가 문제가 되어 5.16 이후 군사정권 밑에서 발생하였던 '4대 의혹사건' 중 하나로 번지며 문을 닫게 되었는데 같은 해 국제차량제작소도 사라지면서 국산차 시장은 퇴보하게 된다.

된 줄 알고, 국민 앞에서 그래도 자기네들이 가장 양심적 혁명가들이요, 재야 정치인들은 전부가 부패해서 그 취(臭: 냄새)를 불감(不堪: 견디지 못함)할 정도로 국민 앞에 선전하니, 가장 우매(愚昧)한 것은 국민이 아니요, 다 아는 일을 모르는 줄 알고 자화자찬(自畵自讚)하는 것보다 더한 것은 없다.

비록 망국대부(亡國大夫: 망한 나라의 없어진 벼슬아치)들이라도 공경(公卿: 고관의 총칭)의 지위에 갔던 인물들의 처사나 처신을 보면 그래도 점잖은 태도와 언동이 외관상으로 알 수 있는데, 현 소위 각료나 최고위원이니 하는 인물들의 소행하는 언동을 볼진대 어느 모로 보든지 항구 어시장의 어물흥성(魚物興盛)하는 상인이나 중개인들의 언동에 소호도 나은 것이 없다고 본다. 이것이 그 인물들의 수준이 1류(一流)니, 2류(二流) 정도는 말할 필요조차 없고 시대(時待)해서 평가한다면 5류, 6류의 정객(政客)들이다. 장관급이라는 사람들이 평상시 관청의 속관초임(屬官初任: 처음 임명된 관리)이나 고원(雇員: 고용직 공무원) 정도의 수준에 불과하다. 과장급만 하더라도 자기의 체면유지상 언동을 조심하는 것이다.

현 정부 수반이니, 장관이니 하는 인물들의 발언을 보면 모리장(牟利場: 도박장 같은 곳)의 저급 상인들과 분호(分毫: 썩 적은 것, 추호秋毫)를 다투는 언동(言動: 말과 행동)에 불과하다. 그리고 그들의 말하는 자리가 일국의 장관 자리연이 하는 것이 아니라 뒷골목 억지들의 취중상쟁(醉中相爭: 술 취해 쌈질함)하는 소리 같다. 더욱이 김 수반이나 공보장관이나 공보실장의 언동은 아무리 보아도 구시대의 남의 집 노자(奴子: 사내종)들이 주인 양반댁 말하는 것 같은 기분이 든다. 이자들도 양심은 있을 것이나, 그 권세(權勢) 있는 사리를 환실지심(患失之心: 벼슬을 잃을까 근심하는 마음)이 있어서 감히 일언반사(一言半辭)도 정당한 말을 못하고 자기 상전댁 비위 맞추기에 여가가 없다. 이 부류의 인물들은 아무리 특대(特待)를 해보아도 노자급(奴子級: 사내종 수준) 이상 대우는 못하겠다. 그러고 보니 이 정도 인물들이 국정(國政: 나라의 정치)을 맡고 일한다는 것이 국가적으로 수치(羞恥)요, 민족적으로 불행한 일이다.

그래도 이승만 집정(執政) 당시 야당 정치인들 중에서는 비록 일류는 없다 하더라도, 집정(執政: 정권을 잡음)은 못 했어도 여야 공(共: 함께)히 2~3류 급이 여러 명 있었다. 장면(張勉) 정권으로부터 대통령이 4~5류의 인물이 당선되고 내각 수반을 3~4류가 상쟁하여 3류 약(弱)인 장면 군(君)의 우세로 되자, 장관급이 4~5류로 전락하더니 박정희 정권이 등장하자 5~6류에도 미치지 못하는 자들이 장관급이 되고 최고위원이 되었다.

이를 보좌하는 고문급들이 역시 5~6류에도 미급(未及: 미치지 못함)하는, 정치인 자격이 없는 대학교수진들과 아주 청년급으로 정치에 시련이 없는 장교들로 자유당 잔재(殘滓: 남은 찌꺼기)의 인물이 가담해서 행정하는 것이라, 좀 정치상식이 있는 사람으로는 그들의 무주견(無主見)한 망동(妄動)을 무엇이라고 평을 가해야 옳을지 알 수 없는 실정이다. 이 사람들의 계획이라는 것이 조불모석(朝不謀夕: 아침에 저녁을 생각하지 못함)하는 현상이라 외교는 번번이 실패요, 경제는 핍박(乏迫: 가난하고 궁박함)을 당하고 있으나, 각 집정자들의 개인경제는 풍유(豐裕: 풍요)하고 군사력은 약화해지고, 국민은 도탄(塗炭) 중에서 헤어나지 못하고 있는 중이요, 혁명정부가 말하고 있는 구악일소(舊惡一掃)는 아주 공염불(空念佛)에 불과하고 제반(諸般: 여러 가지) 부패는 일층 더 부패해졌다.

그래도 책인즉명(責人則明: 남의 잘못은 잘 봄)하고 서기즉혼(恕己則昏: 자기의 잘못엔 어두움)이라고 구정치인들이 구악(舊惡)을 고치지 못하고 중상모략만 일삼는다고 악평을 하나, 자기들의 부패가 이장(李張: 이승만, 장면) 양(兩) 정권에 비교가 아닌 것을 생각지 못한다. 생각이라기보다 꿈에도 자기들의 소행이 국민심판대에서 백주(白晝: 대낮)같이 현로(現露: 뚜렷이 드러남)된 줄을 전연 부지하고 그래도 국민들은 자기들을 신뢰하거니 하고, 자기들의 정계에 재출마하면 무난히 당선될 줄 알고 있고, 그 부하들은 3.15 선거처럼 국민에게 들키지 않고도 귀신같이 해치울 재조(才調: 재능)가 자신만만한 것 같다. 그러나 막현호은(莫見乎隱)이며, 막현호미(莫顯乎微)라.[128] 어찌 일이 있고 발로되지 않을 리가 있겠는가?

내두(來頭) 민정이양을 앞두고 별별 기괴망측(奇怪罔測)한 일이 다 있을 것이다. 이것이 우리 국민의 장래 올 대동장춘세계(大同長春世界)의 향수자(享受者: 받아 누리는 자)가 될 시련을 조물주(造物主)가 하시는 것이라고 나는 믿는 관계로 다만 시기의 점숙(漸熟: 점점 익어감)을 반가이 생각할 뿐이요, 지도자 자처하는 인물들의 망행(妄行)은 이것이 진통기(陣痛期: 분만시 오는 통증)의 반영이라 속히 순산(順産: 순하게 출산)되기만 빌고 이 붓을 그친다.

계묘(癸卯: 1963년) 4월 19일 봉우(鳳宇)

128) 《중용(中庸)》 1장 출전. 풀이: 숨겨진 것보다 더 잘 드러나는 것이 없으며, 작은 일보다 더 잘 나타나는 것이 없으니, 고로 군자는 홀로를 삼가는 것이다.(故 君子愼其獨也)

추기(追記)

현 시국에 각 정당이 운위하는 부류가 거의 자유당 잔재와 민주당 잔재에 족청계(族青系)와 군인계들이 가장 활기로 진행하는 것 같고, 죽산계(竹山系: 조봉암 계열)나 정민회계도 현저하게 움직임이 보이는데 몽양계(夢陽系: 여운형 계열)들도 암동(暗動: 어둠 속에서 움직임)하는 것 같다. 그리고 그 외에 한족계는 극미약한 활동을 하고 있고, 그 외 군소 정당들은 이름조차 알지 못할 것이 많아서 그 주도하는 인물이 무엇 하는 사람인지도 알 수 없을 정도다. 내 친교(親交: 친우) 한 분도 신흥당 조직을 하고 13정당 중의 한 자리를 차지한 것 같다. 당을 조직할 만한 포부가 있는지 없는지도 나는 잘 알지 못하겠다. 다만 개인적으로 친교가 있을 뿐이다. 그리고 보면 기성정치인들에게서는 대망(待望: 기다리고 바람)이 별로 없다.

이 사람이 나왔으면 그래도 이 난국을 잘 처리하겠지 하고 안심할 만한 인물이 별로 보이지 않는다. 다만 바라는 바는 미지수(未知數) 인물 중에서 혹 우수한 자격자가 나오지나 않을까 하고 국민들은 고대한다. 기성 정치인들은 거의 다 4류 이하의 저류들이다. 윤허박(尹許朴: 윤보선, 허정, 박정희) 같은 인물은 4류로도 약한 인물들이요, 난국수습(難局收拾)은 그만두고 난국 연장성이 농후한 인물들이요, 철기(鐵驥: 이범석)나, 원(元)이나 김병로(金炳魯) 같은 인물은 윤허박(尹許朴)보다는 좀 우수성이 있으나, 역시 4류 강(强) 정도다. 누가 나와야 좀 더 우수할 것인가? 국민으로서는 가장 의문이다.

관권(官權), 인권(人權), 금권(金權)이 다 강한 여당인 공화당과 또 그 자매당인 범국민 정당과 인권, 금권이 여당에 다음가는 민주, 민정, 신정당과 구자유계가 선거전에서 백중을 다투지 않을까 한다. 그러고 보면 지방에서 민의원 출마 예상자라는 것이 당시 그 인물들이지 별 신기한 맛이 나지 않는 인물들이다. 양심이 있는 인물들이라면 당연히 금번은 양심인물들에게 양보하는 것이 옳다고 보나, 정권야욕이 충만한 인물들이 어찌 양심적 행사를 할 것인가?

그러고 보면 민지(民志)가 아직도 저회(低回: 아래로 돎)하는 이때라 인물 본위보다 각 계파의 권력 쟁탈전에 불과하리라고 나는 생각된다. 조물(造物)의 희롱(戲弄)이 과히 심하지 않도록 주의하는 것이 국민으로서는 가장 주의할 일이다. 여불비(餘不備)[129]해서 이 붓을 그치노라.

계묘(癸卯), 4월 19일 봉우서(鳳宇書)

---

129) 여불비례(餘不備禮). 나머지는 예를 갖추지 못한다는 뜻으로 편지 끝에 쓰는 말.

6-59

수필: 전통 체술법 습득으로 올림픽 35종목 금메달이 가능하다

내년 동경 올림픽을 앞으로 두고 우리나라 선수 파견에는 애로가 개재(介在: 끼어 있음)하다. 하고(何故: 무슨 이유)인가 하면 북한과 단일 출전을 하지 않으면 안 되게 되었다. 그래서 회장에서 국기(國旗)사용 문제와 국가(國歌) 문제가 서로 양보되지 않아서 국가는 남북공통된 '아리랑'으로 정했다고 한다. 그리고 아직 국기 문제가 해결되지 않았다. 북한에서도 태극(太極) 국기 사용을 승낙할 리 없고, 남한에서도 북한 국기 사용을 승인할 리 없다. 더구나 이것이 해결된다 하더라도 선수질(選手質)에 있어서 만약 북한보다 못하다면 이는 국가적, 청년기백적(青年氣魄的)으로 치욕이라 아니할 수 없다. 여기서 국가에서도 특별한 주의를 해야 할 일이요, 대한체육회 간부 전원들도 정신을 차려야 할 일이요, 출전하는 선수 전원들도 남한 청년의 명예를 양견(兩肩: 두 어깨)에 지고 선투(善鬪: 선전善戰, 잘 싸움)해야 할 일이다.

국기 문제나 국가 문제에 기다(幾多: 수많은)한 굴욕을 인내하고 국제적 평화회합이라는 명목으로 공동 출전하는 것이라 우리 청년들이 우수한 성적을 발휘해서 북한 청년들이 심열성복(心悅誠服: 마음이 기쁘고 정성에 감복함)을 하게 하는 것이 여러분의 책임이며, 의무다. 여기서 만일에 북한 청년 선수들보다 질이 저하되어서는 하필 운동에 그치는 것이 아니라, 여러 가지로 국위(國威)를 손상하는 것이다. 국가에서나 대한체육회 간부 전원들이나 선수 전원들이 자기들의 자신이 없거든 아주 기권하는 것이 도리어 지당한 조처라고 믿는다.

체육의 정신이 이기는 데에만 있지 않고, 각자의 실력을 충분히 발휘하는 데 있다고 하나, 그래도 승자가 명예의 소유임에는 누가 반대할 사람이 있는가? 비록 선수 자신들은 선투(善鬪)하려는 기백이 있으나, 국가에서나 대한체육회에서 지도 방식이 소홀하다고 나는 지적(指摘)하고 싶다. 올림픽이 있을 때마다 선수 선정이나 여러 가지에 부정이 많이 있다고 전한다. 우리는 촌옹(村翁: 시골 노인)이라 직접 관계를 알지 못하나, 아무렇건 다른 나라보다 추진력이 부족하다는 것은 가리지 못한다. 그리고 사회에서도 이곳에 관심이 부족하다. 직장에 출전하는 선수의 연습 시간을 좀 특별히 주지 않는 것, 또 출전 선수와 코치가 경제적으로 곤란을 얼마든지 받는 것을 우리가 목도하고 있다. 그리고 각자가 독자 연습으로 기록이 우수한 후에야 겨우 대한체육회에서 직접 취급해 보려고 한다.

내가 말하는 것은 학교나 직장을 막론하고, 소질이 있는 사람을 택해서 평소의 연습을 충분히 할 수 있는 시간을 주라는 말이다. 비록 아마추어라 하더라도 이 정도의 편의는 주도록 사회인사가 지방적으로 조직이 있어야 한다고 나는 확언하는 것이다. 소계(蘇係: 구소련 계통, 동유럽 공산국가들) 각국의 올림픽 진출이 우리나라처럼 각 개인의 자습(自習)으로 양성되는 것이라고는 믿어지지 않는다. 이것이 민관(民官: 국민과 정부) 국제 진출의 가장 유리한 조건이라는 것을 재확인하는 것이다. 여러분의 주의를 환기시키고 붓을 그친다.

계묘(癸卯: 1963년) 4월 19일 봉우서(鳳宇書)

추기(追記)

내가 항상 말하는 바는 우리나라에서 재래식 체육법을 수련한다면 올림픽 현 세계 기록을 35종 중 12종목은 무난 확보할 수 있다고 자신을 가지고 여러 번 말하는 것이다. 나만 그러는 것이 아니라 우리 계통의 재래식 체술(體術: 체육법)을 습득해 본 인사들로는 다 동일한 발언을 할 것이다. 이것을 하루라도 속히 실현시켜야 우리 체육계가 광휘(光輝: 화려하게 빛남)가 날 것이다. 비는 것은 사회 인사들의 응원을 얻어서 실현시키는 것뿐이다.

계묘(癸卯), 4월19일 봉우(鳳宇)

재추기(再追記)

육상선수 출전자격 규정이라는 것이 명년 동경 오륜(五輪: 올림픽)에 적용된다는 것이다. 각국에서 한 종목에 한 사람을 출전시키는 데는 하등의 규격을 불요(不要: 필요치 않음)하나, 한 종목에 3인을 출전시키자면 이 규격을 요한다는 것이다. 이것은 체육 향상을 목표로 한 것 같다. 그리고 그 규정에 중장거리와 마라톤이 있지 않다. 경보(競步)[130)]

130) 육상 종목 중 하나로 빨리 걷기를 겨루는 경기이다. 달리기와는 다른 걷기 종목이므로 두 발 중 한 쪽의 발이 항상 지면에서 떨어지지 않아야 한다. 양발이 동시에 땅에서 떨어지면 경고가 주어지고, 3회 적발 시 실격처리가 된다. 이를 위해 심판원이 선수들을 경기 내내 뒤따르며, 부정 동작을 취하지 않는지를 감시한다. 종목으로는 5,000m, 1만m, 20㎞, 50㎞가 있는데, 올림픽대회 및 세계선수권대회 등에서는 20㎞와 50㎞가 정식종목으로 행하여지고 있다.

도 없다. 우리나라에서는 경보에 출전한 예가 없다. 그런데 우리 고래(古來) 경보 기록으로 보면 현 세계 기록보다는 우수하다. 그럼에 불구하고 체육계에서 분려(奮勵: 기운 내어 힘씀)를 하지 않는 관계로 부지중 속보선수는 은적(隱迹: 자취를 감춤)을 하는 것 같다.

우리들이 목도한 장사패(壯士輩: 장사무리)들이라면 현 세계 올림픽전 기록은 다 제압될 수 있는 것이다. 주법(走法)도 일류가 아니라도 3~4류로도 일일(一日) 10시간에 천리(千里)쯤은 무난하고 보법(步法)도 일일(一日) 500~600리는 용이하게 속보한다. 그리고 거중(擧重: 무거운 것을 들어 올림)도 하단(下段) 체력 연습자도 500~600근은 추상(推上: 들어 올림)한다. 그렇다면 현 세계 기록의 약 2배의 중량이다. 이것으로 미루어 35종목을 거의 보유할 수 있다고 나는 말하고 싶다.

이것을 세상에 발표하는 것이 선배들로는 꺼리는 바이나, 우리 생각에는 그럴 필요가 없다고 본다. 국가와 민족의 영예를 위해서 후진에게 전하고자 하는 것이다. 체련(體鍊: 신체 단련)을 해가며 정신수련도 겸행(兼行)하고, 복약(服藥)으로 그 부족을 보충하며, 사범(師範)의 지도를 듣고, 인고수행(忍苦修行)한다면, 보통 청년으로 3년만 계속한다면 현 국제 선수로는 충분하다고 본다. 그 상세는 심수(心授: 마음으로 줌)와 구전(口傳: 말로 전함)이 있고 또 공개(公開)도 있다. 그 삼종(三種)이 병행해야 비로소 완전하다고 하겠다.

중단(中段)까지만 간다면 역량이 천근(千斤: 600kg) 이상이 되는 고로 그 비례가 거의 동조(同調)하고 있다. 이것이 고대(古代) 체술(體術)의 일종이다. 상세는 후일로 미루고 또 연구하고자 하는 사람에게 한해서 발표하기로 하고 이만 그친다.

계묘(癸卯), 4월 19일 봉우서(鳳宇書)

6-60

수필: 시골과 도시의 교육과 소득 차이

속담에 사람은 낳거든 서울로 보내고, 말은 낳거든 제주로 보내라고 하였다. 있을 수 있는 말이라고 본다. 어느 사주(四柱) 잘 보는 사람이 있는데 당시에 아주 명사주로 이름이 났다. 그 자리에서 보고 온 노인의 말을 내가 들었다. 어느 사람이 사주를 보러 와서 이 사주 좀 보아주시오 하니, 그 사주 잘 보는 사람이 잠시 배산(排算)을 하더니 그 사람을 보고 '당신이 살기를 어디 사시오?' 하고 묻는다. 그 사람 대답이 '시골 삽니다' 하니, 주인 말이 '그 사주 아주 격사주(格四柱)로 좋은 사주요, 그 고을 좌수(座首: 향청의 우두머리)는 틀림없겠소' 하니 그 사람이 또 묻기를 '읍에 살면 어떻겠소?' 하니, '읍에 살면 원님은 되지. 그 사주 좋은데' 하고 칭찬한다. 그 사람이 또 말하기를 '영문(營門: 도청소재지) 있는 데에서 낳았다면 어떠하오?' 하니, 주인 말이 '순상(巡相: 도지사)은 되지' 한다.

'그렇다면 서울서 낳았으면 어떠하겠소?' 하니, 주인 말이 '서울 태생으로 이 사주를 가졌다면 이야 물론 정승(政丞: 내각수반)은 될 것이요' 라고 대답하더라고 한다. 그 노인이 그 사주 본인의 어떠함을 조사해 보니, 향촌(鄕村: 시골마을)의 그 부모들이 이 사주 보는 사람의 말을 신용하고 영문도(營門都: 도청 있는 도시)로 이사를 하고 그 자제를 공부시켰는데, 후일에 과연 모도(某道)의 감사(監司: 지사)를 했다고 노인이 청년시대에 본 일을 우리에게 이설(俚說: 속설)로 전하는 것을 보았다.

환언하면 자기 거주(居住)로 자기의 발신(發身: 형편이 좋아짐)을 좌우한다는 말이었다. 인걸(人傑)은 지령(地靈: 땅의 신령스런 기운)이라는 말이다. 우리의 목도한 바로 미루어 보더라도 향촌벽지(鄕村僻地: 시골벽지)에서 소학(小學: 소학교)을 졸업하고 중학 이상에 진학하는 율과 같은 향촌이라도 면 소재지에 거주하는 소학생들의 진학과 또 읍 소재 소학생들의 진학률이 벽촌 소학생 가정경제와 동일하다면 읍 소재 학생의 진학이 4~5배는 물론이다. 그 외에 지방도시와 향촌 읍내와 비례도 거의 몇 배의 차가 있고, 또 서울과 지방도시의 차도 얼마든지 있는 것은 사실이다. 도시의 학부 출신자 가정경제가 향촌의 중학 출신으로 진학 못하는 가정경제와 대등하다고 못 본다. 이것이 공부자(孔夫子: 공자님) 말씀에 '택불처인(擇不處仁)이면 언득지(焉得智)[131]리요?' 하신 교훈의 현실이다.

그렇다고 향촌에서는 사람이 살지 말라는 것은 아니나, 각자 실정을 따라서 될 수 있는 대로 후진을 위해서 진출하라는 말이다. 사회의 문화나 경제나 공히 도시로 집중되는 것은 가리지 못할 일이다. 내가 살고 있는 신야(莘野: 상신리)는 또 다른 향촌에 비해서 경제적으로 아주 약하다고는 못 하겠으나, 아동 진학률은 아주 말이 아니다. 근년에 겨우 학부에 수인(數人: 두서너 사람)이 있고, 고등학교 출신이 기인(幾人: 몇 사람)이 못 된다. 이것이 다른 동리에 비해서 아주 %가 부족하다. 더구나 여자는 고등학교 출신은 일인(一人)도 없다. 그런데 이곳 출신으로 도시로 진출한 사람 중에서는 모씨(某氏)만 하더라도 이 동리에서

---

131) 《논어(論語)》〈이인(里仁)〉편에 나옴. 원문풀이: 마을의 풍속이 어질다는 것은 아름다운 것이다. 어진 마을에 거처하지 않는다면 어찌 지혜롭다 하겠는가?(里仁爲美. 擇(宅)不處仁 焉得智.)

생존했다면 지게꾼이나 우마차부(牛馬車夫)에서 종신(終身: 평생을 마침)할 정도였는데, 그 자손들이 5남매가 거의 다 대학 졸업이요, 외국 유학을 해서 박사학위까지 받았다. 이것이 이 동리에서와 도시에서의 차이다.

박사학위를 받은 사람도 이곳 소학교 졸업 당시에 이 동리에서 1, 2, 3, 4호(號)를 다 차지했는데, 4호였던 사람이다. 그런데 이곳에서 1, 2, 3호의 학생들은 군인으로 나가서 1호가 중위, 2호는 상사(上士)로 전사했고, 3호는 대위로 제대했다. 학력은 중등교육을 다 받지 못했다. 경제력도 역시 향촌과 도시에서 동일한 노력으로 그 수입이 천양지판(天壤之判: 하늘과 땅의 차이)이 된다. 향촌에서 운이 좋아서 실패가 없는 사람이라면 현상으로 보아서 동일한 적수공권(赤手空拳: 맨손과 맨주먹)이었다면 10년이나 20년을 두고 보면 향촌사람의 성공이라는 것이 논 수천 평, 밭 수천 평, 기르는 소 몇 마리로 가옥, 동산(動産) 합해서 수백만 원이 최대 성공이다. 그러나 도시인사(人士)들로 성공했다면 수억, 수천만 원의 거부들이 얼마든지 있다.

직장 진출도 역시 동일하다. 향촌 직장이라는 곳이 가장 수가 많은 것이 면리원(面吏員: 면사무소 직원)으로 성공한다면 10년, 20년에 부면장, 특출(特出)해야 면장이요, 교원으로 나간 인사는 동일 연한(年限)에 성적이 우수해야 교감, 교장에 그친다. 교장으로 백발되는 분은 얼마든지 있다. 이것이 향촌 성공자들의 일부다. 그러나 도회 인사로 성공을 말하는 인사는 이 정도로는 비교가 되지 않는다. 이것이 그 입지가 벌써 다르다는 말이다. 그 직(職: 관직)이 비(卑: 낮음)하대서 깐보는 것이 아니다. 다만 동일 출세하는데 목표가 다르다는 말을 하는 것이다. 우리같이 벽촌(僻村: 외진 촌마을) 생활을 48년을 장기로 계속하는 사람으로 이문목격(耳聞目擊: 귀로 듣고 눈으로 직접 봄)한 바를 그대로 반영시켜 보는 것이요, 다른 체계가 있는 논법을 말하는 것이 아니다. 여기 대해서 대책을 강구해야 옳은 일이나, 거기까지 나가자는 것이 아니라 다만 그렇다고 진술(陳述)에 그치고자 한다.

계묘(癸卯: 1963년) 4월 21일 봉우서(鳳宇書)

6-61

미숙한 경제정책

모 신문 1면 기사에서 대서특필한 기사를 보았다. 시인의사일반동(時人意思一般同: 같은 시대 사람들의 뜻은 하나로 돌아와 같음)이라고 이 평론을 한 AID[132]의 보고를 그대로 발췌해 두고[133] 그 사람들의 안목이나 우리나라 사람들의 안목이나 별 차이가 없다고 본다. 그러나 아전인수로 현 군사정부에서는 자화자찬에 여가가 없다. 국제적으로 신용이 추락됨을 모를 리 없으나, 그래도 그 자리가 탐이 나서 또 집정(執政: 정권을 잡음)을 생각하는 가련한 인물들이다. 자기들도 어찌 자과(自過: 자기의 잘못)를 알지 못하겠는가? 국가행정을 어찌 역언(易言: 말을 바꿈)하겠는가? 그러나 자상달하(自上達下: 위에서 아래까지)로 애국애족하는 양심으로 나온다면 국민들도 비록 내핍(耐乏: 가난함을 견딤)생활을 할지라도 그 고로(苦勞: 고통과 노력)를 감수할 것이다. 자기네의 특권층들은 궁사극치(窮奢極侈: 사치가 극도에 달함)를 해가며 국민들에

132) 미국 국제개발처(美國國際開發處, United States Agency for International Development, USAID)는 J. F. 케네디 대통령의 세계개발정책에 따라 1961년 11월 3일에 설치된 미국의 거의 모든 비군사적 해외원조를 행하는 정부조직이다. 미국의 해외경제원조 및 전 세계 인류복지 향상 등 개도국 원조사업을 수행한다.

133) 모 언론사의 '미숙한 경제정책 - 한국 5개년계획은 지나친 야심- AID·군정 2년 실적평가 보고'라는 제목의 기사에서 IDA(국제개발협회(國際開發協會, International Development Association)의 보고서를 인용해 군사정부의 경제 무능을 비판함. IDA는 보고서에서 한국의 경제 정세를 혹평하며 5개년계획은 비현실적이라 평가하였다.

게만 내핍을 하라니 될 일인가?

고어(古語: 옛말)대로 **일가**(一家: 한 집안)**이 인**(仁: 어짐)**즉 일국**(一國)**이 흥인**(興仁: 어짐이 일어남)이라[134] 하였다. 그와 정반대로 **일인**(一人)**이 탐려**(貪戾: 욕심 부려 어그러짐)**즉 일국**(一國)**이 개탐**(皆貪: 모두 욕심을 부림)[135]하는 것이 사실이 증명한다. 그래서 일인(一人)이 호사(豪奢: 호화롭게 사치함)하니, 일국(一國)이 개사(皆奢: 모두 사치함)하여 국가경제가 자립을 못하고 외원(外援: 외국 원조)으로 겨우 생활을 유지하는 나라로 그들의 생활방식이라는 것은 오로지 자주자립한 경제를 확립한 나라보다 가일층 호화판이다. 원조를 해주는 나라에서 본다면 무엇이라 평할 것인가 불문가지다. 이것은 국민 전체의 책임도 있으나, 전 책임의 90%는 정부 지도급 인물에게 있다는 것을 누구나 다 잘 아는 일이다. 우리도 국민의 일분자(一分子: 한 사람)로 그 책임을 회피하자는 것이 아니라, 당연히 그 책임을 지고 있으며, 행정부의 우둔졸렬(愚鈍拙劣)함을 통탄해마지 않는 것이다. 물론 국내 행정도 행정이려니와 대외 외교는 현 외교관들의 거의가 외교관으로의 자격이 결여된 인물들이라는 말이다. 현상대로 나가면 점점 낙후되어 발전할 희망이 보이지 않는다.

대책으로는 소위 정치인 자처하는 인물들이 자기 자신이나 자당의 실력을 심사숙고하고 **국리민복**(國利民福)이 될 자신이 없거든 양심적으로 후퇴하고, 권력욕에 급급하지 말라는 말이다. 아무런 자신이 없이 집권에만 급급한 인물이나 정당들은 국민을 기만(欺瞞: 속여 넘김)하는

134) 《대학(大學)》 출전

135) 《대학》에는 작난(作亂) 난리가 일어남으로 나온다.

것이며, 기만에 그치는 것이 아니라 자굴묘혈(自掘墓穴: 스스로 제 무덤을 팜)하는 행동이라는 말이다. 예를 들면 윤보선 옹 같은 인물은 대통령 재임 시에 정부를 통솔할 능력이 없어서 일호반점(一毫半點) 국가와 민족에게 복리를 주지 못하고 오히려 5.16 혁명을 격발시킨 위인이 또 대통령 입후보를 한다고 한다. 윤 자신의 정견(政見)이 얼마나 탁월한지는 알 수 없으나, 그 부류들이 제1차 이승만 박사를 추대하여 대통령을 삼고 갖은 악정을 감행하던 이 박사 초기의 민주당임에는 자타가 공인할 일이다.

당연히 자숙(自肅)으로 국민에게 사죄해야 옳을 일인데 감히 또 출마한다는 것, 국민을 기만하는 행동임에 불외(不外: 지나지 않음)하다. 더구나 현 군사정부에서는 2년간에 거듭한 실정(失政: 정치를 잘못함)을 하고 또 무슨 안면(顔面: 낯)으로 대하고자 하는가? 현 재야 정치인들도 자기의 역량과 국민의 신망을 상찰(詳察: 자세히 살핌)하고 출마준비를 하라는 것이다. 내 나라 사람으로 더구나 집정자로 세계평론의 호평을 못 듣는 것이 무엇이 좋으리요마는 우리가 항상 그들의 행정의 왜곡을 평하던 길이라 동세상응(同勢相應: 같은 흐름에 서로 응함)해서 두어 자 기록하고 그 기사를 첨부하는 것이다.

계묘(癸卯: 1963년) 4월 22일 봉우서(鳳宇書)

6-62
이 충무공의 정신(精神)

이 충무공의 업적은 국사에 또 국민의 구구상전(口口相傳: 입에서 입으로 서로 전함)으로 더 상세히 말할 필요조차 없다. 혹 어느 부유(腐儒: 썩은 선비)들은 일대(一代: 한 시대)의 무공(武功)을 수립한 인물을 그다지도 추모하느냐라는 망발을 하였고 그런 노유(老儒: 늙은 선비)들을 간간이 보았다. 이것은 그 유자(儒者: 유생) 자처하는 인물들이 국가와 민족의 중대성을 알지 못하고, 거룩한 성장(聖將)인 충무공을 한낮 무변(武弁: 무관)의 상례(常例)인 용전분투(勇戰奮鬪)한 장수로 취급하며 또 문무의 차별을 두 말(이러니저러니 불평을 하거나 덧붙이는 말)하는 부유(腐儒: 썩은 선비)들의 구탁(口啄: 입으로 쪼음)하는 것임에 불과하고, 충무공의 위국진충(爲國盡忠: 나라를 위해 충성을 다함)은 사상(史上)에 드문 위훈(偉勳: 위대한 공훈)이요, 시종여일(始終如一)하신 애국애족의 정신은 우리 국민으로 천추만세(千秋萬歲: 천만년)를 가더라도 그 추모의 성심(誠心)이 소호라도 게을리 할 리 없다고 본다.

하필 우리 민족에 국한해서가 아니라 세계 각국에서도 그 충성과 위훈을 몸소 수범하신 데 대하여 비록 국적의 차이는 있으나, 추모하는 마음은 일반적일 것이다. 당시 사기(史記: 역사기록)에 상재(上載: 실어 올림)하였던 업적에는 췌론(贅論: 번거롭게 다시 논함)하지 않고 다만 그 당시의 수군에 충무공이 계시고, 육군에 내 선조이신 충장공(忠莊公: 권율)이 계시고 유명무명의 충간의담(忠肝義膽: 충성스럽고 의로운 신하)들로 당시 대난(大難)을 극복하고 중흥(中興)한 것은 사실이다. 현하 난국이 임진왜란만 못지않으나, 정계에서나 재야에서나 충간의담이 임진 당시 충무공의 정신을 본받을 만한 인물이 없음을 못내 슬퍼하고 후배들에게서 그 위대한 정신을 본받을 인물이 배출되기를 바라는 마음으로 충무공의 정신을 살리자는 글을 쓰는 것이다. 상세(詳細)는 사기(史記)에 있는 고로 일체 업적은 궐(闕: 뺌)한다.

계묘(癸卯: 1963년) 4월 22일 봉우서(鳳宇書)

추기(追記)

충무공께서 당시 사용하시던 **구선**(龜船)의 **설계도**는 사신(史臣: 사초를 쓰던 신하)들이 국사(國史)에서 초출(抄出: 골라 뽑아냄)해서 충무공 문집에 기입했으나, 역시 충무공께서 사용하시던 것과는 차이가 있다고 한다. 그러나 실물은 임진난 후 통영에도 없었던 것이다. 유감스런 일이었다. 그런데 현금(現今: 바로 지금)에 와서 거북선 모형도를 발견했다고 한다. 이 모형도식은 임진 당시 영춘(永春)현감이었던 이양재(李良齋) 덕홍(德弘)의 문집에서 그 도식이 발견되었다고 하는데, 충무공께서 사용하던 것과 동일한지, 차이가 있는지는 알 수 없는 일이요, 참고로는 좋은 재료라고 믿는다. **구구상전**(口口相傳)하는 말로는 율곡(栗谷) 선생이 충무공을 **구봉**(龜峯: 宋翼弼) 선생께 추천하여 구봉 선생의 **구전심수**(口傳心授: 입으로, 마음으로 전해줌)로 충무공의 **성업**(聖業)을 완성하신 것이라고 당시 모모의 가정에서는 구구상전해서 **가정문**

견(家庭聞見)으로 알고 있다. 우리는 충무공의 외손(外孫)이요, 충장공의 본손(本孫)이라 다른 사람들의 비(比)가 아니다. 그래서 신문 기사 136)를 참고로 첨부해 두는 것이다. 후일에 여러 상세한 사실이 나오기를 바라고 이만 그친다.

계묘(癸卯), 4월 22일 봉우서(鳳宇書)

136) 당시 충무공 탄신 418주년 축제와 얼마 후 이이진 한산대첩 기념축제 관련한 기사들로 보임

6-63

이 책을 마지막으로 쓰며

내가 수십 년 전부터 과거, 현재, 미래의 **삼대망상**(三大妄想)이 누구에게 지지 않게 많아서 이 망상을 소제(掃除: 청소)하고자 **소견법**(消遣法: 쓸어 없애는 법)으로 **축수록**(逐睡錄: 잠을 쫓는 기록)이니, **청수록**(請睡錄: 잠을 청하는 기록)이니, **수필**(隨筆)이니, 무엇이니 하며 수십 권을 쓴 일이 있다. 이것은 내가 다른 사람의 보기를 위한 것이 아니요, 다만 내 자신의 망상을 소제하고자 하는 마음에서 써본 것이 6.25 당시에 7권을 분실하고, 그전 것은 왜경(倭警: 일본경찰)에게 압수당한 것이 6권이요, 6.25 사변 후로 가정형편이 식생활의 압박을 받고 있는 중이라 무슨 다른 생각이 날 여가가 없었다.

그러나 경제적으로 핍박하다고 망상이 나지 말라는 법이 없다. 그래서 틈틈이 **흉중**(胸中: 가슴속)이 **쇄락**(灑落: 상쾌함)치 못하면 곧 붓을 잡고 **횡설수설**(橫說竪說)을 **어불성설**(語不成說: 말이 안 됨)하게 기록하는 중에 부지중 폭발하는 망상은 어디로 가고, 내가 쓰는 수필로 **집적**(集積: 모여 쌓임)이 된다. 이것이 내 산란한 정신을 수습하는 방법의 한 가지로 소견법으로 정한 것이다. 이래서 한 권이 완결되고 또 한 권이 완성된 것이 이 책이 다섯째 권이다.

이 책을 누구에게 '보아 주시오' 하고 쓴 것도 아니요, 또 내 자손에게 이 책을 보관하라고 한 것도 아니다. 다만 내가 때때로 내 마음 산란함을 안정시키고자 하는 소견법이었다는 것이라 횡설(橫說)도 좋고 수설(竪說)도 좋고, 성설(成說)도 좋고, 불성설(不成說)도 좋다. 또 문장이 되었거나 안 되었거나도 불관(不關: 상관없음)이다. 내가 무슨 계획이 있어서 하는 일이라면 또 누구에게 전하고 싶어서 하는 일이라면, 또 내 자손에게 전하고 싶어서 쓰는 것이라면 체계도 있어야 하고 후인(後人)의 말도 조심해야 한다. 그러나 이 책자는 분실한 13권과 현존한 5책이 운명이 거의 동일하다.

송(宋)나라 **육군자**(六君子)[137]이신 **정명도**(程明道)[138] 선생께서는 경학(經學)에 있어서 책을 저술하시었다. **정이천**(程伊川)[139] 선생의 저술로 자임(自任: 스스로 인정함)하시나, 명도 선생께서 자저(自著: 자신이 지음)하신 것을 소화(燒火: 불태움)하시었다 한다. 그러나 나는 소화할 필요도 없고 또 보관할 필요도 없고, 이 책의 운명대로 되어도 나는 원망할 필요가 없고 이 책이 잘 보관되어도 또 내가 고마운 일이라고 칭찬할 리도 없다. 이 책은 나와 접근할 때는 일용사물에 망상이 생길 때에 소견법으로 상대하고 마음이 좀 가라앉으면 **속지고각**(束之高閣: 안 보는 데에 처박아 둠)하고 다시 볼 생각이 없다. 그러나 이것이 내 심간(心肝: 심장과 간장)의 일부를 그대로 **피력**(披瀝: 속마음을 드러내놓고 말함)

137) 송나라의 대표적 성리학자인 송조육현(宋朝六賢)을 이르는 말. 주돈이(주염계), 정호(정명도), 정이(정이천), 장재(장횡거), 소옹(소강절), 주희(주자)를 지칭한다.

138) 정호(程顥, 1032년~1085년)는 중국 송나라 도학의 대표적인 학자다. 성리학과 양명학 원류의 한 사람이다. 자는 백순(伯淳), 시호(諡號)는 순공(純公). 명도 선생(明道先生)으로 호칭되었다. 음양이기에 근거한 역 철학과 인(仁)을 강조하였다. 정이가 그의 동생이다.

139) 정이(程頤, 1033년~1107년)는 중국 송나라 도학의 대표적인 학자의 한 사람이다. 형 명도(明道) 정호와 더불어 성리학과 양명학 원류의 한 사람이다. 자는 정숙(正叔). 형인 명도보다 1년 늦게 하남(河南, 현재의 허난성에 속함)에서 출생하여 이천 선생(伊川先生)으로 호칭되었다.

해 온 것이라는 데는 재언(再言: 다시 말함)을 불요(不要)한다.

마음이 무슨 일에 있을 때도 시간이 없으면 쓰지 않는다. 그리고 그 글 제목도 무엇을 택해서가 아니라 이문목격(耳聞目擊)에 걸리는 일용사물(日用事物)에 마음이 가는 대로 글제(題)를 만들어서 쓴 것이다. 무슨 체계가 설 리가 없다. 내 주의(主意)가 연연물물(然然勿勿: 그렇게, 그렇게 말지를 말아라)을 잊지 않고 있는 사람이다. "세사(世事: 세상일)는 연연(然然: 그렇고 그러니)하거니, 내야 물물(勿勿: 말지를 말아라)하라"는 것이었다. 그래서 내 좌우명(座右銘)에 행행행리각(行行行裏覺), 거거거중지(去去去中知)라 하였다.

불가(佛家)의 좌선(坐禪)에서 일초즉입여래지(一超卽入如來地: 단박에 뛰어올라 부처의 경지에 들어감)를 말한다. 그러나 내가 본 것은 일초즉입여래지가 아니라 계단적으로 행(行)하고, 행하고, 행하는 속에서 한 가지, 두 가지씩 각(覺: 깨달음)하는 것이 있고, 거(去)하고, 거하고, 거하는 중에서 한 가지, 두 가지씩 지(知: 앎)가 난다.

그래서 이것이 물물(勿勿: 마지 않음)하면 어느 때인지 모르게 자성일가(自成一家: 스스로 일가를 이룸)가 되어 학인(學人)으로서가 아니라, 도인(道人)이 될 수 있다는 것을 나는 주장한다. 이것이 내 일생을 변치 않고 비록 미온적(微溫的)이나마 내가 생명이 있는 중은 그치지 않는다. 그러는 중에 내가 나가고자 하는 길에 형극(荊棘: 가시나무)이 걸릴 때는 그 형극을 헤치기 위해서 망상(妄想)을 제거하기 위해서 이 붓을 드는 것이다. 그러한 관계로 이 책에 쓴 것에는 하등의 의의(意義: 말의 속뜻)가 있는 것이 아니라, 다만 소견법의 일부라는 것을 재확인한다.

내가 앞으로 얼마나 살 것인가 알 수 없으나, 이다음 책자부터 몇 권이나 더 내 망상 제거용으로 써질지 알 수 없는 일이요, 이 쓰는 것이 줄어갈수록 내 망상이 줄어든다는 확증(確證)이 되는 고로, 될 수 있으면 여러 권을 소비하지 말고 **묵묵정좌**(默默靜坐: 잠잠히 고요하게 앉음)해 줬으면 하는 내 바람이 있을 뿐이다. 이 책을 그치며, 이 붓을 그친다.

계묘(癸卯: 1963년) 4월 22일 봉우서(鳳宇書)

추기(追記)

이 책자를 쓰기를 마치고 한동안은 붓을 들지 않고 마음의 휴양(休養)을 하기로 심정(心定)한다. 근일(近日: 요사이) 정신이 산란해져서 올바른 기록이 안 될 것 같다. 외래(外來) 피동(被動)을 다 물리치고 **여리난사**(如理亂絲: 뒤엉킨 실을 정리하듯)하듯 **정신수습**(精神收拾)을 해보겠다. 이것이 다 소견법의 일부에 불과하다. 그리고 이러는 것이 이 인생백년(人生百年) 중 과정의 일부임에는 부정 못 한다.

위불위(爲不爲: 이루고 이루지 못함), **행불행**(行不行: 행하고 행하지 못함)이 비록 글자는 다르나, 심적으로 보면 무엇이 위(爲: 성취함)며, 무엇이 불위(不爲)인지 무엇을 행하고 무엇을 불행(不行)했는지 글자로 기록하기가 그리 용이한 일이 아니다. 그저 피상(皮相: 겉으로 드러나 보이는 모양)에 그치고 말자.

봉우추기(鳳宇追記)

6-64

머리에 쓰고자 하는 말

산촌(山村)에 은거해 있는 노쇠한 무위무능(無爲無能: 하는 일도, 능력도 없음)한 몸이라 산외(山外) 소식이야 알고자도 않고, 알 도리도 없다. 다만 산중에서 이문목격(耳聞目擊)하는 것이 노졸(老拙: 늙고 못생김) 말년 소견법인 수필(隨筆)로 화(化)하는 것이다. 그 들은 바가 정(正)인지 부정(不正)인지도 알 바 아니요, 또 본 바가 진(眞)인지 가(假)인지도 힘써 분변(分辨: 분별)코자 하는 것이 아니라, 이 산중에서 내가 보고 들은 것 중에서 내가 다른 일로 붓을 잡지 못할 때는 물론 제외되고 가장 한가(閑暇)하고 마음에 별 장애가 없을 때에 소견법으로 이 책자를 대하게 된다.

고인(古人)의 말씀에 언불진의(言不盡意: 말은 뜻을 다 표현 못함)요, 서불진언(書不盡言: 글은 말을 다 표현 못함)이라고[140] 하신 것 같이 어찌 이문목격한 대로 수필을 다 할 수 있는가 그저 조박(糟粕: 재강)에 그치는 것이요, 또 마음에 있는 것이라고 어찌 붓으로 형용을 다 할 수 있는가? 성경현전(聖經賢傳: 유학의 성현이 지은 책)에서도 그 오의(奧義: 깊은 뜻)를 엿보기 어려웁거든 하물며 우리 같은 범부(凡夫)들의 횡설수설일까 보냐?

내가 수필을 음력 금년 4월 22일에 전(前) 책자를 마치고 70여 일이

140) 공자《논어》출전

경과하도록 붓을 들지 않았다. 매일같이 내리시는 강우(降雨)가 전국적으로 맥작(麥作: 보리농사)이 8할 감수(減收: 수확이 줆)가 되고, 미가(米價)가 600원대를 초과했다. 유사(有史) 이래 최고가라 하겠다. 풍수해(風水害)로 우리나라만 58억 원 이상이요, 인명 손실도 막대하다고 한다. 그래도 위정자는 천재(天災)는 천재요 인위적이 아니니, 정치와 천재를 결부시키지 말라고 강조하며 선후책: 善後策: 좋은 대비책)이 나오지 않는 것 같다.

그래도 여당 조직에는 만반(萬般)이 구비된 것 같고 민생고 해결책이라고는 일호반점(一毫半點)도 시원하게 들리는 바가 없다. 이것은 대동지환(大同之患: 모든 이가 다함께 겪는 환란)이라 내 혼자만의 걱정이 아니니 그만두고 내 가정 역시 이 대동지환에는 할 수 없고 내핍(耐乏: 궁핍을 참고 견딤)하는 외에 타도가 없다. 백사일성(百事一成: 모든 일이 하나도 되지 않음)이요, 일부일노후(日復日老朽: 날이 갈수록 늙고 낡아짐)의 도(度)는 심해지고, 경과는 여전히 신기루와 동일하고, 세로(世路: 세상을 살아가는 길)는 점점 형극(荊棘: 가시나무)이요, 인심은 날로 변해지는 때라, 마음이 안정되지 않으나 금일은 일기초청(日氣初晴: 날씨가 처음 갬)하고, 산정무인(山靜無人: 산은 고요하고 사람은 없음)하여 독좌무료(獨坐無聊: 혼자 심심함)키로 다시 이 책자를 대하고 수필을 시작하기로 했다.

시작이 반이라고 70일 휴가에는 아무 소득이 없으나, 금일부터는 일언반사(一言半辭)는 다 수필에서 반향(反響)되어 후일의 참고가 될까 해서 내가 이 붓을 드는 것이요, 무슨 왈가왈부의 비판을 하고자 해서가 아니다. 역시 소견법의 일부라는 것이다. 70일간은 휴식해 보아야 별 시원한 맛이 없고 해보나, 안 해보나 다 일반인 바에야 일언반구(一

言半句: 아주 짧은 말)라도 쓰는 것이 도리어 무위무기(無爲無記: 아무것도 안 하고 안 씀))한 것보다는 나으리라고 생각하고 또 이 붓을 들어보는 것이다. 내가 이 수필을 시작해서 15책자(册子)나 되나, 10여 책자는 6.25에 분실(紛失)되고, 현존자(現存者: 현재 남아 있는 것)가 5권에 불과하고 이것도 산재사방(散在四方: 사방으로 흩어짐)하여 거두어지지 않는다. 이것이 인생의 상례인 것 같다. 이 책자를 시작하면서 두서(頭緒: 일의 차례나 갈피)없이 두어 자 적어 보는 것이다.

계묘(癸卯: 1963년) 6월 초칠일(初七日) 봉우서(鳳宇書)

6-65

수월간(數月間: 몇 달간) 경과사(經過事: 지낸 일) 약초(略抄: 약간을 적음)

수월 간을 휴식하느라고 집필을 하지 못해서 그간 별별 사(事)가 다 많았었으나, 한 건도 쓰지 못했다. 그래서 그간 경과사를 약초하기로 한다. 제1 기록할 것은 금년은 전 세계적 이상기후로 말미암아 우리나라도 무일불우(無日不雨: 비 내리지 않는 날이 없음)하는 현상으로 맥작(麥作: 보리농사)이 수확기에 와서 대홍수 겸 폭풍으로 거의 전감(全減: 전부 감소) 상태에 이르러 정부보고에서 5할 내지 8할이 감수(減收: 수확이 줄어듦)되었다고 하니, 실지면에 있어서는 거의 전감이다라는 것이 무리가 아니라고 본다. 또 풍수해에 어업에서도 1,000여 척의 파손이 있고 수해에 수천의 인명 피손(被損: 손실을 입음)도 있어서 정부보고로 총 손해액 50여 억 원이라고 한다.

작년 추곡(秋穀: 가을에 거두는 곡식)도 흉작이다. 또 맥작의 대흉을 보고 미가(米價: 쌀값)는 유사 이래 처음의 고가(高價)인 600원대를 초과하고 인심은 아주 불안하다. 정부에서 구호(救護)대책을 세우고 백방으로 주선을 다하는 것 같다. 그러나 백성으로서는 어찌 풍작만 할 것인가? 그리고 보니 의식주 삼건사(三件事)에 금년의 식(食)이라는 것은 아주 공(空)맞은 것이요, 의주(衣住)에도 역시 피해가 적지 않다. 대체로 우리나라 백성들의 일대수난(一大受難)임에는 별 이의(異議)가 없을 것이다.

이것이 제일 큰 문제였고, 그다음 각 정당의 이합(離合: 헤어지고 합침) 문제로 별별 소문이 다 많다. 신흥 세력들도 각자 주종(主宗: 우두머리)을 주장해서 합작이 곤란하던 중 박 의장의 담화(談話)로 공화당이 주파(主派)가 되고 보니 각 친여(親與) 세력이 추종하기 좀 창피한 모양인지 아직 완전 단합이 되지 않고 있고, 야당에서도 통합전선을 운위(云謂)하나 여의(如意)하지 않은 것 같다. 그리고 그들의 소욕(所欲: 하고 싶은바)이 우리 국민의 복리(福利)가 될 것인가 아닌가를 판단할 도리가 아직 없다. 야여(野與)를 막론하고 별 신인물이 없고 항상 그 인물들이 예(例)의 정강정책(政綱政策)을 그대로 내세우고 있는 이때에 어찌 그들의 장래에 개과천선(改過遷善)하리라고 믿을 수 있는가?

가장 한심한 일이요, 또 그간 야(野)에서 주장하는 4대 의혹사건을 정부에서 유야무야(有耶無耶: 있는지 없는지 흐리멍덩함) 속에 전부 무죄 판결을 해서 교도소 후문으로 석방해 버렸으니, 국민으로야 그들이 유죄인지 무죄인지를 아지 못하나 야당들의 주장으로 보면 그 처사가 무리하다고 할 외에 타도가 없다. 좀 공명정대(公明正大)치 못하고 하고(何故: 무슨 이유)로 우물쭈물하는 것인가 의심난다. 그다음 이후락 공보실장의 담화를 듣건대, 4대 의혹사건의 확증을 못 내세우면 의법조치하겠다라고 공갈을 하는 것이 좀 더 의심을 자아낸다. 아마 무슨 내포된 조건이 있는 것인가 보다. 그다음 장 농림(부장관)의 사직은 농정의 실책을 책임지고 나간 인물이다. 말하자면 정치인으로 자격상실을 의미하는 것인데, 이 인물을 최고위원으로 기용한다는 것은 최고위원이라는 것이 왜정시대 중추원(中樞院) 직함이나 아닌가 하는 의심도 있다. 무능퇴직자 우대소가 아닌가 한다.

그다음 한일 문제에는 기다한 굴욕 조건이 내포된 것 같다. 그리고 김종필 재기용설이 농후하다. 이것은 국민을 기만(欺瞞: 속임))하는 데 불과한 일이다. 그다음 박정희 담화로 민정이양을 확정하고 대통령 선거가 10월 15일경이요, 민의원 선거가 11월 하순경이요, 국회소집은 12월 중순경이라고 한다. 아마 여당이 완전무장이 다 된 모양이다. 야당들은 각자 위지대장(謂之大將: 대장이라 부름)이요, 여당은 경제력, 권력이 전능전지(全能全知)해서 야당 인사들이 기엄기엄(가만히 자꾸 기어가는 모양) 사족(四足: 짐승의 네발)으로 기어 들어가는 인물들이 많고, 지방에서도 눈치 싸고 억바른(약싹빠른) 인물들은 여당으로 추파(秋波)를 보내고 있다. 여전히 정치인이라기보다 정상모리배(政商謀利輩)들이라고 할 외에 타도가 없다.

그다음 올림픽대회에 남북한 단일팀 파견회합은 북한의 무성의로 결렬되고 말았다고 한다. 이것이 몇 달 동안 공적(公的) 경과다. 그동안 정민회(政民會) 변영태 옹이 대전 와서 강연하는 것을 본 일이 있다. 평범한 비판에 지나지 않고 별 이렇다는 주장은 못 보았다. 그저 양심 있는 무능한 정치인 같다. 그리고 내 개인적으로 숙부인(淑夫人) 서씨(徐氏) 면례(緬禮: 이장)를 선비(先妣: 돌아가신 어머니) 산소 계하(階下: 층계 아래)에 하고 이완호 옹과 제약건을 상의한 일이 있었다. 이것이 그동안 경과를 약초(略抄: 대략 정리함)하는 것이다. 물론 이외에도 공사(公私) 공히 별별 일이 다 있었으나, 다 제외하고 약간을 초해서 그동안 있던 일이 이런 범위라는 것만으로 족한 것이다.

계묘(癸卯: 1963년) 6월 초팔일(初八日) 봉우서(鳳宇書)

6-66

올림픽 위원회의 북한과 단일팀구성의 통지를 받은 후

올림픽에서 동서독은 단일팀이 구성되어 선번(先番: 먼젓번)에 세계 3위의 영예를 차지했다. 우리나라도 남북한의 단일팀이 구성된다면 물론 현상보다는 득점이 나으리라고 믿는다. 동족 간에 있을 수 있는 일이요, 올림픽위원회로서도 권고하는 것도 당연한 일이라고 믿는다. 그런데 우리 남한대표와 북한대표 간 올림픽 파견선수 단일팀 구성 문제를 위요(圍繞: 둘러쌈)하고 기다(幾多: 수많은)한 애로(隘路: 좁고 험한 길)가 있는 것 같다. 수차(數次)에 걸쳐 회합(會合)을 해보았으나, 여전히 진전을 보지 못하고 도리어 북한 측 대표들의 정치적 이용할 목적을 발견하고 회(會)는 결렬되었다.

비록 사상의 철벽(鐵壁)은 있을지라도 운동정신과 동족애(同族愛)를 살려서 성의(誠意)를 다한다면 어찌 이런 불상사(不祥事)가 있으리요? 다른 민족이 우리와 동일 입장에서 무난히 단합한 것을 보고 어찌 미안치 않으리요? 서로 백보(百步)를 양보하고 단합해서 타민족과 비견(比肩: 어깨를 나란히 함)하고 나가는 것이 당연한 조처(措處)라고 본다. 북한의 소행이야 물론 용서할 수 없는 일이나, 남한대표들도 성의를 만점(滿點)으로 표했다고는 못 하겠다. 또 회합이 속개(續開: 계속 열림)되기를 바라고 이만 그친다.

계묘(癸卯: 1963년) 6월 초십일(初十日) 봉우서(鳳宇書)

6-67

수필: 고해상사(苦海常事)

무의(無爲: 아무것도 안 함)한 중에 40여 일을 경과하고 일차도 집필을 못한 내 심정 무어라고 형언(形言: 말로 표현함)할 수 없는 산란상(散亂狀: 산란한 상태)이었다. 공적(公的)으로는 우리나라에 제3공화국을 지도할 대통령을 선택하기 위해서 여야를 막론하고 불철주야(不撤晝夜: 밤낮을 거두지 않음)로 운동이 활발하고 있고, 외국에서는 인도네시아 연합정부 수립을 앞에 두고 갱생(更生), 재건(再建)을 꿈꾸고 있고, 남월(南越: 남베트남) 고(高)정권(고딘디엠[141] 대통령)은 승려압박으로 세계문제를 초래해서 미국과 외교가 교묘(巧妙)해지고, 한일어업교섭은 여전히 진전을 보지 못하고 있고, 우리 국민들은 물가고(物價高)의

141) 응오딘지엠(1901년 1월 3일~1963년 11월 2일) 또는 고 딘 디엠은 응우옌 왕조와 남베트남의 정치인이다. 남베트남(베트남 공화국)의 초대 총통으로 1954년 제네바 협정 이후 프랑스군이 철수하자 미국의 지원으로 수상이 되었고, 1955년 4월 30일 베트남 공화국 국장 권한대행을 거쳐 같은 해 10월 26일 베트남 공화국 초대 총통에 취임하였다. 안남왕국의 명문 출신으로 베트남의 프랑스 식민 시절 25세의 나이에 프랑스 식민 지방군의 대장을 맡았으며, 약 300여 곳의 마을을 관리하는 고위 관료를 지낸 바 있기 때문에 베트남에선 민족 반역자로 분류된다. 1945년 호찌민의 공산군에 체포되었으며 호찌민으로부터 북베트남의 사회주의 정부에 입각, 참여해달라는 요청을 받았으나 거절하고 출국, 미국, 프랑스, 벨기에 등지에서 망명생활을 하였다. 그 뒤 1954년 6월 귀국하여 미국의 지원으로 베트남국의 수상을 지내다가 쿠데타를 일으켜 공화정을 선언, 1956년 국민투표로 공화국을 선포하고 총통이 되었다. 그러나 독재와 주변 측근 인사들의 부패 등으로 민심을 잃고, 여러 번의 군부 쿠데타를 겪었다. 1963년 6월 승려 틱꽝득의 분신자살은 쿠데타의 도화선이 되었다. 1963년 11월 즈엉반민 장군이 일으킨 군사 쿠데타에 의하여 정권은 무너지고 피습 후, 병원으로 이송 도중 아우 응오딘누와 함께 처형되었다.

영향을 받아 극도의 민생고에 시달리고 있고, 농촌은 아주 마비(痲痹) 될 대로 되어 있다.

이것이 공적인 면의 40여 일 경과요, 내 사적으로는 경제적으로 적수공권(赤手空拳: 돈 없음)에 그래도 지출이 없이는 감내(堪耐: 견딤)하기 어려운 현상이라 별별 애로를 다 겪으며 게다가 정신적으로도 안정치 못해서 소위 우수사려(憂愁思慮: 근심걱정)가 잠불리신(暫不離身: 잠시도 몸을 떠나지 않음)하고 있으니 이것이 고해상사(苦海常事: 이 세상에서의 보통일)다. 여기서 구봉 선생의 〈족부족(足不足)〉시(詩)[142]를 다시 읊고 싶다. 만사불관(萬事不關)하고 입산안정(入山安定)했으면 무엇보다도 내 기원(祈願: 비는 소원)이다.

노래불별미(老來不別味)
늙어 별 재미가 있지 않으니

한거자양신(閒居自養神)
한가히 살며 스스로 정신을 기르네.

시시비비사(是是非非事)
세상일의 시시비비는

무관물외신(無關物外身)
물외(세상 밖)의 몸과는 무관하네.

이였으면

142) 구봉 송익필이 지은 한시. 40구 280자에 달하는 장편으로 안빈낙도(安貧樂道) 사상의 극치를 보여준다.

우수사려(憂愁思慮)

걱정스런 생각들이

해관어아(奚關於我)

어찌 내게 상관있으리요마는

지이불행(知而不行)

알면서 행하지 않고

공소세월(空消歲月)

공연히 세월만 없애니,

가소부생지무실(可笑浮生之無實)이여

가소롭다! 헛인생의 실속 없음이여.

금일(今日: 오늘)도 전송내객(餞送來客: 찾아온 손님을 전송함)하고,

독좌한사(獨坐閒舍)하여

한적한 정사에 홀로 앉아

무심중난초수필(無心中亂草隨筆)하니

무심중 수필을 어지러이 쓰니

창해속신(滄海粟身)이

푸른 바다 속 좁쌀 같은 인생이

석화광음중(石火光陰中)

번쩍 불빛같이 빠른 세월 속에

역유칠정요신심(亦有七情擾身心)하니

또한 칠정[143]이 있어 몸과 마음을 어지럽히니

가소가괴(可笑可愧)로다

우습기도 하고, 부끄럽기도 하네.

계묘(癸卯: 1963년) 추칠월(秋七月) 18일 봉우서(鳳宇書)

〈참고〉

足不足(만족과 불만족) - 구봉(龜峯) 송익필(宋翼弼)

君子如何長自足 (군자여하장자족)

군자는 어찌하여 길이 만족하는데

小人如何長不足 (소인여하장부족)

소인은 어찌하여 언제나 부족한가.

不足之足每有餘 (부족지족매유여)

부족해도 족해하면 항상 여유롭겠지만

足而不足常不足 (족이부족상부족)

족한데도 부족해 하면 늘 부족한 법이네

樂在有餘無不足 (락재유여무불족)

여유로움 즐긴다면 부족함이 없게 되나

憂在不足何時足 (우재부족하시족)

143) 희(喜)·노(怒)·애(哀)·구(懼)·애(愛)·오(惡)·욕(欲)의 일곱 가지 감정

부족함을 걱정하면 어느 때나 족해지랴

安時處順更何憂 (안시처순경하우)

안시처순하면 다시 무슨 걱정 있겠냐만

怨天尤人悲不足 (원천우인비부족)

원천우인하면 필시 부족하여 슬프리라

求在我者無不足 (구재아자무부족)

내게 있는 걸 구하면 부족함이 없겠지만

求在外者何能足 (구재외자하능족)

밖에 있는 걸 구하면 어찌 능히 족하리오

一瓢之水樂有餘 (일표지수락유여)

한 표주박 물로도 즐거움이 충분했고

萬錢之羞憂不足 (만전지수우부족)

한 끼 만전 식사로도 부족함을 걱정했네

古今至樂在知足 (고금지락재지족)

예로부터 지극한 낙 족함을 아는 데에 있고

天下大患在不足 (천하대환재부족)

천하의 큰 근심 바로 부족해함에 있도다

二世高枕望夷宮 (이세고침망이궁)

저 이세는 망이궁서 베개 높이 베고서는

擬盡吾年猶不足 (의진오년유부족)

내 수명을 다하여도 부족하다 여기었네

唐宗路窮馬嵬坡 (당종로궁마외파)

당 현종은 마외파서 길이 막혔을 적에

謂卜他生曾未足 (위복타생증미족)

내생을 점치면서 부족하다 말했었네
匹夫一抱知足樂 (필부일포지족락)
필부들은 일포라도 만족한 낙 알건마는
王公富貴還不足 (왕공부귀환부족)
왕공들은 부귀해도 부족하게 여긴다네
天子一坐知不足 (천자일좌지부족)
천자 자리 차지해도 족할 줄을 모르는데
匹夫之貧羨其足 (필부지빈선기족)
가난한 저 필부들은 그 족함을 선망하네
不足與足皆在己 (부족여족개재기)
불만족과 만족 모두 자기 맘에 달렸거니
外物焉爲足不足 (외물언위족부족)
외물 어찌 만족함과 부족함이 되겠는가
吾年七十臥窮谷 (오년칠십와궁곡)
내 나이 일흔에 깊은 골짝 누웠자니
人謂不足吾則足 (인위부족오칙족)
남들 부족타 하나 난 만족히 여긴다네
朝看萬峯生白雲 (조간만봉생백운)
아침나절 만 봉우리 이는 구름 바라보면
自去自來高致足 (자거자래고치족)
제 스스로 오고 가서 높은 정취 충분하고
暮看滄海吐明月 (모간창해토명월)
저물녘에 푸른 바다 밝은 달 토함을 보면
浩浩金波眼界足 (호호금파안계족)

너른 바다 금물결에 보는 눈이 풍족하네

春有梅花秋有菊 (춘유매화추유국)

봄에는 매화 있고 가을엔 국화 있어

代謝無窮幽興足 (대사무궁유흥족)

피고 짐이 끝없으니 그윽한 흥 족하다네

一床經書道味深 (일상경서도미심)

책상 위의 경서 보면 도의 맛이 깊거니와

尙友萬古師友足 (상우만고사우족)

만고 옛 분 사귀어서 사우들이 족하다네

德比先賢雖不足 (덕비선현수부족)

내 덕이 선현에 비해 비록 부족하지만

白髮滿頭年紀足 (백발만두년기족)

허연 머리 가득하여 나인 이미 족하다오

同吾所樂信有時 (동오소락신유시)

나와 함께 즐기는 건 진정 때가 있거니와

卷藏于身樂已足 (권장우신락이족)

몸에 책을 잘 간직하매 즐거움이 족하도다

俯仰天地能自在 (부앙천지능자재)

천지간에 부앙하며 능히 자재로우니

天之待我亦云足 (천지대아역운족)

하늘도 나를 보고 족하다고 할 만하리

6-68

변영태 군이 정민회에서 대통령입후보 지명을 받다

야당에서 여당과 상수(相手: 서로 악수함)하자면 각자 위지대장(謂之大將: 대장이라 함)이면 야당이 불리하다고 야당 단일 대통령 지명을 하자고 의론이 분분하더니, 정민회144)에서 제일 먼저 그 회의에 탈퇴하여 자당(自黨)에서 변영태 옹을 대통령 출마자로 지명했다. 우리 보기에 변옹(卞翁)은 현 출마예상인물 중에서 누구보다도 결점이 적은 인물이라고 자타가 공인하는 사람이다. 비록 이승만 정권 당시에 국무총리직을 한 일이 있으나, 사회에서 변(卞)을 악질(惡質)이라고는 않을 정도의 인물임에는 틀림없다. 그러나 정치 역량에 있어서 검토해 본다면 현 난국을 자기가 당선되어 무난히 타개할 것인가 하면 우리가 보기에는 그 역량으로는 도저히 불가능할 것으로 생각된다. 다만 변(卞) 자신이 고의로 악정(惡政)은 안 할 것이나, 그 역량이 미약해서 그 직(職)에 감내(堪耐)를 못할 것이요, 또 그 부류의 인사들이 거의 다 아주 악질들은 아니나, 다만 역부족해서 과오를 범하기 용이할 인물이라고 본다. 총평하자면 그 자리에는 부적(不適)하고 문교장관 정도면 실수는 없을 인물이 아닌가 한다. 변옹(卞翁)의 지명설을 듣고 내 의사를 기록해 보는 것이다.

계묘(癸卯: 1963년) 7월 18일 봉우서(鳳宇書)

144) 1963년에 창당되었던 정당. 변영태 전 국무총리, 인태식 등 구 자유당계 일부 인사와 윤재근, 송중곤 등 무소속 인사들이 중심이 되어 창당하였다.

6-69

박정희 군의 대통령 지명을 듣고

박 군이 5.16 혁명으로 인기가 충천(沖天: 하늘 높이 솟음)하게 되었다. 2년간 군정(軍政)으로 그의 역량이 거의 다 나왔다. 내가 선자(先者)에도 수차(數次)에 긍(亘: 걸침)하여 박 군을 애석(愛惜)하게 여긴다고 기록한 일이 있었다. 고인(古人)들도 비록 경천동지(驚天動地: 하늘을 놀래키고 땅을 움직임)적 대성명(大聲名)을 날리고자 하나 그때와, 그 지위를 얻지 못해서 자기 일생을 허송하는 일이 얼마든지 있었다. 이것이 역사가 우리 인물의 과거를 증명하는 것이다. 그러면 과거를 거울삼아 미래도 역연(亦然: 또한 그러함)한 것이다. 그러니 박 군이 5.16 혁명을 한 것은 그때와 그 지위를 겸한 천재일우(千載一遇: 천년에 한 번 만남)의 영웅도 될 수 있고, 위인도 될 수 있는 호운(好運)이 온 것이다. 그럼에도 불구하고 견물생심(見物生心)으로 그 자리에 가서 탐다무득(貪多務得: 욕심이 많아 숱한 것들을 탐냄)으로 정반대인 역효과를 내고 있는 것을 보고 애석(愛惜: 사랑하고 아깝게 여김)을 불금(不禁: 금치 못함)하고 있었다.

천재유방(千載流芳: 천년을 꽃향기 흘러내림)할 수 있는 자리에서 사웅장이취어(捨熊掌而取魚: 곰발바닥을 내버리고 물고기를 취함)하는 행동을 서슴지 않고 한다. 쾌언(快言)으로 그 자리에서 유후만년(流嗅萬年: 만년을 썩은 냄새 풍김)할 악정(惡政), 악행이 속출하는 데는 어찌 한심치 않으랴? 이러하나 일부이 탈권실(奪權說)도 있고 이포역포설(以暴易暴

說: 폭력으로 폭력을 바꾼다는 설)도 있다. 이것이 박 군의 일거수일투족(一擧手一投足)이 그의 선악기로(善惡岐路: 선악의 갈림길)의 행선지침(行先指針: 길을 먼저 가는 지침)이 될 것이다.

현상으로는 아무리 박 군을 후평(厚評: 후하게 평함)한대야 용군암주(庸君暗主: 어리석은 혼군, 어두운 임금)요, 역량이 태약(太弱: 크게 약함)한 인물이라는 낙인을 안 찍을 수 없게 되었고, 좀 박평(薄評: 낮은 평가)을 한다면 박의 일당(一黨)은 이 나라 이 민족을 파멸로 몰아쳤던 이승만 정권보다 가일층하다. 환언하면 악정폭군(惡政暴君)이라고까지 말할 사람도 없다고는 못하겠다. 박 군 본인보다 좌우지인(左右之人: 좌우에서 보좌하는 사람들)은 거의 질이 애국애족은 몽중(夢中)에도 생각하지 않고 사리사욕(私利私慾: 개인적 이익과 욕심)에 매두몰신(埋頭沒身: 머리 묻고 온몸을 바침)하는 부류들이라고 평하는 외에 타도가 없다. 조령모개(朝令暮改: 아침에 영을 내렸다가 저녁에 다시 바꿈)해가며 국법을 자기에게 유리하게만 이용하는 것을 박 군이 시이불견(視而不見: 보면서도 안 보이는 듯함)하고, 청이불문(聽而不聞: 들으면서도 못 들은 척함)한다면 박 군은 인체의 불구자임에 틀림없다고 보아야 정당하다. 그리고 2년간 집정한 것으로 보아 자과부지(自過不知: 자신의 허물을 모름)하고 감히 또 그 자리를 생각한다는 것 천인공노(天人共怒: 하늘과 사람이 함께 분노함)할 일이라고 본다.

그러나 현 공화당은 자유당 당시 간사백출(奸邪百出: 간사함을 많이 드러냄)하던 주출망량(晝出魍魎: 낮에 나온 도깨비)들인 인물들이라 이번 선거에도 3.15 재판(再版) 이상의 별별 수단이 또 있을 것이라고 보아 공명(公明)선거를 구호로 공명(空明: 公明함이 없는)선거가 될 것으로 본다. 그런 방식으로 박 군이 당선된다면 이승만 재판(再版)이 아니라 이승만에게도 또 죄인이 될 것이다. 비록 만시지탄(晩時之歎: 시기가 늦어 때를 놓쳤다는 한탄)은 있으나 박 군의 개과(改過: 잘못을 고침)를 빌며 이 붓을 그치노라.

계묘(癸卯: 1963년) 음력 7월 18일 봉우서(鳳宇書)

6-70

송요찬[145] 장군의 자민당에서 대통령 지명설을 듣고

자민당의 대표최고위원 낭산(朗山) 김준연[146] 군은 변괴백출(變怪百出: 온갖 괴이한 일이나 재앙, 변고를 내놓음)하는 괴물(怪物)인데 정대(正大)하다는 평을 받고 있는 송(宋) 장군이 낭산과 합류했다는 것은 송 장군을 위해서 유감천만(遺憾千萬)이라고 하노라. 강직한 편이라 군인들이 석장군(石將軍)이라고 별명을 붙이었으나, 부하였던 박정희 군을

145) 송요찬(宋堯讚, 1918년 2월 13일~1980년 10월 18일)은 대한민국의 군인 겸 정치가이다. 그는 대한민국 제13대 국방부 장관·제8대 외무부 장관 등을 지냈으며, 예비역 대한민국 육군 중장 출신이다. 한국 전쟁 당시 대한민국 국군 주요 지휘관의 한 사람이었던 그는 지난날 일제강점기 후반 하사관으로 복무하다가 해방 후 국군 창설에 참여했다. 1948년 4.3 사태의 진압군 지휘관 중 한 사람으로 참여하였고, 1960년 4.19 혁명 당시 계엄사령관으로 임명되어 토벌에 나섰으나, 동료 장군 최경록의 만류로 발포를 금지하였다. 5.16 군사 정변을 지지하고 이후 내각에 입각했다. 1963년 박정희에 반대하여 제5대 대통령 선거에 자유민주당 후보로 출마했으나 야당 단일화를 위해 중도 사퇴했다.

146) 김준연(1895년 3월 14일~1971년 12월 31일)은 일제 강점기의 언론인이자 독립운동가였고, 대한민국의 정치가이다. 또한 조선공산당의 한 분파인 엠엘파의 중요 인사였다. 독일 베를린 대학을 우등으로 졸업하고 귀국 후에는 조선공산당 결성 운동에 참여했다. 1925년부터는 조선일보에 입사하여 2년간 조선일보의 기자와 주러시아 특파원 등으로 활동했다. 1928년 동아일보로 옮겼다. 해방 후 우익으로 전향하여 1945년 9월 한민당 창당에 가담했으며, 1948년의 대한민국 단독 정부 수립에 지지를 보냈다. 민주국민당과 1954년 호헌동지회에 참여하였으며 민주당에 참여하였으나, 친여 인물로 분류되어 비판을 받던 중 탈당하여 자유민주당을 창당 조직하기도 했다. 1961년 5월과 1963년 제5대 대통령 선거 당시 박정희의 사상 경력에 의혹을 제기하여 논란을 일으키기도 했다.

김창룡[147] 당시에 구출하고 그 후에도 수하(手下)의 요직으로 채용한 것이나[148], 군에서 각계로 전직(轉職: 보직을 바꿈)하며 별(別) 각각대로 석(石)의 비유한 만큼 유약(柔弱)하지 않았다는 것과 4.19 당시 계엄사령관으로 선처했다는 것과 또 박 정권의 국무총리로 정견불합(政見不合)으로 성명을 하고 그 직을 폐리(弊履: 헤진 신)와 같이 버리고 나온 것이다. 장군의 심덕(心德: 어질고 너그러운 품성)이라고 아니할 수 없다. 박 정권에서 (그를) 구금(拘禁)하는 것은 박 정권의 실책이나, 송으로는 도리어 유리한 조건이 될 것이다.

송의 정치역량에 있어서 어느 정도인가는 나로서는 미지수라고 아니할 수 없다. 자민당에 입당하는 것부터 정견에는 좀 흠(欠: 부족함)이 있지 않은가 한다. 내가 낭산을 못마땅해 하는 선입견에서가 아니라 송의 강직한 심리에 낭산과 합할 수 없다고 나는 생각하며 낭산이 송

147) 김창룡(金昌龍, 1920년 7월 18일~1956년 1월 30일 암살됨)은 일제 시절 만주 관동군 헌병으로 항일 독립군을 추격·체포했던 악질 친일파다. 해방 전 2년 동안 적발한 항일조직은 50여 개에 달한다. 그러나 해방 후에는 이승만 세력에 가담해 반공 투사로 전향하여 방첩대장, 특무부대장 등을 맡아 이승만의 비호를 받으며 온갖 정치공작과 사건 조작, 전횡, 비리를 일삼았다. 특무대를 이끌며 군에서 좌익 세력을 솎아 내는 숙군 작업을 주도한 데다, 일제의 헌병으로 일하면서 배운 공작 기법과 고문 수법을 그대로 적용하여 조작 사건을 무수히 일으킨 그는 군과 정계의 실력자로 부상하는 과정에서 적을 많이 만들었고, 결국 1956년 1월 30일 아침, 출근길에 괴한의 총격을 받고 사망했다.

148) 숙군 과정에서 박정희의 남로당 활동 경력이 발각되어 구속되자 송요찬이 구명운동에 참여해 구해내었고 남로당 경력으로 진급이 안 되던 박정희를 소장 진급에 적극 추천하기도 했으며, 자신의 참모장으로 임명하기도 하는 등 많은 도움을 줬다. 그러나 박정희는 4.19 혁명 후 이승만이 하야하고 군부가 동요할 때 송요찬에게 서한을 보내 3.15 부정선거를 도운 책임을 지고 물러나라고 하였다. 이 편지는 삽시간에 육군본부를 비롯해 전군에 퍼졌고 믿는 도끼에 발등이 찍힌 송요찬은 격노하였다. 박정희가 송요찬을 라이벌로 만들어 총장직에서 끌어내린 이 사건은 차후 박정희가 쿠데타 지도자로 부각되는 데 크게 기여했다.

을 이용하고자 하는 음모라면 송의 불행한 일이라고 나는 생각한다. 아무렇든 송은 정직한 인물이라 비록 정치역량에는 미지수나 그래도 질에 있어서 양(良: 좋음, 어질음)한 편이라 변(영태)보다 이론으로는 좀 약하나, 심리로는 좀 강하다고 본다. 그러나 통속적으로 대중 앞에 나서면 변(卞)이 유리하지 않을까 한다. 송의 내심강직(內心剛直)을 대중 앞에 표현시킬 역량이 의문이다. 송이나 변이나 다 가여위선(可與爲善: 선을 행할 수 있음)의 인물이라 다른 지명자들과 경쟁에서 모략(謀略: 책략)이 좀 부족하지 않을까 한다. 변과 송은 다 불택수단(不擇手段: 수단을 가리지 않음)하고 당선욕망에만 급급할 위인들은 아니라 인물로는 가망이 없다고는 못 해도 득표에는 의심이 불무(不無: 없지 않음)하다고 나는 본다.

계묘(癸卯: 1963년) 7월 19일 봉우서(鳳宇書)

6-71
'국민의 당' 전당대회 유회(流會: 회의가 성립 안 됨)의 보(報: 소식)를 듣고

야당에서 단일 대통령 선출을 목표로 신정(新政), 민정(民政) 등 여러 당이 합당한 '국민의 당'에서 전당대회를 유회(流會: 회의를 무산시킴)시키는 것은 그 인물들의 야심이 내포해 있어 충심(衷心: 참된 마음)으로 야당 단일(후보) 선출을 하자는 것이 아니라 단독으로는 여당을 당하기 어려우니, 통합되는 여러 당의 힘을 이용해서 각자가 자당(自黨) 인물을 선출하자는 욕망이 있을 뿐인 동지동교(同智同巧: 같은 지혜, 같은 재주)의 경쟁에 불과한 행동이다. 그리고 그 인물들이라는 것은 다 과오를 범하고 있는 과부(寡婦)들이요, 올드미스가 아니라는 말이다. 윤보선 옹도 당연 퇴거(退去)할 인물이 그래도 그 자리가 생각 있는 모양이요, 김도연[149]은 민주당 당시 장면(張勉)과 대립해서 분열을 시키던 정권야욕에 충만한 인물들이요, 허정[150]은 과도정부 당시 과오가 얼마

149) 김도연(金度演, 1894년 6월 16일~1967년 7월 19일)은 대한민국의 독립운동가 겸 정치인이다. 1919년 2.8 독립선언 당시 11명의 대표 중 한 사람이다. 광복 직후 한민당 창설에 참여하였고, 우익 정치인으로 활동하다 대한민국 정부 수립 이후 제1대 재무부 장관을 역임하였다. 1948년 5월 제헌국회의 입법선거 때에는 서대문구에 한민당원으로 출마하여 당선되어 재경분과 위원장에 피선되었으며 이후 제헌(서대문, 한국민주당), 제3대(서대문갑, 민주국민당), 제4대(서대문갑, 민주당), 제5대(서대문갑, 민주당), 제6대(전국, 자유민주당), 제7대(전국, 신민당)국회의원을 지냈다. 이후 민주당 창설에 참여하여 민주당 구파의 리더로 활동하였다.

150) 허정(許政, 1896년 4월 8일~1988년 9월 18일)은 지난날 무소속 초선 제헌 국회의원·제2대 교통부 장관·제3대 사회부 장관·국무총리 서리·제8대 서울특별시장·제5

든지 있는 인물이다.

그리고 이승만 정권 당시에도 서리(署理: 직무대리) 총리로서 실정(失政)을 많이 한 인물이 아닌가? 또 김병로 옹은 개인적은 정당하다고 하나, 그 주변에 있는 인물들이 다 민주당 정상배(政商輩)들이요, 별 인물이 없고 철기(鐵驥: 이범석)는 그 관록이 있는 음모가요, 정당한 정치가라고는 못 할 인물이다. 비록 국민의 당의 단일 지명에 성공한다 해도 국민의 신뢰를 얻을 만한 정책이 나오지 못하리라고 믿는다. 그 당의 분열이 당연한 일인데 만약 의외에도 동악상합(同惡相合: 악당끼리 서로 합함)이 되어 여당과 각축(角逐)해서 승리한다면 이것은 이포역포(以暴易暴: 폭력으로 폭력을 바꿈)에 불과한 일이요, 국민의 불행이다. 나로서는 그 당의 통합을 그리 찬성하지 않으며, 다음 전당대회의 분열 있기를 바라고 이 붓을 그치노라.

계묘(癸卯: 1963년) 7월 19일 봉우서(鳳宇書)

대 외무부 장관·제6대 국무총리·대통령 권한대행을 지낸 대한민국의 독립운동가이며 정치인이다. 제1공화국 당시 국무총리 서리를 지냈고, 수석국무위원 겸 외무부장관을 지내다가 이승만 하야 후 대통령 권한대행 겸 수석국무위원, 제2공화국의 대통령 권한대행 겸 국무총리 등을 역임했다.

6-72

수필: 1963년 대통령 선거의 각 정당 후보자들을 평함

10여 일간을 신병(身病)으로 신음리(呻吟裏: 아파서 신음 속)에 어찌 경과한지 알지 못하고 지냈다. 좀 정신이 우선해서 신문을 상고(詳考: 꼼꼼히 살펴 봄)해 보니, 대통령출마자가 7인이 기호순위(記號順位)까지 정했다. 1호가 장이석(張履奭)[151]이요, 2호가 송요찬이요, 3호가 박정희요, 4호가 오재영[152]이요, 5호가 윤보선이요, 6호가 허정이요, 7호가 변영태[153]이다. 그중에서 내가 박정희, 송요찬, 변영태 3씨에 대한 사견은 말한 바 있었다. 그다음 오재영 군은 한민당 계열로 수차례 민의

151) 장이석(張履奭)은 1963년에 창당되었던 정당인 신흥당의 총재를 역임하였으며 신흥당은 창당 이후 제5대 대통령 선거와 제6대 국회의원 선거에 참여하였다. 장이석은 1963년 10월 15일에 있었던 5대 대통령 선거에 계룡산 산신의 계시를 받았다고 주장하며 대선에 출마하였다. 이 선거에서 박정희가 윤보선을 15만 차이로 가까스로 이기고 당선되었다. 장이석은 19만 8,000표를 획득하였다.

152) 오재영(吳在泳, 1919년 7월 5일~1972년 9월 15일)은 제3~4대 민의원의원을 지낸 대한민국의 정치인이다. 1954년 제3대 국회의원 선거에서 무소속으로 당선되었고, 1958년 제4대 국회의원 총선에서 자유당 소속으로 재선되었다. 2대에 걸쳐 민의원으로 의정활동을 하던 중 4월 학생혁명으로 재야정객이 되었다. 5.16 군사정변 후 정치활동이 재개되어 1963년 10.15 대통령 선거가 실시됨에 따라 정당 단체로 추풍회(秋風會)를 결성하고 제5대 대통령후보로 출마하였다. 공화당 박정희(朴正熙) 후보와 민정당 윤보선(尹潽善) 후보 다음으로 3위를 차지하였다. 1963년 대한민국 대통령 선거와 1967년 대한민국 대통령 선거에 연속 출마했다.

153) 변영태(卞榮泰, 1892년 12월 15일~1969년 3월 10일)는 대한민국 영문학자, 교육자, 정치인이며, 고려대학교 교수, 제3대 외무부 장관, 제5대 국무총리를 역임하였다. 동생이 시인 변영로(卞榮魯)다.

원이 된 일이 있는 장년(壯年: 30~40대)이다. 그 역량은 잘 알 수 없으나 경과로 보아서 별 업적이 없는 사람이요, 일설(一說)에 풍문(風聞: 바람결에 들리는 소문)하면 오 씨는 공화당에서 한민계 감표차(減票次)로 내세웠다고 한다.

미지수의 인물이요, 허정 옹은 과도정부 시대에 운이 좋아서 두각(頭角)을 내세운 사람이다. 수월간(數月間: 몇 달 사이) 집정(執政: 정권을 잡음)해서 막대한 과오를 범한 사람이다.

그의 역량을 가지(可知: 알 만함)요, 윤보선 옹은 4.19 덕으로 대통령 취임을 해서 일국(一國) 통치라기보다 자당(自黨)의 신구파(新舊派) 분열도 통합 못하던 역량으로 또 대통령 출마라는 것은 망발(妄發)이라고 본다. 다만 감투 욕심에 불과하다. 그다음 장이석 옹은 비록 구파(舊派) 정치인들과 같이 범한 과오는 없는 인물이나, 그 대신 국가와 민족에 이렇다는 업적이 보이지 않아서 무엇이라 평하기 곤란하다. 내 사견으로는 심호재약(心浩才弱: 마음은 넓으나 재주가 약함)이라고 하겠다.

득표는 어떠할 것인가 하면 물론 박정희 일당(一黨)이 최후의 발악을 다하여 별별 수단을 다 쓸 것이요, 또 권력과 금력이 타당(他黨)보다 독무대(獨舞臺)이니, 유리하리라고 믿는다. 이승만 박사 당년(當年: 첫 선거 있던 해)과 소호도 다를 것이 없고 도리어 진일보한 100%의 부정을 감행하는 데는 우매한 국민이 불쌍하다. 당선은 물론이나 장구하지는 못할 것이라고 보고 만약 공정 투표한다면 1번이 300만 표 이상이요, 2번이 200만 표 정도요, 3번이 200만 표 범위요, 4번 오(吳)가 50만 표요, 5번이 15만 표 이내요 내지 100만 표요, 6번 허정이 60~70만 표요, 7번이 근 300만 표가 아닌가 한다. 갑을(甲乙)을 1번과 7번이 상쟁(相爭)할 것으로 보나, 공화당에서 이것을 좌시(坐視)하고 있을 리 없고 수단을 불택하고 갖은 부정이 다 나오리라고 보니, 정당한 평을 못하겠다.

7인의 개인평은 1번은 영웅성(英雄性)을 가진 조직이 부족한 인물이요, 2번 송(宋)은 강직하나 택인(擇人: 사람을 고름)을 못하는 인물이요, 3번은 약마복중(弱馬卜重: 약한 말이 무거운 짐을 실음)에 농맹(聾盲: 귀머거리와 장님)을 겸한 행운아(幸運兒)요, 4번 오(吳)는 주출망량격(晝出魍魎格: 대낮에 나온 도깨비격)으로 망자존대(妄自尊大: 자신을 함부로 높여 잘난 척함)하는 인물이요, 5번 윤(尹)은 우둔한 중 자과부지(自過不知: 자신의 허물을 모름)의 인물이요, 6번 허(許)는 강무실이용장(羌無實而容長: 아! 속은 비고 겉치레만 남았네)[154] 한 인물이요, 7번 변(卞)은 근신겸공(謹愼謙恭: 삼가고 겸손하고 공경함)하나, 심호재약(心浩才弱)한 인물이라 우리나라 현 난국을 타개할 적격자는 일인(一人)도 없고 다만 1번이나 7번이 그중에 초가(稍可: 조금 낫다)하다고 할 밖에 타도가 없다. 한심한 일이다.

계묘(癸卯: 1963년) 8월 초육일(初六日) 봉우서(鳳宇書)

---

154) 초(楚)나라 때 시인(詩人) 굴원(屈原: 기원전343~기원전278년 추정)의 《초사(楚辭)》〈이소경(離騷經)〉13에 나오는 시 구절. 원문풀이: 여위난위하시혜(余以蘭爲何恃兮: 믿을 수 있는 건 난초라 여겼더니), 강무실이용장(羌無實而容長: 아! 속은 비고 겉치레만 남았네.)

6-73

기몽(記夢: 꿈의 기록)

우연히 어느 산로(山路: 산길)로 걸어 가다가 무슨 문으로 들어가 그리 번화(繁華)치 못한 시가(市街)였다. 동방에서 서방으로 향해서 가다가 구성(舊城: 옛 성) 노상(路上: 길 위)인 듯한 곳에 올라가서 서방(西方)을 바라보니, 성외(城外: 성 밖)에서 얼마 안 가서 바로 해면(海面: 바다 표면)이었다. 해면이 호수 같다. 월편(越便: 마주 대하고 있는 저쪽)에 동리(洞里: 마을)가 있다. 내가 성상(城上: 성곽의 위)에서 내려와서 서문(西門)으로 나와 또 서방으로 가는 도중이었다. 동행자가 있어서 자세히 보니, 소성(小星)이었다. 그리고 이곳이 진도(珍島)읍 서문외(西門外)라는 것을 알았다.

도중에서 청소년 2인을 만났다. 이○인 옹의 손자라고 한다. 내가 문(問: 묻기를)하기를 "조부 계신가?" 하고 물으니, 계시다고 한다. 또 "손선전(孫宣傳: 손 선전관) 계신가?" 하니 그 손자들만 여전히 서문 외에 거주한다고 한다. 말하는 중에 해면이 면전(面前: 눈앞)에 당(當)하고, 직선으로 긴 흔적이 있다. 그리고 해면은 박빙(薄氷: 살얼음)이었다. 청소년 2인은 스켓(스케이트)으로 호면(湖面: 호수면)을 궁회(弓回: 활같이 돎)하며 질주(疾走: 빨리 달림)한다. 우리는 빙상(氷上: 얼음판 위)으로 직선 보행하는 중 의외에도 빙층(氷層)이 아주 박해서 발이 물에 빠지고 해면을 창심(蒼深: 푸르고 깊음)해시 조심조심하는데, 다행히 빙하(氷下: 얼음 아래)에 가교(假橋: 임시 다리)가 하나 있어서 아주 침수(沈水: 물에 가라앉음)할 지경은 아니었다.

간신(艱辛: 어렵고 힘듦)히 그곳을 건너가서 숨을 들이쉬고 소성과 같이 이씨 댁을 방문하니. 노인들이 여러분이 있는데 그중 어느 노인이 묻기를 "이씨보사(李氏譜事: 이씨 족보일)로 오시었소?" 한다. 그 노인 옆에 앉았던 노인이 말하기를 권등(權等)네 자제(子弟: 아들)라고 하며 주옹(主翁: 주인 되는 노인)이 (자제가) 오신단 말씀을 듣고 지금까지 대(待: 기다림)하다가 들어갔다고 한다. 와가(瓦家: 기와집)로 거가(巨家)요, 약업(藥業)을 하는 것 같다. 소언(少焉: 잠시 있다)에 이옹(李翁)이 내가(內家: 안집)로부터 나오는데 한복에 홀치기[155]를 등에 띠고 안색은 40 정도요, 약간의 빈상(鬢霜: 귀밑털 서리, 귀밑의 백발)이 있을 정도였다.

내가 악수하고 구조(久阻: 소식이 오래 막힘)를 인사하며, 노건(老健: 노인 건강)을 찬(讚: 기림)하며 감개무량하다고 양인(兩人: 두 사람)이 동일감이 있었다. 소언(少焉: 잠시 머묾)에 작별하고 귀로(歸路)에 들었는데, 망덕산(望德山)도 전 같지 않고 다른 곳도 좀 다른 것 같다. 내가 생각하기를 이옹이 환원(還元)한 지가 수십 년인데 어찌 나와서 나를 상대하는가 의심이 있었다. 이것이 무슨 조짐인가 하는 감상이 난다. 이 몽사(夢事: 꿈에 나타난 일)는 내 처사(處事: 일을 처리함)에 여리박빙(如履薄氷: 살얼음을 밟는 것처럼 위험함)하며 여임심연(如臨深淵: 깊은 연못가에 다다른 듯 위험한 상황이니 일을 매우 신중히 처리하라)하라는 계몽(戒夢: 경계하는 꿈)이 아닌가 한다.

155) 배낭이나 자루처럼 만들고 아가리에 끈을 끼어 홀쳐매게 된 물건

추기(追記)

몽중지간(夢中之間) 경과를 알 수 없고 어느 곳에 와서 귀가하는데 마침 자동차가 온다. 15분 정차라고 하는데 내가 내 숙소에 와서 행리(行李: 짐)를 정리하는데, 의복이 많고 다른 것은 별로 없었다. 그리고 여비가 비판(備判: 준비?)되지 않아서 그 차를 못타고 각성(覺惺: 깨어 정신을 차림)했다. 아마 내가 무슨 일에든지 준비 없이 마구 시작하는 것을 경계하는 것 같다. 총총 이만 그친다.

계묘(癸卯: 1963년) 8월 9일 봉우기몽(鳳宇記夢)

6-74

수필: 마음 산란한 요즘 대통령 후보자들

근일(近日: 요사이)은 대통령 출마자 정견발표로 여야의 열전(熱戰)이 전개하는 것 같다. 그러나 대체 그들의 정견(政見)이라는 것이 자과부지(自過不知: 자기의 잘못을 모름)의 타인의 단처(短處: 약점)를 폭로하는 데 불과하다는 것은 여야가 동일보조다. 그중에 변영태만이 오십보 정도의 아량을 가지고 정견을 발표하는 것 같다. 낙도옹(洛圖翁: 장이석)의 정견은 듣지 못했으니, 알 수 없다. 그 외는 거의 아전인수(我田引水)격이요, 집권자는 권력과 금력으로 억압(抑壓)하고 무세자(無勢者: 세력이 없는 자)는 웅변으로 득표코자 하는 것 같다.

나도 이 나라 백성이니 어찌 무관심할 것인가? 그러나 10여 년을 두고 그들의 소행을 경과해본지라 그 속에서 나와야 별 역량이 있을 것인가 하고 조금도 그들에게 기대가 나지 않는다. 박이 되건, 누가 되건 그 인물로는 난국을 타개할 자격이 다 부족하다고 선입감이 들어서 벽상관초전(壁上觀楚戰)156)격으로 구경이나 하는 중이다.

박에 대해서는 내가 수차의 평을 가한 일이 있고 윤허송장박오(尹許宋張朴吳) 제인(諸人: 여러 사람)에게도 약간의 개평(槪評: 개략적인 평)을

---

156) 앉아서 성패를 구경할 뿐이고 구해 줄 수 없는 일. 《사기(史記)》 〈항우본기(項羽本紀)〉에서 항우의 군대가 거록(鉅鹿)에서 진(秦)나라 군대를 공격할 때 다른 제후의 장수들이 성벽 위에서 관망만 하고 있었던 고사(故事)애서 나온 말. 무심한 체하는 모양을 표현한 것.

했으나, 장(張)은 아주 신인(新人)이라 미지수에 속하니 알 수 없으니 그의 평시 행적으로 보아서 우대해서 3급 인물 정도요, 변(卞)은 비록 양심적이나, 그 자리에는 **임중도원**(任重道遠: 맡겨진 일은 무겁고 갈 길은 멀다)[157]하니 역시 3급 인물이 아닌가 하고, 송(宋)은 비록 **강장**(剛腸: 굳센 창자, 굳센 마음)이나 역량이 부족해서 그 임(任: 임무)에 부적(不適)한데 더구나 낭산(朗山: 김준연)과 악수한 것이 **이포역포**(以暴易暴: 난폭함으로 난폭함을 바꿈)의 감(感)이 있어서 본인보다 낭산이라는 인물관계로 부당하다고 본다.

오(吳)는 민의원으로도 저급이던 인물이라 **천둥에 벌거숭이**(붉은 잠자리처럼 무서운 줄도 모르고 함부로 날뛰는 인물)격이라 얼토당토않은 인물이라 그 자리에는 6~7급 이하 인물이라고 보고, 허(許)는 과도정부 당시나 장면 총리 당시 서리로 재임 시의 소행으로 보아서 정치역량이 무정견한 인물이라 4급으로 우대할 정도다. 그리고 윤(尹)은 선자(先者: 먼젓번) 재임 시 자당의 신구파도 통솔 못하는 정도의 인물이 또 출마한다는 것은 망발이다. 그러나 박과 정권교체한 인물이라 일전(一戰)을 해봄직한 것이다. 그 사람에게 기대할 바는 일건도 없다. 구일(舊日: 옛날) 해공(海公: 신익희)이나 유석(維石: 조병옥) 당시에 3급 인물임을 자타가 공인하는 것이다. 인재가 결핍한 당시라 윤도 대통령 출마할 수도 있는 것이다.

이상이 야당인물들이요, 박은 5.16 혁명만 우리도 찬성한다. 혁명 이후로는 **백폐구생**(百弊俱生: 온갖 폐단이 함께 생김)해서 이 박사 재판(再版) 이상의 실정(失政: 정치 실패)이 있었고, 박 일인 외에 좌우전후가

157) 《논어》 〈태백편〉 출전.

다 일폭십한(一曝十寒: 하루 덥고 열흘 추움)하는 악질들이다. 정치업적으로 보아서 박 정권의 일파들의 정치 역량으로 보아서 유치원 정도에 불과하는데, 그들이 악질이라서가 아니라 선(善)인지 악(惡)인지를 아지 못하고 범한 행정이 그 실(實)이 악해진 것이다. 양심적으로부터도 점점 악행을 많이 해진다. 당연히 군(軍)으로 귀임(歸任: 근무지로 돌아감)해야 할 인물들의 정권야욕이 백죄(百罪: 온갖 죄)를 범하는 것이다.

박은 천재일우(千載一遇: 천년에 한 번 만남)의 호기(好機: 좋은 기회)를 실(失: 잃음)하고 그 반대로 천추추명(千秋醜名: 먼 미래까지 더러운 이름)을 면치 못할 것이다. 그러나 출마자 7인이 극우대해서 인물 없는 수라니 3급으로 볼까의 정도니, 무엇이 기대할 바 있으리요? 그러하나 우리 백성들 원년풍(願年豊: 해마다 풍년이 들기를 바람)이나 하며 대통령이야 누가 나올지 무관심하다고 나는 생각한다. 그래서 나도 이런 관계로 중추월(仲秋月) 좋은 풍경을 아무 경황없이 이럭저럭 지내며 이 붓을 들어보는 내 심정 말할 수 없이 산란(散亂)하다.

계묘(癸卯) 중추월(仲秋月) 봉우기(鳳宇記)

6-75

중추월(仲秋月: 음력 8월의 맑고 밝은 달)의 명명(明明) 소식

중추월, 중추월 하니 어느 해, 어느 달이 반갑지 않으며 광명치 않으라마는 추월(秋月: 가을달)이 양명휘(揚明輝: 밝고 빛남이 하늘에 가득 참)라고

요수진(潦水盡: 장마로 인한 큰물이 끝남)하고 부운산(浮雲散: 뜬구름은 흩어짐)하니, 천구명월(天衢明月: 하늘 네거리 밝은 달)이 중추만월(中秋滿月)보다 더 광휘(光輝: 환하게 빛남)할 때가 없고

지상(地上)에서 춘시추확(春蒔秋穫: 봄에 심고 가을에 거둠)한 농가곡물이 풍등(豐登: 농사 지은 게 썩 잘됨)한 때라 천화(天和: 하늘의 화합), 지화(地和: 땅의 화합)가 다 구비한 때다. 다만 이런 때에 인화(人和: 사람의 화합)만 겸하면 천지인(天地人) 삼화(三和)가 된다.

그러하니 비록 우수사려(憂愁思慮: 근심과 걱정 같은 생각)가 그칠 줄을 아지 못하는 고해인생(苦海人生)이라도 이런 때에는 소제봉중백감(掃除弸中百感: 마음속 온갖 생각을 청소함)하고

심화기화(心和氣和: 마음과 기운의 조화)로 가족들과 중추월을 감상하는 것도 역시 승사(勝事: 훌륭한 일)이다.

세상에서야 무엇이라 하든지 사린(四隣: 사방의 이웃)이 다 평화롭게 이 날을 즐기니 일일청한일일선(一日淸閒一日仙: 하루 맑고 한가히 지내면 하루 신선이라)이로다.

만리무운(萬里無雲: 만리에 구름 한 점 없음),

만리천일륜(萬里天一輪: 만리 하늘에 달 하나),

명월조산천(明月照山川: 밝은 달은 산천을 비추임)을

고해인생(苦海人生)도 저 달같이 일점진(一點塵: 한 점 티끌) 없이 광명해야 당연한 천부본성(天賦本性: 타고난 본성)이리라고 나는 생각한다.

그래서 회명득실(晦明得失: 어둠과 밝음의 득실)은 인지상정(人之常情)이나, 천부(天賦: 하늘로부터 받은)한 명(明: 밝음)을 암(暗: 어두움)케 한 것도 사람의 마음이요, 다시 복명(復明: 다시 밝게 함)시키는 것도 사람의 마음이다.

이것이 중추월을 보고 명명(明明: 원래 밝음을 다시 밝힘)을 각오(覺悟: 깨달음)한 것이다.

내 좌우명(座右銘)에 명명(明明), 신(新), 지선(至善)을 쓴 것이 이 중추월을 보고 어느덧 심월(心月)의 회명(晦明)을 생각하고《대학(大學)》의 원문 구절(句節)[158]을 개정해 본 것이다.

---

158) 봉우 선생님께서는《대학(大學)》삼강령을 기존 수사의 헌토(大學之道 在明明德 在親民 在止於至善)와는 다른 〈大學之道 在明明 德在新 民在至於至善〉으로 본래의 의의

하운다기봉(夏雲多奇峰: 여름철 구름이 여러 기묘한 봉우리 같음)하던 때에 어찌 중추월의 광명을 맛보았으리요? 운확명월(雲擴明月: 구름이 명월로 퍼짐)이 거의 소산(消散: 흩어져 사라짐)하고 보니, 중추월이 되었도다.

이것이 심월(心月)의 명명소식(明明消息)을 전하는 무엇이라고 나는 생각한다.

월본광명(月本光明: 달은 본시 광명하나)
운확이암(雲擴而暗: 구름이 퍼져 어두워졌네)

심본광명(心本光明: 마음은 본시 광명하나)
욕확이암(慾擴而暗: 욕심이 퍼져 어두워졌네)

운산우수(雲散雨收: 구름이 흩어지고 비가 그치니)
추월광명(秋月光明: 가을달이 빛나네)

욕소성청(慾消性淸: 욕심이 사라지고 성품이 맑아지니)
심월광명(心月光明: 마음달이 광명해지네)

이것이 솔성(率性: 천성을 좇음), 견성(見性: 천성을 깨달음), 명성(明性: 천성을 밝힘)을 합일(合一)한 성명(性明: 천성이 밝음)인 중추월의 현상이다.

가 어디에 있는지를 밝히신 바 있다. "대학의 도는 밝았던 것을 다시 밝히는 데 있으며 덕은 계속 새롭게 하는 데 있으며 백성은 제 힘껏 최선을 노력하는 데 있느니라." 이렇게 도(형이상), 덕(형이하), 사람으로 구분하면 삼강령 본뜻에 맞게 된다.

창망(蒼茫: 푸르고 아득함)한 벽락(碧落: 하늘 먼 곳)의 일륜호월(一輪皓月: 맑고 밝게 비치는 달)을 바라보고 내 심월(心月)의 경지(境地)에 운하(雲霞: 구름과 노을)가 어느 정도인가 회광반조(回光反照: 빛을 돌이켜 반대로 비추어봄)해 보며 중추월이라는 제목을 난필(亂筆)한다.

계묘(癸卯: 1963년) 중추월(仲秋月) 봉우서(鳳宇書)

6-76

영친왕전하(英親王殿下)[159]께서 환국(還國)하신다는 보(報: 소식)를 듣고

수년간을 두고 각계에서 영친왕전하 환향(還鄕)운동을 했었다. 나도 그중의 일인(一人)이었다. 그러나 역미(力微: 힘이 적음)해서 전하의 환향하시는 데 소호의 도움도 못 되고 운동은 수포(水泡: 물거품)로 돌아갔던 것이었는데, 만분지일(萬分之一)이라도 그 운동이 도움이 되었는지는 알 수 없으나, 집정자들의 주선으로 전하께서 10월 10일에 환향하신다는 보도가 있다. 그저 일에서 백까지 감개무량(感慨無量)할 뿐이다.

왜(倭)의 압력으로 구한국(舊韓國: 옛 대한제국) 황태자(皇太子)이신 전하께서 최유년(最幼年: 가장 어린 나이)에 부황(父皇: 아버지 황제)이신 광무황제(光武皇帝)께 고별하고, 만리타국(萬里他國)에 인질을 가신 후 36년이라는 긴 세월을 일일(一日)같이 지내시다가 을유(乙酉: 1945년)

---

159) 이은(李垠). 의민태자(懿愍太子, 1897년 10월 20일~1970년 5월 1일). 대한제국기 제1대 고종의 일곱째 아들인 왕자. 황태자. 어머니는 귀비엄씨(貴妃嚴氏)이다. 영친왕(英親王) 또는 영왕(英王)이라 칭하기도 한다. 순종과는 이복형제 사이이다. 1900년 8월 영왕에 봉하여졌으며, 1907년 황태자에 책봉되었으나, 그해 12월 이토(伊藤博文) 통감에 의해 유학이라는 명목으로 일본에 인질로 잡혀갔다. 1945년 광복이 되어 환국하고자 하였으나 국교단절과 국내정치의 벽에 부딪혀 귀국이 좌절되었다. 그 뒤 일본의 패망으로 인해 황족으로서의 특권을 상실하고 재일한국인으로 등록하여 1963년까지 일본에서 간고한 나날을 보냈다. 1963년 11월 당시 박정희(朴正熙) 국가재건최고회의의장의 주선으로 국적을 회복하고, 부인 이방자 여사와 함께 귀국하였다.

광복 후 당연히 환향하셔야 당연한 일인데, 군정하(軍政下)라 성취 못하고 건국 후에는 이승만 도당(徒黨)의 악정(惡政: 그릇된 정치)이 전하의 환향을 불허(不許)하고 있었고[160], 장면정권 역시 전철(前轍)을 밟는 것 같다.

그러다가 5.16 정권이 교체되어서도 전하환향운동이 있었으나, 차일피일(此日彼日: 이날저날) 하던 것이 금번에는 제반이 다 극복되어 환향하신다니 국민으로서야 그저 감개무량할 뿐이다. 10세 이내의 유년으로 도일(渡日)하신 전하께서 금년이 67세시다. 일생을 인질로 계시다가 옥체강녕(玉體康寧: 신체 건강)하신 중 70소령(卲齡)에 환향하시니, 전하의 심정을 무엇이라 형언(形言: 말로 형용함)할 것인가? 그러나 윤대비(尹大妃)[161] 폐하(陛下)를 모시고 구궁(舊宮: 옛 궁궐)에 기거(起居)

160) 영친왕의 부인인 이방자 여사의 《격랑의 역사》라는 회고록에 이승만이 자신의 정치 입지가 좁아질까 영친왕을 냉대하고 귀국을 막았다는 내용이 나온다. 심지어 1948년 8월 이승만 대통령에게 사람을 보내 귀국 의사를 표시했는데도 무응답으로 일관하다 도쿄의 살던 집은 한국 국유재산이니 나가라는 요구까지 했다. 6.25 전쟁 때는 맥아더가 일본 육사 출신인 영친왕을 군 요직에 앉혀 전쟁에 투입하려 했으나 이승만의 반대로 참전은 이뤄지지 않았다. 이승만이 영친왕을 홀대할 동안 맥아더는 궁핍한 영친왕과 이방자 여사에게 매달 적지 않은 생활비를 전하면서 황태자 대접을 했다고 한다. 이후 쿠데타로 집권한 박정희가 '이은 전하의 용태를 걱정하고 있다'면서 이 여사에게 병원비와 생활비를 보내 줬다. 영친왕은 이승만의 냉대와 극심한 스트레스로 뇌혈전을 앓고 있는 중이었다. 박정희 정부는 영친왕의 귀국을 서둘러 1963년 11월 22일 인질로 끌려간 지 56년 만에 혼수상태인 채로 환국했다. 1년간 명동 성모병원 병상에서 머물다 퇴원한 후 1970년 5월 1일 73세 일기로 세상을 떠났다. 이 여사는 "종친인 이승만은 자신에게 불리할 것 같아 철저히 배제했으나 일면식도 없는 젊은 군인 박정희로부터 환대를 받은 것은 아이러니였다"고 전했다.

161) 순정효황후 윤씨(純貞孝皇后 尹氏, 1894년 양력 9월 19일~1966년 양력 2월 3일)는 대한제국의 황후이자 일제 강점기의 이왕비, 이왕대비였다. 대한제국 순종황제의 계후(繼后)로 본관은 해평(海平)이다. 박영효, 이재각 등과 함께 일본 정부로부터 후작 작위를 받았던 친일 인사인 윤택영의 딸이다. 1910년 10월 당시 병풍 뒤에서 어전회의를 엿듣고 있다가 친일 성향의 대신들이 순종에게 한일병합조약의 날인을 강요

하시게 되신다니 감사한 일이요, 신자(臣子: 신하)로는 더욱이 전왕불망(前王不忘: 전왕을 잊지 않음)이라는 말을 상기시킨다. 성수무강(聖壽無疆)하시기만 복축(伏祝: 엎드려 삼가 축원함)하고 이 붓을 그칩니다.

계묘(癸卯: 1963년) 중추절(仲秋節)

구죄신(舊罪臣: 죄 많은 옛 신하) 권태훈기(權泰勳記)

하자, 국새(國璽)를 자신의 치마 속에 감추고 내주지 않았는데, 결국 백부 윤덕영에게 강제로 빼앗겼고, 이후 대한제국의 국권은 일제에 의해 피탈되어 멸망을 맞게 되었다. 대한제국 순종황제가 사망하자 대비(大妃)로 불리며 창덕궁(昌德宮)의 낙선재(樂善齋)에 거처하였다. 한국전쟁때 피난 갔다가 휴전 후 환궁하려 했으나 이승만의 방해로 정릉의 수인제(修仁齊)로 거처를 옮겼다. 1959년에는 비구니로 불교에 귀의하여 대지월(大地月)이라는 법명을 얻었고, 이듬해 1960년, 전(前) 구황실사무총국장 오재경(吳在璟)의 노력으로 환궁에 성공하였다. 이후 일본에서 귀국한 덕혜옹주 및 영친왕 일가와 함께 창덕궁 낙선재에서 여생을 지냈다.

6-77
허정(許政) 옹의 출마 사퇴설(辭退說)을 듣고

경전(經傳)에 전하는 바 4,000년 이전인 요(堯)가 순(舜)에게 위(位: 자리)를 전하시며, 부탁이 **유정유일**(惟精惟一: 정신을 오직 하나로 모음)이오사 **윤집궐중**(允執厥中: 진실로 그 가운데를 잡으라)이라는 8자로 심수(心授: 마음으로 줌)를 하시고, 순(舜)이 우(禹)에게 전위(傳位: 왕위를 물려줌)하실 새, 또 8자를 그대로 전하시며 **도심유미인심유위**(道心維微人心維危: 도심은 오직 미약하고, 인심은 오직 위태함)의 8자를 가첨(加添: 첨가)하시었다.[162] 그로 보면 요임금이 순임금에게는 **정일집중**(精一執中)만 염려하시었으나, 순임금이 우임금에게 전하실 때는 **도심인심**(道心人心)의 분기점을 염려하시어 위(位)를 **전성전자**(傳聖傳子: 성인에게 전하거나 자식에게 전함)의 양로(兩路: 두 길)로 분(分: 나눔)하게 되었다.

그러고 보면 요순우(堯舜禹)는 성인이시되, 어느 점에서 도심과 인심의 상이점이 있었거든 하물며 역대 제왕들이야 말할 것도 없고, 또 근대에 **민목**(民牧: 백성을 다스리는 군왕이나 지방관)이 되겠다고 각자 위지**대장**(謂之大將: 대장이라 부름)으로 출마하는 정도인 시대에야 약육강식(弱肉强食)하는 데 불과하니, 시시비비(是是非非)를 말할 수 없으나 그 자리가 그래도 민목(民牧)이라는 자리라 다른 인물보다는 무엇으로 보든지 우수해야 한다.

---

162) 《서경(書經)》 〈대우모(大禹謨)〉편에 나옴.

그러나 우리나라 실정으로 보아서는 무자(戊子: 1948년) 이후 수차의 선출에 추현양능(推賢讓能: 어진 이를 추대하고 능력자에게 양보함)이라는 미덕은 식안불견(拭眼不見: 눈 씻고도 안 보임)이요, 권력 있는 자의 독무대로 되었을 뿐이다. 그리고 백성된 사람들도 그 선택 방식이 아주 졸렬했다. 금번에도 민목(民牧)으로 자처하고 출마한 인물들이 7인이나 되었다. 그러나 그들의 정견발표니 담화니 하는 것을 듣건대, 이렇다는 생신(生新: 참신함)한 맛이 보이지 않고 제일 타(他) 입후보자들의 비행을 폭로하는 데 주력을 경주한다. 그러느라고 자기의 정견을 국민 전체에게 알릴 수도 없게 된다.

주자(走者: 달리는 사람), 축자(逐者: 쫓는 사람)가 소호도 다를 것 없이 오십보백보 정도다. 그중 수인(數人: 두서너 사람)은 좀 타인의 흑점(黑點: 단점)을 발로시키는 데 주력은 않으나, 그 대신에 자기 정견의 요령이 잘 증명되지 않는다. 소위 현 집정자인 박정희의 대야(對野)공세인 정견발표 공연석상(公演席上)이나, 기자회견석상에 담화를 듣건대 은연중 강압(强壓)을 가하며, 타 입후보자들에게 의구심을 초래할 정도의 발언을 계속하고 있다. 전현(前賢: 예전의 현인) 말씀대로 책인즉명(責人則明: 남 탓하는 데만 밝음)이요, 서기즉혼(恕己則昏: 자기 잘못을 용서함에는 어두움. 즉 잘못을 밝게 드러내어 반성하지 못함)이라. 자과(自過)를 소호도 각오(覺悟: 깨달음)하는 것 같지 않다.

순(舜)은 호문이호찰이언(好問而好察邇言: 묻기를 좋아하시고, 가깝고 가벼운 말도 살피기 좋아하시고)하사대 은악이양선(隱惡而揚善: 악함은 숨기고 선함을 드러냄)[163]하신 것이 대성인(大聖人)되신 덕성(德性)인데,

163) 《중용(中庸)》에서의 공자님 말씀.

현 출마자들은 정반대로 충언역이(忠言逆耳: 충언은 귀에 거슬림)라. 개과천선(改過遷善)은 고사(姑捨: 더 말할 나위도 없음)하고 택악고행(擇惡故行: 악을 택해 고의로 범행함)하는 것 같다. 그래서 나도 국민으로 정연(正然: 바로 그러함)히 민목(民牧)을 선출할 책임과 의무가 있음에 불구하고 나는 번번이 기권했었다. 우연히 방송을 듣다가 허정 옹이 출마 사퇴한다는 소식을 들었다. 그가 비록 전비(前非: 과거의 허물)는 있을지라도 누구나 야욕(野慾)에 일단 출마해 놓고 중간에서 사퇴하기가 그리 용이한 일이 아니다.

더구나 허 옹은 지방순회강연에서 인기가 좋았다는 인물로 야당 단일출마자를 위해서 사퇴한다는 것은 괄목상대(刮目相對: 눈 비비고 서로 봄)[164]해야 정당하다고 본다. 노기수정(老妓守貞: 늙은 기생이 정절을 지킴)과 같다고 하나 비부오하아몽(非復吳下阿蒙: 이미 오나라의 어리석은 여몽이 아님, 괄목상대와 같은 뜻, 같은 출전)이로다. 그럼에 불구하고 단일출마를 구두선(口頭禪: 실행이 없는 헛된 말)같이 하다가 반대하고 출마한 모씨는 도리어 허 옹이 자기를 위해서 사퇴한 듯한 감상(感想)을 표시하는 것, 가증(可憎: 가히 미워할 만함)하다고 보겠다. 허 옹이 사퇴한다면 자기로서도 당연 사퇴하는 것이 사람의 도리라고 본다. 그러나 선거를 10여 일 남겨 놓고 야당에서 몇 사람이나 단일출마를 찬성하고 사퇴할 것인가가 제일 의문이다.

변 씨(변영태)의 말과 같이 금번은 누가 되든지 다시 완전한 민주주의하에서 역량 있는 인물을 자유분위기 안에서 선택할 것을 공약하고

---

164) 《삼국지(三國志)》 〈오서(吳書)〉 '여몽전(呂蒙傳)'에 배송지(裴松之)가 붙인 주(注)에 나오는 말. 손권의 장수 여몽이 신하 노숙(魯肅)에게 선비가 헤어진 지 사흘이면 서로 눈비비고 다시 봐야 한다고 말한 데서 비롯했다 함.

군정연장을 저지시키는 것이 당연하다고 본다. 박정희 군(君)도 자과부지(自過不知)하고 여전히 국민에게 자기 집정중(執政中) 공로를 자랑하는 것, 가장 불쌍한 인물이라고 나는 본다. 그 사위(四圍: 온 주변)에 일언반사(一言半辭)라도 정당한 진언(進言: 윗사람에게 자기 의견을 말함)할 인물이 없이 전부가 정권야욕에 급급한 인물 외에는 일인(一人)도 없다. 이래서 실정(失政)이 일부일심(日復日甚: 날이 갈수록 심함)해지는 것 같다. 더구나 금번 선거를 공명정대하게 한다고 공약해 놓고, 벌써부터 억압강제로 가거나 부정(不正)을 기탄(忌憚) 없이 행하니, 백성들은 시일갈상지탄(是日曷喪之歎)[165]이 없지 않다. 허 옹의 사퇴를 보고 더욱 박정희 군의 개과천선(改過遷善)하기를 바라며 이 붓을 그친다.

계묘(癸卯: 1963년) 중추(仲秋: 음력 8월)

기망(旣望: 음력 열엿샛날) 봉우서(鳳宇書)

165) 이해는 언제 없어지겠는가 하며 탄식함. 시일갈상(是日曷喪)은 《서경》(書經) 〈탕서(湯誓)〉에 나오는 구절로 포악한 군주의 학정에 시달리는 백성들이 태양이 무너져 세상이 망하기를 기다리는 심정을 의미한다. 하나라 桀(걸)이 포악한 정치를 하자 백성들이 '저 해는 언제 없어질꼬(是日曷喪)'라고 하면서 걸이 죽기만을 바랐다는 고사에서 나왔다. 걸(桀)은 매우 무도하였는데 그가 일찍이 말하기를 "내가 천하(天下)를 가진 것은 마치 하늘이 태양을 가진 것과 같으니, 저 태양이 없어져야 내가 없어질 것이다" 했으므로, 당시에 그의 학정(虐政)을 원망하던 백성들이 "이 태양은 언제나 없어질런고, 내 너와 함께 없어져 버리자(是日曷喪 予及女偕亡)"하였다. 탕왕이 폭군 걸왕을 정벌하러 가면서 백성들에게 유세할 때 나온 '식언(食言)' 고사에 나온다.

6-78
리준 열사(烈士) 유해(遺骸: 유골)를 고국에 봉안(奉安)한다는 설(說)을 듣고

호사유피(虎死留皮: 호랑이는 죽어 가죽을 남김)요, **인사유명**(人死留名: 사람은 죽어 이름을 남김)이다. 리준[166] 열사는 해아(海牙: 헤이그) 밀사 사건[167]으로 세인이 공지하는 바이라 내가 다시 그 사실에 재언할 필

---

166) 이준(李儁, 1859년 12월 18일(음력) 북청 출생~1907년 7월 14일 네덜란드 헤이그에서 별세)은 조선과 대한제국의 검사이자 외교관이다. 호는 일성. 1907년 네덜란드 헤이그에서 개최된 제2회 만국평화회의에 헤이그 특사로 파견되어 외교 활동 중 순국하였으며 1962년 건국훈장 대한민국장이 추서되었다. 그의 시신은 헤이그에 묻혀 있다가 1963년에 봉환되었다. 서울 장충단 공원에는 그의 동상이 세워졌으며 헤이그에는 기념관이 건립되었다.

167) 헤이그특사사건은 1907년 고종이 네덜란드의 헤이그에서 개최된 제2회 만국평화회의에 특사를 파견해 일제에 의해 강제 체결된 을사조약의 불법성을 폭로하고 한국의 주권 회복을 열강에게 호소한 외교 활동이다. 고종은 외교권과 통치권을 박탈한 을사조약을 인준하지 않고 기회만 있으면 을사조약에 반대하는 친서를 국외로 내보냈다. 만국평화회의 주창자인 러시아 황제가 극비리에 초청장을 보내자 특사를 파견했다. 그러나 을사조약 체결이 일본의 강제에 의한 것이었음을 폭로하려 했던 계획은 영일동맹으로 일본과 외교관계를 맺고 있던 영국의 방해로 뜻대로 진행되지 않았다. 게다가 대회 의장인 러시아의 넬리도프(Nelidof) 백작과 개최국인 네덜란드 정부 모두 특사의 대회 참석을 허락하지 않았다. 러시아가 냉담한 태도를 보인 것은 특히 충격적이었다. 특사 일행은 〈공고사(控告詞)〉를 프랑스어로 번역하여 각국 대표에게 배포하는 것으로 만족해야만 했다. 이 사건을 빌미로 일본은 고종을 강제 퇴위시키고 순종이 즉위하고 한일신협약이 체결되었으며, 얼마 후에는 대한제국 군대가 해산됐다. 일본은 헤이그 특사의 책임을 물어 궐석 재판을 열고 이위종과 이미 죽은 이준에게 종신형을 언도했으며, 이상설에게는 사형을 선고했다. 이 때문에 이상설과 이위종은 죽을 때까지 고국으로 돌아오지 못했다. 회의참석 거부에 통분한 이준은 헤이그의 숙소에서 순국했다. 당시 네덜란드 유력 일간지 〈헤트·화데란트〉는 1907년 7월 15일자 기사에 다음과 같이 보도하고 있다. “한국에 대한 일본의 잔인한 탄압에 항거하기 위

요가 없고 다만 열사의 충혼의백(忠魂義魄: 충성스럽고 의로운 혼백)이 천추불멸(千秋不滅: 영원히 없어지지 않음)할 것은 청사(青史)가 엄연(儼然: 의젓함)히 있으니, 무엇이라 감언(敢言: 감히 말함)하리요? 다만 을유광복(乙酉光復) 후 지금껏 열사의 유해를 만리이방(萬里異邦: 만 리 밖의 다른 나라)에 그대로 모셔 두고도 정부 편역관(編歷官: 역사편찬관리)들의 왜곡된 궤변(詭辯: 이치에 맞지 않는 구변)이 백출(百出: 숱하게 나타남)한 것, 무엇이라 말할 수 없었다.

국민의 한 사람으로 감노이불감언(敢怒而不敢言: 감히 화나면서도 말을 안 함)한 입장이었고, 소위 집정자라는 인물들이 승국충렬(勝國忠烈: 바로 전대의 왕조, 조선의 충신)을 심두(心頭)에 기억조차 박약(薄弱)했던 것이라 역사가로 자처하는 자들도 그 정권에 아부(阿附)해서 그런 궤변을 감토(敢吐: 감히 토해 냄)한 것이다. 전자지실(前者之失: 과거의 잘못)을 말할 것 없고 현 정부에서 이 열사 유해의 고국봉안식을 금일 서울에서 거행한다는 말을 듣고 그저 감루(感淚: 감격의 눈물)를 불금(不禁: 금치 못함)하며 상세는 후일로 미루고 이만 그칩니다.

계묘(癸卯: 1963년) 8월 17일 봉우기(鳳宇記)

해 이상설, 이위종과 같이 온 특사 이준 씨가 어제 숨을 거두었다. 일본의 영향으로, 그는 이미 지난 수일 동안 병환 중에 있다가 바겐슈트라트에 있는 호텔에서 사망하였다."

6-79

자민당 송(宋) 장군의 대통령 출마 사퇴의 보(報)를 듣고

송 장군(송요찬)[168]으로서는 추현양능(推賢讓能)의 미덕을 찬양 안 할 수 없다. 비록 옥중의 몸[169]이나 국민으로서는 그를 동정해마지 않

168) 송요찬(宋堯讚, 1918년 2월 13일~1980년 10월 18일)은 대한민국의 군인 겸 정치가이다. 그는 대한민국 제13대 국방부 장관·제8대 외무부 장관 등을 지냈으며, 예비역 대한민국 육군 중장 출신이다. 한국 전쟁 당시 대한민국 국군 주요 지휘관의 한 사람이었던 그는 지난날 일제강점기 후반 하사관으로 복무하다가 해방 후 국군 창설에 참여했다. 1948년 4.3 사태의 진압군 지휘관 중 한 사람으로 참여하였고, 1960년 4.19 혁명 당시 계엄사령관으로 임명되어 토벌에 나섰으나, 동료 장군 최경록의 만류로 발포를 금지하였다. 5.16 군사 정변을 지지하고 이후 내각에 입각했다. 1963년 박정희에 반대하여 제5대 대통령 선거에 자유민주당 후보로 출마했으나 야당 단일화를 위해 10월 7일 중도 사퇴했다.

169) 송요찬이 1963년 8월 8일 〈동아일보〉에 "군인은 국방에만 전념하고 박정희 의장은 물러서는 게 애국이다"라는 내용으로 박정희의 대통령 출마를 반대하고 사퇴를 촉구하는 공개장을 발표한 뒤 8월 11일 중앙정보부 요원에 의하여 살인과 살인교사 혐의로 연행되어 구속되었다. 살인은 6.25 전쟁 때 수도사단장 송요찬 대령이 두 번이나 전장을 이탈한 대대장을 명령불복종으로 총살시킨 사건으로 이미 불기소 처분되었고, 살인교사는 4.19 때 송요찬 육군참모총장이 데모대에 발포를 지시했다는 혐의지만 이미 곽영주의 처형으로 종결된 사건이었다. 김형욱 중앙정보부장은 "송 씨의 '박 의장에게 보내는 공개장'이나 그 밖의 그의 정치적 행각과는 하등의 관련도 없다"고 강변했지만, 김대중 민주당 대변인은 "군사정부 자신도 이미 잘 알고 송 씨를 내각 수반직에까지 등용했다가 박 의장에 대한 비판적인 공개장을 발표한 지 3일 만에 돌연 구속하는 것은 정치적 보복"이라고 날을 세웠다. 세상이 온통 그의 편이었고, 구속적부심으로 석방(8월 17일)된 그는 의연히 박 의장의 은퇴를 주장했다. 그러자 허위사실 유포와, 15연대장 시절에 교제했다고 주장하는 모 여인의 친자확인 민사소송을 추가해 9월 4일 마포교도소에 재수감해 버렸다. 대통령 선거(10월 15일)에 옥중출마하자 접견을 금지(9월 10일)시켰고, 장면 정권 때 10개월간 미국 유학한 걸 5년 국내 거주 규정을 위배했다며 후보 자격 미달이라고 우겼으나 통하지 않았다. "다 죽겠다 갈아 치자"란 구호에다 공포정치 청산을 위해 정보부와 수도방위사령부 해체를 주장했던 송요찬의 석방운동 서명자는 100만 명을 넘어섰다. 그는 10월 7일 야권 후보

는다. 내가 송 장군의 대통령 지명설을 듣고 내 사견을 기록한 바 있거니와, 금번 그의 사퇴도 역시 송 장군으로서는 당연한 일이나, 낭산(朗山: 김준연) 심중(心中)에는 이용가치가 얼마든지 있었을 것이라고 나는 생각한다. 공화당에서도 그 심리를 교환조건으로 이용하지 않았나 한다. 낭산으로는 여야(與野)간에 일석이조(一石二鳥)의 병법을 쓰지 않았나가 제일 의심이다. 내용이야 무엇이든지 야당단일출마에 호응이 되어 허정 옹의 뒤를 이어 출마를 사퇴한다는 것은 야당으로 당연한 처사라고 보겠다. 그러나 야당에서 역시 단결이 되어 인재를 택한다면 좋은 일이나, 아전인수(我田引水)로 윤 옹이 절대로 양보할 리 없고, 윤 옹이 당선의 영광을 얻는다 해도 내 사견으로는 도저히 대임(大任: 중대한 임무)을 극복할 인물이 못 된다는 것을 미리부터 말한 것이다. 그러고 보면 여야의 대결할 양인(兩人: 두 사람)이 다 불합격들이라 국민으로서 마음이 놓이지 않는다.

7인 출마 중에는 장이석 옹은 신인물(新人物)이라 미지수에 속하고, 변영태 옹은 제일 양심적이나 좀 재국(才局: 재주와 국량)이 약한데 겸해서 지반이 부족하니, 제일 걱정이다. 국민으로서는 제일 대망(待望: 기다리고 바람)은 난국(難局: 어려운 상황)을 타개할 신인물이 나왔으면 하는 것이요, 제2로는 비록 거물이 못 되더라도 양심적으로 소강(小康: 소강 상태)이라도 유지할 인물이 나왔으면 하는 것이요, 그다음은 군정이나 연장하지 않게 야당에서 당선되었으면 하는 것이다.

상중하 삼책(三策)이 다 성공이 못 된다면 박정희가 당선해서 자기 죄과(罪過: 죄가 되는 허물)의 종지부(終止符)를 찍고, 또 범죄인 명단을

단일화를 위해 허정 후보에 이어 자진 사퇴했다. 그의 필화 수난은 1964년 5월 26일, 서울 형사지법에서 공소기각 결정으로 막을 내렸다.

세인이 공지하게 청천백일(靑天白日)하에 폭로되었으면 국민으로 어느 기간의 진통은 있을지라도, 국가로서 중환자 대수술한 폭은 될 것이라 미온(微溫: 미지근함)인물이나 와서 임시 경과만 하느니보다 악적(惡的) 결과를 아주 내어 후인들이 감히 재범(再犯)을 못하도록 되었으면 하는 사견도 없지 않다. 이런 최악의 경위(經緯)를 생각하고 말하는 것이다.

현 야당의 윤보선 옹이 당선된다고 해도 정권교체에 불과하지 무슨 선정(善政)이 나오리라고는 생각도 나지 않는다. 이포역포(以暴易暴)에 불과하다는 말이다. 그러나 현실은 현실이다. 현상으로 보아서 박, 윤의 각축이 아닌가 한다. 투표일이 일주일밖에 남지 않았으니, 별 기적이 나올 것 같지 않고 변, 장의 지반이 의심스러워서 예단(豫斷: 미리 판단함)을 불허(不許: 허락하지 않음)하고 윤, 박의 방약무인(傍若無人: 곁에 사람이 없는 듯 거만함)하는 여야의 양욕(兩慾: 두 욕심쟁이) 대결을 보고 송장군의 사퇴가 공허(空虛)에 돌아가지나 않을까 염려하며 이 붓을 드는 것이다.

계묘(癸卯: 1963년) 8월 21일(양력 10월 8일) 봉우서(鳳宇書)

추기(追記)

신문지상 보도로 보아서 송 장군 사퇴사가 지극 간단명료하다. 내가 옥중에서 출마하고 옥중에서 사퇴하는 것은 선자(先者)로 말한 바와 같이 자유민주주의를 수호하기 위함이요, 공포정치인 전제(專制)징권과 투쟁하자는 것이다. 친애하는 우리 국민들은 전제정치가 우리를 살리는 것인가, 자유민주주의가 우리를 살리는 것인가를 현명하시기를 바라며, 나는 대여(對與)투쟁에 단일야당 출마를 기원하며 사퇴한다는 요지요, 자민당 간부들은 송 장군의 사퇴를 사전에 알지 못했다고 한다. 그러하면 내가 자민당 간부들의 일석이조계(一石二鳥計: 일석이조계책)가 아닌가 하고 의심한 것은 기우(杞憂: 괜한 걱정)였나 보다.

8월 22일 봉우추기(鳳宇追記)

6-80

십일오(十一五) 투표를 하고 내 소감

국민으로 투표하는 것은 그 목적이 대통령이건 참의원(參議員)이건 민의원(民議院)이건 지방의원이건을 막론하고 자기의 가진 권리를 정당하게 행사함으로써 만족한 것이다. 자기가 투표한 인물의 정선(正選: 바르게 뽑음)여부는 개의(介意: 마음에 두고 생각함)할 필요가 없다. 금번에 박 정권에서 민정이양(民政移讓)이라는 명목으로 대통령 선거를 하게 되는 것이다. 그런데 군정책임자인 박정희 자신이 대통령 출마를 하고 그 여당이 별별 수단을 다해서 집권연장을 도모하는데, 야당에서는 여전히 국리민복(國利民福: 국가의 이익과 국민의 행복)을 위주로 하는 인물이 출마하는 것이 아니라 탈권(奪權: 권력을 빼앗음)에 급급(汲汲)해서 자과부지(自過不知)하고 자기의 양력탁덕(量力度德: 힘과 덕을 헤아림)에는 소호도 자계(自誡: 스스로 조심하고 삼감)하는 감(感)이 없고, 거의 대통령이라는 이기(利器: 맘대로 휘두를 수 있는 권력)를 어찌하면 도득(圖得: 꾀해 얻음)할까 하는 야망이 있을 뿐인 인물들이다. 국민으로 어찌 한심하지 않으리요? 국가와 만족의 만년대계(萬年大計)는 생각하지 않고 일시적 기분으로 좌우하는 국민들, 무엇이라고 평해야 옳을지 알 수 없다.

금일(今日)이 그 기일(期日: 정해진 날짜)이다. 대통령 선거 투표일이다. 여세추이(與世趨移: 세상과 더불어 쫓고 옮김)하는 도리 외에 없어서 투표장에 와서 그중에 양심이나 있는 인물에게 투표하고 돌아서며 좌우지인(左右之人)을 만나서 그들의 언왕언래(言往言來: 말이 오감)하는 것을 보고 한심하지 않을 수 없었다. 촌(村)에서 와서 지방유지(地方有志)로 자처하는 인물들이 야당에서는 별 운동이 없으니, 우리에게 선전하는 박정희나 투표해 주지 하는 말이 가장 많다. 내가 보기도 모당(某黨)에서는 차명피명(此名彼名: 이 이름, 저 이름)으로 간간히 탁오(濁伍: 혼탁한 대오)도 있고, 왕래노자(往來路資: 오가는 여비)도 있는 것 같다.

이런 인물들이 무슨 국가니, 민족이니를 알 리는 없으나 그래도 부락유지(部落有志)로 자처하는 인물들이 대통령이라는 자리가 어떤 인물이 앉아야 국가와 민족의 복리(福利)가 되는 것인가는 꿈속에도 생각 없고 아부해서 자기대로의 권리나 좀 부려 볼까 하는 야망(野望)에 불과하는 것 같다. 평시에는 이 인물들이 다 군정고(軍政苦: 군정의 고통)를 말하던 사람들이다. 자상달하(自上達下: 위에서 아래까지)로 다 이러하다. 하필 촌유지(村有志)에 한하여서가 아니다. 망국지우(亡國之愚: 망국의 어리석음)이라고 하는 외에 타도(他道)가 없다.

그는 그러하고 현 출마인들의 고집도 역시 투표인과 흡사하다. 요행으로 당선된다면 집권이나 해보겠다는 만복야욕(滿腹野慾: 배에 가득 찬 더러운 욕심)외에 확립된 정견(政見)도 보이지 않는다. 이런 인물들을 두고 어느 인물이 당선되라고 투표하는 것인가? 참으로 걱정이다. 야당에서 단일후보론이 있었으나 의견합일이 되지 않아서 2인만 사퇴하고 그 외는 여전히 요행(僥倖)을 바라는 것 같다. 이것은 야당으로 실패의 원인이 될 것이라고 나는 본다. 그리고 소위 야당으로 자처하며 여당과 내통(內通)하는 인물도 없다고는 못 한다. 내가 색안경인지는 알 수 없으나, 창랑(滄浪: 장택상)170) 자유당이나 또 낭산(朗山: 김준연)의 자민당에는 복선(複線: 겹줄)이 없다고 못 하겠다. 두고 보라! 양인(兩

人)의 차후거취(此後去就: 이후 행보)를 다 정상배(政商輩: 정치가와 결탁해 사사로운 이익을 꾀하는 무리)들이라고 나는 평한다. 다만 국가장래를 빌고 이 붓을 그친다. 170)

계묘(癸卯: 1963년) 8월 28일(양력 10월 15일) 봉우서(鳳宇書)

170) 장택상(張澤相, 1893년 10월 22일~1969년 8월 1일)은 초대 대한민국 외무부 장관·대한민국 제3대 국무총리·4선 국회의원 등을 지낸 대한민국의 정치인이자 작가이다. 미군정기 수도경찰청장을 역임했고, 정부 수립 이후 3대 국무총리를 역임했다. 1945년 8.15 광복 직후 친일파들이 대거 포함된 한국민주당 결성에 참여하였다. 광복 직후 경기도 경찰청 경찰부장, 제1관구 경찰청장, 수도경찰청장 등으로 활동하였고, 조선공산당원과 남로당 진압을 주도하였으며, 해방정국에서 10차례 테러를 당하였다. 1948년 대한민국 수립 직후 제1대 외무장관을 역임하였고 제5차·6차 UN총회의 대표단으로 파견되기도 했다. 1952년 5~7월 무렵 피난지인 부산에서 이범석 등과 함께 부산정치파동에 주동적 역할을 수행하고, 1952년 5월 6일부터 1952년 10월 5일까지 대한민국의 제3대 국무총리를 역임하였다. 아버지와 두 형이 모두 친일파인 친일 가문에서 홀로 독립운동을 했고 그러면서도 아버지가 독립투사에게 사살당한 것에 대한 원한으로 해방정국에서 무장투쟁 독립운동가들을 탄압하는 데 앞장서서 친일파로 분류되기도 한다. 좌파운동과 좌파정당에 대해선 무자비한 탄압을 하였지만 이승만 박정희 독재 아래서 야당을 이끌며 한국 민주화의 두 거목 김영삼과 김대중을 정계로 입문시킨 것을 보면 여러모로 아이러니한 인물이다.

6-81
박정희, 대통령으로 당선되다

신축(辛丑: 1961년) 5월 16일 혁명을 계기로 정권을 잡은 박정희 군이 군정을 3년간이나 계속하는 중 박 군도 신(神)이 아닌 이상 별별 과오가 다 많았으나, 군정을 민정으로 이양한다는 간판하에 금년에는 정당이 우후죽순(雨後竹筍)격으로 그 수를 알지 못할 지경이다. 그리하여 금번 대통령 출마 시(時)에 박정희 군은 군정 당시의 구호(口號)이던 "참신한 민간인에게 정치를 이양한다"는 구어(句語)가 박 군 자신이 그 인물인 양 대통령으로 관제(官制)정당인 공화당에서 입후보하였다. 이것이 박 군으로 식언(食言)한 것임을 누가 부정하랴? 그래서 공화당의 사전조직이나 선거법의 억압적 테두리 안에 야당인사들로 요행을 바라고 여러분이 나왔었다. 그런 선거법에 불응하고 박 군 단신(單身) 출마를 시키는 것이 가장 야당으로는 현명한 책(策)이었으나, 야당도 합심이 되지 않아서 난립으로 단일문제도 공로(空勞: 헛되이 힘씀)가 되어 허정, 송요찬 양씨만 사퇴하고 그 외 여러분은 각축하다가 윤보선 옹이 불과 1% 불급(不及)으로 군정을 연장시켰다. 이것은 야당의 단합하지 못한 것이 제일 책임이라고 할 것이나, 대체로 국민들이 자승자박(自繩自縛)한 것이다.

국민들이 누구나 군정을 찬성은 하지 않으며 투표는 박정희 군에게 한다는 것은 알 수 없는 일이다. 박 군이 득표를 제일 많이 한 곳이 경북, 경남, 전남이다. 이곳은 자유당 당시 가장 우세하던 곳이다. 금번에도 구(舊)자유계와 합력해서 공화당이 득표한 것은 사실이다. 그 책임이야 물론 투표권이 있는 국민들이나, 이 국민을 우롱하는 소위 '지방지도인물들'이라는 자들이 민족과 국가를 좀먹는 자들이라고 보는 외에 타도가 없다. 다만 바라는 바는 박 군이 전비(前非: 과거의 허물)를 개오(改悟: 잘못을 깨닫고 뉘우침)하고 국가와 민족을 위해서 친현원소(親賢遠小: 현인을 가까이 하고 소인을 멀리함)의 미덕을 닮기 바랄 뿐이다. 또 군정 당시의 전철(前轍)을 그대로 밟는다면 불구(不久)해서 천벌(天罰)을 내릴 것이라는 것을 확언(確言)해 둔다.

내 사견으로는 본래 출마자 제인(諸人: 여러분)이 거의 적격자가 없었다고 보고, 박 군이 당선해서 군정에서의 과오(過誤: 과실)와 민정(民政)에서의 과오를 적축(積蓄)하고 그 일파 부류의 천의(天意: 하늘의 뜻)의 숙청(肅淸)을 받아야 비로소 그다음 나오는 인물의 조심할 조건이 될 것이라고 국가와 민족의 장래를 위해서는 박 군의 당선이 도리어 유리하다고 본 것이라. 그래서 천의(天意)가 내 사의(私意)에 맞춰 주시는 것을 감사히 생각하며, 몇 년간 국민의 진통을 자각하고 천의대로 두고 볼 뿐이다. 만약 윤보선 옹이 승리하였다면 여전히 한민계(韓民係: 한민당계) 구악(舊惡)의 재판(再版)이 될 것이요, 갱신할 기간이 또 요원(遙遠: 멀어짐)해지는 것이다. 나는 박 군이 집정(執政)하는 것을 찬성하는 것이 아니라, 속(速: 빠른)한 시일 안에 국민들의 자각(自覺)이 올 것을 바라고 천의(天意)를 어찌 마음대로 할 것인가? 그 과정의 인물로 박 군의 장래를 기대하며 이 붓을 그치노라.

계묘(癸卯: 1963년) 양력 10월 17일 봉우서(鳳宇書)

6-82

수필: 오성취두(五星聚斗)와 우주무쌍(宇宙無雙)의 대성자(大聖者) 대황조(大皇祖) 님

소년시절공허송(少年時節空虛送: 소년시절을 헛되게 보내니)

노노신산거익심(老老辛酸去益甚: 늙을수록 세상살이 어려움 갈수록 심해지네)이라고

청장시대(靑壯時代: 청장년시대)를 주위 사정이 허송(虛送: 헛되이 보냄)하게 하고,

백수풍진(白首風塵: 흰머리 되도록 겪은 세월)에 무소성(無所成: 이룬 바 없음)하니,

창해속신(滄海粟身: 넓은 바다에 조 알갱이같이 하찮은 몸)이 행휴(行休: 가다 멈춤)함을 감(憾: 한탄함)하는 도다.

내 비록 홍진중(紅塵中: 번거로운 세상 속) 명리(名利)에는 열중하지 않으나, 운산명월(雲山明月)에 한인(閑人: 한가로운 사람)의 아취(雅趣: 아담하고 우아한 정취)도 갖지 못하도다.

내 바라는 바는 몸소 충효경렬(忠孝敬烈)은 행하지 못했고 후인(後人)의 그 갈 길이라도 무언(無言)의 행(行)으로 수범코자 하나, 그리 용이한 일이 아니도다.

마음을 선정(先正: 먼저 바르게 함)하고 수신제가(修身齊家)를 해야 한다고 하나, 이것도 말만 가지고는 안 되는 것이다.

규구준승(規矩準繩)[171]이 있어도 가지고 쓰는 사람대로 우열(優劣:

우수함과 열등함)이 있는 것이요, 다 동일하리라고 믿는 것은 미경사(未經事: 일의 경험이 없음)한 사람의 생각이라고 본다.

그러나 수신(修身)을 하지 않고 제가(齊家)하는 법은 없다. 제가를 한다고 반드시 그 사람이 치국평천하(治國平天下)하라는 것도 아니다.

우주사(宇宙史)가 있은 후 동서고금(東西古今)을 막론하고 성현(聖賢)이 반드시 치세주(治世主: 세상을 다스리는 주인)가 된 일이 그리 많지 않고, 혹 성현이 세주(世主)가 된 시대에도 화피초목(化被草木: 그 교화가 초목에까지 미침)에 뢰급만방(賴及萬邦: 그 힘이 세계 만방에까지 미침)이라고 하나, 백성은 제력(帝力: 임금의 힘)이 하유어아(何有於我: 어찌 내게 소용 있나)를 부르니, 그리 용이한 것이 아니다.

동양에서는 요순(堯舜)을 대표 성주(聖主: 성군)로 말하나, 그 당시에도 별별 일이 다 있었다. 그다음에는 더 말할 것이 없다. 그러나 그 당시에는 그 덕화(德化)를 알지 못하나, 천년 후 역대(歷代)를 경과할수록 점점 그 추억이 새로워지는 것이다.

이다음에 나오는 인물은 세계를 장춘극락(長春極樂)으로 만든다고 한다. 이것이 구대(舊代: 구시대)의 소강책(小康策)이 아니요, 대동(大同)이라고 한다.[172] 우리도 적기시(適其時: 그때를 만남)해서 인문개벽(人文開闢)시에 주세(住世: 세상에 머묾)하게 되었다.

그리고 우리 대황조(大皇祖: 한배검) 님의 홍익인간(弘益人間) 이념인

171) 목수가 쓰는 그림 쇠, 자, 수준기, 먹줄 등 도구, 즉 일상생활에 꼭 필요한 법도를 지칭함.

172) 대동이 나와 남의 구별을 뛰어넘어선 보편적 인류애가 넘치는 사회를 말한다면, 이와 달리 신분 세습과 재산 사유화, 전쟁이 있지만 성군의 통치로 삼강오륜의 질서를 확립한 상태를 소강이라 부름 (출처: 율곡 이이의 정치사상에 나타난 大同·小康·少康: 시론적 개념 분석)

우주무쌍(宇宙無雙: 우주에 둘도 없음)의 대성자(大聖者)의 후손(後孫)인 배달족(倍達族)으로 우리 중에서 이 이념을 실현시킬 인물이 나온다고 한다.

비록 무재무능(無才無能)한 우리들이라도 송무백열(松茂栢悅: 소나무 우거지니 잣나무도 기뻐하며 따르네)의 감(感: 느낌)이야 어찌 없을 것인가? 이것이 우리 족속들의 바라는 바요, 또 우주인(宇宙人)들이 다 우리들 중에서 누가 그런 인물인가를 탐색하는 것이다.

그런데 우리 민족들의 현상은 어떠할까 하면 서구문명에 도취되어 후진족(後進族)으로 자감(自甘: 스스로 감수함)하고, 약소족(弱小族: 약소민족)으로 자처(自處)한다. 그래서 우리가 상용(常用: 늘 씀)하는 단기(檀紀: 단군기원)를 불합리하다고 서기(西紀)를 사용하는 자들의 횡행(橫行) 시대라. 어느 때에나 이 주출망량(晝出魍魎: 낮에 나오는 도깨비)들이 잠적(潛跡: 자취를 감춤)할 것인가? 한심한 일이다.

그러나 천도불언이세공성(天道不言而歲功成: 하늘의 도는 말없이도 공을 이룸)하는 것과 같이 금수(禽獸: 짐승)시대도 장춘시대(長春時代)로 변화하는 도정(道程: 길)이 그리 요원(遙遠: 아득히 멂)하지 않다는 것을 말해 두고 그 신아(新芽: 새싹)는 이미 탄(綻: 터짐)한 지 오래라고 말하고 싶다.

보라! 우리가 70을 바라보고 가는 노물(老物)이나 우리 눈으로 비록 개화결실(開花結實: 꽃피고 열매 맺음)은 다 못 보아도 완전한 발족은 반드시 볼 것이라는 것을 재삼 확언해 두는 것이다.

동천조일(東天朝日: 동녘의 아침해)이 불구(不久: 머지않음)해서 상승하려는 때에 아직도 양삼천말효성재(兩三天末曉星在)[173]라. 신광(晨光: 새벽빛, 서광)의 희미함을 한(恨)할 뿐이로다.

일절(一節: 한 마디)이 심어일절(甚於一節: 다시 한 마디)로 효성(曉星: 샛별)의 현광(弦光: 활시위 빛)에 야색(夜色: 야경)이 우심(尤甚: 더욱 심함)할 뿐, 우주군생(宇宙群生: 우주의 많은 생물)은 깊은 잠을 아직 깨지 못했도다.

울리라, 울리라! 어서 울리라! 우주의 거종(巨鐘)을 어서 울리라! 우주의 재광명(再光明)이 온다고 어서 울리라!

계묘(癸卯: 1963년) 9월 초일일(初一日) 봉우소기(鳳宇笑記)

작년(壬寅: 1962년) 원단(元旦: 새해 첫날)에 오성취두(五星聚斗).

[이 글은 〈연정회보〉 제17호에 처음 실렸고, 2023년 출간된 《봉우일기 5권》 490페이지에 〈수필: 대황조 님, 우주무쌍의 대성자(大聖者)〉란 제목으로 다시 실렸습니다. 그런데 금년 5월에 새로이 입수된 봉우 선생님 일기 원본들을 다시 대조, 정리하는 작업 중에 이 글의 원문을 발견하여 《봉우일기 5권》에 실린 글의 잘못된 점을 알게 되었습니다. 즉 이 수필의 마지막에 쓰인 〈여해방언(如海放言)〉은 1987년(丁卯)에 쓰여진 글을 잘못 붙여 넣은 것입니다. 이 수필 다음, 다음에 실린 글의 일부분으로서 바로 다시 역주하여 소개해 드릴 예정입니다. 이 수필의 맨 앞에는 "필참고(必參考)"0"재고건(再考件)" — "후인들은 내가 간 후에 반드시 이 수필을 보시오"라고 원문과 다른 색의 잉크로 쓰여져 있습니다. 또한 원문 둘째 페이

173) 직역하면 샛별이 2~3일 뒤에 나타난다는 뜻으로 어떠한 변화 또는 기회가 다가오고 있음을 나타내는 은유적 표현. 여기서는 올듯말듯 아직 오지 않은 상태.

지 상단에는 "오성취두를 보고 내가 수필을 쓴 것이다"라고 쓰시고 수결(手決: 사인)을 덧붙여 놓으셨습니다. 이렇듯 덧붙인 글들은 1987년에 이 1960년대 일기 원본들을 발견하시고 다시 읽으신 후 느낀 점들을 써넣으신 것 같습니다. -역주자]

6-83

기몽(記夢: 꿈의 기록)

夢中偶然到處村落精潔屋宇方正花木整齋. (꿈속에 우연히 시골 마을을 갔는데 아주 깨끗하고 여러 집들은 모로 반듯하고 꽃나무와 가지런한 방들이 있었다.)

村前大路自南通北大路越便淸溪自北而南傍前山而流. (마을 앞 큰길은 남쪽에서 북쪽으로 통하고 큰길 건너편은 맑은 시내가 북쪽에서 남쪽 산 앞으로 흐른다.)

前山低回村後山頗峻自西北而繞回村之方向或南或東. (앞산이 낮게 돌아들고, 마을 뒷산은 자못 험준하여 서북쪽에서 둘러싸 마을 방향 남쪽이나 동쪽으로 돌아든다.)

余至一處家屋頗巨庭院花卉各種傍有小池略數百坪池邊有小亭亭邊有菜園數千坪. (내가 한 곳에 이르렀는데 가옥이 매우 큰 정원과 각종 화초를 심은 집이었고, 곁에는 작은 연못이 있는데, 대략 수백 평은 되었고, 연못 주변으로 작은 정자가 있었으며, 정자 옆으로 수천 평은 되는 채소밭이 있었다.)

此是余新買家屋云而室內什器姑未完備屋後山平平而後園有竹林竹林中又有小亭. (이 집은 내가 새로 산 가옥으로 실내엔 아직 집기가 다 갖춰지지 않았고, 집 뒷산은 평평하니 후원에는 대나무 숲이 있고, 대숲 안에는 작은 정자가 있었다.)

余一巡後又至家內始查房間則內外七八棟半舊半新位置村之中央. (내가 마을을 한번 돈 후에 다시 집 안에 이르러 비로소 매입한 집의 방 칸수를 살펴보니 내외로 7, 8동이었고, 반은 구옥이고 반은 새집이었으며, 마을의 중앙에 위치하고 있었다.)

家族姑未齋到維孫兒與小星外有下女二人而一邊運搬家産而來. (가족은 아직 모두 도착하지 않았고, 손자아이와 아내, 밖으로 하녀 두 사람이 있을 뿐이요, 한편으로 집 물건을 운반해오고 있었다.)

余待村中諸人則無非知面之人距都市略有二十里之遙而自動車連絡不絶云村後山坂亦是余之所有云而數百町步樣而樹木杳蒼. (내가 마을의 모든 이를 기다린즉 모르는 사람이 없고, 도시에서 20리나 떨어져 있어도 자동차로 연락은 끊이지 않으며, 마을 뒤 산판 또한 내 소유로 수백 정보—1정보는 3,000평—나 되고 나무는 푸르고 무성하였다.)

余散步至村前大路村人與相知人談話中余心中待某人而姑無消息矣. 午後稍過後有人自南而來涉溪橋持雨傘而來漸漸相近方知訪余之客. (내가 산보하다 마을 앞 큰길에 이르러 마을사람과 서로 아는 사람과 얘기를 나누는 중에 내 마음속으로는 어떤 사람을 기다렸으나, 소식이 없었다. 오후가 조금 넘어서 어떤 사람이 남쪽에서 와서 시냇물 다리를 건너 우산을 지니고 와서 점점 가까워지니, 그제야 그가 나를 방문한 손님이란 것을 알았다.)

余欣接則客傳一皮製手帖而接見則五折身分證明帖也. (내가 기뻐하며 만난즉 손님은 한 개의 가죽수첩을 전하였고 만져 보니 다섯 장으로 된 신분증명첩이었다.)

第一帖外皮別無他記以金印無窮花. (제1첩은 바깥 가죽에 별다른 글씨는 없고, 금색도장으로 무궁화를 찍어 놓았다.)

第二帖記入身分證明而發行者五人首記者金某未知人而第三帖稍大書所長二字其下空欄.(제2첩은 "신분증명"이라 써놓고, 발행자 다섯 명을 써 놓았는데 맨 앞에 기록한 자는 '김모'로 알 수 없는 사람이다. 제3첩은 조금 큰 글씨로 "소장" 두 자를 썼는데, 그 아래는 공란이다.)

第四帖記"右人을 所長으로 推戴함"年月日. (제4첩에는 "오른편 사람을 소장으로 추대함" 연월일이라고 쓰여 있다.)

第五帖亦是外皮只印無窮花而 (제5첩 역시 외피에는 단지 '무궁화'만 찍혀 있는데)

第二帖第三帖第四帖頭跨記正覺二字光彩非常而來客傳余此帖曰 (제2첩, 제3첩, 제4첩의 상단에는 "정각(正覺)" 두 자가 쓰여 있는데, 비상한 광채를 내니 나를 찾아온 손님이 내게 이 수첩을 전하며 말하기를,)

以兄推戴所長故急急來請又傳諸同志之意而余曰正覺二字雖是當然而未知其圈之本意故余則無才能不可承諾云則傍人多勸余承諾而猶豫未決而 ("형을 소장으로 추대함이 급하고도 급하여 찾아와 요청하고 또 모든 동지들의 뜻을 전합니다"라고 하였다. 내가 답하기를 "정각(正覺)" 두 자가 비록 당연한 것이지만 그 권역의 본뜻을 알 수 없고, 내가 재능이 없어 승낙할 수 없으니, 곁에 있는 많은 사람들이 내게 승낙을 권하여도 이를 미루고 결정할 수 없네"라고 하였다.)

覺則曉色蒼蒼未知何兆故略草經過. (꿈에서 깨어난즉 새벽빛이 어슴푸레하여 이것이 무슨 조짐인가 대략 경과를 적어 본다.)

계묘(癸卯: 1963년) 9월 초팔일(初八日) 조(朝: 아침) 봉우기(鳳宇記)

[이 글은 봉우 선생님 말씀대로 과연 무슨 조짐일까요? 선생님께서도 몹시 궁금하셨나 봅니다.

선생님 유고(遺稿) 일기에는 이렇듯 '기몽(記夢)' 즉 꿈의 기록이 많습니다. 이 글도 적지 않은 분량으로 꿈을 기록해 놓으셨는데, 그 묘사가 매우 상세합니다. 보통의 우리는 꿈을 꿔도 이렇듯 상세한 묘사는 거의 불가능하다고 생각됩니다. 꿈을 꾼 당시는 생생해도 한 시간도 안 되어 대부분의 잔상(殘像)과 스토리는 모두 증발되어 감쪽같이 사라지기 마련입니다. 선생님께서는 이 글 원문 여백에 "필참고(必參考: 반드시 참고할 것)", "후인(後人)들은 내 난초(亂草: 어지러이 쓴 글)를 참고해 보시오. 무슨 말을 했나"라고 덧붙이셨는데, 이는 1987년경 이 유고를 서울 자택에서 우연히 발견하신 후 '기몽(記夢)'을 다시 읽어 보시고 나서 기록하신 것으로 보입니다.

-역주자]

1965년(乙巳)

6-84

이 책을 속기(續記: 이어 씀)하며

계묘년(癸卯年: 1963년) 이후에 청수록(請睡錄: 잠 청하는 글)을 한 권 난초(亂草)한 것이 있었고, 그 매수(枚數: 원고지 수)가 불과 30여 장이다. 갑진(甲辰: 1964년) 1년을 내가 중춘(仲春: 음력 2월 봄이 한창일 때)부터 서울에 작객(作客: 집을 떠나 객지생활 함)했고, 을사년(乙巳年: 1965년)도 중춘부터 또 서울 와서 손아(孫兒: 손자) 남매를 데리고 있는 중이다. 아무 일도 하는 일은 없으나, 그래도 무사분주(無事奔走: 일없이 공연히 바쁨)해서 소호도 여가(餘暇: 쉴 틈)는 없다. 을사(乙巳) 4월에 우연히 병와중(病臥中: 병으로 누워 있는 중) 행리(行李: 짐) 중에서 이 책자를 대면하게 되었다. 거의 3년 만이다. 그동안 공사(公私) 공히 분망(奔忙)했던 시절이다.

종근지원(從近至遠: 가까운 데서 먼 데까지)한다면 우리나라에서는 여전히 박 정권이 집권하고 있고 소호도 변함이 없으며, 미국 케네디 대통령의 암살과 인도 네루의 서거(逝去)와 영국서 처칠 경(卿)의 서거와 소련 수상의 실각(失脚)이 중요 사항이요, 인공위성의 월세계(月世界) 방문행각이 소선미후(蘇先美後: 소련이 먼저요, 미국이 뒤처짐)로 경쟁하고 있고, 중공의 핵폭탄 2차 실험과 월남 전쟁이며, 미주(美洲: 아메리카)에서도 소소국(小小國)의 정변이 좌우익 관계로 자주 있었고, 우리나라에서는 한일 외교 문제로 여론이 점등(漸騰: 점차 끓어오름)하고 있다.

또 드골[174]의 중간세력 작성의 몽(夢)[175]도 있다. 이것이 3년간 공적 동태요. 내 사적으로는 갑진년(1964)에 종제(從弟: 사촌아우) 태○과 태○이 환원(還元)하고, 종매(從妹: 사촌누이동생) ○○이 환원하고, 생가당질(生家堂姪: 집안 사촌형제의 아들, 종질從姪) ○○이 환원했다. 문중(門中)으로도 다사(多事)한 해고 친우(親友) 중에서 갑진년(1964)에 설초(雪樵: 김용기)가 졸서(卒逝: 죽음)했고, 을사년(乙巳年: 1965)에 소졸(小拙)이 서거했다. 3년간에 변화무쌍(變化無雙)하다.

나도 아주 노쇠해서 행보(行步)가 그만 못하고 여러 가지가 다 약해졌다. 더구나 금년에 들어서는 자주 병석에 누워 있다. 다만 3년간 교제한 인사들은 양적으로도 불소(不少: 적지 않음)하고 질적으로도 과(過)히 못지않을 정도라 다행으로 여긴다. 그 씨명(氏名: 성명)들은 약(略)하기로 한다. 학자급(學者級), 지식급(智識級), 종교급(종교인급), 사업가급, 애국자급, 과학자급, 정치인급, 각계각층을 많이 상대해 보았

---

174) 샤를 드 골(프랑스어: Charles de Gaulle , 1890년 11월 22일~1970년 11월 9일)은 프랑스의 레지스탕스 운동가, 군사 지도자이자 정치인, 작가이다. 1945년 6월부터 1946년 1월까지 임시정부 주석을, 1958년 6월 1일부터 6개월 총리로 전권을 행사했고 1959년 1월 8일에 제18대 대통령으로 취임하였다. 1965년 대선에서 재선하였으나 1969년 지방 제도 및 상원 개혁에 관한 국민투표에서 패하고 물러났다. 제2차 세계대전 아라스 전투에서 기갑부대를 지휘하여 롬멜의 유령사단에 유일하게 성공적으로 반격하였고 국방부 육군차관을 지냈으나, 후에 망명 프랑스 자유민족회의와 프랑스 임시정부를 조직, 결성했다. 제2차 세계대전 종전 이후 총리를 2번 지내고 제18대 대통령을 역임했다. 집권 후 나치 부역자들에 대한 대대적인 숙청으로 유명하다.

175) 드골주의. 기본적으로 외세로부터의 독립을 지향하며 동시에 이념의 형태로서 사회적·경제적 요소도 가지고 있다. 대외적으로는 비동맹 외교정책을 내세우며 유럽경제공동체와 나토 불참 등을 선언하고 미국과 소련 어느 한편에 서는 것을 거부하였다. 대내적으로는 좌우를 아우르는 정책을 시행하였다. 드골의 사상이 양쪽에 걸쳐 있기 때문에 드골주의는 보통은 우파적 성격을 가지면서도 좌파적 색채를 띠는 드골주의자들도 많다. 드골주의는 드골의 개인적 카리스마에 의존한 부분이 있다.

다. 여기서 얻은 것을 시간만 있으면 기록해 보기로 하고 우선 속기(續記)하는 머리말을 기록하는 것이다.

을사(乙巳: 1965년) 4월 22일 봉우서(鳳宇書)

6-85

을사년(乙巳年: 1965년)은 저물었다

내가 4월에 이 책을 속기(續記: 이어 씀)코자 두어 자 기록한 바 있었다. 그후에 세사(世事)는 무상(無常)하여 두문불출(杜門不出)하나 재가무일(在家無日: 집에 하루도 있지 않음)이다. 항상 심망의촉(心忙意促: 마음은 바쁘고 뜻은 촉박함)해서 아무 하는 일 없이 을사년(乙巳年: 1965년)이 저물었다. 내가 금년을 말한 것은 별 연고(緣故: 사유)도 없고, 별 파탄(破綻)도 없는 해로 박 정권이 유지할 것이요, 연사(年事: 농사가 되어가는 형편)도 평년은 되리라고 예평(豫評: 미리 평함)했었다.

비록 한일 외교 문제로 일시적 소란(騷亂: 어지럽게 떠듦)했으나, 이것은 갑진년(甲辰年: 1964)에 미리 내약(內約: 남몰래 넌지시 하는 약속)되었던 일이요, 표시만 을사년이 된 것이었다. 그러나 세인들이나 또는 예언자로 자처하는 인물들은 금년에 무슨 큰일이나 있을 것 같이 말하고, 또 진사(辰巳)에 성인출(聖人出)이라고 무엇인가 고대(苦待)하고 있던 것은 사실이다. 그러나 하늘은 아무 말 없이 예년과 동일하게 이 해도 저물어 가고 있다.

이것이 내가 무사분주(無事奔走)해서 이런저런 인간들을 상대하느라고 여가가 없어서 붓을 1년이라는 긴 세월을 두고 한 번도 잡지 못했었다. 그러면 한 일은 무엇인가 물어 보면 역시 아무 기록할 만한 일도 없다. 1년을 허송했을 뿐이다. 올 1년만 그러한 것이 아니라 지난 66년이 거의 다 한결같은 허송(虛送)이다. 석화광음(石火光陰: 번쩍불같이 짧은 시간)에 백발만 성성(星星)할 뿐이다.

무엇이 유방(遺芳: 후세에 명예를 남김)이니, 유취(遺臭: 나쁜 소문을 남김)니 한 일이 한 가지도 없이 무성무취(無聲無臭: 소리도, 냄새도 없음)하게 지냈을 뿐이다. 세인이 학수고대(鶴首苦待)하던 을사년(1965)이 아무 소식이 없이 지나고, 연말을 2~3일 격(隔: 떨어짐)한 이날 그저 인간은 무상(無常)하다는 것을 다시 생각하며 명년(明年: 내년) 병오년(丙午年: 1966년)이나 어공어사(於公於私: 공사에)에 순풍괘범격(順風掛帆格: 순풍에 돛단배격)으로 만사가 다 잘되기를 심축(心祝)하고 이 붓을 그친다.

을사(乙巳: 1965년) 음력 12월 27일 봉우서(鳳宇書)

1966년(丙午)

6-86

병오(丙午: 1966년) 원단(元旦: 설날 아침)

지금부터 62년 전 을사년(乙巳年: 1905년)에 우리나라에서는 국운(國運)을 좌우하는 한일보호조약이 성립되어 불구(不久)해서 (고종황제가) 정미(丁未: 1907년) 선위(禪位: 왕위를 물려줌)가 되고, 7조약이 성립되고 계단적으로 경술년(庚戌年: 1910년)에 국치(國恥)를 당했다. 이것이 물론 그 원인(遠因: 먼 원인)이 있을 것이나, 그 당시 책임은 면할 수 없이 조약대신들이 난신(亂臣: 나라를 어지럽힌 신하)의 명칭을 면할 도리가 없고, 유취천추(遺臭千秋: 영원히 썩은 냄새를 풍김)할 것은 당연한 일이다.

불행히도 나는 그 조약대신(條約大臣: 조약에 서명한 대신)의 일인(一人)과 숙질간(叔姪間: 아저씨와 조카 사이)이 되어 내 선친은 정미선위(丁未禪位) 당시 기관은퇴(棄官隱退: 관직을 버리고 물러남)하시고 형제간에 할포단의(割胞斷義: 친형제의 의를 끊음)를 하신 분이다. 나도 가정문견(家庭聞見: 집에서 보고 들음)으로 습성(習性: 습관)이 되어 왜정 36년간에 고등계요시찰(高等係要視察) 인물로 영어(囹圄: 감옥)생활을 일삼던 사람이었다.

그러다가 타력에 의존된 을유해방이 있은 후로 비록 선열(先烈)들의 정충대의(精忠大義: 순수한 충성과 대의)들은 역사에 유광(遺光: 남긴 영광)이 남으나, 실제적으로 우리나라 자립에는 별 큰 도움을 주지 못했던 관계로 민족정신이 통일되지 못해서 무자(戊子: 1948년) 건국 후 우리나라의 정치사야말로 추악(醜惡)을 극(極)하고 있었고, 당시 집정자들은 광복선열들의 일당(一黨)이 아니라 구일(舊日: 옛날) 친일잔재들과 급조(急造) 애국자들의 집권욕이 충만한 자들이 수단을 가리지 않고 국민을 기만(欺瞞: 남을 속여 넘김)하고, 득표한 자들로 10여 년간을 계속하고 있었다. 이것이 이른바 이승만 정권이요, 그다음 4.19 학생의 거로 윤보선 정권으로 교체되었으나, 국가와 민족에는 이승만 정권이나 동일보조였다. 그러다가 5.16 군인의 혁명이 있어서 박 정권으로 또 교체되었다.

벌써 5년이라는 세월이 지났으나, 그들의 행정이나 국방, 외교, 경제, 문교에 이르기까지 국민이 기원(企願: 바라고 원함)하던 것은 일호반점(一毫半點)이 나오지 않고, 이승만 정권이나 윤보선 정권의 부패에서도 보지 못하던 악정(惡政)이 속출하던 것이 을사년(1965)에 이르러서 일본과 국교 정상화라는 명목하에 굴욕적인 조약이 체결되었다. 60년 전 을사조약에 비해서 가일층(加一層)이 아니라 노골적인 침해를 자인하며, 전국을 기만이라기보다 강압하여 함구령(緘口令: 입을 열지 말라는 명령)을 내리고 국가와 민족을 팔더라도 자당(自黨)의 동족방뇨책(凍足放尿策: 언 발에 오줌 누기 방책)을 감행하되, 소위 야당이라는 자들은 불평이라는 것이 그 분육(分肉: 고기 나눔)의 비례가 부족하다는 정도에 그치고 일언반사(一言半辭) 구국구민(救國救民: 국가와 민족을 구함)의 책모(策謀: 책략)가 나오지 않았다.

그러해서 국민들은 누구를 믿을 것인가 하고 거개(擧皆: 거의 모두) 정치 둔감증에 걸려서 정치인들이야 믿을 것 없으니, 각자가 구복지계(口腹之計: 먹고 살 방책)나 하자는 데 그치어서 상불상, 하불하(上不上, 下不下: 올라갈 수도, 내려갈 수도 없음. 딜레마에 빠진 어려운 상황)의 각산

정신(各散精神: 각기 흩어진 정신)에서 사회상은 파탄이 불구한 현실이 우후죽순격으로 총생첩출(叢生疊出: 뭉쳐 나오고 거듭 나옴)해서 고인들이 이른바 금수(禽獸: 짐승)시대가 현세보다는 나을 것으로 본다. 하고(何故: 무슨 이유)인가 하면 금수들 중에서도 고급금수는 그래도 하지 않는 일이 있으나, 현세에서는 최저급 동물들의 행동과 동일하다. 이것이 말세(末世)가 아니고 무엇일까? 한심한 일이다.

이 국가다사(國家多事)한 을사년(乙巳年: 1965년)을 보내고 국민들이 다들 무엇을 기대하고 있는 병오년(丙午年: 1966년) 원단을 맞으며 나로서는 아무 바람도 없고, 아무 원망(怨望)도 없고 다만 아무 사고 없는 병오년이 되었으면 하며, 또 병오년이 신기원(新紀元)의 창시(創始)가 되었으면 하는 맘으로 연두사(年頭辭)를 기록할 뿐이다.

병오(丙午: 1966년) 원단(元旦: 새해 아침) 봉우서(鳳宇書)

6-87

윤황후(尹皇后) 붕(崩: 죽음)하시다

일생다한(一生多恨: 평생 한이 많음)하신 순종(純宗)황후 윤씨(尹氏)가 병오(丙午: 1966년) 정월 13일 오후 7시 10분에 창덕궁(昌德宮) 석복헌(錫福軒)에서 고요히 잠드시다. 구한국(舊韓國: 대한제국) 최말위(最末位) 황후로서 13세에 태자비(太子妃)로 책봉(冊封)되시고, 14세에 황후가 되시며, 경술국치를 당하신 후에 36년 왜정(倭政: 일정日政시대) 중 무오년(戊午年: 1918년)에 고종황제 승하(昇遐: 세상을 떠남)하시고, 병인년(丙寅年: 1926년)에 순종황제 승하하신 후 40년간을 고궁(古宮)에서 지내시다가, 중간에 6.25 사변 당시의 피난생애도 말할 수 없었다.

환어(還御: 환궁)하신 후, 이승만의 박대(薄待: 푸대접, 인정 없이 모질게 대함)로 정릉(貞陵) 일우(一隅: 한쪽 구석)에서 별별 당치 못할 일을 다 당해 가시며 신축년(辛丑年: 1961년)에 낙선재(樂善齋: 창덕궁 내)로 환어(還御)하시었다가 금번에 승하하시었다. 현 정부에서 장례에 대한 처사가 어떠할지 알 수 없으나, 우리 국민으로서는 전왕불망(前王不忘: 전왕을 잊지 못함)이라는 의사에서 극진(極盡)한 표충(表忠: 충성을 나타냄)이 있어야 하겠다. 일생다한(一生多恨)하신 국모(國母)시다. 우리가 마지막으로 구한국 황실(皇室: 황제의 집안)의 조락(殂落: 죽음)을 슬퍼하는 바이다.

병오(丙午: 1966년) 정월(正月) 15일 신(臣) 태훈(泰勳) 근기(謹記)

추기(追記)

정부에서는 박정희 대통령의 외유(外遊)가 예정되어 있었으나, 그 권리를 대행할 수 있는 정일권 국무총리가 있고, 국회에 이효상 의장과 의원들이 있다. 무슨 일이든지 할 수 있는 것인데, 아직 일언반사(一言半辭)의 표시가 없다. 이 부류들 인물들의 경중(輕重)은 가지(可知: 가히 알 수 있다.)다. **전왕불망**(前王不忘)이라는 대의(大義)를 말할 수 있는 인간들은 그중에서 찾아볼 수 없는 것이다. 포악한 왜정시대에도 고종황제, 순종황제 국상(國喪: 국가장례) 때 국장(國葬)으로 소호도 이의(異議: 다른 논의)가 없었고 도리어 한국인의 발언보다 왜정에서 솔선(率先: 남보다 앞장서서 먼저 함)했던 것이다.

그런 현 정부의 처사는 예절에는 아주 문외한들이다. 한심한 일이다. **종실지친**(宗室至親: 가까운 종친들)들이 모여 **시호**(諡號: 죽은 뒤에 그 유덕을 칭송하기 위해 지은 이름)를 "**순정효황후**(純貞孝皇后)"라고 정하고, 금곡릉(金谷陵)에 합장(合葬)한다고 전해진다. 위정자들이 을유년을 '광복(光復)'이라고 하나, 그 복(復)이라는 것이 무엇을 의미하는 것인가 의심난다. 우리들 구신(舊臣: 옛 신하)들은 우리들의 성의(誠意)를 다할 뿐 사회나 현 정치인들의 동태를 말할 필요 없다고 생각된다. 이것이 이조 500년 최종의 국상(國喪)이므로 내 이 붓을 드는 것이다. 아무리 생각하여도 **장탄식**(長歎息: 길게 한숨을 쉬며 탄식함)을 불금(不禁: 금치 못함)하겠다.

병오(丙午: 1966년) 정월 19일 권태훈(權泰勳) 근기(謹記)

6-88

박돈하 옹(翁)의 졸서(卒逝: 급서急逝, 갑자기 세상을 떠남)의 보(報)를 듣고

옹을 내가 상면(相面: 서로 만나 얼굴을 봄)한 것은 김인석(金仁錫) 선생의 소개로 작년에 초대면했다. 그러나 옹은 침착한 성질의 소유자로 여러 나라 외국어를 통달하고 대학에서 교편(敎鞭)도 잡은 일이 있었고, 또 야소교인(耶蘇敎人: 기독교인)으로 장로(長老)의 직(職)에 있으며, 정신수련을 계속해서 무엇인지 일득지견(一得之見: 하나는 얻은 바 있음)이 있었다.

여러 차례 상봉해서 그 정신수련의 요점을 문의한 일이 있었는데, 3~4월 전에 상봉시(相逢時: 서로 만났을 때)에 하고(何故: 무슨 까닭)인지 안광(眼光)과 안면(顔面: 얼굴)에 암운(暗雲)이 서(捿: 깃들임)해서 내가 의심이 나서 옹에게 근일(近日: 요사이) 신체나 정신에 무슨 이상이 있지 않은가 하고 물은 일이 있었다. 그러나 별 이상이 없다고 한다. 그다음에 상봉 시에 가일층 심해졌다. 다시 묻지 않고 의심만 하고 있었는데 그후 3, 4차 상봉 시에 그 암운(暗雲)은 여전히 심해지나, 인간적으로는 무슨 사업이 성공될 것 같다고 희소식을 예비하고 있었다. 모모 재벌과 악수해서 수억 원대의 확약이 있는 듯한 암시를 준다.

그래서 내가 말하기를 "하늘이 혜(慧: 지혜로움)을 주신 자에게 복(福)을 같이 주지 안 하시는 것이 원리(元理: 근본 이치)인데 선생은 복(福)과 혜(慧)를 겸(兼)하시게 되니 하늘의 은총(恩寵)이 다른 사람보다 특히 중(重)하시니, 그 은총을 보답하시는 것도 다른 사람보다 특히 중(重)하게 하십시오" 하고 수차 권한 바가 있었다. 약 한 달여를 서로 만나지 못했는데 일전에 박대원 씨 편으로 옹의 급서(急逝: 갑자기 세상을 떠남)를 전문(傳聞: 전해 들음)했다. 이것이 하늘의 시련인 것 같다.

천의(天意: 하늘의 뜻)를 무시하고 인의(人意: 사람의 뜻)로만 일을 해 보자면 어느 경위(經緯: 일의 진행과정)에서 하늘이 그 하는 일을 중지시키실 수 있다고 나는 생각된다. 옹의 당한 일도 역시 천의(天意)인 것 같다. 내가 옹의 급서(急逝)를 보고 구영직 군(君)의 구일(舊日)의 급서를 회상하며 이 붓을 든 것이다.

병오(丙午: 1966년) 정월(正月) 19일 봉우서(鳳宇書)

6-89

순정효황후(純貞孝皇后) 인산(因山: 장례식) 방송을 듣고

인산 절차에 갑론을박(甲論乙駁)이 많았으나, 장의(葬儀)위원들이 정부와 협의한 대로 23일 예정대로 거행하였다. 궁중(宮中) 장례로 진행했다고 하나, 순(純: 순수한) 궁중 장례도 아니요, 신구식 중화(中和)로 간소하게 거행했다고 본다. 인산(因山) 절차 중 번폐(煩弊: 번거로운 폐단)로운 것은 다 삭제하고, 신식(新式)이 거의 대부분이요 장례에 참가한 분은 3부 요인들과 외교사절단과 각 사회대표와 일반시민들도 열(列)에 참가되었고, 경호책임으로 군경(軍警: 군대와 경찰)이 상당수 출근되었다. 연도(沿道: 도로의 연변)에는 봉도(奉悼: 슬퍼함) 시민들이 산해(山海: 산과 바다)를 이루어 수백만을 산(算: 세다)할 수 있었다. 비록 정부와 이씨 종친 간의 묵계(默契: 말없는 가운데 약속)로 장례식을 간소화시켰으나, 사실은 국장(國葬)과 조금도 다른 것이 없었다. 민심이야 어찌 막을 수 있으랴?

그리고 연도(沿道)에서는 전부 철시(撤市: 저자를 철폐함)되었었다. 이것이 민심이다. 이 민심을 순응 못한 이씨 종친들이나 현 정부 당사자들의 실책은 말할 것 없고, 우리나라에서 최초요, 최종(最終)인 황후(皇后)로 장례에 거국일치(擧國一致) 못 되었다는 것만 유감스러운 일이었다. 나도 곡반(哭班: 국장國葬 때 곡하는 벼슬아치의 반열)에 3차 나갔을 뿐 만장(輓章: 죽은 이를 슬퍼하여 지은 글)이나 화환(花環)의 절차는 궐

(闕: 생략)했다. 성(誠: 정성)이 부족한 연고다. 가족들을 연도봉도반(沿道奉悼班)에 보내고 방송을 들으며 수자난초(數字亂草: 몇 자 어지러이 씀)한다.

병오(丙午: 1966년) 정월(正月) 23일 오후 2시

권태훈(權泰勳) 근기(謹記)

6-90

양대 조류(兩大潮流)의 장점과 단점

현 세계는 무엇인지 그 향로(向路)가 점점 암흑(暗黑)해진다. 자타(自他)가 공인하는 것은 자본주의와 공산주의의 대결이라고 본다. 그런데 일부에서는 비자비공(非資非共: 자본주의도 공산주의도 아님)이며, 시자시공(是資是共: 공산주의이며 자본주의임)인 가장 색채가 불명한 회색주의(灰色主義)도 있다. 이것도 역시 자본주의에 공산주의를 병행하자는 무주견(無主見: 주된 견해가 없음)한 행동인 고로 평할 나위도 없다. 그러니 자본주의와 공산주의에 대해서만 사견을 술(述)하기로 한다. 자본주의나 공산주의나 다 유물론(唯物論)의 극치에서 최첨단을 걷고 있는 것은 사실이다.

먼저 자본주의의 장점이 무엇인가 생각해 보자. 국민 각자가 각자의 최선을 다하여 획득한 이권을 각자가 향유할 수 있다는 점이 즉 가급인족(家給人足: 집집마다 생활이 풍족함)으로 국부민강(國富民强)해진다는 것이요, 여기 수반조건은 국민 각자가 각자의 역량을 마음대로 발휘할 수 있는가, 없는가가 상이점이 있으나, 선택은 각자의 자유에 맡기고 선천적으로 그 시설이 충분한 나라와 그렇지 못한 나라의 차이가 있다.

그런대로 획득한 이권(利權)을 향유할 자유권리가 있다는 것이 자본주의 국가의 장점이 되고, 그 반면에 국민 각자의 역량이 비록 강대국가에 비해서 소호도 손색이 없다 해도, 국가나 각자의 시설(施設)이 없으면 그 역량을 발휘치 못하고 시설된 부분에 의해서 국민들의 역량이 공급되고 또 그 시설이 못 된 것에 그 역량을 매장(埋葬)하는 외에는 타도(他道: 다른 도리)가 무(無)하다. 예를 들면 월수(月收: 월수입) 100만 원의 역량이 있는 사람이 아무 시설이 없어서 월수 몇 만 원으로 직장에서 봉사한다면 90만 원의 이득을 매장하는 것과 동일하다. 이래서 이런 희생을 감수하면서 취직하는 직장도 여의치 못하면 전락(轉落: 굴러떨어짐), 전락을 거듭해서 실직(失職)으로 화(化)한다.

이것이 국여국(國與國)의 경제적 차가 천차만별(千差萬別)이 나고, 일국(一國)에서도 역시 그 차가 동일한 역량을 가지고도 일인(一人)은 시설이나 자본이 충분한 곳으로 나가서 10년이나 20년 안에 국중거부(國中巨富)가 되고 일인(一人)은 불비한 시설과 부족한 자본하에 취직해서 그 역량을 매장당하고 보니, 일생을 지내야 의식(衣食)의 곤란을 당하고 있다. 거기다가 그 불비한 직장도 없는 사람은 실직자로 말할 수 없는 역경을 당한다. 이래서 우리나라 현실로 보더라도 신문지상에 매일같이 보도되는 사실이 생활난으로 일가족 단결자살이니, 강도, 절도니 무슨 방법으로 자살이니, 무슨 직장에서 부정부패가 생겼느니 하는 것이 안 게재(揭載: 실림)된 날이 거의 없다.

그러나 정부에서도 아무 대책이 없다. 여기서 경제 만능주의가 자상달하(自上達下: 위에서 아래까지)로 풍미(風靡: 바람에 밀려 초목이 쓰러지듯 어떤 사조나 현상이 휩씀)해진다. 부자(父子), 형제, 부부간에도 이 경제 문제로 의리(義理)에서 탈선하는 일이 얼마든지 있다. 현 세계 각국의 자본주의 국가와 민족들은 그 수준이 좀 낫고, 못한 차이는 있을지언정 안 그런 나라가 거의 없다. 자본주의 국가를 대표하는 미국에서도 최고 향유자와 최저 향유의 차는 천차만별이요, 노쇠해져서 별 수입이 없는 때는 부모가 별거하는 외에는 타도가 없다. 청장년시대에 봉로(奉老: 양로) 기금이라도 가진 사람은 별문제로 하고 그렇지 못한 사람은 자기 집을 두고도 양로원 신세를 진다.

여기서 부자간(父子間: 부모와 자식 사이)도 경제대립이 되고 내외형제는 물론이다. 우리나라에 이 자본주의가 들어온 지 얼마 안 되나, 역시 그것을 호표본(好標本: 좋은 본보기)으로 안다. 자유자본주의에서 맺어 나오는 자유연애도 그것이다. 첫 조건이 경제적 여유 여하가 남녀교제에 제일항(第一項)이요, 내외가 서로 이 자유문제에 별별 파란(波瀾: 갖가지 어려움)이 따른다. 그래서 사생간(師生間: 스승과 학생 사이)이나, 붕우간(朋友間: 친구 사이)이나, 관민간(官民間: 공무원과 민간인 사이)이 다 이 정도로 되어 있다. 이것이 미국풍의 효과인 것 같다. 여자들도 경제적 호조건만 있으면 정조(貞操) 같은 것은 생각할 여가조차 없고, 또 남자로서도 자신이 경제적 호조건만 있다면 일부일처(一夫一妻)주의가 아니라 얼마든지 마음대로 필요이상의 교제를 할 수 있다.

여기서 국가시책이라고 가족생산을 금지한다(가족계획법 시행). 이것이 가장 경제적으로 유리하다고 한다. 그 부수입이 부정(不貞)한 남녀의 자유연애의 특허가 되어 있다. 자본을 가진 사람들의 노동력 착취에 별별 방식을 다 사용하여, 정부는 형식은 노자절충안(勞資折衷案)을 가지고 나온다 하나 항상 자본을 옹호(擁護)하는 것이 사실이다. 이 정도로 나가면 점점 국민들 경제는 극소수 자본가의 수중으로 집합되고 국민은 실직군(失職群: 실직자 무리)으로 화할 외에 타도가 없다. 이것이 자본주의의 단점이라고 본다.

물론 아무리 평등해도 각자의 역량의 차이가 있어서 그 수획(收獲: 거둬들여 얻음)되는 이권(利權)의 차이가 없을 수는 없다. 그러나 최고,

최저의 차이가 최선을 다한다면 얼마 되지 않을 것은 사실이다. 현 세계에서 정말(丁末: 덴마크) 등 여러 나라가 하고 있는 현실은 자본주의면서도 기분(幾分: 얼마큼은) 평화한 맛이 있다. 그러나 현 세계 각국이 미국을 중심으로 자본주의 최첨단인 약육강식(弱肉强食)에 불과하다. 현상으로 보아서 가장 신성해야 옳은 종교가들도 역시 이 자본주의와 동류(同流)하고 있어서 그 신성(神聖)을 찾아보려야 볼 수 없다. 한심한 일이다.

그다음 공산주의는 어떠한가? 우리는 공산주의에 대해서는 문외한(門外漢)이라 상세는 알 도리가 없으나 내가 본 대로 할 외에 타도가 없다. 그 장점이라면 그들이 표방하는 경제는 국민이 평분(平分: 평균적으로 분배함)하고 빈부의 차가 없이 국민개로(國民皆勞: 국민은 모두 일함)한다는 것, 국민의 역량을 최대한 발휘해서 그 수확을 국가적으로 집중하여 거국일치적으로 시설을 해서, 장래에 아무 사람이고 그 시설 아래에 최대의 수확으로 국민이 개락(皆樂: 모두 즐거움)할 수 있게 한다는 그럴 듯한 선전이 장점이라고나 할까? 그래서 이 시책으로 10년, 20년 나아가서 자기들이 선전하는 대로 되면 국가도 세계의 비(比: 견줌)가 없는 강국이 되고 국민도 그 수준이 어느 나라 국민보다 월등히 나을 것이라는 것이다.

그들의 말과 같다면 누가 장래의 평화를 싫다고 할 사람이 있는가? 그리해서 국민들을 이 표어로 기만하고 있는 것은 사실인 것 같다. 그러나 공산주의 국가에서 국민의 전 역량을 착취해서라도 그 국가의 경제 수준과 시설을 향상시키고 개인들의 겸병(兼併)을 용인치 않는 것만은 역시 사실이라 국민의 최대 역량을 이용해서 국가가 부유해지고 국민에게는 최저생활을 확보해 준다는 것도 사실이다. 국민 전체가 일호반점의 자유는 없으나, 국가적으로는 이것이 장점이라고 해두자.

그들의 단점은 무엇인가? 그들이 그들의 주의, 주장을 해나가는 데 만분지일(萬分之一: 만에 하나)이라도 지장이 있을 우려가 있는 부류는 이유 여하를 불계(不計: 따지지 않음)하고 직접 처분(處分: 죽여 없앰)한다. 국민 전체에 대해서 구분이 없다. 그뿐만이 아니다. 수십 년간의 근로당원이라도 소호라도 의심할 만한 조건이 있다면 곧 제거한다. 이것이 그들의 철칙이다. 자본주의 국가에서 부호들이 노동력을 착취하는 것과 같이 공산주의 국가에서는 당원들의 계급 차서(次序: 차례)로 비당원인 국민역량을 착취해서 풍유(豐裕: 풍요)생활을 하는 것도 사실이다. 그리고 비밀이 보장되어야 하지 이 비밀이 만일에 폭로될 염려가 있다고 보면 그것이 사실이건 아니건도 불문(不問)에 붙이고 곧 처분해 버리는 것이 우리가 보는 예였다.

인간으로 가산(家産: 재산)을 갖게 되는 것이 당연한 일이나, 공산주의 국가에서 순수당원 외에는 그 가산을 가지고 지낼 도리가 거의 없게 된다. 생산아동은 국가에 바쳐서 부자(父子)니, 형제니의 정의(情誼: 서로 사귀어 친해진 정)가 있을 리 없고, 심한 곳에서는 공처설(共妻說: 아내를 공용으로 한다는 설)까지 나온다. 그리고 직장에서 역량 착취에서 그 대가라는 것은 최저생활을 겨우 하게 하되, 일언반사(一言半辭)라도 불평이 있으면 처분 대상이 된다. 자본주의국가에서 가축동물 취급도 못 받는 것이 사실이다. 이런 것이 단점이요, 그들의 잔인무도(殘忍無道)한 처사는 말할 필요조차 없다. 이대로 나가면 동물과 소호도 상이점(相異點: 서로 다른 점)을 볼 수 없다. 공산주의자들이 주장하는 막스론(막스論: 칼 맑스의 자본론)이 현실에 있이서 공산주의 국가들이 행하고 있는 시책과 동일한가가 가장 의심스럽다. 이것이 양대 조류(兩大潮

流)의 대립이다.

그런데 세계에서 이 양대 조류를 바라보고 있는 국가들은 자본주의 국가에서 **좌수집병**(左手執餠: 왼손에는 떡을 쥠)하고, **우수집검**(右手執劍: 오른손엔 칼을 쥠)하고 보아 주는 체 하고 착취하는 데 염증이 나서 **양두구육**(羊頭狗肉: 양 대가리를 내놓고 개고기를 파는, 이율배반적 처사)의 공산주의 국가의 **감언이설**(甘言利說: 달콤하고 이익이 되는 말)을 경청하는 나라가 적지 않고, 약소국가로 공산주의 국가와 접근한 나라들은 구원을 자본주의 국가에 요청하나, 공산주의 국가의 공세를 당할 만한 준비를 해주는 것이 아니라, **거국지력**(擧國之力)과 구원해 주는 것으로 현상유지가 곤란할 정도로 구원해서 하시(何時: 어느 때)든지 자본국에서 손을 뗀다면 공산주의국가에게 침공을 당할 수밖에 없게 되어 자본국가에게 **유령시종**(維令是從: 오직 명령하는 대로 좇음)하게 된다.

이것이 현 세계 실정인데 아직 양대 조류에 가담하지 않은 나라들은 그 진의(眞意)를 알지 못하고 관망(觀望)만 하고 있고, 양대 조류 국가에서는 아전인수식(我田引水式)의 선전외교가 극치에 이른다. 현상으로 보아서 대인구(大人口)로 **물중지대**(物重地大: 산물은 많고 땅은 큼)한 중공은 비록 공산국가이나, 자국의 **삼민주의**(三民主義)[176]가 공산과 어느 정도 합치점이 있고 또 남에게 예속되기 싫어하는 습성이라 소련에게 굴복하지 않고 자유로 공산을 선전하는 것 같고 또 물중지대한 인도(印度)는 친공(親共)인지, 친자(親資: 자본주의와 친함)인지 그 행동이 의심스럽다. 그러나 **자작자급**(自作自給)**주의**에 틀림없으리라고 본다. 제일 의심나는 것은 신생 아프리카 제국(諸國: 여러 나라들)의 동태

176) 1905년에 쑨원(孫文)이 제창한 중국 근대 혁명의 기본 이념. 민족주의, 민권주의, 민생주의의 3원칙으로 이루어져 있다.

이다. 양대 진영에서 서로 잡으려고 하나, 아직 보아서는 알 수 없다.

미국이 한국에서나 월남에서나 극력(極力: 있는 힘을 다함)하는 것 같으나, 동정(同情)을 못 얻는 것은 말하자면 **다허소여**(多許少與: 응낙한 것은 많으나 실제 주는 것은 적다)[177]라는 말이다. 충분하게 보아 주지 않고 줄 듯하기만 하지, 미국에서 생색만 내지 폐물 이용장(利用場)으로 사용하는 데 불과하다. 이것이 양대 조류의 장단점인가 한다.

여기서 중립을 주장하는 프랑스 드골이 있으나, 이것이 자국의 입장을 강화하자는 수단에 불과하고 현 세계의 암초(暗礁)를 제거하는 데 하등의 효과가 없는 것이요, 이것이 양대 진영으로 눈도 꿈적하지 않는 일이다.

약소국가들이 아무리 단결해 보아야 별 큰 성과를 얻기 어렵다고 나는 생각된다. 약소국가들의 동태를 보고 양대 진영에서는 자기들대로 단결을 못하게 이간(離間) 정책을 할 것이, 한 국가라도 자립할 태도가 보인다면 완성되기 전에는 그들의 마수(魔手)가 떠나지 않을 것이다. 이것이 소위 정치적 야심이라는 것이다. 그러니 국제연합이라는 것도 양대 진영의 시합장에 불과하다.

그러하면 양대 진영의 장점이나 단점으로는 도저히 현 세계 난국을 타개(打開) 못할 것은 세인이 공지하는 바이다. 더구나 드골의 중립론 정도는 문제가 아니다. 세인들의 의구심은 현 양대 조류의 말기에서는 인종의 멸망이 올 뿐이라는 것을 다 말하고 있다.

---

177) 황석공(黃石公) 《소서(素書)》 제5장 〈준의(遵義: 의를 따름)〉에 나온다. "....행상인색자(行賞吝色者)는 저(沮)요, 상을 주면서 인색함이 표정에 드러나면 사기를 떨어뜨리고, 다허소여자(多許少與者)는 원(怨)이니라. 많이 줄 듯하다가 적게 주면 원망을 사느니라."

그렇다면 무엇이 이 세계의 장래를 구할 수 있느냐는 후일로 미루고 붓을 여기서 그친다.

병오(丙午: 1966년) 정월(正月) 23일 봉우서(鳳宇書)

6-91
〈중앙일보〉 독자투고(讀者投稿)를 보다가

고대(高大: 고려대학교) 교무처 근무 김○○이라는 사람의 '단군상(檀君像)보다 도서관'이라는 제목을 보다가 감동한 바 있었다. 김 군의 이 발언이 김 군 일인(一人)의 의사(意思)로 나온 것이 아니라 소위(所謂: 이른바) 우리나라 근대사학가(近代史學家)로 자처(自處)한 분들의 외국사(外國史)에는 전공했으나, 본국사(本國史)에 소양(素養: 평소에 닦아 놓은 교양)이 없는 자들로 감연(敢然: 감히 그러함)히 우리나라 사학편집을 집필하는 철면피(鐵面皮: 염치없고 뻔뻔스러운 사람)적 악질(惡質)학자들에게서 사학을 교수(敎授)받은 얼없는 자들의 통병(通病: 고질병)이라고 본다.

내가 사학가라고 자처할 만하다면 타인이야 무엇이라 하든지 자기로서는 자신이 있을 만한 연구와 실천이 필요하다. 그러나 우리나라 사학가로서는 기인(幾人: 몇 사람)을 제외하고는 단군사(檀君史)의 기인(起因: 일이 일어나는 원인)이 어디에서 되었는지, 또 어디에서 인멸(湮滅: 흔적도 없이 모두 없어짐)되어 근근(僅僅: 겨우)이 그 명목(名目: 겉으로 내세우는 이름)만 전해지는지 그 원인과 이유를 깊이 연구해 보고 또 고적(古蹟)을 탐색해 본 자들이 기인(幾人)이나 있는가? 자신 있는 사가(史家: 역사가)여든 말해 보라. 그 중간에 인멸되기 전 유적(遺蹟)이 무엇인시나 연구해 보았는가? 김○○이라는 사람도 그 연기(年期: 연령)의 노소(老少)는 알 수 없으나, 자기의 주장이라고 하는 것은 혹은 어느 모로 보아서는 일리(一理: 옳은 데가 있어 받아들일 만한 이치)가 있다고 찬성할 악소년(惡少年: 불량소년)들도 없지 않을 것이다.

그러나 박정희 대통령이 생각 밖에 국민정신 게양(揭揚: 높이 걸다)을 목표로 단군(檀君)을 남산에 건립하라는 지시가 있었다고 한다. 그 상(像)이 진상(眞像: 진짜 동상)이고 아니고를 불문(不問: 묻지 않음)하고 국민으로서는 국조(國祖: 국민의 조상)를 추모하는 이념에서 당연히 찬사(贊辭: 찬성의 말)를 보내는 것이 옳은 일인데, 방방곡곡(坊坊曲曲: 모든 곳)이 침투되어 있는 야소(耶蘇: 예수)나 불상에 언급하지 못하고 국조상(國祖像: 단군상) 건립(建立)을 반대하되, 더구나 (단군이) 신화적(神話的) 인물이라고 말했으니 김 군의 민족 얼이 없는 사대의존성(事大依存性)의 잔재(殘滓: 쓰고 남은 찌꺼기)라는 것은 여실히 증명하는 바이요, 그 발언의 죄는 김 군 일인(一人)에 있지 않고 국조(國祖)를 신화적 존재로 집필한 무지몰각(無知沒覺)한 사학가(史學家)로 자처하는 비국민(非國民)인 악질학자들이 그 책임을 져야 한다고 본다.

이 자들은 사학을 왜인(倭人: 일본인)에게서 배우고 민족사 연구에 별 실적이 없는 자들로 해방 후 여전히 친일부왜(親日附倭: 친일 아부함)하던 근성이 남아서 국조를 신화적 존재 인물로 말하던 자들이다. 환언하면 오인자제(誤人子弟: 남의 자식을 망치다)한 그 죄(罪) 용서 못 받을 것이다. 이 투고(投稿)를 게재(揭載)한 중앙일보 편집부장부터 그 진의가 어디 있는가 의심난다. 김 군의 의사에 동정하는가? 그렇지 않으면 독자들에게 김 군의 찬성을 구하고자 함인가? 알 수 없는 일이다. 〈중앙일보〉로도 국조 봉숭(奉崇: 받들어 존숭함)에는 성의가 부족하다고 나는 말하고 싶다.

김 군이여, 도서관이 필요하지 않다는 것은 아니다. 필요하거든 그 이유를 현 정부에나 국민에게 호소하여라! 하필 국조상 건립을 반대해서 도서관을 설립해야 당연하다고 보는가? 정부예산에서 국조상 건립보다 소중하지 않은 부문도 얼마든지 있다. 어찌 이런 곳에는 일언반사(一言半辭: 한마디, 반마디)도 못하는 위인(爲人)이 감히 반응이 없을 국조상 건립을 반대하느냐? 김 군은 우리 국민이 아니요 배달족(倍達族)이 아닌 외래족이냐? 그 경솔무엄(輕率無嚴: 경솔하고 무엄함)을 말하고 싶다. 박정희 대통령이 100가지 부족한 일이 있다 해도 국조상 건립을 지시한 것만은 우리 민족성을 상실한 것이 아니라는 증명이다. 내가 박정희 자연인을 찬성해서가 아니다. 금번 국조상 건립설(建立說)에는 하나에서 열까지 나는 찬성하는 사람이다.

민족의 얼이 있는 자이어든 참회(懺悔)하라!

병오(丙午: 1966년) 정월(正月) 24일 봉우서(鳳宇書)

[이 글은 《봉우일기 5권》 456페이지에 실린 것인데 뒤늦은 원문의 발견으로 역주가 좀 소홀한 곳을 알게 되어 다시 원문에 충실하게 역주하였습니다. -역주자]

6-92

내게서 구(求: 찾음)하라

자고급금(自古及今: 옛 부터 지금까지)토록 정신을 수련하느니, 또 무슨 비전법(祕傳法: 비밀리 전하는 법)을 배우느니 하는 인사들이 항상 무슨 비법이 전수해 주는 사도(師道: 스승의 도)에게서 있거니 한다.

물론 무(無)에서 유(有)를 구하고자 하는 것이다.

그럴 수도 있다.

그러나 스승이라는 것은 어디서 어디까지 가자면 이런 곳에서 발족해서 이러, 이러한 곳을 경과하고 이런 산을 넘으며, 이런 물을 건너나니라 그래서 가다가 어느 곳, 어느 곳을 경과하면 목적지가 점점 다가오는 것을 예시해 주는 것에 책임이 있을 뿐이다.

말하자면 노정기(路程記)를 상세히 지도해 주는 것이 사도(師道)요, 잘 가고 못 가는 것이 사도의 책임이 아니라 항상 내가 잘 가야 하는 것이니, 비록 사조(師助: 스승의 도움)는 바랄지언정 목적지까지 잘 가고 못 가는 것은 내 자신에서 구(求)해야 한다.

경천동지(驚天動地: 하늘을 놀래키고 땅을 움직임)의 비법도 다 내 자신의 성심(誠心: 정성스러운 마음) 여하가 성불성(成不成)을 좌우하는 것이다.

그러나 사도(師道)에 있어서 그 노정기가 부정(不精: 정밀하지 않음)하다면 이것은 그 스승된 사람의 책임이 있다고 보아야 옳은 것이다.

과학(科學)은 사우(師友: 스승과 벗)의 도움만 가지고도 아주 하우(下

愚: 아주 어리석은 이)만 아니면 상식까지는 갈 수 있으되, **정신수련**(精神修鍊)에는 비록 **대선생불**(大仙生佛: 뛰어난 신선과 살아 있는 부처)이 지도하더라도 본인인 내가 **성의**(誠意)가 없으면 내 이외에서는 아무것도 구할 수 없는 것이다.

내 안에서 나를 구하라.

내 안에서 나를 구하면 선(仙: 신선)도 될 수 있고, 불(佛: 부처)도 될 수 있는 법이다.

동학교조(東學教祖)인 **최수운**(崔水雲)[178] 선생의 말에 '**인내천**(人乃天: 사람이 곧 한울)'이라는 말씀을 그 교인들의 해석은 사람이 곧 하늘이라 사람의 마음이 **천심**(天心: 하늘의 마음)이요, 사람의 움직임이 **천의**(天意: 하늘의 뜻)라고 생각하는 것 같다.

수운사(水雲師: 수운 스승)의 말씀은 천지인(天地人)이 일체(一體: 한 몸)이니, 천(天)을 알고자 할진대 모름지기 멀지않은 자아(自我)에서부터 연구하면 천(天)도 알 수 있고, 지(地)도 알 수 있다.

이것이 원리(原理)이니라 하신 것이지 인내천(人乃天)이라고 사람은 사람의 도(道)를 행하는 데 그치고, 땅은 땅의 원리대로 되어 가고, 천(天)은 천의 원리를 벗어나지 않는다.

그 원리가 사람의 사람됨과 천지(天地)의 천지됨과 동일한 원리에 **생양수장**(生養收藏: 나고 길러 거두고 보존함)이 되는 것이라는 것이다.

---

178) 최제우(崔濟愚, 1824년 음력 10월 28일~1864년 음력 3월 10일) 조선 말기 인내천의 교리를 중심으로 한 동학의 창시자이며 천도교의 창시자이다. 호는 수운(水雲)이며, 본관은 경주이다.

형이상(形以上)이 천(天)이요, **형이하**(形以下)가 지(地)요, 형이상과 형이하를 **구비**(具備: 빠짐없이 모두 갖춤)한 것이 인(人)이다.

그 구비라는 것이 어느 정도의 원리를 구비했다는 것이다.

여기서 **확충광대**(擴充廣大: 광대함을 확충)하면 천(天)도 알 수 있고, 지(地)도 알 수 있다는 것이다.

그래서 **상천하지**(上天下地)하고 중간에 있는 우리로서 다만 그 원리를 미루어 보는 외에 타도가 없다.

내 안에서 나를 구해야 진정한 나를 구할 수 있지 내 바깥에서 나를 구한다면 내 아닌 다른 것을 구한 것일 것이다.

현 물질문명의 극치를 자랑하는 이때에 인공위성시대가 되어 과학 만능인 줄 자타가 공인하나, **유안자**(有眼者: 진정한 안목이 있는 사람)가 본다면 벼룩이 장판에서 도약(跳躍: 뛰어오름)하며, 용맹(勇猛)을 자랑하는 것을 사람이 앉아서 보는 것과 동일감(同一感)을 가질 것이다.

우리의 정신수련도 역시 그 한계가 없다.

누구나 자기의 간 것만큼 갔고, 그 이상은 억천겁(億千劫)을 갈수록 더 닦아야 하는 것이다.

고인(古人)들은 **석화광음**(石火光陰: 돌이 부딪혀 번쩍하는 불처럼 짧은 인생)이니, **창해속신**(滄海粟身: 넓은 바다에 조 알갱이같은 우리 인생)이니 했다.

우주에서 보면 우리 인생이라는 것이 석화광음이요, 창해속신이 아니고 무엇이랴?

이런 속에서 무엇을 하겠는가?

그렇다고 풍타낭타(風打浪打: 바람치고 물결치는 대로)로 허송(虛送: 시간을 헛되이 보냄)할 수 없으니, 전광석화(電光石火: 번갯불과 부싯돌의 불) 중에서라도 만년불변(萬年不變)의 태세를 가지고 나를 이 안에서 구하면 거거거중지(去去去中知)요, 행행행리각(行行行裏覺)이 될 것이다.

이것이 학인(學人: 도를 배우는 사람)의 소식(消息)이요, 노정기(路程記)가 될 것이라고 본다.

천문만어(千文萬語: 천 가지, 만 가지 말과 글들)가 불여선행인일편단어(不如先行人一片短語: 먼저 실행하는 사람의 한 조각 짧은 말만 못함)라고 본다.

내게서 나를 구(求)하라.

나 밖에 내가 없다.

나를 내 안에서 구해서 얻음이 있어야 비로소 나 아닌 다른 나도 미루어 알 수 있다.

내가 나를 아지 못하고 나 아닌 나를 안다는 것은 내가 내의 죄인(罪人)이 되고, 나 아닌 나에게도 죄인이 되는 것이다.

세인(世人)들은 나는 모르되, 나 아닌 남은 잘 말한다.

이것이 인(人)이 천(天)이 아니라는 것이다.

여전히 인(人)은 그대로 인(人)이라는 것이다.

내가 내 마음의 일부만도 거느리지 못하며, 감히 타인(他人)을 거느리려 생각한다는 것이 그것을 죄(罪)라 하지 않고 무엇을 죄라 하리요?

사람으로 덕(德)이나 공(功)은 세우지 못할지라도 죄인은 되지 말아야 하는 것이다.

이것이 나를 내 안에서 구하라는 경험담이요, 노정기를 말하는 것이다.

병오(丙午: 1966년) 신춘(新春: 새봄) 정월(正月) 24일

봉우망평(鳳宇妄評: 봉우는 망령되이 평함)

[이 글은 1989년 1월 간행된 《백두산족에게 고함》 13페이지에 "나에게서 구하라"라는 제목으로 실렸던 수필로서 이후 많은 독자들의 사랑을 받았습니다. 솔직담백한 문체에 봉우 선생님의 정신적 경지가 잘 배어 있는 "정신수련 원론(原論)" 같은 글이었습니다. 지금도 이 글을 읽으면 내 현재 처지와 상관없이 어느덧 정신수련 학인, 곧 우주의 구도자가 되어 있는 나 자신을 발견하곤 합니다. 선생님께서도 이 글에 많은 애착이 가셨는지 1980년대에 이 글 원문 제목 옆에 "필고(必考)", "심공(心功)"이라 써놓으시고, "자신의 공부 성불성(成不成)은 자기의 성력(誠力: 정성과 노력)여부에 있지 내 자신 외에 있지 않다. 이것이 만고불역(萬古不易: 영원히 바뀌지 않음)의 비법이요, 증거다"라고 원문 하단에 덧붙이셨습니다. 참으로 명문(名文)입니다.

《백두산족에게 고함》에 실린 글이 당시 너무 쉽게 전달함에 무게를 두느라 원문 번역에 문제가 많아 이번에 원문 그대로, 문체도 그대로 역주하였습니다. -역주자]

6-93

노력(勞力: 힘들여 일함)은 일반(一般)이다

시간의 고금(古今: 옛날과 지금)과 지역의 동서(東西)와 인종의 황백흑(黃白黑)을 구별할 것 없이 최고생활을 하는 사람의 노력이나, 극최저생활을 하는 사람의 노력이나의 차(差)가 얼마나 되는가 하면 지극히 근소(僅少)한 차에 불과해서 그들의 노력은 대체로 보아서 일반(一般: 다를 게 없는 마찬가지의 상태)이다. 다만 각자의 선택의 상이점(相異點)으로 그 노력 대가가 상이해진다는 것에 불과하다.

우리나라의 예를 들면 전 인구의 다대수가 농민인데 그들 농업 현황을 보건대, 평야부(平野部)나 산간부(山間部)의 차이는 있으나, 대농(大農)에서 극빈농가에 이르기까지 그들의 연간 노동력은 최대한 발휘하지 않으면 안 된다. 그러나 동일한 노력으로 그 수획(收獲)에 있어서는 막대한 차가 있다. 물론 경작하는 면적에도 차가 있을 것이다. 이것은 예외로 하고 동일 면적에서도 천차만별(千差萬別)의 상이점이 있다. 그래서 그들의 생활은 역시 그 수획 여하로 좌우된다. 그러나 그들의 노력은 거의 일반이다.

이것은 우리들이 일상생활에 보고 듣는 바이다. 그래도 각자의 선택은 최선으로 향상시키지 못하고, 여전히 자기 종래의 선택 방법을 고수하는 실정이다. 여기서 좀 눈을 뜬 사람들은 자기의 노력 대가를 유리하게 전개시키기 위해서 선택을 게을리하지 않는다. 이것이 현 우리나라 농업 실정이요, 공업이나 상업이나 기타 직업이 그렇지 않은 것이 없다.

이러해서 그들의 선택이 우수한 나라가 그들의 생활 수준이 역시 우수해지고, 저열한 나라가 그 생활 수준이 역시 저열해진다. 물론 그 노력을 유효 적절하게 사용할 곳을 선택하는 것이 각자의 임의(任意: 자기 의사대로 처리하는 일)라고는 하나, 국가에서 그들이 임의로 선택할 수 있게 시설(施設)이 제일 선결 문제이다. 그것은 그렇다고 하고, 현상대로라도 국민 각자가 그 선택을 최우수한 것으로 한다면 부지중 생활 수준이 나아지고, 저열한 직업은 도태(淘汰: 여럿 중에서 불필요한 부분이 줄어 없어짐)되어 시설이 자연 향상될 것이다. 그러므로 국부민강(國富民强: 나라는 부유해지고 국민은 강해짐)이 될 것이다.

환언하면 동일한 노력으로 그 대가의 수준을 높이자는 것이다. 사농공상(士農工商)의 구분을 할 것 없이 무슨 직장에서고 다 노력의 대가의 수준이 높아진다면 이는 그 나라가 점점 부유해지는 실정이라고 아니 할 수 없는 일이다. 이 정도로 된다면 국민 각자의 각성(覺醒: 깨달아 정신을 바로 차림)은 물론이요, 국민의 정신각성을 환기(喚起: 불러일으킴)시킬 지도자와 국가의 시정(施政)방책의 일대변혁(一大變革)이 있어야 될 일이라고 본다. 거국일치(擧國一致: 온 국민이 하나가 됨)의 운동 내지 전 세계의 운동을 필요로 한다.

이로써 국대국(國對國: 국가의 국가에 대한), 족대족(族對族: 민족의 민족에 대한) 투쟁이 종식되고 각자안업(各自安業: 각자 편안하게 업무에 종사함)해서 평화로운 세계를 조성하게 되면 이것이 장춘세계(長春世界: 늘봄세상)요, 태평건곤(太平乾坤: 큰 평화세계)이 될 것이다. 동일한 노력으로 그들의 선택이 왜곡되어서 약육강식(弱肉强食)하지 않으면 생존할 도리가 없어서 전쟁은 이 세계에서 하루도 종식(終熄)할 날이 없고 시시비비(是是非非)는 항상 떠나지 않으며, 국여국(國與國: 나라와 나라), 족여족(族與族: 민족과 민족) 간(間)에는 겸병(兼倂: 둘 이상을 합쳐 하나로 만듦)이 아니고는 생존할 도리가 없는 현 세계 실정에다 더구나 자본, 공산의 양대암벽(兩大癌壁: 두 큰 암덩어리의 장벽)이 인류의 노력을 저열한 대가로 착취해 가며, 인류의 생명을 위협하는 현상이다.

일일(一日)이라도 속히 우리들의 노력 대가를 정당하게 받을 수 있게 하고, 인류 각자가 가장 우수한 직장을 자유로 선택할 만한 완전 시설이 이 세계에 (준비)되었으면 하는 염원으로 "노력은 일반이다"라는 제목으로 그 노력의 대가가 가장 우수한 것을 택할 수 있게 자중(自重)하라는 내 의사를 난초(亂草)해 보는 것이다.

병오(丙午: 1966년) 2월 초구일(初九日) 봉우서(鳳宇書)

6-94

자기의 죄과(罪過: 죄가 되는 허물)를 용서하지 마라

세상에서 자기가 범하는 줄 모르고 죄과(罪過)를 짓는 일도 많으나, 또 어느 모로는 타인의 과오(過誤: 과실)는 잘 알면서도 자기의 과오는 이것이 과오인 줄 알면서도 자기가 자기를 용서하고 범하는 예가 얼마든지 있다. 그런 때에 자기의 소행이 제3자가 되어서 비판을 해보라. 정(正: 바름)인가 부정(不正: 옳지 못함)인가 하고, 반성해 보고 일을 시작해보라는 말이다. 부정인 줄을 자각하고도 타인이 아지 못하려니 하고 고범(故犯: 일부러 범한 죄)하는 것은 자기가 자기의 죄과를 용서한다느니 보다 자기의 죄과를 증대(增大: 늘려서 많게 함)하는 방법인 것이다.

고인(古人)의 말씀에 **책인즉명**(責人則明: 남의 허물을 찾는 것은 밝음)하고 **서기즉혼**(恕己則昏: 자신의 죄과를 찾는 데는 어두움)이라 하였다. 책인(責人: 남을 책함)하는 마음으로 책기(責己: 자신을 책함)하고 서기(恕己: 자신을 용서함)하는 마음으로 서인(恕人: 남을 용서함)하면 점점 사람의 행실이 정당하게 된다는 것이다. 누가 타인의 잘못을 모르리요? 또 자기의 잘못도 모르지는 않는다. 다만 자기가 자기를 용서하는 마음이 후(厚: 두터움)해서 백행(百行: 모든 행위)에 정당성을 잃고, 항상 과오를 범하는 것이다.

이것은 누구나 다 잘 알고 있으며, 실천하지 못할 뿐이다. 이것이 사람으로요 신(神)이 아닌 이상 매사 건건이 다 정당할 수 없으나, 이런 마음을 놓지 말고 무슨 일을 당하든지 반성해 본다면 하루에 증자(曾子)[179]님은 일삼성(日三省: 하루에 세 번 반성함)이라 하셨으나, 일성(一省: 한 번 반성함), 이성(二省: 두 번 반성함)만이라도 해가면 자기가 자기의 죄과를 용서할 생각이 점점 덜해지고 개과천선(改過遷善: 과오를 뉘우치고 착하게 삶)해 갈 수 있다는 것을 자기에게서 구하라는 것이다.

물론 사조(師助: 스승의 도움)나 우조(友助: 벗의 도움)를 받지 말고 자기만으로 하라는 말이 아니라, 책선(責善: 친구끼리 옳은 일을 하도록 서로 권함)하는 말도 잘 들어야 할 것이요, 자기로서도 자기의 소행을 자주 반성해 가며 자기가 자기의 죄과를 용서하는 것을 점점 줄이라는 말이다. 여기서 비로소 개과천선의 길이 광명을 볼 것이다. 사람으로 과오가 적어지면 이 사람은 정인(正人: 마음씨가 올바른 사람)이 되고 군자(君子)도 될 수 있다는 것이다. 여기서 각자가 자기의 범하는 과오는 보통으로 생각하고 타인의 과오는 과오로 생각하며 또 타인에게도 말한다. 이것이 무치(無恥: 부끄러움이 없음)한 일이다. 그러나 세인으로 비판을 면하는 사람이 자상달하(自上達下: 위에서 아래까지)로 그리 많지 못하다.

자기의 중과(重過: 중대한 과실)를 용서하면서도 타인의 경과(輕過: 가벼운 과실)는 과(過)인 줄 알고 말도 한다. 타인의 죄과를 말하고자 할 때에 자기에게 비해 보고 나는 그런 범과(犯過: 잘못을 저지름)가 없는가 반성해 보라는 말이다. 자기도 양심(良心)의 범인으로서 타인의 죄과를 평할 도리가 어디 있는가? 이것이 무치(無恥)다. 그러하나 세인으로 자

179) 중국 춘추시대의 유학자. 공자의 수제자 중 한 사람으로 그의 가르침은 공자의 손자 자사(子思)를 거쳐 맹자에게 전해져 유교 사상사에서 중요 지위를 차지한다. 유교 오성(五聖: 다섯 성인)의 한 사람이다.

과(自過: 자신의 허물)도 아지 못하는 부류(部類)의 인물들도 없다고는 못 한다.

이런 부류는 예외로 하고, 자과자지(自過自知: 자기의 허물을 스스로 앎)하면 서로 용서하는 인물들이나, 먼저 그 용서를 그치고 반성하라고 내 이 붓을 드는 것이다. 나 역시 이 부류의 일인(一人)이라 타인을 권한다느니보다 내 자신을 자경(自警)하는 마음으로 이 붓을 들어 보는 것이다.

병오(丙午: 1966년) 2월 초구일(初九日) 봉우서(鳳宇書)

6-95

정철수 옹의 내방(來訪)을 보고

박도희 옹의 소개로 초대면(初對面: 처음 얼굴을 대함)을 한 정철수 옹은 첫 인상이 극성(極性)을 가진 투사(鬪士)였다. 당년(當年: 올해) 70세라고 하나, 그 체구는 건장(健壯)하다. 그리고 대황조(大皇祖) 숭봉(崇奉: 숭배하여 받듦)에 전정신(全精神)을 경주(傾注: 기울여 쏟음)하는 인사(人士)인 듯하고, 한학(漢學)에는 섬부(贍富: 넉넉하고 풍부함)한 것 같다. 옹의 발언은 신문지상에 보도되는 남산(南山)에 국조상(國祖像) 건립 반대자 중에 이병도라는 인물에 대하여, 성토(聲討: 비판하고 규탄함)를 하자는 의사다. 협력이 안 되면 단독이라도 성토하겠다는 의사다. 그리고 이시영 선생 부통령 당시에 충고를 했었는데 불구(不久: 오래지 않아)하여 사임하셨다는 말을 한다. 잠시 동안 담화를 하고 후일을 기약하고 작별했다. 비록 노옹(老翁)이나 투쟁력이 강한 것 같다. 그리고 옹의 동지와 수하(手下: 손아래) 청년들도 다수(多數)하다고 말한다. 상세는 후일로 미루고 이 정도로 초대면기를 난초해 본다.

병오(丙午: 1966년) 삼일절(三一節) 봉우서(鳳宇書)

추기(追記)

정 옹의 의사를 우리 기원동지회(紀元同志會) 정기월례회에 내가 발의했었다. 다대수의 찬의로 호상(互相: 상호간) 악수하고 보조를 같이 하자는 데 동의했다. 성강(聲岡) 옹이 정 옹과 연락을 책임지고 하정(夏亭) 옹과 중재(中齋) 옹이 그 반박문 초안 책임을 지고 3월 9일에 내게서 재회할 것을 약속하고 산회(散會)했다. 9일 재회(再會)상에서 성강 옹의 보고는 정 옹의 지방 출장으로 연락이 되지 않았다고 하고, 하정과 중재 옹의 초안은 각자 제출되었는데, 하정의 초안 요지는 단군신화론을 주장하는 것은 어느 지역에서나 문헌이 미비했을 적에 거의 동일한 것이나, 그 민족으로 자기의 조선(祖先: 조상)인 역사발단을 자기로서 의심하고 반대한다는 것은 그 사람들이 주장하는 위헌론(違憲論)보다 더 중한 숭조론(崇祖論: 조상을 존숭하는 이론)에 위반되는 죄과를 범하는 것이다. 과거의 조선을 비과학적이라고 의심한다면 자기의 부친은 과학적으로 증명하는가? 조선을 의심하는 사람은 자기 부친까지 의심하는 인간이요, 또 모 신부의 반대 발언은 자기들의 신약(新約), 구약(舊約)에 나오는 인물들의 말은 다 과학적이며, 비우상적인가? 그대들의 반대하는 주원인이 삼분립(三分立)했다고 본다.

왜정시대의 식민지 역사인멸책(歷史湮滅策)에서 나온 일본 역사를 배우고 친일하던 근성이 엄연한 대한민국에서 여전히 잠재해서 그런 학설을 감히 토(吐: 토함, 드러냄)하는 것이요, 제2의 신부라는 위인(爲人)은 어느 나라고 민족의식이 강해지면 외래종교의 침투를 불허하는 관계로, 그들 교인으로서는 자기들이 신(信: 믿음)하는 종교를 위해서는 국가와 민족이 망하더라도 자기들의 종교만 발전되면 제일이라는 가장 악질 신직자(神職者: 성직자)라고 본다. 진정한 종교인이라면 그 나라 민족과 국가가 강해지고, 부(富)해지는 데 협력해야 당연한 일이다. 그 신부는 그 종교에서도 위헌자(違憲者: 법을 어기는 자)일 것이다. 그리고 제3의 반대 원인은 국가와 민족의 숭조이념이 견고해지면 사회주의 주장자(공산도배共産徒輩)들이 침투할 자리가 없어지는 관계로, 이를 반대하고 분열시키는 공작에 전 역량을 경주하는 것이라고 본다.

그러니 이상의 3대 원인에 속한 자 외에는 반대할 리가 없다고 보나, 현재 우리나라에서는 여전히 우리 민족이면서도 이상의 3대 과오를 범하는 인물들의 수자가 어느 정도 다대수라는 것을 묵과할 수 없어서 이들을 반박하는 것이라는 의사였다. 중재(中齋)180)의 초안(抄案: 요지를 추려 쓴 글)은 국조(國祖)의 문헌적 가고점(可考點)을 들어서 그 증거문헌을 박채(博採: 널리 찾아 모음)해 국조의 실재(實在)가 확실하다는 것과 그 이념이라야 현 자본주의와 공산주의와 중간노선으로 세계는 물 끓듯 하는 것을 절대로 구할 수 없고, 오직 우리 대황조 님의 홍익인간주의(弘益人間主義)라야 세계를 안락(安樂)으로 인도하고 평화로 건설할 수 있다는 주지(主旨)의 성명(聲名)이다.

그래서 내 사견을 말했다. 고인들의 정대한 논법으로 보면 부전이승(不戰而勝: 싸우지 않고 이김)하는 전법이 백전백승하는 전법보다 상(上)에 거(居)하나, 현세에 시급한 것은 반대자의 독설을 정대한 논법만으로는 막기 곤란하니, 우선 반박으로 성토(聲討)하고 다음 우리의 주장은 이러하다고 하는 것이 당연하지 않은가 하고 말했다. 그런데 중재(中齋)는 자기주장은 선채(先採: 먼저 채택)해야 한다고 좀 강력히 주장

180) 정봉화. '봉우사상을 찾아서(301) – 정봉화(鄭鳳和) 동지 심방기(尋訪記)' 참고.

하는가 하면 하정(夏亭)은 중재의 초안은 사람들이 다 아는 일이라고 말살시키는 발언을 했다. 여기서 내가 보기에는 이 말이 발단이 되어서 두 분이 다 탈선되는 언동이 있었다. 다 나라는 것을 너무 과대평가하는 관계다.

중재는 내가 주장하는 것을 시행하지 않을 때는 기원동지회에서 탈퇴해서 독자적으로 해보겠다는 말을 8~9차에 연발했고 하정은 중재더러 문헌 가고(可考: 근거)라면 증거를 세인이 알게 들 수 있느냐고 추궁했다. 내 생각에는 두 분이 다 여기까지 갈 소리가 아닌가 한다. 금일 회합은 두 분의 초안 제출로 그치고, 정 옹과 또 연락을 해서 그곳에서의 주장이나 초안이 있을 것이니, 될 수 있는 대로 우리들의 보조를 맞춰서 동지들의 규합으로 강력한 추진이 필요하고 자시성(自是性: 자기 의견만 옳다는 성격)을 더 주장할 필요가 없다고 본다.

하정(夏亭)의 병이라면 자기 과대평가로 타인을 말살시키려는 것은 현 사회생활에 평탄한 길이 못 될 것이요, 좀 자기 평가를 내리고, 겸양(謙讓: 겸손)했으면 부지중 자기실력 향상이 되어 평가의 수준도 올라갈 것이요, 또 하정의 선입견이 만전(萬全: 아주 완전함)하다고 자시지벽(自是之癖: 자기가 옳다는 버릇)이 좀 심해서 자기 선입감에 배치되는 말이라면 사실여하를 고려할 여가시간이 없이 불신해 버리는 것을 내포해 두지 않고 현어외면(顯於外面: 외면에 드러냄)해서 상대방의 불평을 초래하는 것은 행세상(行勢上) 좀 결점이다.

당연히 고쳐야 유리할 것이요, 중재로서는 잠영세족(簪纓世族: 비녀와 갓끈, 양반세도가)이라 국가나 민족 사업에 선봉(先鋒: 무리의 앞자리)이 되어 누구보다 열성(熱誠)을 표시해야 당연한데, 어디인지 좀 그렇지 않음이 보이고 비록 내심(內心)에는 있어도 연정(延鄭: 연일 정씨)이라는 우월감을 버리고 나로서는 부조(父祖: 아버지와 할아버지)[181]의 여음(餘蔭: 조상의 공덕으로 자손이 받는 복)으로 이만 했으니, 좋은 것은 타인에게 보내고 다만 민족을 위하고 조선(祖先: 조상)을 위해서 정대하게 처신해야겠다고만 자처하고 내가 아는 것은 구우일모(九牛一毛: 아홉 마리 소에 박힌 털 하나)에 불과하니 타인의 의사를 존중하며, 내 의사도 표시할 정도면 자연 인격이 존중해지는 것이다.

그런데 중재가 대황조 숭봉과 연구에는 자기 우(右: 오른쪽)에 나갈 사람이 없다고 생각하는 것이 비록 사실이나 그 자처하는 마음이 좀 흠(欠: 부족함)이 있다는 것이요, 나와 이견이 있을 때는 증자(曾子)의 삼성오신(三省吾身: 내 몸을 세 번 반성함)이라는 것을 다시 생각하시어 그 이견의 동이점(同異點: 같고 다른 점)과 우열점(優劣點)을 냉정하게 고증한 뒤에도 자기가 확실히 옳더라도 포용성을 가지고 관대히 대우하는 것이 처세하는 도리라고 나는 생각한다. 마음에 좀 불평하다는 것을 즉흥적으로 표현한다면 관후장자풍(寬厚長者風: 관후하고 점잖은 사람의 풍모)에 흠점(欠點: 흠절)이 된다.

그다음은 중재에게 내가 충고를 못해서 내 자신의 붕우지도(朋友之道: 친구의 길)에 어긋된 것인 줄 알면서도 중재에게 직접 말을 못하고

---

181) 포은 정몽주의 17대손으로 구한말 무신으로 출발하여 농상공부대신까지 지냈던 정낙용(鄭洛鎔)이 할아버지이고 충청감사였던 정주영(鄭周永)이 아버지다. 정낙용은 일제에게 한일합병에 관한 공로를 인정받아 남작 직위를 받고 《친일인명사전》에 오른 친일파다. 그는 남작 작위 수여 사실을 알고 기쁜 나머지 전날 밤새워 주연을 베풀었다. 아이러니한 것은 임시정부의 살림을 책임지고 생사를 넘나들며 독립운동을 한 여장부 정정화가 그의 손녀다. 정정화의 두 오빠가 정두화, 정봉화다. 정두화도 항일비밀결사 조직인 대동단의 재정부장을 맡았던 독립운동가이다. 정두화는 독립운동 자금으로 거액 3만 원을 내놓은 것이 발각되어 일제에게 체포되었으나 상거래를 위한 것으로 인정되어 실형을 면했다. 정정화 여사에 의하면 님직의 손자를 독립운동 관련 일로 체포하는 일이 껄끄럽던 일본이 어물쩍 넘어간 것이라 한다.

내 수필에다만 기록해 두는 것은 이것이 내 자신의 의사가 약하다는 표시다. 중재가 학식이나 지식이 누구에게 양보할 만하지 않으나, 대세관(大勢觀)에 아무리 보아도 자가도취(自家陶醉)가 되어서 좀 부족한 것 같다. 그가 왜정시대에 도의(道議: 도의원)에 나간 것이나, 을유광복 후에 개태사(開泰寺)에 출입한 것이나, 5.16 후에 계속해서 청와대에 민원서인 자기의견서를 보내는 것이 어느 모로는 지식인으로 할 수도 있는 일이나, 그 귀추가 여하하다는 것을 생각할 필요가 있다. 현 정부에 헌의(獻議: 의견을 아룀)하면 자기들의 주장을 변경해서 중재의 헌의를 받아들이리라고 믿는가?

혹 역사적으로 용군암주(庸君暗主: 어리석은 군주)가 충신의 간언(諫言: 윗사람이나 임금에게 하는 충언)을 듣고 개과천선해서 명주성군(明主聖君: 현명한 군주)이 된 일이 있으며, 난신적자(亂臣賊子: 나라를 어지럽히는 신하와 부모의 뜻을 거스르는 자식)들이 집정(執政: 정권을 잡음)하고 현인이나 충신들의 헌책(獻策: 정책을 바침)으로 그 정치가 선정(善政)이 된 사실이 있는가? 그러하니 치국불현(治國不顯: 나라를 잘 다스림이 드러나지 않음)이 욕(辱: 욕됨)이 되고, 난국불퇴(亂國不退: 나라를 어지럽혔는데 물러나지 않음)가 역시 욕(辱)이 된다.

우국애족(憂國愛族: 나라를 걱정하고 민족을 사랑함)하는 사람들은 이것을 좌시할 수 없어서 비아박등(飛蛾撲燈: 불나방이 등불에 달려듦)의 행동을 감행해서 자고로 용군암주(庸君暗主)와 난정(亂政: 어지러운 정치)시대에 충렬지사(忠烈之士)가 배출되는 것은 사실이 증명하는 것이다. 중재의 헌의(獻議)라는 것이 이 충렬에서 우러나는 것인가? 요행히 박 정권에서 언청계용(言聽計用)하기를 바라는 것인가? 아무리 보아도 그 진의가 분명치 않다. 벙어리에게 말을 구하고, 귀먹은 사람에게 듣기를 구하고, 눈먼 사람에게 보기를 구하는 것과 소호도 다를 것이 없다. 박 정권에게 헌의를 초(抄: 간략히 베낌)하는 성의로 후진들을 일인이라도 계몽해 주는 것이 당연하다고 나는 생각한다. 이 난정(亂政)도 어느 때가 오면 계단적으로 개체(改替: 바뀌 교체됨)될 것이다.

현 기성 정치인들로 도저히 단시일 내로 태평성세(太平聖世: 크게 평화로운 성군이 다스리는 세상)를 건설할 수 없는 것이요, 그 인물들에서 이런 설계를 가진 두뇌가 있을 수 없는 것이다. 그러나 춘하추동(春夏秋冬)의 사서(四序)와 같이 점차적으로 변할 수 있는 것이요, 민족들도 지도인물 여하로 그들의 사상이나 행동이 변해질 수 있다고 본다. 정치는 정치대로 천선(遷善: 나쁜 짓을 고쳐 착하게 됨)해지기를 바라고 민간에서도 일일이라도 희생적 정신으로 나오는 구국구족(救國救族: 나라와 민족을 구함)의 지도자가 나오기를 바랄 뿐이어늘 현존 인물들에게 무엇을 구할 것인가?

고학자(古學者)들 말씀 같으면 "오군불능(吾君不能)을 위지적(爲之賊)"이라 했다.[182] 현 대통령은 고군왕(古君王: 옛 임금)이시니 감히 그 불능(不能)을 운(云: 이를 운)치 못할 것이라 하는 사고가 있을지 알 수 없으나, 이것은 좀 곡해(曲解)라고 본다. 내가 하정과 중재 옹의 이론투쟁을 보고 내 소감이 있어서 기록해 본 것이 자연 장광설을 늘어놓고 보니, 내 자신이 또 우스운 것이다. 이 정도로 그치고 오는 12일 재회에 무슨 소리가 나올지 알 수 없다. 정 옹이 와서 그 의견이 무어라 하는가 듣고 싶다.

병오(丙午: 1966년) 2월 19일 봉우서(鳳宇書)

---

182) 《맹자(孟子)》〈이루상(離婁上)〉 출전, 공경하지도 않으면서 임금이 무능하다고 말하는 것은 바르지 않으므로 도적이라 한다는 의미.

재추기(再追記)

중재 옹의 말로 미루어 보면 누구든지 자기가 열 번만 설득시키면 다 이해할 수 있게 할 수 있다고 자신만만했다. 다른 문제가 아니라 단조론(檀祖論: 단군할배론)이었다. 그래서 이 홍익인간이념으로 남북통일도 될 수 있고, 몽만진출(蒙滿進出: 몽골만주 진출)도 될 수 있다고 장담을 한다. 그러나 현실로 보면 선입견이 없는 사람에게는 웅변이 필요하나 선입견이 있는 사람에게는 아무리 현하지변(懸河之辯: 뛰어난 말솜씨)이라도 그 귀에 들어가지 않는 법이다.

종교나 또는 다른 이념에 관련되지 않은 사람을 상대로 내 이념을 설득시키기는 용이하되, 다른 종교인에게 자기 종교를 선전해 보라. 상대가 아무리 하우(下愚: 아주 어리석은 사람)요, 설득시키고자 하는 사람이 지식 수준이 우월한 인간이라도 도저히 성공 가능성이 없는 것은 그들의 선입견이 강한 연고다. 현 세계 실정으로 보아 자본주의 진영이나 공산 진영이나 또 중간노선 진영에서 서로 상대방의 선전에 감화될 사람이 얼마나 된다고 보는가?

다만 그 중간노선이라는 부류에 한해서는 가이동(可以東: 동쪽도 좋음), 가이서(可以西: 서쪽도 좋음)할지 모르나, 양대 진영에서는 현상으로는 도저히 접근 불가능이라고 보아야 당연한 일이다. 이념으로만은 삼분천하(三分天下)한 것을 통일할 수 없고, 삼대 진영들이 아무리 생각해보아도 어느 우수한 신(新)이념 배후에 잠재한 무슨 압력이 삼대 진영으로 당할 도리가 없다는 실제적 증거와 이념하에서 비로소 강번(降幡: 내린 깃발)을 들지 않을 수 없다는 것을 나는 누누(累累: 여러 번)이 언급한 바이다.

백설(白雪)이 만건곤(滿乾坤: 온 세상에 가득 참)할 제,

봄소식이 묘연(杳然: 아득히 멂)하나,

어제 밤 불던 바람 동풍(東風)이 완연(宛然)하다.

만산적설(滿山積雪: 산 가득히 쌓인 눈)은 흔적이 간 곳 없고,

만수춘용(萬樹春容: 온갖 나무의 봄 자태)은 화신(花信: 꽃소식)이 점근(漸近: 점점 가까워짐)하다.

아무리 보아도 왈가왈부하는 그 주장이 무엇인가 암영(暗影)이 가리여 있는 것 같다. 왜색(倭色)이 짙은 교육자요, 사가(史家: 역사가)로 자타가 공인하는 박사 이모(李某)나 망국망족(亡國亡族)할지라도 존교(存教)를 주장하는 신부(神父) 모(某)나, 또 민족단결을 우려해서 민족분열을 초래코자 하는 모모(某某)들이나, 그를 반박하는 하정 옹이나 국조숭봉론을 전적으로 주장하는 중재나가 어느 구석엔지 모르게 다 암영(暗影)이 있다는 것을 말해 주는 것이다.

마음들만은 이러니, 저러니 하지만 어느 경지에 가면 변할 수 있는 잠재성들이 없지 않다는 것이다. 내 주장이면 지사불변(至死不變: 죽을 때까지 안 변함)하고 성공할 수 있다는 신념을 가지라는 말이다. 몸소 행동으로 수범(垂範: 본보기가 됨)하라는 말이다.

병오(丙午: 1966년) 2월 19일 봉우서(鳳宇書)

6-96

수필: 간서유감(看書遺憾)

내가 서울 와서 있으며 별 일이 없이 여가(餘暇) 있으면 소적차(消寂次: 적막함을 없애려)로 간서(看書: 책을 눈으로 읽음)하는 일이 간간(間間) 있다. 경전(經傳: 성경현전聖經賢傳의 준말, 성인과 현인의 경전)이야 천 번, 만 번을 본들 염증이 날 리가 없으나 근일 신간(新刊)한 책자들은 거의 한 번 보면 두 번 보는 취미가 나지 않는 것이 상례(常例)다. 간혹 고서(古書) 번역한 것은 비록 그 역자의 기술 문제는 있으나, 그래도 원문에 의거(依據: 근거)가 있어서 차한(此限: 이 한계)에 부재(不在: 있지 않음)하다. 그러나 순수 신저(新著: 새로 지은 책)라면 아무래도 수준이 저하(低下)해서인 것 같다.

근일 신문 연재소설을 보면 당선작이라는 것이 그 심사 주목적부터 잘 알지 못하겠다. 이것이 현 사회의 미풍양속을 고취(鼓吹)코자 하는 것인지, 독자들의 일시적 소일거리로 하는 것인지 알 수가 없고, 그 필자들의 주목적이 역시 원고료나 많이 받을 생각으로 (원고) 매수(枚數)나 늘리는 방향 같기도 하다. 말하자면 가치 있는 문학 같지가 않고 시장에서 매매 거래되는 상품과 일반인 것 같다. 내가 말하고자 하는 것은 출제자인 신문사들이나 심사를 맡고 있는 문인들이나, 동가홍상(同價紅裳: 같은 값이면 품질 좋은 것을 택함)이면 같은 상금과, 같은 지면을 가지고 민족정신 앙양(昂揚: 드높이고 북돋움)하는 것이나, 양풍미속(良風美俗)을 고취하는 것을 주로 출제했으면 (하고) 나는 부기(付記)하며,

또 그랬으면 하고 바라는 바이다.

병오(丙午: 1966년) 2월 21일 봉우서(鳳宇書)

6-97

차영갑 군 내신(來信: 온 편지) 중에 어느 구절을 보고

거두절미(去頭截尾: 머리와 꼬리를 자름, 요점만 얘기함)하고 차영갑 내신(來信) 중 어느 구절 원문만을 초출(抄出: 골라 뽑아냄)해 보고 내 의사를 좀 가첨(加添: 첨가)해 본다.

〈원문〉 이번 재경(在京: 서울에 있음) 중인 모씨 소식에 문선 씨 입산의향이 좀 변경된 듯하다 했던데 무엇이 잘못된 것이 있는가 합니다.

〈주문(主文: 문장의 주된 부분)〉 타인 의사와 행(行)이 어떻든 자신의 일은 자신이 하는 것, 백만군상(百萬群像: 많은 사람들) 속에 홀로 있다 하여 백만의사(百萬意思)에 각각 따르려고 헤매다간 언제 나를 찾을 수 있겠습니까? 이상이 주문(主文)이다.

그러나 현세 어느 곳에서 어느 사람이고 주위 환경을 따르지 않는 사람은 극소수에 속한다. 그래서 고인들도 하신 말씀이 오주(惡朱)는 난자(亂紫)[183]라고 하시었고, 마중지봉(麻中之蓬: 삼밭에 난 쑥)은 불부

183) 오자탈주(惡紫奪朱)는 간색(間色)인 자주색이 정색(正色)인 붉은빛을 망쳐 놓음을 미워한다는 뜻으로 가짜가 진짜를 밀어냄을 비유하는 말이다. 이 글에선 붉은색과 자주색을 혼동하신 듯하다. 《논어(論語)》〈양화편(陽貨篇)〉에 나온다. 子曰 "惡紫之奪朱也, 惡鄭聲之亂雅樂也, 惡利口之覆邦家者." 공자께서 "자주색이 붉은색을 탈취함을 미워하고, 정악이 아악을 어지럽힘을 미워하며, 말솜씨 좋음이 나라를 전복시킴을 미워한다"라고 말씀하셨다.(정악: 정나라의 자극적인 음악)

이자직(不扶而自直: 돕지 않아도 스스로 곧음)[184]이라 하시었다. 이 말씀은 비록 내 목적하는 향배(向背)가 분명하나, 가는 길 중에서 주위 환경의 여하로 그 보조(步調: 걸음걸이의 속도)가 변경될 수도 있는 것이 보통인의 입장이요, 자기가 목적을 세우고 나가는 도중에 비록 천신만고(千辛萬苦)를 당할지라도 초지(初志)를 변치 않고 목적을 성공하는 사람은 자고(自古)로 극소수다.

그러나 누구나 입지(立志)한 후에 백절불굴(百折不屈: 백 번 꺾여도 굽히지 않음)하고 비상력을 내어서 목적에 도달하는 것이 당연한 도리요, 중도개로(中途改路: 중간에 길을 바꿈)하는 것은 보통 세속인들의 있을 수 있는 일이다. 차 군은 본대 성질이 견고한 사람이라 그런 말이나 글을 볼 때에 자기의 천성을 그대로 발휘해서 정의감을 말하는 것이다. 차 군의 장래를 위하여 백절불굴의 노력으로 성공하기를 빌며 청년들이 누구나 이런 각오를 가지고 나가기를 빌며 이 붓을 드는 것이다.

병오(丙午: 1966년) 2월 22일 봉우서(鳳宇書)

184) 곧게 자라지 않는 쑥도 삼밭에 나면 자연히 꼿꼿하게 자라듯이 사람도 주위 환경에 따라 심성(心性)이 다르게 될 수 있음을 비유하는 말이다. 《순자(荀子)》〈권학편(勸學篇)〉에 나옴.

6-98

장개석(蔣介石)[185]이 대총통(大總統)으로 사선(四選)되었다는 보(報)를 듣고

중산(中山: 손문)[186]의 후계자로 중국 국민당 영수(領袖: 우두머리)로

185) 장개석(1887년 10월 31일~1975년 4월 5일). 장제스(중국어) 또는 창카이섹(광둥어)은 중화민국의 군인, 정치·군사 지도자이자, 중화민국 국민정부의 제2, 4대 총통 및 국부천대 이후 제1, 3대 총통(1925년~1975년)이었다. 본명은 장중정(蔣中正). 황푸군관학교 교장, 국민혁명군사령관, 중화민국 국민정부 주석, 중화민국 행정원장, 국민정부군사위원회위원장, 중국 국민당 총재, 삼민주의 청년단 단장 등을 역임하였다. 1930년대 대한민국 임시정부의 활동을 적극 후원하기도 했다. 공산당과 대립하면서도 일본을 상대로 전쟁을 이끌어 1945년 일본의 항복으로 중일전쟁에서 중국(당시 중화민국)을 승전국으로 만들지만, 1946년부터 다시 공산당과 내전을 벌였으며, 1949년 중국 공산당에 밀려 타이완으로 이전하였다. 중화민국의 총통과 국민당 총재로 장기 집권하다가 1975년 사망했다.

186) 손문(孫文, 쑨원 1866년 11월 12일~1925년 3월 12일)은 중국의 외과의사이자 정치가이며 신해혁명을 이끈 혁명가, 중국국민당의 창립자이다. 호(號)는 逸仙, 본명은 德明, 별명은 中山이다. 쑨중산(孫中山)·쑨이셴(孫逸仙)이라고도 불리는 그는 광둥성 출신으로 홍콩에서 의학교를 졸업하였다. 재학 중에 혁명에 뜻을 품고 1894년 미국 하와이에서 흥중회를 조직하여 이듬해 광저우에서 최초로 거병했으나 실패했다. 그 후 일본과 유럽 등지에서 망명하면서 삼민주의를 착상, 이를 제창했다. 1917년 광저우에서 군정부를 수립, 대원수에 취임하고, 1919년 중화혁명당을 개조, 중국국민당을 결성했다. 1924년 국민당대회에서 '연소, 용공, 농공부조'의 3대 정책을 채택, 제1차 국공합작을 실현시켰다. 이어 '북상선언'을 발표하고 '국민혁명'을 제창, 국민회의를 주장했으나, 이듬해 베이징 당시 경도특별시에서 병사했다. 쑨원의 묘는 난징에 있다. 오늘날 중화민국에서 국부로 추앙받고 있고, 중화인민공화국에서는 마오쩌둥 다음가는 사상가로 평가되고 있다. 쑨원은 한국의 독립운동 지원과 대한민국 임시정부 창립에 커다란 일조를 하기도 했다. 이러한 공로를 인정받아 1968년 12월 1일 대한민국 정부로부터 건국훈장 대한민국장(1등급)을 추서받았다.

추대될 당시에 중산 수하(手下: 손아래)에는 왕정위(王精衛)187), 호한민(胡漢民)188)의 양대 거물이 있었으나, 중산이 그 후계자 선정을 국민당에서 열기인(劣幾人: 낮은 등급의 몇 사람)에 속한 장개석을 택하되, 당론(黨論)에서 일언반사(一言半辭)의 반대가 없었다. 당시 중산 좌우에는 임삼(林森)189) 등 쟁쟁(錚錚)한 노선배들이 많이 있었고, 중산의 수하로도 개석의 선배는 다수(多數)하였는데 중산이 그중에서 자기 계승자

187) 왕정위(1883년 5월 4일~1944년 11월 10일)는 중국의 정치인이다. 그는 중국 국민당의 일원으로 쑨원과 친밀한 관계에 있었으며 한때 장제스와 대립하는 중국 내 라이벌 이었지만 중일전쟁 발발 이후에 친일파로 변절하여 난징에 친일 괴뢰 정권을 세웠다. 중국의 대표적인 '매국노(漢奸, 한간)'로 불린다.

188) 호한민(胡漢民, 1879년 12월 9일~1936년 5월 12일)은 중화민국의 정치가다. 대한민국 독립운동에 기여한 공로가 인정되어 1968년 건국훈장 대통령장에 추서되었다. 광동 번우 사람으로, 근대 시기의 민주 혁명가이며 정치인이다. 일본 유학 중에 손문이 이끄는 중국혁명동맹회에 가입하였다. 중화민국정부 총참의 겸 문관장, 정치부장, 육군대원수대본영 총참의, 총통비서장 등을 지냈다.

189) 임삼(林森, 1868년 3월 16일~1943년 8월 1일)은 중국 청나라의 혁명운동가 겸 사회운동가이자 중화민국의 정치인이며 중화민국 국가주석이었다. 총통부 고등고문, 헌법회의 의장, 중화혁명당 미주 총지부장, 푸젠성 성장, 국민정부 주석 등을 지냈고 일제강점기 대한민국임시정부를 지원하였다. 아래에 그와 관련한 봉우 선생님 말씀(봉우사상을 찾아서(40))을 일부 옮겨 본다.
"…그래도 이것이 저희는 다 얘기가 된 거여. 임삼(林森)이라는 사람이 장개석이 선생이요, 모택동이 선생인데. 임삼이 '수풀 림(林)'자 하고 수풀.. 나무목 셋한(森)자 그 오홍기(五紅旗)지 오홍.. 그 사람인데, 그게 중국(중화민국) 국기를 맨들어 낸 사람이에요. 중국 국기가 뭡니까? 귀탱이에다 요렇게 요렇게 똥그랗게 지구 그렸죠? 청천백일만지홍(靑天白日滿地紅)이여. 청천백일(靑天白日) 귀퉁이 있구선 만지(滿地)가 다 이렇게 뻘건거여. 장개석이 끄트머리는 청천백일만지홍, 청천백일 한 거는 요거 장개석이지. 장개석인 요건 어디로 가는고 하니 대만으로 가서 기약하고, 중국 전체 땅은 만.. 뻘겋게 공산으로 그래 된다. 공산이 아니여, 이건 손일선이 삼민주의(三民主義) 공산입니다. 중국 갔다 온 사람한테 물어 보십시오. 중국 갔다 온 사람한테 지금이라도 중공 갔다 온 사람한테 물어 보시면 알아요. 공산 국가에서 국채 쓰는 법 있습니까? 공산국가에서 백성들한테 국채 채권 줘가지고 국채 써요? 그냥 뺐어가지. 그기 지금 이제 조선이 중공하고 손을 잡고 자꾸 뭣하는 건 잘하는 거예요. 그 잘되는 겁니다."

를 개석으로 택한 것은 중산의 지인지감(知人之鑑: 사람을 알아보는 통찰력)이 누구에게 지지 않는다는 것과 개석의 위인이 그 다수한 영호(英豪: 영웅호걸)들에게 신임받을 만했다는 것인데 이는 그리 용이한 일이 아니었다.

개석이 무진(戊辰: 1928년) 5월 5일에 거사하여 10월 10일에 구주(九州)를 평정(平定)하고, 대업(大業)을 완성한 후에 보위(寶位: 왕위)를 원로에게 양(讓: 양보)하고, 정치 주도권이 여러 원로에게서 나오고, 개석 자신은 육해공군 총수의 자리에 그치고 천하를 요리했다. 그러다 임삼(林森) 노인이 서거하고 그다음 원로들이 거의 환원했을 때, 호한민은 선서(先逝: 먼저 서거함)하고 왕정위는 또 적소(適所)가 있었던 관계로 자기가 총통의 임(任)을 수락한 후에 미국의 대차관(大借款) 300억 불에 가까운 것으로 중국 발전에 이바지하고, 그 보상책이 좀 묘연해지자, 모택동과 암약(暗約)이 있었다고 나는 보는 관계로 개석의 실정(失政)이라 보지 않는다.

여기 개석(介石) 자신의 영달(榮達)을 폐리(弊履: 헌신)와 같이 버리고 백전백승(百戰百勝)하던 개석이 모군(毛軍: 모택동 군대)에 **부전이퇴**(不戰而退: 싸우지 않고 물러감)해서 **대만일우**(臺灣一隅: 대만 한쪽 구석)에서 **잔년**(殘年: 남은 여생)을 보내 가고 있으나, 이것은 개석이 영웅의 말로를 밟는 것이 아니라 국가와 민족을 위해서 하는 행사라 후세 역사에 성웅(聖雄)의 행사로 **유방천추**(流芳千秋: 영원히 역사에 좋은 향기를 내뿜음)할 것이라고 나는 믿는다.

그래서 개석이 대만에 총통으로 4선된 것은 그의 잔년을 보내는 한 방편일 것이요, 하등(何等: 아무런)의 명예로는 인정되지 않는다. 4선이건 5선이건 이 자리에서 개석은 여년(餘年)을 보낼 것이요, 이것이 중산이 개석을 택한 본의가 되는 것이라고 나는 본다. 장개석이 가고, 모택동이 가면 중국은 틀림없이 다시 중산계(中山係)의 삼민주의(三民主義)[190]가 대두할 것이요, 이래서 중국으로서는 공산 잔재와 민족 신세력과 부지중 양분(兩分)할 것이라고 나는 말하고 싶다.

개석의 4선을 보고 내두(來頭: 장래)가 그리 장원(長遠: 길고 멂)하지 않은 것을 예측하며, 이 붓을 드는 것이다. 중국의 정치적 변동이 우리나라에도 큰 변동을 초래할 파문(波紋: 물 위에 이는 물결)이라는 것을 알아야 한다. 개석도 80이 거의 되었고 모택동도 역시 70노옹(老翁)이라 내일이 불안하다는 것이다. 여기서 우리나라의 희소식(喜消息)도 내일이 불안하다고 확언하는 것이다.

병오(丙午: 1966년) 3월 초칠일(初七日) 봉우서(鳳宇書)

[이 글은《봉우일기 2권》197페이지에 실려 있었으나, 이번에 새로이 원문대로 역주하였으며, 저작 연대가 1969년으로 잘못 표기된

---

190) 1905년에 손문(쑨원 孫文)이 제창한 중국 근대 혁명의 기본 이념. 민족주의, 민권주의, 민생주의의 3원칙으로 이루어져 있다. 삼민(三民)이란 민족(民族), 민권(民權), 민생(民生)을 의미하는데, 자유, 평등, 박애의 정신을 포함하면서 민족적으로도 정치적으로도 사회적으로도 평등을 주장하는 '국민혁명'의 이론이다. 1905년에 손문이 처음 주장했던 이후 이론이 더욱 심화되고 다듬어져 1924년에 신(新)삼민주의가 제창되었는데, 이것은 민족주의의 측면에서는 제국주의에 반대하는 '민족의 자유, 평등'을, 민권의 측면에서는 보통선거제, 민생의 측면에서는 '토지를 농민에게 돌려주자'고 하는 토지 혁명, '자본의 절제'를 주장하면서, 자본주의 폐해를 억제할 것을 요구하였다. 세계주의는 아니지만 소련과의 제휴를 주장하였으며 특히 국민당을 개조하고 중국 공산당과의 통일전선의 사상을 제시하였다. 이 방침은 중국 공산당의 신민주주의 혁명의 강령으로 채택되었다.

것을 원래의 1966년으로 바로잡았습니다. 중국의 두 영웅, 장개석과 모택동의 밀약설이 나오게 된 배경을 제시한 중요한 역사 자료입니다. -역주자]

• 참고 글:

봉우사상을 찾아서(3) - 장개석·모택동 밀약설과 최근 사료

봉우사상을 찾아서(40) - 1988년 봉우 선생님 특강

〈미국에 진 빚을 없애기 위해 모택동에게 군대를 넘겨주고 대만으로 간 장개석〉 41: 52

봉우사상을 찾아서(45) - 1990.08.03 제5차 하계수련회 특강 A-B

〈장개석, 미국에 진 빚을 청산하기 위해 모택동에게 모든 것을 넘기다〉 60: 40

봉우사상을 찾아서(51) - 1988.05.21 봉우 선생님 특강

〈모두가 짐작하지 못했던 장개석과 모택동의 밀약(密約)〉 27: 02

6-99

새한당 발족의 보(報)를 듣고

우리나라 현상으로 보아 정당(政黨) 운운하는 것은 거의 무의미한 존재다. **왈가왈부**(曰可曰否: 옳다, 그르다 말함)가 있어야 하는 것인데, 그것이 아니요 의회 형식을 구비하기 위해서 여당이니 야당이니 하는 연극을 세인(世人) 앞에서 하나, 기실(其實: 그 실상)은 한 기만책(欺瞞策: 남을 속여 넘기는 방책)에 불과하고 중대 심의안은 사전에 여야 협상으로 **여율령**(如律令: 시행법률)이 되고 만다. 이것은 주자(走者), 축자(逐者: 쫓는 자)가 다 연극으로 하는 장면에 불과한 것이다. 국민으로서는 정치에 관심을 두지 않은 지 오래다. 거기다가 **미미부진**(微微不振)하는 야당에서도 또 **삼분오열**(三分五裂: 셋으로 나눠지고 다섯으로 찢어짐)해서 무엇이니, 무엇이니 하는 명칭을 가지고 **주출망량**(晝出魍魎: 대낮에 나오는 도깨비들)격으로 신당(新黨) 발족이 된다.

이것도 역시 한민당 전신(前身)인 계통이다. 새한당이라는 당명으로 윤보선 옹이 총재로 또 대통령 선거에 지명후보의 일인이다. 물론 어느 정당이나, 자당에서 정권을 잡고자 하는 것은 상례다. 그러나 정치라는 것이 어느 개인의 이권운동이 아니요, **국리민복**(國利民福)을 어느 당이 집권해야 제일 우수하냐 하는 데서 각 정당은 국민을 대표해서 내 당이 가장 국민들의 욕구하는 정치를 해보겠다고 국민 앞에 맹세하고 나오는 것인데 현하 우리나라 각 정당의 정견이라는 것은 전부가 **양두구육**(羊頭狗肉: 양 대가리 걸어 놓고 개고기 팔음)격인 국민 기만이요,

거개(擧皆: 거의 모두) 정상모리배(政商謀利輩)의 집단인 인상을 준다.

새한당이 발전했으나, 글자만은 '새한'이나 이승만 박사 집권 당시에 부정부패의 복마전(伏魔殿: 온상)이던 한민당의 잔재임에는 자타가 공인한다. 그러하니 현 여당인 공화당이 집권하거나 또 야당인 민중당이나 새한당이 집권하거나, 오십보백보(五十步百步)의 차(差)에 불과하다. 그러나 현 여당이 국민의 신뢰를 받지 못하는 관계로 혹 내두 선거에 여야가 교체했으면 좀 정견이 갱신할까 하는 미미한 기대를 가지고 있으나, 야당의 동태로 보아 각자가 분열되어 선거운동을 한다면 어부지리(漁父之利)는 불문가지(不問可知)로 공화당에게 돌아갈 외에 타도가 없다.

그러니 야당이 통일되어도 여당과 대립하기에 약하거든 하물며 분열됨이랴? 이 야당 통일을 반대하는 것은 민중당이나 새한당이나가 일반이니, 이것은 자굴묘혈(自掘墓穴: 스스로 무덤을 팜)하는 행동이요, 공화당의 선거운동을 하는 행위가 된다. 윤 옹이나 윤 옹의 좌우지인(左右之人)의 대의명분(大義名分)을 알고 일하는 인사가 일인도 없고 구(舊)민주계열도 동일하다는 것이다. 현재 야당의 순수성이 결여된 우리나라에서 국민들은 아주 무관심해지는 영향이 많다. 아무가 되든지 되는대로 되어라 하는 식이다.

일일(一一)이라도 속히 순수민주주의인 정치가 우리나라에서 시행되어 정당의 여야를 막론하고 국리민복이 아니면 감히 개구(開口)를 못 하고, 일거수일투족(一擧手一投足)을 조심, 조심해서 국민의 심판을 두려워할 수 있게 될 것인가? 이것을 희망하며 현존한 여당이건 신발족한 신한당이건 또 현 사이비 야당인 민중당이건에 하등의 흥미가 없다. 좀 개선해졌으면 하는 희망이 있을 뿐이다. 민중당에서도 허정(許

政)[191] 추대설이 돈다. 한심한 일이다.

대통령의 자리가 무슨 이권 운동하는 자리로 오인하는 것 같다. 허정이 부산에서 국무총리 대리 때나 과도정부 집정 때의 업적으로 보아서 그 위인을 평할 수 있다. 무지몰각(無知沒覺: 지각이 없음)한 위인이다. (정화) 대상인물들이라는 것이다. 이런 정도라면 국민으로 한심한 일이다. 후진 중에 영재일족(英材逸足: 뛰어난 재주가 있는 인재)이 나오기를 바라고 이 붓을 그친다.

병오(丙午: 1966년) 3월 초구일(初九日) 봉우서(鳳宇書)

191) 허정(許政, 1896년 4월 8일~1988년 9월 18일)은 지난날 무소속 초선 제헌 국회의원·제2대 교통부 장관·제3대 사회부 장관·국무총리 서리·제8대 서울특별시장·제5대 외무부 장관·제6대 국무총리·대통령 권한대행을 지낸 대한민국의 독립운동가이며 정치인이다. 광복 직후 한국민주당 창당에 참여하였으나 호헌동지회와 민주당 결성에는 불참했다. 이승만 내각에서 1948년 교통부 장관·1950년 사회부 장관·국무총리 서리를 거쳐 1952년 무임소 장관에 재임 중 부산정치파동으로 사퇴했다. 1957년부터 1959년까지 제8대 서울특별시장을 지내고, 1960년 4월 외무부 장관에 발탁되었다가 4.19 혁명 이후 내각 수반과 대통령 권한대행을 지냈다. 1963년 대통령 선거에도 출마하였으나, 후보난일화를 위해 사퇴하였다. 이후 박정희 집권 기간 중에는 야당 정치인으로 활동하였다.

6-100

미기(尾記: 책 끝에 씀)

병오(丙午: 1966년) 만춘(晩春: 음력 3월) 인왕산하(仁旺山下) 청운(淸雲)[192] 여창(旅窓: 나그네가 거처하는 방)에서 장장(長長: 기나긴) 춘일(春日: 봄날)에 독좌무료(獨坐無聊: 홀로 앉아 심심함)하여 잔질산권(殘帙散卷: 남아 흩어진 책)을 정리하다가, 이 청수록(請睡錄) 제5호를 발견하고 반일(半日: 반나절)을 소견(消遣: 소일)했다. 이 책자가 임인년(壬寅年: 1962년)에서 계묘년(癸卯年: 1963년) 초하(初夏: 초여름)까지의 것이었다.

5년 전이나, 4년 전이나, 현재나, 소호(小毫)도 다를 것이 없는 내 생애(生涯: 평생)에, 내 이념(理念)이다. 달라졌다면 신체의 노구상(老軀狀) 밖에 없을 것이다. 그리고 사회상은 예정대로 조금도 개선되지 않고 그 궤도에서 전전(輾轉: 구름)하고 있고, 민심은 역시 그 반비례로 악화(惡化)의 도(度)가 강해지고 있다. 여기서 이곳저곳에서 도덕재무장이니, 도덕평화운동이니 혹은 민족사상 선양이니, 혹은 숭조이념 고취니 하는 등등 설(說)이 우후죽순격(雨後竹筍格)으로 나오나 이들의 마음만은 누가 반대할 것인가?

192) 청운이란 명칭은 청풍계(淸風溪)와 백운동(白雲洞)에서 한 글자씩 따온 것이다. 청풍계와 백운동은 도성 북쪽 인왕산과 백악사이 자하문(彰義門) 고개의 남쪽에 있는 계곡이다. 이곳들은 경치가 좋고 공기가 맑아 옛날부터 많은 문인, 묵객들이 즐겨 찾아 은거소양(隱居消暘)하던 곳이었다. 청운동이란 지명도 여기서 유래했다.

그러나 그들의 과정들은 유시유종(有始有終)의 미(美)를 거둔 사람이 별로 없고 거의 중도개로(中途改路: 중간에 길을 바꿈)하고 말았고, 혹 현상을 유지하고 있는 단체라고 해도 미미부진(微微不振)하고 있을 뿐이다. 이것이 우리나라에 국한된 문제가 아니라 동서양을 물론하고 거의 다 그런 것 같다. 다만 정말(丁抹: 덴마크) 등 몇몇 나라만은 비록 물질문명에서라도 부지중에 정신문명의 영자(影子: 그림자)가 비치어 지상극락(地上極樂)을 건설하고 있는 것 같다.

그러나 그 외 전 인류들은 약육강식(弱肉强食)의 상례(常例)를 벗어나지 못하고 있다. 내가 이 책자를 쓰던 임인(壬寅: 1962년), 계묘년(癸卯年: 1963년)이나 을사(乙巳: 1965년), 병오(丙午: 1966년) 현금(現今: 바로 지금)이나 상이점(相異點)을 발견할 수 없다는 데서 감개무량(感慨無量)할 뿐이요, 또 이 묵은 책자를 보며 더욱 감개무량한 것은 나부터 말로만 기록에 그치지 말고 일일일사(一日一事)거나 일년일사(一年一事)식이라도 개선해 가며 실천으로 옮기라는 말이다. 이 책을 쓸 때 이념이나, 현금(現今: 바로 지금)의 이념이나 변함은 없으나, 한 가지도 실천에 옮기지 못한 것은 사실이다.

여기서 인생의 무상(無常)함을 각(覺)하며, 언행이 일치되기를 자경(自警: 스스로 경계함)하며 잔년(殘年: 여생餘生, 인생의 남은 기간)이 얼마 남지 않은 그 기간이라도 유위(有爲)한 실천으로 귀중한 세월을 허송(虛送)하지 않기를 자기(自企: 스스로 꾀함)하고 또 몇 년 후에 이 책자를 대할 때에 뉘우침이 없기를 바라는 바이다. 내 나이 67년이 내두(來頭: 앞날)가 멀어야 30년에 불과하다.

그동안에 청소년 시기에 목적하고 나오던 일을 한 가지라도 완성시키고 계왕개래(繼往開來: 지나간 성인의 뜻을 잇고, 다가올 후학의 길을 열어 줌)의 성업(聖業)은 못 되더라도 수서운권(水逝雲捲: 물은 흘러가고 구름은 걷힘)할 때에 거리낌이 없이 자유자재(自由自在)의 육신(肉身)에 그 영혼이었으면 하는 미미한 바람을 가지고 이 책미(冊尾: 책 뒤)에다 두서(頭緖: 일의 차례나 갈피)없이 두어 자 적는다.

병오(丙午: 1966년) 만춘(晩春: 음력 3월) 초구일(初九日)

봉우서(鳳宇書)

[1962~1963년에 걸쳐 쓰여진 이 기록을 1966년 봄에 다시 열람하신 봉우 선생님은 그때 이미 서울로 이거(移居)하셨는지 인왕산 아래 청운동에서 4년 전에 공주 상신리에서 쓰신 책(대학노트북)의 맨 뒤에 이 글 "미기(尾記)"를 작성하셨다. 여기서 선생님은 평생 많은 글들을 쓰신 이유가 자신의 망상(妄想) 제거를 위해서라고 명확히 밝히셨다. 또한 여생이 30년 남았다고 환원하실 날을 "65세 시(詩)" 이후 두 번 째로 예언하셨다. 여러모로 감동적인 글이다. -역주자]

6-101

기원동지회(紀元同志會)는 장차 어디로

우리가 (단군)기원동지회 발기인의 한 사람으로 기원동지회의 장래 전망을 안 할 수 없다. 우리 회원이 약 70여 인의 노소남녀다. 초조기(初肇期: 처음 시작기)에 70여 인이라면 인원으로는 그리 소수라고 할 수 없다. 그리고 개개인의 자격심사를 해본다면 남에게 그다지 손색이 없다고 보아야 옳다. 최고령자 80에서 최연소자가 20으로 되어 있다. 이 사람들의 사회적 존재는 각자가 다 중류 이상의 대우를 받는 인간들이다. 다만 이 집회에서 사회에 신망이 부족한 것은 경제적 조건이 불비(不備: 갖춰지지 않음)했을 뿐이다.

물론 절대적이라면 우리들 중에서도 약간은 염출(捻出: 필요한 경비 등을 어렵게 걷거나 모음)될 것이요, 또 희생정신에서 나온다면이야 그 이상도 될 수 있을 것이나, 회원들이 간부 몇 명 외에는 거의 관망(觀望) 태세를 가지고 있는 관계로 적극성이 못 되는 연고다. 발회(發會: 첫 모임을 엶) 당시에 호언장담(豪言壯談)하던 인사들도 미온(微溫)이 아니라 아주 열이 식은 것 같은 인상이 든다. 정평(正評)하자면 다른 사람이 다 만들어 놓으면 참석이나 해볼까 하는 심산이다. 이것이 오늘날 우리나라의 모모(某某) 운동 실정인데, 우리 기원동지회도 역시 일반이다.

내 생각 같으면 다인이야 무엇이라 하든지 내 권내(圈內: 일정한 테두리 내)에서 몇 천 명이라도 입회시키고, 그 인사들에게 경제적 부담을 최소한 시켜서 내두(來頭: 장래) 발전을 보는 것이 유현호무(猶賢乎無: 없는 것보다 나음)인데 좀 더 관망하고 간부진들의 성의라도 심사한 후에 모모 수하인들의 입회를 권할 생각이요, 또 동지들도 입회시켜서 이왕 발회(發會)한 것이니, 소멸시킬 수는 없는 일이다. 현존 간부급에서는 인격으로는 타 단체에 부족감이 없다. 그러나 운영 면에 있어서 아주 영점이다. 보건대 상지(相知: 서로 앎)를 못 한다.

각자가 각자를 과소평가하는 관계로 부지불각 중 회의감이 있고, 이 의심이 사라지지 않는 관계로 각자의 능률이 향상되지 않는다. 향상이라기보다 자기의 능률을 발휘조차 하지 않는다. 여기서 동지회 기관이 휴식 상태가 되고 마는 것이다. 양공(良工: 훌륭한 기술자)은 불기척촌지후(不棄尺寸之朽: 한 자, 한 마디의 썩은 나무도 버리지 않음)라고 했다. 사람으로서 그 장점만 취하면 얼마든지 일해 나갈 수 있고, 또 지피지기(知彼知己: 상대방과 나를 앎)하면 대인접물(待人接物: 사람을 대하고 사물을 접함)에 구김살이 없을 것이다.

그런데 내가 보기에는 동지회원들이 서로 알지 못하는 관계로 통하지 않고, 통하지 못하는 관계로 합력(合力)이 되지 않고, 합력이 못 되므로 힘이 약해서 일이 추진 못 되는 것이다. 동지들의 흠점(欠點)을 시정해 가며 아주 소멸되지 않게 발전을 시킬 안건(案件)을 고려할 필요가 있다고 본다. 누구누구가 무성의하다고 하지 말고 서로서로 성의(誠意)를 내어서 우리 기원동지회의 발전일로(發展一路)로 매진(邁進)하자는 내 의사(意思)다. 금년 중으로 최소한 3,000명 이상의 회원확보를 목표로 나갈 예정이다. 타인이야 무엇이라 하든지 내 개인 생각은 이러하다. 경제 염출 방안도 추진될 줄 믿는다.

지방회원에다 치중하고 양과 질을 병진해 볼까 한다. 다른 기성 단체와는 합동할 필요는 없다고 본다. 다만 다른 단체가 내부(來附: 와서 복종함)하는 것이야 무엇이 불가할 것이 없다. 그리고 정당이나 종교를 초월해서 순수민족정신의 앙양(昂揚)으로 매진하자는 결심이다. 우리들 중에서도 정당 진출을 욕망하는 사람도 있는 것 같으나, 각자는 각자 의사에 맡기고 나 개인으로 기원동지회에 대한 결심을 표하는 것이다. 물론 인적 자원(人的資源)이 생(生)하면 물적 자원도 없을 리 없다고 본다. 이 정도로 내 의사를 표시해 보는 것이다. 백일몽(白日夢: 대낮에 꾸는 꿈, 실현될 수 없는 꿈) 같은 희망이다.

병오(丙午: 1966년) 3월 11일 봉우서(鳳宇書)

6-102

수필: 유종(有終)의 미(美)

이 세상에서 무슨 일이고 시작이 어려운 것이 아니라 유시유종(有始有終: 시작과 끝이 있음)이 어려운 것이다. 누구든지 유종지미(有終之美: 유종의 미)를 거두지 못하는 것은 그 원인이 그 발족하는 일을 검토하는 데 상세히 하지 못한 데 있다. 자기가 목적하고 나가는 일이 아무리 사회적으로 유망한 일이라 하더라도, 자기가 그 일을 해나가는 데 추진력이 얼마나 되는지 그 검토를 그 일에 비해서 제일 상세하게 해야 될 것이다.

그러니 선택최안최적지목적(選擇最安最適之目的: 가장 안전하고 적절한 목표를 먼저 택함)하고 출비상력(出非常力: 비상한 힘을 냄)하여, 불휴노력즉성공필의(不休努力則成功必矣: 쉬지 않고 애를 쓴즉 반드시 성공하리라)라고 아주 소년시대에 자경(自警: 스스로 경계함)한 말이 70 노쇠경(境)에 와서도 변하지 않는다. 이것이 통례(通例)요, 이 요건을 구비하고도 성공 못 하는 것은 이야말로 운명에 맡기는 외에 타도가 없다. 이것이 수인사대천명(修人事待天命: 사람으로서 할 일을 다 하고 하늘의 명을 기다림)이라는 것이다.

그리고 혹 예외도 있다. 대인(大人)은 조명(造命: 운명을 만듦)이라고 운명론을 벗어나서 각자의 욕구하는 일을 향해서 저돌적(猪突的: 멧돼지가 부딪혀 나오듯이) 맹진(猛進)하기 위해서 좌우의 천장만애(千障萬隘: 수많은 장애물)를 타파하고 동지들과 합심합력(合心合力)하여 나가며, 용맹한 투지로 동지를 규합해서 나가면 점점 그 역량이 커져서 부지불식간에 자기들의 기대보다 훨씬 위대한 성과를 거둘 수 있는 것이다. 이것은 하시대(何時代: 어느 시대)든지 있을 수는 없는 일이다. 세계 사조와 동태에 수반하여 비록 예외로라도 성공할 수 있는 것이다.

전자(前者)는 자고급금(自古及今: 옛부터 지금까지)의 사례요, 후자는 시대의 변천으로 나오는 예외다. 전자는 누구든지 동일한 보조로 나갈 수 있는 것이나, 후자는 특별한 경위를 제하고는 용이한 일이 아니다. 역사가 증명하는 것이다. 그래서 전자는 각자의 의사가 가장 존중되나 후자는 몇 개인의 공통된 의사로 지도이념이 되어 동성상응(同聲相應: 같은 무리끼리 서로 통하고 모임, 동기상구同氣相求)하는 천태만상의 군중들의 심리통일을 시켜서 동일목표로 매진해서 성공에 도달하는 것이다.

각자의 각자의식으로 선택한 목표도 그 성공이 클 수도 있고, 또 작을 수도 있고, 몇몇 개인의 공통된 의식으로 결정한 목표에 뇌동부화(雷同附和: 부화뇌동)하는 의식도 그 성공이 역시 클 수도 있고, 작을 수도 있다. 이것이 동일한 목적달성이나 그 방식만은 천차만별이 있을 것이라고 본다. 상고(上古)에서 현금(現今)까지 오는 동서양에 긴 역사가 이것을 증명하고도 남는다. 그러니 우리들도 시기가 시기라고 후자의 길을 택해서 성공할 가능성이 얼마든지 있다.

우리의 지역과 현금(現今)이라는 공간과 세계의 사조가 다 후자가 나올 수 있는 절호(絶好)한 시기다. 인심이 합치되지 않은 때는 도저히 불가능한 일이다. 지각자(知覺者)들 간에 물실차기(勿失此機: 이 기회를 잃어버리지 말음)라고 해서 움직임이 많으나, 유시유종지미(有始有終之美)가 용이한 것은 아니다. 그래서 우리들도 사반공배(事半功倍: 일은 반만하고 공은 배로 쌓음)의 일이라 추진해 볼까 한다. 역시 유종지미가 제일 난문제다. 이 수필을 쓰다 언지장(言之長: 말이 길어짐)함을 각(覺: 깨달음)치 못했도다.

병오(丙午: 1966년) 4월 19일 봉우서(鳳宇書)

6-103

박태선 군을 월남에 보내고 내 소감

박종원 군의 일남이녀(一男二女)가 있으나 그 가정은 항상 평화롭지가 않다. 물론 가장인 박 군이 어가지도(御家之道: 집안을 다스리는 방도)가 부족한 데서 주원인이 있다고 보아야 당연한 일이다. 내가 보기에 그런 점이 없다고 아주 부인은 못 한다. 그러나 그 이면(裏面: 안쪽 면)에 좀 박 군으로서 불복(不服: 불복종)의 이유가 없지 않다고 본다. 물론 이것이 전적으로 긍정할 수는 없는 일이나, 기분(幾分: 어느 정도)은 동정(同情)한다. 박 군의 배우자가 친족 간에는 동정을 받는다. 물론 타인에게도 동정을 받고 그 반면에 박 군은 친족이나, 붕교(朋交: 친구 사이)에서 비판을 받는다. 가정의 처리를 잘못한다는 이유일 것이다. 박 군의 배우자인 김 씨는 근실(勤實: 부지런하고 성실함)하고 내핍(耐乏: 궁핍을 참고 견딤)생활을 잘하며, 또 남편 공궤(供饋: 윗사람에게 음식을 드림)도 잘하는 사람이니 누가 봐도 그 가장의 불화는 책임이 박 군에게 있다고 보는 것이 당연한 일이다.

그러나 내가 말하고자 하는 정론(正論)은 여기서 부터다. 김 씨가 독자적으로 생활해 나가는 데 기다(幾多: 수많음)의 애로가 있는 것은 사실이요, 또 박 군이 일호반점(一毫半點) 도와주지 못한 것도 역시 사실이다. 그러나 김 씨로서는 후진이 또 그런 일이 없도록 극력(極力: 있는 힘을 다함) 주의를 시키는 것이 자기의 책임이라고 생각한다. 그런데 김 씨의 용심(用心)을 보건대 자기의 고생이 오로지 박 군의 전 책임이라고 생각하고 자녀 교훈에 부자의 도를 바로 가르치지 못한 것이 김 씨의 모성(母性)으로서의 책임을 져야 할 것이라고 본다.

자녀가 다 모친은 알되, 부친의 존재를 덜 보는 것 같다. 물론 전적으로 그럴리야 없겠지만 반분(半分) 의사는 그러한 것 같다. 다른 점에도 내외간의 책임 문제, 박 군의 내외는 반반(半半) 그 책임을 이행 못 했다고 보아야 정평(正評)이리라. 작년에 태선이가 월남을 갈 생각을 하는 것을 내가 권해 보았다. 일시적으로 정지했던 것인데, 금년에 선발향월자(先發向越者: 먼저 월남으로 떠난 사람)들의 희생이 있는 것을 목도(目睹: 눈으로 봄)하면서도 태선이가 독신이라는 것을 생각하지 않고 국군으로서가 아니라 개인의 기술자 자격으로 금전 목표로 생명을 내걸고 김포공항을 출발했다.

그 당일 태선이 안색은 대단히 우울(憂鬱)했다. 할 수 없는 일이다. 세인들은 각 지방에서도 가족들이 환송을 하는데 태선 본 가족들은 일인(一人)도 없었다. 대단히 섭섭한 모양이더라. 월남서 1년 내지 2년만 무사하다면 일생 안과(安過: 편안히 지냄)할 수 있다고 말하며, 또 금전도 극빈생활에서 지내던 인간들이 1~2년만 무사하다면 월봉(月俸: 월급)이 소불하(少不下: 적어도) 600불 이상은 된다. 화병(畫餠: 화중지병畫中之餠, 그림 속의 떡)이라고 생각한다.

그러나 월남은 물가가 우리나라보다 태고(太高: 매우 높음)해서 월봉 찻잔(差殘: 차액)이 300불은 되니, 1년이면 3,600불이 되니 이것이면 우리 촌생활로는 안정이 된다고 한다. 그래서 태선과 동행기술자만 120인이요, 선후(先後)해서 300여 인이 금번에 파월(派越: 월남으로 파견)된다고 한다. 이런 조건이 있어 대선의 가족들이 각 개인적으로 희망하는 바가 그 금액에 있어서 보내는 자들이나, 가는 자들의 욕심이 동일하고 소호도 위험시하는 것 같지 않다. 이것이 남의 독자로서는 못 할 일이다. 더구나 태선이 의도는 만일 불행하더라도 보상금이 6만 불 범위이니, 가족들은 안과(安過)할 것 아닌가 하는 말을 한다. 참 기막힌 말이다. 이런 인간들은 금전만능으로 아는 것이다.

이렇게 된 것이 우리 현 사회가 거의 다 그러하나, 태선도 그 부군(父君: 아버지)은 독자를 금전만 바라고 위험한 곳에 보내고 싶어 하는 인간은 아니다. 그의 모친이 빈궁에 쪼들려서 태선의 감언이설(甘言利說: 달콤한 말)에 뇌동(雷同)된 것이 사실이라고 생각된다. 그래서 그 집에 불화와 책임이 내외가 동일하다고 나는 생각된다. 비록 생활이 좀 나아질지 모르나, 위험만은 피할 수 없는 것은 사실이다. 이것이 현 우리 사회에 거개(擧皆: 거의 모두)가 거의 동일한 자본만능주의다. 한심한 일이다. 내가 태선이를 보내며, 다만 비는 바는 무사왕반(無事往返: 무사왕복)하는 것뿐이다. 그러나 보내는 가족들의 표정들은 다 보수가 풍후(豐厚: 풍요롭고 두터움)한 곳에 취직한 기분으로 희열의 안색들이다.

여기서 유리시종(維利是從: 오직 이익만 옳다고 따름)하는 현대 인심(人心)의 왜곡을 여실히 표현시키는 장면이다. 이보다 열 배 위험하더라도 보수(報酬)만 충분하다면 보내는 자, 가는 자가 다 일반으로 상사(常事: 보통일)로 알 것이다. 이것이 나는 한심해서 이 붓을 든 것이다.

병오(丙午: 1966년) 4월 21일 봉우서(鳳宇書)

6-104

수필: 말세를 구하는 경세목탁(警世木鐸)

근대 자본주의 풍조가 빚어낸 현상을 보건대 부자, 형제, 붕우(朋友: 벗), 부부(夫婦)에 이르기까지 경제만능으로 대소사(大小事)를 물론하고 교환조건하에 성립된다. 오륜(五倫)[193]에서 군신(君臣: 임금과 신하)이라는 것은 간 곳이 없고 남은 것이 사륜(四倫)인데 이 사륜도 유명무실(有名無實)이요, 금륜(金倫: 황금이 주가 되는 인륜)으로 변하고 만 것이 아닌가 한다. 이것은 저급 금수(禽獸: 짐승)와 소호도 다른 것이 없다. 금수에도 좋은 종류는 인간들이 행하지 못하는 일을 많이 한다.

그러니 인간들의 행사는 금수로도 저급들이 하는 유색(唯色: 오로지 성욕), 유식(唯食: 오로지 식욕)의 생존경쟁을 현대 동서양 각국의 자본주의 국가들이 자행하고 있어도, 이것을 시정할 만한 지도이념이 나오지 못하고 있고, 혹 그런 의사만이라도 가지고 있는 부류들은 자본주의 현실에 밀려서 거두(擧頭: 머리를 듦)를 못하는 현상이다. 이것을 시정(是正: 잘못된 것을 바로잡음)하는 데는 소불하(少不下) 국가위정자들이 정당한 이념을 가지고 시행하면 종풍이미(從風而靡: 바람 따라 쓰러짐)해서 사반공배(事半功倍: 일은 반만해도 공적은 배로 됨)가 될 것인데

193) 오륜(五倫)은 유교(儒教) 실천(實踐) 도덕(道德)에 있어서 기본(基本)이 되는 다섯 가지의 인륜(人倫)(君臣有義, 父子有親, 夫婦有別, 長幼有序, 朋友有信)을 말함. 삼강오륜(三綱五倫)은 유교(儒教) 도덕(道德)의 바탕이 되는 세 가지 강령(綱領)과 다섯 가지의 인륜(人倫)을 이르는 말로, 삼강(三綱)은 임금과 신하(君爲臣綱), 남편(男便)과 아내(夫爲婦綱), 부모(父母)와 아들(父爲子綱)이 지켜야 할 떳떳한 도리다.

우리가 보기에는 아직 이런 국가나 개인적으로라도 그런 인물이 보이지 않는다.

국가나 개인의 지도가 아니면 종교로도 할 수 있는 것인데 현대 종교인들도 역시 그 궤도에서 같이 회전하고 있어서 백(百)이 모인 교회나 천이나 만이 모인 교회나 다 각자 **위지대장**(謂之大將: 대장이라 함)으로 자본주의 생존경쟁 중에서 이 종교도 한 경쟁방식으로 들고 나온다. 비록 간판만은 다르나, **천문만호**(千門萬戶: 수많은 문호)의 교파가 거의 동일하다고 보아야 정론일 것이다. 이것이 **계세말기**(季世末期: 말세)가 아니라고 누가 할 것인가? 국가는 국가대로요, 민족은 민족대로요, 개인은 개인대로 **유리시경**(維利是競: 오직 이익만이 옳다고 날뜀)하는 현상 **목불인견**(目不忍見: 눈뜨고 차마 못 봄)이다.

이것은 자본주의 조류를 말하는 것이요, 공산주의라는 것은 물론 자기들로서는 주의, 주장이 있을 것이나, 우리들이 그들의 소행을 보건대 자기들의 권내(圈內)를 위해서는 **잔인무도**(殘忍無道)한 행위를 감행하고 동물적 야성이 그대로 행해서 집권자들의 권리집중제로 인류를 착취하는 모든 기관을 만들어서 그 국가만은 건실하게 하고, 개인 자유를 불인(不認: 인정 않음)하는 것이 국민을 취급하기를 가축 취급과 동일하게 한다. 완전 동물성의 그대로다. 그러니 비록 국가적으로 다소 유리할지 모르나 이 우주, 이 인류에서는 배제되어야 하는 것이다. 그러니 자본주의나 공산주의나 다 같이 종말을 고할 날이 불원(不遠)하다고 나는 생각된다. 이 세계를, 이 두 가지 암(癌)을 제거하고서야 비로소 **태평성세**(太平聖世)를 건설할 수 있을 것이다.

자본주의의 장점과 공산주의의 장점을 다 비리라는 것이 아니라 그 장점만은 그대로 살리고 인류를 금수로 몰아넣는 악점(惡點)의 원인이 무엇인가 검토해서 그것만 버리고 장점을 합해서 그것에다 정신도덕의 지도이념을 전 인류에게 보급시켜서 각자가 실행할 수 있게 지도하는 것이 태평성세 건설의 정초(定礎: 사물의 기초를 잡아 정함)가 될 것이라고 우리는 생각한다. 여기서 약육강식하는 전쟁이 휴식되고, 경평(經平: 경제가 평균平均됨), 권평(權平: 권력의 평균화平均化), 생활이 평균해져서 남의 것을 생각하지 않고 서로서로 근검절약(勤儉節約)으로 자립한다면 지상천국(地上天國)이 별 것이 아니리라고 본다.

이것을 실현시키는 데는 여러 가지 과정을 지내야 되는 것이요, 이 과정의 이념이 확립됨으로 이 우주의 신기원(新紀元)이 될 것이라고 나는 자신한다. 물론 기성(旣成)된 자본국가 진영이나 공산국가 진영이나, 또 비공비자(非共非資: 공산주의도 자본주의도 아님)요 시공시자(是共是資: 공산주의요, 자본주의임)인 소위 중립국가들도 3세력으로 형성해서 일조(一朝)에 몰락되지 않을 것도 사실이나, 이 3대 세력을 타도하자면 그만한 불가항력(不可抗力)의 위력(威力)이 있어야 된다는 것도 미리 알고 있다.

이 불가항력이라는 존재가 조물(造物)이 이 우주를 평화로 변조하시자면 전지전능(全知全能)을 누구에게 빌리시어 말세를 구하실 것이다. 일견(一見)하면 백일몽(白日夢)같이 알 것이나, 이것은 이미 신(神)의 계시가 있은 지 오래된 실적(實跡: 실제 증거)이다. 멀지 않아서 세인(世人) 공시하(共視下: 같이 보는 아래)에 경천동지(驚天動地)의 불가항력이 나올 것이다. 이것이 이 말세를 구하는 경세목탁(警世木鐸: 세상을 깨우치는 목탁)일 것이다. 우연히 쓰다 보니 묵시(默示)의 일부가 노출됨을 알겠도다.

병오(丙午: 1966년) 하(夏: 여름) 4월 24일 봉우서(鳳宇書)

6-105

수필: 내 마음, 내 몸으로 지상천국을 건설하자

인간으로 탄생한 것은 우리가 얼른 생각하면 가장 무의미한 우연(偶然)에서 시초(始初)를 두고 생후(生後) 주위 환경과 교양(教養) 여하로 그 일생의 종말을 고한다고 보는 사람이 많아서 우리의 생을 "부생(浮生: 덧없는 인생)"이라고 하고,

혹은 사람으로 탄생해서 부귀영화를 누리다 가는 사람은 극소수요, 빈천질고(貧賤疾苦: 가난하고 천하며 질병의 고통)로 일생을 보내는 사람이 다대수라 그래서 이 인간살이를 "고해(苦海: 고통의 바다)"라고도 했다.

그러나 우리가 보기에는 그 시초가 무의미한 우연에서가 아니요, 또 부생(浮生)도 아니요, 이 인간의 삶이 고해(苦海)도 아닌 대자연(大自然)의 도가니 속에서 돌고 도는 가운데에 전과(前科: 이전에 형벌을 받은 사실)를 벗어나지 못하여 그 무의미한 우연에 의지해서 이 세상에 나오는 것 같은 인상을 받고 나오나,

그 연(緣)이라는 것이 다 각자의 면치 못할 판정으로 그 연을 잇게 되는 것이요, 아무 관계없는 우연에 연이 맺어지는 것이 아니라고 보면 이 생(生)이 유위(有爲: 쓸모가 있음)해야 할 것이지 어찌 부생(浮生)이 될 것이며,

또 수겁(數劫: 아주 오래된 시산) 중에 전전(輾轉)하던 것을 벗어날 기회를 받고 나온 것이니, 가여위선(可與爲善: 선을 행할 수 있음)이며 가여

위악(可與爲惡: 악을 행할 수 있음)[194]인 이 자리가 어찌 고해(苦海)라고만 단정할 것인가?

어느 시대를 막론하고 천지(天地)의 대자연은 변함이 없으나, 인간들의 형태는 어느 모로 살펴보면 그 대자연과 역행하지 않는가 하고 의심할 때가 간간이 나온다. 그러니 이것도 천지 대자연의 소장(消長: 소멸과 성장)임에 틀림없다.

그러나 조물(造物: 우주의 주재자, 하느님)은 어느 때고 그 윤환궤도(輪環軌道: 수레바퀴의 길)를 벗어날 수 있는 기회를 인간에게 주시되 그 인간들이 윤회부단(輪回不斷: 윤회가 끊이지 않음)하는 그 자연(自然)을 자취(自取: 스스로 취함)하는 것이지, 조물이 자취(自取)하는 것은 아니다.

우주가 있은 후에 이것을 자각(自覺)하신 성자(聖者)들이 목자(牧者)

---

194) •《자치통감(资治通鉴)》卷171-11과《정관정요(貞觀政要)》주석론 2권 규간론(規諫論) 직간(直諫)편에도 보이는 표현으로 인간은 환경의 영향을 받는 존재이므로 늘 주변을 경계하라는 의미로 쓰인다.《한서(漢書)》에서는 구체적으로 세 분류로 '可與爲善 , 不可與爲惡 , 是謂上智. 可與爲惡 , 不可與爲善 , 是謂下愚. 可與爲善 , 可與爲惡 , 是謂中人'라고 구분한다. (지혜로운 이는 선을 행하고 악을 행하지 않으며, 어리석은 이는 악만 행하고 선을 행하지 않으며, 중간인은 선도 행하고 악도 행할 수 있다).

•《조선왕조실록》에도 '可與爲善 可與爲惡'을 검색하면 여러 차례 같은 표현이 나오는데 예를 들면 세종실록 75권 세종 18년 11월 7일 무술 1번째 기사에도 다음과 같은 구절이 나온다. "...大抵中人以下, 可與爲善, 可與爲惡, 猶湍水決諸東方則東流, 決諸西方則西流, 唯下愚不移, 雖聖人與居, 亦無如之何矣...."(대체로 중인 이하의 사람은 착하게 될 수도 있고 악하게 될 수도 있어서, 여울의 물과 같이 동쪽을 터뜨려 놓으면 동쪽으로 흐르고, 서쪽을 터뜨려 놓으면 서쪽으로 흐르게 된다. 다만 아주 어리석은 사람의 기질은 변하지 아니하므로, 비록 성인과 함께 거처하더라도 또한 어찌할 수가 없다.)

• 선생님께서 박정희 권력 초기를 냉정하게 평가하실 때도 수차례 이 표현을 쓰셨는데 영주의 자질을 가지고 있으나 주변 소인배들의 감언이설에 넘어가 선을 행할 수 있음에도 악을 선택한다고 비판하신 바 있다. 이 글에선 인간의 자유의지를 강조하고자 쓰신 것으로 보인다.

로서 “인간들이여, 부디 그 윤락고(輪落苦: 윤회에 떨어지는 고통)를 자취하지 말고 해탈(解脫)하여 극락(極樂)을 조성(造成)하라”고 동서고금의 성자들이 경세(警世: 세상 사람들을 일깨움) 목탁을 울리나, 인간들은 여전히 취생몽사(醉生夢死: 정신없이 살고 죽음)하여 그 법륜(法輪: 진리의 수레바퀴)을 못 벗는다.

그래서 고인(古人)들이 그 현상을 보다 못해서 유위(有爲)의 그 생을 부생(浮生)이라 하고, 극락을 조성할 수 있는 낙지(樂地: 낙원)를 고해(苦海)로 오인하게 되고, 심상(心上), 지상(地上)에 천국을 건설할 수 있는 곳을 지옥으로 인정해서 사후천당(死後天堂)을 희구(希求)하고 있다.

이것은 현대 세계인류에 국한된 문제가 아니라 우주가 있고 인류가 시생(始生: 시작해 삶)함으로부터 끊임없이 윤회하며 연(緣)을 맺어서 비자연(非自然)이면서도 대자연(大自然) 그대로인양 생각한다. 비록 혈육근골(血肉筋骨)로 생긴 이 몸이나 불궤금신(不潰金身: 허물어지지 않는 금으로 된 몸)이 될 법신(法身)의 함축성이 얼마든지 내포되어 있다는 것을 자각(自覺)한다.

이 몸이 가장 유력한 몸이요, 이 생(生)이 가장 낙생(樂生: 즐거운 삶)이요, 이 사회가 가장 극락(極樂)이 아닐 수 없다. 이 고해(苦海), 고해하며 부른 것은 인류로 태어나서 말만이라도 고해가 아닌 낙지(樂地)라 생각하고 지상극락(地上極樂) 건설을 대규(大叫: 크게 부르짖음)하고 나가보자는 마음, 이것이 천상천하(天上天下)에 유아독존(唯我獨尊: 오직 나 홀로 존귀함)이라고 보는 것이 당연하다.

언(言)이 선(先: 앞섬)하느냐, 행(行)이 선(先)하느냐, 언행이 일치하느냐 하는 것이 지상천국(地上天國)을 조성할 수 있느냐, 없느냐의 제일

건(第一鍵: 첫째 열쇠)이라고 나는 본다. 이것이 전성전현(前聖前賢: 예전의 성현)들의 경세목탁(警世木鐸)이요, 전전불휴(輾轉不休)하고 나오는 대자연계의 소식이라는 것이요, 인류가 전부 윤회연법(輪廻緣法: 수레바퀴처럼 빙빙 도는 인연법)을 해탈(解脫)하고 자심(自心: 내 마음), 자신(自身: 내 몸)으로 천국을 건설했다고 이 우주, 대자연이 종식될 리도 없고 인류가 영측(盈昃: 차고 기움)이 생(生)할 리도 없다.

여전히 자연은 자연대로리라고 나는 생각한다.

병오(丙午: 1966년) 5월 19일 소서(小暑: 24절기, 양력 7월 7일경)

봉우망초(鳳宇妄草: 봉우는 망령되이 씀)

[이 글은 1989년 1월 출간된 봉우 선생님 수필집《백두산족에게 고함》25페이지에 "대자연의 삶"이라는 제목으로 처음 실렸습니다. 당시에 독자들의 편의를 위해 한자용어로 된 글의 원문을 많이 한글로 고쳤으므로 이번 글은 1966년 쓰신 그대로 역주하였습니다. 지금으로부터 56년 전에 쓰신 선생님의 수필은 여전히 저희들로 하여금 깊은 사색의 길로 인도하는 강력한 함축력이 있다고 봅니다. 앞서 쓰신 "나에게서 구하라"와 연장선상에 있는 글입니다.

이 글 원문의 여백에도 "이 수필을 참고해 보시오"라고 부기하시고 친필 사인을 함께 써놓으셨습니다. 이는 저작 후 30여 년이 지난 1980년대 후반에 이 일기책을 보시고 앞으로 30년 후에 이 글을 발견하고 정리할 사람들이 있을 걸 아시고 그들에게 주시는 메시지 같습니다. 새삼 밝은 길로 인도해 주시는 봉우 선생님의 선견지명

(先見之明)에 고개를 숙이며 경의를 표합니다. -역주자]

6-106

수필: 잠을 청하기 위해 예부터 전해 오던 체육법을 쓰다

내가 수일 전에 마음이 산란해서 식불감(食不甘: 먹어도 달지 않음), 침불안(寢不安: 잠을 자도 편안치 않음)하여, 두통이 의외로 심해진다. 실인(室人: 아내)과 가아(家兒: 아들)와 손아(孫兒: 손자)는 공주 본가로 가고, 오중, 오순만 데리고 있는 중이라 좀 불편감도 없는 것은 아니다. 부득이 정신집중 겸 두통 해소차로 고래(古來) 체육에 대한 사견을 기록하다 보니, 횡설수설(橫說竪說)한 것이 원고지로 80~90매가 되었다. 이것은 청수(請睡: 잠을 청함)가 주(主)가 되고 기록은 부(副)가 되는 것이다. 시작에서 종말까지 무려(無慮) 8~9시간을 일기(一氣: 한목에 내치는 가운)로 서진(書盡: 글로 다함)하니, 정신이 좀 안정이 되고 두통도 언제 나았는지 알 수 없다.

다음에 세수탁족(洗手濯足: 손발을 씻음)을 했더니 일침도천명(一寢到天明: 한 번 자면 하늘이 밝을 때까지)이 되었다. 일고삼간(日高三竿: 해가 세 길이나 오름)에 개창안기(開窓晏起: 창을 열고 느즈막히 일어남)하니, 백맥(百脈: 모든 맥)이 뚫어지고 노곤(勞困)하기 극심(極甚)하다. 장시간 양생법(養生法)을 시험해 보니 비로소 정신이 쇄락(灑落)하고 근골(筋骨: 근육과 뼈대)이 좀 나은 것 같다. 다시 작일(昨日: 어제) 기록한 체육법을 보니 가위 횡설수설이다. 아무리 보아도 조리(條理)가 서지 않고 이 말도 해보고 저 말도 해보았다. 아무리 보아도 청수록(請睡錄)임에 불과하다.

이런 기록을 하자면 충분히 두뇌를 안정시킨 후에 참고 서류를 준비해 놓고, 초안(草案)을 해보고 정오(正誤: 잘못된 것을 바로잡음)를 해야 비로소 탈고(脫稿: 원고 쓰기를 마침)가 되는 것인데, 아무 준비도 없이 일기(一氣)로 난초(亂草)해 놓았으니, 어찌 폐물(廢物: 못쓰게 된 물건)이 안 되기를 바라리요? 아무렇든 침불안(寢不安), 식불감(食不甘)하던 증상이 완전히 치료되어서 자위(自慰: 스스로 위로가 됨)가 된다. 이런 것이 청수록이라는 것을 재인(再認: 다시 인식함)하며 이 붓을 그친다.

병오(丙午: 1966년) 5월 13일 봉우난초(鳳宇亂草)

6-107

김두한의 오물투척사건 추기(追記)

금일 신문지상에 대대적으로 보도된 것이 거의 다 이병철 사건에 대한 기사다. 그러나 요령부득(要領不得: 내용을 모르겠음)이다. 이것이 당연하다고 본다. 시시비비(是是非非)가 분석된다면 그 책임 소재가 나올 것이다. 그러니 요령부득이라야 시시비비의 책임이 나오지 않고 우물우물할 수가 있는 것이다. 소위 상한(上限)이니 또 함구령이니 하는 극히 묘(妙)한 문자가 나온다. 속담에 "열고 보나 닫고 보나 일반"이라고 이병철 사건이야말로 이러나저러나 다 알 수 있는 일이다. 이병철 개인으로야 아무리 금전력이 있기로서니, 어찌 정부 자금을 임의로 융자받을 것인가? 누구누구가 다 합력(合力: 힘을 합침)한 것인지는 불언가지(不言可知: 말 안 해도 알 수 있음)다. 말할 필요가 없고 이 사건의 종결도 태산명동서일필(泰山鳴動鼠一匹: 쥐 한 마리가 태산을 울리고 움직임)에 불과할 것은 소연(昭然: 분명함)한 일이다. 더 이상 말할 필요가 없다. 다만 되어가는 대로 볼 뿐이다. 이것으로 추기를 쓴다.

병오(丙午: 1966년) 8월 20일 봉우추기(鳳宇追記)

6-108

병발(倂發: 두 가지 이상의 일이 한꺼번에 일어남)

내가 금번에 무슨 일을 하다가 서류 불비(不備)로 애로를 당하고 있던 차에 그 서류의 완비할 수 있는 사건이 어느 곳에서 해결할 수 있게 되었다. 그래서 조건부로 상호 계약을 체결하자 그날 또 일처(一處)에서 동일 조건으로 좀 우수한 물건이 들어왔다. 그러는 중 또 좀 더 우수하고 조건도 가장 유리한 물건이 직접 승낙을 했다. 그러니 일시(一時: 같은 때) **병발**(倂發)이 되어 나로서는 어느 것을 취해야 옳은지 알 수가 없다. 그러나 조건이 가장 불리한 곳이 우선 계약이 되어 있어 어찌할 수 없는 형편이다. 이것이 현상으로는 내게 불리한 것 같으나 어찌 **새옹마**(塞翁馬: 새옹지마)가 아닌지 알 수 있는가? 하필 병발(倂發)이 되어서 **현안**(眩眼: 어질어질한 눈)이 된다. 이런 자리에서 결정을 잘 내려야 하겠다. **양수집병**(兩手執餠: 양손에 떡을 쥠)을 해서는 되지 않겠다. 이것으로 병발(倂發)이라는 제목으로 몇 자 기록해 본다.

병오(丙午: 1966년) 8월 21일 봉우서(鳳宇書)

6-109

대인난, 대인난(待人難: 사람을 기다리는 어려움)

고인(古人)들도 흔히 말하는 대인난(待人難)이라는 말을 듣기도 들었고, 내가 직접 당해 본 일이 얼마든지 있었다. 그러나 심각하게 그 맛을 알기는 금번이 바로 처음이다. 부산 가서 볼 일인데 양발(兩發: 2개가 시작됨)이 되어 한 편은 조건이 불리하고, 한 편은 조건이 유리하다. 그런데 불리한 편에서는 시간적으로 속히 되어 문건(文件: 서류)이 입수되었고, 또 부산에서 독촉이 좀 심한데 한 편에서는 문건이 완비되었다고 전화가 오고, 오후에 문건을 가지고 온다는 소식이 있었으나, 수일이 경과해도 대인(待人: 기다리는 사람)이 불래(不來: 오지 않음)다.

전화로는 문건은 완비되었으나 그 사람이 아직 오지 않아서 못 온다는 정도의 사유로 벌써 3일간이다. 급한 일인데 일자가 경과하니 되기는 된 일인 줄 알며, 불리한 조건을 그대로 가지고 가자는 것도 좀 어려웁고, 다된 줄 알며 내버리기도 애석한 일이라 하루, 하루 한 것이 금일까지는 3일인데 금일을 지내면 내일이 토요일이니 또 3일이 지연된다. 대인난, 대인난이다. 얼른 결정을 내리지 못하고 있다. 이것이 어느 정도의 새옹득실(塞翁得失: 새옹지마의 득실)이 될지 궁금하다. 참다못해서 대인난, 대인난이라는 제목으로 두어 자 적어 보는 것이다. 후일에 참고하기 위해서 기록해 보는 것이다.

병오(丙午: 1966년) 8월 23일 봉우서(鳳宇書)

추기(追記)

일각(一刻: 한 시간의 사분의 일, 15분)이 여삼추(如三秋: 석 달 같음)라는 고어(古語)가 있다. 나야말로 금번에 일각삼추의 정도가 아닌 긴급한 일이었다. 12일 만에 문건이 입수되어 현장에서 출발해서 서류 완보(完補: 완전하게 보충함)를 그 익일(翌日: 이튿날)에 했다. 대관절의 일절(一節)은 완전히 통과한 정도다. 대인난(待人難) 글 제목을 쓰고 만삼일(滿三日)인 27일에 상봉하고 28일에 완료했다. 주사난(做事難: 일을 경영하는 어려움)도 대인난 정도가 아니다. 내두(來頭: 미래)를 전망하며 추기(追記)를 쓰고 금번 일에 협력을 100퍼센트로 한 족인(族人: 친척) 영철 씨에 감사의 뜻을 표하고, 장본인인 김주현 옹에게는 무엇이라 사의(謝意)를 표할지 모르겠다.

이 일이 성공하는 날 협력 제위(諸位: 여러분)의 논공행상(論功行賞: 공을 논하고 상을 줌)이 있을 것이요, 소호라도 공정(公正)을 반(反)하는 행동이 없어야 하겠다. 다만 조물주(造物主)의 의사(意思)만 바라고 있을 뿐이요, 사성후(事成後: 일이 성공한 뒤)라도 사욕(私慾)에 치우치는 일이 있어서는 영(靈)이 용서하지 않을 것이다. 삼분지일(三分之一)이 사생활의 부분이라는 점은 확고부동(確固不動)한 것이다.

9월 초삼일(初三日) 봉우서(鳳宇書)

6-110

박대완(朴大浣) 동지의 내방(來訪)을 보고

박 동지는 헌헌장부(軒軒丈夫: 풍채가 당당하고 의젓한 남자)로 내두(來頭) 전망이 있는 동지다. 내가 본 지 벌써 6~7년 전이다. 당시부터 웅지(雄志: 큰 뜻)를 내포하고 있는 것을 잘 알고 있었다. 그 후에 계속해서 야소교(耶蘇教: 예수교)를 신앙하며 교리를 연구하며, 종종 입산수련을 해왔다. 야소교인으로 목사니, 장로니 하는 사람들이 많이 추종하고 있었고 박 동지의 성경(聖經) 해명(解明: 밝게 풀이함)이 누구에게 지지 않을 만큼 명철(明哲)하게 분석하고 교인심리 파악을 잘 해나간다.

그러며 대외적으로 유불(儒佛: 유교, 불교) 각종(各宗: 각 종교)의 거물급과도 접연(接緣: 인연을 접함)을 자주 해서 집대성을 해볼까 하는 의사인 것 같다. 여기서 내가 박 동지를 대하는 것은 야소교인이라는 교적(教的: 종교적)이 아니요, 그 자연인(自然人)인 박대완을 상대하는 것인데, 물론 인간이요 신이 아닌 이상 전지전능(全知全能)할 수 없는 것이 사실이라 장점도 있고 단점도 있다.

그가 바라는 바와 그를 숭배하는 사람들이 바라는 바는 그의 목표가 원대(遠大)하다. 은연중 자부(自負)도 하고 또 그 무리들이 추대도 하는 것 같다. 그런데 내가 보기에는 그가 목표하고 있는 곳이 좀 요원(遼遠)한 감이 있다. 무슨 일을 경영하든지 힘으로만 할 수 없고 또 지(智)로만도 할 수 없고, 덕으로만도 할 수 없다. 그리고 일인(一人)의 독력(獨力)이나 독지(獨智: 혼자의 지혜)로는 그 폭이 얼마 되지 않아서 효과가 클 수 없다.

규합동지(糾合同志)하고 추현양능(推賢讓能)하며, 모사주밀(謀事周密: 일을 도모함에 치밀함)하고, 어중아량(御衆雅量: 대중을 거느림에 너그러움)이 있고, 요사여신(料事如神: 일을 처리함에 귀신같음)해야 하되, 역시 무물불성(無物不成: 물건이 없으면 이루어지지 않음)이라 재취인합(財聚人合: 재물이 모이고 사람이 모임)해야 비로소 모사(謀事)를 할 수 있고, 만사구비(萬事具備)해도 비시불성(非時不成: 때가 아니면 성공 못 함)이라. 그 시(時)를 봉(逢: 만남)한 사람이 성공하고 봉(逢)치 못한 사람이 실패하는 것이다. 이상의 제조건이 완비되지 못하고는 공로(空勞: 헛된 노력)에 불과한 일이다.

만사구비하고라도 상대방과 비교해 보아야 하는 것이다. 그런데 박 동지에게는 아직은 불비한 조건이 하도 많아서 공정하게 평하자면 미지수에 속하는 부류다. 사별삼일(士別三日: 선비가 사흘을 헤어짐)에 괄목상대(刮目相對: 눈 비비고 상대함)라고 했으니, 박 동지도 내두(來頭) 여러 해를 수련과 적축(積蓄: 내면의 빛을 쌓음)으로 현상보다 우수해지면 자연적으로 자격향상이 되어 상대를 무난히 제압할 수 있을 것이라 아주 무망(無望: 희망이 없음)하다고는 못하나, 현상이 불변한다면 아무리 보아도 좀 미급(未及: 미치지 못함)한 점이 여러 가지로 표현된다. 박대완 동지의 장래 괄목상대(刮目相對: 눈 비비고 상대방을 봄)할 것을 심축(心祝)하며 또 백절불굴(百折不屈: 백번 꺾여도 굽히지 않음)의 의지를 양성(養成)할 것을 빌고, 전도양양(前途洋洋)하기를 바라며 이 붓을 그친다.

병오(丙午: 1966년) 9월 초삼일(初三日) 봉우서(鳳宇書)

6-111
강선필 옹의 내방을 보고

우연한 기회로 수삼차(數三次)의 상종(相從: 친하게 사귐)이 있었고 의외에도 초면임에 불문하고 거자(巨資: 거액의 자본)를 융통해 준 일이 있는 강 옹이다. 내가 그 거주를 심방(尋訪: 찾아 방문함)해 보니 수백정(町: 정보, 3,000평) 산판(山坂: 벌목장)에 연포지림(連抱之林: 연이어 품고 있는 숲)이 창창총립(蒼蒼叢立: 푸르게 우거져 있음)하고 고가(古家)로 40~50칸의 거가사(巨家舍: 큰 집들)에 백두락(百斗落: 백마지기, 대략 2만 평)을 초월한 대농가(大農家)에 또 농가부업으로 연초(煙草: 담배) 경작(耕作)이 근(近) 1만 평이요, 종묘장이 광범위하다. 어느 모로 보든지 지방의 모범 농가요, 부유한 생활의 근면을 수범하는 노옹(老翁)이다. 일방지웅(一方之雄: 한편의 영웅)임에는 자타가 공인하는 인물이다.

금번에 내방해서 정동영 군의 발언을 말하며 자기의 불관사(不關事: 일에 관여하지 않음)는 수지(雖知: 비록 앎)나, 불필발언(不必發言: 발언할 필요가 없음)이요, 또 모리(謀利: 이익만 꾀함)코자 하는 것은 옹의 본의가 아닌데, 모리에 관한 말은 무의미하다는 의사를 말하고 내 부산건의 허가 여부는 역시 운지소재(運之所在: 운에 달려 있음)라 알 수 없으나, 칠분가능(七分可能)한데 혹자가 비록 저가(低價)나 원매인(願買人: 사려는 사람)이 있다는 말을 했더니, 옹의 말이 매립해서 비록 10배를 받는다 해도 완성되기 전에는 노심초사(勞心焦思) 안 할 수 없는 일인데 10배나 20배 되는 경제관계로 다시 언지 못할 정신을 소비할 필요가 없이 기백만이라도 안분지명(安分知命: 분수를 지키고 운명을 앎)하고 1년이나 2년간의 매립완료 시간에 소비할 정신을 한(閒: 받아들임)하는 것이 1만 배의 유리한 일이 아닌가 한다.

누구의 말보다도 충고(忠告)다. 사지성부(事之成否: 일의 되고 안 됨)는 아직 역도(逆睹: 앞일을 미리 내다봄)를 못하나, 성공만 한다면 강 옹의 충고를 명심하겠다. 내게 이 충고가 경제적으로 수천만의 원조보다도 우수하다. 현교중(現交中: 현재 사귀는 사람 가운데) 재경(在京)인사들은 거의 동궤일철(同軌一轍: 같은 수레바퀴 자국)의 유리시사(維利是事: 이익만이 바른 일)하는 분들이라, 이 충고를 듣고 그 뜻을 수자로 기록해 보는 것이다. 이것으로 후일의 감(鑑: 거울)을 삼기 위해서 필지어서(筆之於書: 책에 씀)하노라.

병오(丙午: 1966년) 9월 초사일(初四日)

추기봉우(追記鳳宇: 봉우는 덧붙여 쓰다)

6-112

중재옹(中齋翁)에게 엽서(葉書)를 날리고

서울 와서 비록 만교(晩交: 늙은 뒤에 사귐)나 동지로서 누구에게 지지 않고 우정(友情)이 두터웁다. 그간은 원원상종(源源相從: 계속 만나며 사귐)했었다. 그런데 우연히 노상(路上)에서 작별한 후로 수삭(數朔: 몇 달)이 지나도록 아주 소식이 적조(積阻)했다. 그동안 민계호 동지의 환원(還元: 죽음)으로 그 장례식 때는 틀림없이 상봉하려니 한 것이 그날도 소식이 없었다. 그 후에 내가 마음으로는 일차 심방(尋訪)할까 했으나, 무사분주(無事奔走: 일없이 바쁨)해서 경향으로 왕래하느라고 마음대로 실행치 못했다.

차일피일 한 것이 벌써 수월(數月: 몇 달)이 되었다. 몸으로 가서 안부를 탐(探: 찾음)치 못하고 일엽수자(一葉數字: 한 페이지에 몇 자, 엽서에 몇 자)로 안부를 탐하며 고인(故人: 오래된 벗)은 수십 리 노정을 멀다하지 않고 칠십노옹(七十老翁)이 일월(一月)에 3~4차의 심방했던 것을 생각하고, 오불여고인(吾不如故人: 나는 고인과 같지 못함)이라는 자과(自過: 자기의 잘못)를 알며 경홀(輕忽: 가볍고 소홀함)하게 고인을 대접한 것을 고치기 위해서 이 글을 쓰는 것이다.

시간을 내서 친우들을 심방해야겠다. 내게 내방하는 붕교(朋交: 친구 사이)들만 맞으며, 내가 몸소 나서서 붕교들을 찾지 않는 내 과오를 될 수 있는 대로 개과(改過: 잘못을 뉘우침)하라는 자계(自戒: 스스로 경계하고 삼감)다. 내 실정은 좀 시간을 낼 만한 여가가 없는 것은 사실이다.

내객(來客)이 있건 없건을 막론하고 자리를 비일 수가 없는 것이 내 실정이나 내 사정이요, 친교 간에서는 대등한 왕래가 있어야 하는 것을 내가 못하는 것이 사실이라 나를 찾는 붕교들의 집을 내가 찾은 곳은 평균 10대 1에도 불과하다. 이것이 내 교도(交道: 친구와 사귀는 도리)에 흠점(欠點)이 된다는 것을 나도 알면서 고치지 못한다.

나도 70이 거의 되었으나, 비록 노쇠한 몸이라도 고치어 보라는 자탁(自託: 스스로의 부탁)이다. 노옹 중에서도 불원천리(不遠千里: 천리를 멀다 않음)하고 동지를 찾는 사람들이 많다. 그런데 나는 동성 내(同城內: 같은 성 안)에서도 몇몇 동지가 있는데도 내가 심방 못 하는 내 유예미결성(猶豫未決性: 결정을 미루는 성격)을 고치라는 중언부언(重言復言: 여러 말들)하는 중재(中齋)에게 엽서를 보내는 글제로 내 심정을 쓰는 것이다. 홍 선생이며, 송대용(宋大用) 형이며, 소박(小樸) 후손들에게와 낙원거사(樂園居士)와 낙도옹(洛圖翁)이며 그 외 여러 동지들에게 내가 너무 무례(無禮)한 것을 알며, 고치지 못한 것을 자계(自戒)하는 것이다.

병오(丙午: 1966년) 9월 초팔일(初八日) 봉우서(鳳宇書)

6-113
박도희(朴道羲) 옹(翁)의 내방(來訪: 찾아옴)을 보고

옹(翁)의 내방이 거의 삼서(三序: 3년)를 지나서였다. 중간 전신(傳信: 편지를 전함)으로 옹이 무엇인지 어느 곳에서 수련한다는 것을 육감(六感)으로 알고 있었었다. 중간인의 전언(傳言)을 믿을 필요도 없고 믿어도 그러려니 하면 되는 것이다. 작일(昨日: 어제) 옹의 내방으로 그동안 70노옹(老翁)이 만 5개월간을 '일일일식(一日一食: 하루에 한 번 먹음)'으로 수련을 했다고 사실을 전한다.

그 방식은 일기(一期: 한 번의 시행 기간) 75일간은 일일삼차(一日三次)를 진말(眞末: 밀가루)로 전병(煎餠: 부꾸미)을 건조해서 매일 3냥(三兩: 약 120그램) 6돈중(六錢重: 24그램)을 복용하되, 냉수 일기(一器: 한 그릇)씩 마시면 그동안 백충(百蟲: 온갖 벌레)이 개출(皆出: 모두 나옴)하고, 백질(百疾: 온갖 병)이 소제(消除: 사라져 없어짐)되고, 정신이 경쾌(輕快)해진다고 하며, 이기(二期) 75일간은 역시 '일일일식(一日一食)'으로 수량을 일기(一期)보다 반감(半減)해도 소호(小毫: 조금)도 피로하지 않은 것이 상례(常例)요, 정신이 아주 명랑해진다고 한다.

신체는 좀 수약(瘦弱: 여위어 약해짐)해지나 행동에는 조금도 관계가 없고, 양기(陽氣: 남자의 정기)가 완전히 회복되고, 백발이 환흑(還黑: 도로 흑발이 됨)된다고 말하며 정신력이 백배하여 구상력(究想力: 연구력)이 아주 초인간이라고 한다. 이것이 박 옹의 수련 상태다. 물론 수련 중에 격물치지(格物致知)한 일이 많다고 한다. 내가 말하고자 하는 것은 청장년으로 결심하고 100일(百日)이니, 49일이니, 하는 기간도 수련을 못 하는데, 옹은 70노옹이 희망을 가지고 고력수행(苦力修行)인 감식수행(減食修行)을 5개월이나 했다는 점이 감사하다는 것이다. 청장년으로 본받을 만한 일이라는 것이다. 옹의 수행한 방식을 배우라는 것이 아니라, 그 의지의 견고한 것을 배우라는 것이다.

물론 나도 설초(雪樵)와 같이 수련할 때, 하루 백설기 3냥 6돈중씩 복용하며 수삼삭(數三朔: 몇 달) 수련도 해보고 또 단식(斷食) 40일도 해보고, 감식(減食) 4~5삭(朔: 달)도 해보았다. 생식(生食)도 연 1년 이상을 해보았으니, 경험으로 보아서 물론 백반(白飯: 쌀밥에 국과 여러 반찬을 함께 먹는 것)을 먹는 것보다 시간의 절약이 있고, 정신력이 증가된다는 것은 사실이요, 백병(百病)이 제거된다는 것은 증명하기 어려운 일이요, 위의 부담이 적어서 위에 관계된 병은 감해지는 것은 사실이다. 그러나 다만 감식(減食)으로만 만사해결로 보는 것은 요가에서 체련(體鍊: 신체 단련)으로 만사해결된다고 피상론(皮相論: 겉으로 드러난 모양만을 논함)을 선전하는 것과 동일한 일이다.

또 옹이 '증기목욕설(蒸氣沐浴說)'을 말한다. 이것은 현 사회에서도 유행되는 증기목욕법이 있다. 대동소이한 일이라 구시(舊時: 옛적)의 우리나라 서북지방에서 유행되던 한증막과 동일한 원리다. 이것이 대경실색(大驚失色: 몹시 놀라 얼굴빛을 잃음)할 일은 아니니요, 다 방편의 일종이다. 옹은 호학(好學: 배우기 좋아함)하고 호문(好問: 묻기를 좋아함)하는 벽(癖: 버릇)은 있으나, 좀 심주(心主: 마음의 중심)에는 흠점(欠點)이 없다고 못 본다. 좀 굳지 못한 것이 병이라고 나는 알고 있다. 그러나 옹의 심주가 약하다는 것은 주된 목적이 있어서 일로매진(一路邁進)하지 못하고 좋다면 아무것이고 이것도, 저것도 해보는 것이 확고한 목적이 아직 수립되지 않은 것이 아닌가 의심이 있을 뿐이다.

그 호학, 호문 하는 것은 취해야 하고, 갈팡질팡하는 것은 버리라는 말이다. 옹은 일숙(一宿: 하루 잠)하고 총총히 작별했다. 그래서 그의 내방을 기록해 보는 것이다. 비록 산일(散逸: 흩어져 있는 숨은 인재)이나 불이득지준재(不易得之俊材: 쉬이 얻을 수 없는 뛰어난 인재)라는 것이다.

병오(丙午: 1966년) 9월 초팔일(初八日) 봉우서(鳳宇書).

[이 글은《봉우일기 2권》192페이지에〈박옹의 고력수행(苦力修行)〉으로 실려 있습니다. 일기의 원문과 다른 곳이 많아 이번에 원문대로 다시 실어 역주하였습니다. -역주자]

6-114

유진오(俞鎭午)[195] 옹(翁)의 민중당 대통령 지명 수락의 보(報)를 듣고

정당의 목적이라는 것이 무엇보다도 주목표가 집권이라고는 하나, 그래도 자당(自黨)의 집권으로 그 민족과 그 국가에 복리(福利)가 될 것인가 아닌가는 검토해야 할 것이다. 그리고 그 당에서 출마시키는 대통령의 인격도 여러 모로 보아서 그 나라의 신망(信望)이 어떠한 인물인가도 백번 신중해야 옳은 일이라고 생각된다. 그런데 현상 각 정당의 실천하는 방식을 보건대 자타가 공인하는 이포역포(以暴易暴)[196]임에 틀림없는 인물들이 정당이라고 각립문호(各立門戶: 각기 문호를 세움)하고 대상인물이야 무엇이든지 우리 당에서도 대통령 출마를 시켜

195) 유진오(兪鎭午, 1906년 5월 13일~1987년 8월 30일)는 한국의 소설가, 법학자, 교육자, 정치가이다. 일제시대 때에는 보성전문학교 교수로 지냈고 고려대학교의 창립 초기 멤버이며, 고려대학교의 총장을 지냈다. 사회주의 좌파 문학인으로 활동했으나 태평양 전쟁 이후 친일 칼럼, 논설, 친일어용단체에서 활동하였다. 1948년 제헌 국회에 참여하여 헌법기초위원회 위원의 한 사람으로 제헌 헌법을 입안하였으며, 정치 활동으로는 제1공화국 기간 중 민국당과 민주당에 참여하였으며, 1959년 장택상 등과 함께 재일동포 북송 반대운동에 동참했다. 그 뒤 윤보선 등과 함께 민주당 구파 계열의 지도자로 활동했으며, 언론, 법률 활동 외에 제3공화국, 제4공화국 기간 중 야당 지도자의 한사람으로 활동했다.

196) 출전(出典): 《사기(史記)》〈백이열전(伯夷列傳)〉. 하북성 노룡현과 요녕성 조양현 일대의 동이족 왕국인 고죽국(孤竹國)의 두 왕자 백이(伯夷)와 숙제(叔齊)가 서로 왕위를 사양하고 수양산(首陽山)에 들어가 살며 부른 노래에 나옴. "저 서산에 올라 고사리를 캐노라, 폭력으로 폭력을 바꾸면서 그것의 그릇됨을 알지 못하도다.(登彼西山兮, 采其薇矣. 以暴易暴兮, 不知其非也.)

서 당선만 되면 우리 당의 집권이라는 지기일(知其一: 그 하나는 앎)이요, 미지기이(未知其二: 그 둘은 모름)하는 소위 **정상모리배**(政商謀利輩)들의 집단이라고 간주(看做: 그렇다고 여김)하는 외에 타도(他道: 다른 도리)가 없다.

과거 실례로 보아서 거의 이 궤도를 구르고 있다. 제1차는 이승만 박사의 집권으로 그 악정(惡政: 악한 정치)이 역사에 남고도 다 기록을 못할 만큼 **각양각색**(各樣各色: 각기 다른 여러 가지 모양과 빛깔)의 추태가 다 있었다. 이 원인이 **국리민복**(國利民福)을 떠나서 각 개인들의 **사리사욕**(私利私慾)에 주(主)를 둔 연고였다.

이 박사 집권 당시에도 기차(幾次: 몇 번) 대통령 선거에서 출마했던 인물을 열거해 보면 이시영(李始榮) 선생, 조봉암(曺奉岩) 군, 신흥우(申興雨) 군, 신익희(申翼熙) 옹, 조병옥(趙炳玉) 옹 등이 있었으나, 그래도 성재(省齋: 이시영 선생의 호) 선생 같은 분은 비록 정치 역량으로는 평할 수 없으나, **애국애족자**(愛國愛族者)라고 아니할 수 없었고, 죽산(竹山: 조봉암의 호)은 비록 좌익 계열에서 단련된 조직력은 있었으나, 정치면에는 도의감(道義感)이 부족한 인물이라 대임(大任)을 감당 못 할 것이라고 보았으나, 그래도 평장관(平長官: 일반 장관)으로는 손색이 없는 인물이었다.

신흥우[197] 군이야말로 경제력이 좀 있었다고 해서 대통령 출마가

197) 신흥우(申興雨, 1883년 3월 26일~1959년 3월 15일)는 한국의 개화 운동가이자 감리교 목회자이다. 1896년 서재필, 윤치호, 이승만 등과 함께 협성회(協成會) 조직에 참가하여 협성회 청년부 지도자로 활동했고, 만민공동회와 독립협회에도 가담했다. 1912년 YMCA 청년회 이사와 배재학당 교장을 지냈다. 1927년 이상재, 허헌, 김병로, 조병옥 등과 함께 신간회(新幹會) 조직에 참여하여 기독교 대표의 한 사람으로 활동했다. 8.15 광복 이후에는 정치인으로 활동하며 이승만을 지지하였으나 나중에 정적으로 변신하였다. 1952년 대통령 후보로 출마했으나 낙선했고, 1957년에는 민주

무슨 배우 행각인 줄 알고 나온 주출망량격(晝出魍魎格: 낮에 나온 도깨비 격)이었고, 해공(海公: 신익희의 호)은 인간적으로 역량도 있고, 정치수완(政治手腕: 정치를 꾸미거나 치러 나가는 재간)도 좀 있는 인물로 국회의장에서 명의장(名議長) 소리를 듣던 정도라 비록 충분치는 못했으나 그대로 자라면 구체이미(具體而微: 형체는 갖추었으나 미미하고 불완전함)한 감이 있었고, 그의 당이라는 것은 세인공지(世人共知: 세인이 다 알음)의 한민당이라 해공 개인평으로는 좋으나, 그 당으로는 애국애족하는 당이라기보다 자유당과 정권교체가 된다면 이포역포(以暴易暴)가 될 뻔 했었다. 유석(維石: 조병옥의 호)은 그 당에서는 영도권(領導權)을 가진 인물이요, 뱃장도 있는 인물이나 그 정치력은 별문제였다. 그래도 이 박사와 상대하던 인물들은 신흥우 일인(一人)을 제외하고는 현 우리나라에서 일류 내지 이류는 틀림없었다.

그러던 것이 과도정권당[198] 당시 허정(許政)이부터 그 자리에 천부당만부당(千不當萬不當)한 인물이었고, 교체된 해위(海葦: 윤보선의 호)는 둔탁한 두뇌에 정치력이 아주 부족해서 일국을 통치한다느니보다 자당의 신구파도 융합을 시키지 못하는 제4류, 5류의 정객으로 내각책임제 덕분에 허위(虛位: 실속 없는 자리)를 차지해 보고 그다음에도 그 자리 생각이 여전하게 나는 모양이다. 정객으로는 하우불리(下愚不移: 아주 어리석은 이)다. 윤 정권이 박 정권에 축출을 당하고 박 자신은 그 자리가 무엇 하는 자리인 것조차 아지 못할 정도의 유치한 정객에다가 좌우지인(左右之人)이 역시 정상적으로 보면 과장, 계장급 인물들이 보

당에 입당했다.

198) 제1공화국 붕괴 이후 1960년 4월 27일 구성되어 1960년 6월 15일까지 제2공화국이 등장하기 이전 과도정부.

좌를 하니, 박 자신이 무엇을 하고 싶은들 할 도리가 없다.

군인인 관계로 국정을 군대식으로 압력이면 만사통과하려니 하는 부족한 두뇌라 보좌인물 중에 대학교수진들이 많은 것 같은데 학자가 이론으로 하는 것과 실천이 상부(相符: 서로 부합함)하라는 법이 어디 있는가? 정확한 이론이면 실천에서도 별 지장이 없을 것이나, 부정확한 풋내기들의 요량미정(料量未定: 되질할 것을 정하지 못함)한 이론을 박 정권에서 그대로 받아들여서 일오(一誤: 한 번 잘못), 재오(再誤: 두 번 잘못)가 내지 사사개오(事事皆誤: 일마다 모두 잘못)가 되어 민심이 이반(離反: 떠나가 되돌림)하는 것을 덕화(德化: 선행으로 교화시킴)로 회유(懷柔: 어루만져 잘 달램)는 못하고 압력으로 감노이불감언(敢怒而不敢言: 감히 화는 내지만 말은 못함)하게 한다.

그리고 반대당도 권력과 경제력으로 매수하는 것이 여실히 드러난다. 야당이라는 명칭만 받았지 여당의 여력(餘力: 나머지 힘)을 받고 생명을 유지하는 것이 사실이다. 이래서 박 정권을 상대로 대통령 출마자들의 명단을 보건대, 윤보선 옹, 변영태 옹, 오재영 군, 장이석 군 등과 허정, 이범석, 장택상, 김준연 등의 난마(亂馬: 어지러운 출마)가 있었다. 물론 박 정권을 얕잡아 보고 네가 그 자리에 앉았는데 우리라고 못 앉아 볼 것인가 하는 것이 제일의(第一義: 첫 번째 뜻)요, 국리민복이니 또는 무슨 방법으로 남북통일이니, 경제정착이니 하는 것은 염두에도 있어 보이지 않는다. 이 사람들을 정치인으로 제 몇 류라고 평할 수도 없다.

그런데 명년(明年: 내년)이 또 선거다. 박 정권은 집권당이요, 6년간의 경험과 지반이 있고 공화당의 여당인 우세가 있는데 반해서 야당들은 통일이 되지 않고 여전히 분산한다. 이것은 박 정권의 선거운농에 불과한 것인데, 이것을 알면서도 감행하는 것은 야당으로서의 야심을 가진 악질적 정객이 있는 관계다. 금번에도 민중당(民衆黨)[199]에서 백유(白兪: 백낙준과 유진오) 추천에 백이 사퇴하고 유(兪)가 수락한 것은[200] 유가 학자로서 매장하는 행동이다. 정치력의 자가(自家)검토를 해보지 않고 자신이 대통령으로 능히 그 임무를 완수하겠다고 자신이 있어서 그 자리에 나가는 것인가? 그렇지 않으면 대통령 출마라도 해보았다는 것이 자기 일생의 명예로 아는 것인가 알 수 없다.

내가 말하는 당의 악질정객이라는 것은 자신의 위치가 아직 수령(首領: 책임자)자리에 가지 못하고 있는 한, 당의 신망을 다른 제3, 제4자에게로 대행시켜서 실각케 한 후에 차기나 그다음 기회에는 미지수인 자신에게 면부득(免不得: 아무리 애를 써도 면할 수 없음) 수령자리 교섭이 올 것이라는 악질적 심리와 동시에 일방으로 여당과 야합해서 야당통

199) 1965년 5월 3일 민정당, 민주당 양당이 통합하여 창당된 보수주의 성향의 민주당계 정당이다. 1963년 단일야당의 형성에 실패한 이래로 야권은 계속 통합노력을 기울인 끝에 1965년 5월 3일 민정·민주 양당이 통합선언대회에서 이 당의 창당을 선언하고, 같은 해 6월 14일 함당 전당대회를 통해 창당하였다. 창당 이후 지도위원의 선출을 둘러싸고 민정당계의 윤보선계와 민주당계의 박순천계 간의 갈등을 드러냈다. 그리고 양 계파 간의 갈등은 민중당이 존속하는 동안 계속 노출되어, 결국은 분당을 초래하게 되었다. 탈당 인원들은 윤보선을 당수로 한 신한당을 창당한다. 그러다가 1967년 제6대 대통령 선거를 앞두고 민중당의 대통령 후보 유진오와 신한당의 대통령 후보 윤보선은 정권교체를 위한 야당 후보 단일화의 필요성에서 통합을 추진하게 되었다. 1967년 2월 7일 양당의 통합 및 신당 창당대회를 개최함으로써 신민당으로 신설 합당되었고 윤보선을 대통령 후보, 유진오를 당 대표로 추대하였다.

200) 민중당에서 예비한 후보는 이범석·백낙준·유진오 셋이었다. 이 세 갈래 교섭이 결국 유진오로 낙착된 것은 이·백 두 사람의 까다로운 조건에 비해 유진오만이 선뜻 나서 주었기 때문이다. 이범석은 당권과 공천권을 요구한 뒤 충남 지방으로 떠나 버렸고, 백낙준은 야당 단일화를 전제로 신한당의 윤보선 후보가 이에 호응할 것을 조건으로 걸었는데 이는 민중당이 어떻게 할 수 없는 선후가 바뀐 조건이었기에 사실상 백이 고사한 것이다.

합 단일 입후보를 은은(隱隱) 방해해서 여당의 승리를 거두게 하고, 자기의 실리와 야당에서의 자기 지위를 견고히 하자는 최악질자의 수단에서 민중당에서도 대통령 지명을 해서 야당분산을 완성시키고 박정희 군의 재선이 되도록 주선하되 제물이 되는 유진오 군이야말로 학자로 매장됨을 알지 못하고 속소위(俗所謂: 세속에서 소위) 치켜세우는 데 따라서 대통령 지명을 수락하는 그 실정 참으로 불쌍한 인간이다.

이 음모를 하는 자는 당연히 천주(天誅: 천벌, 하늘의 저주)를 받는 법이다. 내가 본 유진오 군의 수락감(受諾感)이다. 혹자는 윤보선을 위해서 하는 말인가 할는지 알 수 없으나, 나는 해위평(海葦評: 윤보선평)을 이 기록에서도 한 일이 있으니, 보시는 분이 살피실지어다.

병오(丙午: 1966년) 9월 중양일(重陽日) 봉우추기(鳳宇追記)

6-115

임달준 군의 요서(夭逝: 요절)의 보(報)를 듣고

내 임 군을 초대면한 것이 갑진년(甲辰年: 1964년)이다. 그러니 임 군의 과거는 내가 알 도리가 없다. 내 본성이 타인의 과거를 묻는 일이 없고 다만 누구든지 교제하는 대로 해오는 습관이라 그래서 임 군도 내가 초대면한 후부터 원원상종(源源相從: 계속 친하게 지냄)했었다. 그 당시부터 병골(病骨: 병으로 몸이 약한 사람)로 중태(重態)였었다. 임 군은 그래도 인내해 가며 무엇인지 희망을 걸고 나가는 것인데 임 군의 실제 형편이 호구지도(糊口之道: 먹고 사는 방도)가 없었고, 누가 보아 주는 사람도 없었다.

실패를 거듭하면서도 갱기(更起: 다시 일어남)하고자 노력하던 것은 사실이었다. 내게 왕래하는 것을 보고 어떤 사람들은 극빈자(極貧者: 극히 가난한 사람)요, 병중이라 무소불위(無所不爲: 하지 못하는 것이 없음)할 형편이니 상종하지 말라고 하는 권고도 받은 일이 있었다. 그러나 임 군은 그 빈궁(貧窮: 가난해 생활이 어려움) 중에서도 신용을 잃지 않고 자기대로의 위신(威信: 위엄과 신망)을 지키는 것이 군의 특장(特長)이었다.

모사(謀事)에 좀 부족한 편이었으나 신용은 잘 지키고 사람에게 아유부용(阿諛附庸: 아첨하며 남에게 의지하고 삶)하는 것을 아주 비상(非常: 정상이 아님)으로 아는 사람이다. 말하자면 극빈극궁(極貧極窮: 아주 가난하고 궁함)한 중에서 흔히 있는 아유부용과 허위(虛僞: 꾸며낸 거짓)의 언행(言行)이 전연 임 군에서는 볼 수 없었던 것이 내가 친절히 지내던 연고였다. 작년 세전(歲前: 새해가 되기 전)부터 좀 몸의 건강이 나아진 것 같다고 자기가 말하기에 다행이라 생각했었는데, 아마 병가소유(病加少愈: 병이 더 심해질 때 조금 낳는 듯함)라고 약간의 회복된 건강을 좀 무리하게 소비시킨 것이 아닌가 한다.

수월 전(數月前: 몇 달 전)부터 기색이 아주 침체(沈滯)해서 말이 아니었다. 무슨 일하다가 실패한 데 촉(觸: 부딪침, 충격)을 받은 것이 아닌가 하고 위로도 해보고 복약(服藥)도 권해 보았다. 그러나 그 후 계속적인 실망(失望)에서 아주 낙망(落望)한 것 같다. 전에 그 계씨(季氏: 남동생)가 와서 임 군의 와병(臥病: 병석에 누움)을 전해서 내가 문병하고 시약(施藥: 약을 씀)한 일이 있었다. 그 후 내가 부산 왕복 중 또 그 계씨가 내방했던 것을 공행(空行: 헛걸음)했다. 그 후 일주일 후 그 계씨가 임 군의 중태를 보(報: 알림)한다. 또 시약했으나 그 후 10일 만에 약석무효(藥石無效: 약과 침이 효과 없음)로 서천(西天)으로 갔다고 전언(傳言)을 들었다.

비록 객지만교(客地晩交: 객지에서 늦게 사귐)나 청년으로 정직한 인간이었는데, 요절(夭折: 젊은 나이에 죽음)을 면치 못하고 그 자당(慈堂: 어머니)이 재상(在上: 위에 계심)한데 셋방 한구석에서 안광낙지(眼光落地: 눈빛이 땅에 떨어짐, 죽음)할 때, 그 심정이야 어떠했을 것인가? 가는 곳에는 노소남녀(老少男女)와 수요장단(壽夭長短: 오래 삶과 일찍 죽음)의 차(差)가 없이 다 일반이나, 남은 사람들의 안목으로 어찌 그 감이 불쌍하지 않을 것인가? 내가 가서 조상(弔喪: 문상)을 못하고 몇 자로 임 군의 감을 기록해 보는 것이다.

병오(丙午: 1966년) 9월 11일 봉우서(鳳宇書)

6-116

아베베 초청 마라손(마라톤) 대회를 보고

병오(丙午: 1966년) 10월 30일 정오에 경인(京仁: 서울 인천 간) 마라손 코스를 역주하는 선수들의 용자(勇姿: 용감한 모습)를 보았다. 실은 아베베[201] 선수를 초대해서 배역으로 일본선수 2인과 미국선수 1인이 참가한 외 11명의 국내선수가 참가했었다. 인천에서 시발(始發)해서 중앙청 앞까지의 코스였다. 오류동까지 반(半)코스에서는 선두에 아베베와 일본선수 2인을 세우고 우리 선수 이상훈 군이 역주했으나, 중간에서 이 군이 기권하고 김봉래 선수가 4위로 역주했다. 미국선수는 5위로 입선했다.

그런데 아베베의 주법은 바로 우리들의 (전통) 속보태(速步態: 속보하는 모양)와 거의 동일해서, 양완(兩腕: 두 팔)을 양협(兩脅: 양옆구리)에 대고 양손만 좌우로 동요할 정도로 전 코스에서 조금도 피로를 불감(不感: 느끼지 못함)하고 세한(洗汗: 땀을 닦음)하는 것도 못 보았다. 그다음 일본선수 2인은 다 단신(短身: 작은 키)에 수약(瘦弱: 여위고 약함)한 신체인데 주법은 별로 표 나는 것이 없고, 그저 연습충분이라고나 평할 밖에 다른 평은 못하겠다. 우리 선수들은 대체로 주력(走力: 달리는 힘)이 부족하고 주법(走法: 달리는 방법)도 연습부족이라고 하겠다. 피로

201) 아베베 비킬라 대매새(1932년 8월 7일~1973년 10월 25일)은 에티오피아의 군인이자 전 육상 선수로 두 차례에 길쳐 하계 올림픽 마라톤 금메달을 땄으며 맨발로 마라톤 세계 최고기록을 수립하여 '맨발의 기관차', '마라톤 황제'라는 별명을 얻었다.

를 인내 못 하는 것 같다.

그리고 미국선수도 우리 선수와 동일하다. 아베베도 2시 17분대를 역주했으니 자기 기록(동경)보다 5분이나 완착(緩着: 늦게 도착)이었다. 이것은 동경에서와 우리나라 코스가 좀 다르다는 점에서인가 한다. 인천에서 시발부터 부평까지 소사에서도 올라오는 곳이라 시간이 순평지보다는 더 걸릴 것이 당연하다. 일본선수 양인(兩人: 두 사람)이 다 19분대에서 30여 초와 58초라는 정도요, 우리나라 선수는 4위가 24분이었다.

마라손(마라톤) 왕국을 자처하던 나라가 아주 경쟁권 내에도 들지 못해서 전 국민의 실망을 자아내는 것은 그 책임이 선수들 자신에게도 있는 것이나, 주책임은 지도자들과 대한체육회에서 지는 것이 당연하다고 본다. 기록이 저회(低徊: 밑에서 돔)하는 것을 보고도 대책이 묘연해서 선수자신에게만 맡기고 있으니, 현상으로 두어서는 올림픽대회에 참가할 면목조차 없겠다. 우리나라에서는 선수양성의 소질은 충분함에도 불구하고 사회에서나 지도자층의 불비(不備: 대비가 안 되어 있음)로 점점 저조(低調)하는 것이라 참으로 애석한 일이다. 우리가 말하는 구식요법 습득자였다면 좀 노력한다면 2시간 이내로 (기록을) 단축할 자신이 충분하다는 것을 확언해 두는 것이다.

내가 일부러 이 선수들의 역주하는 현상을 보고자 중앙청 광장까지 가서 1시간이나 기다리고 있어서 그 사람들의 주법을 목도하고 내 소감이 있어서 이 붓을 드는 것이다. 청년으로 의지가 굳은 사람이라면 2개년 연습으로 2시간까지는 문제없이 단축시킬 수 있다는 것을 재삼 확언해 두는 것이오, 그 상세한 말을 운동에 대해서 내가 저술한 바 있었던 관계로 이번에는 이 정도로 내 감상만 적어 보는 것이요, 상세는 유의자(有意者: 뜻 있는 사람)에게 면고(面告: 얼굴 보고 얘기해 줌)하겠다.

병오(丙午: 1966년) 9월 17일 봉우서(鳳宇書)

6-117

존슨 대통령의 방한(訪韓)

금번 미통령(米統領: 미국대통령)의 동남아 6개국 순방길의 차례가 9월 계해일(癸亥日)에 오후 3시 김포공항에 하륙(下陸: 땅에 내림)했다. 미통령으로서는 아이크(아이젠하워)가 제일 먼저 전시(戰時)에 방한했었고, 금번이 제2차였다. 물론 국가원수로 타국을 방문하는 것은 정치 외교상 불가무(不可無: 없지 않음)한 일이라 이박(李博: 이승만 박사)이 우리 대통령으로 재임 시에도 방미(訪美)와 방일(訪日)과 동남아를 순방한 일이 있었고, 박정희가 대통령으로 있으며 방일, 방미와 동남아 순방이 있었다.

미통령의 방한도 역시 박정희 대통령의 방미한 회사(回謝: 감사에 대한 회답)라고 보아도 별 큰 실수(失手)는 안 되리라고 본다. 그리고 그 환영의 우대(優待)는 국빈(國賓: 나라의 손님)으로의 예우(禮遇)로 당연한 일이다. 별 이상할 것이 없으나 일방으로 생각해 보면 미국의 우호라는 것이 어느 정도까지 진의(眞意)인가 하는 것이 우리 국민으로 없어서는 안 된다.

미국의 약소국가에 대한 태도가 물론 미국의 대외국책(對外國策)을 벗어날 수 없는 것은 사실이나, 그 미국의 국책이라는 것이 약소국가를 원조해서 공산 진영으로 가지 않도록 할 것인가 또는 그 원조로 약소국가가 완전자립할 수 있도록 공산 진영과 대립 내지 우세할 수 있도록 무조건하고 원조하는 것인가 그렇지 않으면 젖 없는 유아(乳兒)

에게 동리 산모(產母)의 젖을 얻어 먹이는 격이라 굶어 죽지는 않으나, 영양실조로 그 일생이 불완전하게 된다. 이것이 고의건 아니건을 말할 필요도 없고 자립할 수 없는 사람으로 일반지덕(一飯之德)[202]이라도 잊을 수는 없다고 생각하면 족하다. 부모 없는 고아들이 수양부모(收養父母: 자기를 낳지 않았으나 데려다 키운 부모)를 친부모보다 못지않게 생각하는 것이 예(例)이다. 더구나 존슨은 미국의 대통령으로서의 방한으로 본다.

다만 한심한 것은 우리가 자립할 여력이 없는 것이 아니다. 우리 지도자들의 부족으로 자립을 못 하고 타국의 원조로 근근(僅僅: 겨우) 생명을 유지하고 있는 국민이 되어 그 원조해 주는 국가의 원수(元首)를 맞으며 일희일비(一喜一悲: 한편으로 기쁘고 한편으로는 슬픔)하다 내가 자립해야 옳은 일임에 불구하고 군경(軍經: 군사적, 경제적)의 원조가 없이는 하루도 편히 지내지 못할 입장에서 살고 있는 우리들의 심경(心境)이야 무엇이라 하리요? 누구를 원망하며 누구를 칭찬할 것인가? 방송국의 환영실상을 들으며, 내 감상 무엇이라 할지 붓으로 쓸 길이 없다.

대등한 위치에서 존슨 대통령을 국빈으로 환영한다면 무엇이 감상에 불평이 있을 리 없으나, 미소(美蘇) 양대(兩大) 진영들의 야심(野心)으로 군소(群小) 국가와 민족들은 말로 표현하지 못하는 우리들 심정을 불언중(不言中)에 동감하는 국가와 민족이 있으리라고 믿는다. 존슨 개인의 의사가 아니요, 미국책(米國策: 미국의 정책)이리라고 믿는다.

루스벨트나, 아이크(아이젠하워)나, 케네디나, 존슨이나 그 개인을 원

---

202) 한 끼의 밥을 얻어먹은 은덕, 일반지은(一飯之恩). 아주 작은 은덕. 《사기(史記)》 〈회음후(淮陰侯)열전(列傳)〉에 나온다.

망하며 칭찬할 것이 없이 미국의 국책이 너무 소극적이요, 좀 무리한 생각으로 말하면 민주국가 전체는 미국을 위해 희생이 되는 대가로 최저생활력을 유지하게 하며, 군사원조는 자기들 미국 지도하에 예속되어서 소호도 자립할 수 없게 하는 것이 미국의 국책이라고 보아야 옳다. 군기(軍器: 무기, 병기)는 폐물(廢物)이용 정도다.

다른 기계도 10년 전 구식(舊式)을 이용하는 것이요, 군비(軍備: 군사대비)도 몇 개년 자립을 허용하는 것이 아니라 국군으로서의 몇 달 유지에 급급(汲汲: 분주함)할 정도라고 본다. 이 실상을 자감(自甘)하는 우리 지도자들의 심정 무엇이라 평해야 옳은가? 존슨을 맞으며 서울 시민들의 열렬한 환영을 보고 내 심서(心緖: 마음의 실마리) 산란(散亂)함을 금치 못하겠다.

존슨의 생각에는 "너희 수천만 한국민족들이여, 내말을 잘 들어야 말이지 만약 일호반점(一毫半點)이라도 불여의(不如意: 뜻대로 되지 않음) 할 때는 폐리(弊履: 헌신)와 같이 버리리라"는 심산(心算)이 여실히 보인다. 그 나라 국책으로야 당연하리라마는 이를 당하는 우리 민족들은 오늘 존슨을 환영하는 마당에서 이 미국의 원조가 없이도 자립하도록 결심하라.

말만은 자립, 자립하나 그 손이 벗어나는 날이면 자력으로 남북통일의 희망을 완수하겠나 충분히 고려할지어다. 아무렇든 존슨을 환영하는 것만은 잘하는 일이요, 지도자들이 반성하라는 것이다. 말을 하다 보니 부지중 길어짐을 불각(不覺: 깨닫지 못함)했도다.

병오(丙午: 1966년) 9월 계해일(癸亥日) 봉우서(鳳宇書)

6-118

수필: 대전공주여행 도중견문(途中見聞)

금번에 공주, 대전 지방으로 여행 중 여러 사람들에게서 **도청도설**(道聽塗說: 길거리의 뜬소문)을 **무순무서**(無順無序: 순서 없음)하게 기록해 보는 것이다. 제일 금년 **농황**(農況: 농작물 되어 가는 상황)에 대해서는 전곡(田穀: 밭곡식)은 거의 흉작이라는 데 이의가 없고, 도작(稻作: 벼농사)은 **혈농**(穴農: 농사 형편이 고르지 못하여 곳에 따라 풍작과 흉작이 같지 않은 농사)으로 불구하나 근근 평년작은 되는 것 같다는 것이 중론(衆論: 많은 사람의 의견)이다.

정부에 대해서는 **도처일반**(到處一般: 가는 곳마다 같음)인 호평이 아니요, 정당론에 대해서는 각자 의견이 불일(不一: 하나가 아님)하다. 서울서 듣는 소리보다는 좀 저급인 평들이 많다. 그러나 여당편보다는 야당편이 외양으로는 좀 강한 것 같다. 그렇다고 실지면에 있어서 야당이 강한 것은 아닌 것 같다.

이것이 도청도설(道聽塗說)이요, 모우(某友: 어느 친구)의 **소상**(小祥: 사람이 죽은 지 1년 만에 지내는 기제사)에 참석했었는데 노소(老少)들의 말이 약간의 차이는 있으나, 거의 일반인 견해가 많다. 상례(喪禮: 상중에 지키는 모든 예절)나 **제례**(祭禮)의 **순전**(純全: 순수하고 온전함)한 구식보다는 좀 개량하는 것이 좋지 않은가 하는 의론(議論)이 많다. **상기**(喪期: 상복을 입는 동안)에 대해서는 언급하지 않으나, **상복**(喪服)은 좀 시대에 적합하게 할 수 없는가 하는 것이 다대수요, **상가**(喪家)나 **대소상**

가(大小祥家)[203]에서 좀 엄숙하게 했으면 좋지 않은가 하는 의사가 많다.

상가, 제가(祭家)에서 술주정꾼이 있는 것은 실례가 되니, 음식 접대는 좋으나 주객(主客)의 상호 존중한 것이 좋을 듯하다. 지성인들의 말이요, 현 실정으로는 경향(京鄕)이 일반이나 상복을 초상시(初喪時)와 대소상시(大小祥時)만 착용하는 것이 예가 된 것 같으니, 이 상복을 3년간 착용할 수 있는 재가자(在家者)나 사무인의 구별이 없이 다 착용할 수 있게 신제정하는 것이 당연치 않은가 하는 설이 많다. 타당한 말이다.

현대인으로는 삼년집상(三年執喪: 3년간 어버이 상례를 치름)할 사람은 거의 없고 상중(喪中)에 집무 안 할 수도 없으니, 구상복(舊喪服)은 할 수 없이 초상시(初喪時)와 대소상기(大小祥期)에 국한사용하게 된다. 그러니 그 상복을 이 시대에 적합하게 신제(新製: 새로 만듦)하는 안(案)을 말하는 것이다. 무리한 소리가 아니다. 남녀 혼인 시기에 대해서는 현행하는 시기는 남녀 대학 졸업 후 연령이라 보통 27~28 내지 30대에 성혼(成婚)하는 것이 상례(常例)가 되었으나 지방에서 학부까지 안 간 사람들은 좀 22~23대로 내리는 것이 좋을 듯하다는 중론이었다. 이것이 하필 대전, 공주 지방에 국한된 민심이 아니라 거의 일반적인 통론(統論)일지도 모른다. 구례(舊禮: 옛날 예법)를 절대 중시하는 영남(嶺南)만은 알 수 없으나, 타 지방은 거의 동일하지 않은가 한다.

그러나 제례(制禮: 예법을 지음)하는 것은 어떤 개인이 마음대로 할

203) 대소상(大小祥) 또는 祥은 대상(大祥)과 소상(小祥)을 아울러 이르는 말이다. 대상(大祥)은 사람이 죽은 지 두 돌 만에 지내는 제사고 소상(小祥)은 사람이 죽은 지 1년 만에 지내는 제사.

수 없고 나라에서 중론으로 해야 하는 것인데 현 정부에서 일반 행정에도 맹점이 없다고 누가 확답할 것인가? 그러니 해가(奚暇: 어느 겨를)에 예설(禮說: 예절에 관한 설)을 감론(敢論: 감히 논함)할 것인가? 민의원 제씨(諸氏: 여러 사람)도 역시 임기 안에 각자의 이권운동이나 몰두매신(沒頭埋身: 머리와 몸을 파묻음)하지 무슨 민심반향(民心反響: 민심의 메아리)을 시킬 생각부터 있는지 없는지 알 수 없다.

내가 이것을 쓰는 것은 누구에게 무엇을 바라는 바가 있어서 하는 바가 아니라 여행 중 견문을 귀가하여 야심무매(夜深無寐: 밤은 깊은데 잠은 없음)할 때 청수차(請睡次: 잠을 청하던 차)로 이 붓을 들고 횡설수설 두서없이 기록하고 있는 것이다. 쓰다가 졸음이 좀 오는 것 같다. 그래서 붓이 난필(亂筆)이 된다. 더 쓸 것도 없고 남은 것은 다음으로 미루고 수필의 제목 아래 대전, 공주여행 도중견문(途中見聞)을 그대로 쓰는 것이다.

병오(丙午: 1966년) 9월 24일 봉우서(鳳宇書)

6-119

재기(再記: 다시 기록함): 현대 중공(中共)의 본질과 미래

대전, 공주 등지에서 만난 분들 중에서 사회 실정에 대해서 말하는 분들이 몇 분 있었다. 현 중공에서 임표(林彪)204)의 실권(實權) 장악으로 모택동(毛澤東)의 실각(失脚: 권력을 잃음)이 아닌가 하고 말하는 사람이 있었다. 그러나 중공(中共: 중화인민공화국)이라는 것은 장개석(蔣介石)의 양보로 모택동이 집권하고, 미국을 방위한 것이요, 모(毛: 모택동)가 소련을 또 방위했다. 현 중공을 공산 전체로 보아서는 잘못이다.

중국은 비록 장모(蔣毛: 장개석, 모택동) 정권교체가 되었어도 정객(政客)들의 희생이 별로 없었고, 은연중 국가 실력만 양성하는 중이요, 또 소련의 중공에 대한 간섭을 절대 불허해서 중공은 중공대로의 독자적 입장의 민족공산을 지향하고 나간다. 그러면서도 일보(一步) 전진해서 중공이 세계 좌경(左傾: 좌익공산)분자들을 지도하려는 심산으로 신흥 아프리카 연방들 국교(國交)에 노력하고 있다. 그러며 핵실험을 감행한다. 소련과는 물론 반목하면서 자립에 급급(汲汲)하다.

그런데 미국에서 아시아의 수사(睡獅: 잠자는 사자)가 잠을 깨기 전에

204) 임표(林彪, Lín Biāo, 1907년 12월 5일~1971년 9월 13일)는 중화인민공화국의 군인, 정치가이다. 중화인민공화국 부총리 겸 총리 권한대행(재임: 1968년 10월 21일~1971년 9월 10일)과 중화인민공화국 국방부 부장과 중화인민공화국 원수를 역임하였으나, 마오쩌둥과의 갈등으로 쿠데타를 시도했다가 실패한 후 소련으로 망명하던 도중 추락사했다.

그 어떻게 제압해 보려고 월남전을 고의로 확대시키고, 막대한 군원(軍援: 군사원조)과 경제원조를 투(投: 던짐)하는 것은 중공으로서 이 전화(戰火)에 개입되어서 중공이 아주 견고하기 전에 타도해 보자는 심산이나, 중공이 잘 알고 있는 일이라 인내해 가며 자립에만 전력을 경주하고 있다. 그러니 명분이 서지 않아서 미국이 중공과 전쟁을 할 수 없는 입장에 서게 하고 있다.

타국에서 보면 자유중국(대만)과 중공이 별개로 볼 것이나, 우리가 보기에 동체분신(同體分身: 같은 몸이며 나뉜 몸)임에 틀림없다. 그리고 홍의대(紅衣隊: 홍위병)니 무엇이니 해야 다 일반의 정치수단임에 불과한 일이니, 노사(老獅: 늙은 사자)가 잠을 깨면 인도와 악수하고 군소(群小) 국가와 같이 아시아 자립으로 황백전환기(黃白轉換期)가 멀지 않다는 것을 안심하고 기다려야 한다.

물론 중공의 사상이 순수좌익에서 변질이 되어 민족주의로 대동주의(大同主義)가 발족될 것이라는 것을 말해 두었다. 남의 나라의 발전상만 보고 있으라는 것이 아니라, 우리나라도 그동안에 자립정신으로 세계정신문명의 선구자가 되어 세계평화의 주창(主唱)을 우리가 해야, 우리 조선(祖先)들이 바라시던 홍익인간(弘益人間)의 이념이 만국(萬國: 萬邦, 모든 나라)에 수범(垂範: 본보기가 됨)될 조짐(兆朕)이라고 역설하고 왔다. 시기는 어느 때가 되겠는가 하는 질문에 단시일에는 바랄 수 없고, 내두(來頭) 20년에서 30년이면 완전히 그 면모를 전 인류가 볼 수 있을 것이라고 호언(豪言: 의기양양하게 호기롭게 하는 말)을 했다.

이 일이 오자면 미소(美蘇)의 일차 충돌이 있어야 될 것이요, 이 충돌로 양상(兩傷: 양측의 손상)으로 소련이 패망(敗亡)하고 중공이 중흥(中興)하며, 그다음에 대동책(大同策)이 완전 수립될 것이나, 그동안에 우리 민족은 우리대로 준비가 있어야 세계맹주(盟主)로서의 태세를 갖추어야 한다는 것을 주장했다. 내가 대황조(大皇祖) 님 묵시(默示)를 받고 자신만만(自信滿滿)한 호언(豪言)을 해보는 것이다. 명년의 우리나라 선거와 앞으로 4~5년 내에 올 우리나라와 중공의 변질상(變質狀: 변화상황)을 미리 원시(遠視: 멀리 봄)해 보며 이 붓을 드는 것이다.

병오(丙午: 1966년) 9월 기사일(己巳日) 봉우서(鳳宇書)

[이 글은 《봉우일기 2권》 199페이지에 〈후기〉로 올려져 있습니다. 봉우 선생님의 현대 중국에 대한 관점들을 잘 살펴볼 수 있는 귀중한 글이라 생각되어 이번에 일기 원문을 다시 역주하였습니다. -역주자]

6-120

신문 구편(舊片: 지나간 신문)을 보다가 〈서울 국제마라톤의 교훈〉이라는 제목을 보고

전번 서울서 거행된 마라톤대회에서 한국의 패인(敗因)을 외국선수와 코치들이 지적한 기사를 보고 그 원문을 그대로 절취(截取: 잘라냄)해서 이 책에 붙이고 내 의견을 가첨(加添: 첨가)해 보는 것이다. 우리나라가 김은배[205] 당시부터 동행했던 권태하[206]의 주법(走法)이 세인에게 칭찬을 받았고, 그 후 손기정[207] 군(君)의 백림(白林: 베를린)에서의

205) 김은배(金恩培, 1907년~1980년 3월 6일)는 일제강점기의 육상 선수였고, 대한민국의 체육인이다. 1932년 하계 올림픽 육상 남자 마라톤에 출전하여 2시간 37분 28초로 6위를 기록하였다. 1952년 하계 올림픽에서는 대한민국 육상 선수단의 감독으로 활동했다. 1931년 동아마라톤대회에서 우승, 국내 최초 마라톤 우승자가 되었으며 이듬해인 1932년 LA올림픽에 출전해 6위를 기록했다. 해방 후 국내 최초의 체육 일간지인 〈한국체육신문〉을 발행하는 한편 손기정, 남승룡 등과 함께 마라톤보급회를 만들어 서윤복을 1947년 보스턴 마라톤대회에 출전시키는 등 마라톤붐 조성을 위한 많은 사업을 벌였다.

206) 권태하(權泰夏, 1906년 6월 2일~1971년 10월 10일)는 일제강점기의 육상 선수였고, 대한민국의 체육인이다. 1932년 하계 올림픽 육상 남자 마라톤에 출전하여 2시간 42분 52초로 9위를 기록하였다. 조선마라톤보급회 위원장, 대한육상경기연맹 회장 등을 역임했다.

207) 손기정(孫基禎, 1912년 10월 9일~2002년 11월 15일)은 일제강점기 때 활약한 육상 선수이자 체육인으로 주 종목은 마라톤이다. 1936년 베를린 올림픽 마라톤에서 금메달을 획득하면서 비록 일본 대표로 출전하였지만 한국인으로는 최초로 올림픽 금메달리스트가 되었다. 그는 이 대회에서 2시간 29분 19.2초를 기록하여 마라톤 올림픽 신기록을 수립했다. 해방 후에는 육상 감독과 체육 행정가로 활동하여 대한체육회 부회장, 대한민국 마라톤 국가대표팀 감독, 대한육상경기연맹 부회장 등 여러 직책을 역임했으며, 1952년 하계 올림픽에 대한민국 마라톤 대표팀 감독 자격으로 대

우승으로 일약(一躍: 단번에 높이 뛰어오름) 마라톤왕국을 과시(誇示: 자랑해 보임)했던 것이요, 보스톤 로산제로에서 마라톤에 역주(力走)해서 성적이 양호했었다. 그 후로 우리나라에서 마라톤만은 자신만만(自信滿滿)하게 여기던 것이 계속적으로 진전을 보지 못하고 타국에서는 장족진보(長足進步)를 하는 관계로 입선권에도 겨우 참례(參禮)를 한다. 현 아베베 주법도 별 신기한 것이 아니나, 다만 그 사람의 충분한 연습으로 피로를 인내하는 데서 그의 성공이 온 데 불과하다.

그런데 우리나라에서는 대한육상연맹 간부진들이 선수양성에 치중하지 않고 또 타국의 선수양성법을 더 연구해 보지 않고 선수들 자신에게 일임하고 있는 현실이니, 어찌 타국의 선수와 비견할 수 있겠는가? 선수로서도 물론 비상한 훈련을 적(積: 쌓음)했다면 코치 여하를 불계(不計: 따지지 않음)하고, 호성적을 낼 수 있을 것이나 연구 없이 종전대로의 주법이라면 시간단축에 큰 애로가 있다고 본다. 30여 년 전이나 현금(現今: 바로 지금)이나 소호(小毫: 조금)도 변함이 없이 자연적으로 단축된 시간이 10여 분이다. 좀 여기서 과학적으로 검토하고 정신적으로 훈련이 되었다면 아베베의 기록은 별 큰 문제없이 돌파할 수 있다고 나는 생각한다. 현상 우리나라 사정은 육련(陸聯: 육상연맹)에서도 무책임한 양성법을 가지고 되어 가는 대로 해나가는 현상이요, 선수들도 마음만은 우승을 목표로 나가나 우승할 수 있는 주법에 도달하지 못한 연습을 하고 있는 것이 사실이다. 이것이 육련과 선수에게만 책임이 있는 것이 아니라, 사회 현상이 그 선수들의 훈련을 계속 시키지 못하는 데서 오는 자연적인 후퇴라고 본다.

한민국 선수단 기수를 맡았다. 대한민국 서울에서 개최된 1988년 하계 올림픽 개막식 당시 첫 번째 성화 봉송 주자를 맡았다.

책임이 제일(第一) 사회요, 제이(第二) 육련이요, 제삼(第三) 선수 자신들에게 있다. 하필 육상에 국한된 것이 아니라 우리나라의 과학 수준이 무엇이든지 거의 동일한 지위에 있다 보아도 별 실수는 없다고 생각된다. 책임의 소재가 세 곳에 있고 선수 개인에게만 있는 것이 아니라고 재언(再言)하며, 따라서 총책임은 국가 위정자들의 무관심에서 오는 영향이 제일 크다고 생각한다. 하필 체육 문제뿐이리요? 백 가지가 다 그렇다고 보아야 옳다. 위정자(爲政者: 정치인)들의 각성(覺醒)을 바라며 그다음 사회에서 합심해서 수준 향상에 노력해야 할 일이요, 각 개인들도 가일층(加一層) 전심전력(全心全力)을 하여 국위(國威)를 선양(宣揚: 널리 떨침)하며, 민족의 활로(活路: 살길)를 개척하라고 경고(警告)한다. 이것으로 자신의 영예(榮譽: 영광스러운 명예)도 오고, 자신의 성공도 오는 것이다. 묵은 신문지편(片: 조각)에서 이런 제목을 보고 감동한 바 있어서 이 붓을 드는 것이다.

병오(丙午: 1966년) 10월 초삼일(初三日) 정축(丁丑) 봉우서(鳳宇書)

6-121

수필: 내 성의 부족으로 친척들을 찾아보지 못함

서울 와서 있음네 하고 경조상문(慶弔相問: 경사스러운 일은 서로 축하하고 불행한 일은 서로 위문함)이나 그 외 당연히 인사를 해야 할 일을 전부 폐(廢: 그만둠)하고 있었다. 외가(外家)에는 외숙주(外叔主: 외숙부) 한 분이 생존하시었다. 금년이 팔순(八旬: 여든 살)이신데 내가 문후(問候: 웃어른의 안부를 물음)를 궐(闕: 빼놓음)한 지가 만(滿) 1년 반이었다. 어느 모로 보든지 내가 잘못이었다. 속담에 "처녀가 생산(生産: 애를 낳음)을 하여도 할 말은 있다"고 물론 그동안에 내 부득이한 사정이 있기는 하나, 이것은 내 사정이요, 대체논지(大體論之: 크게 말하면)하면 잘못이 내게 있는 것이었다.

외종매(外從妹: 외종사촌누이) 선자(善子)가 천호동 초등학교 교원으로 있었는데, 일성(一城: 같은 도시) 안에 있으며, 내가 한번 가보고는 거의 1년 반이 지나도록 찾아가 보지 못했다. 내가 게으른 탓이지 별 이유를 말할 수 없었다.

하필 외가에 국한된 일이 아니라 이모(姨母: 어머니의 자매) 한 분이 금년 77세인데 문후(問候)를 못한 지가 거의 10년이나 된다. 그러니 그 이종(姨從: 이종사촌)은 만난 기억조차 나지 않는다. 음성(陰城: 충북 음성) 이종은 정유년(丁酉年: 1957년)에 가서 만난 후 말제(末弟: 맨 끝의 아우) 이종(姨從)만을 서울서 수차 만났다. 내가 가서 보지 못하고, 찾아와서 만났을 뿐이다. 도시(都是: 아무리 해도, 도무지) 내 성의가 부족한 원인이다.

그러다가 금(今: 이제) 외종매(外從妹: 외종사촌누이) 혼인예식을 서울서 거행하는 관계로 외숙주를 모시고 와서 2일간 담화를 하시고 내려가시었다. 비록 건강하시었으나 현상으로는 수년을 지탱하실까가 의문이다. 내 모당(母黨: 어머니 쪽의 일가)으로는 외숙주 한 분인데, 내가 그 문후를 게을리한다는 것이 내 죄과(罪過)다. 금후로는 개과(改過)해야겠다.

나도 어언 70이 거의 되고 무사분주(無事奔走: 일 없이 바쁨)한 몸이라 한극(閑隙: 한가한 겨를)이 없어서 문후(問候: 웃어른의 안부를 물음) 행각이 게으른 것이나, 생존 시에 조금 바쁜 시간을 내서 가서 배알(拜謁: 어른을 찾아가 뵘)해야 하지 언제 할 것인가? 외숙주 여년(餘年: 남은 생애)이 아무리 후하게 보아야 3년은 어려울 것 같다. 이래서 내가 이 붓을 드는 것이다.

내가 당연하게 가야 할 곳이 내 생전에 조상 산소 여러 곳과 고향 종중(宗中), 재종숙(再從叔: 아버지의 6촌 형제)께와 진천 이모 댁에는 시간을 정해서 실천할 예정이다. 명년(明年: 내년) 중으로는 확정적 결심이다. 이 일을 실행하지 못한다면 내가 성의부족이라는 평을 자감(自甘: 스스로 감수甘受함, 달게 받음)하겠다.

병오(丙午: 1966년) 10월 초오일(初五日) 봉우서(鳳宇書)

6-122
수필: 청수제(請睡劑)이자 소견법(消遣法)의 일종인 글쓰기

내가 이 책자를 시작한 것이 계묘(癸卯: 1963년) 6월 초칠일(初七日)이다. 쓰다가 그치고 덮어 두었다가 또 펴보는 도수(度數)가 10년 전이나 20년 전에 비하여 아주 느릿느릿하여, 한번 책을 덮어 두면 1년이고 반년이고 아주 잊어 버렸다가 부지중에 눈에 뜨이면 또 이 책을 펴본다. 몇 장 되지 않는 이 책자를 일기서진(一氣書盡: 한 번에 책을 다 읽음) 할 수 있는 장수(張數)인데 기나긴 4년 세월을 두고 횡설수설(橫說竪說) 말이 되는지, 안 되는지도 무관하고 마음이 내키는 대로 쓴 것이다.

이것이 후일에 참고가 되건 안 되건을 말하는 것이 아니라 내 마음이 산란할 때와, 또 야심무매(夜深無寐: 밤이 깊은데 잠이 없음)할 때에 임시안정제로 이 책을 대할 때도 있고, 또 어느 때는 수면제(睡眠劑)로 이 책을 대할 수 있다. 그때그때에 산란한 정신이 안정되어도 이것이 내가 이 책의 덕(德)이요, 또 야심무매할 때에 이 책을 대해서 잠이 잘 온다면 역시 청수제(請睡劑: 잠을 청하는 약)로 내게 덕이 된 것이다. 후일에 참고되고 안 되는 것을 깊이 생각할 필요는 없다.

다만 이러이러한 중에 이 책자가 거의 다 되게 되어, 유시유종(有始有終)이 되는 것만 마음이 든든할 뿐이요, 그 내용의 여부를 분변(分辨: 분별)할 생각이 나지 않는다. 너무 일언일구(一言一句: 한 말, 한 구절)에 치중한다면 붓을 들기가 어려운 것이기 때문에 나는 마음에 내키는 대로 말의 되고 안 되는 것도 소호(小毫)도 관계하지 않고, 법리(法理)에 합하고 않는 것도 역시 불관하고 다만 내가 붓을 든 원인이 이 글에 있지 않고 일시(一時), 일시적으로 정신의 산란을 수습하는 안정제가 되었으면 족하고 또 야심무매시(夜深無寐時)에 청수제가 되었으면 족하다.

이것이 내 목적이요, 말의 되고 안 된 것은 오불관언(吾不關焉)이다. 그러하니 문사(文士)들이 집필하고 일자일구(一字一句)에 정신을 쓰는 것에 비해서 비록 나는 추졸(醜拙: 추하고 졸렬함)하기는 하나, 내 마음만은 구속됨이 없이 자연스럽도다. 내두에 올 날이 얼마나 하늘이 줄지 모르나, 가기 전에는 여전한 이 방법으로 또 몇 권 책자를 친(親: 가까이 함)할는지 알 수 없다. 이것이 내 소견법(消遣法: 잡념을 씻어 보내는 방법)의 일종이요, 다른 것이 아니다.

때는 병오(丙午: 1966년) 동(冬: 겨울) 10월 12일이요, 동장군(冬將軍: 추운 겨울의 비유)의 초진(初陣: 첫 군대)이 습격이 있은 후 제5일이다. 서울서는 월동대책인 탄정(炭政: 연탄정책)은 여전히 순조(順調)가 되지 않고, 김장은 엄동(嚴冬)에 폭등하고 있어서 세민층(細民層: 빈민층)은 일대 곤란을 상기(想起)하고 있고, 양정(糧政: 식량 정책)만 비록 겨우 평년작이 된 우리나라 실정으로는 그래도 별 큰 지장을 가져오지 않으니, 다행한 일이다. 나는 북악산 북록(北麓: 북쪽 기슭)에서 독좌무료(獨坐無聊: 홀로 앉아 심심함)하여 이 붓을 드는 것이다.

세사(世事)의 성불성(成不成)은 도시(都是) 운에 맡기고 수인사(修人事: 사람의 일을 다함)를 잘 해볼 뿐이요, 너무 여기 매진할 필요는 없다. 다만 그 일을 착수했으니, 그 일에 진력하는 것이 사람으로 누구나 다 그렇게 하지 않으면 안 될 것이다. 이것은 자연적으로 발휘되는 동작이요, 무슨 당연한 행동이 아니다. 우리는 본연적(本然的)인 자연대로 지내기를 바라지 무슨 인위적인 동작에서 면치 못하는 행동은 하고 싶지 않다.

일생을 **구구영영**(苟苟營營: 이익을 위해 아등바등하게 삶)하며 지낸 사람이나 아무 **영위**(營爲: 일을 꾸려 나감)가 없이 지내다 간 사람이나 간 뒤는 무엇이 그리 차가 많은가? 아주 초월했다면 이것도 별문제지만, 그 지경과 같이 원만치 못하고 약간의 형광(螢光: 반딧불)이 조전(照前: 앞을 비춤)할 정도라면 무엇이 평인(平人)과 다르다고 할 것인가?

그러니 원각(圓覺: 원만하고 흠이 없는 깨달음)이 되지 못한 초수자(初修者)가 되려면 서민(庶民: 일반 사람)과 불변(不變)한다. 그러면 도리어 천연적인 자연 속에서 변함없이 지내라는 것이요, 자신이 있거든 **백척간두갱진일보**(百尺竿頭更進一步: 백 척이나 되는 높은 장대 위에 서서 다시 한 걸음 내딛음) 해보라는 것이다. 이것이 우리 일상관(日常觀)이다.

쓰다 보니 또 탈선한 것 같다. 탈선이 아니라 그 궤도가 좀 넓다면 무방하지 않은가? 고인(古人) 말에 **문소문이래**(聞所聞而來: 들은 대로 듣고 와서)라가 **견소견이거**(見所見而去: 본 대로 보고 감)[208]라고 한 말이 있다. 내가 무슨 마음으로 이 붓을 들었는데 마음이 또 그치고 싶다. 이만.

병오(丙午: 1966년) 10월 12일 봉우서(鳳宇書)

208) 《세설신어(世說新語)》〈간오(簡傲)〉편에 나옴.

6-123

수필: 성사재천(成事在天: 일의 성공은 하늘에 달려 있음)

성사(成事: 일의 성공)는 재천(在天: 하늘에 달려 있음)이요, 모사(謀事: 일을 꾀함)는 재인(在人: 사람에 달림)이라는 고어(古語)가 있다. 무슨 일이든지 모사(謀事)하는 중간에서는 성(成)인지 부(否)인지를 알지 못하고, 진력(盡力: 노력을 다함)하여 인사를 다할 뿐, 희망을 걸고 나갈 뿐이다. 그러나 초출발에서는 전두(前頭: 來頭, 장래)가 묘연(杳然)하니 나가기는 나가도 그 걸음이 주저하지 않을 수 없다.

그러다가 중간에 오면 그 전망이 비록 희미하나마 바라뵈는 관계로 힘을 다해서 전진하는 것이 상례다. 그러는 중에 기다(幾多: 수많은)한 애로를 타개(打開)하자니, 팔전구기(八巓九起: 여덟 번 엎어지고 아홉 번 일어남)해 가며, 그 종결처에 접근해 갈수록 그 나가는 걸음이 점점 신중해진다.

중간에서야 백난(百難)을 배제하고 돌진(突進)하는 용기가 있으나, 종결점에 거의 와서는 누구나 기진맥진(氣盡脈盡: 기운도 맥도 다함)해서 목적지에 도달하기까지에 용기가 감퇴되고, 거기에서는 성(成)이냐, 부(否)이냐 하는 결말이 나는 자리라 조심조심되어 마구 전진하지 못한다. 그러나 이 자리에서 주저하고 있을 수 없다.

아무렇건 총역량을 경주해서 목적지로 나가야 한다. 내가 금번에 일하고 있는 것도 거의 목적지에 접근하고 있는 이때라, 마음이 성사재천(成事在天)이라는 고어를 믿고 머지않은 장래에 행운이 오기를 마음으로 빌고 또 내 자신에 천운(天運: 하늘이 정한 운수, 天數)이 무사히 임(臨)할지 안 할지가 가장 의문이다.

내가 무슨 덕을 닦아서 이 하늘의 도우심을 받을까가 내 몸과 마음으로 미안한 감이 있다. 해서는 나도 무치한(無恥漢: 부끄러움이 없는 사람)이 될 것이다. 내가 이 붓을 들며 감개무량해서 이만 그치고 하늘의 도움이 있기를 바랄 뿐, 성패는 도부천명(都付天命: 모두 천명에 맡김)하며 내 몸과 마음을 다시금 검사해 보며, 머지않은 기간 안에 호(好)소식이 있기만 바라고 이 붓을 그친다.

병오(丙午: 1966년) 10월 16일 봉우서(鳳宇書)

6-124

수필: 단군기원(檀君紀元) 4,300년 기념사업회

명년(明年: 내년)이 단군기원(檀君紀元) 4,300년이라고 그 기념사업을 하기 위해서 준비위원회를 설립한다고 신문지상에 보도되었다. 위원장이 김팔봉(金八峰)[209] 이었다. 이것은 일전에 비로소 본 일이요, 얼마 전에 서병철[210] 옹의 말씀으로 그 취지만은 들은 일이 있었다. 우리민족 금일 현상으로 거기 집합한 인물들이 누구든지 대황조(大皇祖)를 위해서 기념사업을 한다는 것만으로 충분한 일이다. 누가 감히 반대할

209) 김기진(金基鎭, 1903년 음력 6월 29일~1985년 5월 8일)은 대한민국의 문학평론가이며, 시인이자 소설가이다. 호가 팔봉(八峰)이라 김팔봉(金八峰)으로도 불리었던 그는 조각가 김복진(金復鎭)의 아우이다. 카프의 이론가 겸 소설가로 초창기 계급문학을 주도하였다. 일제강점기 말기에는 친일 행적을 보였다. 1940년부터 1945년까지 《매일신보》, 《조광》, 《신시대》를 통해 친일 저작물을 연달아 발표했다. 6.25 때 인민군에게 체포되어 사형판결을 받았으나 기적적으로 살아남은 뒤 반공주의 문인으로 활동하였다. 1936년 《청년 김옥균》을 발표한 이래 역사소설에 관심을 보였는데, 광복 후 《통일천하》(1954~1955), 《군웅》(1955~1956), 《초한지》(1984) 등 역사소설을 많이 발표했다. 1978년 대한민국예술원 회원이 되었고, 사망 후 1989년 문학과지성사에서 전7권의 《김팔봉문학전집》이 발간되었다.

210) 서병철(徐丙轍, 1893년~1977년)은 일제강점기 충청도에서 3.1만세운동, 독립단 서산지단사건 등과 관련된 독립운동가이다. 충청남도 서산 출신. 1918년 4월 대한독립단에 가입하고 8월경엔 서산과 안면도를 근거지로 서산지단, 일명 결사단(決死團)을 조직하였다. 1919년 3.1운동 때는 서산만세운동에 적극 가담하였다. 1920년 5월 서울 인의동에 있는 전기봉(全基奉)의 집에서 김상옥(金相玉)·김동부(金東浮) 등과 암살단을 조직했다. 그해 8월 24일 총독부 요인을 암살할 계획을 김상옥과 진행시켰으나 실패하고 10월 28일 독립단 서산지단사건으로 붙잡혀 공주지방법원에서 징역 1년형을 선고받았다. 이듬해 10월 다시 암살단사건으로 붙잡혀 1922년 4월 경성지방법원에서 징역 2년을 언도받았다. 1977년 건국포장, 1990년 애국장이 추서되었다.

사람이 있겠는가?

거기 누구누구의 집합이건 사업만 명정언순(名正言順: 명분이 바르고 말이 사리에 맞음)하면 족하다. 이런 일이 여기저기서 그칠 줄 모르고 잇따라 나온다면 부지중 민족정신이 쓰레기통에 장미화 격으로 자리야 어떠하건 선전이 잘될 것이라고 본다. 어찌 거족적(擧族的: 온 겨레에 관한) 사업에 고결한 인사로만의 집회로 숭고하게만 될 수 있는가? 이런 사람도 있고 저런 사람도 있는 법이다.

내가 이 붓을 든 것은 아무렇든 이런 집회가 많이많이 나오기를 바란다는 기원을 가지고 비록 그들의 주목적이 무엇이든지 숭조(崇祖)이념이니, 민족정신 앙양(昂揚)이니 하는 구호를 가지고 나온다면 대중들은 그래도 그들의 잔재로 민족정신이나 숭조이념이 부지중에 발아(發芽: 싹이 틈)되는 것이다.

여기서 고결한 인사들이 그 조류(潮流)에서 지도책임을 지고 선도(善導)하는 것이 그들이 지지 않으면 안 될 필수조건이다. 현상으로 보아도 대황조 님을 숭봉(崇奉)한다는 간판하에 그 조직이야 별별 기괴망칙한 조건이 다 있으나, 대동(大同)목표는 그래도 숭조(崇祖)이념이요, 민족정신이다. 유현호무(猶賢乎無: 없느니보다 나음)라고 생각된다.

금번 기념사업위원회 위원명단을 보건대 현 사회에서 유효한 지식과 지위가 있는 분들이다. 서옹(徐翁)의 말씀과 같이 명망(名望)이 있는 분들이다. 그 인사들의 평시 소행이나, 과거를 운위할 필요가 없다. 동지적 입장으로 규합된다는 것보다 같은 목표로 모이면 족하다. 이 자본주의 시대에도 아무렇건 그 자본주의와 합류되지 않는 도덕정신인 숭조(崇祖)사업이 이곳저곳서 나온다는 것만이 우리민족의 장래가 멀지 않아서 무엇인가 진정한 발족이 있을 조짐이라고 확언해 둔다.

나는 이 사람들의 사업을 심축(心祝)은 하나, 내 몸소 그 사업에 여기저기 참례할 생각은 아직 나오지 않는다. 그렇다고 내가 개결(介潔: 성품이 깨끗하고 굳음)해서가 아니라 내 자격이 그 사람들의 욕구에 맞지 못하는 것이 주원인이다. 나는 나대로 내가 이상적인 희망과 목적을 가지고 있는 것을 실천하지 못하는 관계로 탐다무득(貪多務得: 욕심이 많아 얻으려 애씀)할 수 없어서 멀리 바라보고 심축을 하나, 내 몸으로 참례 못 하는 것이다.

김팔봉은 내 소학교 당시 3년 후배였다. 소박(小樸)과 동창인데 내가 상종(相從) 못 한 것이 50여 년이다. 현대 문단(文壇)의 중진으로 원로격이다. 우리와는 천양지차(天壤之差: 하늘과 땅의 차이)라 비록 송무백열지회(松茂栢悅之懷: 소나무가 무성하면 잣나무도 기뻐하는 마음)는 있으나, 차립지맹(車笠之盟: 수레 탄 높은 친구와 대나무 모자 쓴 낮은 친구와의 돈독한 우정)이 없는 나로서 상봉(相逢: 서로 만남)하기가 미안감이 있어서 재경지년간(在京之年間: 서울에 있는 동안)에도 일차도 심방(尋訪)한 일이 없다. 어느 기회에 일차 상봉할까 한다.

소박(小樸)이 선서(先逝: 먼저 죽음)하고, 우당(佑堂)이 또 환원(還元: 죽음)하니 세대(世代)가 아주 교체되는 이때라 우리들도 거의 다 서산낙일(西山落日: 서산에 해가 짐)이라 내두가 얼마나 장원(長遠: 길고 멂)할 것인가? 이 붓을 드는 심정 역시 감개무량(感慨無量)하다. 아무렇건 4,300년 기념사업이 명실공(名實共)히 거족적으로 성대(盛大)히 거행했으면 하는 기망(企望: 기원)을 가지고 이 붓을 그친다.

병오(丙午: 1966년) 10월 17일 봉우서(鳳宇書)

추기(追記)

소박(小樸) 이윤직 옹이 을유(乙酉: 1945년) 이후로 아주 자기 노선을 개종(改宗)하고 순수 민족운동에다 일보 전진해서 **도덕평화**(道德平和)를 주창해서 동지를 규합하고 있었다. 그가 서울에서 **전심전력**(全心全力)을 다해서 수백 명의 동지가 규합되었던 중에 팔봉, 우당, 중재 등 각계각층의 인사가 많았다. 그러다가 소박이 선서하고 그 후에 계속해서 동지규합에 나선 사람이 없었다. 그래서 역시 **유명무실**(有名無實)하게 되었던 것이다.

나로서는 그 당시에 규합되었던 인사들이 누구였던지도 나로서는 잘 모른다. 내가 금번에 기원동지회도 역시 이러한 **대동소이**(大同小異)한 목적이다. 그러나 역시 실현성이 심히 희박하다. 그렇다고 우리가 우리의 목적을 변하고 다른 목적을 정할 수는 없다. 여전히 우리가 **자소지로**(自少至老: 젊어서부터 늙을 때까지)까지 마음먹고 있는 **백산운화**(白山運化)에 **전력전심**(全力全心)을 다할 뿐이다. 이것으로 붓을 그친다.

〈봉우추기(鳳宇追記)〉

도덕평화라는 것은 **윤상**(倫常: 인륜의 떳떳하고 변하지 않는 도리)을 제창(提唱)한 것인데, 이론으로는 족하나, 실지에는 좀 곤란했다. 이것을 실현시키는 데는 다른 방식이 필요하다. 이것은 후일로 미룬다.

미시(尾示: 끝에 보임)[211] 봉우(鳳宇).

---

211) 고전이나 전통 텍스트에서 글이나 이야기의 끝에 마무리 느낌을 주거나 결론을 이끌어내기 위해 사용된다. '말미에 남긴다', '마무리한다'와 같은 의미로 사용된다.

6-125

이 책을 마금(마감)하며

유수백년(流水百年)이 전광석화(電光石火) 같다면 그 전광석화 같은 세월에 1년이니, 2년이니 하는 것이야말로 참 순간이다. 내가 우연히 이 책자를 잔질산권(殘帙散卷: 남은 책, 흩어진 책) 중에서 찾아서 아무것도 쓰지 않은 공책이라 머리말을 쓴 것이 계묘(癸卯: 1963년) 6월 초칠일(初七日)이다. 그동안 흐르는 세월이 3년이 지나서 병오(丙午: 1966년) 10월 18일이 되었다. 이 책자를 자주 대하지 못한 것은 내가 계묘년 추동(秋冬)을 여행 중에 있었고, 갑진년(甲辰年: 1964년) 조춘(早春)부터 서울 와서 작객(作客: 객지에 머물며 손님이 됨)하여 3년간에 6차의 주소 변경과 5차의 영업소 변경이 있었다. 아무 하는 것은 없으나, 이 몸만은 분주불가(奔走不暇: 바빠서 여유가 없음)해서 이 책과 대면을 자주 못했다.

이 책자를 쓰는 중에 내 사적으로 내 친우(親友)요 동지(同志)인 설초(雪樵: 김용기)가 졸서(卒逝: 죽음)하여 정신수련 문제 시범(示範: 모범을 보임)에 일대 지장(支障)이 난 것이요, 그다음 소졸(小拙)이 병여(病餘: 질병)에 불기(不起: 일어나지 못함)의 몸이 되어 동지적으로 감상(感傷: 마음이 상함)이 불소(不少: 적지 않음)하였고, 사가(査家: 사돈집)이면서 동지인 성○운 옹이 조서(早逝: 일찍 죽음)해서 서로 의지하던 곳이 없어졌고, 또 결의(結誼)한 의제(誼弟: 의리로 맺은 동생) 민계호 옹의 조서(早逝)가 인간무상(人間無常)을 느끼게 했고, 가족적으로 우리 문중에 대표격인 종제(從弟: 사촌아우) ○○이 우연히 병을 얻어 불귀(不歸)의 객(客)이 되어 문중사(門中事)를 다시 상의할 곳이 없어져서 임사(臨事) 상심(傷心)하는 때가 비일비재(非一非再)요, 그다음에 종제 ○○의 선서(先逝: 먼저 감)가 문중에 큰 파문이 있었고, 종제 ○○이 장병여(長病餘: 긴 병)에 불기(不起)하여 그 처절한 경지를 목불인견(目不忍見)이었고, 다음에 ○○ 주상(主喪)을 당하여 팔순노경(八旬老境)에 비상간고(備嘗艱苦: 큰 고통을 겪음)를 하시다가 노병환으로 장면(長眠: 돌아가심)하시었다. 문중연장(門中年長: 집안에서 제일 나이가 많으심)이시다. 그다음에 종매(從妹: 사촌누이동생) ○○ 씨는 부군인 ○○ 옹의 40년간이라는 생사조차 아지 못하고, 별별 고생을 다해가며 수하(手下)에 2녀가 장성했는데 장녀는 역시 생사부지(生死不知)의 몸이 되고 차녀는 출가해서 말년의 의지할 자리를 얻었으나, 79 연세를 일기로 수서운권(水逝雲捲: 죽음)했다.

내 자신에는 별 큰 변동이 없었으나 자부(子婦: 며느리)의 졸중풍(卒中風)으로 불구자가 되어 만삭중(滿朔中)인 위경(危境: 위태로운 처지)을 당하고 심혈을 경주(傾注)해서 구출하여 건강을 얻었고, 또 가아(家兒: 아들)가 중병으로 반년을 신음하는 것을 겨우 완인(完人: 병이 완쾌한 사람)으로 회복시켰다. 이런 일, 저런 일이 다 내 심경의 상처가 된 것이라 마음이 잡히지 않아서 붓을 들고 책자를 대할 용기가 나오지 않았다. 그래서 4년이라는 세월이 흘러서 겨우 이 책자가 마금을 하게 되었다.

국가적으로 아무 일이 있었건 내 일인(一人)에 관계가 없는 일이요, 내 일신(一身)이 직접 간여한 일에 대해서 이러저러한 일로 손에 붓을 잡지 못한 것이 원인이 되어 4년 만에야 겨우 이 책자와 작별을 하게 되었다. 비록 국가의 일이었으나, 윤황후(尹皇后) 인산(因山: 장례식) 때도 우리들 구세가(舊世家: 대대로 나라의 주요한 지위나 특권을 누리는 집안) 자손들로는 상심(傷心) 안 할 수 없었다.

내가 이 책자를 마금하며 그동안 있던 일에 생사존몰(生死存沒)에 한해서 말한 것이요, 우리가 작년부터 규합동지(糾合同志)한 기원동지회도 마음같이 순조로 나가지 못하나, 그래도 유현호무(猶賢乎無: 없는 것보다 나음)요, 청년동지들 입산수련코자 계룡연정원(鷄龍研精院) 수리를 미치고 입산준비를 하고 있는 것을 내가 가서 지도 못하고 내 사사(私事: 사삿일)로 세월을 끄는 것이 대단히 미안한 감이 있다.

내가 고의로 그러는 것이 아니라 무슨 일을 착수해서 그 일이 유시유종(有始有終)의 결과를 아직 보지 못하여 사세(事勢: 일의 형세) 부득이 지연되는 것이다. 그 청년들에게는 여하튼 미안한 일이다. 서울서 보니 금년에 이효봉사(李曉峰師) 환원(還元: 죽음) 당시 사리(舍利)가 30여 개가 나온 데 대하여 과학도들의 의문의 부호가 생긴 것 같고, 또 사회에서는 요즈음 인도 요가의 선풍이 청장년 간에 돌고 있다. 이것이 다 좋은 일이지 절대로 나쁜 일은 아니다.

미소(美蘇)에서는 월세계 정복을 경쟁하고 있으며, 일편(一便) 월남전쟁으로 중공(中共)의 개입을 유인하는 것 같다. 그러나 전개되는 역사는 그다지 우리에게 유리하지는 못하다. 우리나라의 한일협정이니 무엇이니 하는 것은 정치 문제라 오불관언(吾不關焉: 나는 상관 안 함)이요, 명년의 선거도 비록 국민의 한 사람으로 관심이야 있으나, 되어 가는 대로 되기를 빌 뿐이요, 왈가왈부(曰可曰否)는 금물(禁物)이라 이곳에는 밀아자(蜜啞子: 꿀벙어리)가 될 생각이다.

이 책자를 마금하는 마음이 다음 책자에는 내 신상(身上)이나 심경

(心境)의 변함없이 안정되어서 붓을 들 때에 마음이 상쾌하게 되어 쓰는 것이 우굴쭈굴하게 되지 않기를 마음으로 비는 바이다. 사사(私事)나 공사(公事)가 다 주름살이 펴졌으면 하는 바람이 있을 뿐이요, 그 외에는 소호(小毫)도 다른 욕구는 없다. 이것으로 이 책자의 마금말을 쓰는 것이다.

병오(丙午: 1966년) 10월 18일 서울 부암여(付岩旅: 부암동 나그네 숙소)에서 봉우(鳳宇)는 서(書)하노라.

만사등운한시각(萬事等雲閒始覺)

모든 일이 뜬구름 같음을 한가하니 비로소 깨달아지고,

백년여수노방지(百年如水老方知)

백년의 세월도 흐르는 물과 같음을 늙어서야 바야흐로 알겠네.

(선친先親 취음공시翠陰公詩에서)

거거거중지(去去去中知) 행행행리각(行行行裏覺)

가고 가고 가는 중에 알고, 행하고 행하고 행하는 속에 깨우치네.

봉우좌우명(鳳宇座右銘) 여해서(如海書: 여해 권태훈은 씀)

뜻을 세움이 높지 않으면 그 배움이 모두 보통사람의 일이 된다. 그러니 뜻을 세우되 반드시 가장 안락하고 가장 적당한 것을 택하고, 비상한 힘을 내어서 용맹하게 전진하되, 쉬지 않으면 비록 재질이 아주 우수하지 않아도 성공하는 사람들 속에 참여하게 될 것이니 마땅히 힘쓸지어다. (立志不高則其學皆常人之事, 然立志必擇最安最適者, 出非常力勇猛前進不休則雖才質非上材可參於成功眷屬矣. 宜勉矣夫.)

봉우제(鳳宇題: 봉우는 씀)

[이 글의 마지막에 붙이신 시구절과 좌우명, 표제 등은 봉우 선생님께서 약 20년 후에 이 일기공책을 다시 보시고, 글 뒤에 당신의 감상을 써넣으신 것으로 생각됩니다. 이번 글에서는 "내 친우(親友)이자 동지(同志)인 설초(雪樵)의 졸서(卒逝)"라는 선생님의 표현에 가장 가슴이 아픕니다. 가장 아끼던 제자가 갑작스레 세상을 떠나갔으니 얼마나 상심하셨을까요? 이로부터 20년 후 서울 광화문에서 연정원을 다시 열어 학인들을 교육하실 때에도, 봉우 선생님께서는 친우이자 동지인 설초의 부재를 여러 번 안타까워하셨습니다. -역주자]

1967년(丁未)

6-126

무제(無題) 2수(二首)

일(一)

李四張三待不來 사람들은 기다려도 오지 않으니
今年身數本無財 올해 신수점은 본디 재물이 없네.
明月盈虛雲捲舒 달이 차고 이지러짐과 구름이 걷히고 펴짐은
不如山舍練靈臺 산중 정사精舍에서 영대靈臺를 단련함과 같지 않으이.

이(二)

尙友千古我懷長 아주 옛사람을 벗으로 삼아 길이 품으니
遲遲春夢訪南陽 지지한 봄꿈의 인생무상은 제갈량을 찾게 하네.
朝飯夕粥寒士宅 아침밥 저녁죽 먹는 가난한 선비집
四月南風大麥貴 4월 남풍에 보리는 귀하네.[212]

[이 시(詩)는 1962~1963년 일기책 원본 노트북 맨 뒷장에 쓰여 있었습니다. 바로 앞장의 글이 1967년에 쓰신 것으로 보아, 이 시는 1962~1963년, 또는 1967년도에 쓰여진 것으로 추정됩니다. -역주자]

212) 선생님 친필 원문에는 귀할 귀자로 보이나 재고를 요함. 문맥상으로는 보릿고개로 고생하는 시절의 비유적 표현으로 보임.

1985년(乙丑)

6-127

기몽(記夢: 꿈의 기록) – 알 수 없는 이야기

축수록(逐睡錄: 잠을 쫓는 글)을 쓰다가 시간이 경과해서 오전 2시 반경(半傾)에 취침했다.

몽중(夢中)에 어느 산간(山間) 거촌(巨村: 큰 마을)인데 촌상부(村上部) ○○한 곳에 한옥 거가(巨家)가 5~6가(家)가 즐비하다. 그중에 내가 찾아간 집이 수백 칸(數百間) 거가(巨家)인데, 상하(上下) 인구가 상당히 많다. 내가 아는 길처럼 찾아간 곳이 바로 그 집 큰사랑이다. 내가 문을 열고 들어가니, 의외에도 중부(仲父)님과 선친님과 숙부님과 계부님 4형제분이 좌독(坐讀: 앉아서 책을 봄)하시는 중이었다.

내가 사배(四拜)를 하고 시립(侍立: 모시고 서 있음)해 있자니, 중부주께서 내게 말씀을 하신다. "공사사사(公事私事)에 분주한데 좀 놀라서 왔구나" 하시고, "네가 생각하고 있는 일은 네 책임이니 잘 성공하여라" 하시고, "너의 부친이 이(곳) 원주(院主)시다. 그리 알고 우리 형제들은 다 무사하다. 나도 일계강계(一堦降堦: 일계단 강등)는 되었어도 여전히 일방지임(一方之任: 한쪽의 자리)이 있다. 너의 아버지는 전전생(前前生)보다 4계 월계(越階: 계단을 넘음)라 어디를 가든지 대우를 받는다. 그래도 우리들은 다 지상(地上)책임자들이요, 천상(天上)은 아니시다. 천상과는 차(差)가 있다. 우리 문중의 네가 천상에 있어서 지상제신(地上諸神: 지상의 여러 신)들에게 특대(特待: 특별대우)를 받는다. 부디 네가 책임완수를 잘하고 또 승계(昇堦: 계제를 올라감)하여라. 이것은 거의 확정된 일이라 우리들이 상하(相賀: 서로 경하함)한다"라고 하시고, "사적(私的)으로는 네가 잘 해결하여라" 하시고, 몽각(夢覺: 꿈에서 깸)했다. 알 수 없는 일이다.

여해서(如海書)

[이 글은 1975년에서 1989년까지 쓰신 일기책의 1985년도 글들 사이에 쓰여 있습니다. -역주자]

1987년(丁卯)

6-128

양력(陽曆) 10월 3일 개천절(開天節) 행사를 마치고

개천절은 당연히 음력 10월 초삼일(初三日)이라야 당연한 것이나. 국가에서 양력을 사용하는 관계로 양력 10월 3일을 개천절로 제정한 바라 부득이 그날 행사를 하게 된다. 국가에서나 민간에서나 다 동일하고 민간에서는 음력 10월 3일에 다시 강화(江華) 마니산 제천단(祭天壇)에 가서 행사를 다시 하게 된다. 우리 대종교(大倧敎)에서도 할 수 없이 그 예를 따라서 1년에 2차를 행사한다. 금년은 교내(敎內)에 다사(多事)했고, 지방 포교당(布敎堂)에서도 각자 개천절행사 하는 곳이 많아서 부득이 서울교당 내에서 간략하게 행사하게 되어, 죄송한 마음 금(禁)할 수 없다.

그런데 당일은 의외에도 각 종단에서도 여러분이 참석하시고, 축사도 여러분이 하시고, 지방 인사들도 다수가 참석하시어, 그리 고적(孤寂: 외롭고 쓸쓸함)하지 않아서 참석하신 여러분에게 감사의 뜻을 표하오며, 그날 오후에는 한국 연정원 단학회에서 개천절 행사를 거행하였는데 참석한 인사들이 300여 명이 되고, 지방 각지에서 일부러 상경하신 분이 다수였다. 감사한 말씀 무어라 다 말할 수 없고 행사 여흥(餘興: 연예, 오락)으로 (국립) 국악원 중요문화재 수인(數人: 몇 분)과 여류명창(女流名唱) 몇 분이 조연(助演)을 하여, 생색(生色) 좀 났습니다. 제 자신이 행사를 주도해야 당연한데, 역부족으로 근근(僅僅: 겨우) 형식만 치르고 보니, 죄송한 마음 무어라 형언할 수 없습니다.

정묘(丁卯: 1987년) 양력 개천절(開天節: 10월 3일)날

불초(不肖) 권태훈(權泰勳) 삼가 기록합니다.

추기(追記)

내가 월여(月餘: 달포)를 두고 과로(過勞)한 탓인지 신체 불건강하여 식사도 잘 못하고, 수면도 아주 잘 안 되는 중, 이 일 저 일로 분주불가(奔走不暇: 바빠서 틈이 없음)했다. 더구나 이 일 저 일이 첩출(疊出: 거듭 나옴)해서 안비막개(眼鼻莫開: 눈코 뜰 새 없음)하였다. 그중에 대전 연정원 지원(支院) 개원식 겸 연수(硏修)가 있어서 왕참(往參: 가서 참석함)했고, 그 여행 중에 연장해서 광주, 나주, 강진, 해남, 진도를 일주했다.

도중에 영암(靈巖) 월출산(月出山) 전모(全貌: 전체 모습)를 다 보고 강진(康津) 도중에서는 친교(親交) 오 박사님의 선산(先山)도 경안(經眼: 지나며 봄)했었고, 사실은 오우(吳友: 오 박사)가 그 선산을 일차 경안(經眼)해 주기를 청해서 내가 비록 산안(山眼: 산소를 보는 안목)이 부족하더라도 거절을 못 하고 가보았으나, 심중(心中)으로는 큰 걱정을 했었다. 왜냐하면 위선(爲先: 선조를 위함)하는 오 씨의 마음에 내가 경안(經眼)해서 소호라도 불합(不合: 맞지 않음)한 곳이 있다면 내가 정직하게 말 안 할 수도 없고, 만약 그런 일이 있다면 내 처신(處身)이 곤란하다고 걱정했었다.

그런데 의외에도 그 선산(先山)이 아주 길지(吉地)에다 소흠(小欠: 작은 흠)도 없다. 득지(得地: 제대로 된 땅을 얻음)했다. 복지(福地: 지덕地德이 좋은 땅)다. 내가 오우(吳友: 오 박사)에게 산상(山上)에서 그 말을 다

했다. 이 산을 택한 사람이 명풍(名風: 이름난 지관地官)이라서가 아니라, 이 산의 임자가 생전에 선행(善行)이 많아서 이런 자리를 차지한 것이요. 정평(正評)하자면 국내의 최상은 아니요, 중지상(中之上)은 확실한 곳이라고 말하고, 발복(發福)이 완전하기는 오대손(五代孫)에 가서 확실할 것이라고 하니, 현 오대손이 나서 있다고 한다. 내 간산(看山: 산소자리를 봄) 관계는 마음을 놓았다. 그리고 바로 진도(珍島)로 직행하는데 오 씨 부자(父子)분도 동행하였다.

진도는 내 선친께서 팔십지전(八十之前) 진도군수로 계실 적에 내가 모시고 있던 곳이요, 내가 호흡법(呼吸法)을 선비님(先妣任: 어머님)께 처음으로 배우던 곳이요, 무정(茂亭) 정만조(鄭萬朝)[213] 선생님께 한학(漢學)을 처음으로 수학(受學: 학문을 배움)하여 을사(乙巳: 1905년), 병오(丙午: 1906년), 정미(丁未: 1907년) 춘(春)까지 만 2년(滿二年)에 초학(初學)으로부터 용학논맹시서(庸學論孟詩書: 중용, 대학, 논어, 맹자, 시경, 서경) 문서(文書)를 수학하고 역학(易學: 역경易經, 주역학)은 나이 어리다고 안 가르쳐 주신 곳이다.

내가 호흡법을 세인(世人)에게 전하고자 하며 회고(懷古: 옛 자취를 돌이켜 생각함)하는 마음이 있어서 진도를 다시 찾은 것이요, 또 내 선친 선정비(善政碑)가 2개 있었는데 철비(鐵碑: 쇠로 만든 비석)는 해방 전에 전쟁 중 철물공사로 다 없어지고, 석비(石碑: 돌비)는 향교문전(鄕校門前: 시골문묘 문 앞)에 보존되었더라고 삼종질(三從姪: 팔촌형제의 아들, 구촌 조카) 영근이가 진도관광 갔다가 사진을 백여다(찍어) 주는 고로 금번에 겸사(兼事) 겸사(兼事) 진도여행을 했던 것이다. 감개무량하다.

213) 조선 말엽 고종 때의 학자. 소론(少論) 팔재사(八才士)의 하나로 문장가로 유명했으며 후에 대제학(大提學)이 되었다.

당일 서울까지 직행하다 보니 비록 자동차 길이나 약 2,000리 노정이다. 피로가 심하여 불건강 중이다. 그러나 내가 호흡 시작하던 곳을 다시 83년 만에 가서 보게 되니, 일생사(一生事) 잠시 같다. 내 선친시(先親詩)에 **백년여수노방지**(百年如水老方知: 백년 세월 물과 같음을 늙어서야 바야흐로 알겠네)라고 하신 글귀가 생각난다. 총총 난초(亂草: 어지럽게 씀)해 둔다.

팔십년전아자제(八十年前衙子弟) 80년 전 관아의 자제가

중심차지감회다(重尋此地感懷多) 다시 이 땅 진도를 찾으니, 감회가 많구나.

망덕산색항불변(望德山色恒不變) 망덕산 빛은 늘 변하지 않는데

인심풍토창방하(人心風土滄旁何) 사람 마음과 풍토는 싸늘하니 어찌 할꼬.

음일절기행(吟一絶紀行: 여행 전체의 느낌을 읊음)

6-129

청량리 대종교(大倧敎) 분원(分院) 개원식에 참석하고

대종교 총본사(總本司: 대종교의 최고기관) 교인(敎人) 박 여사가 막대한 금액을 헌성(獻誠: 성금을 바침)하여 도 선도사(宣道師)와 합력해서 분원(分院) 개원식행(開院式行)하게 되었다. 이 발단은 내가 총본사의 오 회장더러 나와 같이 출자(出資: 자금을 냄)해서 시내에 교당(敎堂)을 설립하자고 발언해서 오 회장도 같이 하겠다고 합의했었는데, 오 회장이 가정 형편상 부득이한 사정으로 실행을 못하고 그 의사를 원 씨가 박 여사에게 전해서 오 씨가 실행 못 한 것을 박 여사가 실천한 것이다.

사전에 내게 와서 사정 경과를 다 말씀하고 합의를 본 것이다. 원 씨는 이왕이면 국조전(國祖殿) 건립 추진까지 했으면 하는 의사인 것 같다. 그러나 이것은 총본사가 주도권을 가지고 시작하는 것이 당연한 체면(體面: 도리나 면목)이다. 이것을 별도로 시작하는 것은 좀 부당한 일이다. 원 씨가 이것만은 주의하는 것이 옳다고 본다.

이것은 분원 개원(開院) 경과를 대강 말하는 것이요, 당일 참석자 중에서 청학시교당 배 씨와 대구 박 전무와 차철호 씨, 김문근 씨, 대구 김 여사 등의 원래(遠來: 멀리서 옴)한 참석과 서울시내 구교인(舊敎人)과 신교인(新敎人)들이 다수히 참석해서 성황을 이루고 원로원장(元老院長) 님의 축사와 송 박사님의 축사 겸 격려사가 있어 참석한 축하객도 다수였다. 총본사에서도 여러분이 동참하시었다.

시작이 반이라고 일취월장(日就月將: 날로 달로 진보함)하여 장족진보(長足進步: 매우 빠르게 나아감) 하시기를 바라는 바이다. 시교당(施教堂: 가르침을 베푸는 곳)이 서울에서 **무처분원**(無處分院: 분원이 없음)인가 한다. 내두(來頭: 장래)에 **일구일분원**(一區一分院: 서울시 한 구마다 한 분원) 정도를 단시일 내에 설립되기를 염원하고 붓을 그친다.

1987년 10월 12일 여해(如海) 근기(謹記)

6-130

이세신궁(伊勢神宮)[214] 궁사(宮司: 신궁의 책임자)의 내방(來訪)을 제(際: 사이)하여

일여 전(日餘前: 며칠 전)에 일본서 온 모회사 사장 모씨가 와서 말하기를 이세신궁(伊勢神宮) 궁사(宮司: 신궁을 맡은 책임자. 여자)가 내방할 의사를 전하며 기간을 하시(何時: 언제)쯤이면 좋은지 또 상대하는 것을 허락할 수 있는지를 문의(問議) 차(次)로, 선발대로 궁사의 명령으로 왔다고 전한다.

그 궁사는 일본서 정신계(精神界) 일인(一人: 1인자)이라 사람을 일차 대면하면 그 사람의 일체를 다 안다고 말을 중간인에 하더라고 전언(傳言)을 듣고 그 선래(先來: 앞서 옴)한 사람을 직접 대면하고 내가 말하기를 인대인(人對人: 사람 대 사람)이라 무슨 봉불봉(逢不逢: 만남과 만나지 못함)에 차별이 있을 리가 없다고 하시(何時)든 무관(無關)하다고 답했다. 그러던 차 10여 일 후인 10월 11일 일본서 그 일행 6인이 내한(來韓)했다. 그래서 그 익일(翌日: 다음날) 한국 연정원에서 초대면을 했다.

유붕(有朋: 친구)이 자원방래(自遠方來: 먼 곳에서 찾아오니)하니, 불역

214) 이세신궁(伊勢神宮)은 일본의 신사(神社) 가운데 하나다. 미에현 이세시에 있으며, 신사 이름은 미에현의 옛 이름 가운데 하나인 이세국에서 가져왔다. 일본에서 가장 큰 규모의 신사로, 일본 내 신사 중심의 시설이기 때문에 이세라는 지명을 붙이지 않고 신궁(神宮)이라고도 부른다.

열호(不亦悅乎: 어찌 기쁘지 아니한가)하신 공부자(孔夫子: 공자님)의 말씀 같이 **수륙왕반**(水陸往返: 바다와 육지 왕복) **근만리**(近萬里) 노정(路程)에서 용건이 무엇이든지 말할 필요 없고, 그저 반가울 뿐이다. 초대면에 악수로 인사하고 2~3분 동안 **무언상대**(無言相對: 말없이 서로 마주봄)하고 서로 **정관**(正觀: 바라봄)하고 있었다. 내객(來客: 찾아온 손님)이신 궁사님이 악수를 일층 용력(用力: 힘을 씀)하며 **누수**(淚水: 눈물)가 흐른다. 비록 구두(口頭)로는 아무 말이 없었으나 서로의 의사를 통한 것 같다.

동행 6인이 일인(一人)을 제외하고는 다 여류(女流)다. 다 그 궁사의 제자인 것 같다. 동행한 한국인(6인 외)은 통역을 하는 것 같다. 나더러 "무슨 말씀이고 한마디 해주시오" 그래서 내가 일본 갔을 적에 **목원귀불**(木原鬼佛)[215] 옹(翁)과 상대, 초대면시 **설왕설래**(說往說來)하던 것과 그다음 목원 옹의 처사(處事) 등을 말했다. 그다음 내가 항상 말버릇처럼 하는 **황백전환론**(黃白轉換論)과 서구(西歐)의 형이하(形而下)인 과학문명 전성기가 거의 간 것 같으니, 동양 수천년 전부터 내려온 정신문명으로 황인종의 중광(重光)은 세계평화 실천을 불가(佛家)에서 **박애**(博愛), 유가(儒家)에서 **대동**(大同)이니, 우리 대황조 님의 **홍익인간** 이념 실천을 우리 황인종들이 전력(全力)이 되어 동서고금의 고성인(古聖人)들의 주장인 **극락세계**(極樂世界), **태평천하**(太平天下), **홍익인간**(弘益人間) 이념의 실천을 우리들의 몸으로 행할 것을 맹세한다고 구변(口

215) 기바라(木原鬼佛)는 일본 명치에서 대정(大正)시대의 정신계 거물이다. 유년시절부터 병약하여 폐결핵을 앓던 중, 영적(靈的) 치료에 의해 회복된 것에서 광명을 발견하고 그 후 도(道)의 연구에 뜻을 두었다. 하라(원담산)의 문하생이 되어 '이근원통묘지요법(耳根圓通妙智療法)'을 전수받았다. 이로 인해 영술가(靈術家)로 일세(一世)를 풍미하고 명치 39년에는 사국(四國: 시코쿠) 노근현(島根縣) 송강(松江)에 '조진도장(照眞道場)'을 열었다.

辯: 말솜씨) 없는 말을 장시간 했다.

궁사는 다시 악수(握手)를 단단히 잡고 누수(淚水: 눈물) 부지(不止: 멈추지 않음)했다. 서로 말은 못하나 심정(心情)은 통한 것 같다. 내가 여러 가지로 부족한 점이 많은 사람이라 궁사는 일생을 연정(硏精: 정신연구)에 몸을 바치는 사람이라 비록 외국인이라도 그 노고(勞苦)를 감사히 받아야 옳다고 생각하고 두어 자 난초(亂草)로 기술(記述)하는 바이다.

1987년 10월 12일 여해(如海)

심야무면(深夜無眠: 깊은 밤 잠이 없음)해서

무순무서(無順無序: 순서 없음) 난초(亂草)하노라.

6-131

박영호 가다

박 군은 원래 신병(身病)으로 좀 불건(不建: 건강하지 않음)했으나, 금년은 좀 나은 몸으로 가사(家事)나 작농(作農: 농사를 지음)에 역작(力作: 힘들여 지음)하고 있었고, 추간(秋間: 가을) 하공시(下公時?)에도 와서 담화(談話)도 했었다. 작일(昨日: 어제) 의외에 부음(訃音: 부고)을 전화로 전하였다. 아직 중간 연령으로 60 정도다. 그런데 그 부모는 아직도 건강하고 가사(家事)도 좀 나은 편이다. 무엇이 바빠서 벌써 갔는지 알 수 없다.

세사(世事)는 초로인생(草露人生: 풀잎의 이슬 같은 인생)이다. 만사분이정(萬事分已定: 모든 일은 나뉘어 이미 정해짐)인데 부생(浮生: 덧없는 인생)이 공자망(空自忙: 공연히 스스로 바쁨)이라는 것이다. 그러나 동반표(同伴票)가 있는 사람으로는 목적지에 가지기 전에 이런 일이 있어서는 불행한 일이다.

박 군이 이런 불행한 귀객(歸客)은 아니요, 무성무취(無聲無臭: 소리도, 냄새도 없음)하게 이 세상에 있다가 별 흔적도 남기지 않고 간 것이니, 도리어 이런 사람들이 편하지 않을까 한다. 실인(室人: 아내)은 금일(今日: 오늘) 하거(下去: 내려감)하고, 가아(家兒) 영조는 명일(明日) 하거(下去)한다고 한다. 나는 공가(空家: 빈집)만 지키고 무사(無事)하게 있다. 세사무상(世事無常)함을 웃으며(苦笑) 두어 자 적는다.

여해노부(如海老夫) 난초(亂草)

(1987년 10월 12일 이후에 쓰신 글로 추정)

6-132

거거거중지(去去去中知) 행행행리각(行行行裏覺)

동자(同志)들은 이 난초(亂草: 어지러이 기록함)를 꼭 상찰(詳察: 자세히 살핌)해 보시오.

봉우난초(鳳宇亂草)

아지아즉능지피(我知我則能知彼: 내가 나를 안즉 능히 남을 알고)

명명이도성(明明而道成: 선천에 밝았던 것을 후천에 다시 밝히니 도가 이루어지네.)

지피지아만사지(知彼知我萬事知: 남을 알고 나를 알면 모든 일을 아니)

친친이덕립(親親[216]而德立: 마땅히 가깝게 지내야 할 사람과 친하니 덕이 서네.)

차소위최안최적지목표(此所謂最安最適之目標: 이것이 이른바 가장 편안하고 가장 적절한 목표라)

출비상력전진불휴즉부지불식지간명참천추사승(出非常力前進不休則不知不識之間名參千秋史乘: 비상한 힘을 내어 앞으로 나아감을 멈추지 않

216) 《맹자》〈진심〉 상45

은즉, 나도 모르는 새에 먼 미래의 역사책에 이름을 올려놓게 될 것이다.)

〈여해방언(如海放言)〉

계묘(癸卯: 1963)년 난초 후(亂草後) 어언(於焉) 25년이라는 세월이 경과하고 금년이 적토운(赤兔運: 붉은 토끼운, 정묘丁卯, 1987년)이 이 국가와 민족에게 경종(警鐘)을 울리었다. 세인들은 무엇이 경종이냐 할 것이다. 비록 피동(被動)이든지 자동(自動)이든지를 불문(不問)에 붙이고 학생들의 그치지 않는 데모와 야당들의 대정부 반항과 여당의 후퇴적인 공언(空言)과 - 비록 수습책이라고 하나 - 또 야당들의 통합 방식의 불투명과 외세(外勢)에 의존하는 악질배(惡質輩)들의 - 비록 지명指名은 아니나, 세인들이 다 아는 바이다 - 선동으로 노자(勞資: 노사)분규 등이 다 적토운 맞이하는데 계단적 차서(次序: 순서)이다. 적토(赤兔)가 운을 맞이하고, 황룡(黃龍: 戊辰, 1988)의 땅속에 파묻힌 종자(種子: 씨앗)가 신아(新芽: 새싹)가 탄(綻: 옷 터질 탄)하여 백마금양소춘천(白馬金羊小春天: 1991~1992년, 경오庚午, 신미辛未의 작은 봄철 하늘)에 애류생심(崖柳生心: 벼랑 끝의 버드나무 싹이 트니). 춘화일등(春和日騰: 따뜻한 봄기운 날로 오르네)하리.

여해난초(如海亂草: 여해 권태훈은 어지러이 씀)

[이 글은 1963년 일기의 맨 마지막 글 뒤의 여백에 쓰여 있습니다. 연도는 1987년인데 이 일기책을 우연히 보시고 쓰신 지 25년 만에

다시 읽으신 뒤 감상을 "여해방언(如海放言)", "여해난초(如海亂草)", "봉우난초(鳳宇亂草)"의 다양한 서명을 통해 남기신 것입니다. 짧은 글이지만 선생님의 도덕성립(道德成立)에 관한 철학을 천명(闡明)하심을 엿볼 수 있고, 어지러운 1987년의 한국 현대사와 이후 사회상에 대한 예언도 해놓으신 것을 살필 수 있습니다. 선생님 당신이 돌아가시기 7년 전에도 이 글들이 후인들에게 전해지기를 바라셨던 것으로 보입니다. 늘 선생님의 관심사는 우리 민족과 대한민국의 잘살고 잘됨에 있으셨습니다. 새삼 선생님의 인간적인 체취(體臭)가 그립습니다. -역주자]

1988년(戊辰)

6-133

무제(無題)

금년 1년을 병중(病中)에서 방황하며 정신이나 신체가 자유롭지 못해서 공적, 사적 막론하고 아주 손을 대지 못하고 있는 관계로 그동안 보던 일에 지장이 많았다. 할 수 없는 일이다. 내가 관계하고 있는 종교적으로 대종교, 유도회(儒道會)와 또 한국 단학회(丹學會)와의 내 책임을 한 건도 실행 못했고, 우리 종중사(宗中事)로 문충공(文忠公) 양촌(陽村: 권근)[217] 선생 사업회 일체행사에 참례 못 하고 대학회(大學會)에도 수석고문으로 궐석(闕席: 결석)하고 우리 기로회(耆老會)에도 책임자로서 불참하고, 우리 소(小)종중사에도 불참하고 선산(先山: 조상님 산소) 성묘도 못했다.

여러 가지로 죄송한 일이다. 작년 12월 말경부터 금년 10월 중순경이 되도록 장기 병상(病床)에 누워 있는 중이다. 신체는 부자유하나, 다행히 정신력에는 무관하다. 금년 1년은 휴양하는 해로 보고 정신정리나 해야겠다. 부생(浮生: 덧없는 인생)이 공자망(空自忙: 공연히 절로 바쁨)이로다.

217) 권근(權近, 1352년~1409년 2월 14일)은 고려 말 조선 초의 학자·문신이다. 본관은 안동(安東), 호는 양촌(陽村), 시호는 문충(文忠)이다. 성리학자이면서도 사장(詞章)을 중시해 경학과 문학을 아울러 연마했다. 이색(李穡)을 스승으로 모시고, 그 문하에서 정몽주·김구용(金九容)·박상충(朴尙衷)·이숭인(李崇仁)·정도전 등 당대 석학들과 교유하면서 성리학 연구에 정진해 고려 말의 학풍을 입신하고, 이를 새 왕조의 유학계에 계승시키는 데 크게 공헌했다. 그가 지은《입학도설》은 한국 최초로 그림을 넣어 학문을 설명한 책으로 후에 이황에게 큰 영향을 주었다.

무진년(戊辰年: 1988년) 음력 10월 5일 야(夜: 밤) 여해(如海)

6-134

백두산족(白頭山族)의 설명

우리들이 어디를 가든지 현상은 대한민국 사람이다. "당신 어느 나라 사람이요?" 하면 대한민국 사람이라고 대답하는 사람보다는 "나는 조선 사람이요" 하는 사람이 다대수다. 이것은 우리 조상 때부터 단군조선(檀君朝鮮) 1,000여 년, 기자조선(箕子朝鮮) 1,000여 년이 있었고, 이조조선(李朝朝鮮) 500년이 있는 관계로 조선 민족이라고 부르게 된 것이다.

그런데 우리 민족의 발상지는 유구(悠久)한 만대(萬代)에 이 지구가 개벽(開闢: 세상이 처음으로 생김)을 몇 차례나 했는지 모를 때에, 그때도 새로 개벽한 후에 얼마 되지 않아서 오색인종(五色人種)이 동물과 생존하고 있을 때에 마침 천신(天神: 하느님) 같으신 성자(聖者)가 백두산에 출현하시어서 그 주위를 순행(巡行: 돌아다님)하시며, 오색인종을 집합(集合)하시여서 비로소 인간과 동물의 차이점을 가르치시고 부족들의 생활 방식이나, 인간으로서 행할 일을 교화(敎化)시키시고, 또 부족들의 질서와 동존(同存: 같이 존재함, 공존)하는 방식을 교화시키시니, 인구가 점점 증가해서 (그들을) 각 지방으로 보내시고 부족들을 분거(分居: 나뉘어 삶)시키신 것이요, 그다음에 인구가 증대함으로써 부족들 각자가 합하여 국가(國家)가 된 것이다.

이것이 현 세계 오색인종의 분포된 것이 그중에 우리 조상들을 다른 곳으로 분산하지 않고 우리 대황조(大皇祖: 한배검, 큰할배) 님이 하강

(下降: 내려오심)하시어, 교화(敎化), 치화(治化), 이화(理化)를 시키시던 백두산을 중심으로 산재(散在)해 있었다. 이것이 현 아세아대륙 전부에서 대략 7할이 된다. 우리 백두산족의 본전(本殿: 본향本鄕)은 현 만주(滿洲)요, 몽고(蒙古)요, 서백리아(西伯利亞: 시베리아)요, 중국의 양자강 이북은 (인구의) 거의 7할 이상이 된다. 그러나 그중에서도 우리는 근 만 년(近萬年: 만년 가까이)을 백두산 중심으로 거주하고 있었으니, 자랑거리는 못 되나 백두산족의 본손(本孫)임에는 틀림이 없다. 우리와 거의 같은 연대를 같이 지낸 족속은 현 일본족이다. 일본은 우리나라와 같이 있다가 화산 폭발로 분할된 곳이다. 그리고 백제족(百濟族)의 일부가 일본과 합류했던 관계가 있다.

이상이 백두산족의 설명이다. 현 소련 본족(本族)이나 토이기족(土耳其族: 터키족)도 백두산족임은 틀림없다. 구주(歐洲: 유럽)에서도 4~5국가 민족이 백두산족임을 인정한다. 그 외에도 산재한 것은 다 알 수 없다. 이상이 우리 대황조 님 교화, 치화를 받은 족속이요, 또 아세아족인 황인종이라는 것이다. 또 남북아메리카에 거주하는 흑색인종들도 우리와 같이 백두산족임에는 틀림없다. 현재 백두산하(下)에 거주하는 사람만 백두산족이라는 것이 아니다.

이상(以上) 여해난초(如海亂草)

[무진(1988년) 10월 5일 글로 추정 -역주자]

6-135
무제: 개천절과 역사 개편과 조상의 뿌리 찾기

현금 우리나라에서 개천절(開天節)을 4,200여 년이라고 말하나, 이것은 아무 증거가 없는 중국인들의 전기(傳記: 전한 기록)로 날조(捏造)한 연대요, 자기들의 시왕(始王: 첫째 왕) 요(堯)임금을 주로 하여 그 재위(在位) 25년 무진(戊辰)을 기록한 것이지 하등 근거가 없는 것이다. 중국 역학(易學)의 명인(名人)이신 소강절(邵康節)[218]은 천황씨(天皇氏),

---

218) 소옹(邵雍, 1011~1077)은 중국 북송의 성리학자(性理學者), 상수학자(象數學者)이며 시인(詩人)이다. 자는 요부(堯夫), 자호(自號)는 안락(安樂)이며, 강절(康節)은 사후에 내려진 시호(諡號)이다. 도가(道家)와 불가(佛家)의 사상의 영향을 받아, 유교의 역철학(易哲學)을 새롭게 해석하여 특이한 수리철학(數理哲學)인 상수학(象數學)을 창안하였다. 그는 《황극경세서》에서 봄, 여름, 가을, 겨울이 생성·변화되는 이치를 통해 천지운행 법도가 있음을 주장했는데 우주 순환 원리로서 원, 회, 운, 세(元, 會, 運, 世)의 이치를 통해 12만 9,600년이라는 우주 1년의 시간을 통해 하늘과 땅이 순환하여 운행한다고 주장했다.

한편 현대 과학자들의 연구에 의하면 빙하기를 연구한 지질학자들은 빙하 주기를 10만 년에서 13만 년으로 보고 있고, 고식물 생태연구계에선 12만 4,000년으로 추정한다. 가장 널리 인용되고 있는 자료인 2만 년에서 200만 년 전의 빙하량 변화를 조사한 SPECMAP 시간 척도는 지난 해빙기 중심을 12만 7,000년으로 보고하고 있다. 미국 캘리포니아 공과대학의 하리 박사팀은 우주에서 지구로 내리는 먼지에 포함된 헬륨을 통해 기후의 변화를 조사하는 연구를 했는데 160만~24만 5,000년 전의 해저 퇴적층의 보링 코어에서 우주 기원의 헬륨을 검출하여 그 동위원소의 존재비를 조사한 결과 우주에서 비롯된 헬륨의 양이 약 10만 년 주기로 변화하고 있다는 것을 밝혀냈다. 우주에서 지상으로 쏟아지는 먼지의 양은 지구의 공전 궤도의 변화에 따라 달라지는데 그 때문에 10만 년이라는 주기에는 지구 공전 궤도면의 변화가 관련된 것으로 추측된다. 또 10만 년 주기는 과거의 대빙하기에서 간빙기의 주기와도 일치한다. 이를 근거로 인류 문명은 빙하기와 간빙기의 반복과 그 외 기타 변화를 통해 여러 차례 문명 발달과 지황씨(地皇氏), 인황씨(人皇氏)가 각기 12만 8,000년이라고 했다. 천황, 지황은 신화(神話)에 속하고, 인황이 우리가 말하는 대황조(大皇祖: 한배검) 님이신 것 같다.

우리의 역사는 여러 번 전란(戰亂)에 다 없어지고 우리나라에서는 신라와 고려의 양차(兩次) 대란(大亂: 큰 전쟁)을 당하여, 흔적이 없어지고 전설과 유적 등으로 알 뿐이요, 백두산족의 완전한 역사는 현 소련에 보관되고 있는 것이 거의 사실이라고 보아야 옳다. 우리나라에서는 이조에 와서도 임진란 당시에 분실한 서책(書冊)이 얼만지 모른다. 현금(現今: 이제)에서 일본 고신파(古神派: 고대 신도파)들이 내놓는 책에 보면 우리 고대사(古代史)의 일부가 간간이 보인다. 그리고 경술년(庚戌年: 1910년) 후는 십원갑(十元甲?)이라는 세월에 우리 역사는 일본인의 개선(改選: 고쳐 뽑음) 역사로 국민들의 정신을 혼란케 하였고, 광복 후 지금까지도 학교에서 교수(教授: 가르쳐 줌)하는 역사가 일본인 수하(手下) 조선일본인(친일파)이 저작한 한국사를 교재로 사용하니, 우리 민족의 바른 역사는 우리 학생들에게 언제나 가르칠 것인가? 한

몰락이 반복됐을 가능성이 높다는 주장도 있다.

현재는 약 1만 2,000년 전부터 간빙기로 들어선 이후 지구는 점점 더 따뜻해지고 있는 중이다. 이를 위기로 보고 대책 마련에 분주한 지금이지만 어쨌든 뭍 생명이 번성했던 시기는 기온이 상승하고 따뜻했던 시절이므로 기후 변화로 일시적 혼란은 있어도 생명이 살기엔 점전 더 나은 조건이 되어 가는 중이라는 시각도 있다. 최근 플로르 베르마센 스웨덴 스톡홀름대 박사 연구팀은 12만 년 전 간빙기에도 북극해의 얼음이 모두 녹았었다는 연구 결과를 발표했고 포항공대 연구진도 현재 수준으로 온실가스 배출량이 유지된다면 2030년대엔 북극 해빙이 완전히 사라질 것이라는 연구 결과를 내기도 했다. 지금은 저탄소 정책으로 그 시기를 조금 늦추려 하고 있으나 결국 앞으로 지구는 더워질 것이고 그것에 초점을 맞춘 대안이 필요해질 것으로 보인다. 해수면 상승으로 인한 침수 지역 거주 인류의 이주 사업 대책도 그중 하나이다.

심한 일이다.

을유 광복 후 44년이 되도록 국민들이 진정한 역사를 배우지 못하는 것은 조선일본인들의 죄도 있으나, 정부나 국회에서도 일언반사가 없으니 참 한심한 일이다. 학생들이 그런 역사를 배우고 있으니 우리 조상의 뿌리 찾는 운동을 어느 때나 할 것인가? 제일 급한 것은 국민들이 조상의 근본 찾는 것이 중차대(重且大: 중요하고 위대함)한 일인데 어찌해서 조선일본인의 손으로 저술한 교재로 사용하여 국회나 정부에서 일언반사도 없이 지내며, 다른 일에는 열중하는지 알 수 없다. 그러니 우리나라 학생들은 역사를 안 배워도 무방한 것인지 의심난다.

역사를 모르면 조상을 모르는 것이 아닌가? 그러고도 다른 일만 잘하면 우수국민인가 의심난다. 그 자리에 계신 분들은 이전 그 자리에 계신 분들이 함구했다고 불문에 부치지 말고 국민을 가르치는 교재인 역사를 사실대로 정직하게 개편해서 국민 전체의 눈을 밝게 해주시기 바라는 바이다. 열 가지 일을 잘하더라도 역사개편을 안 하면 "일불(一不: 한 가지 잘못)이 살육통(殺六通: 여섯 일이 다 망쳐짐)"[219]이 된다고 주의(注意)해 주시기 바랍니다.

그리고 그 나라가 있으면 반드시 사직(社稷: 사직단社稷壇. 토지신과 곡물신을 모시는 제단)이 있고, 그 나라가 망하면 그 사직이 없어지는 법입니다. 우리나라는 일본에게 합병(合倂)되었다가 을유년(乙酉年: 1945년)에 광복(光復)이 되었습니다. 광복이라면 다시 나라를 회복한 것입니다. 그렇다면 새 정부에서 사직단(社稷壇)에 제사는 안 지내도, 그 사직단을 문화재로 보존하는 것이 당연하지 않은가요? 현 사직단 구내(區

219) 과거시험의 하나인 강경과(講經科)에서 경서 일곱 가운데서 육서(六書)에 합격하고도 일서(一書)에 불합격하면 낙제하게 됨을 이르던 말.

內)는 말할 수 없이 복잡합니다. 이런 것이 앞으로 일은 잘하되 조상의 뿌리 찾는 정신이 좀 부족한 것 같습니다. 국민의 한 사람으로 당면하신 이들에게 옥(玉)에 티가 아닌가 의심이 나서 두어 자 적습니다. 과(過)히 책(責: 꾸짖음) 안 하시기 바랍니다.

권태훈(權泰勳) 근서(謹書)

[이 글은 1988년 10월 5일~15일경에 쓰신 것으로 추정됩니다. 글의 제목이 없는 글을 내용으로 미루어 새로 달았습니다. 봉우 선생님의 한국사에 대한 중요한 관점, 사관(史觀)이 담긴 매우 심대한 담론입니다. 해방된 지 40여 년이 지났음에도 여전히 조선일본인들이 장악한 한국역사계의 참담하고 왜곡된 현실과 정부의 반성 없는 자세를 고발하고 계십니다! -역주자]

6-136

무제: 몽중인생중(夢中人生中) 삶의 흔적 찾기

내가 이 책자(冊子)를 대하는 때가 거의 9할은 야심(夜深: 밤이 깊음)해서 잠이 잘 안 올 때에 청수차(請睡次: 잠을 청할 때)로 이 책자를 대하게 된다. 그래서 이 책자가 청수록(請睡錄)이라고도 하고, 또 일면으로는 피곤해서 잠이 올 때에 이 책자를 대해서 쓰기 시작하면 잠이 안 오게 되어 축수록(逐睡錄: 잠을 쫓는 글)으로도 명(名)할 수 있다. 아무렇건 내 심심 소일(消日: 세월을 보냄)하는 친구임에는 틀림없다. 이 책자가 부지중 19권이나 되었었는데 해가 지나고 달이 지나니 보존된 책자는 4~5권에 불과하다. 이것이 인생의 상태(常態: 정상적 상태)라는 것이다. 하필 일책자(一冊子)뿐이 아니라 다른 것들도 거의 그러하다. 이것이 우리 같은 무주견(無主見: 주견이 없음)한 사람들의 상사(常事: 例常事: 대개 있는 일)다.

사람살이(人生)를 잘 하는 사람 같으면 일생을 두고 해온 일을 한 가지도 빼놓지 않고 수집해놓든지, 그렇지 않으면 자손들이나 또 문인(門人: 문하생)들이 빠짐없이 거두어 두는 것이 당연지사(當然之事)라고 보는 것이다. 그러나 이런 인간은 천인일인격(千人一人格: 1,000명에 1명꼴)이다. 완전히 수집한 사람은 만인(萬人)의 일인도 힘든데 어찌 무엇을 잘했다고 만인 중의 일인도 어려운 흔적(痕迹) 보존을 바라리오? 불감(不敢: 능력이 모자라 감히 못함)한 일이다. 내가 조상님들이나 선배님들의 유적(遺跡: 남기신 흔적)을 한 건도 수집 못 하고 감히 내 춘설상홍

조흔(春雪上鴻爪痕: 봄눈 위의 기러기 발자국 흔적, 봄눈이 곧 녹으면 없어지는 것처럼 인생의 자취가 흔적이 없음을 비유함) 같은 것을 불멸(不滅: 없어지지 않음)하기 바라리오?

사도차생(思到此生)이 종시몽(終是夢)
생각해 보니 이 인생이 종내 꿈인데
몽중하사가쟁두(夢中何事可爭頭)아.
꿈속의 어떤 일이 머리 다툴 만하던고?

그러니 이 몽중인생중(夢中人生中: 꿈속 인생 속)에서 무엇을 욕구하며 그 허무한 인생살이에서 일마다 선(善)하기는 어려우나, 악(惡)한 일이야 할 것인가? 자기비판을 해보아서 앙불괴천(仰不愧天: 우러러 하늘에 부끄럽지 않음), 부불작인(俯不怍人: 내려다보아 사람에 부끄럽지 않음)이라고 될 수 있으면 남에게 말 못 할 일은 하지 말아야 할 것이다. 말은 쉬우나 참으로 지내보니 쉬운 일은 아니다. 지이불행(知而不行: 알며 행하지 않음)도 불여부지(不如不知: 모름만 못함)라고 선인(先人: 앞선 분들)들이 말하신 것이 당연한 말씀이다. 오늘도 우연 중에 모(某) 종교인을 만났는데,

양인심사양인지(兩人心事兩人知: 두 사람의 마음은 두 사람이 아네)

라고 거의 동일한 심중(心中)이었다. 인생관(人生觀)에서 말하지 않고 상통(相通: 서로 통함)하는 것 같다. 그래도 금일(今日)은 내 심사(心事: 맘속으로 생각하는 일)가 좀 안온(安穩: 조용하고 편안함)한 것 같나.

양인심사양인지(兩人心事兩人知)라.

방인기지양인심(傍人豈知兩人心: 곁의 사람이 어찌 두 사람의 마음을 알랴)하랴?

악수무언양심지(握手無言兩心知: 손을 잡고 말은 없어도 두 사람의 마음은 서로 아네)가 아닌가 한다. 누구라는 것은 기록할 필요가 없다. 오래 불변(不變)할 것이다.

여해기실(如海記實: 여해는 진실을 기록함)

무진(戊辰: 1988년) 10월 15일

6-137
심야무매(深夜無寐: 깊은 밤잠이 없음) 해서

무진년(戊辰年: 1988년) 1년을 병중(病中)에 경과하느라고 일사일건(一事一件: 일 하나)도 착수해 보지 못하고 신병복구(身病復舊)에만 노력을 하고 있는 것이 정묘년(丁卯年: 1987년) 구력(舊曆: 음력) 12월 20일경(傾)부터 약 1개월을 병원 신세를 지고, 무진(戊辰: 1988년) 정월 20일 퇴원해서 오늘이 음력 11월 20일경(傾)이다. 병세는 좀 감(減: 덜함)해졌으나, 아직도 완인(完人: 병이 완쾌된 사람)이 되자면 한 반 년은 지나야 될 것 같다.

우연히 일시적 실수로 독약(毒藥)을 오음(誤飮: 잘못 마심)한 것이 이런 장시일을 경과하도록 완인(完人)이 못 되어 병석(病席) 생활을 하게 되니, 물론 부주의한 것이 내 책임이나 이것이야말로 운(運)이 불길(不吉)한 탓이 아니고 무엇인가 하고, 신세타령을 하다가, 회상(回想)해 보면 꼭 그런 것도 아닌가 한다.

내가 88정명(定命: 날 때부터 정해진 수명이 88세)을 잘 알고 있었기 때문에 상천(上天: 하느님)에 그 연유를 고하고 3~4차의 연명(延命: 수명연장)을 심축했던 것이 아닌가? 그래서 그 연명 심축을 상천에서 받아들여 주시며 88정명운 대신 1년 액운(厄運)을 주시고 연명을 명(命)하신 것이다.

그러니 내 건강만 회복되면 연명을 허락하신 대가로 내 전역량을 다하여 홍익인간(弘益人間)이념 완수에 헌신(獻身)할 것을 맹세하고 여년

(餘年: 여생餘生, 남은 세월)을 편안히가 아니요, 내 자신의 사적(私的) 나이가 아니요, 일하고 오라시는 공적(公的) 나이라는 것을 지키겠습니다. 불초(不肖)한 제 몸으로 일에 충실할까 죄송함을 금치 못합니다. 충심(衷心: 마음에서 우러나는 참된 마음)으로 천은(天恩: 하늘의 은혜)에 감복(感服)하며 제 임무에 완수하겠습니다.

불초하계신(不肖下界臣: 못난 인간계의 신하)

권태훈백배(權泰勳百拜: 권태훈은 백번 절합니다)

자리가 오래 공석(空席)이라 죄송함을 불금(不禁: 금치 못함)합니다. 홍익인간 이념의 발아(發芽: 싹틈)와 황백전환대운(黃白轉換大運)의 신아(新芽: 새싹) 발생의 소은(消恩: 은혜 갚음)을 보여 주고 곧 공석에 갈 것을 선서(宣誓: 여럿 앞에서 맹세함)합니다.

자미궁리구봉우백배근서(紫微宮裏舊鳳宇百拜謹書: 자미궁 안의 옛 봉우가 백배를 올리며 삼가 씁니다.)

만부족(萬不足: 모두가 부족함)한 몸으로 오천년 대운발아(大運發芽: 대운의 싹을 틔움)의 책임을 자임(自任)한다는 것은 죄송천만하오나, 종자가 흙에 들어간 후에 발아(發芽)하기까지 잘 그 자리를 지키고

또 우순풍조(雨順風調: 비바람을 순조로이 함)만 하면 동풍해빙(東風解氷: 봄바람에 얼음이 녹음)에 봄소식 불어 오면

천조유안녹초칠(千條柳眼綠初漆: 천 가지 버들눈은 녹색이 처음 옻칠한 것 같고)하고

만목화심홍점비(萬木花心紅漸肥: 모든 나무에 핀 꽃의 붉은색이 더욱 짙어지네)가 될 때야

세상 사람들이 오천년 홍익대운(弘益大運)의 속에서 깊이 들었던 잠 같이 깨고,

시호시호부재래지시호(時乎時乎不再來之時乎: 때로다! 때로다! 다시 오지 않을 때로다!)를 부를 것이 아닌가?

비록 엄동설한중(嚴冬雪寒中: 눈 내리는 아주 추운 겨울 날씨 속)이라도 우리는 봄맞이 일꾼으로 일생을 바치는 것이

천년, 만년에 앙불괴천(仰不愧天)이요, 부불작인(俯不怍人)이라 자위(自慰: 스스로 위로함)하며 이 붓을 그칩니다.

하계신봉우지죄근서(下界臣鳳宇知罪謹書:
인간계 신하 봉우는 삼가 씁니다)

하도낙서각별화(河圖洛書各別畵) 하도와 낙서는 각기 다른 그림이고

오득일·만사비(悟得一·萬事備) 하나의 주재주(主宰主)를 깨달아 얻으니 만사가 그 안에 갖춰져 있도다.

6-138

무진(戊辰: 1988년) 송년사(送年辭)

우리 남한이 광복(1948년 8월 15일 대한민국 정부 수립)한 지 40년이 되는 무진(戊辰)을 회고하건대 그간에 경인년(庚寅年: 1950년) 북괴의 남침(南侵)으로 남북 공(共)히 수백만의 인명을 손실하고 건설은 모든 것이 초토화(焦土化)되었던 것을 휴전 후 30여 년을 경과한 금일에 와서 보면 그 여흔(餘痕: 남은 흔적)은 별로 남지 않고 집정자(執政者)들의 잘잘못을 말할 것 없이 민족의 경제 상태나 생활 수준이 타국에 비하여 큰 손색이 없다.

체육 방면에는 아무가 평하든지 우수한 편에 속한다. 1986년 아시아 대회에서 2위를 차지하고, 88대회에서 4위를 차지한 것이다. 이 나라 청년들의 실력 향상이라고 할 것이나, 환언하자면 우리나라의 대운(大運)이 곧 올 조짐이라고 할 수 있다.

군정(軍政)이 민정(民政)으로 환원한 후, 정부나 국회에서도 남북통일 방안을 논제(論題)로 삼는 것도 성불성(成不成)을 예외로 하고, 남북통일의 신아(新芽)가 보이는 것이 아니고 무엇인가? 어두운 밤 속에서 눈물을 흘리고 지냈던 우리들이 동천(東天)에 서색(曙色: 새벽의 빛)이 보이기 시작하는데 어찌 반갑지 않으리요?

정치인들의 아전인수(我田引水)하는 행동은 서로 백보(百步)는 양보하고 평화적으로 국가 중광책(重光策: 중흥책)에 서로 굳은 악수로 일심동력(一心同力)하여 일보(一步)라도 남에게 뒤지지 말고 국가의 발전이

신기원(新紀元)을 수립하면 이는 국가의 원훈(元勳)들이요, 민족의 진정한 대표자가 되어, 이 나라 중광 역사상 원훈들이 될 것이다.

만일에 이에 반대되는 행동의 일당(一黨)이나, 어떤 개인의 성공이나 명예를 위하여 국가사에 소호라도 지장이 생기게 하는 행동을 감행한다면 이것은 우리 천추만대(千秋萬代: 영원한 미래)에 춘추필법(春秋筆法)의 죄명(罪名)을 면치 못할 것임을 불초(不肖) 권태훈(權泰勳)이가 여러 유능하신 대변인들에 고하는 바이다. 눈앞에 보이는 일이 하도 복잡해서 이 말로 그칩니다. 무진년(戊辰年: 1988년) 송년사(送年辭)를 대신하여 두어 자 난초(亂草)하고 이만 그칩니다.

여해지죄근서(如海知罪謹書: 여해는 죄인 줄 알며 삼가 씁니다.)

- 이것으로 무진수필(戊辰隨筆)을 그친다.

1989년(己巳)

6-139

양력(陽曆) 기사년(己巳年: 1989년) 원단(元旦: 설날 아침)을 맞으며

지난해 무진년(戊辰年: 1988년)은 국가적으로나 민족으로나 공히 반가운 일도 많은 해요 또 비겁한 일도 많은 해였다. 또 시시비비(是是非非)도 수를 셀 수 없을 만큼 많았다.

이것은 서산낙일(西山落日: 서산에 해 떨어짐)에 야색만음(夜色漫陰: 완전히 밤이 됨)해지면 백귀난동(百鬼亂動: 온갖 귀신들이 어지러이 움직임)하여 무소불위(無所不爲: 하지 못하는 일이 없음)하다가, 조일상승통국쾌(朝日上昇統國快: 아침 해가 올라오니 온 나라가 상쾌함)라고 광명한 행사, 행동만 행한다면 감히 부정부패(不正腐敗)한 무리가 어디 착족(着足: 발을 붙임)할 것인가?

그러니 무진년(戊辰年: 1988년)은 해상신광(海上晨光: 바다 위로 떠오르는 새벽 일출)이요, 기사년(己巳年: 1989년)은 동천조일(東天朝日: 동쪽하늘 아침 해)이로다.

신광고미신(晨光姑未伸: 새벽 동틀 무렵 서광이 아직 펼쳐지지 않음)하니,

백귀유난동(百鬼猶亂動: 온갖 귀신들이 여전히 난동함)이니

조일상동천(朝日上東天: 아침 해 동쪽 하늘로 떠오름)하니,

만상구현형(萬象俱現形: 온갖 형상이 함께 그 모습을 드러내네)이로다.

말하면 선악(善惡)의 구별이 확실해져서 소행을 세인이 공지(共知: 여럿이 앎)할 수 있으니, 일언반사도 가차(假借: 임시로 빌림)없이 공정한 비판을 받을 것이라는 의사다. 그러니 우리 민족들은 하루라도 속히 우리뿌리 찾기 운동을 금년 기사(己巳: 1989년)에는 전역량을 다합시다. 대조(大棗: 대추) 심은 데서 대추가 나고, 율(栗: 밤) 심은 데서 율(栗)이 나는 법인 것은 아무도 아니라고는 못 할 것이다.

그런데 무슨 연고로 우리의 도조상(都祖上: 모두의 조상)이신 백두산 대황조(白頭山大皇祖) 님은 홍익인간(弘益人間), 이화세계(理化世界)의 씨를 우리 민족에 심으셨는데, 대대로 전해 오던 씨는 내버리고 다른 씨를 심는 무리들은 필연적으로 잡종(雜種)이 될 것임에 타도(他道: 다른 도리)가 없다. 한심한 일이다. 그런 고로 금년 기사년(己巳年)은 우리 뿌리 찾기 운동을 전역량을 다해서 전 국민에게 선전(宣傳)합시다. 이것으로 금년 신년사(新年辭)를 대신합니다.

여해난초(如海亂草: 여해 권태훈은 어지러이 쓰다)

6-140

무제(無題): 석화광음(石火光陰) 소견법(消遣法)

가는 것을 내가 전송(餞送: 전별하여 보냄)한다고 나을 것이 무엇이며,

오는 것을 영접(迎接: 맞아 접대함)한다고 무엇이 흔적이 있으며,

무슨 효과가 있을 것이냐?

가고 싶거든 가고, 오고 싶거든 오라.

마음에 없어도 안 올 수 없고, 역시 안 가고 싶어도 안 갈 수 없는 것이 광음(光陰: 시간)이다.

고인(古人) 말씀에 "천도불언이세공성(天道不言而歲功成: 천지자연의 도는 말이 없으나, 자연의 수확은 이루어짐)"이라는 것이 이것을 말씀하신 것이다.

낸들 아주 이것을 알지 못하여 제석(除夕: 섣달 그믐날 밤)을 보내느니, 원단(元旦: 설날 아침)을 맞느니 하는 글을 쓰는 것은 아니나,

이것도 석화광음(石火光陰: 인생이 번쩍하는 짧은 시간처럼 지나감을 비유한 말) 속에서 하루살이이언마는 그래도 나는 나대로 그 속에서 소견법(消遣法)으로 이런 짓을 하는 것이다.

더구나 1년이라는 긴 세월을 생사기로(生死岐路: 삶과 죽음의 갈림길)에서 방황하며 지내는 내 심정이랴.

동짓달 길고긴 밤에 책을 보자니 불이 그리 밝지 않고,

정좌(靜坐)를 하자니 병중(病中)이라 장시간을 인내하기 불편하고,

음영(吟詠: 시가詩歌 등을 읊음)을 하자니 자는 사람들에게 미안하고,

가만히 있자니 심심하고 해서 또 이 책을 내놓고 횡설수설(橫說竪說)하며

잡념을 거두자니 언젠지 계명성(鷄鳴聲: 닭 우는 소리) 또 들린다.

붓을 놓고 또 새벽잠이나 청해 보자.

여해난필(如海亂筆: 여해는 어지러이 쓰다)

[기사년(己巳年: 1989년) 양력 설날 즈음에 쓰신 것으로 추정합니다. -역주자]

6-141

무제(無題): 곽면우(郭俛宇) 선생님과의 몽중(夢中) 대화

근일(近日) 내 몸이 병중에 또 청병(請病: 병을 청함)을 한 것 같다. 우연히 음식 조심을 하다가 급체(急滯)가 되어서 기일간(幾日間: 며칠간)을 아주 고생을 했는데 음식을 조심한다고 1일 3차의 식사를 제대로 하지 않으니, 기력이 탈진(脫盡: 다 빠짐)해서 아주 기동(起動: 일으켜 움직임)하기가 곤란하다. 부득이 종일 와석(臥席: 병석에 누움)하니 그나마 볼일을 보지 못하여 일하는 데 지장이 많다. 이러지도 못하고, 저러지도 못하겠다.

더구나 양력 연종(年終: 연말)이라 오시는 손님은 많고, ○○사람들은 분주불가(奔走不暇: 바빠서 틈이 없음)하고, 나는 나대로 답답할 뿐이다. 금년도 각처에서 연하장들이 여러 장이 왔는데 나는 한 장도 못 했다. 병중이라 할 수 없으나, 실례(失禮)는 아무래도 실례다. 이것이 지이불행(知而不行: 알면서도 행하지 못함)에 속하는 것이다. 명년(明年: 내년)에는 주의해야겠다.

오늘은 도(都) 교수가 심방(尋訪: 찾아옴)하여 병중파적(病中破寂: 병중의 심심함을 깨뜨림)이 되었고, 밤에는 연정(硏精) 학우(學友)들 중 대학교수진(陣: 진영)에서 5~6인이 연말 인사차로 와서 장시간 문답하다 갔다. 내가 병중이나 내객(來客: 찾아오는 손님)이 부절(不絶: 끊이지 않음)하니, 적적(寂寂: 심심)하지는 않다. 그리고 작야몽중(昨夜夢中: 어젯

밤 꿈속)에는 먼저 가신 은사(恩師)이신 곽(郭) 선생(곽종석郭鍾錫)[220]을

220) 곽종석(郭鍾錫, 1846년~1919년)은 조선말의 유학자·독립투사이다. 이황·이진상의 학문을 계승 하였다. 1895년 을미사변 때 영국 영사관에 일본 침략 규탄을 호소하였고 1905년 을사조약 체결 시에 열국공법(列國公法)에 호소할 것을 상소하였다. 1919년 2월에는 유생들의 연서(連書)로 파리강화회의에 독립호소문을 발송시켜 투옥되어 2년형을 언도받고 병사하였다. 제자들의 의문을 다 꿰뚫어보고 묻기도 전에 미리 대답을 다 해준 일화는 유명하다. 봉우 선생님 20세 즈음 중병으로 목숨이 경각에 달렸을 때도 당신 돌아가시기 1년 전에 미리 사람을 보내도록 조치하여 봉우 선생님을 살리신 일화도 있다. '《봉우일기 1권》 93.봉우 내력' 참조.
아래는 '《봉우일기 1권》 94.면우 선생님과의 만남'에 나오는 내용이다. 면우 곽종석 선생님을 처음 뵌 것은 13세 때 아버님의 편지 심부름을 하면서였다. 그때는 별다른 이야기를 듣지 못하였으나, 하룻밤을 같이 모시고 자던 중 밤중에 선생께서 일어나 앉으시기에 나도 따라 일어났다. 글 쓰시는 것을 곁에서 보고 있노라니, 선생님의 두 눈에서 안광이 한 줄기 빛이 되어 컴컴한 종이 위를 환하게 비추는 것을 목격하였다. 뒷날 내가 우리 민족의 발상지 되는 만주와 몽고 지역을 답사한 후 경남 거창의 가복산 다전으로 선생을 찾아뵌 적이 있었다. 이때에는 만주 지역을 편력하며 나름대로 파악한 사실들에 관하여 선생님께 여쭈어 확인을 하고 싶었던 차라 나에게 귀중한 발걸음이었다. 인사를 드리고 곁에 모시던 학인들을 다 물리친 뒤 선생님을 모시고 밤을 지내게 되었는데, 이때도 선생님은 한밤중에 일어나 앉으시더니, 낮에는 아무 말도 없으시던 어른께서 "천지! 천지는 성수지" 하시며 벅찬 음성으로 말씀하시는 것이었다. 그리고 잠시 후 다시 같은 어조로 "백두산은 성산이지!" 하시면서 나를 돌아보며 "보았지?" 하신다. 나는 백두산을 여러 차례 등정하였는데, 정상의 천지 가에서 며칠을 보낸 적이 많았다. 어느 땐가 휘황찬란한 달빛이 비치는 인적 없는 태고의 연못 가운데에서 우렁찬 소리가 울려 퍼지더니, 하늘로 거대한 물줄기가 솟아올라 까마득하게 물기둥이 되더니, 비가 되고 구름이 되어 하늘을 덮고 다시 땅으로 내려오는 광경이 연출되는 것이었다. 참으로 장엄하고도 성스러운 광경이었다. 면우 선생께서 "보았지?" 하신 것은 바로 이것을 뜻하신 것이다. 이런 광경이 한 해에 몇 번 없는 일이라는데, 용이 하늘로 올라감이 있다면 이런 광경 같지 않을까 싶었다. 선생님은 우리가 백두산족임을 잊어선 안 된다고 힘주어 말씀하신 뒤, 마치 당신이 내가 편력한 곳들을 같이 다녀오신 것처럼 내가 느꼈던, 의문을 가졌던 것들을 하나하나 묻기도 전에 확신에 찬 어조로 확인해 주셨다. 즉 안동 북쪽 요동반도를 이루는 산맥과 백두산에서 장장 이천여 리를 뻗어 내려온 산맥으로 이루어지고 압록강을 남으로 둔 대분지, 즉 계관산과 오룡배에 둘러싸이고 자그마한 금석산을 중심으로 한 넓은 땅이 바로 미래에 백두산족 중흥의 중심지가 될 북계룡이라는 것이며, 당신은 이미 늙어 볼 수 없으나 다음 세대들은 그때를 볼 것이라는 말씀을 덧붙이셨다. 그때로부터 80년이 지난 지금까지도 국내에서 면우 선생님 같은 선각

뵈옵고,

"삼육상봉(三六相逢: 36성중聖衆과 맞대면)이 하시(何時)에 되겠습니까?"

하고 고(告)하니, 선생이 웃으시며,

"자네가 병상에서 일어나면 동서남북에서 자네를 기다리는 사람이 좀 많을 것일세. 그러니 병후(病後: 병을 앓은 뒤) 기상(起床)했다고 곧 먼 길을 가지 않고 있을 수 있겠는가마는 수월간(數月間: 몇 달간) 정신안정(精神安靜)을 한 후에 대외 행동을 시작하게. 주마가편(走馬加鞭: 달리는 말에 채찍을 가함)이라고 내 말을 주의하게. 그리고 임사(臨事: 일에 임함)해서 온량공근(溫良恭謹: 온화하고, 어질고, 공손하고, 삼감)을 잊지 말게. 내가 하는 말은 자네가 제일 잘 하는 일이다. 그래도 한 말 가편(加鞭: 채찍을 가함)하는 것일세."

하시며 소안(笑顔: 웃는 얼굴)으로 작별하시었다. 내가 생각하기에 병후(病後) 정신이 좀 산란해서 임사소홀(臨事疏忽: 일하는 데 소홀함)할까 염려하시고 경계하시는 말씀 같다. 명심(銘心: 마음에 새겨 둠)하고 병상(病床)에서 여러 날 후에도 조심조심하고 대인접물(待人接物: 사람을 대하고 사물을 접함)을 할 생각이다. 내가 발병(發病) 초에도 성지순례시

자를 만나 보지 못하였다. 선생은 기미년 독립운동에 민족대표로 유독 유학자가 없음을 통분하였고, 파리강화회의에 보낼 유림의 진정한 독립의지를 표명한 2,674자의 장문을 지어, 137명의 서명을 받아 문인 김창숙을 시켜 상해로 보냈다. 이 일로 일본 헌병대에 연행, 대구 감옥에 수감되어 당년 5월 20일 징역 2년을 언도받았으나, "나는 살아서 돌아갈 기약을 하지 않고 여기에 왔다. 왜 종신징역을 선고하지 않고 하필 2년이냐"며 재판장을 꾸짖었으며, 항소를 하지 않고 대구 감옥에서 고초를 겪으셨다. 7월 19일 병환으로 보석 출감하였으나 병세가 악화되어 8월 24일 낮 10시 본가 다전의 여재에서 별세하시었다. (봉우 선생의 구술을 중심으로 엮은이가 서술함)

(聖地巡禮時)에 대황조 님께서 내 입을 가리키시며 수지(手指: 손가락) 제2지(指)를 입 가운데 대시고 말조심하라고 교훈하시었다. 내가 생각하여도 내가 대인언어시(對人言語時: 사람과 얘기할 때)에 말조심을 덜 하는 것이 사실이라 내가 남은 평생이라도 말조심을 잊지 않고 할 결심이다.

그리고 대인접물에 아무 생각하지 않고 준비 없이, 환언(換言)하면 생각하지 않고 입에서 나오는 대로 토(吐)하는 버릇이 있다. 무슨 내가 달변(達辯: 능숙한 말솜씨)이라고 그런 실수를 잘하는 것이 사실이라 그래서 몽중(夢中)이라도 선령님(先靈님: 앞선 영혼)들이 주의시키시는 것 같다. 더구나 나를 사랑해 주시던 곽 선생님이 몽중(夢中: 꿈속)에 오시어서 교훈하신 말씀 잊지 않겠습니다. 말보다 행동을 먼저 하겠습니다. 오늘은 계명시(鷄鳴時: 닭이 울 때)가 가까워서 이만 그칩니다.

여해서실(如海叙實: 여해는 사실대로 서술함)

- 벽상괘종(壁上掛鐘: 벽 위에 걸린 괘종시계)은 오전 3시이다.

[양력 1989년 1월 중에 쓰신 글로 추정됩니다. -역주자]

6-142

《육서심원(六書尋源)》 8질(帙)을 금일 규장각(奎章閣)에서 찾아오며

이 책자는 남리(南里) 족대부(族大父)[221]가 그 평생 정력을 경주(傾注)해서 저술하신 운보(芸譜)[222]다. 남리대부가 말년 약 40년 정력을 소비해서 이 책자를 난초해 놓으신 것을 당시 중동고등학교장이시던 최규동 선생님의 협조로 복사지로 정서(精書)를 겨우 해놓고 그 책자가 서울대, 서울도서관, 중국 모 대학교와 중동학교에 존치(存置: 보존해둠)되고, 아직 완성을 못해서 을유광복이 되고, 최 선생은 환원이 되고 몇 년 후에 또 6.25가 되어 다시 빛을 보지 못하고 있었다.

내가 7~8년 전에 규장각에서 복사판으로 3부를 인쇄하여 1부를 충남대에 보내고 있는 중 모 인사가 모 대학에 이 책자를 완성시키는 중이라 그 원본인 운보(芸譜)를 족대인(族大人)의 장자(長子: 맏아들)에게서 입수하여 연구 중이라는 말을 듣고 그 후에는 다시 소식이 없어서

221) 할아버지뻘 되는 같은 성의 먼 일가붙이. 저자 권병훈(權丙勳)은 1864년 생으로 1905년 육군유년학교 교관에 임명되었고, 1906년 충남재판소 검사로 임명된 후, 황해도 재판소 검사, 원산재판소 판사, 함흥지방재판소 판사를 역임하였다. 기유각서에 의해 일본에 사법권을 박탈당하자 법복을 벗고 공주로 내려가 변호사로 활동하다가, 이후 30년간 육서와 문자학 연구에 몰두하였다. 1941년 향년 77세를 일기로 별세하였다.

222) 서책(書册)을 아름답게 이르는 말. 또는 예보(藝譜: 六藝 중의 하나인 六書에 대한 책)로 볼 수도 있다. 芸譜와 藝譜 둘다 작가의 창작물에 대한 서열이나 표범을 나타내는 맥락에서 사용되는 비슷한 단어다.

지속하는지 않는지도 알지 못한다. 그래서 금번에 8질을 복사해서 내 생각으로는 국내 대학 몇 곳과 북경대학이나, 대만대학이나에 보내서 더 연구하게 할까 하는 생각이다. 현상까지는 중국에서는 육서(六書)에 완비(完備: 완전히 갖춤)한 책자가 없고 잔질산권(殘帙散卷: 남은 책 몇 권)에 불과하다. 내 생각으로는 육서만이라도 우리가 앞서서 했으면 하는 마음으로 시작을 한 것이다. 유종지미(有終之美: 유종의 미)가 있기를 바라고 이 붓을 그친다.

무진(戊辰: 1988년) 음력 12월 25일

여해서실(如海叙實: 여해는 사실대로 적음)

6-143

무제(無題): 만 년 전부터 전해 내려온 우리의 역법과 천문

세율(歲律: 세월)은 모(暮)였다(저물었다). 3일만 있으면 기사년(己巳年: 1989년) 음력 원단(元旦: 설날 아침)이다. 서울서는 음양력세(陰陽曆歲: 음력, 양력새해)가 다 분주불가(奔走不暇: 분주하고 겨를이 없음)하다. 더구나 금년부터는 대통령령(令)으로 음력 원단을 휴일로 정해서 민속에서는 설 쇠기가 더 분주한 것 같다. 나는 본대 양력 과세(過歲: 설을 쇰)를 않는 사람이라 무관하나, 다른 사람들은 이중과세라고 좀 그런 것 같다. 양력이건 음력이건 광음(光陰: 시간)의 가는 것은 일반이다. 다만 가간(家間) 행사(行事)의 여러 가지를 나는 음력으로 사용하는 관계로 편불편(便不便)을 운위(云謂: 일러 말함)하지 않는다.

양력은 1년 364일을 평년(平年)이라 하고, 3년 1차의 윤년(閏年) 365일로 정하여 평년은 2월이 28일이요, 윤년은 2월이 29일이요, 음력은 5년에 2차 윤월(閏月: 윤달)을 두게 하나, 음력은 태음력(太陰曆)이라 월(月)의 회초(晦初)순환으로 정하는 것이요, 양력은 태양력이라 지구의 태양 1년 순회(巡廻)하는 것으로 정한 것이다. 그러나 음양력의 역법의 공식이 아주 다른 것은 아니다. 음력 24절후(節候: 절기)의 동지(冬至) 절일(節日) 10일 후가 언제든지 양력 1월 1일이다. 비록 윤년(閏年), 윤월(閏月)의 차이는 있으나, 태양의 일주도수(一週度數)에는 동일한 것이다. 그런데 근대에 "10월(月) 1년론(年論)"이니, 무엇이니 하는 것은 천문도수(天文度數)와는 불합(不合)한 것 같다.

365일을 10으로 나누면 이것은 양력이 주(主)하는 일자(日字)만 주(主)하는 것이지. 월(月)을 불관(不關: 상관하지 않음)한 것이다. 고성(古聖)들이 정하신 **양음력법**(陽陰曆法)은 동일한 도수를 측정해서 사용하되, **월**(月)의 **회명**(晦明: 어둠과 밝음)을 주(主)하는 것이나, 일(日)의 365일 만에 지구가 1순환(一循環)하는 것을 주(主)하는 것이나 동리(同理: 같은 이치)라는 것이다. 동양에서는 이 역법이 아주 오래전부터 있었던 것이다. 우리 구한국(舊韓國)에서는 관상감(觀象監)에서 주로 역법과 천문을 주장했다. 우리 조상(祖上)에게 **근 만 년 전**(近萬年前: 만 년 전 가까이)부터 전래(傳來)하던 것이다.

무진(戊辰: 1988년) 구(舊: 구력舊曆, 음력)
12월 27일 야(夜) 여해난초(如海亂草)

6-144

삼종질(三從姪)[223] 영근(寧根) 군(君)의 병보(病報: 병소식)을 듣고

우리 근족친(近族親: 가까운 친척)으로는 8대조(代祖) 이후 7대조 이하 묘소가 거의 고양 원당리(元堂里)에 계시고, 고조부(高祖父) 묘소는 원당 근(近) 성사리(星沙里)에 계시다. 증조(曾祖) 묘소는 양주(楊州)에 계시니, 대소가(大小家) 산소가 고양에 계셔서 우리들을 "고양 원당집안"이라고 한다. 수자(數字)는 아주 적은 편이 아니다. 그런데 문중사(門中事: 문중일)는 좀 등한(等閑: 소홀함)한 셈이다. 우리 대소가부터 그렇고 다른 집들도 역시 그러하다.

내가 공주에서 상경한 후로 선사(先事: 조상 위하는 일)에 좀 유심(有心: 관심을 가짐)했었다. 그런데 제일 협력하는 사람이 영근이요, 그다음이 종질(從姪: 오촌, 사촌형제의 아들) 영훈(寧勳)이 였었는데 불행히 영훈이는 요(夭: 일찍 죽음)하고, 영근이와 내가 동심(同心) 협력해서 선사(先事)를 하던 중에 영근이가 근년(近年)에 자주 병석에 있어서 큰 걱정이다.

금일도 자식이 오전에 문병차로 성사리를 갔는데 오후 10시가 되도록 이직 귀가를 하지 않으니 걱정이 된다. 영근이와는 하필 우리 고양 문중문사(門中門事)에 국한되어서가 아니라 능간(陵澗) 대종회(大宗會)

223) 팔촌 형제의 아들, 구촌 조카

이하 선사(先事)에서도 상의하고 지내는 입장이라 우리 문중에서 그 사람만큼 일할 사람이 없다. 큰 걱정이다. 속히 완치되기를 기원하며 이 붓을 그친다. 조상의 영혼이 계시면 자손의 위선(爲先: 조상을 위함) 할 사람을 구(救)해 주시기를 불초(不肖) 권태훈이 전심(全心)으로 축원(祝願)합니다.

무진(戊辰: 1988년) (음력) 12월 28일 야(夜) 11시

태훈(泰勳) 근기(謹記)

6-145

무제(無題): 잠을 청하는 글[224)]

내가 병원에서 퇴원한 날이 금년(1988년) 음력 정월 21일이다. 거의 1년이 되어 가는데 신체에 현기(眩氣: 어지럼)와 행보(行步: 걸음걸이)의 부자유한 것은 소소(少少: 약간)의 효과는 있으나, 완쾌(完快)는 아직도 반년은 걸릴 것 같고, 현기(眩氣)도 완치(完治)는 아직 알 수 없고, 다른 일하는 데는 별 지장이 없을 것 같다.

식사와 수면이나 정신에는 큰 지장이 별로 없고, 병적인 것은 청력(聽力)이 좌이(左耳: 왼쪽 귀)는 아주 반감(半減: 반으로 감소해짐)이고, 우이(右耳: 오른쪽 귀)는 약간 감했고, 기억력이 아주 감하여 간간이 잘 기억하는 것도 아주 잊어버릴 때가 있고, 어쩌다 관절이 좀 불인(不仁: 마비되어 움직이기 거북한 증세)할 때가 간간이 있다. 병원에서 말하는 것은 혈부족(血不足: 피 부족)이라고 한다. 그러나 내 생각으로는 좀 부족하지라는 정도요, 생명에는 관계없다고 본다. 나이 90이니 혈부족이 당연한 것이요, 별 큰 병은 아니라고 생각한다. 대체로 불건강한 것은 사실이다.

복약(服藥: 약복용)은 다른 것은 않고 녹각(鹿角)을 단복(單服: 하나만 복용)해 보았다. 해로울 것이야 없을 것이요, 그렇다고 무슨 큰 효과야 있겠는가. 신춘(新春)에는 인삼(人蔘)을 좀 단복(單服)해 볼까 한다. 이

224) 〈무제(無題)〉라고 제목을 다신 옆에 "잠이 안 와서 잠을 청하느라고 또 붓을 드는 것이다"라고 써놓으셨습니다.

런 것, 저런 것이 다 소견법(消遣法)이지 무슨 특효를 바라고 하겠는가. 그리고 내두(來頭)에 올 일이 많은 것을 걱정한다고 나을 것 없다.

금일지사금일행(今日之事今日行: 오늘 일은 오늘 함)도 하고
명일지사명일행(明日之事明日行: 내일 일은 내일 함)도 하여 되어 가는 대로 하겠다.

살림살이하는 데 정신 쓸 생각은 별로 없다. 몸이나 건강 유지해서 정신이나 흐리지 않도록 하여 일에 실수가 없게 해야겠다. 내 나이 90인데 무엇을 자꾸 더 바라리요. 하늘에서 명(命)하신 대로 행해서 성공이라는 것은 내가 맡은 임무만 잘하고 있다 가면 되는 것이다.

아무튼 바람(소원)도 없고, 큰 욕심도 없고, 죄나 안 짓고, 빚이나 없이 가면 되는 것이요, 내가 못 하고 가는 것은 후인들이 할 것이요, 내가 책임진 일만은 내가 해야 옳다고 생각하고 남은 일이 있어서 연명(延命: 수명 연장)을 상천(上天: 하늘)에 청했고, 상천에서 그를 들어주신 것이라 천은망극(天恩罔極: 하늘의 은혜 끝이 없음)할 뿐이다. 일심전력(一心專力: 한 마음으로 온 힘을 다함)해서 완공(完功: 성공을 완수함)하기를 맹세합니다. 이만.

여해근기(如海謹記: 여해는 삼가 기록함)

[1989년 양력 1월 말쯤 쓰신 글로 추정됩니다. -역주자]

6-146

무진년(戊辰年: 1988년) 음력 제석(除夕: 섣달그믐날 밤)을 보내며

가고 오고, 오고 가는 것은 천도(天道)나 인도(人道)에 당연한 일이요, 하등 이상할 것이 없다.

그러나 이것을 몰라서가 아니라 알기는 알면서도 나뿐 아니라 자고(自古)로 이 보내고 맞아들이는 것을 무관심한 사람은 그리 없다.

이것은 보통인간으로 도리어 당연한 심정인가 한다.

그러니 나라는 사람도 그 등급이 자고급금(自古及今: 옛부터 오늘까지)에 보통인간급에는 참례할 자격이 충분하다고 자인(自認)하며, 제석(除夕)을 보내는 내 백감(百感: 모든 감상)이 맘을 편하게 못한다.

이 날이 타일(他日: 다른 날)과 무엇이 다르기에 차사피사별사생(此思彼思別思生: 이 생각 저 생각 별 생각이 남)하는가?

그러고 보니 내 정평(正評)은 그 대동(大同)한 보통만도 못한 아래급인가보다. 그런지도 모른다.

고인(古人: 옛날 사람)들은 생로병사(生老病死)는 당연한 일이요, 부귀빈천(富貴貧賤)도 다 자기 자신의 노력 여하에 있는 것이라, 하등 원우(怨尤: 원망하고 잘못을 탓함)가 있을 것이 없다.

누구든지 내 할 일만 잘하면 그 대가가 곧 오고 안 오는 것은 비록 시기의 지속(遲速: 더디고 빠름)은 있을지언정 전연 답이 없는 법은 없다.

그러니 희로애락(喜怒哀樂: 기쁘고 성내고 슬퍼하고 즐거움)으로 인생살이를 좌우할 필요가 없다.

인생의 일생기록(一生記錄)도 수학공식이나 동일하다.

정수(整數) 가감승제(加減乘除)처럼 운산(運算: 연산)하면 곧 답안이 나오면 인생살이가 무엇이 복잡할 것인가?

한번 보면 곧 알 수 있지마는 그렇지 않고 그 인생살이가 대수(代數), 기하(幾何), 삼각(三角), 미분(微分), 적분(積分)으로 좀 올라가면 그 문제만 보고 곧 알 수 없고, 운산 도중에서도 글자 하나만 오산(誤算: 잘못 계산)하여도 이것은 영점(零點)이 되는 것이다.

정신을 차리고 실수 없이 운산을 해보고 그래도 미안(未安: 마음이 편치 못함)해서 험산(驗算: 검산)까지 해보아야 실수 없는 인생살이가 되는 것이다.

자고(自古)로 정수(整數) 가감승제 정도의 인생살이를 준비하는 사람은 살아가는 데 마음이 편할 것이다.

일생 문제를 놓고 운산하는 것이 알기 용이한 것이라 안심하고 생로병사의 순환이나 기대할 것이나 좀 고등수학적으로 답안을 구하는 인생살이 인간이라면 그 일생 중 운산의 일호반점이라도 오산(誤算: 잘못 셈함)이 없게 하기 위하여 매사에 방심(放心)이 큰 금물(禁物)이요, 초등과 산술 정도 운산하는 힘의 백배, 천배의 노력이 필요하다.

그러니 내가 말하고자 하는 것은 고성(古聖: 옛 성인) 말씀에 입지불고즉기학(立志不高則其學: 뜻을 세움이 높지 않은즉 그 배움)이 개상인지사(皆常人之事: 모두 보통사람의 일이 됨)라 하신 말씀을 생각하다 보니, 내 자격은 생각 못 하고 그래도 아주 가감승제로만 운산하면 되는 목표를 택하지 않고 고등수학으로 연구해가며 풀 수 있는 문제를 택하여

한걸음, 한걸음 불휴(不休)의 노력을 하나, 출발점을 떠난 지는 상당한 시간이 지났는데도 목적지에는 아직도 미달했다.

멀리 은은(隱隱)하게 보이나, 내 다리 힘이 목적지까지 갈 만한가가 재감정(再鑑定)해야겠다.

풍타낭타(風打浪打: 풍랑이 침)로 가는 대로 가려면 무엇이 걱정될 것이 없으나, 그래도 목적지가 멀리 보이니 열을 내어서 전역량을 다 안 할 수가 없다.

두 손 모아서 비는 바는 저기 보이는 목적지까지 가는 동안만 순풍(順風: 순하게 부는 바람)을 불어 주소서.

그곳을 속히 올라가야 제자리도 얼른 가겠습니다.

시간이 무진년(戊辰年: 1988년) 제석(除夕: 섣달 그믐날밤, 제야除夜) 자정(子正)이라 이만 붓을 그칩니다.

무진제석자정(戊辰除夕子正: 1988년 음력 제야 자정)

여해난초(如海亂草: 여해는 어지러이 씀)

6-147
무제(無題): 성지순례(聖地巡禮), 대황조 님과의 대화

내 선친(先親)께서 노래(老來: 늙그막)에 음영(吟詠: 시가를 읊음) 중,

만사등운한시각(萬事等雲閒始覺)
모든 일이 뜬구름 같음을 한가해서야 비로소 깨닫고,

백년여수노방지(百年如水老方知)
인생 백년이 흐르는 물 같음을 늙어서야 비로소 알겠네.

라는 구(句: 글귀)가 생각난다. 구십이 다 된 89세 제석(除夕)에 송년(送年)하는 기록을 하다 보니, 인생(人生: 사람)의 일생(一生: 한 살이)이란 참으로 일장춘몽(一場春夢: 한바탕 봄꿈) 같다고 하던 고인(古人)들의 말이 허언(虛言: 빈말)이 아니로다. 나도 그렇거니 하는 동감이다.

무엇들을 가는 세월이 길지 않다고 걱정할 것이 있는가?

살아서 사람의 본분(本分)이나 잘 지키고 있다가 천명(天命)대로 가는 것이 당연한 일이다.

그 석화광음(石火光陰: 번쩍하는 짧은 시간) 같은 세월에 사람이 제 책임만 잘하기도 분주한데, 어느 시간에 할 일, 못할 일 가리지 않고 하는 사람들이야 참으로 한심한 일이다.

이런 생각이 나도 30세 이후로는 점점 더 나서 나도 100% 선행(善行)만은 못 하면서도 대인접물(待人接物)할 때에 이 생각을 안 해본 때

는 별로 없었다. 이것이 그래도 내 반생(半生: 반평생) 이상의 노력인가 한다.

청년들을 만나서 언왕언래중(言往言來中: 말이 오가는 속)에는 내가 반드시 말버릇처럼

"남의 과오(過誤: 過失)를 용서하라. 그러나 내 과오는 용서 말고 개과(改過)해야 한다."

는 말을 의례건(依禮件: 전례나 관례에 따라 마땅히 해야 할 일) 말한다. 상대방이야 잘 듣고 행하든지 안 행하든지는 내가 알 바 아니다. 그러나 듣는 사람이 잘 행하여 다시 과오가 없기를 심축(心祝)한다.

그리고 내가 1년 전 병원 입원 시에 영감(靈感)으로 성지순례(聖地巡禮) 명령을 받고, 일순(一巡: 한 바퀴 돎)하는 중에 대황조(大皇祖) 님 궁전에 참배하는 시(時)에 대황조 님 하명(下命)이

"너는 입만 조심하면 큰 과오는 없는데, 말조심을 않고 할 말, 못할 말을 가리지 않고 타인이야 좋아하건 안 좋아하건 불관(不關)하고 제 마음에 상대가 부당한 행사(行事)를 한다고 내심(內心)에 판단이 나면 즉설거(卽說去: 곧 얘기해 버림)하는 행사를 주의하라."

라고 명령하심을 받았다. 그 자리에서도 "다시는 그런 일이 없겠습니다" 하고 복죄(伏罪: 죄를 순순히 인정함)하는 것이 당연한데 나는 그 자리에서도

"안전(眼前: 눈앞)의 비리(非理)를 보고 어떻게 묵과(默過: 알고도 모르는 체 그대로 넘김)하며 또 불구(不久: 머지않아)한 장래에 길운(吉運)이

올 것을 알며, 반가운 마음으로 여러 사람 앞에 발설(發說)하는 것이 저로서는 잘 참지 못하겠습니다."

하고 말씀하니 대황조 님께서 미소를 지으시며,

"여전히 네가 잘못이 없다고 하느냐? 네가 말하지 않아도 그 길운이 오면 세상 사람들이 다 알 일이 아니냐? 네 생각에는 세상 사람들에게 아무개 말이 옳다고 칭찬이 받고 싶어서 그러는 것이냐? 죄는 아니지만 네 행동에서 그것을 고치면 네 성적이 좀 현이상(現以上: 나타난 것 이상)이 될 것 아니냐?"

하시고 미소로 답하시는 것을 보았다.

그러나 지금도 내 버릇은 장래의 길조(吉兆)가 보이면 내 점수야 멸(滅: 없어짐)하더라도 세인에게 말하고 싶다.

이것은 내가 미숙(未熟)한 연고이나, 심상(心上)에서는 또 보면 함구할 것 같지 않다.

이러하건 저러하건 우리 백두산족과 세계 인류에게 대길운(大吉運)이나 속히 왔으면 바랄 뿐이다.

난초(亂草)하다 보니 벽상괘종(壁上掛鐘)이 오전 4시를 보(報: 알림)한다.

기사년(己巳年: 1989년) (음력) 원단(元旦: 설날 아침)

여해난초(如海亂草)

6-148

기사년(己巳年: 1989년) 원단(元旦: 설날 아침)

우리 백두산족에게 오복성(五福星)이 조림(照臨: 위에서 내리 비침)하신 것이 지금부터 35년 전인 갑오년(甲午年: 1954년)이다.

그해부터 치천운(置天運) 15년 무신(戊申: 1968년)까지요, 치지운(置地運) 15년이 기유년(己酉年: 1969년)부터 계해년(癸亥年: 1983년)까지요, 치인운(置人運)이 갑자년(甲子年: 1984년)부터 무인(戊寅: 1998년)까지다(기묘己卯 - 1999년 상반기上半期).

치인운(置人運)에 오복성 길운(吉運)이 국민이 알게 되는 것이다.

그래서 남북통일도 되고 대(大)아시아 중광(重光: 다시 광명해짐)도 되고, 황백전환운(黃白轉換運)도 오고, 만주(滿洲), 서백리아(西伯利亞: 시베리아) 진출도 되고 하는 신아(新芽: 새싹)가 보이는 것이다.

우리는 아무것도 하지 않고 가만히 있으면 떡만 받아먹는다면 하늘이 용서 안 하신다.

우리는 우리대로 전심전력(全心全力)하여 대운(大運)맞이에 진력(盡力)해야 그 힘의 대가로 길운(吉運: 좋은 운수)도 그만큼 올 것은 당연한 일이다.

길운이 온다고 반가워 하지만 말고 대운까지 운동이 크면 큰 만큼 하늘이 주실 것이요, 부족하면 부족한 만큼 감점(減點: 점수가 감해짐)이 될 것이 분명하니, 이왕 받을 수 있는 대운을 전 국민이 총역량을 합하여, 5,000년 대운맞이 운동을 하는 것이 금년 기사년 원단(元旦)의 전

국민의 소원이요, 그 외의 다른 희망은 다 제외한다.

기사년(己巳年: 1989년) 신년사(新年辭)를 대신하여 이만.

여해난초(如海亂草)

6-149

무제(無題): 정월 초이틀 손님 접대

오늘도 세초(歲初: 설) 인사차로 오시는 손님이 경향(京鄕: 서울과 시골)에서 근 200명 남녀노소 여러분들이 아주 많이 오시고 그 인파 중에도 내 친구들의 자손들과, 만교(晩交: 늙은 뒤에 사귐)인 친지(親知: 가깝게 지내는 사람들) 연하인(年下人: 나이 아랫사람)들과, 인척관계가 있는 분들과, 유도회(儒道會). 대종교(大倧教), 종친회(宗親會), 기로회원(耆老會員)들과 자식 친구들이 다대수요, 그 외에는 단학회 (선도)대학동지들이 30여 명과 연정회원과 특별수련생들이 다대수요, 신년(新年: 새해) 기(期: 맞이함)하여 정신수련생들이(他系: 다른 계통) 질의(質疑) 겸 신년인사차로 수십인(數十人)이 왔었다. 비록 간간(間間: 간간이)하게 응대(應對)하여도 종일되었다. 아마 200~300인인 것 같다. 야심면와(夜深眠臥: 밤이 깊어 자려고 누움)하니, 피로가 좀 나는 것 같다. 고어(古語)에 노장(老將: 늙은 장수)은 무용(無用: 쓸모없음)이라 하더니 과연인가 보다. 근년(近年: 지난 몇해사이) 연초(年初) 내객(來客: 찾아온 손님) 많기로는 금년이 처음인 것 같다. 잠이 잘 오지 않아서 청수차(請睡次)로 이 책자를 또 대면한 것이다.

기사(己巳: 1989년) 음력 정월(正月) 초이일(初二日) 오후 12시

여해난초(如海亂草)

6-150

무제(無題): 정초(正初)부터 기분 좋은 일

금일부터 병자 진료를 시작했다. 그런데 세시(歲時: 한 해의 절기) 인사행례(人事行禮)도 금일도 근 100명(近百名)되었고, 환자 진료도 80명 이상이었다. 좀 분주불가(奔走不暇)했었다. 그러는 중에 정초인사진(正初人事陣) 중에서 족인(族人) ○○군이 와서 현금 200만 원을 가지고 와서, 내게서 차용(借用: 빌려 씀)했던 것이라고 보상(報償: 빚을 갚음)한다고 가지고 왔다. 나는 생각도 하지 않던 것이다. 그래서 도로 주고, 가사(家事)에 잘 써달라고 부탁했다.

그의 말이 그러면 추○공 묘소 설단(設壇: 제단을 설치함) 성금으로 전하겠다고 가지고 갔다. 내가 생각도 안 하고 있던 돈을 가지고 와서 그 돈으로 위선사(爲先事: 조상님 위하는 일)에 성금으로 헌금했으니, 정초에 내가 기분이 좋다. 금년에 정초부터 힘이 과히 안 들고 위선사(爲先事)라도 잘하게 되니 반갑다. 앞으로 하는 일에 다 그 정도로 힘이 덜 들고 되었으면 하겠다.

그리고 세배(歲拜) 인파(人波) 속에서도 (선도)대학회원에게 내두(來頭) 황백운세(黃白運勢)와 백두산족의 가질 자세 등을 장시간 설명하고 내두에 사상인물(史上人物)로 등장하라고 장광설(長廣舌: 길고 넓게 하는 말)을 늘어놓았다. 내가 호사(好事)하는 연고다. 중간에는 독서를 좀 하다가 야색(夜色: 야경)이 깊어가는지라, 또 일기책을 대면하고 난초(亂草)로 두어 자 적는다.

기사(己巳: 1989년) 음력 정월(正月) 초삼일(初三日) 야(夜)

여해난초(如海亂草)

6-151

무제(無題): 동심협력(同心協力), 합심동력(合心同力)

실인(室人: 아내)이 금일 동학사 문수암행을 출발하고 내 건강이 좀 불건강해서 좀 휴식할까 했었는데, 의외로 내객(來客)이 다수가 되어 좀 분주했다. 신년 인사차로 오신 분도 한 50인 이상이요, 진료차 오신 분도 60~70인 이상이라 분주했었다. 또 대종교 교직자들도 인사 겸 사무타합차(事務打合次)로 왔었고, 대학회에서도 왔었고, 기로원의 부회장인 ○○ 씨도 왔다가고, 연정원에서도 여러 분이 왔었다. 안손님들도 10여 인이 왔었다. 몸은 불건강하고 하루를 보내느라고 좀 그러했다. 이것이 인생살이의 자미(滋味)인가 보다.

석반(夕飯: 저녁밥) 후에는 ○○○한 것 같다. 금일 내객(來客)의 요지는 대종교에서는 사무상 경리(經理) 관계에 내게 부담을 요청하는 잠재의사가 기분(幾分: 어느 정도) 있었고, 내두에 나더러 감시를 좀 하라는 내용이요, 현상유지가 곤란하니, 선후책 강구를 했으면 하는 요지인데 내가 반문(反問)하기를 "당신들은 무슨 선후책을 가지고 있는가?" 하고 웃으며 물어보니 역시 백지(白紙)다. 별 선후책이 나올 리가 없다.

그러나 경향의 교우(敎友)들이 합심해서 나가면 아주 희망이 없는 것은 아니다. 이래저래 큰 걱정이다. 일일(一日)이라도 속히 양책(良策: 좋은 계책)이 나오기를 심축(心祝)하는 바이다. 내가 금일 경과를 기록하면서도 대종교 장래가 걱정이다. 이 크지도 않은 일인데 곧 해결책이 생각이 잘 안 나오니, 좀 큰일을 당하면 어찌할 생각이냐? 참으로

가소로운 인생이다.

고인(古人)들은 공수(空手: 빈손)로 세상에 나가서 창업지주(創業之主)도 되고, 또 건국(建國)된 나라에는 한 나라를 중흥시킬 수도 있고, 빈몸으로 소장(蘇張)[225] 같은 사람들은 각국을 수중에 가지고 자기 물건 다루듯 했는데, 우리가 당하고 있는 일은 소소(小小)한 일인데, 사람이 여럿이 앉아서 면면(面面) 상대만 하고 있으나, 한 사람도 시원한 말이 나오지 않으니, 이것이 하우(下愚)가 아니고 무엇인가? 참으로 한심한 일이다. 이것은 누가 해주기를 바라고 제각기 나라는 것은 제외해 놓고 있는 관계다.

풍파(風波)에 승선(乘船)한 사람처럼 다 같이 동심협력(同心協力)하면 그렇게 안 될 일도 아닌데, 타인이 해주기만 바라는 것이 아무 일이고 성공하기 곤란한 것이다. 합심동력(合心同力)하면 성공 못 할 리 없다고 나는 말하고 싶다. 여러 일의 성공담이나 실패담이 다 한가지이다.

그 일을 하는데 대중이 합심되었느냐, 그렇지 않으면 각자 분심(分心)하였느냐에 성불성(成不成)의 분기점이 거기서 나온다. 서로 관망만 하다 힘을 내지 않는 것을 합심시키는 것이 그 사람이 자격자요, 성공한 사람이라는 것을 확언해 두는 것이다. 언지장(言之長: 말이 길어짐)함을 모르고 횡설수설 죄송합니다.

기사(己巳: 1989년) 정월(正月) 초사일(初四日) 야(夜: 밤)

여해난초(如海亂草)

---

225) 중국 전국 시대의 세객(說客)으로 변설에 매우 능했던 소진(蘇秦)과 장의(張儀)를 아울러 이르는 말

6-152

무제(無題): 〈백두산족에게 보내는 말〉

내가 독좌무매(獨坐無寐: 홀로 앉아 잠이 없음)할 때, 특히 야심(夜深: 밤이 깊음)할 때에 청수차(請睡次: 잠을 청하는 버금)로 이 책자를 내놓고 난초(亂草)로 횡설수설해 놓은 것이다. 그것이 예(例)가 되어 기년(幾年: 몇 해)을 계속했다. 내가 거두어 두지 못해서 잔질(殘帙: 남은 책) 수권(數卷: 몇 권)으로 몇 권이 돌아다니고 있는 것을 수하동지(手下同志: 손아래 동지)가 (이 몇 권을) 가져다가 복사해서 정초(正草: 초고를 바르게 씀)를 해서 출판을 했다.

사실 내가 무심중(無心中) 청수제(請睡劑: 잠을 청하는 약) 대신으로 난초한 것이요, 볼 만한 것이 못 된다. 내가 미안하기 짝이 없다. 그 책자를 보시는 이에게 죄송한 인사를 대신하는 것이다. 이상은 〈백두산족에게 보내는 말〉이라는 책자가 출판되어 내가 무심중 일기(日記: 날마다 씀)한 것이요, 저술(著述)이 아니라는 말씀 대신해서 두어 자 난초합니다.

기사년(己巳年: 1989년) 정월초구(正月初旬: 정초에 씀) 여해(如海)

[이 글은 1989년 음력 정월 4일~21일 사이에 쓰셨습니다. 짧지만 1989년 양력 1월 27일 출판된 봉우 선생님의 첫 문집(文集) 《백두

산족에게 고함》 출판 배경에 대한 선생님의 증언이 담겨 있는 소중한 글입니다. 글 중에 나오는 수하동지(手下同志)가 역주자로서, 사실 1986년 연정원 회원을 위한 《연정회보(硏精會報)》를 창간했을 때, 제가 편집인으로서 선생님께 회원들을 위해 회보에 실릴 선생님 글들이 꼭 필요하다고 글 요청을 드렸습니다. 그 며칠 후 광화문 연정원 사무실에 직접 방문하시어, 두터운 보자기 한 뭉치를 제가 일하는 책상 위에 내려놓으시며, "이거 보고 해!"라고 말씀하셨습니다. 주신 보자기를 풀어 보니 이 글 속에 언급하신 남은 잔질(殘帙) 일기 5권이 들어 있었습니다. 저는 그날부터 봉우 선생님께서 전해 주신 모든 글들을 통독(通讀: 처음부터 끝까지 내리 읽음)하였고, 〈물물두언(勿勿頭言)〉이란 제목으로 한 편씩 《연정회보》에 연재하였으며, 전체 글 중의 일부를 모아 1989년 초 《백두산족에게 고함》이란 수필집으로 출간하였던 것입니다. 그 후 10년이 흐른 1998년에야 《봉우일기(鳳宇日記)》란 제목으로 비로소 본격적인 선생님의 유고전집(遺稿全集) 1, 2권을 출간하기 시작했습니다. 당시엔 이 정도면 봉우 선생님의 모든 글들을 담아 낸 것으로 착각을 했습니다. 역주자의 선생님 일기와 사상에 대한 깊은 이해와 통찰이 현저히 부족했던 까닭입니다. 이후 23년이 지난 2021년에 남아 있던 선생님의 미발표 일기들을 정리하여 새로 역주한 《봉우일기 3권》을 펴내었고, 2022년에 《봉우일기 4권》, 2023년에 《봉우일기 5권》을 계속 정리, 역주하였습니다. 아직도 정리 안 된 미발표 일기들이 남아 있으므로 이들의 역주 작업이 끝나는 대로 《봉우일기 6권》이 2024년에는 출간될 수 있을 것으로 예상합니다. 봉우 선생님은 정신수련을 많이 하신 도인이시지만, 수련을 통해 깨달으신 정신세계

를 끊임없이 글로 표현하여 남기신 저술가로서의 면모도 매우 강렬하셨던 분으로 생각됩니다. -역주자]

6-153

기사(己巳: 1989년) 정월(正月) 20일의 모수(耄壽)[226] 기념을 지내고 내 미안한 소감을 두어 자 적어 본다

내가 대한(大韓) 광무(光武: 대한제국 고종의 연호) 4년 정월 20일 기미시(己未時)[227]에 이 세상에 초출생(初出生)했다. 당시 우리 가정은 내 선친(先親: 아버지)께서 내부(內部) 판적국장(版籍局長: 출판국장)으로 재임시(在任時)로 춘추(春秋: 나이) 당년(當年) 45세시었고, 선비(先妣: 어머니)께서는 당년 30년이시고, 숙부인(淑夫人)[228] 직첩(職帖)이시었다. 선비께서 나보다 먼저 일남(一男) 이녀(二女)를 실패하시고, 내가 제4회 출생이었다.

태몽(胎夢)에 백학(白鶴)이 자동천(自東天: 동쪽하늘로부터)으로 비입회중(飛入懷中: 어머니가 품고 있는 태중으로 날아들어 옴)한 후, 입태(入胎)되었다 하시어 내 아명(兒名)이 인학(寅鶴)이었다. 출생 3일 후부터 어머니 유도(乳道: 젖 혹은 젖이 나는 분량)가 나지 않아서 유모(乳母)를 두었으나, 내가 유모의 젖을 먹지 않아서 내 생장(生長: 성장)을 순양유(純羊乳)로 했다. 그러나 발육에는 지장이 없었다.

그 익년(翌年: 다음해) 신축(辛丑: 1901년) 정월 20일 내 선친께서 외

---

226) 90세. 구순(九旬), 졸수(卒壽, 졸자의 속자인 卆가 九十으로 구성)라고도 함.

227) 봉우 선생님 사주(四柱)는 경자년(庚子年), 무인월(戊寅月), 계해일(癸亥日), 기미시(己未時)이다.

228) 조선 때 정3품 당상관(堂上官) 아내의 봉작(封爵)

임(外任: 당시 황해도 평산平山 군수였다) 모시고, 임지(任地)까지 갔다가 그해 초동(初冬: 초겨울)에 내 선친께서 당시 해백(海伯: 황해도 관찰사)이었던 윤덕영229)과 황해 혜민서(惠民署)건으로 의견 차이가 발생해서 - 공적 부당성과 사적 이욕성(利慾性) - **해백논설**(海伯論說) 공문(公文)을 내시고, **투인상경**(投印上京: 군수 사표내고 서울로 올라오심)하시어 그 후 그 사실로 해백이 평리원(平理院: 대한제국의 재판소)에서 **사재보공**(私財報公: 개인 재산으로 공적인 것을 갚음)해서 패가(敗家: 가산을 모두 씀)를 하고, 내 선친과 실교(失交: 교제를 잃어버림)를 했었다.

내 선친께서는 중추원(中樞院) 칙임의관(勅任議官)으로 한직(閑職)이나, 계제(階梯)는 좀 상승(上乘)하시었던 중, 그 후에 광무황제폐하의 **천총**(天寵: 황제의 총애)을 받으신 일이 있었고, 내가 갑진년(甲辰年: 1904년)에 광무황제폐하께 **폐현**(陛見: 황제를 뵙는 일)한 일이 있어서 내가 생전 잊지 못한다.

을사년(乙巳年: 1905년)에 내 선친께서 전남 진도군수로 외임(外任)되시었다. 당시에 내가 소년 때였다. 내가 향교에 가서 곽(郭) 선생님과 박○원 선생님께 수학(受學: 학문을 배움)을 하고, 그 익년(翌年: 다음해)에 무정(茂亭) 정만조(鄭萬朝) 선생님께 수학을 했다. 그리고 내가 6세시(時)에 내 선비(先妣: 어머니)께 처음으로 **호흡조식법**(呼吸調息法)을 배우기 시작해서 1년간을 지내니, 그 효과가 정신이 **일견즉송**(一見則

229) 윤덕영(尹德榮, 1873년 12월 27일~1940년 10월 18일)은 대한제국의 관료이다. 본관은 해평. 호는 벽수(碧樹)이다. 순종의 계후 순정효황후의 백부이다. 경술국적 8인 중 1명으로 그가 한일합방을 강제로 체결하려 하자 순정효황후가 자신의 치마 속에 옥새를 숨겨 두었으나 조카딸을 협박하여 옥새를 탈취하였다. 이 공로로 훈1등 조선귀족 자작위를 수여받았다. 악질 친일모리배이면서도 주역 연구를 깊이 하여 그 방면에 상당한 지식이 있었다.

誦: 한번 보면 곧 암송함)할 정도라, 칠서(七書: 사서삼경四書三經)에서 역학(易學: 역경)만 제외하고 기송(記誦: 기억하여 욈)되었다.

외가서(外家書: 유교 외의 사상서들)도 섭렵(涉獵)해서 여러 백권(百卷)을 다 송독(誦讀: 외워서 읽음)했고, 유아(幼兒: 어린 아이)에게 역학(易學)은 부적(不適: 적합하지 않음)하다고 불교(不敎: 가르치지 않음)하시나, 내가 내 사적으로 역학은 해를 보며 역원송(易遠誦?)했다. 이것이 8세 시(時) 정미(丁未: 1907년) 정월까지였고 내 선친께서 정월에 능주(綾州: 전남 화순군)로 이임(移任: 전임)하시자, 내가 우연하게 신병(身病: 몸에 생긴 병)을 신음(呻吟)하는 중이라 독서를 못했다.

그해 조춘(早春)에 의병(義兵) 사건이 있었고, 군대해산 사건이 있었다. 그러다가 광무황제 선위(禪位: 선양禪讓, 다음 왕에게 물려줌)가 되시자, 선친께서 군민을 집합하시고 군욕신사(君辱臣死: 군주가 욕을 보면 신하는 죽음)가 도리(道理)에 지당(至當: 지극히 당연함)한데 내 일인(一人)으로 어찌 못 하니, 오늘로 나는 한 야인(野人)으로 ○생(○生)을 보내겠다고 작별하시고, 곧 귀가(歸家)하신 것이 정미년(丁未年: 1907년) 추팔월초(秋八月初)였다.

상경하여 잠거(潛居: 숨어서 삶)하시다가 경술(庚戌: 1910년) 국치(國恥)를 당하시어, 곧 낙향(落鄕)하시었다. 그동안 나는 10년(세)에 초혼(初婚)을 이병화 씨 장녀(長女)에서 했고, 또 그해 12월경에 (서울 종로) 마동(麻洞)을 지나다가 〈단군교포교소(檀君敎布敎所)〉 간판을 보고 곧 들어가서 입교(入敎: 단군교에 가입)를 하고, 단군교의 도사교(都司敎) 나철(羅喆)[230] 선생을 뵙고, 봉교첩(奉敎帖: 가르침을 받드는 책)을 받았

230) 나철(羅喆, 1863년 12월 2일~1916년 음력 8월 15일)은 조선 말기의 문신이자 대종교의 창시자이고 대한제국의 독립운동가이다. 문과에 급제하여 벼슬을 하다가 귀향

다.

그 익년(翌年: 이듬해)에 나는 낙향을 한 관계로 그 후를 잘 모르고 있었다. 영동(永同: 충북)와서 보통학교 교사 박창화(朴昌和) 선생을 만나서 우리 소년 동지 몇 사람이 단합하여 일생을 민족운동을 결심했었다. 이윤직, 이백하, 이홍구와 나였고, 그 외에 3~4인 있었는데 그 사람들은 다 중도개로(中途改路: 중간에 길을 바꿈)하고, 다만 삼리(三李: 3명의 이씨들)와 나만 생전(生前) 변하지 않았었다. 중간에 와서 이홍구 군은 마음이 부족해서가 아니라 가정 형편상 부득이 중도개로하였고, (남은) 두 분은 평생을 불변하고 있다.

이백하(李栢夏) 군은 사후(死後)에 독립투사로 지명되고, 이윤직 군은 평생 불변 노력했으나, 한 지방에서 오래 있지 않고 이 지방, 저 지방으로 혹은 서울, 혹은 지방 군시(軍市)로 순회한 관계로 그 수하에 양성된 사람이 없어서 적적무문(寂寂無聞: 적적하니 소문이 없음)이다. 그러나 사실상 그 노력은 불소(不少: 적지 않음)하였다.

아무렇건 이 군도 후손에게 앙불괴천(仰不愧天: 우러러 하늘에 부끄럽지 않음)이요, 부불작인(俯不怍人: 아래로 사람에 부끄럽지 않음)일 것이다. 내 할 일만 했으면 그만이지, 타인의 알고 모르는 것이 하관(何關:

하여 항일운동에 투신하였다. 을사오적 암살에 실패하고 1907년 자수하여 지도(智島)에 10년 유형을 선고 받았으나, 1년 후 고종의 특별사면으로 풀려났다. 그 후 나철은 구국운동(救國運動)의 일환으로 민족 종교 운동에 주력해 1909년 1월 15일 한성부에서 대종교를 창시했다. 한일병합 조약 이후로는 일제의 박해를 피해 교단을 만주 쪽으로 이동했는데, 이때 서일을 비롯한 대종교인들이 독립운동에 대거 뛰어들었다. 1914년에는 본사를 그곳으로 옮겨 포교 영역을 만주 일대까지 넓혔다. 이에 위협을 느낀 일제는 1915년 10월 〈종교통제안〉을 공포하여 탄압을 노골화하였다. 1916년 8월 15일 황해도 구월산 삼성사에서 한배검(단군)에게 제천의식을 올린 뒤 순명삼조(殉命三條, 한배님께 제천하고, 대종교를 위하고, 한배님을 위하고, 인류를 위해 목숨을 끊는다는 내용의 유서)를 남기고 자결했다.

무슨 상관)이랴. 죄 있는 자가 벌을 받고 잘한 자가 상(賞)을 받는 것이 천국(天國)의 법칙이다.

이윤직 군이여! 소호(小毫)도 심심하게 생각지 말아라. 하늘은 소소명명(昭昭明明: 아주 밝음)하게 네 행적(行蹟)을 기록(記錄)하고 있다. 안심하여라! 나도 초지(初志)는 소호도 변함이 없으나, 열성(熱誠)이 너만 못하다. 그래도 비록 큰 배는 못 타나 또 각 배에는 같이 타고 갈 자격이 있다.

만경창파(萬頃蒼波)에 범허주(泛虛舟: 빈 배를 띄움)할 때 배를 타면 이것으로 족하지, 무슨 큰 배, 작은 배를 가리리요? 탄 것만으로 족하고 그 다음에는 이 배를 잘 저어서 피안(彼岸: 저 언덕)까지 무사도착(無事到着)하는 것이 제2의 목적이다.

무사히 가자면 한 배에 탄 사람이 합심(合心)해야 가지는 것이요, 최종의 목표는 아무리 한 배에 탄 사람이 합심을 했다 하더라도 하늘이 순풍(順風)을 주시고, 바다의 파(波: 물결)도 약해야 비로소 목적지까지 잘 갈 수가 있는 것이 항해하는 사람의 공식이다. 여기서 한 조건이라도 불합하다면 그 항해에 곤란을 받을 것은 당연한 일이다.

그러나 차안(此岸: 이 언덕)에서 피안(彼岸)까지 가는데 수로(水路: 물길)가 평탄하고 승선(乘船: 배에 탐)이 견고하고, 풍세(風勢)가 순풍(順風)에 선장이 특수기술자라면 이것은 천지인(天地人) 삼합(三合)에 대운(大運)이 있는 사람이라 예외로 하고, 보통은 고해(苦海)를 항해하자면 별별 고생을 다 하는 것이 상례다.

그러니 고해(苦海)에 출항(出航: 선박이나 비행기로 출발함)하는 선장이 된 자는 물론 항해기술도 제일 문제지만 그보다도 수기응변책(隨機應變策: 기회와 변화에 따라 대응하는 방법)에 능한 자가 실수를 덜 할 것은 당연하다. 여러 번 난관(難關)을 돌파했던 경험을 많이 가진 사람이 도리어 유리할 것이다.

이것이 우리 인생살이에 제일 요(要: 중요점)가 되는 것인데, 이 공식(公式)을 위반하고 자기의 생각하고 설계한 것이 만전(萬全: 아주 완전함)하리라고 맹신(盲信)을 하고, 고해(苦海)에 별 준비도 없이 많은 사람을 배에 승선(乘船: 배에 태움)시키고, 출항(出航)하는 자는 십중팔구(十中八九)의 실패율이 많다는 것을 고인(古人)들이 많이 말하였다. 이것은 당연한 말이요, 경계(警戒)라고 나는 생각한다.

일개인의 일상생활이나 어느 단체의 조직생활이나, 일국가의 정치생활이나 대소(大小)의 구분은 있으나, 결국 성패이둔(成敗利鈍: 이기고 짐과 날카로움과 무딤)은 일반이다. 일개인의 일상생활도 온량공검(溫良恭儉: 온화하고 어질고 공손하며 검소함)을 주로 하며, 근면저축(勤勉貯蓄)하는 예가 100분의 10 이내에 들고, 그렇지 못한 사람이 일생 성공하는 예가 100분의 10 이내로 된다. 이것이 대철인(大哲人)이나 대학자가 아닌 보통상식을 가진 사람이면 이 정도의 상식을 거의 다 안다.

그런데 실지에 있어서는 그것을 실행하는 사람이 극소수에 불과하여 완전 성공하는 사람이 비교적 소수다. 그것은 성공과 실패의 공식을 무시하는 관계가 아닌가 한다. 그 공식을 실천하다가 좀 성공하면 그것으로 자족감(自足感)이 나서 그 공식을 버리는 연고로 완전 성공이 안 되는 것으로 나는 생각한다. 세인이 누구나 다 이 공식(성공하는)을 완전히 준수(遵守)한다면 누가 실패의 고배(苦杯: 쓴 술잔)를 마실 것인가?

그런데 알고도 행하지 않고 또 알지 못하여 못 행해서 세간에는 성공자보다 실패자의 수가 많고, 완전성공자 수가 그리 많지 못한 것이 현 사회에서는 보통적인 다대수(多大數)에 속한다. 이것은 국가에서나 사회에서 윤리도덕 교육에 치중하지 않고 과학학습에만 치중하는 관계로 청장년시대에서 강자(强者)가 성공할 수 있는 비율이 많고, 약자(弱者)의 성공률이 소수라는 수학적 공식에 치중한다.

동사자간(同事者間: 같은 일하는 사람 사이)에는 서로 겸양(謙讓: 겸손하게 사양함)하며, 협조해 가며 근검저축을 신조(信條)로 해나가면 자본주(資本主)나 노동하는 사이에서 호혜(互惠: 서로 혜택을 주고받음) 조건이 나오고, 근본적인 근검저축으로 노자(勞資: 노사勞使)가 다 성공할 것이나, 서로 양보성이 없는, 서로의 아전인수식(我田引水式) 타협이라 충분한 타협이 될 리가 없다.

이런 것을 배후에서 선동시키는 학자들이나 또 그 외의 부류들은 이 나라, 이 민족을 이롭게 하는 사람이 아니라 산업진흥과 국부민강(國富民强: 나라는 부유하고 국민은 강성함)의 성과를 좀먹는, 윤리가 부족한 현대 과학문명의 이해치중론(利害置重論)의 수학적 공식이다.

우리가 보기에는 노자(勞資)협동 산업발전책(策)이 상호간의 근본이점(利點)을 배양해 가며, 이것을 완전성공하기 위하여 호혜론적 수학공식을 실행해야, 노자(勞資) 공(共)히 목전의 이해적(利害的) 타산(打算)들로 말고 쌍방이 공히 산업발전을 위하여, 완전성공할 수 있는 호혜, 호양(互讓: 서로 양보함)적인 윤리관(倫理觀)에서 합심하면 이것이 완성됨으로써 국태민안(國泰民安)이 속히 될 것이다.

하루라도 속하게 노자(勞資) 쌍방이 공히 윤리관에 입각(立脚)하여 호양호혜(互讓互惠)로 국가 산업발달의 공헌자가 되도록 후방 지도인물들이 국가와 민족의 장래성을 걱정하고, 산업발전으로 국부민강의 원천이 될 수 있게 후방에서 협조하는 것이 선지자(先知者)로서 애국애족의 행위요, 책임일 것이다. 일호반점이라도 아전인수하는 술책(術策)이거나, 외면(外面)은 일편(一便: 한 편)에 가장 유리한 듯한 선전적(宣傳的) 선동(煽動)행위를 한다면 이것은 망국망족(亡國亡族)의 책임을 면치 못할 것이다.

이런 행동이 발생할 때에 될 수 있으면 사리(事理)를 분석해 볼 때에 근시안적으로 평하지 말고 원시(遠視: 멀리봄)적으로 내가 하는 일이 후세사람들이 정평하자면 애국애족자라 할 것인가, 그렇지 않으면 국가와 민족의 죄인이라고 할 것인가를 깊이 생각하시고, 윤리론이나 도덕관을 생각하시고 발언이나 행동을 하시기 바라는 바이다. 나는 노(勞)도 아니요, 자(資)도 아닌 구십노물(九十老物: 90세 노인)로 야인생활을 하는 사람이라 누구를 위하고 누구를 해롭게 할 자격이 없는 사람이라 횡설수설해 보는 것이다.

이다음에 내가 말하고자 하는 것은 남북통일(南北統一) 문제다.

현 정부에서나 또 국회에서도 이 말이 등장해서 벌써 모모 인사들의 북한방문도 있었고, 또 경제적으로 물자교역도 있었다. 반가운 일이다. 그럼 무조건하고 좋아만 해서는 문제가 얼른 해결이 안 된다. 충분한 심사와 서로의 주장이 어느 정도 선까지 양보할 것인가, 어느 선까지 서로 주장을 하고 통일될 수 있는 최종선이 주로 무엇까지가 결정점선에 도달한 것인가. 그렇지 않으면 일건(一件), 일건씩 왕래무역 정도로 진행해 가다가 정치나 군사나까지 나가서 점차적으로 서로서로 양보를 해가며 완전한 통일이 되기까지가 1차, 2차로 수차(數次)에까지 가야 아무가 보든지 이만하면 통일이라고 볼 수 있게 되지 않겠는가?

양국 간에 1차도 회합이 없어서 우리로서는 아무 생각이 나지 않는다. 정부나 국회에서도 충분한 상대방의 의사답안을 준비하고 우리가 출○(出○)할 건(件)을 완전히 우선 국내에서 연구해 놓고, 정부 대표건 정당 대표건 행동통일이 안 되면 국가 막중대사(莫重大事)라 신중히 고려해야 후환(後患)이 없을 것이다.

일계단, 일계단씩 점진적으로 실행에 옮겨야 되는데, 제일 조건은 우리나라에서 국가와 민족 간의 남북통일 방안의 의사일치를 보고 북한과 외교를 시작해야지 현상으로는 국론(國論)부터 불통일(不統一: 통일이 안 됨)해서 이 남북통일안의 정당 의사가 통일되기 전에 어느 대표와 발언한 것은 무효된다는 선결(先決: 앞선 결정)이 있어야 되리라고 본다.

그래서 신중에 신중을 더해야 할 것이라고 나는 생각한다. 남한에도 최소한 전 인구의 5분의 1 이상의 그 사상을 반대 않는 숫자가 있다고 본다. 6.25를 겪은 사람으로는 안 그럴 것이나, 그 후의 사람이나 또 그 당시 (공산주의에) 물든 사람들은 아주 믿을 수 없고, 서류로만 본 사람은 북한정(北韓政: 북한의 정치 상황)을 알지 못하는 관계로 그 사상을 과소평가하기 용이하다는 말이다.

내가 북한의 남한과의 통일이라는 것을 6.25 경과 후부터 현재까지 자신을 가지고 있는 사람이 노인을 제거하고는 나를 몽유병 환자처럼 비웃는다. 그러나 남북통일은 점근(漸近: 점점 가까워짐)하여진다. 실현하자면 우리 국론이 통일된 후에 되어야 우리에게 유리한 것이요, 현상(現狀: 현재 상태)대로 통일된다면 완전통일은 힘들다고 보는 것이 당연하다. 자세한 것은 후일로 미루고 두 손 모아서 하나님께 기원하는 것은 제일 먼저 우리나라의 국론통일(國論統一)이 되어야 민심이 합일하고 민심이 합일되어야 그다음 남북통일이 점차적으로 안 올 수가 없이 자연적으로 되게 되는 것이다.

내가 천문으로 보아서 현금(現今: 이제)으로부터 35년 전인 갑오년(甲午年: 1954년)에 오복성(五福星)이 우리나라에 처음으로 뻗치고, 그 해부터 15년간이 치천운(置天運)이요, 또 그후 15년간이 치지운(置地運)이다. 말하자면 치천운에는 우리나라 천상길성(天上吉星)이 조림(照臨: 내리 비춤)해서, 그 전해인 계사년(癸巳年: 1953년)에 6.25 사변이 종식되고, 갑오년(1954년)부터 15년간에 6.25 전쟁 파괴된 것이 복구되고 건설되고 했고, 치천운 말년(末年)이 무신(戊申: 1968년)이다. 그 익년(翌年: 이듬해)인 기유년(己酉年1969년)부터 치지운(置地運) 시작이라 우리나라의 전쟁 여흔(餘痕: 남은 흔적)이 보이지 않을 정도로 산업경제 건설이 흥진(興進: 진흥)되었다.

치지운(置地運)이 계해년(癸亥年: 1983년)까지요, 그 익년(翌年)이 갑자년(甲子年: 1984년)이요, 치인운(置人運) 시작이다. 이해부터 15년간에 오복성(五福星)의 광휘(光輝: 환하게 빛남)가 발휘할 때다. 86년 아세아올림픽(아시안 게임)에서 우리나라가 2위 입선(入選)된 것이나, 경제정책에 흑자운영 등이 점점 그 성광(星光: 별빛)이 더한 것이요, 또 88올림픽에 우리나라가 4위 당선한 것은 예상을 돌파하고 세계 이목(耳目)을 다시 뜨게 한 것이다. 물론 선수들의 선투(善鬪: 최선을 다해 싸움)한 공적이나 이것은 치인운이 온지 5년 만에 오는 희소식이다. 그다음 10년 안에 남북통일이 완성될 것은 자연한 일이다.

그다음 우리나라가 선창(先唱: 먼저 주창함)해서 대아세아 중광운(重光運)이 오고, 그다음에 황백전환운(黃白轉換運)이 올 것은 천오성수(天五星宿: 하늘의 오성)의 확증이 보이는 것이다. 그러나 치인운(置人運) 중에 우리나라에서 청년인재를 배출시켜서 아세아 중광대운(重光大運)의 일꾼양성의 책임을 완수함으로써 내두(來頭: 장래)에 천하태평(天下

太平) 홍익운(弘益運)이 우리나라에서 시작할 것이요, 속히 이 세계가 다 대동홍익(大同弘益)으로 태평할 것이다. 내가 90생조(生朝: 생일)날 야간(夜間)에 본래 후인에게 전하고자 하는 말을 난초해 두고 10년 후에 내가 난초해 논 것이 횡설수설인가 아니면 정설(正說)인가 보시오.

기사(己巳: 1989년) 정월(正月) 21일

신광(晨光: 서광曙光, 새벽 동틀 무렵) 여해난초(如海亂草)

6-154

우리 노소(老少: 노인과 젊은이) 동지들에게 올리는 말씀

- 동지들이여 이 횡설수설(橫說竪說)한 것을 자세히 보시라

내가 89세(년) 9월 초이일(初二日) 오후 11시 30분이다. 내가 병중(病中)이라 잠이 잘 오지 않아서 잠을 청하느라고 내가 심심하면 난초(亂草: 마구 쓴 글)하는 공책을 보다가 시간 가는 줄 모르고 - 약 3시간이 경과해서 현재 야자시(夜子時: 밤 11시 30분)가 되었다 - 있었다. 시계를 보니 야자시(夜子時: 밤 11시)였다. 잠이 안 와서 청수록(請睡錄: 잠을 청하는 기록)으로 제명(題名: 책의 이름을 붙임)한 책자(册子)를 보다가 정반대로 축수(逐睡: 잠을 쫓음)가 됐다. 사실인즉 아무 생각 없이 횡설수설한 것이요, 일편(一篇: 한 권)도 유의(有意)하고 구상(構想)한 것이 아니다. 그런데 오늘 다시 공책을 보다가 이 제목, 저 제목 열람(閱覽)한 것이 3시간이 경과되었다. 비록 횡설수설이나 그래도 다시 보면 무엇인가가 참고되는 말이 좀 나온다.

우리들의 심공(心工: 마음공부)을 말하는 책 '단(丹)'자(字)가 기백만권(幾百萬卷: 몇 백만 권)이나, 다 노정기(路程記)요, 동서양 여러 천년 동안 여러분 성인(聖人)들 말씀이 다 같은 노정기다.

무엇이 같은가 하면 우리 민족인 **대황조**(大皇祖)이신 **한배금**께서 수만 년 전 이 **오색인종**(五色人種)을 **교화**(敎化: 가르쳐 이끎), **치화**(治化: 어진 정치로 백성을 다스려 이끎), **이화**(理化: 다스려 깨우치게 함)시키신 노정기와 목표가 일점(一點)도 변함이 없다.

이것은 이 현 세계에 전해지는 여러 성인들의 연원(淵源: 근본)은 동일한 한배금의 계통이라고 볼 수밖에 없다. 한배금께서 오색인종을 교화, 치화, 이화시키신 것이 현 세계인종이지 그 외 다른 인종이 어디 있는가?

한배금님의 **천부삼인**(天符三印)인 원(圓), 방(方), 각(角)이 현 세계 물질문명과 정신문명을 통합(統合)한 것인데, 정신문명이 후퇴하면서 각자 **위지대장**(謂之大將: 대장이라 함)이라고 **본발상지**(本發祥地)를 모르고 시조(始祖)를 모르고, 각자가 각자의 분파된 조상만 조상으로 아는 **동양만성**(東洋萬姓: 동양의 萬民, 모든 사람)과 - 민족은 같으나 성씨는 만성(萬姓)이다 - 같이 현 세계 오족(五族)도 다 뿌리가 한 곳이라는 것을 꿈도 꾸지 못하고 있다.

현 물질문명인 형이하(形以下) 과학문명시대다. 불구(不久: 오래지 않음)해서 **형이상**(形以上)**문명이 중광**(重光: 다시 빛남)할 때 형이상, 형이하 공존(共存)의 **태평세계**(太平世界)가 발생할 것이다.

이것이 한배금님의 **홍익인간**(弘益人間) 이념이요, 동서의 여러 성인들이 이 계통이라 다 같은 노정기는 각자가 다 같이 후손에게 전해 둔 것이다.

다만 자손들 각파(各派)의 자기 조상만 알고 **도조상**(都祖上: 우두머리 조상)인 **시조**(始祖: 한 겨레의 맨 처음이 되는 조상)를 모르는 까닭에 현 세계가 **각분투쟁**(各分鬪爭: 각자 나뉘어 싸움)하는 것이지, 한 조상인지 알고 태평세계가 되는 것을 누가 감히 반대하리오?

각 교조(敎祖)가 다 **태평세계, 평화세계, 극락세계** 운운(云云)을 하고 곧 그 시대가 머지않다고 한다.

아전인수격으로 우리가 주도권을 가져야 한다고 맹신을 가지고 말하나, 이것은 여러 성자(聖者)들이 도조상(都祖上) 대황조(大皇祖) 님의 홍익인간 이념을 각기 자손들에게 했을 뿐이다.

조일(朝日: 아침 해)이 상승하면 백귀(百鬼: 온갖 귀신)가 종적(蹤迹: 남은 자취)이 보이지 않으리라.

백두산족이여! 안심하시고 그 (아침 해) 맞이에 게을리 마시라. 잘 발족된 소식즉전(消息即傳: 소식은 곧 전함)게 조일상승백귀무흔(朝日上昇百鬼無痕: 아침 해가 떠오르니 온갖 귀신이 흔적도 없음)하리라.

세계인류가 다 같이 한 조상을 찾을 날이 불구(不久)해서 우리 목전에 온다.

각자의 소조상(小祖上)이 조상이 아니라는 것이 아니라, 현세 육대주(六大洲: 전 세계)에서 각자가 소조상 노릇하는 시대가 그 소조상들의 도조상(都祖上: 우두머리 조상)이 한 분인 줄 알게 되면 다 같은 자손이니, 부귀영화를 다 같이 향유(享有: 누려 가짐)할 것이지 약육강식하며 하루도 마음 못 놓고 지날 인간고해(人間苦海)를 예찬(禮讚)하지 않고 세계일가(世界一家)로 국여국(國與國: 나라와 나라), 족여족(族與族: 민족과 민족) 간(間)의 만년평화(萬年平和)로 동락태평(同樂太平: 큰 평화를 같이 즐김)할 것이 당연한 처사가 아니고 무엇이겠는가?

우리가 말하는 것은 세계인류가 차별 없이 자활(自活)할 대동(大同), 홍익(弘益), 극락(極樂) 주의하(主義下)에서 서로 사랑하고 서로 근면(勤勉)하며 자기 역량껏 노력해서 검소한 생활로 고성(古聖)들이 말씀하신 온량공검(溫良恭儉)[231]으로 각자의 생활신조(生活信條)를 삼고 효

231) 《논어(論語)》〈학이(學而)〉편에 나옴. 온순하고 어질고 공손하며 검소함. 공자님의 성품을 표현함.

제충신(孝悌忠信: 효도하고 공경하며 충성하고 신의가 있음)으로 각자의 윤리를 지키면 이것이 홍익대동(弘益大同), 극락세계(極樂世界)의 법칙일 것이다.

현상과 같이 현대의 약육강식(弱肉强食)하는 법칙 가지고는 아무리 영웅호걸이 출세한다 해도 그 사람의 집권(執權) 당시에 소강(小康)을 할지 모르나, 영구한 천하태평은 볼 수 없을 것이다.

그러나 내가 항상 말하는 것은 초창기에는 바로 실행하자면 극히 곤란할 것이나, 실천궁행(實踐躬行: 실제로 밟고 몸소 행함)해 나가면 습여성성(習與成性: 습관이 배여 천성이 됨.《서경(書經)》에 나옴)해지고 봄바람에 눈 녹듯 악습(惡習)은 흔적이 없어지고 만수화개(萬樹花開: 온갖 나무의 꽃이 핌)할 날이 불구(不久)할 것이라는 점이다.

자신을 가지고 엄동설한(嚴冬雪寒: 매우 추운 겨울 날씨) 중에서 춘광(春光: 봄볕) 맞을 준비를 하는 것이 우리가 백두산족의 뿌리를 찾음으로써 세계인류가 한 조상의 자손이요, 한 가족으로 평화롭게 생존할지언정 적대시(敵對視)할 수 없다는 것을 각오시키는 것이 선민(先民)으로서 당연한 책임이라는 것이다. 이를 중언부언(重言復言: 다시 말을 반복해서 함)하는 것이요, 이를 반대하는 사람은 아직 몽중(夢中)에서 방황하는 인간이라고 평할 밖에 타도가 없다.

선민들이여! 노력을 아끼지 말고 일생을 그 사업에 바치라. 하늘은 일하는 자에게 성공할 기회를 주시고, 반대하는 자에게 패망을 주시는 법칙이다.

역량을 다해서 나가라. 하루라도 속히 나가라.

선민이 될 동지들이여!

내 나이 90이나 내가 가기 전까지는 1분도 쉬지 않고 나갈 것을 제일 먼저 내 마음에 맹세하고 그다음에 동지들에게, 그다음 우리 백두산족에게, 그다음 세계 육대주(六大洲) 인종에게 청불청(聽不聽: 듣고 안 들음)을 불관(不關: 관여치 않음)하고 쉬지 않고 권(勸)하겠노라.

기사(己巳: 1989년) 2월 초삼일(初三日)

여해(如海) 자경(自警: 스스로 경계함)

[이것이 여해(如海)의 일생염원(一生念願)이며, 일생을 이것 외에는 아무 다른 일은 하지 않았습니다.]

6-155

삼일기념절(三一紀念節)을 맞으며

오늘이 기미(己未: 1919년) 삼일운동 70주년 기념일이다. 정부에서도 민간에서 각 지방에서도 우리의 민족혼(民族魂)을 찾기 위한 행사로 성대히 행사하였다고 방송하는 것을 보고 내 자신에 너무 무심했던 것을 죄송하게 생각하며 두어 자 적어 보는 것이다.

이 나라 민족으로 당연히 참례해야 옳은 이 행사에 비록 나이 90이 되고 신병(身病)으로 기동(起動: 일어나 움직임)은 좀 부자유하나, 아주 참석 못할 정도는 아닌 내가 무관심했던 것이 책임회피를 하지 말고 양심상(良心上) 백번 잘못한 일이다. 이다음에는 이전 행사에 개인의 사정이 좀 있더라도 백사불계(百事不計: 모든 일을 따지지 않음)하고 꼭 참석할 것을 맹세하는 것이다.

그 자리에 모인 사람들의 신원(身元: 개인 신상)이야 누구든지 알 바 아니요, 이 행사가 정당성을 가지면 가서 참석하는 것이 당연한 처사다. 금번 불참은 내가 실수(失手)다. 물론 불참하게 된 원인은 아주 없는 것은 아니나, 이것은 그 과실(過失)을 회피하려는 구실(口實: 변명거리)에 불과하다.

내가 작일(昨日: 어제) 종일 서책을 좀 보고 밤을 새우며, 금일 오전 5시까지 계속했다. 그래서 부지중 피로가 와서 몸을 좀 휴식하느라고 와석(臥席: 자리에 누움)한 것이 일어나 보니 오후 석양시(夕陽時: 해질 무렵)라 또 책자를 보려고 하는데, 친구가 삼일절 행사에 참석하고 나를 방문해서 비로소 내가 실수했구나 하고 내 부주의(不注意)한 것을 자책(自責)하느라고 두어 자 적어 본다.

기사(己巳: 1989년) 삼일절(三一節) 야(夜) 열시(十時) 여해(如海)

6-156

무제(無題): 고생을 사서 하는 나의 일버릇

내가 자유지로(自幼至老: 어릴 적부터 늙었을 때까지)토록 임사(臨事: 일에 임함)해서 불량력(不量力: 능력을 헤아리지 않음)하고 마음에 하고 싶으면 성패불계(成敗不計: 성패를 따지지 않음)하고, 착수하는 버릇이 조금도 변치 않았다. 금년에도 내가 병여(病餘: 병 여파)로 경제력이 아주 부족한 것을 잘 알면서도 그걸 생각 안 하고, 보험계약을 내 힘에 아주 과중하게 넣고 1년 내 책임 완수하느라고 곤란을 당하며 일전(日前: 며칠 전)에도 또 신(新)가입을 했다.

숫자(數字)가 내 힘에 태과중(太過重: 크게 과하게 무거움)한 것이다. 주선(周旋)만 되면 악(惡)한 일은 아니지만 완수하기 전까지가 곤란을 당하는 것을 알며, 가입총액이 아주 과중하게 했다. 반액은 납입하고 반부(半部)가 아직 미납이다. 내 처사가 이런 것이 간간 있다. 그러나 완공(完功)만 되면 내 소망은 성취되는 것이다. 속담에 칼 물고 뜀뛰는 격이다. 가소(可笑)로운 일이라 고사(固事)해서 고생을 사서 하는 격이다.

기사(己巳: 1989년) 양력 3월 2일 여해(如海)

6-157

금년의 내 사적(私的), 공적(公的)의 목표

금년 기사년(己巳年: 1989년) 구정월(舊正月)도 거의 다 지나고 그 24일경(傾)이다. 내가 금년에 공적으로는 우선적으로 대종교 조직강화와 선도(宣道: 전도)위원 양성과 선종사(先宗師: 앞선 종사) 여러분의 기념비 건립과 지방교당 통솔책 확립과 재단확립과 이사선정건이요, 홍보활동도 있어야 한다. 여기서 내가 비록 부족하나 전역량을 주입해서 교의 체면을 유지(維持)해야 하겠으며, 말로만 생각지 말고 실행할 것을 결심해야 된다.

제2건은 단학회(丹學會) 유지에 전력을 기울일 것과 제3건은 위선사(爲先事: 조상을 위하는 일)로 문충공(文忠公) 양촌(陽村: 권근權近) 사업 확립에 전력을 할 것과 그다음은 연정원(研精院) 수련생들 지도방식을 확립이 되어야 금년 내로 수련학인 중에서 승급자(昇級者)가 최소한 5인 이상 10인은 되어야, 후진들의 발전이 속할 것이다. 불성의(不誠意: 정성으로 하지 않음)하게 하지 말고, 원우(院友) 상호결합하여 전 역량을 발휘해야 비로소 호성적(好成績)을 거둘 것이다.

그리고 내 사적으로는 춘간(春間: 봄 사이)에 일본여행 건에 최선을 다해서 완결할 것이요, 하간(夏間: 여름 동안)에는 백두산 순방단(巡訪團)을 조직하여 재만인사(在滿人士: 만주에 있는 사람)들에게 백두산족의 뿌리사상을 심어 주고 나와야 할 것이요, 그다음이 내 몸의 건강회복이요, 그다음 내 가족들에게 보통인간 수련교육은 시켜 주어야 가장

(家長)된 책임이다.

연정원우(研精院友)들은 동일한 내 가족이거니 하고 연성(研成: 수련의 성공)하는 데 소호도 차이가 있어서는 안 된다. 내가 지도력이 부족해서 속히 연성 못 하는 것, 항상 마음으로 미안하다. 원우들을 내 형제 자손같이 소호도 차별 없이 전 역량껏 연성시켜서 금년은 비록 저단(低段: 낮은 단계)이라도 10인 이상을 나와야, 비로소 목표에 도달할 수 있다. 이것이 최소 목표다.

그외 내 가정생활은 별별 다른 현상만 없다면 현상유지는 될 것 같다. 큰 걱정은 없다. 다른 것은 국가와 민족의 서광(曙光: 새벽빛)은 은연중에 우리 민족의 머리 위에 비춰 주시니, 우리 국민은 일심(一心)으로 합해 대운(大運)맞이나 잘하시기를 심축할 뿐이다. 끝으로 금년 일년 국태민안(國泰民安)하시기를 빌고 이만 그칩니다.

야자시(夜子時: 밤 11시부터 오전 1시까지)

여해근기(如海謹記: 여해는 삼가 적는다)

[1989년 음력 정월 24일경 쓰심 -역주자]

6-158

북악산음(北岳山陰: 북악산 그늘) 사방가가(四方家家: 사방이 집들일세)하고, 풍성(風聲: 바람소리)만 부지(不止: 그치지 않음)한다

이 일, 저 일이 마음먹은 대로 제대로 되거든 이것은 내 욕심인 것 같다. 그러나 심한 사욕(私慾)은 아니다.

내가 거의 일생 중 최소년 시대인 17세 시(時)에 유신야(有莘野: 상신리)로 ○산(○山)에 이거(移居)한 후로 내가 갑진년(甲辰年: 1964년에 서울 와서 두옥(斗屋: 아주 작고 초라한 집)을 가지고 있으니, 신야(莘野: 상신리)는 내 반생(半生: 반생애) 고향이요, 입묘지향(立墓之鄕: 산소를 세운 고향)이다.

그곳에 우리가 삼대상전(三代相傳: 3대가 서로 전함) 거주하던 집이 있으니, 그 집을 계룡산하(鷄龍山下) 유신촌(有莘村)에 수칸(數間: 몇 칸) 신축하고 내 선친유적(先親遺蹟)을 여전(餘傳: 남겨 전함)하고 싶다. 이 일은 마을에서는 벌써 우리 생각이 잠재했던 것이다. 금년에 실행되었으면 하늘에 감사의 심축(心祝)을 올리겠다.

가족이 합심하면 그리 어려운 일도 아니다. 내 몸만 좀 회복되면 곧 발족해 보겠다.

선친(先親) 취음유허(翠陰遺墟: 취음공 옛터)에, 산소가 계룡산 아기봉하(牙旗峰下: 삼불봉아래) 장군봉(將軍峰)에 모셔서 좀 고지(高地)라 산하(山下) 구묘지(舊墓地)에 묘면례(墓緬禮: 묘를 옮김)해서 하루 속히 금년에 건립코자 결심한 것이다. 내가 나더러 부탁(付託)은 실행하라, 실행하라 부탁하는 것이다.

기사(己巳: 1989년) 음력 정월 24일경 여해난초(如海亂草)

6-159

기사년(己巳年: 1989년) 정월(正月)을 보내며

부생(浮生: 덧없는 인생)이 자소지로(自少至老: 어릴 때부터 늙을 때까지) 토록 무사분주(無事奔走: 일 없이 바쁨)하지 언제 한가한 때가 있겠는가? 이것은 무슨 할 만한 일이 있어서 그런 것이 아니라 사람이 공홀(空惚: 공연히)히 일을 만들어서 분주한 것이라 누구를 원망할 수 없고, 자기의 처사가 불충분한 것만 자성(自省: 스스로 반성함)하는 것이 당연하다고 본다.

내가 금춘(今春: 올봄)에 대종교(大倧教)에서의 공석(公席)에서 내가 발언하기를 금년에 선종사(先宗師) 님 기념비 건립을 발언하고, 내가 2(두 분)종사님의 기념비는 책임지겠다고 하고, 그다음 대종학교(大倧學校)건도 책임지고, 유치원도 책임지겠다고 확언했다. 이상은 내가 내 경제적 준비가 있어서가 아니라 내 마음이 이 정도는 내가 책임지고 그다음 다른 것을 교중(教中: 대종교 안)에서 하시오 하는 것이 당연하다고 생각했기 때문에 발언을 한 것이다. 사실은 내가 경제력으로는 준비가 아직 못 되어 있다. 무슨 짓을 하든지 실행할 생각이다. 금년 중에는 완성시킬 준비를 하겠다.

그다음 내 사적(인 것)이다. 금년에 공주 상신리에 가옥신축을 절대적(으로) 실행해야 내가 금년 예산이 바로 서는 것이다. 유명무실(有名無實)해서는 안 된다. 이것이 내 여년(餘年: 여생) 사업의 일부를 벌려만 놓고 성공 못 하면 이것은 강무실이용장(羌無實而容長)232)이다. 내가 내 전역량을 경주(傾注: 기울여 쏟음)해서 꼭 성공하겠다 결심해야 한다.

금년만은 대황조(大皇祖) 님의 하념(下念: 위 사람이 아랫사람을 염려함)해 주시기 심축(心祝)하여 조상님께서도 제가 여러 가지 조상님께 불효하고, 또 문중에서도 제가 연장자(年長者)로 수하(手下) 제족인(諸族人: 여러 집안사람들)의 목족(睦族: 친족끼리 화목함)을 못 하는 죄를 용서하시고, 힘껏 묵우(默祐: 묵묵히 보우하심)하시어 이 일, 저 일과 성공하게 하소서.

하고자 하는 일에서 개인을 위해서가 아니라 우리 백두산족을 위하고자 하는 일입니다. 장공속죄(將功贖罪: 죄 지은 사람이 공을 세워 속죄함)하게 하소서. 심축합니다. 죄송함을 무릅쓰고 발원(發願: 소원을 빎)합니다.

하계불초신(下界不肖臣: 인간세상의 어리석은 신하) 권태훈(權泰勳)

백배경고(百拜敬告: 백번 절하며 공경히 아룁니다)

일경이경삼경과(一更二更三更過)하고,
일경, 이경, 삼경이 지나고

사경오경(四更五更)이 점근(漸近)이라.
사경, 오경이 점차 가까워 오는구나.

미기동해신광조(未幾東海晨光照)하면,
얼마 안 되어 동해 새벽빛이 비추이면

---

232) 속은 비고 겉치레만 남았네. 굴원(屈原)의 《초사(楚辭)》, 〈이소경(離騷經)〉 출전.

조일상승순식간(朝日上昇瞬息間)이라.

아침 해 오르는 건 잠깐 사이라.

홍익대동극락운(弘益大同極樂運)을

홍익인간, 대동세계의 극락운을

육주인종(六洲人種) 맞이해서

지구의 여섯 대륙 사람들이 맞이해서

오만년평화대운(五萬年平和大運)

싹이 튼 지 오래로다.

지내 온 약육강식(弱肉强食)

일장춘몽(一場春夢: 한바탕의 봄꿈) 깨고 나서

곳곳이 극락세계(極樂世界)

천당(天堂)이 여기로다.

[이 글과 시(詩) 역시 1989년 음력 정월 24일경에 쓰신 것으로 생각됩니다. -역주자]

6-160

무제(無題): 머지않아 동천조일(東天朝日)이 떠오름

세상은 **복잡다단**(複雜多端)하고 **조일광명**(朝日光明: 아침 해의 광명)은 언제 볼지 모르겠다.

사람들이 아직도 축시(丑時: 오전 1시~3시)의 야경(夜景)인 줄만 안다.

두고 보라. 불구(不久: 머지않음)해서 인시(寅時: 오전 3시~5시)가 되면 **동천조일**(東天朝日: 동녘의 아침 해)이 **상승**(上昇)할 것을.

여해소기(如海笑記: 여해는 웃으며 쓰다)

['봉우사상을 찾아서 803'의 원고 우측 상단 여백에 써놓으신 글입니다. -역주자]

〈봉우(鳳宇) 권태훈(權泰勳) 연보(年譜)〉

◈ 1900년(庚子): 1세

경자(庚子: 1900년) 음력 정월 20일 서울 재동(齋洞) 출생. 본관(本貫) 안동(安東). 자(字)는 윤명(允明) 또는 성기(聖祈), 아명(兒名)은 인학(寅鶴). 부친은 당시 대한제국의 내부(內部) 판적국장(版籍局長) 취음(翠陰) 권중면(權重冕)으로, 선생은 45세의 나이에 얻은 외아들이었음. 여말선초(麗末鮮初)의 명신(名臣)이자 대학자였던 양촌(陽村) 권근(權近)이 선생의 17대조요, 임진왜란의 구국명장(救國名將) 권율(權慄)이 11대조. 호(號)는 여해(如海), 소취(紹翠), 봉우(鳳宇), 물물자(勿勿子), 연연당(然然堂).

◈ 1903년(癸卯): 4세

한학(漢學) 배우기 시작.

◈ 1904년(甲辰): 5세

고종황제 배알. 황제가 베푼 덕수궁연회에 부모와 함께 참석하여 사배(四拜)를 올리고 [황제폐하만세] 삼창 [이것을 산호(山呼)라 함]. 부친은 대한제국 중추원(中樞院) 칙임의관(勅任議官)으로 재직. 집안 대소가(大小家) 모두 전성시대였음. 일로(日露)전쟁 발발. 모친은 숙부인(淑夫人) 경주김씨(慶州金氏). 절충장군상호(折衝將軍商浩)의 여(女: 딸). 부친, 이후 법부(法部) 검사국장(檢事局長), 한성재판소 판사비서원승(判事秘書院丞), 시종원(侍從院) 시종, 고등재판소 판사, 법원비서관 등을 역임. 신축년(1901)에 평산(平山)군수, 칙임의관(勅任議官), 을사년

(1905) 봄에 진도군수, 정미년(1907) 능주(綾州)군수 역임. 고종황제 때인 을미년(1895) 출사(出仕: 벼슬에 나감)하여 내외직(內外職) 두루 지냄.

◈ 1905년(乙巳): 6세

부친, 봄에 진도(珍島) 군수로 외임(外任: 외직임명). 정배(定配: 귀양감) 중이던 당시 소론팔재사(少論八才士)의 한 사람인 무정(茂亭) 정만조(鄭萬朝) 선생께 한학(漢學) 수학(受學), 사서(四書) 읽음. 일로(日露)전쟁, 일본의 승리로 끝남. 일본과 을사보호조약 체결됨. 당시 농상대신(農商大臣)으로 여기에 서명한 둘째 백부(伯父) 권중현(權重顯)과 그 아우였던 부친은 진도에서 서신으로 대의명분(大義名分)을 논하다 필경은 단의(斷義: 형제의 의를 끊음). 모친에게 민족고유 정신수련법인 조식법(調息法)을 처음으로 배움. 모친은 아들에게 한학 공부를 더 잘하기 위한 방법을 가르쳐 준다며 기억력증진법으로서 소개하였다 함.

◈ 1906년(丙午): 7세

진도에서 보냄.

◈ 1907년(丁未): 8세

사서삼경(四書三經)과 13경(十三經)을 포함하여 수백 권의 경서(經書)를 읽음. 집안 상경(上京). 부친, 능주(綾州)군수로 부임. 정미칠조약(丁未七條約) 이후 고종황제가 강제퇴위 당하자 벼슬 버리고 다시는 관계(官界)에 나서지 않음.

◈ 1908년(戊申): 9세

부친, 토혈증(吐血症)으로 위중한 가운데에서도 선서(善書: 도교경전) 인간(印刊)에 전력을 다함.

◈ 1909년(己酉): 10세

벽진(碧珍) 이씨(李氏) 친영(親迎: 결혼), 성가(成家). 서울 종로 마동(麻洞) 단군교(檀君敎: 현 대종교) 포교당(布敎堂)에서 우연히 도사교(都司敎) 나철(羅喆) 선생을 뵙고 수교(受敎: 가르침을 받음). 이후 일평생의 정신적 뿌리로 삼음.

◈ 1910년(庚戌): 11세

한일합병으로 대한제국 멸망. 부친, 충북 영동(永同)으로 낙향. 처음엔 영동읍 금리(錦里)로 갔다가 다음해 영동읍 남당리(南堂里)로 이사.

◈ 1911년(辛亥): 12세

영동(永同)보통학교 2학년 편입. 교사들로부터 수학의 천재라는 칭찬 받음. 3년간 통학. 영동의 천마산(天磨山) 삼봉(三峯) 정상에서 소학교 동창 이홍구(李洪龜), 안명기(安明基), 지도교사 박창화(朴昌和) 선생과 함께 민족독립과 세계최강국 건설 및 세계평화에 헌신할 것을 맹세. 보통학교생으로서 일본유람단에 끼여 처음으로 외국문물에 접함. 당시 영동보통학교의 학생 연령은 최고 35세에서 최소 12세, 교장은 일인(日人) 판정산일(坂井散一). 한문(漢文), 수학, 조선어, 습자(習字), 수신(修身) 과목을 배움. 특히 한국인 교사인 박창화(朴昌和) 선생께 애국심을 배움.

◈ 1912년(壬子): 13세

백부(伯父: 큰아버지) 하세(下世). 실인(室人: 아내) 조요(早夭: 일찍 죽음). 평해(平海) 황씨(黃氏) 재영(再迎: 재혼). 소년시대의 불행이었음. 민족선도계(民族仙道界)의 거인(巨人)이신 우도방주(右道坊主) 김일송(金一

松) 선생을 충북 영동에서 처음으로 만나뵘. 이때 일송 선생은 병객(病客)으로 부친의 사랑방에 머물고 있었고 봉우 선생은 병간호를 극진히 하였다 함.

◈ 1913년(癸丑): 14세

영남(嶺南) 유림(儒林)의 태두(泰斗)인 면우(俛宇) 곽종석(郭鍾錫) 선생 배알(拜謁). 곽 선생과 부친과는 친교가 있었으므로 가끔 서신왕래가 있었고, 이 해에 직접 부친의 서신을 휴대하고 처음 찾아뵈었다 함.

◈ 1914년(甲寅): 15세

가도(家道: 가세) 아주 패함. 보통학교 졸업. 당시 도변(渡邊) 교장의 추천으로 경성제일고보에 무시험 입학되었으나 부친의 불허로 좌절. 선생 자신은 부친의 반대이유 외에 전문부(專門部: 대학) 입학을 목표로 진학하지 않았으나 부친의 중병(重病)과 이듬해 모친의 중병으로 결국 진학을 포기하게 됨. 이것이 자신의 용단성(勇斷性) 부족으로 일생의 진로를 그르친 것이며, 부모의 간병(看病) 이유로 어찌 유학(遊學)할 수 있겠는가 하는 선입감으로 미래의 낙후(落後)를 자감(自甘)한 것이었다고 회고(1964년 일기 중). 부친의 병환이 한때 위중하였으나 유의(儒醫) 이규신(李圭信) 선생의 처방으로 신효(神效)를 봄. 재차 일본 입국. 대판(大阪) 조일신문(朝日新聞)에 난 광고를 보고, 당시 일본 기합술계(氣合術界)를 풍미하던 태영도(太靈道)의 전중수평(田中水平)과 심리학자로 대일본최면술협회의 대가였던 전궁형(田宮馨), 세계정신○○도(道)의 고옥철석(古屋鐵石)[1] 및 당시 일본 정신계의 태두(泰斗)였던 원

1) 그는 '경천동지적(驚天動地的) 교수법' 운운하며 신문에 광고를 내고 사람을 모아 유료로 가르쳤다.

선불(原仙佛: 하라)[2], 그 제자 기바라(木原鬼佛)[3], 최면술 박사 궁기옹(宮崎翁) 등 수십여 명과 교유(交遊). 특히 기바라의 금계학원(金鷄學院: 동경 소재)에 머물며 기바라 선생의 특별후원과 배려(제자들 교육 현장을 견학토록 함)를 받았다. 시코쿠[四國]에 있는 송강도장(松江道場)에서 정신도계(道階) 2계(아홉 단계 중 위에서 두 번째)를 받음. 또한 당시 유도, 검도계의 명인(名人) 스즈키(鈴木)도장에서 검도(6단), 유도(6단)도 배움. 일본에 오기 전 한국에서 이미 [잡기]라는 재래체술(在來體術)을 상당 부분 익혔고, 삼촌께 검도도 배운 상태였음. 검도는 한 번의 대결로 6단의 예우를 받았음.

◈ 1915년(乙卯): 16세

신병(身病)으로 외부출입하지 않음. 가을부터 이윤직(李允稙) 군과 삼추삼동(三秋三冬)을 한학(漢學) 전공함.

---

2) 원담산(原担山)이 본명으로, 일본 명치(明治)시대 조동종(曹洞宗)의 걸승(傑僧). 거의 생불(生佛)의 경지에 도달한 인물이었다 함. 신림청조(神林請助)에게 역(易)을 배우고 막부(幕府)의 창평학(昌平學)을 졸업한 후 불문(佛門)에 들어감. 명치 12년(1879년)에 동경제국대학 인도철학과의 최초 강사. 24년 조동종 대학림(大學林)의 총감(摠監). 정광진인(正光眞人)에게 불결(佛訣)을 전수받고, '병의 원인은 외촉(外觸: 외부의 접촉)이 아니라 내촉(內觸)에 있다', '혹병(惑病)은 뇌에 이르러 결체(結滯)해서 전신에 만연되는 것이다'라고 해서, 목숨을 건 실험에 의해 '정력(定力)'이라 칭하는 일종의 정신력에 의해 뇌와 척추의 접로(接路)를 영적으로 컨트롤하는 것으로 전신에 만연해 있는 망식(妄識)을 구제하는 치병(治病) 행법(行法)을 확립했다. 원담산은 뇌와 척추의 접로(接路)에서 청신경(聽神經)이 관여되어 있다고 하여, 그 행법을 이근원통법(耳根圓通法)이라고도 칭한다. 스스로 죽을 시기를 깨닫고 주변 사람들에게 엽서를 보낸 후, 다들 모인 자리에서 알린 시각에 정확하게 맞춰 입적(入寂)했다.

3) 일본 명치에서 대정(大正)시대의 정신계 거물. 유년시절부터 병약하여 폐결핵을 앓던 중, 영적(靈的) 치료에 의해 회복된 것에서 광명을 발견하고 그 후 도(道)의 연구에 뜻을 두었다. 하라(원담산)의 문하생이 되어 '이근원통묘지요법(耳根圓通妙智療法)'을 전수받음. 이로 인해 영술가(靈術家)로 일세(一世)를 풍미하고 명치 39년(1906년)에는 사국(四國:시코쿠) 도근현(島根縣) 송강(松江)에 '조진도장(照眞道場)'을 엶.

◈ 1916년(丙辰): 17세

동짓달에 충북 영동에서 충남 공주 상신리(上莘里)로 이거(移居). 부친, 피난차 산중에 은둔. 신병(身病)으로 계속 고통받음.

◈ 1917년(丁巳): 18세

선비(先妣: 모친), 47세로 조요(早夭: 일찍 돌아가심). 가도(家道)가 말할 수 없이 피폐해짐. 서계원(徐啓源), 서영원(徐永源), 서기원(徐基源), 유덕영(柳德永) 제익(諸益)과 교제함. 스승 정만조(鄭萬朝) 선생의 추천을 받아 당시 장안 재사(才士)들의 모임인 서울 이문회(以文會)에 출입함. 육당(六堂) 최남선(崔南善), 벽초(碧初) 홍명희(洪命熹), 만해(萬海) 한용운(韓龍雲), 춘원(春園) 이광수(李光洙), 임규(林奎), 권덕규(權悳奎), 홍헌희(洪憲熙) 등과 교유. 부친과 평소 친교가 있던 설봉(雪峯) 지운영(池雲英) 선생과 지석영(池錫永) 선생 만남.

> "선비(先妣'죽은 어미 비': 모친)께서 다한(多恨)한 이 세상을 버리시고 중병을 가지시고 돌아가시었다. 불초(不肖)가 연유(年幼)한 관계로 극력(極力) 치료도 못 해본 것이 내 일생 한(恨)이 되는 것이요, 수한(壽限)이 47세라는 요(夭)를 면치 못하신 것이 더구나 한이 된다. 내가 철이 없어서 선비(先妣)의 유훈(遺訓)을 지키지는 못하였으나, 나이가 먹을수록 선비께서 현모(賢母)였고 또 성모(聖母)였었다는 감이 점점 더 두터워 간다. 이전의 선철(先哲)들 누구보다도 귀하신 성모(聖母)를 불초가 모시고도 참으로 불초해서 그 유훈의 만일(萬一)을 행하지 못하고 불초도 백발이 성성한 일개 노옹(老翁)이 되었으니 어찌 감개무량하지 않으리요."(1954년 3월 12일 회고 중)

◈ 1918년(戊午): 19세

전국적 유행감기로 사망률이 상당수에 달함. 연말에 고종황제 승하(昇遐: 세상을 떠남). 공주 상신리(上莘里) 집에서 김일송(金一松) 선생을 다시 뵙고 구월산(九月山: 황해도 소재)으로 동행, 입산하여 스승으로 모시고 약 3개월 간 민족고유의 선도(仙道) 수련, 입문(入門)함. 27일 만에 산차(山借)[4] 삼통(三通)함[결사(決事)는 하지 않음]. 좌도(左道), 우도(右道)의 각종 심법(心法)을 전수받음. 계룡산 북사자대(北獅子臺)에서 동지 규합, 처음으로 정신수련 결사(結社) 시작함. 백두산 순례 후 면우(俛宇) 곽종석(郭鍾錫) 선생 찾아뵘. 인천 미두장(米豆場)에서 산주(汕住) 박양래(朴養來: 12세 연상) 처음 만남. 전북 황등에 사는 이인(異人) 신석태 옹 만남. 이외에 박동암(朴東庵), 윤신은(尹莘隱), 서직순(徐稙淳), 서만순(徐萬淳)과 만나 친교. 추수학(推數學)으로 1919년 물가앙등과 1920년 물가폭락을 예지함.

◈ 1919년(己未): 20세

3.1독립운동. 기미독립선언서 배포(경북 평해에서부터 동해안 따라 함경도 원산까지 배 타고 다니며 항구마다 선언서를 뿌림). 3.1운동 이후 만주에 들어가 당시 북로군정서(北路軍政署)의 [상승장군(常勝將軍)] 노은(蘆隱) 김규식(金圭植: ?~ 1929) 선생 만남. 김 장군은 대한제국 시위대 부교(副校)로 있다가 1907년 일제에 의한 군대 강제해산 전에 부대를 이끌고 의병을 일으킨 후 만주에서 무장독립운동에 전념하던 인물로, 전략 전술과 실전에 있어 기존의 어떤 무장투쟁가보다도 뛰어난 공적으로 일본군과 백전백승한다 하여 [상승장군]으로 당시 만주독립운동계에

4) 무차(武借)의 대표격으로, 상세한 내용은 《민족비전 정신수련법》 p.163에 수록.

유명하였다 함. 선생은 우연히 김장군의 휘하에 들어가 무장항일투쟁에 처음으로 투신하게 됨. 이후 역시 위대한 독립운동가이신 동천(東川) 신팔균(申八均: 1882~1924)[5] 선생과 만나 나이 차에도 불구하고 막역한 동지요 의기투합한 지기(知己)가 되었으나, 동천(東川) 선생이 먼저 전사(戰死)하였음. 3.1운동 이후 약 4년간 만주 출입하며 독립군 생활.

이후로 국내에 근거를 두고 미미한 지하(독립)운동으로 외면상 신문기자, 생명보험 외판원, 약품채약상, 각종 행상, 투기업자 등의 백면(百面)백작(百作)으로 동지규합에 노력. 아울러 유사종교의 간부진들도 동원해 보고 학교 교원진들도 움직여 봄. 해방 전까지 공섭단(共涉團), 연방사(聯芳社), 동지계(同志契), 상애단(相愛團), 의열단(義烈團) 등 각종 집회로 동지규합에 전력을 다한 결과 동지가 수백 명이 되었으나 해방 후 대부분 군(軍), 관(官)에 투신하고 사상적 전환으로 100여 명 남음. 그나마 6.25사변으로 50여 명 죽음. 추수학(推數學)으로 물가앙등을 예지함. 윤보병(尹普炳), 조기하(趙琪夏), 주회인(朱懷仁), 조석운(趙石雲), 박학래(朴鶴來), 김일창(金一滄) 제익(諸益:여러 친구)과 친교. 정신수련, 동지규합, 군자금 모금 등 활동도 계속함.

---

5) 1882년 한성(漢城) 정동(貞洞) 출생. 1907년 대한제국 육군 정위(正尉). 군대 강제해산 후 1909년 윤세복(尹世復), 김동삼(金東三), 안희제(安熙濟) 등과 대동청년단 조직, 국권회복운동 전개. 1910년 국치(國恥) 후 곧 만주로 건너감. 1918년 겨울, 3·1독립선언의 전주곡이 되는 무오독립선언 39인의 1인으로 서명함. 1919년 서로군정서(西路軍政署) 가담. 이청천(李靑天) 등과 신흥무관학교 교관 취임. 이후 1922년 통의부(通義府) 사령장(司令長)으로 피선, 군사위원장 겸임. 무장독립운동의 선두에 서서 수십 차 일본군과 격전, 대승을 올림. 1924년 7월 2일 홍경현 왕청문(旺淸門) 이도구 밀림 속에서 일군(日軍)과 마적이 섞인 수백 명에게 포위되어 격전 중 장렬히 전사(봉우 선생님도 현장에 있었다 증언함).

◈ 1920년(庚申): 21세

우연한 신병(身病)으로 6개월 와병. 기적적으로 생명 보전함. 이 병이 계기가 되어 도호(道號)를 [봉우(鳳宇)]라 함. 추수학(推數學)으로 물가 폭락을 예지함. 재산 탕진, 방랑생활 시작. 조훈(曺勳), 허일(許一), 김철진(金哲鎭), 김장렬(金壯烈) 제군(諸君)과 친교함.

"1917년 모친 작고 후 서모(庶母)가 들어오고, 서모의 괴팍한 성격으로 불화하였다. 내 장지(壯志)는 비거천만리(飛去千萬里: 천만 리를 날아감)하고 방랑생활로 일시적 위안을 하고 다녔다. 이것이 내 중년 초까지의 불행이었다. 그중에서 광달흉해(廣達胸海: 가슴의 포부를 넓힘)라고 할까, 이문목격(耳聞目擊)한 등에서 약간의 상식은 얻게 되고, 방랑에서 협의행각(俠義行脚)으로 나가서 경제관념에 아주 소홀했던 관계로 궁불능자존(窮不能自存: 궁핍하여 살아가기 힘듦)했으나, 조금도 불굴(不屈)하고 여전히 협의자처(俠義自處)하고 다녔다. 그러다 부친께서 81세에 하세(下世)하시고, 사회조류도 협의행각을 허용치 않으며, 더구나 왜정 때 고등 요시찰이 되어 영어(囹圄)생활도 상당한 횟수였다. 사회적이나 경제적이나에 진로(進路)가 몇 번 있었으나 모두 내가 기권한 것이었다. 그 후 을유광복이 되어 신생(新生) 애국애족자가 우후죽순같이 나오게 되자 이것도 염증이 나서 아주 기권하고 말았다." (1964년 수필 〈회상기(回想記)〉 중)

◈ 1922년(壬戌): 23세

토혈증(吐血症)으로 욕을 봄. 우연히 신방(神方)을 얻어 쾌유함. 해외로 왕래하며 유랑생활로 가정생활은 형편없이 곤란해짐. 조일운(趙一雲),

이화암(李華庵), 이화당(李華堂), 정수당(丁隨堂). 하신부(河信夫), 김태부(金太夫), 김오운(金烏雲), 김봉규(金鳳奎) 제위(諸位)와 친교.

백두산, 장백산맥 2천여 리와 몽골 고비사막을 거쳐 시베리아 바이칼 호수 등 민족의 시원지(始原地)들을 답사함.

신문 총국(總局) 경영

◈ 1923년(癸亥): 24세

아들 영창(永昌) 조요(早夭). 낭인(浪人)생활 계속. 신병(身病)으로 큰 출입 못 함.

◈ 1924년(甲子): 25세

극도의 생활고. 호남 여행. 김봉두(金奉斗), 박호은(朴湖隱: 당시 전남의 유림) 도유사(都有司), 황기문(黃奇門) 제위와 친교. 중국에 들어감. 전생(前生) 찾아감. 전생은 중국 산동성(山東省) 소재 주씨가(周氏家)의 부인(夫人)이었음. 성은 왕씨(王氏)였음. 전생의 가족들을 확인함. 당시 중국 도계(道界)의 살아 있는 최고 신선(神仙) 왕진인(王眞人)을 나부산(羅浮山: 광동성 소재)에서 만남. 중국 도교(道教) 오두미교(五斗米教)의 발상지인 용호산(龍虎山: 강서성 소재)의 장천사(張天師) 도릉(道陵)의 유적 답사.

◈ 1925년(乙丑): 26세

호남 광주에서 객지생활(이듬해까지). 이용련(李容連), 김창숙(金昌淑), 서몽암(徐夢庵), 이옥강(李玉岡), 전백인(全白人), 백락도(白樂道), 문수암(文殊庵), 김현국(金顯國) 등과 교유. 원상(原象) 공부 시작. 초여름 소성(邵城: 인천)에서 20여 명 동지와 함께 성신수련.

13일간의 수련으로 많은 것을 예언, 투시함. 그 내용은 원자탄의 발명, B-29와 전차대의 출현, 장개석의 중국 통일, 스탈린의 등장과 죽음, 을유(乙酉: 1945년) 해방, 6.25 사변 발발, 1953년 휴전 예언이었다.

◈ 1926년(丙寅): 27세

광주에서 실시된 의생(醫生) 시험에 합격하여 약종상(藥種商: 한약업) 시작함. 계속 객지생활. 종래 취미 있던 문학을 아주 전환해서 심리학(心理學: 정신학)으로 전공과목을 정하여, 이 방면으로 동지를 규합하며 함양시키는 데 미력을 경주하였음. 민족운동가들과는 계속 왕래함. 다른 방면의 친구들과는 좀 한산해짐. 이후로 규합한 동지 제위는 차종환(車宗煥), 김설초(金雪樵), 한강현(韓康鉉), 최승천(崔乘千), 김일승(金一承), 주형식(朱亨植), 신훈(申塤), 오송사(吳松士), 한인구(韓仁求), 민계호(閔啓鎬), 이용순(李用淳), 한상록(韓相錄), 조철희(趙哲熙), 임지수(林志洙), 권오훈(權五勳), 박하성(朴河聖), 김학수(金學洙) 등. 불교계 교유 혹은 사사(師事) 인물은 경허사(鏡虛師), 수월(水月), 혜월(慧月), 만공(滿空), 한암(漢庵), 석상(石上), 학명(鶴鳴), 용성(龍城), 용운(龍雲: 만해), 만우(萬愚), 상로(相老), 경운사(鏡雲師) 등. 유교계(儒敎系) 인물로는 만나뵌 중 면우(俛宇) 곽종석(郭鍾錫) 선생이 가장 위대하였으며, 전간재(田艮齋) 선생은 순문학자(純文學者)였지 도학자(道學者)는 아닌 것으로 생각되었다 함.

◈ 1927년(丁卯): 28세

상신리(上莘里) 본가로 귀가. 청년운동 조금 함. 공주 반포면 상신리에 9월 설립된 야학당(夜學堂)의 회장으로 활동함.

……내가 청장년시대에 이 동리가 패동(敗洞)이 되어 갈 때에 상신상

애단(上莘相愛團)을 조직해서 패동을 구해 보았다. (1963년 4월 17일 수필 중에서)

◈ 1928년(戊辰): 29세

다시 객지로 왕래 시작. 인천 미두장(米豆場) 출입. 금강산, 묘향산 석굴 수련.

◈ 1929년(己巳): 30세

중국 왕래(3차 중국행. 20대 초부터 40대 초반 해방 전까지 10여 차례 왕래함). 북경지역에서 약 6개월 머물며 당시 외교부장 왕정정(王正廷)[6], 오조추, 고유균(顧維鈞)[7], 풍옥상(馮玉祥)[8], 녹종상(鹿鍾祥)[9], 원극문(袁克文)[10] 등과 교유. 중국의 전통적 정신수련 결사(結社)인 [천일선(千日禪)] 제도 참관. 겨울에 계룡산 갑사(甲寺)계곡에 입산하였으나, 단기(短期) 하산함.

6) 왕정정(王正廷, 1882~1961). 절강성 봉화(奉化) 출신. 신해혁명 이후 북경정부의 요직을 지냈으며. 1919년의 파리강화회의. 1923년의 대소(對蘇) 국교 회복을 위한 절충, 1925년의 관세자주권의 획득 등에 활약했으며, 후에 외교부장·주미대사 등을 지냄.

7) 고유균(顧維鈞, 1888~?). 중국의 외교관. 학자. 컬럼비아대학 졸업. 1919년 파리강화회의 대표를 비롯하여 미국 등 여러 나라 대사를 지냈으며, 1957년 국제사법재판소 판사 역임. 그 후 중화민국 국제연맹대표가 되었으며. 웰링턴 쿠(Wellington Koo)라는 이름으로 알려져 있는 세계적 외교관임.

8) 풍옥상(馮玉祥, 1880~1948). 중국의 군벌(軍閥). 정치가. 북양(北洋) 군벌 직예파(直隸派)의 거두였으나 국민당에 입당하여 북벌(北伐)에 참가했음. 뒤에 반(反) 장개석 운동을 벌였으며, 항일전쟁에도 활약. 제2차 세계대전 후에도 내전(內戰) 반대를 주장. 1946년 도미(渡美).

9) 1930년 당시 중국 산서성(山西省) 대표. 국회의원.

10) 원세개(袁世凱)의 둘째아들.

◈ 1930년(庚午): 31세

청년들에게 정신연구[硏精] 권고하며 지냄. 이후 솔선수범하며 35세까지 매년 몇 달씩 농한기인 겨울에 정신수련을 계속함. 갑사(甲寺) 계곡 용문폭포와 간성장(艮成莊)에서 제자들과 겨울철 정신수련 결사(結社). (별 성적 없었음: 김설초 초계 약(弱), 오송사 준초계)

◈ 1931년(辛未): 32세

계룡산 북록(北麓)에 연정원(硏精院) 건물 낙성(落成). 당시에는 [연역재(演易齋)]라 명명했으나, 재원(財源)의 미비로 실제 운영은 못함.

◈ 1932년(壬申): 33세

인천에서 차종환(車宗煥), 한상록(韓相錄), 조철희(趙哲熙) 군을 만남.

◈ 1935년(乙亥): 36세

산림벌채사업 시작. 청년들 많이 접촉함.

> "기사년(1929) 가을에 약간의 여자(餘資)로 아주 입산 준비를 하고 한일년(限一年) 입정(入靜)할 예산이 확립되어 오대산(五臺山)으로 갈 절차를 다했다가 우연하게 모씨(某氏)를 만나서 오대산행을 중지한 것이 내 제37차 실기(失機)였고, 기사년 동(冬)에 중국왕반(中國往返)을 하고 귀가해서 다시 입산 준비를 하던 중 모씨의 권고로 갑사(甲寺)에 입산해서 단시일로 하산하게 된 것이 내 38차 실기(失機)였다. 갑사 입산도 소득이 없는 것은 아니나 가정(家庭)이 가깝고 왕래가 잦아서 부득이 속히 하산하게 되고, 수련이 한도(限度)에 못 간 것이다. 오대산이나 묘향산(妙香山)이나 금강산으로 아주 1년을 한(限)하고 갔었으면 물론 그 이상의 수익(收益)

이 되었을 것이다. 이것이 마장(魔障)이었다. 입산 준비만은 비록 자금이 없이라도 1년쯤은 될 수 있었다. 모모(某某) 친족(親族)의 원조가 확약된 것이 있었다. 1년 내지 2년, 3년 정도까지는 할 수 있었으니 이 기회가 나의 가장 큰 기회를 잃어버린 것이었다. 경오(1930년) 겨울 입산은 또 갑사(甲寺)로 되어 신미(1931년) 조춘(早春)에 하산하였으나 별 성적이 없었고, 이 해에는 군산으로, 대구로 출입하며 계룡산 위에 연역재(演易齋)를 건축하려는 것이 무준비(無準備)로 실패하고, 이렇게 임신년(1932)까지 경제적 자립을 도모하고 의존하지 않으려는 결심으로 별별 짓을 다해 보았으나 실패한 것이다. 이해에 차종환(車宗煥), 한상록(韓相錄), 조철희(趙哲熙) 군을 인천에서 만났다."(1954년 일기 중에서)

◈ 1936년(丙子): 37세

12월, 부친 하세(下世). 향년(享年) 81세. 극도의 생활난으로 치상범절(治喪凡節: 상례를 치르는 데 따른 당연한 절차)에 못 갖춘 점들이 많았음. 집상(執喪)을 예(禮)대로 못하고 겨우 형식을 지킬 정도였음.

◈ 1939년(乙卯): 40세

수십년래 희유(稀有)한 대한재(大旱災: 가뭄) 발생. 전국적으로 많은 피해. 일본을 왕래하며 근근이 호구(糊口)함(인삼 장사를 함).

◈ 1941년(辛巳): 42세

의열단(義烈團) 사건(1942년 발생이라는 기록도 있음)으로 7개월 간 대전경찰서에 구금당함. 영어생활 중 애국지사 여운삼(呂運三) 씨 만남. 이후 해방까지 민생고(民生苦)가 극도로 참혹하였음.

◈ 1945년(乙酉): 46세

8.15 해방. 38선으로 국토분단. 일제하 암약하던 동지회(同志會)를 재발족하고 동지 규합에 본격적으로 나섬. 해방 이후 교유(交遊) 인물: 엄항섭(嚴恒燮), 조경한(趙擎韓), 조완구(趙琬九), 조성환(曺成煥), 조병옥(趙炳玉), 윤치영(尹致暎), 조봉암(曺奉岩), 송대용, 홍찬유(洪燦裕), 권중돈(權重敦).[(단군)기원동지회(紀元同志會)] 수십 명 동지 규합. 탑골공원 뒤 사무실 운영.

◈ 1946년(丙戌): 47세

한독당 가입, 입당. 서울 태평통에서 동지 규합, 청년 훈련 등을 함.

◈ 1947년(丁亥): 48세

상신학교 설립을 주도하여 두 칸짜리 목조 건물로 임시 개교. 학교 설립 시 사재를 들여 학교에 필요한 각종 기자재를 기증하였고 지속적으로 학교 재정을 지원. 임시개교 이후 공주 교육청에 분교 인허가 사업을 도맡아 하였으며 이런 노력에 힘입어 1952년에 반포공립국민학교 상신분교로 설립이 허가됨. 1952년 1회 졸업생 배출.

◈ 1948년(戊子): 49세

대한민국 건국. 이승만 정부 출범. 개천절(開天節: 음력 10월 3일), 계룡산 아기봉하(牙旗峯下: 삼불봉 아래) 석굴에서 정신수양차로 동지 7~8인이 함께 모여 [용산 연정원(龍山 硏精院)]이라고 처음 명명함.

5월 10일, 제헌국회의원선거 출마. 공주 갑구에서 무소속으로 입후보하였다가 후보자 5인 중 4위로 낙선함. 3,881표 득표함. 당선자는 1만 표 이상 얻은 김명동 씨였다.

◈ 1949년(己丑): 50세

백범(白凡) 김구(金九) 선생 암살당함. 천고유한(千古遺恨)의 민족적 손실이었음. 당시 김구 선생 영도(領導)의 한국독립당(약칭 [한독당]) 중앙집행위원 겸 계룡산특별당부 위원장을 맡아 정치 일선에서 활동 중이었음.

◈ 1950년(庚寅): 51세

해방 이후 수차 상경(上京), 체류하며 겨우 지반(地盤)을 잡자 6.25 사변 발발. 상신(上莘)으로 단신 피난 후 인민군에게 피체(被逮), 수개월간 사상교양장(思想教養場) 신세를 지다 기적적으로 생명을 보전함.

◈ 1951년(辛卯): 52세

이 해 봄에야 비로소 제자 권오훈(權五勳: 당시 국회의원), 한강현(韓康鉉), 주형식(朱亨植) 등 수십 인이 6.25 사변에 희생되었음을 알게 됨. 공주 교육구 교육위원 선임됨.

◈ 1952년(壬辰): 53세

4월에는 지방의회의원 선거 출마(공주), 낙선.
부산에서 〈재향군인회〉 발족시킴.

◈ 1953년(癸巳): 54세

충청남도 교육위원회위원 선거 출마, 당선.

◈ 1954년(甲午): 55세

공주 교육구 교육위원 사임.

◈ 1959년(己亥): 60세

계룡산 구룡사지(九龍寺趾) 구곡(九曲) 위쪽에 연정원 건물 신축, 준공(세 칸 초옥이었음). 성주영(成周榮), 지정현(池正鉉) 등 수련.

"해방 후 한독당(韓獨黨)에 가입하여 비좌비우(非左非右)의 민족독립노선으로 외세의존세력 타파에 앞장섰으나, 결과는 좌익, 우익 양편에게 탄압만 받았다. 6.25 사변 전에는 빨갱이라고 대한민국 경찰에 붙들려가 몇 개월씩 옥살이하고, 6.25 사변이 터지자 이번에는 인민군에 반동분자로 잡혀 또 옥살이, 구사일생 기적적으로 살아났다. 일제치하에선 요시찰 불령선인(不逞鮮人)으로 왜경들에게 탄압받고 영어생활만 수십 차였다. 일생 하루도 맑은 날이 없었던 느낌이다. 누구를 위해 싸워왔던가 스스로 의심이 난다. 그러나 앞으로도 이 싸움만은 그치지 않을 작정이다."(1960년대 일기 중에서)

◈ 1951년(辛卯): 52세~1963년(癸卯): 64세

충남 공주군 반포면 상신리에 칩거. 매우 곤궁한 생활상.

◈ 1964년(甲辰): 65세

상경(上京), 만수한의원(萬壽漢醫院) 개업. 인술(仁術)로 수많은 난치병 환자를 고침.

친우(親友)이자 동지(同志) 설초(雪樵) 김용기(金鎔基) 졸서(卒逝: 갑자기 죽음)

……이 책자를 쓰는 중에 내 친우요 동지인 설초(雪樵)가 졸서(卒逝)하여 정신수련 문제 시범(示範)에 일대 지장이 난 것이요.……(p.470, 1966

년 10월 18일 수필 〈이 책을 마감하며〉 중에서)

◈ 1974년(甲寅): 75세

봉우 선생님의 상신초등학교 설립을 기려 마을 사람들이 상신리 입구에 송덕비를 세움. 상신초등학교 학부모들이 처음 건의를 하였고 마을 사람들이 모금운동을 하여 비용을 마련했다. 비문은 당시 상신초등학교 교장이던 이병오 씨가 작성했으며 행사 당일 마을 잔치를 열었다. 충남도교육청 간부를 비롯한 외부인사도 대거 참석한 큰 행사였음.

> "봉우 권태훈 선생은 약 오십여 년 전에 충북 영동에서 이곳으로 이주하신 후 한학교육으로 수많은 청소년을 선도하셨고 제반 애로와 난관을 무릅쓰고 벽촌인 이 지방에 상신국민학교를 창설 후세 교육에 큰 도움을 주셨으며 거액의 사재를 들여 학교에 교기를 비롯하여 많은 시설을 장만해 주시는 등 이 지방과 학교의 발전을 위해서 크게 공헌하셨기로 이 송덕비를 세움. 서기 1974년 3월. 상 하신 동민 일동 세움"(송덕비 비문)

◈ 1978년(戊午): 79세

공주시 공립 반포중학교 설립. 학교 인허가 작업부터 학교부지 기증 및 설립에 이르는 제반 과정에 물심양면의 도움을 주시고 익명으로 국가에 기부하심.

◈ 1980년(庚申): 81세

반포중학교 설립.

◈ 1982년(壬戌): 83세

민족종교 대종교(大倧敎) 제12대 총전교(總典敎) 취임.

◈ 1984년(甲子): 85세

소설《단(丹)》출간. 봉우 선생님 구술 내용을 작가 김정빈이 소설로 지음. 40만 부 이상이 나간 당시 초베스트셀러로서, 이후 '단열풍(丹熱風)'이라는 사회현상으로 자리잡음. 단(丹), 단학(丹學), 단전호흡(丹田呼吸) 등의 용어가 널리 일반에 정착되었고, 민족고유의 선도(仙道), 정신사(精神史), 민족 상고사(上古史), 단군역사 및 기원(起源) 문제, 각종 민족정신수련법들에 대한 주의(注意)와 세간의 관심이 폭발적으로 증대된 계기가 됨. 당시 기성 지식층들은 국수주의적, 복고적(復古的), 현실도피적 망상가로서 봉우 선생님을 비판하는 경향을 보였으나, 북한 김일성 공산독재와 박정희, 전두환으로 이어지는 대한민국의 군사독재 치하에서 암울한 민족분단 고착화에 염증을 느끼고 있던 대다수 국민들은 소설에서 보여주는 봉우 선생님의 민족과 국가의 장래에 대한 원대한 비전, 즉 금세기 안의 남북통일 완수와 21세기 초 세계중심국가로의 대약진이라는 가시적(可視的) 예언에 숨통을 틔우고 환호함.

◈ 1986년(丙寅): 87세

민족정신수련단체 [한국단학회 연정원] 서울 광화문에 설립, 총재에 취임. 유교단체인 사단법인 유도회(儒道會) 이사장 취임.

◈ 1989년(己巳): 90세

수필집《백두산족(白頭山族)에게 고함》출간(1월).《천부경(天符經)의 비밀과 백두산족 문화》출간(11월). 구술(口述) 및 감수(監修).

◈ 1990년(庚午): 91세

백두산 천지(天池)에서 천제(天祭) 봉행(奉行).

◈ 1992년(壬申): 93세

《민족비전 정신수련법》 출간(8월). 구술(口述)과 저술(著述) 및 감수(監修).

◈ 1994년(甲戌): 95세

양력 5월 16일 오전 9시 36분, 충남 공주시 반포면 상신리 자택에서 선화(僊化).

찾아보기

ㄴ

ㄷ

ㄹ

ㅁ

ㅂ

ㅅ

ㅇ

ㅈ

ㅊ

ㅋ

저자

봉우鳳宇 권태훈權泰勳, 1900~1994

단기(檀紀) 4233년(1900년) 서울 재동(齋洞)에서 태어났다. 소설《단(丹)》의 실존 주인공으로, 6세 때부터 정신수련을 시작했으며 19세 되던 해 당대 도계(道界)의 거인(巨人) 김일송(金一松) 선생으로부터 우리 민족의 정신수련법을 전수받았다.《단(丹)》,《백두산족에게 고함》,《천부경의 비밀과 백두산족 문화》,《민족비전 정신수련법》 등의 책들을 통해 우리 민족 고유의 사상과 뿌리, 정신수련법을 알리고 가르쳐 왔으며, 민족의 뿌리찾기와 후학양성에 힘쓰다가 1994년 95세로 환원(還元)하였다. 선도(仙道)정신수련단체인 〈한국단학회(韓國丹學會) 연정원(硏精院)〉 총재, 독립투사 나철(羅喆) 선생이 중광(重光)하신 민족종교 대종교(大倧敎) 총전교, 유교인(儒敎人)들의 단체인 사단법인 〈유도회(儒道會)〉 이사장 등을 역임하였다.

역주자

정재승鄭在乘

단기 4291년(1958년) 대전에서 태어났다. 봉우 선생님 문하에서 한민족 고유의 정신철학 및 심신수련법을 수학했다. 봉우 선생님 생존 시에 저술(著述) 자료와 구술(口述) 자료들을 통해《백두산족에게 고함》,《천부경의 비밀과 백두산족 문화》,《민족비전 정신수련법》 등 3권의 책을 봉우 선생님의 지도하에 엮어 펴냈고, 봉우 선생님께서 돌아가신 뒤에도 유고집《봉우일기 1, 2, 3, 4, 5권》, 대담·강연집《선도공부》,《봉우 선생의 선仙 이야기 1, 2, 3권》, 일화집《세상속으로 뛰어든 신선》, 논문집《봉우선인의 정신세계》 등을 펴냈으며, 봉우 선생님의 가르침을 따라 한민족의 기원을 탐사한《일만년 겨레얼을 찾아서》,《바이칼, 한민족의 기원을 찾아서》도 엮어 펴냈다. 봉우사상연구소(www.bongwoo.org) 소장